大熊昭信

存在感をめぐる冒険

批判理論の思想史ノート

法政大学出版局

存在感をめぐる冒険——批判理論の思想史ノート　目次

第2章　世界観の効果と自己意識の構造

第三部　存在感分析と精神分析

第2章　精神分析を存在感分析で読む……336

第3章　〈生治〉へ向かう新しい主体――その思想と論理……358

わたしは体系をつくらねばならない。
さもないと他人の体系の奴隷となるから。

――ウィリアム・ブレイク（629）

凡　例

（1）参照文献からの引用頁はすべて本文中に和書は漢数字、洋書は算用数字で示す。また著者に複数の文献がある場合には原書の出版年で区別する。

（2）引用文中などで筆者が補足している部分は［　］で示す。

はじめに

根源的といわれる問いがある。たとえばゴーギャンのタヒチの代表作『我々はどこからきたのか　我々は何者か　我々はどこへ行くのか』もそれだ。だが、残念ながらぼくらにはそのタイトルの答えのありかは杳として定かではない。モンテーニュの根源的な問いにあるように「私は何を知っているか」と自問すればいつだってしどろもどろになってしまう。なにもかもが根っこのところではあやふやである。まことにすべては疑わしい。だが、疑っている自分がいることだけは疑いえない。そういったのはデカルトだが、ぼくらにしてみれば、確かなのは、疑うまえに、信じるまえに自分が存在していることである。つまり唯一確かなのは今ここに私がいるということだ。〈今ここに私がいる〉。この事実がすべてであり、すべてはそこから始まる。

この能天気な確信は、しかし、いったいどこから来るのだろうか。一言で言ってそれは木を見れば木の存在を疑わないし、それを見ている自分の存在も疑わないという巧まざる本能的な常識からである。ぼくらはこの常識を主義として掲げようというのである。そのうえで〈今ここに私がいる〉とは、自分が存在していることを直感していることであるが、その感じをぼくらは自己の存在感と呼ぼうというのである。

この自己の存在感とは、言いかえれば、自己の存在についての意識である。つまりは自意識である。だとするなら存在感とはいかにも覚束ない。というのも自意識とは捕えどころがない代物だからだ。物心ついてからこのかたせいぜい断続的には自覚されているが、眠れば忘れるし、アルツハイマーになればあっけなく修復不能となる。まことに壊れやすくも脆い。にもかかわらずぼくらはこれからそんな後生大事だが壊れやすい、掛け替えがないが脆い自己の存在感という意識のありようをじっくり考えてみようというのである。

いましがた何気なく使ったこの存在感の存在という言葉は曲者である。〈あいつの存在自体が気に食わない〉といった場合と〈ぼくはぼくの全存在をかけて君を愛する〉といった場合の存在の意味にははっきり相違がある。前者は〈いること〉つまり〈存在すること〉自体を指しているが、後者は〈ぼくの全生命〉といった意味で、この存在には〈もの〉（物）の意味合いがある。これは一般的には存在とはあるもの（本質）とあること（存在すること）からなっているということだが、ぼくらが存在感というとき、自己が〈存在すること〉とその〈存在の実体〉のふたつの存在感が含意されている。〈今ここに私がいる〉とは今ここに私が生き、かつ存在しているということだが、してみれば自己の存在感とはそうした生命的なものが存在する感じとそれを意識している自己の感じの経験なのである。

それに存在感の感には微妙な質的な違いがあることを忘れてはならない。存在感は鮮やかな、激しい、軽い、希薄ななどと形容されることがある。たとえばブラックマーは美的経験のことを「あの高揚した感極まった存在感 that heightened, that exited sense of being」（パーシー65）などと表現している。なるほど存在感には鮮度や強度といった質的な要素がある。そして存在感のこうした面は鮮烈に存在感を表現する芸術の美的効果と関わり、なによりもいきいきと生きている生の実感のあざやかさに通じる。

存在とは存在するものが存在することである。だとするなら存在は現代思想でいうpresence（現前）という言葉の扱う問題領域と重なる。ジェイムズ・ハセンは簡潔に「Presenceとは存在にかかわる問題圏を示す形而上学で用いられる術語で、空間的（対象の現前）と時間的（現在の瞬間）の二つの意味合いがある」と述べている。そしてデリダのいう現前とは「さまざまな存在の意味」を示すもので、事物の現前、時間の一点としての時間的現前、真の本質としての現前、デカルト的な意味での意識としての自己現前をも意味していると解説している。ぼくらのいう存在するものとはこの真の本質としての現前であり、存在することとは意識としての自己現前である。ところがデリダはこうした思考を現前の形而上学として批判している。それは理論体系の外部の権威に依存し、信をおくロゴス中心主義である（ホーソン140）、と。

したがって今早口にぼくらの哲学的立場を明かせば、それは真の本質として世界の根底に生命的なものをおく有機体説ということになる。それは今日ではホワイトヘッドやドゥルーズの思想に展開されているが、古典古代の思想ストア派に淵源する。それはまた古来宇宙の根源に〈元気〉を考える中国の気の思想とも関わる。やがて触れるがケ、ケガレ、ハレといった日本民俗学の概念はそうした気の具体化といっていい。この有機体説——生気論、生気説ともいう——が自己の存在感の内実を説明するものである。

自己の存在感とは〈今ここに私がいる〉という自分の存在の直覚である。その直覚は、直感として自分を支えている生命的な活力を感覚的に把捉している。存在の内実の感じを捉えている。同時にそれは直観として、生命的なものの観念を形成している。だが、直観は知に働くとき自分の存在のありようを無意味な虚空を無意味に浮遊しているといった具合に観念することもある。さらには世界は合理的なのか、それとも不合理なのか、人生に意味はあるのかないのか、そのいずれとも判断しえないところで直観はためらう。そうした直観にたいして生命的なものに突き動かされる直感が有無を言わさず弁明を求める。つまり直感が直観を扇動する形で思弁が駆動する。それがぼくらの思考の動因であり出発点である。

文学を含めたあらゆる芸術的な創造の開始もまたそのようなものである。芸術的な営為も根源的な虚無を前にして、にもかかわらずそれを意味づける存在の気配——つまりは存在感——をこころのうちに察知し、その気配を言葉にし、音にし、色彩や形にする。ただその存在の内実を（気配を）たとえば神と捉えるのか、あるいは生命的なものとみなすのか、そうしたものを虚妄としてあくまでも虚無と見定めるのか、その最初の判断に各種思惟の差異が生まれる。これはやがて本論で触れるが古典古代にキリスト教が勃興したときに直面した問題提起である。各種思弁の差異は、たとえば、そうした三択のうち、なにを真なるものと判断し、選択するかによるのである。存在感とはそうした根源的な判断から生まれる。美的経験もそこから生まれるのであり、芸術の創造とはそうした根源的な存在感の具体化なのである。

この辺の事情は、スタイナーの『真の存在』の一節があきらかにしている。スタイナーはぼくらの主題である存在感という言葉を用いて、人間は存在感から芸術を生み出し、また理解するのだと書いている。

絵画があり詩作があるのはなぜであろうか。この問いかけはライプニッツの、なぜ存在や物質があるのか、無がないのはなぜか、という問いかけとよく似ている。［…］現実界の色、変容の形、および反響は、人間の記録と反応の能力を測り知れぬほど超えている。［…］我々の存在感 our sense of being が美のホスト役を務めるのは分析の明晰性と知覚の間のこの緊張した中断においてである。

（二〇九―二一〇／201）

けっしてわかりやすい文章ではない。だが、つまるところ「存在感」は、分析と知覚の間で美のホスト役を務めているというのである。この「美のホスト」という比喩の解釈は複雑にして微妙である。人間は現実――「現実界」＝自然や社会や人生――を前にして、それを認識したり、道徳的な選択をしたり、美的に享受したりする。それが人生だが、知覚の対象である自然を法則で判断すればそこに科学的な存在感が生まれる。自然の営みを神のなせる技とすればそこには宗教的な存在感が生まれる。逆にいえば、そうした神的な存在感があるから、目の前の現実を宗教的に捉えるということでもある。ともあれここで「分析の明晰性」とは科学的知性であり、それが対象の「知覚の間」で中断するとは、そうした科学的認識を断念することであり、美意識はそうした機会に登場するというのである。そしてその美意識をホストとしてもてなす（リードする）のが存在感なのだ。スタイナーにしてみれば美意識を存分に作動させ、創造を促し、美的享受を主導するのが存在感なのである。しかもその存在感の内実は神的なものでなくてはならない。

こうした科学的認識の中断といったものではなくもっと日常的な経験のなかに美の在処というか出所を考えている例がある。ウンベルト・エーコのジョイス論『カオスモスの美学』である。そこではエピファニーをめぐって興味深い論考が展開されている。エピファニーとは人生の真実はこれだと啓示のように一瞬のうちに経験することである。その真実の直覚に美が発生すると『若き芸術家の肖像』執筆前後のジョイスは考えていた。その場合そのきっかけはなにも特権的な事物や経験でなくてもよい。つまらないもの醜いものであって結構。すべてはそれをどのように眺めるか見る側の、つまり芸術家の裁量にかかっているからというのである。ではその見る側の、つまり芸術家の経験あるいはそれを形象化している登場人物の経験はどうなっているのか。人間の経験はまず対象の感覚があり、次にそれの知覚がくる。ところがその知覚には普通の知覚と芸術家の認知があり、その認知によって捉えられた対象が満足のいくものであれば、それが美と経験されるというのである（27）。だが、ぼくらにしてみれば、その認知とは単なる知覚ではなく、一定のものの見方で対象を眺めることであり、そのとき対象は人生を一瞬にして理解させるような象徴に変わるのである。それがエピファニーであり文句なしの美的経験だが、そのヴィジョンは鮮烈な生の経験として持続する。

たとえばジョイスの『ダブリンの人々』の「イーヴリン」（大熊一九九二、二二―三八）。この短編のヒロイン、イーヴリンは船乗りとの駆け落ちの当日踏ん切りがつかず自分の部屋で躊躇している。そんなとき家を守れという母の遺言が想起され、結局それを守る覚悟を固める。それは習慣となった自分の生の継続ではあるが、伝統的なアイルランド的生の形を引き受けることであり、よしんばそれが労苦に満ちたものであれ、人生の現実であり、真実であることにかわりはない。それが決断するイーヴリンのエピファニーであり、読者の眼前に浮かぶそうした鮮やかな人生の光景は真に迫るものであり、まことに一つの美的経験である。エドマンド・バークは急峻な山や荒海に荘厳の美があるという。カントなら世界や人生の虚無にサブライムがあるなどというのだろうが、これはそうした生の真実の崇高美といっていい。そればかりではない。なるほどイーヴリンの選択はみずからを呪縛するものである。だが読者がイーヴリンを客観的に眺め、アイルランドの伝統的な女性の生の形を相対化するとき、読者にしてみればそれもまた一つの真実の経験であり美的経験である。それはイーヴリン（個別の女）のなかにイヴ（普遍的女性）を認めることだといってもいい。そのとき特定の文化の鋳型に流し込まれる以前の生そのものを実感できる。じつはぼくらはこの生命的なものの経験に真実をみるとき、本来的な美的経験をするのである。こうしてぼくらにしてみれば、美的経験とは単に人生の真実を理解するばかりではなく、生命的なるものを経験することということになる。いずれにしろ美は真実であり、真実なるものもまた美なのである。キーツは「ギリシア壺への頌歌」で「美は真であり、真は美である」と歌った。あまりにも有名なこの詩句はあまりにも抽象的で理解はまちまちだが――ふつうは宗教的真実でも科学的真理でもなく美が真であり、真は美のみにあるという意味だが（ウォーラースティン 一七九）――これがぼくらのぼくらなりの解釈である。

スタイナーは『真の存在』であらゆる芸術的創造の根源としての真なるものを（キリスト教の）神的存在としている。そして読者や鑑賞者の理想はといえば、芸術家のそうした神的存在の気配に一体化することであると説いている。神が創造行為を行うから、芸術家の創造がある。創造された人間の存在理由はそうした根源的に説明しがたい創造する真なるもの（神）を理解するところにある、と（二一〇）。

なるほど、スタイナーは神的存在の存在感から出発する。だが、ぼくらにしてみれば、被造物であるぼくらの〈今ここに私がいる〉という事実から世界を理解し、芸術的創造のありようやその享受のありようを理解することになる。つまりぼくらの世俗的な常識主義の存在感から世界や芸術の存在（真なるもの）を想像し、理解しようというのだ。

とはいえ、この分析の明晰性と知覚の間にあるのは、美的とか倫理的とか科学的判断ばかりではない。自然を利便性や利益の対象として眺める場合もある。問題なのは、そうした私利私欲といった特定の存在感のあくなき追求がその人のアイデンティティを決定し、しかもそれを反復享受しようとする欲望が生まれることなのである。これがぼくらのいう自己の存在感の呪縛である。じつはイーヴリンが選択した伝統的なアイルランド的生の形もその一つだが、問題はそうした自己の存在感の呪縛からの解放である。つまりは、自己の存在感の追求のなかで、存在の内実――物質的豊かさ――に拘泥するあまりに、本来的な存在感――存在している感じ――を忘れているからだ。いずれ存在感の呪縛からの解縛を含めて、そうした存在感一般を総合的に考察するのが第一部である。

スタイナーの存在感はキリスト教的なものである。では、日本のぼくらの存在感である〈今ここに私がいる〉にはどのような意味を考えることができるのだろうか。それは生命的なものだが、常識主義を掲げる手前、ひとまずは世俗的な楽しみに関わるといっていいだろう。ルソーは『エミール』第四編の冒頭でこんなことを言っている。

わたしたちはこの地上をなんという速さで過ぎていくことだろう。人生の最初の四分の一は人生の効用を知らないうちに過ぎてしまう。最後の四分の一はまた人生の楽しみが感じられなくなってから過ぎていく。［…］さらにこの最初と最後の、なんの役にもたたない時期にはさまれた期間にも、わたしたちに残されている時の四分の三は、睡眠、労働、苦痛、拘束、あらゆる種類の苦しみのためについやされる。［…］死の瞬間が誕生の瞬間からどれほど遠くはなれていたところでだめだ。そのあいだにある時が充実していなければ、人生はやっぱりあまりにも短いことになる。（中二二）

じっさい人生の最初の四半分と最後のそれは一般的にはそのようにイメージされている。では、そのなけなしの「人生の楽しみ」とはなんなのか。それは面白おかしく生きることかもしれない。贅を尽くしての観光旅行や趣味三昧や美食を鋭意追求することも考えられる。ひとによってはそれこそがルソーが生と死の間にある「時が充実して」いるというときの充実の形である。さらにいえば、蓄財や出世や名声を追求する行為やその結果こそそれだという人もいるだろう。だが、ぼくらにしてみれば「人生の楽しみ」とは生きることそのものを愉しむことであって、けっしてその結果ではない。たとえば会社のトップになったときの景色が見たいという。首尾よく権力の座について得意になっている自分の姿やその充実感を味わいたいということだろう。だが、大事なのはそうした経験をしている今ここの自分の存在をしみじみと実感することなのである。人生を楽しむためにはそうした態度こそが必要なのだ。実際、「折々の言葉」744で「若いとき、ひなげしの花びらを通して輝く光に心を奪われる時間があったろうか」というメイ・サートンの詩句を引いて鷲田清一はこう解説している。「年齢によって人は異なる現実に触れる。不死身の青春、生業に忙しい中年を経て老いを迎え、こんどは『生きること自体』を玩味するようになる」、と。なるほど「人生の楽しみ」は生きることそのものを愉しむところにある。だが、それはなにも老齢とはない。「生きること自体」の楽しみとは、「ひなげしの花びらを通して輝く光」そのものではなく、それか「ひなげしの花びらを通して輝く光」に感激するといった特権的な事物や舞台装置が必須というわけではない。「生きること自体」の楽しみとは、「ひなげしの花びらを通して輝く光」そのものではなく、それに感激する私の存在をしみじみと感じることなのである。煎じつめれば〈今ここに私がいる〉ということを楽しむことなのだ。それはそのための御用達しの特権的体験も必要ないし、ましてや行為の結果など問題ではない。たんに〈今ここ〉にいることを大事にすればいい。

今ここを大事にするとはしばしば遊びや無為でイメージされるありようである。たとえば日がな一日子供と遊び戯れる良寛や一茶の伝説的図像を思い出そう。まことにそうした子供と老人の生の在り方こそが時間の充実した人生を楽しむことであるかのようだ。シラーはこう言っている。「人間は言葉の完全な意味で人間である場合だけ遊んでいるのであり、人間はかれが遊んでいる場合だけ、完全な人間なのである」（ルカーチ二五三）、と。ほかならぬルソーもまた晩年当の『エミール』などの筆禍が巻き起こした迫害のなかで世捨て人をもって任じようとしたとき、そうした生きざまを語っているのである。『告白録』にはこうある。「孤独の無為はたのしい、なぜならそれは自由で自発的なものだから。［…］それは何をしでかすのでもないがたえず活動している子供の無為であるとともに、腕をやすめているあいだぶらぶらしている老いぼれの無為でもある」（下三一六―三一七）。

〈今ここ〉を大事とすることについて、遠回りのようだが、しばし別の角度から考えてみよう。たとえば、岩井克人との対談『終りなき世界』で柄谷行人は〈今ここ〉を犠牲にしてまで未来の革命的目標のために献身できるかという問題に言及してこんな発言をしている。柄谷の〈今ここ〉のこだわりが端的に知れるところである。

> 共産主義とは、目的ではなくて、現実の諸条件が生み出す絶え間ない現実の運動にすぎない。[…]そこに目的をもってきますと、[…]自分が生きてもいない未来のために、[…]いつも達成されるべき目的のために『今ここ』を犠牲にしなきゃいけない。[…]シュティルナーはアナキズムだと言われる。しかし、そのポイントは、単独性の問題だと思うんですね。それと、目的を前方に立てて「今ここ」をたえず犠牲にしてしまうことへの批判ですね。[…]というのは、『共産主義』(共同体主義)は、いつも『この私』[単独性]を犠牲にしてしまうからです。
>
> (二〇一―二〇二)

このどうしても犠牲にできない「今ここ」と「この私」とは、ぼくらに言わせれば〈今ここに私がいる〉というときの〈今ここ〉であり、〈私〉である。したがって「今ここ」を犠牲にできないとは、〈今ここに私がいる〉という感じ、つまりは、自分が今ここに生きているという感じを犠牲にできないということである。自分が存在している感じ、自己の存在感の実感はそうやすやすとは手放せないということである。「人生の楽しみ」とはこの自己の存在感を噛みしめることにほかならない。それこそが生きている実感だからである。どんな贅を尽くした快楽も快楽を経験している自分の今ここを自覚することがない限りその時の充実はない。だとするなら、それは苦痛のときにも経験される。苦しんでいる自分の存在をぼくらは実感できるからである。まことに「花の命は短くて、苦しきことのみ多かりき」だが、じつはその苦しみの最中にも苦しんでいる自己の存在を鮮烈に感じることが可能なのである。なるほど苦は人生の真実だが、してみれば苦悩のなかの自己の存在感も真にして美的な経験である。どうだろう、自己の存在感の経験こそが存分に人生を楽しむ極意、生の技法というべきではあるまいか。

やがて十分に検討するが、じつはそうした存在感ということばを最初に用い、それを人間の生の根底に据えたのは他ならぬ晩年のルソーである。じっさいレヴィ＝ストロースは「人間科学の祖ジャン＝ジャック・ルソー」で、ルソーこそ社会人類学の基本的な思考法を創始した人物であるといっている。なぜならルソーは自然や他者との一体化を経験する基盤となる在りようとしての存在感を人間の在り方の核心に据えているからである、と（41, 43）。そして『孤独な散歩者の夢想』の第二編のつぎのような経験を引用している。ルソーは散歩の途中、急ぎの馬車に並走してきた大型犬にぶつかって大怪我をするのだが、それから意識が回復する際の経験をこう書き留めている。「わたしは自分の全存在のうちにうっとりするような静けさを感じていたが、それを思い出すたびにいつも、どんな強烈な快楽の経験のうちにもそれとくらべられるものがないような気がする」（五七）、と。そしてそれは第五編の散歩で経験した存在感と同じなのであり、その「存在感 le sentiment de l'existence――英訳では a feeling of existing――は満足と安らいの貴重な感情なのであ」（八八／55, 42）ったというのである。この「満足と安らいの貴重な感情」こそ〈今ここに私がいる〉と念じるときに得られる感じにほかならない。

ところでこの a feeling of existing（＝existence）は、英語では、『真の存在』のスタイナーにみるようにa sense of being や presence（現前、気配）などと表現される。この presence には「存在」や「実在」に加えて、今ここにいるという意味で「現存」という訳語もある。Existence には、手元の電子辞書

『ジーニアス』で読んでみると、「現存」の他「現在」とか「存在」の意味がある。さらには実存主義のいう「実存」を含意するほか、「生存」や逆境での「生活」や「存在のしかた」「生活ぶり」をも指す。ということは、existence という英語が描きだしているぼくらの生とは一筆書き風にまとめればこんな具合になるだろう。人間は日常生活のなかでさまざま「生活ぶり」をし、ときには困苦のどん底といった貧相な「生活」すら営んでいる。そうしたさまざまな「存在の仕方」を強いられていながら、いつだって「現存」している――現に（今）在る――つまり「現在」を生きているのである。その「生存」こそ〈今ここ〉の私の生であり、そこで感じる現に存（あ）る感じ、「現存」の感じが存在感である。これを意識的に哲学の中心にすえたのが実存主義の「実存」ということになる。だが、ぼくらが見出す人生の楽しみとは、実存主義の目指す自由への投企といった特権的行為に一方的に依存するのではない。ドストエフスキーの地下生活者は「安っぽい幸福と高められた苦悩と、どちらがいいか?」（一九二）と問いかけている。だが、ぼくらにしてみれば、両者は等価である。安っぽい幸福にも高められた苦悩にもぼくらはひとしく自己の存在感を、つまりは生きていることを実感できるからだ。もっともそうした苦悩のなかに苦悩を感じている自分の存在感を看取することは得意の絶頂にある場合と同様見た目ほど容易でない。

ところでこの〈今ここに私がいる〉という存在感の経験は絶妙である。なるほど〈今ここに私がいる〉と意識するときその凝縮された瞬間の存在感は強まる。実存的生の鮮烈な経験などと表現される経験だ。だが、同時に〈今ここに私がいる〉とふと思うとき、それは時間の流れの外に出るふるまいでもある。それこそ非時間、無時間の経験である。たとえばテレサ・テンが〝時の流れに身をまかせと歌い、沢田研二が〝時の過ぎゆくままにこの身をまかせと歌うとき、その「時」は世俗的時間である。それは世俗的な自己の存在感の経験である。だが、流れる時を忘れて〈今ここに私がいる〉ことそのことにふと思いを致すとき、流れる時間は止まり、ぼくらは歴史的な時間の外、地政学的な場所の外に揺蕩《たゆた》うことになる。ときにはそれは時間や空間の意識もない、自己の意識すらないありようである。それをぼくらは本来的な存在感と呼ぶ。そしてそれを十分に意識化した場合には、ルソーが自分と自分の存在だけを感じているという経験と重なる。それこそ根源的な存在感である。

　とはいえ、この〈今ここ〉の自己の存在感はまことに捉え難いものである。〈今ここに私がいる〉という経験の〈今ここ〉は絶えずたちどころに〈かつてそこでは〉になってしまうからである。矢沢永吉が「時間よ止まれ」で〽生命のめまいの中で、幻でかまわない、時間よ止まれと歌っている。だが、時を止めることなどできない相談である。まことにそれは幻でしかない。では、その場合ぼくらはどうしているかといえば、〈今ここ〉の直覚を組織化すること、これである。その〈今ここ〉は、充実のときもあれば、意気消沈のときもあり、さらには憂さ晴らしの時もある。そうしたいたずらに流れ去る〈今ここ〉の経験を一定のパターンとして把握するのである。〈ここ〉を宇宙論のもとに組織化するのが、たとえば、知識社会学でいうノモス、カオス、コスモスで描かれる世界像である。また〈今〉の組織化を常民（農民）の生活に見出したのが日本民俗学で、そのケ、ケガレ、ハレといった概念は常民の生活時間の時系列のパターンである。それは日本語の気やそのキ、ケという二つの読みをめぐる振る舞いを検討することによって具体的に理解される。元気の気の充実した労働生活（ケ）の気力が失せ（ケガレ）ると、気晴らしをして（ハレ）活力を回復してまたぞろ日常生活（ケ）に立ち戻るという具合だ。ケ、ケガレ、ハレは気（生命力）の組織化といっていいが、そのケ、ケガレ、ハレという具合に組織化された時間の〈今ここ〉にそれぞれ独自の〈今ここに私がいる〉という自己の存在感が生まれるのである。それは気力充実した時の存在感（ケ）であり、無気力の時の存在感（ケガレ）であり、気晴らしのときの存在感（ハレ）である。ちなみにヘーゲルは哲学とは週日の労働のありようと日曜の存在のありようを妥協させること、つまり世俗的面と聖なる面を統合することであるといった（デコンブ 14）。これは哲学とは、日本民俗学の言葉でいえば、ケとハレを統合する営みであるというのと同じことだ。

そうしてみると、ぼくらは子供の在り方を別様にみることができる。なるほど子供は生きているが、生きていることを知らない。だが、大人からみれば子供の生は、無自覚ながら鮮やかな生を生きているのである。充実した気力の時でも、無気力の時でも、気晴らしの時でも、そこにあるのは気として捉えられたさまざまな様態の生が生きられている。遊びをこととする子供の生ではあるが、それは無意識ながらその気を生きており、まさに充実した生なのである。これをぼくらは本来的存在感という。

大人はといえば、生業として仕事をしないわけにはいかない。そこで、仕事を中心として、生活（生＝気）をケ、ケガレ、ハレという形で組織化する。結果として、子供が経験しないような、意識化したケ、ケガレ、ハレの経験をすることになる。しかもそうした現実的な実際的な生の組織化の過程で形成される独特の自己の存在感にこだわる。というのも、それがアイデンティティであり、個人的な〈今ここに私がいる〉という感じの中心となるからである。その拘り方が半端でなくなるとき、それが自己の存在感の呪縛である。私利私欲に励むひとは私利私欲に励んでいる自分に自己の存在感を看取するのであるが、もっぱらその存在感の追求のために、われを忘れてそれに没頭してしまう。その結果、本来的な存在感が見失われる。それはテレサ・テンの歌う女が男に尽くすことでのみ自己を感じるのであってみれば、その女性は尽くせば尽くすほどいよいよ自己の存在感の呪縛に捉えられていく。沢田研二の歌う男女の場合、伊藤整のいうような破滅型の生の形に存在感を感じることが習性になっているとするなら、それもまた自己の存在感の呪縛に捕縛されている。そこで、そうした個人的な自己の存在感の外に出ることを企てる。それがカレのありようである。その時得られるものの見方・感じ方というか存在についての直覚をぼくらは存在観といっている。

ネーゲルは『どこでもないところからの眺め』で、そうした生活者の主観的な立場から世界を眺めることを「ここからの眺め a view from here」といい、そうした主観的な立場の外に立って、客観的な視点から眺めることを「どこでもないところからの眺め a view from nowhere」といっている。そしてネーゲルは「望むらくは個人的なパースペクティヴと共存し、それを理解するような一歩離れたパースペクティヴを発達させることである」(86) といっている。存在観とはまさにこの後者の視点にたつことである。それはケ、ケガレ、ハレの循環の外に立つカレのありようである。そうやって自己の存在感の呪縛を逃れたときぼくらは根源的存在感を看取する。そして根源的存在感をもって現実に回帰するときぼくらは実在感を経験する。遊びに興じる子供が本来的存在感を表象するとすれば、そうした子供と一緒になって戯れる良寛の伝説的イメージはこの根源的存在感を表象する。それは流れる時間の外の経験であるが、実在感はそうした根源的存在感を歴史的時間内で実現するときの経験である。

じつは恋に落ちたとき人はすでに日常的時間の外にいる。矢沢永吉の歌う濃密な性愛のさなかでは二人はすでに時間の外に出ているのであって、あえて時間を止める必要なんてない。それはすでにして社会的常軌からの逸脱であり、りっぱな根源的存在感の経験である。恋愛が革命的であるというのはそういう意味だ。たとえばバディウの『倫理』を参照してもらいたい(二〇〇二―一〇三またジジェク『出来事』179–80)。したがって社会道徳や労働倫理を破ってまで恋を実現せんとすれば――いやそうした道理を踏み外さなくても――それは立派な実在感の経験なのである。よしんば本人がそれに無頓着であっても。だが、ぼくらはそれに自覚的であろうというのである。それが形而上学的経験としての存在感の一形態としての実在感の経験だからである。

かくしてぼくらは〈今ここに私がいる〉という自己の存在感をめぐって、日本民俗学のケ、ケガレ、ハレの概念を支えにしながら、それとはまったく似ても似つかない本来的存在感、呪縛する自己の存在感、存在観、根源的存在感、実在感といった〈今ここ〉の意識の多様なありようを明示する概念を手に入れるのである。

まことに存在感とは意識のありようである。そのさまざまな意識の在り方や、それが存在感を中心に組織化されている実際を検討することをぼくらは存在感分析 presence analysis という。かいつまんで概略を述べれば、自己の存在感とは自分の存在の直覚である。その存在の直覚から初めて多様な存在感を論理的に体系化する試みが存在感分析である。じつはその直覚は直感と直観に分節する。その統合が自己意識であり、それが自己の存在感の実体である。それが固定化すると呪縛する自己の存在感となるといった具合である。詳しくは第一部で論じる。ところで呪縛する自己の存在感はそれが昂じると病的になる。それを文学作品の言説分析 discourse analysis をとおして癒すのをぼくらは存在感分析のセラピーと呼んでいる。これは第三部で扱う話題である。

ところで芸術もまたそのもっぱらとするところは存在感の組織化である。たとえば文学作品は、地理的背景や登場人物の布置などで空間としての〈ここ〉を組織化し、時代背景やプロットで時間としての〈今〉を組織化する。そうやって作家は世界と世界についての感じを書き込み、読者はそこに自分の世界についての感じを読み込む。バルトは文学の読み方に「快楽の読書」と「悦楽の読書」という二つがあるといっている。「快楽の読書」とは、作品のなかに自分を読み込む読み方である。これはぼくらに言い方では読書の行為のなかに自分を見出し、自己の存在感を追認することである。なるほどこれは快楽であるが、同時に形成＝構成された自己に縛られることでもある。自己の存在感の呪縛の一つの形である。ところがそうした読みから逸脱する読み方が「悦楽の読書」なのである。つまりは自己の存在感の呪縛から解縛される読み方だ。それこそ存在観の経験である。読書にも自己の存在感の呪縛とそれからの解放という存在感の組織化が企てられている。「悦楽の読書」はまさに存在感分析のセラピーの実践である。

スタイナーは『真の存在』のなかで、「真の存在」と「真の不在」ということをいっている。「ジョルジョーネの〔宗教、寓意、歴史などの含意のない〕風景画が真の存在の顕現を表現しているとすれば、もしそれが芸術と、人間や世界の問題における神秘性への衝動との密接な関係を主張しているとすれば、マレーヴィッチやアド・ラインハルトの作品〔ともに幾何学的な抽象画〕が『真の不在』との遭遇を決して劣らぬ権威をもって表現していることは間違いない。ポスト構造主義や脱構築にしても同様である。デリダの読みのなかには『常に不在』の『ゼロ神学』がある」（二四〇―二四一）、と。なるほどスタイナーのいう「真の存在」とはぼくらのいう根源的な存在感である。だが、ぼくらにしてみれば「真の不在」もまた根源的な存在感の経験なのである。生命的な存在の経験と同様に。それは存在があってなぜ無がないのかという根源的な問いの一方の経験だからである。それにぼくらは脱構築の読みには呪縛する自己の存在感からの解縛の効果があるとみている。つまりそれはバルトのいう「悦楽の読み」に通じる手法なのである。

社会にしてからが存在感の組織化といっていい。たとえばレヴィ＝ストロースは「人類学の領域」で、社会には「熱い社会」と「冷たい社会」のふたつのタイプがあるといっている。一方は近代化以後の功利を求める効率一辺倒で人間や社会の管理をもっぱらにする社会と、他方は自然の与える範囲で生産し、そのかぎりで人口を制限し、すべてを満場一致でなければことを進めないという社会である（30）。「冷たい社会」はゼロ成長の社会を予見するものであるが、それこそ生命的なるものの存在感（本来的根源的存在感）を中核にすえる社会であり、ぼくらのいう〈今ここにある〉ユートピアを具現するものである。それを実社会に具体化するのが生政治、ぼくらの〈生治〉なのである。これにたいして「熱い社会」は利潤追求といったエゴイズムを自己の存在感と心得てひとえにその実現のために組織されている。

この本来的存在感にしろ根源的存在感にしろ、その具体的形はけっしてどこか遠くにあるのではない。それこそ〈今ここ〉にある。早い話が『メアリー・ポピンズ』のロバートソン・アイのように、なにもしないでボーっとしているとき本来的存在感を、つまりは充実した生を無意識的ながら生きているのである。じつはそうやってぼんやりしているとき脳はデフォルト・モード・ネットワークの状態にあり、それはクリエイティヴな活動をしているときと同じらしいのだ。だが、なにも考えずぼやっとしているような時間はすぐにあれやこれや瑣事で消え去る。遊びにしてもそうだ。本来的存在感の生命感は遊び戯れる良寛と子供たちによって体現されているが、それもまた仕事によってさっさと脇に追いやられる。根源的存在感にしてからが〈今ここに私がいる〉と意識すれば生き生きと看取できる。じつに簡単なことだ。だがそれを日常の瑣事に忙殺されるなかで実践することはじつに難事なのである。そうしたユートピアの時は大人たちの実社会でもつねにすでに存在している。ただぼくらはそれに気づく暇がないだけである。それを覆い隠す人間の打算的なエゴイズムがあまりにも優勢だからである。ぼくらの生政治＝〈生治〉は、そうしたエゴイズムに抗して今ここにあるユートピアを自覚＝実現する営みといっていい。その存在感の内実は生命的なものである。したがってその実現の具体的な形はといえば、たとえばそれはロレンスのいうデーモンクラシーといったヴィジョンである（大熊二〇〇九、二八七—二八八）。それはデモクラシーが掲げるたんに自由平等や普通選挙といった理念の実現ではなく、各人の生命的なるものすなわちデーモンを実現する社会の仕組みの建設なのである。これは第二部の後半と第三部の後半で検討される。

ところでレヴィ゠ストロースのいう「熱い社会」と「冷たい社会」の形成の背後には記号過程の三極構造と四極構造が作動している。それは呪縛する自己の存在感やそれを解縛する存在観を作動させていた当のものである。なんのことかさっぱりだという声が聞こえてきそうだが、それをとくと解説するのが第二部後半なのである。また第三部の後半では、自己の存在感の呪縛という病からの治癒と存在観をもとにした社会のありようとその構築のプログラムを検討する。

こうしてみると、存在感の芸術による組織化と社会による組織化の間にはどうやら類似性がある。両者の背後にはパースのいうような記号過程が作動しているからである。しかもこれは宇宙の誕生から社会の形成や人間の意識の発生や文学の形成にいたるまで貫徹しているというのがぼくらの考えである。これを検討するのが第二部の前半である。

すでに引用したようにルソーによれば成人は、そのすごす人生の四分の二のうちの四分の三は、つまり三分の二は苦痛であるといっている。子供にしてからがけっして生きることは容易ではない。メラニー・クラインを待つまでもなくシェイクスピアのリア王ではないが赤ん坊は泣きながらこの世の生まれてくるのだ。だが、にもかかわらず、「人生の楽しみ」が自己の存在感にあるなら、それは苦渋の生活のさなかにも経験できるのである。苦しんでいる自分の存在をしみじみと思えば、悲嘆に暮れる自分の存在をふと心に念じてみれば、そこに自分の存在を看取できるからである。それはすでにして「人生の楽しみ」となる。それが生の極意である。存在感とはまことにデモクラティックである。キャデラックの淑女もビニール袋を提げたホームレスも生きていることを実感することに関しては平等なのだ。存在感こそ人生の意味とみなすぼくらは、ルソーのいうような存在感という今ここにあるユートピアを根底にすえて、それをもとにした社会、共同体を形成しようと考えている。そしてその可能性は今ここにある。

さて、こうしたラフスケッチをもとに、これからじっくりと「存在感の批判理論」とでもいうべき一枚の絵を完成させるために、腰を据えて筆を加えていきたい。まずはあらためて存在感の全容をつぶさに記述してみよう。

第一部　存在感とはなにか

存在感という言葉はそこそこ流通している。〈富士山には存在感がある〉とか〈あの俳優は存在感がある〉とかだが、たいていは褒め言葉である。だが、なぜか〈俺は存在感がある〉とはいわない。どうやら存在感という単語はもっぱら他人や事物の場合に用いられるものらしい。とはいえ、存在感が話し手と結びつけられることもないわけではない。たとえば、クンデラの小説のタイトルではないが〈存在の耐えられない軽さ〉といえば、自分の存在の価値のなさをいうのであり、存在感が希薄であるとか存在している実感がないという意味である。テレビで将棋の森内永世名人が羽生さんの活躍の前では自分の存在感が薄く感じられてならない時期があったと述懐していた。してみると、どうやら、存在感は時と場合によって肯定的意味にも否定的意味にもなるらしい。存在感という言葉のふるまいはなかなか興味深い。だがなおのこと興味深いのは、存在という言葉とくらべ存在感はあまり表だって取りざたされてこなかったことだ。それはけっして重要性がないからというわけではあるまい。これから存在感について考えるのだが、手始めにそこらへんから探ってみたい。

第1章　自己の存在感という経験

ソーントン・ワイルダーの三幕物の戯曲『わが町』でエミリーは、早死にしたあと霊となって自分の住んでいた町を再訪する。そのときかつての隣人たちの慌ただしく些事にかまけている生き様をみてこんなふうに慨嘆している。「ああ、この地上の世界って、あんまりすばらしすぎて、だれからも理解してもらえないのね。［…］人生というものを理解できる人間はいるんでしょうか――その一刻一刻を生きているそのときに？」（一三〇―一三七）。この慨嘆には納得できるところがある。よしんば忙中閑ありで自分を振り返る機会があって、自分の成功や世界のすばらしさを称えたとしても、「一刻一刻を生きているそのとき」の自分の生そのものをちゃんと味わっているわけでは、かならずしも、ない。ぼくらは刻一刻〈いまここに私が生きている〉といった経験に、どうやら驚くほど無頓着なのである。生きて今ここにいるという感じをしみじみと実感することに思いを致すことなどそれこそ思いの外なのである。そんなことよりも、しなければならないこと、結果を出さなくちゃならないことが山ほどある。それればかりか娯楽や付き合いや広くは世界情勢や狭くは三面記事のスキャンダルといったもろもろの事柄がたえず気を引いて離さない。そこで『わが町』の舞台監督ではないが、「この星だけが、なにかましなものになりたがって、年がら年じゅうあくせくと力んでいる」(一四〇)ということになる。だが、人間とはなにものかになるために、なにかの目的のために生きているのだろうか。すくなくともエミリーにとってはそうではない。人生の極意とはただ生きていることを享受することにある。どうやらエミリーのいう人生を理解するとはそういうことらしい。

では、「その一刻一刻を生きているそのときに」生を享受するとは一体どういうことなのか。ぼくらは、ひとまず、それは生きている自分の存在を実感することだと考えている。〈今ここに私がいる〉ことを自覚することである。たとえばマーチン・エスリンはベケットを論じながらこう言っている。「生きていることは自分自身を自覚することである。そして自分自身を自覚するとは自分の想念に耳を貸すことである、あのきりのない容赦ない言葉の流れに」(83)、と。ここで「自分自身を自覚する」とは、自己が存在していることを実感すること、つまりは自己の存在感を看取することだが、それこそが生きていることだというのだ。しかもそれは言葉からなる「自分の想念」に自己を感じることだというのである。それに存在感を大事とすることに関しては、当のベケットの『ゴドーを待ちながら』にこんなやり取りがある。エストラゴンが「いつもなにか見つけるからな、おれたちは、そうだろう、ディディ、存在感 the impression that we exist ってやつを感じられるようなことを」というと、ディディ[ヴラジーミル]が「そうとも、そうとも、わたしたちは魔法使いだよ」(63/一三四)と合いの手を入れるのである。神不在の不条理な無味乾燥と思われる生存のさなかで存在感の経験をまるで魔法のようだと称えているのである。

というわけで、存在感についてこれからとっくりと考える次第である。だが、それにしてもぼくらが自己の存在感などにこだわるのはいったいどうしたことなのか。

1　なぜ存在感なのか――幸福と自己の存在感の快楽

アガンベンは『人権の彼方へ』でこんなことを言っている。「人間――潜勢力をもつ存在としての、つまり制作することも制作しないこともでき、成功することも失敗することも、自分を見失うことも見出すこともできる存在――は、生において幸福が問題となる唯一の存在であり、人間は取り返しのつかないほどに、苦しいほどに、生が幸福へと割り振られている唯一の存在なのである」（一二）、と。なるほど人間は幸福を求める存在である。だが、そうなのだろうか。よしんばそうだとしてもその幸福の中身が問題である。というか、ありていにいえば、求められるのは、もはや、いわゆる幸福といったものではない別の生の経験ではないのか。それこそ成功にも失敗にも、製作してもしなくても、自己を見失ってすら得られるような生のあざやかな実感としての自己の存在感である。人間とは自己喪失すら自分の存在感の経験としてしまう存在なのである。

（1）幸福と存在感

幸福の具体化の定番である結婚を考えてみよう。その開始を告げる通過儀礼である結婚式で新郎新婦に贈る言葉の紋切り型は〈幸せになってね〉とか〈どうかお幸せに〉である。ひとことで言えば、これは幸多かれとふたりの幸福を願うことである。これほど人生の目的が幸福であることを高らかに宣言している事例はない。ではその幸福の中味はどうなのだろう。それにはこの〈幸せ〉と〈幸い〉の言葉の意味を思い起こせばいい。

〈幸せ〉という言葉には、〈仕合わせ〉つまり〈仕合わせる〉で、ふたつかそれ以上の事柄をぴったりと合わせる、タイミングをよくやるという意味合いがある。なにかにつけ運よく（巡り合わせがよく）首尾よく終わることである。英語でいうhappinessも、その語源がhap（偶然）であり、幸福はまぐれから生まれることを示している。つまり幸不幸は糾《あざな》える縄のごとき偶然のものだから、何事も運が良ければ万々歳となり、富み栄える。それが〈仕合せ〉なのである。『マイ・フェア・レディ』のイライザの父親アルフレッドではないが、ほんの少し運が良けりゃ、この世は天国なのだ。これはこの世にしろ、宇宙にしろ、そもそも偶然から成り立っているという暗黙の根源的な認識がその背後にある処世術である。一寸先は闇であり、世界は不条理であり、人生は非情であるという厳しい経験知のなせる不安な世界観の仕業である。

だが、〈幸せ〉には別様の意味合いもまたある。〈幸せ〉の〈幸〉は〈幸い〉からきているが、〈幸い〉とは〈幸う＝さきわう〉で、これは、豊かに栄えるという意味の古語〈さきわふ〉が語源である。ということは、〈お幸せに〉という贈る言葉には、海の幸、山の幸という表現が端的に示しているが、農民が豊作を願うように、漁師が大漁を祈るように、二人の将来の家庭の〈豊かな繁栄〉（生の充溢、命のさきわい）が祈念されているということになる。これは〈幸福〉の〈福〉の語義である〈神から恵まれた豊かさ〉に通じる。ということは、「おしあわせに」（お仕合わせ＝お幸せ）というとき、この世は先のことはわからないが、よいめぐりあわせをうけて、家族の豊かな繁栄を達成することが願われている。いずれにしろ、結婚式という晴れの行事の慣用句である〈幸《さち》〉という言葉は、公然と、これからの人生のゴールはひとえに幸福になることであると宣言していることになる。

とはいえ、新婚の二人にしてみれば、将来の幸いも期待できるが、当然のことながら、現在只今の仕合せを噛みしめているはずである。二人はまことに千載一遇の機会（ビッグバン以来の一三五億年に一度の機会）に恵まれて結ばれたわけであるからして、その見事な、奇跡的なタイミング（仕合せ）をこころから喜んでいるはずである。二人の胸の内には結婚式の後の夫婦生活への期待もあろうし、すでに確かめ合った愛情を――さらには性愛の陶酔を――層一層深める喜びもあるだろう。それはまさに〈今ここ〉の喜びであるといっていい。それこそ〈今ここ〉に実現された幸福でなくてなんであろう。

だが、ぼくらのいう存在感はそうした〈今ここ〉の喜び、幸福とはいささか違っている。みんなに祝福されたその喜びのなかで、その一つの達成感に有頂天になって我を忘れているといったことではない。そうではなく、そうした幸福感にひたっている自分の存在を意識することである。それが〈今ここ〉の自己の存在感である。なるほど佐良直美ではないが〽いいじゃないの今が良けりゃというわけで幸福であれば何でも許されるという立場もある。実際人生の目標は幸福になることであるという考えは一般的だ。だが、歓喜に溢れていることが、ただちにいきいきと生きていることなのだろうかというと、かならずしもそうではない。幸福に酔い痴れるのではなく、むしろそうした幸福を享受している自分の存在を意識的に自覚すること、それこそがしみじみと生きていると実感することなのである。生き生きと生きているという実感を噛みしめることなのである。それがぼくらのいう自己の存在感の経験である。喜びの情念そのものの経験ではなく、それを経験している自己の存在に思いを致すこと、これである。

（2）情念の意識としての存在感

なるほど、そうした喜びや楽しさ、幸福感や絶頂感というものそれ自体が生き生きと生きていることの実感を与える。そうした喜びを感じている自分を意識すれば、そのとき鮮やかな自己の存在感を得る。だが、たとえば結婚式の列席者のなかに、二人の幸福を目の当たりにしながら、新婦への、あるいは新郎への失恋の、嫉妬の苦渋、敗北の憂悶を抱えている人物がいるとしよう。そうした人間の密かな苦悶は、傍目以上に苦々しく、苦痛以外のなにものでもない。だが、そうした参列者の場合も、その気になれば、そうした悲嘆を感じている自分の存在は、その臨場感があるだけそれだけ鮮やかに実感されるはずである。自己の存在感は、けっして喜びの感情に伴うといった偏頗なものではない。たとえば詩人澤村光博は「いちばんさびしくなる時が／もっともはげしく生きる時だ」（一九六）と書き留めている。実存主義者なら虚無＝死を前にしたとき、もっとも実存としての自己の存在感を鮮烈に感じるというだろう。生の意味を無化するような経験を前にしてもそうした経験をしている自分の存在に人は意味を感じることができる。自己の存在を感じることが生きることの意味であるとするなら、まことに幸福ならぬ存在感の探求こそ、人生の意味の探求ということにならないだろうか。それにそもそも幸福の実感と幸福を実感している自分の存在の自覚はどうやら別の経験のようである。そこに存在感のみえにくさもまた淵源している。

デカルトは『情念論』で「内的感動」ということを言っている。

またわれわれが、書物の中に異常なできごとを読んだり、それが舞台に上演されるのを見たりするとき、［…］あらゆる情念を、われわれのうちに引き起こす。けれども、それらの情念がわれわれのうちでひき起こされることとそのことを感じて、快感を持つ。この快感は「知的な喜び」であって、喜びであるが、他のすべての情念からと同様、悲しみからも、生まれることができるのである。

（一九七四、二〇八）

人間は、書物を読んだり、舞台を見たりした結果、喜びや憎しみの情念を持つ。だが、それと同時に、そうした情念がこころに発生したことそのことにも「快感」が生まれる。いわば情念についての情念の快感である。それをデカルトは「知的な喜び」であり、それが「内的感動」の実質であると言っている。情念が「われわれのうちで引き起こされることそのこと」を感じて快感を持つと言うのだ。デカルトはそれ以上突っ込んではいない。が、この情念が自分のうちに起こっていることを感じている自分の存在を感じることになれば、それこそ自己の存在感の実感である。なるほどデカルトは「我思うゆえに我在り」といったた。だが、ここでは一世紀後にルソーが唱える「我感じるゆえに我在り」という自己の存在感の感じ方をすでにしてひそかに漏らしていることになる。

いずれにせよ、この「知的喜び」つまりは「内的感動」とは、幸福の、喜びの情念といった生理的心理的な形而下的な経験ではなく、それについての形而上的な経験だということである。ヴィトゲンシュタインは『論理哲学論考』で「主体は、世界に属さない。それは世界の限界である」(一一六)といい、さらに「この哲学的自我は、人間ではなく、人間の身体ではなく、心理学が扱う人間の心でもない。それは形而上学的主体であり、世界の――部分ではなく――限界なのである」(一一八)といっている。喜びという人間の心の動きは心理学に属するが、それを意識する私、存在感を感じている主体は、すでに哲学的な私なのである。自己の存在感は形而上的な経験であるとはそうした意味である。とはいえそれはあくまで感じであるからしておだやかな存在感とかひりひりする存在感という具合に質的にさまざまな様態があることもまたたしかである。ノゾエ征爾作『鳩に水をやる』の文学座アトリエ公演(二〇一七年一二月)で登場人物の一人が「このことが成就したらどんな存在感が感じられるかな」などといっていた。台詞はうろ覚えなのだが、これはあきらかに存在感の質に言及したものにほかならない。

2　ルソーの存在感

（1）「現存するという感情」

存在感ということを明確に述べたのは、管見によれば、『孤独な散歩者の夢想』のルソーである。ルソーはそれを端的に「わたしたちが現存するという感情」（八八）であると説明している。それこそぼくらのいう自己の存在感であり、平たくいえば〈今ここに私がいる〉という感じである。そうした感情の実体はなんのか。それはどんなときに起こるのか、そうしたことを考えるための具体例を、ぼくらは「第五の散歩」のなかに読むことができる。ルソーはスイスのビエーヌ湖に浮かぶサン・ピエール島において「あるいは水のまにまにただよわせておく舟のなかに身をよこたえて、あるいは波立ちさわぐ湖の岸辺にすわって、またはほかの美しい川のほとりや砂礫の上をさらさらと流れる細流のかたわらで、孤独な夢想にふけりながら、しばしば経験した状態」であると断って、こう説明している。

　そのような境地にある人はいったいなにを楽しむのか？　それは自己の外部にあるなにものでもなく、自分自身と自分の存在以外のなにものでもない。この状態がつづくかぎり、人はあたかも神のように、自ら充足した状態にある。他のあらゆる情念をふりすてた存在感 le sentiment de l'existence はそれ自体、満足と安らいの貴重な感情なのであって、この世でわたしたちの心をたえずこの感情からそらして、その楽しさを掻き乱そうとするあらゆる官能的な、地上的な印象を自分から遠ざけることのできる人には、その感情だけで十分にこの存在は愛すべき快いものとなる。（八八／113）

いかにもロマン派的な状況説明はともあれ、美しい湖の岸辺での夢想のさなかでルソーが享受しているのは「自分自身と自分の存在以外のなにものでもない」。つまり「他のあらゆる情念をふりすてた」存在感という感情だけである。ぼくらに言わせればこの存在感とは自己の存在感であり、「自分自身と自分の存在」の直覚から生まれている。まことに自分の存在についての感じである。純粋な自己の存在感であり、反省の上にたつ形而上的な直感である。その意味で、それはすでに触れたデカルトの『情念論』で言われた情念についての感じとしての知的な「内的感動」といっていい。そうした自己の存在の直感から人間はさまざまな心理的な効果を得ている。ルソーの場合には、単なる情念についての感じではなく、そうしたものとはひとまず無縁となってたんに存在している「自己の存在」そのものの感じであり、同時にそれを意識している「自分自身」のそれである。まことにそれはただあることで十分というありようである。そこでは時間は止まっている。時間の外の経験である。じっさいルソーは自分の自足した存在感の経験を「神のように、自ら充足した状態」と表現している。これは情念や夢想や美しい川などの存在感ではなく、それを感じている自分の存在感であり、すべてを忘れてもっぱら自分の存在感そのものに満たされているさまである。ルソーは自己の存在感の直感の心理的効果として、「満足と安らいの貴重な感情」の豊かな経験を得たというのである。

こうしたルソーの自己の存在の直感はパースの一次性の経験と似ている。パースは一次性の特徴のひとつとして「現前性 presentness」を取り上げているが、そこにはこうある。「現前するものはまさにそれが現前しないものに関係なく、過去と未来に関係なく、在る通りのものであ」り、「それは他のいかなるものとも全く関係なくそれ自体であるようなものの在り方である」(一九八五、一五六―一五七／1963. 31)、と。ここでパースは一般的なものの現前について語っている。だが、現前とは人間にとって〈今ここに私がいる〉ことであるが、ルソーはそうした人間の現前の直覚つまりは自己の存在の直覚を、たんに直観的に知的に分析するばかりではなく、直感的に感覚的に存在感として称えているのである。

まことに自己の存在感のこうした経験は、それさえあれば人生の長短などお構いなく、たとえ人生がいかに艱難辛苦に満ちたものであったとしても——ルソーがそうであったが——生まれたことを一挙に意義づけることになる代物だといえるだろう。これを経験しさえすれば、もはや人生の無意味さ加減といった感情とあっさり無縁となれる。『わが町』のエミリーの嘆きは、こうしたルソーの姿をみればひとまずは解消されるかもしれない。

(2) 存在感の経験の多様性

こうしたルソーの存在感の経験は人間にとって根源的である。だからこそ、その自覚をぼくらは根源的存在感と呼ぶのである。だが、それはいささか特殊な特権的経験かもしれない。じっさい、ルソー自身、もっと一般的な自己の存在感の経験を語っている。つまり、人間は事物を知覚したり、こころにさまざまな感情を抱いたりするのであるが、そうやって感じる(心を動かしている)自分に自己を実感するというのだ。まことに『エミール』では「わたしたちにとっては、存在するとは感じることだ」と断じている。これはサヴォアの叙任司祭が、その信仰告白で語った言葉である(中二二二)。だがぼくらにとって興味深いのは、その部分の自注である。

ある点からいえば、観念は感情であり、感情は観念である。この二つの名称は、知覚の対象のことも、その対象に心を動かされているわたしたち自身のこともわたしたちに考えさせるあらゆる知覚にあてはまる。そういう心の動きにふさわしい名称を決定するのはその順序にすぎないのだ。まず対象のことを考え、反省することによってのみわたしたちのことを考えるばあいには、それは観念のことであるが、はんたいに、うけた印象が最初にわたしたちの注意を呼び起こすばあいには、そして、反省することによってのみ印象を引き起こす対象を考えるばあいには、それは感情である。（中四一三、注25）

ここで「対象に心を動かされている私たち自身」とは、知覚してこころを動かされている当人であり、「私たち自身のこともわたしたちに考えさせる」とはそれを意識していることである。じつは、そうやって「対象に心を動かされている私たち自身」を直感するとき、ぼくらはぼくら自身の存在を実感する。それこそぼくらのいう自己の存在感の経験である。だがこれはすでに触れたルソーの根源的存在感とはいささか趣の異なる存在感である。観念や感情に関わる存在感だからだが、じつはそこに存在感生成の隠れたメカニズムがある。

なるほど、ルソーによれば、人間は知覚の対象も感情も観念もそれらの意識も同じ自分の内面の出来事として直感し、直観している。つまりぼくらにすれば、直覚という本来的な形でとらえている。だが、そうした直覚にはすでに記号過程が作動している。英語では直覚も直観も intuition であるが、存在感分析では直感とあわせてこの三つを以下のように区別している。直覚はパースにならって記号過程の一次性のありようといっていいが、直覚の記号過程が展開すると、それは直感（感性的直覚）と直観（知的直覚）に分節される。そして感覚＝直感された対象を直観＝観念でとらえれば、それが知覚ということになり、最終的には対象の認識という形で意識となるのである。だとするならこれは対象（直感）を記号（直観）で指示することで解釈項（意識）が生じるという記号過程にほかならない。じつはその対象や観念や意識にそれぞれ存在感が発生する。さらには、その対象や観念（感情）や意識（私）について意識する存在として自己の存在感が発生するのである。ちなみに存在感は対象、観念、意識についての直接性でもあるが、この三つは岩本光悦のいう「三つの直接性」（三六）に当る。つまりそれぞれ「存在」という「知に対する直接性」、「思惟」（範疇、自我）という「知の直接性」、その二つの直接性の「知的直観による統一の直接性」に対応している。

こうした多様な存在感の発生は一般的にはこんな風に例解できる。たとえば富士山の存在感とか中国の存在感といった表現がある。富士山の場合、その存在感の経験とは、まず富士山に山という対象としての存在感を感じる。また観光ガイドから伝統的な修験道の話を聞けば、そこに神秘的な宗教的観念の存在感を感じる。その結果あらためて富士山を眺め、富士山（対象）を修験道（観念）で解釈し、そこに生まれる霊峰といった崇高さの具体像としての富士に感銘を受けるなら、それは解釈項の存在感である。さらにはそうやって理解している自分の存在感を看取すれば、それは自己の存在感となる。また台頭する中国に国家としての存在感を感じ、その結果、その意味を考えるために国際情勢を想起するなら、そこには知識としての観念の存在感を感じ、さらにその知識でもって中国の国際関係での立ち位置を解釈すれば、それは解釈項の存在感であるが、その結果たとえば日本人として不安を覚える自分を感じれば、それは自己の存在感の経験であるという次第である。

とまれ、存在感は、対象、観念（感情）、意識の三つの領域で発生し、それぞれ事物の存在感、観念の存在感、意識の存在感として経験され、最終的にそれらを経験する存在としての自己の存在感が経験されるということになる。

（3）常識哲学と存在感の哲学

日常人の生活感覚をその思考の出発点にしている哲学がある。それが一八世紀のトマス・リードから二〇世紀のG・E・ムーア、A・N・ホワイトヘッド、後期ヴィトゲンシュタインにまで連なる常識哲学である。ぼくらはふつう庭木を見て松と言えば、その松が存在していることを信じて疑わないし（リード118）、それを見ている自分もまた存在していることを確信している（154）。そうした信念が常識哲学の出発点だが、ぼくらのいう存在感はそうした対象や自己の存在のゆるぎなさに端を発している。しかもリードによればこれは万人共通の基本原理である。ぼくらが木の存在感とか自己の存在感のいうとき、その存在感とはそうした人間に普遍的な信念から生まれる経験である。

ちなみにジジェクと共著のあるマルクス・ガブリエルは『なぜ世界は存在しないのか』で、新しい実在論は二つのテーゼからなるが、第一は「わたしたちは物および事実それ自体を認識することができる」ことであり、第二は「物および事実それ自体は唯一の対象領域にだけ属するのではない」（一六九）ということであるといっている。つまり物や事実は存在しているし、存在しているのは物質的対象ばかりではなく、論理法則や人間の認識も存在しているといっている。物や事実の存在を信じ、しかも観念や事物や意識の存在感をもっぱらとするぼくらの常識主義と通じるものがある。またフランスのメイヤスーは『有限性の後で』で「事実性を通じてのみ、わたしたちは、絶対的なものへむけての道を開削できるのである」（一一〇）といっている。アメリカのスティーヴン・シャヴィロは『モノたちの宇宙』ではホワイトヘッドに依拠し、たとえばハーマンを引用して「われわれはつねに現実＝実在と接触している」（四二）といっている。その当のグレハム・ハーマンは『四方対象』のなかで「感覚的対象」「実在的対象」などといっているが、マルクス・ガブリエルを除けばいずれも素朴実在論や常識主義そして生気論などを否定して、実在についての論理的な思弁を追求するものである。ぼくらはといえば実在のこちら側、存在の側から実存の経験を含めたすべてを経験しようというのである。

トマス・リードは対象の存在と観察する自分の存在を確かなものとして前提している。G・E・ムーアはこれに確固たる存在として空間と時間を加えている（15–16）。ヴィトゲンシュタインは『論考』では現実と言語の対応を極限まで考察し、論理実証主義を追求した。だが、後期では言語の日常的な語用論から出発して、言語は真理よりも心理、人間の心を映すものとして検討されている。たとえばヴィトゲンシュタインはアスペクト（視座）ということをいう（野矢一五九―一七〇）。これは言葉で対象を認識する場合、対象そのものではなく、むしろ対象をみる側の視点が反映されることである。まさにこれはぼくらの日常的なありようであり、ぼくらは究極的には世界を自分の視座から見ているのである。これは常識主義の依拠すべき言語観といえるだろう。第二部で詳論するが、ぼくらもまた文の世界観の効果によって人生や世界を写し取っていると考えているからである。

ホワイトヘッドは『過程と実在』で自分の哲学を有機体の哲学と称して、その目指すところを端的にこういっている。「有機体の哲学は、最低限度の批判的調停を施すことによって、『普通一般の人々』の考え方に回帰するこころみである」（一九八四、一二二）と。もっとも、ホワイトヘッドは、「経験の基本的要素は、意識、思考そして感覚‐知覚という三つの成分の一つないしすべてによって記述しうる」（六一―六二）という伝統的な仮説を否定する。だが、ぼくらは、むしろ、そこから出発する。この三つはまさに解釈項、記号、対象という記号過程の三項だからである。またホワイトヘッドは、「意識は経験を前提にしており、経験が意識を前提しているのではない」（八九）という。だが、ぼくらは意識の経験から出発する。存在感とは意識的経験であり、かくして存在感とは認識であり、そこには記号過程が作動している。つまり存在感とは言語の効果であるが、そもそもその言語は記号過程の自然史の展開の果てに発生したものなのである。だが、これもまた第二部の話題である。

では、その存在感の起源にある信念——ルソーにも見られる能天気な自己の存在についての確信——の正体はなにか。それはすでに述べたように対象の存在についての確信である。それらを確信している自己の存在についての確信である。しかし、それはたんに感覚ではなく、論証的な理知的な認識でもない。それ以前の、対象の存在の直感であり、直観である。形而上的な直感的＝直観的認識なのだ。まことに存在の直覚 intuition といっていい。本来的な存在感の内実とは、ルソーが「わたしたちが現存するという感情」という場合にあきらかなように、身体と精神の、自然と意識の渾然と一体化した、不分離の感覚である。そうした本来的な直覚が理知的に論証的に言説的になると、直覚が本来備えていた直観と直感が分離し、対象（の感覚）とそれを認知する観念とさらにそれを意識する（知覚する）自己という具合に分離するのである。それがさらに論証的言説的になると、記号過程が明示的に作動を開始することになる。そこで記号や対象や意識のレヴェルでそれぞれの存在感が生まれ、それらを意識する自己の存在感が発生するのである。

人間は庭木を松なら松と同定することで目に触れる対象を把握する。そのことで対象としての松と松の観念とその両者を結合している意識する自己という三つの存在が分節化する。そして人間はそれぞれの存在感を看取している。これは人生とか世界といった対象でも同様である。人間は多様なイデオロギーというか思想で人生なり世界なりを解釈する。が、たんなる夢想でもって結婚後の生活を夢見る場合もあるし、あるいは他人に襲われるといった妄想によって自己の生活を解釈して狂気を生きる事例もある。いずれ世界や人生や結婚生活や対人関係を思想や夢想や妄想といった観念で解釈していることに変わりはない。そうすることでそこにもまたそれぞれの自己の存在感が生まれているのである。ところが、そうした自己が特定の思想や夢想や妄想に取りつかれるとき、人間は存在感に捉われることになる。自己の存在感の呪縛である。そしてそれから離脱する契機が、存在観の経験なのである。これは存在感を存在観で相対化することである。だとするなら、ここには感と観の弁証法が窺える。本来的存在感の否定としての呪縛する存在感を存在観によって否定して、本来的存在感を回復するという否定の否定の弁証法である。ざっとこうしたものが存在感の哲学といっていい。一言でいえばそれは常識哲学の反省の上に立った根源的常識哲学である。

3　自己の存在感——パースの一次性、二次性、三次性と知情意

知覚とは感覚された対象を観念でもって名指してそれと認識することである。花を見てバラと認定すればそれが知覚である。そこには感覚（対象）と観念（記号）と認識（解釈項）の三つの要素がある。そしてそこにそれぞれ存在感が生まれている。これは認識論的な人格モデルにしたがった存在感の分類である。だが、そこに見逃されているものとして意志がある。端的に言って名指すというのはすでにひとつの意志である。力動的な人格モデルとはその意志を加えたものである。たとえばフロイトの第二局所論のように、意志が欲望を理性で抑えるといった人格モデルである。その場合、存在感は欲望、理性、意志から生まれる。たとえば『ポストモダン・シーン』のクローカーによればコックレンは自我の三極性の実質的統一は理性が記憶と意志を媒介することで達成されるといっている（一一三）。理性は記憶（「存在感というか人格の同一性」）と意志（「自我の無制約的な運動」）の直接的で実質的な媒介者となっているというのだ。こ

の記憶、意志はぼくらの意志、欲望に当たるのだが、人格の同一性をすなわち存在感 the sense of being (68) としているところは興味深い。ぼくらもまた自己の存在感を人格の同一性の根拠としているからだ。じつはこうした近代的な力動的人格モデルは、アウグスティヌスに淵源する。つまりアウグスティヌスがキリスト教の三位一体論を人間の人格構造によって解釈したときに始まったというのである。そのため三位一体論のいう神学的な実体が人間の心理的実体へと転移され、聖なるものの人間化が実践され、結果としてその空無化が効果され、それがポストモダンのニヒリズムの先駆けとなったというのだ。アウグスティヌスによって三位一体論の神とキリストと聖霊は、「『力動的人格』の理論としてであれ、認識論的言説としてであれ、記憶、知性、意志（コルプス／アニマ／ヴォルタンス）［…］の相対的であるが直接に経験される三つの局面として主張」（一一二）されることになったというのだ。その意味合いは「近代的人格の中心として三位一体論を実体化したことにある。［つまり神や聖なるものを人間化し、結果として人生の意味が消散し］概念の実体化に引き換えて人間的経験の空無化を導入」（一一一）することになったというのである。

だが、残念ながらクローカーの議論は、力動的人格と認識論的人格のモデルが入り乱れて、三位一体論としっくり対応していない。クローカーは「コルプス／アニマ／ヴォルタンス」を「記憶［肉体？］」、知性、意志」などと訳すかと思えば、「「自然、意志、知性の三位一体は（それじしん本来の三位一体の鏡像といってもいいのだが）、三位一体の公式を別様にとる捉え方、肉体《コルプス》、幻視《アニマ》、魂の意図《ヴォロンタス》とも平行している」（一〇九）などといっているのだ。これはちゃんと整理する必要がある。たとえば最後に触れた「自然、意志、知性」は、それぞれ対象、解釈項（意識）、記号、また「肉体《コルプス》、幻視《アニマ》、魂の意図《ヴォロンタス》」は対象、記号、解釈項の項に割り振るというような具合に。

とはいえ、クローカーの議論から読み取れる力動的な人格構造の三つの項から生まれる存在感についてざっと見ておこう。じつはこれもまたパースの記号学の三項構造を下支えする現象学なり形而上学なりの第一次性、第二次性、第三次性と対応しているのである。

(1) 記号としての感情——第一次性の存在感

パースは記号過程を記号と対象と解釈項の三つの項で考えている。ぼくらはその三項のそれぞれに存在感が発生するとしてきた。パースは、その三項を独自の現象学によって第一次性、第二次性、第三次性としている。そしてたとえば「存在するものが第一のもの、すなわち情態(Feeling)、第二のもの、すなわち努力(Effort)、第三のもの、すなわち習慣(Habit)だけだ」(『著作集』3 一一五/1963, 138)などと規定している。この第一次性の特性としてのフィーリング(感情)は、まずもって「斯様性」(一九八五、九/1960, 149)であり「純粋性情、あるいは性質」(一〇/1960, 149)であり、「情態とは他のいかなるものとも関係なくそれじたいにおいてあるすべてのもの」(一四/1960, 152)なのである。つまり、〈今ここに私がいる〉という存在感で例解すれば、ただ〈いる〉の存在感である。これは本来的存在感の実質に似ている。パースはそうした一項的な本来的存在感のありようを対象化も主観化もせずにただ感じる状態としてその卑近な具体例を挙げている。

仮にわたくしが眠り眼をさまし、うとうとした夢幻の状態で、たとえば赤い色、塩味、ある痛みを、あるいは悲しみや喜び、または長時間ずっと聞こえる楽器の音をぼやっと、対象化することなく、主観化することはなおさらせずに、ただ感じる、そういう場合を想像してみよう。それが情態の純粋に

一項的な在り方にもっとも近いものである。（一九八五、九／1960, 303）

だが、そればかりではない。第一次性はそこから世界が生成する根源の実体でもある。つまり、第一次性からすべてが始まるのである。パースは原形質を例にして「第一の特性は原形質がもっている潜在力（posse）である。というのは、第一のものは可能性（can-bes）にとどまり、相互作用すなわち第二性に依拠する現実存在には決して至らないからである」（一九八五、三九）と書いている。とはいえ記号学でいえば第一次性である記号は、対象を指示するのであり、対話の相手に語りかける能動性をもっている。記号の項はそうした力動的な意志の存在感もまた生み出している。

（2）対象としての情動、欲動――第二次性の存在感

第二次性はパースの現象学では抵抗の感じとして捉えられている。フィーリングが外在化されるとき、それは物質的な抵抗として現れる。「現実存在 existence はしたがって二項的であり、それにたいして潜在的存在 being は一項的である」（一九八五、二四／1960, 165）という次第である。とはいえ、対象の存在感は外的対象のそればかりではない。内的な情動もまた対象になる。

情動は英語で emotion つまり「動かされること e-motion」であり、それは外部の刺激によって動かされて発動する。だが、情動にはそれ自体で存在感がある。感動も英語では moved（動かされる）と受動態で表現されるが、それ自体存在感を持つことに変わりはない。愛や悲しみや喜びや憂鬱や憐憫といったあらゆる情念がすべてそのうちに含まれる。たとえば悪意ある他者への憎しみの情念がぼくらの心に起こるとする。すると、その憎しみの感情の存在を感じる。それが対象としての情動の存在感である。付言すれ

ば、ぼくらはその憎しみの情念を意識している自分の存在も経験する。それが自己の存在感である。すでにふれたデカルトのいう「内的感動」である。ところが、欲動は自発的な能動的なものとして意識される。食欲や性欲や出世欲や権力欲や金銭欲といった欲望が内部に蠢くのを看取するとき――人間が最も鮮やかに生きている実感を看取するときだが――その欲動や欲望に対象としての存在感を感じる。何らかのそうした欲動や欲望が自覚されるとき、そうした欲動や欲望の存在とそれを感じている自己の存在が発生する。とはいえ情動にしろ欲動にしろ憎しみや性欲のさなかにあってなおその存在感やましてや自己の存在感を看取することは至難の業であることもまた確かである。

いずれにしろ情動と欲動のそれは、受動的存在感と能動的存在感と呼んで区別してもいい。それは意志的な行為とも関係するからである。また、欲動も情動も外部の対象に向けられる場合、その外部の対象の存在感もまた同時に経験するのは断るまでもない。

(3) 解釈項としての意志――第三次性の存在感

記号過程では解釈項は記号を対象に結びつける役割をしている。ということはすでにそこに意志が作動しているわけで、その意志の存在感とそれを自覚している自己の存在感が解釈項の存在感なのである。

パースは第一次性、第二次性、第三次性についてさまざまな角度から検討し定義している。「はじめに『第一性 firstness』すなわち主体そのものの積極的内的性質、二番目に『第二性 secondness』すなわち一つの主体つまり実体の他に対する粗暴な作用があげられるが、これは法則つまり第三の主体には関わりがない。三番目に『第三性 thirdness』すなわち一つの主体が他の主体に関わりながら及ぼす心理的な、あるいは擬似心理的な影響である」(『著作集』3―四／1963, 322)。つまり第三次性は「心理的な、あるいは擬似心理的な影響」であるといわれている。それがこの第三次性の解釈項として発揮する意志的な存在感の基本的なありようである。

じつは解釈項の存在感には、受動的解釈項（認識的）と積極的解釈項（行為的）の二面があると考えられる。パースは解釈項を直接的解釈項、力動的解釈項、最終的解釈項の三つに分けている（『著作集』2一三五―一三六、一四六―一四七／1980, 422‒423／1979, 212‒213、シンガー50‒51）。パースの挙げた具体例によると、妻が夫に「お天気どうかしら」と尋ねたとすると、それが記号である。その対象が空模様であるが、直接的解釈項とは妻の問いかけたことばの意味内容である。力動的解釈項とは妻の問いに夫が答えることである。そして最終的解釈項は、彼女の予定などに及ぼす効果ということになる。これに対して、ぼくらのいう認識的、行為的解釈項のうち認識的解釈項は記号が解釈者のこころに直接生み出す作用である。行為的解釈項とは記号にたいして解釈者が言語的非言語的を問わず実践された行為のことである。たとえば〈空腹〉という記号は食欲を喚起する。その場合、空腹を感じて自分が空腹である事態を確認している場合は認識的であり、それは〈空腹〉の受動的な解釈項の存在感である。ところが空腹を感じて冷蔵庫を想起したり、実際そこまで歩いてなにかを物色したりする場合には、それは行為的であり、そこで作動しているのは〈空腹〉の積極的解釈項である。

ロレンスの中編小説「死んだ男」――ロレンスはこの編集者が提示した題名はあくまで次善の案で「逃げた雄鶏」の方を推していたのだが（ロレンス1973, 152）――では架刑の後仮死状態のまま葬られた男（イエス）が次第に生に目覚める状況が描かれている。むろんこれはロレンスのフィクションである。が、その身体の復活への目覚めを死んだ男はなんと嫌悪感をもって意識する。これこそ自分の意志とは関係ない盲動する生の欲動についての認識的な受動的解釈項の存在感である。やがて死んだ男は生への意志に促されてみずから墓穴からの逃亡を実践する。このとき死んだ男は内なる生の欲動＝意志の行為的な能動的解釈項を経験し、それに従っている。

普通、人間はそうした生きる意志を意識することはない。そうした場合には生きる意志は受動的にも能動的にも解釈項として意識されてはいない。たんに、具体的な食欲や性欲といった欲望を感じるばかりだ。これは認識としての受動的な解釈項の存在感である。本能としての意志の存在感である。だがそうした欲望を満足させようとして自覚的に自己保存や種族保存の本能をまっとう（しようと）する人間は、行為的な能動的解釈項としての存在感を看取しているはずである。

ニーチェの『ツァラトストラ』にはこうある。「人間として生存することは無意味である。〔…〕わたしは人間たちにかれらの存在の意味を教えよう。意味とはすなわち超人である。人間という暗黒の雲を破ってひらめく雷光である」（一一九）。つまり、世俗の人は末人であって、因習的で自発的ではないからして存在していないも同然の受動的解釈項の徒である。ところが超人を意欲するとき、始めて存在するというのである。ここに見られるのは、まさに倫理的なありようであるが、積極的な行為的解釈項としての意志の存在感である。

第2章　存在感の組織化

存在感は対象や観念や意識の存在感として発生する。またぼくらの内面の欲望や想念や意志の発動にもそれぞれの存在感を経験する。だが、ぼくらにとって問題なのは自分の存在感である。ぼくらは木を見て木の存在を疑わないように、それを見ている自分の存在も疑わない。その自分の存在を感じるのが自己の存在感である。それは〈今ここに私がいる〉感じというふうに言える。とはいえ〈今ここに私がいる〉という経験はいかにも儚い。そこでそれをしかと捉えて固定せんと人間は努めてきたわけである。早い話が日本民俗学の見出したケ、ケガレ、ハレの三極構造がそれだ。それにカレの領域を加えて、人間のありようを四極構造で捉えようとしたのがぼくらのあらたな試みである。そしてそのケ、ケガレ、ハレ、カレの循環の過程に生まれる存在感を本来的存在感、自己の存在感、呪縛する自己の存在感、根源的存在感、存在観、実在感とし、ぼくらの実存範疇としたのである。それがぼくらの存在感の組織化である。それでぼくらがこれから考えたいのは、そうした存在感の具体的な経験の中味である。そしてそうした存在感の間の関係であり、その直理である。実存範疇は〈今ここに私がいる〉という自己の存在感の直覚からうまれ、その背後にある論理は記号過程のそれである。まずはそこらへんの事情をいささか哲学的に浚うことから始めよう。じつはカントはデカルトの〈私は存在する〉という判断についてぼくらの存在感と似た経験を語りつつ、批判を加えている。

1　カントの「内感」とパースの「自己意識」

カントやパースは存在感という言葉は使っていない。だが、ふたりとも存在感など関知しないというわけではない。たとえばカントの「内感の直観」という言葉がそれに近似している。『純粋理性批判』の注の一つ――詳しく言うと、第二部先験的弁証論・第二篇第一章純粋理性の誤謬推理についての注である「理性的心理学から宇宙論への移り行きに関する一般的注」――で「『私は考える』或いは『私は考え〔思惟し〕つつ実在する』という命題は経験的命題である」（中八三）と断ってから「内感の直観」に言及している。

しかし「私は考える」という命題が、「私は考えつつ実在する」というのと同じほどの意味である限り、この命題は単なる論理的命題であるばかりではなく、主観〔「私」〕をその実際的存在に関して規定する〔…〕ものであり、従って内感を欠いては成立しなくなる、そして内感の直観は、常に客観を物自体としてではなく現象としてのみ我々に与えるのである。（中八五）

ここでカントは「私は考える」を「私は考えつつ実在する」と言い換えている。ということはカントはあきらかにデカルトの「我思う故に我あり」に言及している。そのうえでこの命題の「我あり」を成立させるのはたんに論理ではなく、主観的な「内感」といった感じであるといっている。しかもそれは物自体ではなく現象であるというのだ。この「我あり」の「内感」こそぼくらのいう自己の存在感である。自己の存在感とは私の存在の直覚つまり直観＝直感だからである。してみれば私とは現象であり、経験的であり、実体ではない。まことに自己の存在感とは経験的現象だということになる。

パースもまた存在感という言葉は使っていないが、それに当るのが「自己意識」である。カントの存在感に当る「内感」や「純粋統覚」を批判しつつこう述べている。上山春平訳の『論文集』から引いてみよう。

> ここで使用される自己意識ということばは、もちろんふつうの意識から区別しなければならないし、内感や純粋統覚からも区別しなければならない。一定の対象についての意識はどれもひとつの認識である。したがって自己意識はわたしたち自身についての認識である。自己意識は意識の主観的なさまざまの状態についての感じではなく、人格としての自我全体についての感じである。純粋統覚は一般的な自我による自己統合である。しかしここでいう自己意識は、わたし一個の個人的な自我による自己認知である。わたしは、たんに一般的な自我だけではなく、ほかならぬこのわたしが存在することを知っている。そこで問題は、わたしがどのようにそのことを認識するのかということになる。
>
> （一一二）

ここでいう「主観的なさまざまな状態」は前節で述べた知情意にまつわる内的な経験であり、そこに存在感が発生している。ところが自己意識とは人格としてそうした内的経験をしている自我についての感じである。つまり「自己意識」とは「たんに一般的な自我だけでなく、ほかならぬこのわたしが存在していることを知っている」この「一個の個人的な自我による自己認知」であるというのである。この「自己認知」の感じはぼくらのいう自己の存在感の感じとおなじである。まさに〈今ここに私がいる〉という感じである。それをデカルトそしてカントは直観によるとしているのだが、パースはあくまでそれは自己認知であり、認識であるというのだ。そして認識であるかぎり、そこには記号過程が作動している。ぼくらが自己の存在感の本質を記号過程におくのはこうしたパースの見解に基づいている。そしてそこに自己の存在感を規定する可能性をみるのである。

ドゥルーズは『差異と反復』でデカルトの〈我思う故に我あり〉について、この〈我あり〉は未規定であると言っている。「コギト（私は考える）はひとつの愚劣なのだろうか。［…］コギトはまた、《私》は思考するという規定作用が、《私》は存在するという未規定な存在を直接的に対象としながらも、同時にそうした未規定なものが規定されるものになるための形式を指定しないかぎりにおいて、反意味である」（四一〇）、と。〈我思う〉が〈我あり〉を対象にしながらその未規定なものを規定しようとしていないから意味をなさない。したがってデカルトの〈我思うゆえに我あり〉は愚劣なナンセンスだというのである。だとするなら〈今ここに私がいる〉も同様に未規定ということになる。だが、パースの認識としての「自己認知」にしろ、ぼくらのいう存在感の直覚にしろ、それらがすでに記号過程を作動させるのであってみれば〈われ思う〉は〈我あり〉を規定しているのである。〈我あり〉つまりは自己の存在感は記号過程であるかぎりつねにすでに規定されている。

つまりこうである。私は考えるとか私は疑うというときぼくらはその考える私、疑う私の存在を直覚している。ぼくらは考える自分、疑う自分が存在していることを確信している。かくして我思うとき、その思う自分の存在の直覚から必然的に我ありが導き出されるのである。理論的にいえば、われ思うというときの思う我の存在はまずもって直覚として経験される。つぎにその直覚は、知的な直観と感覚的な直感に具体化され、その直観と直感を統合する存在として自己が生まれるのである。そこにあるのは対象（直感）を記号（直観）で指示して解釈項つまりは私＝自己＝統覚の主体を得るという記号過程である。この記号過程が作動しているからして、われ思うには必然的に我ありが伴なうのである。じつはデカルトもカントもまちがいなくそうした記号過程を踏んでいる。

デカルトが「我思う故に我あり」というとき、それは考える自分に自己の存在を感じているということである。それは考える我（対象）を我（記号）として解釈する記号過程を実践しており、そこに我（解釈項）が存在するに至るのである。カントの純粋統覚にしてからが、対象を範疇で解釈するとき統覚の主体が生まれ、我ありが生まれるのであってみれば、まさにそれは記号過程にほかならない。もっともデカルトもカントもこれをあくまでも認識論的存在論的形而上学的に捉えており、感じといった感覚的経験的レヴェルではない点が決定的に相違している。とはいえ、こうしてこの自己の存在の確信、つまりは存在の直覚に作動する記号過程から、ぼくらが経験的に知っているさまざまな存在感の様態を規定することが可能となる。

じつは存在感の組織化を確かなものにするために、その多様な存在感の関係――諸実存範疇の関係――を論理的に跡付けることが必要となる。それが存在感分析である。それは存在の直覚の記号過程の展開で論理化できる。まずもって自分が存在するという素朴な感じがある。それが自我意識以前の存在の直覚であり本来的存在感である。その直覚の経験から存在の直感（対象）と直観（観念＝記号）が生まれ、それを統覚するものとしての主体（解釈項）が形成され、自己の存在感が発生する。そしてこの自己の存在感の反復から呪縛する自己の存在感が生まれる。さらにはそれから離脱する契機として、存在の直観と直感の記号過程の外に出る経験がある。それが存在観である。そのうえでその存在観の結果回復される純粋な自己の存在感と意識化された本来的存在感が根源的存在感の内実となる。最終的にその根源的存在感を持して現実に回帰するとき実在感が生まれるという次第である。これが存在の直覚から始まる存在感の論理的展開——記号過程の論理——であり、それが自己の存在感の体系化の原理なのである。また呪縛する存在感からの解縛を試みるのが存在感分析のセラピーである。ざっとこうした営みをひとまとめにしてぼくらは存在感分析という。もっとも本来的存在感や根源的存在感、それに存在観には自己は不在である。あるのは空無な主体である。だが、そうした自己不在の経験を含めて自己の存在感はぼくらの生の形として組織される。この多様な存在感の具体的なありようを検討するのが本章のこれからの話題である。

だが、そのまえに触れておくべきことがある。なるほどぼくらは存在感の組織化のために手にしたのが実存範疇である。そしてそれはみてのとおり経験的なものである。だが、じつはドゥルーズは、そうした経験的で、表象＝再現前化を目指す範疇を痛烈に批判しているのだ。これは素通りするわけにはいかないだろう。

2　ドゥルーズの基礎概念

なるほど、カントは〈わたしは考える〉は経験的命題であるといい、ドゥルーズは〈我あり〉についてカントにならってそれはいまだ未規定であるといっている。「未規定な概念とは、《存在》もしくは〈《私》は存在する〉という概念である。この〈《私》は存在する〉について、カントは、それは、或る現実存在についての知覚あるいは感情であって、あらゆる規定から独立しているものだと語っていた」（四〇一）、と。そして未規定であるとは、なんらかの伝統的なカント的なカテゴリー以外の基礎概念が要請されていることであるとしてドゥルーズはこういっている。

> それゆえ哲学は、しばしば、諸カテゴリーに、それとはまったく別の本性をもったいくつかの基礎概念を、すなわち実在的に開かれている基礎概念を、《理念》の経験的で多元論的な意味を証示する基礎概念を、たとえば「本質的なもの」に抗する「実存範疇」を、概念に抗する知覚対象を対置しょうとした。（四一二）

かくしてぼくらはそうした基礎概念として自己の存在感の実存範疇を明確にしたわけである。そうやって木をみれば木の存在を確信し、それを見ている自分の存在も確信しているという常識主義にたつ経験的な自己の存在感の基礎概念を論理化したのである。

だが、ドゥルーズが『差異と反復』で展開する「カテゴリー批判」は、常識主義に則るものではない。〈今ここに私がいる〉という自己の存在感は空間、時間、私、存在を自明のものとして前提している。だが、ドゥルーズは伝統的哲学の範疇を表象＝再現前化によるものとして、それによらない独自の「幻想的な基礎概念」を提示する。

それら幻想的な基礎概念は、実際、カテゴリーとして普遍的なものではなく、諸カテゴリーが表象＝再現前化においてそれへと適用される当の雑多なもの「所与」としてのもろもろのココトイマ hic et nunc でもなく、もろもろのいまここで now here でもない。たしかにどこへでも運搬可能ではあるが、しばらくのあいだ据え付けられる場合には、おのれのテントを張るという条件下にあるような、空間と時間の諸複合が、それら幻想的な基礎概念なのである。こうした基礎概念は、ひとつの本質的な出会いの対象であって、けっして再認の対象ではないのである。それらの基礎概念を指示するための最良の言葉は、疑いもなく、サミュエル・バトラーが編み出した言葉、エレホン erewhon［これは nowhere のアナグラムで now（今）+ here（ここ）に分解可能］である。それらはエレホンなのである。カントも、同様なもろもろの基礎概念をこのうえなく痛切に予感していた。（四二三）

たとえばバートランド・ラッセルは世界のなかに自分を定位するには、最終的には、その場の大地をさしてここといわなければならないといった。そのようにも、〈今〉と〈ここ〉は私の存在を規定する基礎概念であり、それは私をこの世界に定位し、そうした存在として自己を同定する手立てとなる。歴史的時間や地政学的空間という現実のなかに私を表象＝再現前化するための基礎概念である。だが、ドゥルーズはそうした伝統的な表象＝再現前化の営みを破壊する。「現代思想は、表象＝再現前化の破産から生まれもすれば、同一性の破滅から生まれもするのであり、要するに、同一的なものの表象＝再現前化の下で作用しているすべての威力の発見から生まれるのだ」（一三）というのがドゥルーズの出発点だからである。だが、ぼくらにしてみれば、〈今ここに私がいる〉という場合、その〈今〉と〈ここ〉はまさに表象＝再現前化のための基礎概念なのである。そしてそのことで〈私〉と〈いる〉が表象＝再現前化されるのである。そのうえでぼくらはこの〈いる〉は未規定であることを認め、それを規定しようというのである。カントは、その〈いる〉は、「或る現実存在についての知覚あるいは感情であって、あらゆる規定から独立している」という。つまり私という存在についての存在感は未規定であるというのであるが、ぼくらはそのありようを経験知に照らして明確にしよう（規定しよう）というのである。それが日本民俗学の知見を展開することで得られた本来的存在感、呪縛する自己の存在感、存在観、根源的存在感、実在感なのである。ところがじつは存在観を達成するとき、つまりはカレの地点にたつとき、ぼくらはドゥルーズのいうような「幻想の基礎概念」を経験してもいるのである。ドゥルーズの言葉遊びつまりはダジャレに倣えば〈今ここ〉now＋here ではなく〈どこにもない場所〉nowhere つまりはエレホン erewhon を経験しているのである。

ドゥルーズはまたカオスモス chaosmos ということをいう。これはジョイスが『フィネガンズ・ウェイク』で用いた造語である（118. 21、クベルスキー75）。（英語ではカオズモスだろうが今は日本語の慣習に従っておく。）カオス chaos とコスモス cosmos からの合成語であるが、その意味をドゥルーズは『差異と反復』で「存在論、それは骰子一擲であり、コスモスがそこから出てくるカオスモスである」（三〇一）などといっている。これはもうすこし丁寧に説明するとカオスモスからカオスを分離することでコスモスが発生するといった具合に解釈できるかもしれない。だが、ドゥルーズの考えではカオスモスはコスモスとカオスの分離の後に消滅しているのではない。むしろ常態としてカオスとコスモスの背後にある。「永遠回帰は、カオスに押しつけられる外的な世界秩序ではない。永遠回帰は、反対に、世界とカオスの内的な同一性、すなわち《カオスモス》である」（四四二）というのだから。

じっさいそれはクベルスキーの解釈によればジョイスのそれでもある。『フィネガンズ・ウェイク』にはアンナ・リヴィアという河によって口述された手紙というのがある。「カオスモス」という造語はその手紙を登場人物の一人である批評家が分析を加えるエピソードに出てくる。その手紙にしろ「カオスモス」にしろ、ぼくらが勝手にわかりやすく客観化したり、文字通り解釈したり、時系列に整理したりすることをにべもなく拒絶している。時間が空間化され、空間が時間化されており、万物や神がコスモスとカオスの交差点で攪拌されているありさまだからである(75)。まさにカオスモスとは時間も空間も、万物も神も千々に乱れて混在するコスモス以前のありようである。こうした存在論を念頭におけば、ジョイスはエレホンが常態であってそこから〈今〉や〈ここ〉がつまりはコスモスが生まれたと考えているといえるだろう。ドゥルーズのいう「空間と時間の諸複合が、それら幻想的な基礎概念」が発生するのもそうしたエレホンのカオスモスの領域なのである。

ぼくらの常識主義も根源的常識主義であるかぎり、ジョイス的、ドゥルーズ的存在論を踏まえねばならないのは当然である。実際ぼくらはカオスモスのうえに日常生活というコスモスを組織化しようとしているのが常識人であると捉えている。〈今〉や〈ここ〉を確かなものとして信じているのだが、その〈今〉〈ここ〉の意識が消えて、どこにもない場所の経験をすることもけっして否定しない。たとえば存在感分析はそれを存在観の経験として取り込んでいるのである。早い話が、すでにみたとおり、〈今ここに私がいる〉と自覚するとき、それは一方では歴史的時間や地政学的空間を激しく意識することでもある。だが、他方では時間や空間や私の意識も消える形而上的な存在の経験なのである。それはケ、ケガレ、ハレ、カレの四極構造のカレの領域の経験である。ドゥルーズのエレホンもそうした経験のひとつとして了解できる。さらにはドゥルーズの伝統的哲学の範疇批判の方法はぼくらの呪縛する自己の存在感の解縛の手立てとして援用可能でもあるのだ。

以上を確認したうえでまずは本来的存在感から詳細な検討に移ろう。

3　本来的存在感

『赤毛のアン』のアンの魅力は、なんといっても、〈今ここにある〉事物をあざやかに体験し、そのことを楽しんでいるところだろう。「あたししみじみ生きているのがうれしいわ――世界って、とてもおもしろいところですもの」（三〇）と口癖のようにいっている。それはまさに存在することそのものを楽しむ姿勢である。『わが町』のエミリーの望むところの生き方である。だが、一一歳のアンは、「あたし」と言ってはいるものの、そうした自分の存在にどうやら意識的ではない。このアンの無自覚にも無造作に生きている存在感をぼくらは本来的存在感と呼んでいる。純正の存在感を体験していながら、それに自覚的ではない。つまり厳密な意味で経験していない。ましてやそれを実感している自己の存在などてんで問題にしていない。そこから生じる自己の存在感も経験していない。まさにパースの第一次性の経験を思わせるものである。そうしたアンの経験は『戦争と平和』の一場面に書きこまれた戦場で重症を負ったアンドレイ・ボルコンスキーの眼に映る空の描写にも窺える。「どうして俺は今までこの高い無限の空を見なかったんだろう？　今やっとこれに気がついたのは、じつになんという幸福だろう。〔…〕この無限の空以外のものは、みんな空だ、みんな偽りだ」（第二巻三三〇）。これは川端康成のいう「末期の眼」に映る光景といってもいい経験だが、アンドレイはそうした経験と自分について自覚的なのである。これをぼくらは根源的存在感という。

本来的存在感は成人の場合にも出現する。イスラエル人作家アレクサンドル・ヘモンの短編集『突然ノックの音が』のなかの一話「バッド・カルマ」の主人公が語る経験がそれである。保険の外交員オシュリは、ビルからの飛び降り自殺に巻き込まれ、重傷を負って六週間昏睡状態となる。ところが生死をさ迷うなかでオシュリは、現在只今存在している、生きていると実感し、それを心から幸福と感じていたというのである。長いが引用する。

色や味や顔にひんやり当たるさわやかな空気を思い出した。記憶の欠如と、名前も経歴もなくいまだけ存在する、というだけの感覚を思いだした。そのいまだけ［the present］の六週間まるまるを。いまだけの感覚以外には、なんとはない妙な存在感覚［a strange sense of beingness］といっしょに、無数の楽観めいた未来への小さな芽生えを感じていた。［…］事故に遭って、いまは病院で生死の境をさまよっている、ということを知らなかった。生きている、という以上のことはなにも知らなかった。そしてその単純な事実で、彼はたとえようもないしあわせにみたされていた。（一一六／91）

この記憶もなく、名前も経歴もなく存在するとは、自己の意識がなく、まさにただ存在しているという状態を指している。〈いる〉ということ〈いまここにいる〉ということ、ただ生きている＝存在しているということだけに気付いている状態である。しかも名前も記憶もないので意識はあるが自己意識はない。そして「いまだけ」という時間意識（というか時間の止まった、時間の外の経験）のなかで、ひたすら存在していることを感じている。それこそ生きている実感であり、幸福だったというのだ。つまり、現に存在していること（現存していること）の実感が、生きていることの実感そのものであったと。「奇妙な存在感覚」の内実は、ただ「生きている」という感じと同じである。ここでは存在感は奇妙なものとみなされているが、その実質とは生きていることの実感そのものであるといっているのである。

同様な経験を先ほど触れたが今度は致命傷を受けたアンドレイもしている。「烈しい苦痛に耐えた後で、アンドレイ侯爵は久しく味わったことのない幸福を感じた。［…］彼は頭を枕に埋めながら、ただ生きているという意識だけで、自分を幸福に感じたものである」（第六巻八九）、と。だが、ここでもまた死の気配とそれを意識している自己の自覚がある。つまりここにははっきりとした自己意識がある。したがってそれは本来的存在感ではなく、やがて触れる根源的存在感というべきものである。

とはいえ、なにもこうした特権的経験ばかりが本来的存在感をあたえるのではない。すでに何度も触れているように、〈今ここに私がいる〉とふと、あるいはしみじみ思う時などぼくらは時間・空間を忘れ、自己をも忘れてただ生きていることに満足するのである。本来的存在感は、その気になれば、いつでもどこでもだれにだって経験可能なのである。

4　自己の存在感

存在感には事物や観念や意識の存在感がある。だが、すでにふれたように、人はそうした事物や観念や意識を意識している自分の存在も感じている。それが自己の存在感である。

自己の存在感には、対象を見ている自分を意識するといった単なる自己意識からなる自己の存在感もある。一般的な自己の存在感である。だが、重要なのはアイデンティティとしての自己の存在感である。それはその人に固有な反復出現する存在感である。それこそ個々人の生を構成するものであり、それを経験することがそもそも自己の生の実感となっているものである。それが習い性になると呪縛する自己の存在感となる。それは快楽であると同時に苦渋でもある存在感である。

ヒュームによれば、自己とは記憶の束であって、昨日の自分の記憶を自分として同定することで確認される（シューメーカー一七〇―一七一）。昨日の自分と今日の自分の同一化である。アイデンティティとしての自己の存在感の基礎はそこにある。やがてそれは生活習慣や信念や信条といったものに固定化され、そうした特定の生活習慣や信条を行為や想起によって確認するとき人は自己の存在感を鮮やかに実感する。たとえばそれはお袋の味を賞味するとき、慣れ親しんだ味覚に自分を感じるといった経験である。またことにそれは快楽である。だが同時にそれが特定の信条や信念に偏執するといった事態に立ち至るとき、病的なものとなる。たとえば国粋主義的な思想をたたき込まれた軍国少年がその思想に殉じるとき自分を感じるといった場合である。快楽であれ苦渋であれ、いずれにしろ自己の存在感はぼくらを呪縛して放さない。それが自己の存在感の反復強迫の病理である。

（1）アイデンティティとしての自己の存在感の快楽と苦渋

柳田國男が『子ども風土記』でいうように、「児童は私がなく、また多感であるゆえに、その能力の許す限りにおいて時代時代の文化を受け入れる」（柄谷二〇一四、一二四）。つまり、児童は、通過儀礼や教育やメディアを通して、大人になる。そうやって子供は単に〈ある〉から何者かに〈なる〉。自分の存在に自覚的になる。そのとき、自己の存在をさまざまな形で経験する。それこそすでに触れた知情意のいずれの場面でも感じる存在感である。

最近の当事者研究では、「自分はこのような存在だ」という主観的な認識のことを「自己感」といっている。アイデンティティによる自己の存在感とは、こうした自己感から生まれる自己の存在感である。綾屋は人が自らのこれまでの経験全体を物語として記述した自伝的記憶としての自己感をマクロな自己感といっているが（一七二）、この自己感から生まれるのがアイデンティティによる自己の存在感である。マクロな自己感を育む人間の歩みを一筆書きのように言い切っているのが、映画『マーガレット・サッチャー　鉄の女』でサッチャーが父親の教訓として語る言葉である。「考えが言葉になり、言葉が行動になり、行動が習慣になり、習慣が運命になる」、と。だから、そうした運命を全うすることが人生であり、宿命であり、幸福であるというのだ。ぼくらのタームでいえば、習慣となった自己の存在感、それが自己のアイデンティティの実感であるが、それこそ純正の自己であり、それを踏み外してはならない生の指針であるというのである。

同様のことをマッキンタイアはこういっている。「人間の生の統一性は、物語的な探究の統一性である」（二六八）、と。その物語は生まれ落ちた共同体によって形成される。「私の人生の物語は常に、私の同一性の源である諸共同体の物語の中に埋め込まれている」（二七一）のである。かくして「私は、私の家族、私の都市、私の部族、私の民族の過去から、負債と遺産、正当な期待と責務をいろいろ相続しているのである。これらは私の人生の所与となり、私の道徳の出発点となっている」（二七〇）。そしてマッキンタイアはそうした共同体（の権威＝権力）からの教育を道徳の基礎としている。そうではあるのだが、それこそ同時に呪縛の病理でもあるというのがぼくらの存在感分析の診断なのである。

このアイデンティティから生まれる呪縛する自己の存在感の格好の例がある。米国のベトナム人作家リン・ディンの短編集『血液と石鹸』のなかの掌編「＄」だ。それは大金持ちと貧乏人の交友の、とびっきり皮肉な話だ。大金持ちの方は貧乏な友人にどうしても金を融通することができない。なぜならそうすると「自分が金持ちだという思いも弱まり、自分を自分と思える気持［つまりは自己の存在感］もうすれてしまうだろう」（一二九）からというのである。貧乏人のほうも、「友とのコントラスト」があるおかげで

「貧乏がもたらすさまざまな快楽にふけることができた」、つまり貧乏人としての自己の存在感を堪能できたというのである。まさにここに作動しているのは富裕者と貧窮者という階級的なアイデンティティの生み出す自己の存在感のメカニズムである。その具体的な内容は線対称的に異なっているが、二人が経験しているのは同じ自己の存在感なのである。二人はしばしば一緒にカフェで酒を呑む。その際、金持ちは一番上等な衣装をまとい、貧乏人はほとんどだらしない出で立ちなのだが、その外見はちがえども、それぞれがその身分なりに自分の存在を感じてご満悦という按配なのである。清貧の人も豪奢の人もその料理の質や量は違うのであるが、生きざまにあったものを食することによって生じる自己の存在感の質は同じであり、その鮮やかさは料理の質や量とは関わりない。まことに自己の存在感の経験は万人に共通である。したがって自己の存在感に感じ入ること、つまりは生きていることを実感することにおいて、万人は平等なのである。だが、ここでぼくらにとって問題なのはふたりともそうした自己の存在感の呪縛、アイデンティティ追求の反復強迫という呪縛をてんから意識していないことである。その無自覚さに呪縛する自己の存在感の特質が露呈している。

こうした自己の存在感の経験は快楽であると同時に苦悩でもある。たとえば『戦争と平和』のロストフ青年を思い出そう。皇帝を愛するように教育をうけたロストフ青年がそのために命を投げ出すことも厭わなくなる。つまりひとたび皇帝への愛の情念を感じるとき自己の存在感を実感するように教育されると、そうした自己の存在感を確認するために皇帝への愛を追求するようになる。自己と皇帝の同一化によるアイデンティティの確認である。それは至福であり、快楽である。だが、それによってロストフ青年は戦場の露と消える。むろんそうした生きざまやよしとする向きもあるだろう。だが、ロストフ青年は、そのように自己の存在感を追求するように呪縛されていたという事実だけは指摘しておきたい。それついて本人はみごとに無自覚であったが、存在感分析では、それは健やかであるべき生にあらぬ制限をかけること以外のなにものでもないと診断するのである。

（2）自愛——自己の存在感への愛着と呪縛

デカルトの〈われ思うゆえにわれあり〉は、〈考える私〉と〈存在する私〉の同一化の宣言である。これは〈コギト〉（〈考える私〉）は意識に現前しているものだが、それを同じく意識に現前している〈スム〉（〈存在する私〉）と同一化している。つまりは自分を自分で自分だと同定し、そうした自分が存在していると了解しているという事態である。ということはこれはわたしによるわたしの自己確認であり、そこに作動しているのは自愛にほかならない。カービーによれば（77）、デリダも「この自愛 auto-affection が主体性や即自と呼ばれるものを可能にしていることは疑いない」（79, 一五〇）といっている。まさに西欧的な自己愛（エゴイズム）といって間違いないだろう。水面に映った自分の映像に陶然とするナルキッソスと同様に、自分の意識に映った自分の姿を自分と認めて恍惚となることだからである。そしてナルキッソスが衰弱死にしろ溺死にしろいずれ死ぬ運命にあるのであってみれば、自愛はまた破壊的でもあることを暗示していることをわすれてはならない。自愛からの——呪縛する自己の存在感からの——解縛が企てられる所以である。それがぼくらの存在感分析のセラピーである。

フーコーは『自己への配慮』で、「自己への配慮を主題とした生活術」（六二）を探究している。そこで「人は自分自身にしか属さないし、人は sui juris［自己に支配権を］もち、何ごとによっても制限されず、おびやかされない力を自分に行使し、potestas sui［自分の権力］を有するのである」（八六）と述べ、「この所有において形づくられる自己体験は［…］人が自分自身にいだく快楽の体験でもある」（八八）と書いている。この快楽が「自己への配慮を主題とした生活術」の目的なのだが、それこそ自己同一性の快楽であり、別言すれば自愛の愉悦である。断るまでもなくこの快楽の正体こそ自己の存在感である。

自愛についてもっと身近な事例を挙げてみよう。オタクである。オタクはすでに世界的に流布された言葉になっている。だが、その根底にはきわめて日本的な自愛の姿勢が窺える。たとえば内気な青年が美少女のフィギュアに愛着を持ち、次第に社会から疎外される。あるいは社会から疎外されるというトラウマがあってフィギュアにのめり込む。いずれにしろそれはケガレの状況にあるわけだが、そのスタンスには一般的な社会から付与される価値観（ハレ）を拒否して、極私的な自分の好みのものへの愛着という感じのみを頼りとして日常生活（ケ）からも距離を置いている風情がある。その場合自分の特定のフィギュアへの嗜好を唯一の価値観とし、それを自己のアイデンティティとして執着するとき、それはもののみごとに自己の存在感の快楽を生きていることになる。そして別のフィギュアに嗜好が移ったとしても自己の存在感の追求というありようは変わらない。

オタクは、たとえば美少女のフィギュアに萌えるとき、そうやって萌えている自分の存在にアイデンティティを感じ、つまりは自己の存在感を感じている。なるほど、〈萌え〉の美学やその対象としてのフィギュアなどはオタクの発明である。だが、それに相当するものはすでに人類は大量に創造してきている。芭蕉なら〈侘び〉や〈寂び〉を感じたとき、またそうした感じを引き起こす対象や状況に身を置いてそれを感じたとき、自己の存在を感じ、自己の存在感を経験していたはずである。

早い話が、民族には根源的な呪縛する存在感を喚起する美的情念がある。スペインなら死の気配を漂わせるものとしての〈ドゥエンデ〉。ガルシア・ロルカは死の匂いのない舞台は悲劇にならないといっている。ギリシアでは〈憐憫と恐怖〉。これを舞台に求めてギリシア人はその劇的なカタルシスの効果を通してギリシア的晴朗を養いまた回復したのである。もっともニーチェは『悲劇の誕生』で「ギリシア的明朗」（一六九）はアポロ的であってディオニュソス的な悲劇こそがギリシアの本質であるといっている（一七三）。だがむろんそれはニーチェが自分の好み、自分の存在感のありかを白状しているだけである。アメリカ人なら〈フロンティア・スピリット〉。それはアメリカ文学がロード文学によって特徴づけられているように、たえず新天地に向かう生命感に満ちた移動の感じがその存在感の核にある。日本ならさしずめ〈もののあわれ〉であろう。日本人は移りゆく時に生のはかなさを感じるとき、森羅万象すべてが鮮やかに見えてくる。それが〈ものの現れ〉であり、そのときの感じが〈もののあわれ〉の情感だが、それを看取するとき日本人は日本人としての自己の存在を層一層あざやかに実感する。そしてそうした〈もののあわれ〉の情感に浸る自分を愛おしむ。悲しみに浸る自分を愛おしむ。これは一歩間違えると自己憐憫として嘲笑されるのが落ちなのだが、この自愛こそ〈今ここに私がいる〉という自己の存在の特定のありようを愛でることであり、自己の存在感の探究の核にある情念である。

　日本人の勤勉さも迫りくる死から逃れるように、せっせと働くことから生まれてくる。それは死をまえにした自己の儚い生を生き急ぐという自愛の一つの形だ。だが、そうした〈もののあわれ〉といった美意識をもとにした自愛のメンタリティが喪失した現代、あるのは現実的利益追求という利己主義《エゴイズム》という自愛ばかりである。現代は、蓄財の欲望や企業活動の魅惑に囚われ、蓄財や企業活動に邁進する自分にしか自己の存在感を看取できなくなっているのである。すでに触れたオタク文化の場合なら、オタクの萌えの自愛の追求に便乗して、その美意識を商品化する資本のエゴイズムに具体化されている。まことにこれは後期資本主義の芸術のありかたの具体例といえる。フレドリック・ジェイムソンによれば盛期モダニズムの文学的実験は政治的にも革命的であったが、ポストモダンの時代にはそれは商品化されて流通しているのだ（アピアー142）。さらにいえばオタク文化の反社会的な美意識が今日データーベース化されて量産され若者たちが無造作に流行にしたがって大量消費している現状を「動物化するポストモダン」といって批判したのが東浩紀である（七八、一三二）。資本主義はぼくらの存在感すら商品化してしまうのである。ようするにそこに作動しているのはひとへにヴィリリオが『速度と政治』でいう「意識という概念自体を価値のないものにしてしまう思考なき物性」（一五四）なのだ。

事情は、西欧においても変わらない。西欧人は、質素な生活によって蓄財がかなえばそれが救いの徴となり、キリスト教徒としての自己の存在感を感じていた。ところが今やそうした西欧資本主義を形成したプロテスタンティズムの倫理が喪失し、あるのは打算的なエゴイズムばかりとなっている。魂を救済するという自愛（個人主義）が、富を富ゆえに追求する脇目も振らぬ自愛（利己主義）に変貌しているのだ。嵩にかかる投資家（一握りの富裕層）のふるまいにそれは端的に窺える。ベトナム戦争では、開高健の『輝ける闇』に読めるようにジャングルでベトコンと戦うアメリカ兵にはなおもフロンティア精神があった。だが、湾岸戦争ではそれは精密なアンテナを装備した爆撃機からの爆弾投下となり、肉弾戦ならぬ単なるシミュレーションになり果てている。前近代的な圧制を打倒して近代的な民主主義を育成するといったお題目すらもはやなく、単なる打算しかそこにはない。

ぼくらの抱えている問題の一半は、この二つの自愛からいかに距離を置くかということである。だが、その問題をさらに一層困難にしているのは、そうした自愛を感じるときに自己の存在感を感じ、だれもがそれを幸福と思ってあっけらかんとしていることである。ましてやそのメカニズムなどにはまったくもって無関心なのである。こうした根深い呪縛を解く手立てはといえばそれが存在観の経験なのである。

5　存在観

ペソアは『不穏の書』（二二三―二二四）でこんなことを書いている。「私は誰のことも愛したことがない。いちばん愛したものは、自分の感覚だ――つまり意識的に見るという状態、耳をそばだてているときの聴覚の印象、香り〔…〕こういったものこそが、他のなによりも多くの現実と感動を与えてくれるのだ」、と。これは対象の存在感である。そしてそこには対象を感じている私の存在感（「自分の感覚」）ばかりがある。とはいえ、すぐにペソアはこんな風に続けて、そうした自己の存在感をにべもなく突き放す。

私はあらゆるもの――自分の心を含めて――の通行人。なににも属さず、なにも望まず、なにものでもない――非人称的な感覚の抽象的な中心、偶然に世界に落ちてきて、その多様性を映し出す鏡。それだけのことであり、自分が幸せなのか不幸なのかは知らないし、そんなことはどうでもよいのだ。

この「非人称的な感覚の抽象的な中心」の経験こそぼくらの存在観のそれである。その表現は存在観ののっぺらぼうな感じをよくあらわしている。この非人称的な感覚は自愛を相対化する、ひいては呪縛する自己の存在感を解縛する効果があり、その結果でもある。しかも存在観の経験は生の息吹（あらたな対象の存在感）を感じるといった根源的存在感に至るためにはどうしても通らざるを得ない関門（閾＝リーメン）である。ぼくらにしてみれば、自分が不幸であるか幸福であるかはどうでもよいとしても「非人称的な感覚の中心」はどうでもよいものではけっしてない。

存在観の発生のメカニズムは、自己の存在感が記号過程の効果であるのと同様に、記号過程にある。未開部族の成人儀礼や公教育で実践されていることは、トーテムなり理想的人間像なりを付与して、それでもって自分を解釈して自己のアイデンティティを確認するというありかたを叩き込むことである。もっともトーテムはアフリカ社会では現に生きられている習俗であるが、いずれそこにあるのは記号（トーテムや一定の人間像）でもって自己という対象を指示して、特定の解釈（ぼくはカンガルーである、私は勤勉な日本人である）を得るといった記号活動である。それを支えているのは、記号と対象の同一化の論理だ。だが、この記号活動の記号と対象はけっして同一ではない。したがってパースの記号論が示しているように、この記号と対象の同一化によって得られる解釈項は、つねにそれ自身が記号となって対象を指示してあらたな解釈項を生み出すのであって、この過程には原理的に終点はない。その結果生み出される解釈項の曖昧さを解消するのは社会の習慣であるとパースはいっている。「論理的解釈項の本質として残るのは習慣だけである」（著作集3 一四二）、と。みてのとおりその習慣化を果たすのが躾や教育やメディアである。ということは、記号と対象との同一化は幻想ということになる。じっさい記号過程には、同一化と同時に差異化が作動しており、その差異化の過程に、記号、対象、解釈項の三項関係の外に出る契機があり、その外部である第四項がいつだって出現する可能性があるのだ。その第四項がカレであり、そこで経験する視点（ものの見方）をぼくらは存在観というのである。

存在感とは〈今ここに私がいる〉ことの直覚である。それは私の存在の直観と直感に分節される。それはひらたくいえばものの見方とものの感じ方であるが、その〈もの〉は生命的なもの（ぼくらのいう気）であり、ほんらい存在の直覚とはそうした生命的なものの実感である。ところがその直観が記号となり、直感を対象として把握するように分節化される——記号過程が発動する——ようになると、それはいわば単なる見方や感じ方になり、その〈もの〉＝生命的なものとの直接的な繋がりが遮断されてしまう。すでに前節でふれたが〈もののあわれ〉は日本の伝統的情緒としてだれでも知っているが、その紋切り型に流されて〈ものの哀れ〉といった哀愁に浸るようになると――それが呪縛する自己の存在感の経験だが――〈ものあはれ〉つまり〈もの〉との初めて出会いの感動（あはれ）という根源的な生命的経験を忘れてしまうのだ。なるほど記号で対象を指示することで解釈項が生まれ、そこに自己の存在感が生まれる。これは一定の人生観や世界観で世界を理解することでその解釈項に自己の存在感が生まれることである。だがそれは〈もの〉ではない自己といった空無な存在の存在感となる。しかもその人生観や世界観は一定の言説（物語）で形成されている。そうなるとますます生命的なものとの連携は薄れるのである。かくしてそれがぼくらの桎梏となるとき、それからの離脱が試みられるのだが、そのひとつの方法がそうした人生観や世界観を形成している言説を脱臼させることなのである。そのとき自己を縛っていた言語とそれの効果としての世界観を突き放して眺めることができるようになる。その経験が存在観である。それは自己を相対化し、その空無を経験することであるが――かくして存在観の経験はのっぺらぼうなものだが――同時にそのときあらためて生命的なものをその視野に収めることになるのである。それが根源的存在感である。じつはその言説を脱臼させる方法が、アイロニーやパラドクスやナンセンスといった修辞法やパロディといった文学的な手法なのである。これは第二部で微細に検討するところだが、いま存在観の経験の核心を示す必要があるわけでひとつ実例を示しておこう。

『不思議の国のアリス』のナンセンスソングを思い出していただきたい。それは「狂ったお茶会」で帽子屋が歌うジェイン・テイラーの有名な児童詩「きらきら星」の替え歌だ。その第一連、元歌では、夜空の星に向かってそんな高いところでダイヤモンドのように輝いて何をしているのと問うている。すると星はキリスト教徒の人生という旅の道しるべとしてのキリストの象徴となっていることがわかるという仕掛けである。ところが替え歌では星を蝙蝠に変えて茶盆のように飛んで、いったい何しているのかと戯れるのである。テイラーにしてからがフランスの恋の俗謡を児童のキリスト教的精神涵養のために文字通り換骨奪胎したのだが、それがパロディの手法で茶化され、結果として教育目的は見事はぐらかされ批判される羽目になっている。星やダイヤモンドが蝙蝠や茶盆に変えられることで高貴なもの（天界の象徴）が動物や日常茶飯（現世の象徴）に貶められている。そのときそれを読むぼくらは当然と思っていた世界観（天上界を至高とするといった価値観）の外皮が破られ、それを相対化する視点（あの世もこの世も等価といった立場）に立たされる。それが存在観の立場である。それにこの替え歌には特異な修辞的な効果がある。つまり蝙蝠が茶盆のように飛ぶという直喩は反常識的であり、このナンセンスには常識《コモンセンス》を突き放して眺めるような主体を形成する効能がある。それもまた存在観の立ち位置《ポジショニング》である。それは存在感の直覚を形成している直感（ものの感じ方）と直観（ものの見方）が習慣化のために鈍磨していたのが再生され、さながら初めて世界や人生を直覚するとき得られるような経験といってもいい。存在観の視点にたつ主体が形成されると、直観が更新され、生が鮮やかな経験として直感されるのだ。それはもはや根源的存在感というべきものである。

ベンヤミンは、その『ドイツ悲劇の根源』でパロディと同様な効果を発揮するアレゴリーについてこんな風にいっている。「象徴が人間をその内部に引き入れるのに対して、アレゴリー的なものは下降してくる志向を存在の根底からぼろくそにやっつけるのだ」（下巻六二）、と。これは帽子屋のナンセンスソングが星といった天上界の象徴をパロディで貶めるのと同じである。そして象徴的言語が同一化を効果するとすれば、アレゴリーは非同一化を効果するというのだ。象徴的言語は自己の存在感（同一性の経験）を形成するが、アレゴリーはそうした自己を形成している文化から距離を置く態度（非同一性の経験）をその効果として発揮する。まことにアレゴリーには存在観の効果がある。ぼくらが自己の存在感の呪縛を解縛する手法として言語の修辞的効果や文学技法の効果に感応することを推奨するのはそうしたわけだ。それが精神分析ならぬ存在感分析のセラピーの手法である。

なるほどジジェクは『汝の症候を楽しめ』でこう言っている。「われわれは、現実界的なるものとしての行為、すなわち象徴的限界の侵犯によっては、前象徴的な生の実体とのいわば直接的な接触を（再）確立することはできない」（九四）、と。ここで象徴とは言語のことだが、ぼくらとしては常識としてのイデオロギーとしての言説を脱臼させることつまり「象徴的限界を侵犯すること」で存在感の呪縛を解き、「前象徴的な生の実体」つまりはあざやかな存在感を看取することができると考えているのである。

こうした文学的技法や修辞法の効果として発生する存在観の経験は、しかし、さまざまな領域で観察される。まずもってそれは象徴人類学のターナーのいうように、通過儀礼のリミナリティ（境界性）（一二六―一二七）、たとえば若者宿などで、子供でも大人でもいずれでもないどっちつかずの状態で、二つの世代の価値観が二つながら宙吊りになっているとき発生する。その状態を――参加者全員が体験したわけでもないだろうが――ターナーはコムニタスと名付けて理論化したのである（一二八）。これはR・W・B・ルーイスが『アメリカのアダム』でいうように――といってもそこでは加入儀礼の概念が十全に展開されているわけではないのだが――たとえば、サリンジャーの『ライ麦畑で捕まえて』のホールデンのようなモラトリアムの青年が、イニシエーション（通過儀礼＝加入）を拒否してデニシエーション（脱加入）の状況にあるときにも経験するのである（二九五）。ルーイスはデニシエーションをこう定義している。「新世界における個人のイニシエーションの儀式は社会の『なかへ』のイニシエーションではなく、社会の性格は望ましいものではないので、『社会の外へ』のイニシエーションであり、『デニシエーション』といってもよいものである」（一七一）、と。これを日本民俗学のケ、ケガレ、ハレの三極構造でいえば、その構造の外のカレに出る行為に該当する。それはケガレの際に、元のハレに回帰せず、さりとてあらたなハレを構築するわけでもない、そのいずれともつかない無価値というか非価値のありようである。

植民地の経験では、存在観は、宗主国の近代的文化と植民地の伝統的文化が接触した場合に、そのいずれともつかない領域に立つとき生まれる。つまり伝統文化にも宗主国の文化にも与せず、その間に立つときに発生する。それはたとえばメキシコと合衆国の国境でのチカーノ／チカーナの経験でもある。あるいはそれはセントクリストファー・ネービス生まれのイギリスの黒人作家キャリル・フィリップスの墓地はどこにするかという記者の問いへの返答にも窺える。移民先のイギリスでも、活躍の場であるアメリカでも、父祖の地アフリカでもなく、その間の大西洋に散骨してほしいというのだ（304）。つまり自分はイギリスでもアメリカでもアフリカでもない、それらの間に骨を埋めると。その心はいずれの文化にも属さない立ち位置に自分を置くということである。そうした複数の文化の相対化の際に存在観は発生する。

じつはこうした存在観の意義は、二つの文化の混在でも、なし崩しの融合でもなく、異質の二つの文化の併存のなかでその両者のいずれにも帰属せず、むしろ自分が特定の文化によって形成されていることを自覚するところにある。それは文化と文化の間において、自己を形成している文化そのものから自己を引き剝がすふるまいである。加藤周一は『雑種文化』でこうした経験を例示している。加藤は道元を論じる前振りでこう言っている。「日本人の外国観には、めだたぬが第三の型があった。第一の型が外国の理想化であり、第二の型が日本の理想化であるとすれば、第三の型は、外国たると、日本たるとを問わず、現実の国家を理想化せず、現実と理想とをはっきり区別する態度である」（九四）、と。この第三の型の現実と理想を区別する態度こそ、西欧文明にも日本文明にも与さず、両者を相対化し、さらには文化そのものを相対化する存在観の経験と考えていい。

異文化の遭遇には相互理解の手段として翻訳がおこなわれる。その場合、翻訳者が取る立ち位置とは、英語を日本語に翻訳する場合なら、起点言語（英語）と目標言語（日本語）の間であり、それは両者から距離をとっているさまである。それこそ存在観の経験である。ベンヤミンの「翻訳者の使命」によれば、そのとき翻訳者は純粋言語へと回帰するという。「純粋言語とは、みずからはもはや何も志向せず、何も表現することなく、表現をもたない創造的な語として、あらゆる伝達、あらゆる意味、あらゆる志向は、それらがことごとく消滅すべく定められた一つの層に到達する。そして、まさにこの層から、翻訳の自由はひとつの新たな高次の正当性をもつものであることが確認される」（四〇七）、と。この純粋言語とは、異種の言語の間の、いずれの言語にもつかない一種の普遍言語の経験である。

とまれ、存在観の視点に立つとき、ぼくらは自分のものの見方・感じ方を教育や習慣によって形成（調教）されたものとして突き放して眺めることになる。そうした自分を眺めている自分をぼくらは主体とよぶ。それは自意識の芽生えなどという場合の自己や自我ではなく、単なる意志や意欲でもなく、そうしたものを眺める形而上的な存在である。場合によってはあらたなものの見方や感じ方を自分のものとすることもある。それをぼくらは主体化というのである。

6　主体と主体化

ぼくらの一九六〇年代には、政治に無関心な、いわゆるノンポリの人間は主体性がないなどといって批判されたものである。この場合、主体性には率先して物事に当たる自主性といった主観的な意味合いがある。だが、元来、主体とは主観的なものではなく客観的なものと考えられていた。ギリシア神話では恋愛感情はエロスに操られるものであって人間の意志によるのではない。主体は人間にではなく神々にあった。だとするなら主体とはぼくらの考える客体を指していたのである。アリストテレスにとって主体subject とは実体 substance であった。客体としての客観的な主体である。ラカンが主体をSとし、それがエディプス期を通過すると斜線を引かれた主体$となるとしたのは――ラカンにとってSは客体としての欲望であるが――そうした主体の捉え方を踏襲している。したがって近代的自我なるものは、つまりは主観としての主体は、斜線を引かれた主体であり、かくして空無の主体であるなどとジジェクがいうのである。日本民俗学がケ、ケガレ、ハレという概念で常民の生の形を考えた場合、それは気という客観的主体Sの主観化した〈斜線を引かれた主体〉$(主観的主体)のさまざまな意識形態であり、空無の主体の現れを意味しているということになる。記号(将来の夢など)でもって対象(人生)を解釈することで一定の人生観をもった意識が生じるが、それを反復することで習慣化し固定化されるとその特定の意識が特定の自己となる。世俗的自己=主体$の誕生である。それがケの営みの管理者の正体である。自己の存在感を看取するとはそうした自己の存在の確認の行為であり、まことにそれは快楽の時である。それでひとは無意識的ながらその自己を反復追求するのであるが、それこそ自己の存在感に牛耳られる事態である。それを自己の存在感の呪縛という。しかもそうしたケの営みは、ケ、ケガレ、ハレを下支えする気(主体S)をすっかり忘却している状態である。そこでそれを自己の存在感の呪縛を解く存在観によって回復するのである。そうやって恢復されるのが、気の本来的存在感であり、その意識化された本来的存在感が根源的存在感なのである。すでに言及し、次節でも取り上げるルソーの存在感とはそうした本来的存在感であり、その客観的主体が気ならぬ自然としてイメージされていたということである。それはそれとしてそうした根源的存在感つまりは気（主体S）のありようを持して現実に回帰するとき――主体化であるが――そのとき生まれるのが実在感である。それにしてもぼくらのいう本来的、根源的存在感の正体である気はラカンの主体Sの実質たる欲望とはまったく無縁の概念のようにみえる。だが、それは同じ客観の捉え方の違いにすぎない。留意すべきは、そうした多様な存在感の範疇に対応して様々な主体化の契機をぼくらが経験することである。

本来的存在感では人間は気といった客体的な主体のふところに揺蕩っている。いわば大洋感情に浸っている。ところが自己意識が誕生すると、主体は自己に移行して、気を忘れ、ケ、ケガレ、ハレといった自己意識の循環にはいる。それが自己意識への執着、我執といった形になるとき、その呪縛から離反する契機もまた生じる。そのとき存在観を経験するのだが、一言でいえばそれは自己を相対化する視点である。その眺める意識が意識の意識、自意識を超脱しあらたな主観的な主体――眺める空無な主体――として生成する。それが意識における主体化である。そしてそうした主体によって直観＝直感されるのが、生気論的には宇宙的生命やフィーリングや気といった概念で捉えられるものである。それは存在論的には〈なる〉や〈する〉ではなく、ただ〈ある〉といった風に理解される当のものの内実である。それから主体を主観的主体から客観的主体へと移行させるときがある。そのとき主体は、日本語にいう自分で〈生きる〉のではなく、〈生かされている〉という感じを経験することになる。

7　根源的存在感

大人の人間が自己の存在感の呪縛を解縛して本来的存在感を再確認するとき、そうした自覚された本来的存在感をぼくらは根源的存在感と呼んでいる。根源的存在感とは、主観的な主体ではない、客観的な主体の感じである。〈今ここに私がいる〉ではなく、たんに〈いる〉の経験である。その〈いる〉は生気論や存在論でフィーリングや大文字の存在として表現される代物である。『バガヴァッド・ギーター』でいう「私はそれである」の「それ」だ（一二九）。つまり梵我一如の梵（ブラフマン）なのである。フロイトが「それ（エス）があったところに私がいるだろう」Wo Es war, soll Ich warden――標準的な英訳ではWhere it was, there ego shall be――といったとき、「それ」つまりエス（イド）はまさにブラフマンなのである（エヴァンズ80またクベルスキー119–122）。それはそれとしてルソーの捉える根源的存在感の実例を挙げておこう。

一七七六年一〇月二四日、夕刻六時頃、ルソーは、メニルモンタンの下り道を散歩していた。そのとき、不意に前方から四輪馬車があらわれ、その前を疾駆していたデンマーク犬に押し倒されて意識を失う。幸い重傷を負いながらも、やがてゆっくりと意識を取り戻すのだが、以下は『孤独な散歩者の夢想』「第二の散歩」に読める描写である。

夜は暗くなっていった。私は空を、いくつかの星を、それからほの明るい草原を認めた。この最初の感覚は甘美な瞬間だった。まだそんなことで自分を感じるだけだった。わたしはこの瞬間、生に生ま

れつつあった。そして、鮮やかなわたしの存在をもってそこに認められるいっさいのものをみたしているような気がした。（二七）

ここでルソーは、ぼんやりと意識を回復するなかで、まず周囲の対象を「空」「星」「草原」を感覚し、知覚するのだが、その「最初の感覚」によって、それを直感している「自分を感じる」、つまり自己の存在を感じているのである。その自己の存在感は甘美であったが、そのときなんと「生に生まれつつある」と感じている。つまりこの自己の存在感は生命感をその中身としていたということである。すぐれて生気論的である。だが、それればかりではない。その鮮やかな自己の存在が、自分という枠をこえて、「そこに認められるいっさいのものをみたしているような気がした」というのである。これは生命的な自己があふれ出て外界の自然と一体化しているさまの記述である。ルソーはここで自己をこえた自然といった存在との一体感を語っている。これは自然といった生命的な普遍的な存在と一体化したうえでの存在感ということになる。そこにあるのは、自己の生命的な存在と、自然の生命的存在が、ふたつながら融合した経験である。まさに自己と自然の同一化を果たした存在そのものの存在感である。これこそ主観的主体から客観的主体への移行である。これはぼくらのいう本来的な存在感である。ルソーの場合、そうした本来的存在感を感じている自己の意識がある。したがってそこには本来的存在感を自覚している自己の存在感もまたあるといっていい。それこそ自己の存在感の呪縛にとらわれていない自己の経験である。それは〈今ここに私がいる〉という感じの全体的・臨在的・直接的な経験である。とはいえその自己はもはや主観的主体ではない客観的主体である。しかもこうした本来的存在感をルソーは意識している。そうした経験をぼくらは根源的存在感というのである。まことにこのルソーの経験は願ってもない御あつらえ向きの根源的存在感のサンプルである。〈今ここに私がいる〉という経験は自己の存在感の経験だが、その特殊な形に捉われ、それをたえず意識し、それを持続させようとすると、自己の存在感の呪縛に絡めとられる。そこで存在観をへて、いったん自己から離れて、あるがままといった気分になるとき、〈今ここに私がいる〉という経験は持続するのである。だがその瞬間も持続ももはや流れる時間の経験ではない。それは時間の外の経験なのである。本来的な根源的な自己の存在感とはそうしたものである。

このルソーの根源的存在感はたんに〈ある〉ことであるということもできる。〈今ここに私がいる〉の自己の存在感の感じのなかで、〈今〉も〈ここ〉も〈私〉も消失しているありようだからである。このたんなる〈ある〉という根源的存在感には、ハンナ・アーレントの見事な説明がある。アーレントは『人間の条件』において、人間の理想的な存在様式は、労働することなどではなく、たんに存在すること自体にあるのだと主張している。早い話が、同書はカトーを引いて「なにもしないときにこそ最も活動的であり、独りだけでいるときこそ、最も一人でない」と結んでいるのだ（五〇四）。そしてアーレントは、ペリクレスやホメロスの言説のなかに、「行われた行為と語られた言葉の内奥の意味は、勝敗に関係なく、その帰結が良いものであろうと悪いものであろうと、いずれにしろその最終結果によって動かされることのないままにしておかなければならない」（三三〇）という思想を読みとっている。そしてその思想をアリストテレスはエネルゲイアという観念で捉えたというのである。「この観念［エネルゲイア］によって、目的を追わず、作品を残すことなく、ただ演技そのもののうちにこそ完全な意味があるすべての活動力を指した」（三三一）、と。そしてアリストテレスが「『作品』を『よく生きること』と定義したとするなら、彼はここでいう作品が仕事の産物ではなくて、ただ純粋な現存在《エネルゲイア》においてのみ存在することを明瞭に示した」のだと説明している。（引用では「現存在」となっているが、第二章で詳述するアガンベンに倣うぼくらの解釈ではこれは潜勢力に対する現勢力のことである。）この「純粋な現存在においてのみ存在する」（三三一）とき、意識的に実感されるのが根源的存在感なのである。それこそ生のリアルの経験である。たんなる〈ある〉をいきいきと生きている実感である。

8 実在感

実在感とはまずもって実在についての感じである。ぼくらは木を見れば木の存在を疑わないし、木を見ているぼくらの存在を信じている。それにぼくらはぼくらが死んでも木は存在していることもまた信じて疑わない。実在感とはそうしたぼくらが感じる感じないとは無縁に厳存するものについての感じである。したがってそれはぼくらが意識すると否とに関わらずぼくらを生かしている宇宙的生命というか気の感じでもある。だが同時にそれは相も変わらない日常が俄然新鮮に見えてくる経験でもある。日常の他者性がひりひりと実感されるときである。つまり実在感とは存在観をへて本来的存在感の意識化としての根源的存在感を獲得したのち、相も変わらない元の日常生活のなかでそれを具体的に経験する感じである。

とはいえ実在感はかならずしもそうしたプロセスを踏まないでも体験できる。アガンベンは、ハイデガーの「本来的なもの」と「非本来的なもの」について『残りの時』でこう解釈している。「本来的なもの、真正なものが、『なにか頽落した日常性を超えたところで浮動するもの』ではなく、『実存的に、これ［日常性］の変容された把捉にすぎない』ということ——すなわち真正なものは非真正なものとことなる内容をもつものではないということである」（五六）、と。これはその通りであって、だからユートピアは今ここにある。だが、この同じ「日常性」が生命的なものとして「変容され［て］把捉」されるとき——

つまりカレの視点から見られるとき――ぼくらの実在感となるが、それが世俗的な価値観（ケ）の追認に堕した場合は呪縛する自己の存在感となるのである。

パースの記号論では、第三項の法則性が実在として認められている。つまり「現象の要素の第三のカテゴリー〔第三項〕はわれわれが法則と称するものから成り立っている」（一九八五、一〇六）のであるが、「形而上学は実在の科学であ〔り、〕実在を形成しているのは規則性であ〔り、〕実在の規則性とは実際に作用している法則である」（一九八五、一八四）からである。ところが、第一性の記号とは「何か他のもの〔解釈項〕を規定して、自分の場合と同じやり方で、自分の関わっているもの（対象）にかかわるように仕向けるもの。次にこの解釈項もまた記号になるといった具合に無限に続く」（『著作集』2四九）のである。つまり解釈項は無限に記号過程を繰り返すのであって、それを一義的に確定するのが社会なのだ。かくして「実在とはコミュニティの究極的な決定に依存する」（『著作集』2一七三）ということになる。第三項〔解釈項〕の法則を実在とするパースの実在論は、観念の実在をいう中世以来の実念論的の流れにある。が、第三項の記号性を唱え、それがコミュニティの決定に自らを委ねるというとき、紛れもなくプラグマティズム的である。こうしたパースの実在感にはカレの契機はない。

なるほど、実念論的ではなく唯名論的に考えた場合、実在とは抽象的な普遍ではなく具体的な個物である。だが、ぼくらにしてみれば、存在観の経験をへて現実に回帰したとき得られる鮮やかな感じは、ひとが現実と初めて対面するといったまさに一回性からきている。ぼくらのいう実在感とはそうした経験である。つまりパースのいうコミュニティの決定する習慣的意味から離反するときが存在観であるが、その存在観の視点を携えて、さらには根源的存在感という生気論的な実体の感じを経験したあと、それを具体的に生きるべく、コミュニティの日常生活に回帰するとき実在感が発生するのである。

レヴィナスは『時間と他者』で、「実存者」と「実存すること」を峻別している。実存者とは人生の目的をもって日々の生を誠実に生きている人びとである。つまりは自己の存在感を追求している市民である。が、「実存すること」とはそうした市民的な生の形を剝奪されたあとにも残っている生の形である。まさにそれはケの状態からケガレたさまである。これは極端であるが、そうした極限状況になくても人間は普通の生活目標といったものに縛られないありようを経験することがある。レヴィナスはそうした「実存者がそれをとおしてみずからの〈実存すること〉を結び付けるところの出来事を、私は位相転換と呼ぶ」（一〇）といっている。この「位相転換」こそぼくらのいう存在観の時であり、その結果の経験である「実存すること」とはまさにぼくらのいう実在感の経験である。

とまれアガンベンのいうように、「本来的なもの」は「日常性」に見出されるのである。実在感とは普遍的でも一般的でもない、個別的な経験として、極私的経験として、日常性に本来的なものが実現する際に生じる存在の感じなのである。ただその場合ぼくらにとって本来的なものとは生命的なものであり、気なのだということである。

9　ヴィゼナーの「存在感」——実存範疇のまとめ

人間は他の生き物や事物とは存在のありようが違っている。それは自分が存在していることに気づいているからである。人間存在を他の存在と区別してあえて実存というのはそういうわけだ。ぼくらはそうした意味でのぼくらの意識のさまざまなありようを実存範疇といっている。それが存在感、本来的存在感、自己の存在感、呪縛する自己の存在感、存在観、根源的存在感、実在感である。インディアン系アメリカ人作家ジェラルド・ヴィゼナーの「存在感 presence」をめぐる思索は、こうした実存範疇のすべてを見事に例解するものとなっている。この章のまとめの意味でいささか丁寧にヴィゼナーの議論を追ってみよう。

ヴィゼナーの評論集『逃亡者』の訳者は presence を「存在感」と訳している。だが presence は〈現前〉でもあり、それは平たく言えば〈出席している〉といった場合のように、〈現に目の前にある〉ことである。だが、同時に、これには〈気配〉という意味合いもある。つまり、あるものが、正体はさだかではないが、その存在は感じられるという場合である。幽霊の気配とか、忍び寄る外敵の気配もそうだが、じつはヴィゼナーが必死に求めているのは絶滅に瀕する民族の魂の気配（現前）なのである。

一民族が自己の存在感を感じる機会は多々ある。一定の美意識によるのもそのひとつである。すでにふれたが、日本人なら、もののあわれの情感を実感するとき日本人としての自己の存在感を実感するし、スペイン人ならドゥエンデ（死）の気配を感じるときそれを実感する。それこそ伝統的情念を自分のものとするアイデンティティ（同一化）による存在感である。それは帰属感による存在感であり、民族としての自愛が求める存在感の形である。ヴィゼナーはといえば、アニシナアベ族の伝統の儀礼を遂行する〈現前化する represent〉ことで、失われた先祖がたしかに存在していたことを追体験しようとしている。ネイティヴ・アメリカンの存在感は、白人の掃討戦術や同化政策によって消滅（の危機に瀕）している。その存在感をヴィゼナーは、インディアンの物語を語り、伝統的な儀礼を遂行することで、〈今ここ〉に再現＝表象しようとする。その再現＝表象 representation のなかに、ネイティヴの過去から現在にいたる民族の存在感を現出させようというのである。「ネイティヴのお話は、ネイティヴがいるという存在感を昂らせる」（八〇）のだ。それは物語であるからして、その存在感 presence＝現前は直接的ではない、いわば第二の直接性である。つまり再現＝表象 representation である。ヴィゼナーの認めるように、その場合は「ネイティヴの存在感が『第二の直接性』」（四八）として出現するのである。離散し、死に絶えた部族の場合にその存在感は、再現＝表象という形でしかその直接性（現前）を経験しえないということである。だが、逆に言えば、そうした形で存在しているからこそ殲滅を免れてしぶとく存続する。アニシナアベ族では、そうした物語が儀礼という民族の記憶のなかに存在しており、そこに独自の存在感を見出している。ヴィゼナーはそれこそアニシナアベ族の主権（ソヴェナンス）であるとしている。「ネイティヴの持つ主権（ソヴェナンス）とは、ネイティヴの記憶のなかに息づくネイティヴ独自の存在感 presence である」（二九）、と。ヴィゼナーはそうしたネイティヴ独自の現前として、部族の共有する霊的存在であるマニドーの存在感を挙げる。「ネイティヴの本質についての普通の感覚、つまり第一の哲学なるものは、ネイティヴの永遠の存在のことである。それはアニシナアベ族の場合であれば、霊魂に近い意味を持つマニドーである」（四九）、と。マニドーはまさに本来的存在感、根源的存在感の内実であるアニシナアベ族の客観的主体である。

こうしてヴィゼナーは失われた、失われようとしつつある部族の伝統を回復するために、神話や儀礼を想起し、再話し、再現しようとする。それは伝統との対話であるが、そのときにこそ部族が再び存在するようになるのだ。ヴィゼナーのいう「存在の出来事」とは、この第二の存在ともいえる「対話」のことである（四八—四九）。こうしたネイティヴの存在感を保存する部族の神話は、これまで白人にキリスト教的視点から多神論とされ——つまり誤って解釈され——同じく白人の社会科学や、先住民にたいする支配の「最終的語意」——ローティの用語で、たとえば「友人を褒めて敵をけなす」ことばのように、「それ以上押し進めたとしても、無力な受け身か、力の行使しかないようなぎりぎりのところで発せられる」ことば

――や、支配の物語によって、間違って管理されてきた（四七）。つまり、ネイティヴの本来的存在感は同化されたために世界を白人のイデオロギーによって解釈することになり、そうやって習得した紛い物の自己の存在感によって曇らされている。そこでヴィゼナーはそうした事態を「エッセイ」によって突き崩すというのである。ヴィゼナーの存在感分析のセラピーである。そうやってキリスト教とそれによって同化された先祖の神々をいったん突き放して眺め、相対化する。その姿勢や、その結果生まれるのが存在観である。これはエックハルトのいう――キリスト教徒やイスラム教といった特定の宗教の神ではない――神性を思い描く時、特殊民族的な自己の存在感の呪縛から解縛されることに似ている。そこで生まれるのは伝統的な自己でもアメリカ化した自己でもない、あらたな主体である。ヴィゼナーは、そうした主体の物の見方・感じ方を引っ提げて、現実に回帰し、そこに自分のエッセイの見出した「第二の直接性」としての「存在感」を生きるというのである。たとえば、具体的な儀礼の再現のなかで、マニドーを再現＝表象するとき、その現前に部族の存在を実感し、一種の根源的な存在感を感じるというのだ。ぼくらに言わせれば、ヴィゼナー（とその同伴者）はそうした経験をへて実生活に回帰するとき鮮やかな実在感を経験しているはずである。それはわずかに「抵抗、ネイティヴらしい生き残り、ネイティヴの主権の痕をとどめている」（四六）ものにすぎないかもしれない。だが、にもかかわらず、それを我がものとするときヴィゼナーが看取しているのは個人を超えた民族の伝統的な生の鮮烈な実在感なのである。

第3章　存在感の形而上学――ケ、ケガレ、ハレ、カレ

自己の存在感は記号過程から生まれる。そこにはいつだって記号と対象と解釈項の三極構造が作動している。R・D・レインは「自己のアイデンティティとは、自分が何者であるかを、自己に語って聞かせる説話《ストーリー》である」（鷲田清一　二〇一五）といっている。これはぼくらにいわせれば、説話という記号でもって自己の人生という対象を解釈することだが、その解釈項にそれがなんども反復されることで特定の自己のアイデンティティが発生しているということである。この記号過程の三項は日本民俗学でいえば、ハレ、ケガレ、ケに当たる。ケ（日常生活）では一定の価値観で人生を解釈して生活を構成している。それが記号過程だが、その場合一定の価値観は記号、人生は対象、日常生活は解釈項となる。ところがケがケガレるとそうした価値観を一時喪失するのだが、それを晴らしてまたぞろ元の価値観を回復するというのがぼくらの考えである。そのうえで、ハレと観念（＝記号）、ケガレと事物（＝身体性＝物質＝対象）、ケと意識（対象と記号を結び付ける解釈項）という連関をそこに見届けている。そしてすでにふれたように存在感は観念、事物、意識のいずれの項でも発生し、その存在感を経験している存在としての自己の存在感もまた発生する。だが、もう少し仔細にみると、その観念や事物や意識の三項で、つまりハレ、ケガレ、ケの三

項のそれぞれで、さらなるケ、ケガレ、ハレの経験がなされている。事情はカレの場合にも変わらない。

これは『無心の詩学』でいささか詳細に論じたところである（二一二―二一三二）。たとえば、ハレの領域について神観念で例解すれば、人間的神（ケ）、概念的神（ハレ）、自然的神（ケガレ）の三つのタイプが考えられる。そしてそうした個別的神を超えたものとしてのエックハルトの神性がカレということになる（二一九）。これをぼくらは個別的にはハレ（ケ）、ハレ（ケガレ）、ハレ（ハレ）、ハレ（カレ）、一括すればハレ（ケ、ケガレ、ハレ、カレ）と表記している。他のケ、ケガレ、カレの場合も同様である。そしてこのハレの領域のケ、ケガレ、ハレ、カレは、それぞれの領域のハレと重なり、ケ（ハレ）、ケガレ（ハレ）、ハレ（ハレ）、カレ（ハレ）となる。これを図示すると図1のようになる。いわば中心を欠いた曼荼羅である。

またケ（ハレ）のハレにもケ、ケガレ、ハレ、カレといったさらなる下位区分が可能であり、そのすべてに独自の存在感が生まれる。だが、それらはもはや個別的な作品や思想にあたるほかない微妙で特異な経験であり、抽象的な説明や分類は困難を極めるというか無用である。パースの三狂いに倣って四狂いする必要はあるまい。それでこの第3章では、わずかにこうしたケ、ケガレ、ハレ、カレの各領域におけるケ、ケガレ、ハレ、カレの生み出す微妙な存在感を個別的に検討しておきたい。好都合な事例の際にケ（ハレ）のハレ、つまりケ（ハレ（ハレ））といったものに言及したい。これは形而上的体験たる存在感のカテゴリー化のささやかな思弁の試みであるが、それをぼくらは大仰にも存在感の形而上学といったまでである。

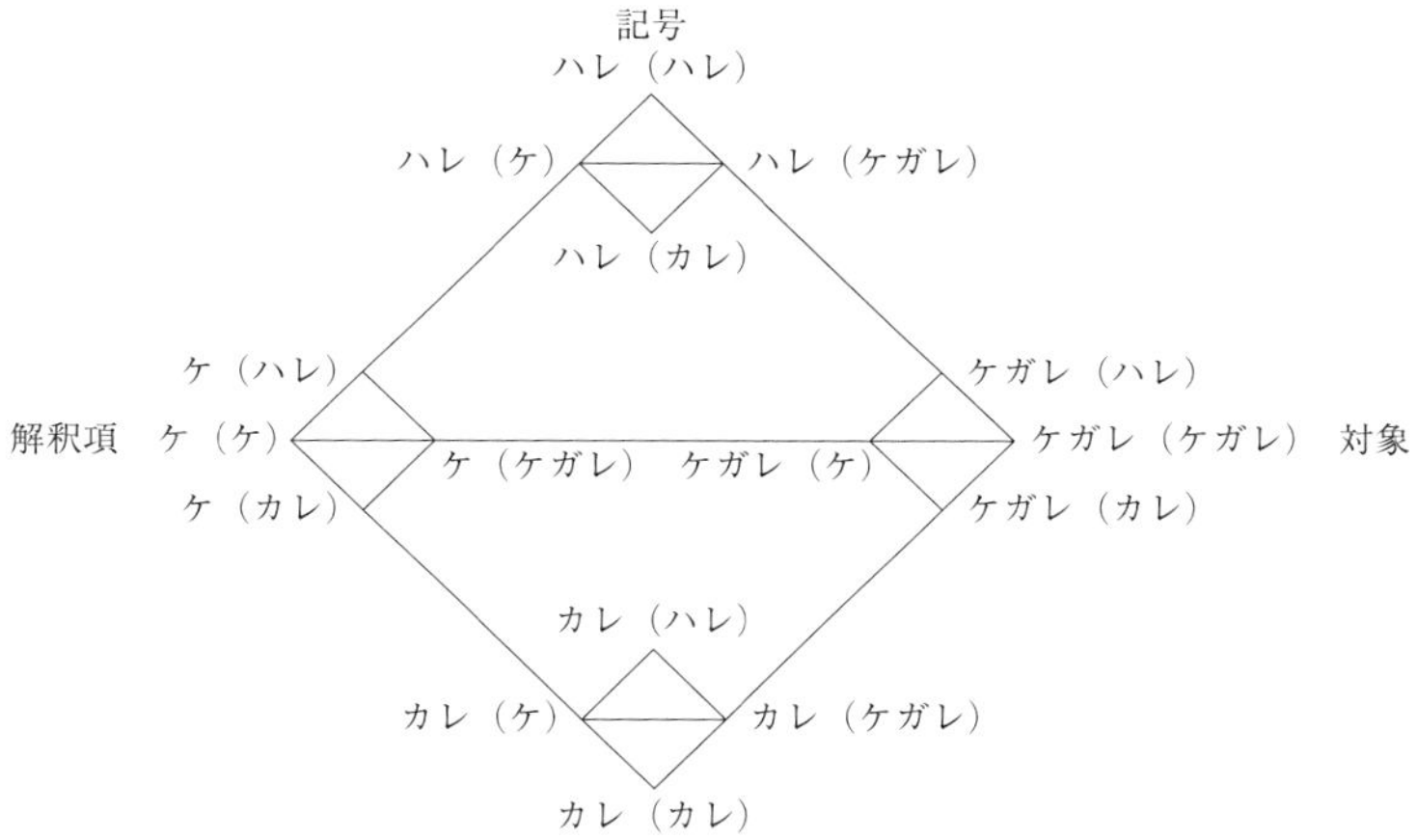

図1

1　ケ（ケ、ケガレ、ハレ、カレ）

ケの領域は、日本民俗学では、気（キ）を管理する自己の意志が統括する場である。ケ（ケ）は習慣や仕事の日課などによって規制された在り方であり、ケ（ハレ）とはそうした習慣や常識といったものからなっている。そしてそうした日常の生活に疲れてその価値を見失いそれから離反すればケ（ケガレ）となる。またそうした日常常軌から気ままに遊離すればそれはケ（カレ）の境地の経験となる。いずれにしろ、ケの心のありようは、世俗的人間の常住のそれであり、自分の存在と外界の存在を信じて疑わない。そこで生まれる自己と対象の存在感はまさに常識主義的存在感である。

対象の存在を信じて疑わない常識人は、対象を感覚的に経験する。それがケ（ケガレ）の対象の存在感である。また自分の身の回りの対象を感じている自分を意識してもいる。それがケ（ケ）の存在感である。してみると、ケの領域はまさに「意識の流れ」の文学が追求した意識の存在感の場と重なり、ぼくらの言葉でいえばそれは、ケ（ケ、ケガレ、ハレ、カレ）のさまざまな現れを書き留めたものとなる。もうすこし立ち入れば、ぼくらの関心が自己意識から離れて対象に向かうとき、ジェイムズ的な純粋経験の意識が生まれる。ケ（ケガレ）である。さらには、常識を逸脱し、流れる意識に自覚的になるとき、つまり意識の意識であるが、それがケ（ハレ）である。この意識の意識の経験は自己を眺める存在の経験であるが、それは宗教の観点では神、精神分析の観点では超自我と呼ばれる。そして日常的意識や意識の意識や知覚といった働きでとらえられる諸現象から離反し、距離をとるとき、それがケ（カレ）の存在観の経験である。たとえば、それは習い性になった思想感情で生きている自分を特異なものとして突き放して眺める態度である。それが他者に向けられた場合の経験は『戦争と平和』で妻の死や虜囚生活から解放されて生まれ変わったピエールの台詞に表現されている。「いかなる人でもみな自己独特の考え方、感じ方、観方ができるもので、言葉で人の信念を翻すのは不可能だ、ということを是認する気持ち」（第七巻三三五）である。言葉で翻すことの不可能な信念をもっている人とは自己の存在感に呪縛されているのだが、それをそうしたものと眺めているピエールは存在観の立ち位置にある。ケ（カレ）の視点である。

さてこうした意識の経験を主題的にかつ具体的に描いているのはウルフの『ダロウェイ夫人』をはじめとする〈意識の流れ〉の作品群である。だが、それは別のところで触れるとして、今はウィリアム・ジェイムズとT・S・エリオットの経験を紹介しておこう。

（1）ジェイムズの純粋経験――ケ（ケガレ）

ぼくらの日常生活では、ぼくらとぼくらの外部は完全に分離独立している。たとえば散歩道で見つけた紫の花を、あ、菫だ、といってどれほど感嘆しても、そこには菫という対象とそれを菫と名指して讃嘆しているぼくらの意識とは厳として別個のものである。だが、その紫の花を菫と名指す前にたんに紫の花としてぼんやりと知覚している状態は、いわば意識と対象の未分の状態である。小林秀雄は「歌とは、意識が出會ふ最初の物だ」（二二六）といったが、その時の歌（の経験）がそれである。芭蕉が「山路きて何やらゆかしすみれ草」と詠んだ時、「すみれ草」と名指す前、「何やらゆかし」ととらえたのが菫と出会った最初の感じであり、その出会いの経験の直覚（直感＝直観）がこの句に結実したのである。それが分節されると、歌は歌と物と意識との三つに分裂する。そうした分節の後に、その物と人のはじめての出会いを言葉にすると、それが歌になるなどと解説されることになる。小林の絶妙な批評言語はむろん分節以前のありようを捉えたものだが、そうした最初の出会いをジェイムズは純粋経験といって、その根本的経験論の中心に据えている。

もし私たちが、世界には根本物質ないし物質、すなわちあらゆるものを構成する素材がただ一つだけ存在するという仮定から出発するならば、そしてこの素材を「純粋経験」と呼ぶとすれば、そのとき〈知るということ〉は、純粋経験の諸部分が結びうる特殊な種類の相互関係である、と容易に説明することができる。この関係自体が純粋経験の一部であって、この関係「項」の一方が知識の主体ないし担い手、つまり〈知るもの〉となり、他方の関係項が〈知られる対象〉となるのである。

（一九七八、一七）

〈知るもの〉と〈知られる対象〉が同じ経験の一部となっている。そこでは「意識と、意識が『それについて』であるところのもの、というふたつのものへの自己分裂は、存在していない」(二〇一二、三〇)。それは記号過程が発動する以前のありようである。あるいは小林秀雄がいうような習慣化した記号過程をあっさり初期化した詩人の根源的な対象の、ケ(ケガレ)の体験といっていい。

そうした経験の内実をジェイムズはフィーリングと捉えている。「意識の事実は一度しか存在せず、まさに単一の状態であるということである。意識の事実にとっては、存在するとは感じられること [Its esse is *sentiri*] である。それが存在するのは感じられている [*what* is felt] かぎりである」(二〇一二、一三四/228)、と。こうした純粋経験を経験する存在として自己が生成する。そのことをジェイムズはペンといった卑近なものを例にしてこんな風に解説している。「ペンには『あたたかみ』[…] すなわち、一群の感じ(喚起された『関心』、向けられた『注意』、行使された『目』等)がそれに密接に結合し」(一三六)、「これら一群の感じこそが『わたし』の核をなす [these feelings are the nucleus of 'me']」(一三七/229)、と。つまり、意識された対象の感じが自己の核となっているというのである。感じこそが自己の存在の内実であるというのだ。かくしてジェイムズは自己の存在を感じ(フィーリング)として捉えている。これはぼくらのいう自己の存在感にほかならない。これをあえて表記すればケ(ケガレ(ケ))ということになる。「『意識されて』あるということは [...] 報告され、認識されることであり、その存在にそれ自身の意識が付け加えられることである。そのことは、経験に私有化が付随するときに生じる [...] 原初的直接性におけるペン経験は、単に存在するだけでそれ自身を意識しておらず、われわれが意識と呼ぶものがそれに生じるためには、第二の経験を必要とする」(一三九/230)。この第一の経験が原初的直接性の経験、本来的存在感の経験である。またこの第二の経験が自己意識であり、そこに自己の存在感が発生するのである。

それは時間の経験でいえば、現在という瞬間である。時間と非時間の間ともいえるこの「現在というもののもつ瞬間的な領野は、いかなる時であっても、わたしが『純粋』経験と呼ぶものである［The instant field of the present is at all the time what I call the 'pure' experience.］」（二〇一二、三〇／177）。かくしてそれは旅なら目的地ではなくその途中にあることになる。実際ジェイムズは「われわれの経験はとりわけ速度と方向の変化からできており、その旅程の終わりよりも途上においてこそ生きている。［…］実質のある連接的推移には断絶も跳躍も含まれない」（七四）といっている。

こうして純粋経験こそ生きていることの証となる。「真に創造的な活動性が存在しているのであるとすれば、根本的経験論としては、それらはどこかで直接に生きられていなければならない」（二〇一二、一一三）からである。この純粋経験こそ無自覚的なら本来的存在感であり、自覚的なら呪縛された自己の存在感から解縛されたのちの根源的存在感である。だが、これが記号過程の第三項での経験、ケ（ケガレ）の経験であることに変わりはない。ちなみにパースのフィーリングは記号過程の第一項の経験――ケ（ハレ）――の叙述となる（米盛七一）。これはルソーのいうように記号としての観念は感情と不可分であるということを想起すれば納得のいくことである。それにパースの場合は解釈項が繰り返しあらたな記号になるのである。第一項と第三項が不可分であることはそうした事情にもよる。

（2）エリオットのフィーリング――ケ（カレ）

F・H・ブラッドリーはイギリス伝統の経験主義や功利主義を批判する理想主義の哲学者であった。T・S・エリオットは、その思想を『現象と実在』を中心に feeling を根源的経験とする哲学として論じた博士論文を書いている。そのエリオットは『聖森』のなかの有名な「伝統と個人の才能」の中で feeling ならぬ emotion という言葉を用いて The emotion of art is impersonal.（二〇／59）などといっている。矢本貞幹は「芸術の情緒は非個性的である」と訳しているが、この厄介な単語 impersonal は、「非人称的」とか「没個人的」などとも訳せるだろう。だが、もっと厄介なのはこの語の意味内容そのものである。これを理解するには、すぐ前のセクションにあるこんなことばを参照するほかない。「詩は情緒の解放ではなくて情緒からの逃避であり、個性の表現ではなくて個性からの逃避である」(一九／58)。つまり、「詩の情緒」とは、キーツのいう「感情の真実の声」などでは毛頭ないというのである。つまり、これは個人的な「真実の感情」といった自己の生きられた情念を超えたありようをさしている。なるほど詩は人間の喜怒哀楽を表現しているが、それは詩人の個人的な喜怒哀楽ではない、人間の普遍的な感情であるということだ。私の悲しみではなく、ただの悲しみの情感である。読者についても「完全な批評家」でこんな風にいっている。「詩を楽しむ目的は、個人的情緒といった偶然のものをことごとく抜き去った後の純粋な観照なのである」(35)、と。

この「非個性的な」情緒を理解するには、たとえば、絶対音楽がヒントになる。絶対音楽の考え方からすれば、音楽の情感は、作曲家の感情表現ではなく、音楽そのものの楽理の探求の結果として生まれるものである。なるほど音楽には一定の情感が出現している。だが、それはけっして生身の人間の感情ではないのであって、ハーモニーやメロディーの効果として醸し出されてくる情趣である。それが絶対音楽のフィーリングである。エリオットはそうした私的でない情感を追求しているのだ。そこに実現される存在感とは、「感情の真実の声」といった感情の存在感でもないし、それを表現した詩人の自己の存在感でもない。それは、そうした私的感情や、それを表現しようとする詩人の自己の存在感を相対化している視点――つまりは存在観――で経験された情感である。エリオットがいう「非個性的な」情緒とはそうした存在観の、知でも情でも意でもない、達観された観の、ケ(カレ)の情感なのである。

もっともエリオットは「批評の原理」では「解釈の価値の大部分は私自身なりの解釈ということにかかわり［…］妥当な解釈とは詩を読むときに感じる自分の感情の解釈にちがいないと、私は信じている」（九七）ともいっている。これは自分の感情を信じるというロマン派的な態度に通じる。そうした自分の感情とは生まれ落ちた文化によって形成されたものであるからして、それを信じるとは自己の存在感を反復することであり、その呪縛を認めるということにもなる。むろんそれはあくまで作品の与える効果としての情趣である。だが、そうした情趣の個人的な好みは、やはり読者の個人史によって決定される。したがってそれを好んで読みとることで自己を感じている場合には自己の存在感に呪縛されていることにかわりはない。とはいえ、それを楽しむということが一般読者の場合むしろ普通である。詩人においてもそうしたことがまったくないわけではない。

たとえば最前触れたジョン・キーツ。キーツは、ギリシアやラテンの古典文学を英語に導入したミルトンを避けて、イギリスの古謡などに依拠したチャタトンを愛でている。そこにはイギリスへの回帰、知識階級ではない庶民への回帰といったものが窺える。いずれにしろそれは自分の感情を信じた結果である。だが、それもまたキーツという個性の自己の存在感を確認する独特のやり方であり、その限りではミルトンのそれと変わりはない。

それにたいしてエリオットは、そうしたギリシアやラテンといった古典文学とともにイギリス古謡といった伝統にも距離を取ろうとしている。そのいずれかを選択するというのではなく、そのいずれからも距離を置く。かくして「芸術家の進歩というのは絶えず自己を犠牲にしてゆくこと、絶えず個性を滅却していくことである」（一三／53）ということになる。こうしたエリオットの姿勢には、エリオットがアメリカ人であり、後年イギリスに帰化することになるといった事情が背景にあったことが想起される。エリオットは、イギリスや西欧の伝統全体から疎外されているアメリカ人の立場にあったのであり、しかもそのアメリカからも遁走している。どうやらそのどっちにも付かない立場からのこれは発言であったのだろう。それこそ、イギリスや西欧やアメリカをも相対化する立場であり、つまりは存在観の立場――ケ（カレ）――なのである。

エリオットはヴァージニア・ウルフに揶揄されながらもユニテリアンから英国国教会に改宗し、やがてはイギリスに帰化する。これはぼくらのタームで言えば、存在観の立場から実在感の立場へと歩みを進めたものといっていいだろう。エリオットは、すべてを相対化する地点から現実へと回帰し、そこで必死の選択を行って、英国国教会やイギリスの日常に独自の視点で参入し、そのことで独自の実在感を獲得することに賭けたのである。その独自な経験については第二部第1章7の（2）で触れる。

2　ケガレ（ケ、ケガレ、ハレ、カレ）

ケガレは対象の領域である。つまりは意識の外部の身体や物体の領域である。現象と現象の背後の実体である物質や力である。ぼくらの用語でいえば、嘱目の現象はケガレ（ケ）の領域にあり、背後の物質はケガレ（ケガレ）の領域にある。この物質とは、高エネルギー研究所の「キッズサイエンティスト」（www2.kek.jp）などを参照すれば、最終的には観察可能なクォークとレプトン（ケガレ（ケ））からできており、その素粒子の間の相互関係には四つの力つまり重力、強い力、弱い力、電磁力（その伝達物質はそれぞれ重力子、グルーオン、ポゾン、光子）が作動しているがそれはケガレ（ケガレ）である。また今のところ強い力は量子色力学で、電磁力と弱い力はワインバーグ・サラム理論で記述される。とすればこの量子色力学やワインバーグ・サラム理論が記号（ケガレ（ハレ））ということになる。さらにいえば物質はエネルギーから生まれる。たとえば有名な方程式 $E=MC^2$ は、ある意味では記号＝情報である方程式（ケガレ（ハレ））がエネルギー（ケガレ（ケガレ））に作動して解釈項として物質（質量や光）（ケガレ（ケ））に変換することを示している。また光は光子でもあり波動でもあり、物質の不確定性が言われることになる。だが、ぼくらはその不確定な存在もあくまで気やフィーリングともいえる根源的な記号、エネルギー－情報から生まれたものとして理解するのである。サルトルの『嘔吐』でロカンタンが公園の立ち木を見ると不意にその木の不気味な物質性に吐き気を催すという場面がある。これはケガレ（ケガレ）の経験の一例である。すでにふれたケ（ケガレ）の純粋経験を支える物的根拠である。それを経験論では不可知とするが、科学では合理的に理解可能とする。ロレンスならそれを肉体的に官能的に感じ取る。ところが同じロレンスがそうした身体や物質から離反して、それを宇宙的生命という具合に観念的にとらえる場合、それはケガレ（ハレ）に属するものとなる。科学の法則もケガレ（ハレ）の知的存在感の契機となる。そしてそうした物体や身体といったものの背後にある（と想定される）不可知なもの、たとえばカントの「物自体」はケガレ（カレ）の存在観の感じを与える。ハイデガーの大文字の存在もそうである。

（1）ロレンスの『死んだ男』——ケガレ（ケ、ケガレ、ハレ、カレ）

あらためてロレンスの『死んだ男』を思い出していただきたい。この死んだ男とはじつは架刑にあったナザレ人イエスのことで、その新訳聖書の再生の物語を、ロレンスは魂においてではなく、肉体において復活したと読み直している。十字架から降ろされた死んだ男は、墓場の暗闇で自分の肉体の蘇生を経験する。だが、死んだ男にとってそれは生き返ることへの倦怠や嫌悪からくる吐き気を催させるばかりの気持ち悪さなのである。まさにそこにあるのは肉体のなまなましい〈もの〉としての、ケ（ケガレ）の存在感である。ところがひとたび歩けるまでに回復すると、あらゆるものからただひたすら逃走＝闘争する。まず墓地から、ついでゴルゴタの丘ではマドレーン（マグダラのマリア）から、さらには面倒を見てもらった農家の主婦から遁走し、とどのつまりはイシスの巫女と出会うことになる。そして最終的にはローマ兵の追っ手をかわすためにイシスの巫女からも逃亡するという次第である。そうした四人の登場人物に読み取れる寓意はといえば、マドレーンは自己犠牲の倫理に生きる女性である。したがってこれは宣教時代の死んだ男のハレ（ハレ）の価値観を具現している。また農夫の妻は死んだ男に情欲を感じると描写されており、これはまさに動物的な官能のケガレ（ケガレ）の存在感を代表している。ところがイシスの巫女は、死んだ男を儀礼によって肉体的に復活させる存在である。イシスの巫女は死んだ男と性的行為に及ぶのだが、それはオシリスとイシスの聖婚を擬したものである。してみればそれには、異教的神話という観念体系の発揮するケガレ（ハレ）の存在感があるといっていい。この観念の存在感は、バタイユの性愛を種としての生命連鎖に自己をつなげる行為とみなす思想に発生する存在感と同じである。そして、そうした神話でもって自分の性行為を解釈しているイシスの巫女にはケガレ（ケ）の存在感があったはずである。だが、死んだ男はそうしたイシスの巫女の思いを思いとして突き放して眺めている。そしてローマの追っ手を逃れ、イシスの巫女からも離反して「明日はまた別の日だ Tomorrow is another day」(61) つまり明日は明日の風が吹くと嘯いて地中海へと船出する。ちなみにこれは『風と共に去りぬ』の末尾のスカーレットの台詞と同じなのだが、こうした死んだ男の振る舞いから、死んだ男はまさにキリスト教の倫理も、イシスの巫女の神話も相対化した境地を寓意していると思われる。死んだ男はたんに宣教時代の価値観を死んだばかりではない。生を解釈するあらゆる神話からも死んだのである。それこそケガレ（カレ）のありようである。そしてその心眼にはカントの物自体ならぬ宇宙的生命が宇宙のバラとして見えていたのである。

3　ハレ（ケ、ケガレ、ハレ、カレ）

ハレの領域は記号過程では、記号＝観念の領域にあたる。知識社会学ではコスモスの領域であり秩序や体系を表す。また法や権力であり、神や国王として具体的にイメージされる。すでにふれたが神の観念の三つのタイプで例解すれば、つまりハレ（ケ）、ハレ（ハレ）、ハレ（ケガレ）の領域には、それぞれ人間的神、抽象概念的神、自然的神が収まるということになる。抽象的神とはイスラム神秘主義の一者といった概念である。これは記号過程の記号（観念、概念）の項が投影されたものだ。「神は愛である」もそうである。そこに看取されるのは観念の存在感である。だが、これが博愛などと人間的に解釈されるとキリストや慈悲のブッダといった人間的神となる。そこに生まれるのは感情の存在感である（ハレ（ケ））。そしてワーズワスのように自然に神的なものを見出すとき、それは自然神ということになる。ものの存在感だ（ハレ（ケガレ））。「生は一切である。生は神である」（第七巻二五三）という『戦争と平和』のピエールが見届けているのも自然神である（ハレ（ケガレ））。だが、この神がイエスとして認識されるとき、人間的な神となる（ハレ（ケ））。そしてそうした個別の神を超える存在であるエックハルトの神性はハレ（カレ）にあたる。その神性の直感が存在観の経験である。

（1）パースのハレ（カレ）

パースにしてからがそうしたハレ（カレ）への志向がないわけではない。パースの宇宙論は混沌とした偶然性から秩序ある法則性が進化するというものである。だが、最終的には宇宙は合法則性によって完成されるとしても、その途次にある現在只今では、つねに偶然性や混沌が残っている。じつはそれが法則性つまりは三項のカテゴリーの外に出る契機となるとぼくらは考えている。たとえば、パースは宇宙を現象学的に先入見なしに観察すれば、そこには三つの宇宙が経験されるという。第一の宇宙は「単なる観念をすべて含」むものであり、第二の宇宙は「物や事物の粗暴な現実性の宇宙」である。第三の宇宙はといえば、「宇宙における対象間の結びつきを確立する能動的力能に、その存在が根ざしているようなすべてのもの」で、「本質的に一つの記号であるようなもの」であり、「それは記号の魂であり、それの対象と精神の間の媒介として役立つ力能の中に自らの存在をもつ」（『著作集』２―四七）。こうした説明からすれば、この三つの宇宙とはそれぞれ記号と対象と解釈項といってよく、その関係はまさに記号過程ということになる。

ところで、この三つの宇宙を形成するのが神である。パースは、その神の実在性を理解する方法として、この三つの宇宙の間に立つことを推奨しているのである。つまり記号過程における記号の三極構造の外に立つことを。「各宇宙それぞれの同質性に関するさまざまな思索から、瞑想者は当然二つの異なった宇宙の間、あるいは三つの宇宙全体の間の同質性や相互連関の考察へと移って行く。［…］これは神の実在性の仮説を示唆せずにはおかないあるいくつかの思惟方法の一つの標本なのである」（『著作集』３―五〇／1963, 317）、と。この三つの宇宙の間に立つ思惟の方法をパースは「瞑想 Musement」（一四九／1963, 314）と呼んでいる。そしてあわよくばその思惟のさなかに「神の実在性」を感じることができるというのだ。ぼくらにしてみれば、その境地とは、なによりも三極構造を相対化する境地である。そこは三極構造の呪力の外で、存在と非在、秩序と混沌、条理と非条理の間に立つといった根源的な思索へと人を誘う領域なのである。これこそパースがはしなくも示すハレ（カレ）の地点である。

いささかくどいかも知れないが、同様の思考パターンをブレイクの「四重のヴィジョン」を中心とする詩的営為に見ておこう。

（2）ブレイクの「四重のヴィジョン」

ブレイクの「四重のヴィジョン」については拙書『ブレイクの詩霊』（二七以下）ですでに検討している。ここではそれを踏まえた解釈を示しておこう。問題の個所は一八〇二年一一月二二日付トマス・バッツ宛ての私信（816–819）に読めるのだが、まずは拙訳の引用から。

さてわたしは四重のヴィジョンを見る
四重のヴィジョンを授かっているから
四重のヴィジョンは至上の喜び
三重のヴィジョンはベウラの夜の優しさ
二重のヴィジョンは日常的、だが願わくば神よ、わたしたちを守りたまえ
一重のヴィジョンとニュートンの惰眠から

ブレイクの四重のヴィジョンは、いろいろと解釈が可能である。が、ものの見方という観点でいえば

――つまりハレの領域での寓意として解釈すれば――それは一重のヴィジョンは理性的、二重のヴィジョンは世俗的、三重のヴィジョンは感情的、四重のヴィジョンは想像力的といったものの見方という風にひとまずはいえる。これを体現しているのが、後期預言書の主要登場人物であるユリゼン、サーマス、ルヴァ、アーソナである。そしてロマン派の時代の精神の力学を想起すれば、そこにはルソー的な感情的ものの見方と、デカルト的ニュートン的な理性的ものの見方の対立があり、それを止揚するものとして想像力的ものの見方が提示されているなどと一般的には解説されている。早い話が、ブレイク神話ではルヴァとユリゼンの対立とその結果の宇宙の荒廃（堕落）が、アーソナ（ロス）によって救済されるという仕掛けになっているからである。だとするなら四重のヴィジョンとは、ハレの領域での、常識（ケ）と理性（ハレ）と感情（ケガレ）の三極構造と、それを逸脱するものとしての想像力（カレ）をそれぞれ寓意していることになる。ブレイクの場合、想像力は単に神秘主義的な能力でも、幻想（ファンシー、ファンタジー）でもなく、さまざまなものの見方・感じ方を相対化する能力ということになる。一言でいえば、存在観を授ける能力である。

ところがブレイクはこの想像力こそイエス・キリストの実体であるとしている。これはどうしたことだろうか。ぼくらはすでに『ブレイクの詩霊』で解読を試みたのだが（一一五）、ブレイクは『すべて宗教は一つ』で、あらゆる個別の宗教は普遍的な「詩霊」の特殊民族的解釈に他ならないといっている。ロレンスも『翼ある蛇』でラモンに同様の思想を語らせている。『ロレンスの文学人類学的考察』でも書いたとおり（二六二―二六三）、ラモンがカトリックの司教と対話する場面で司教はカトリックの普遍性を語るのだが、ラモンはキリストやマホメットやブッダやケツアルコアトルやその他もろもろのための普遍的教会こそがまことの普遍的教会であると反論しているのだ。ブレイクの詩霊といい、ロレンスのいう普遍的教会といい、その意味するところは、エックハルトのいう個別の神の本質としての「神性」に近いだろう。それは個々の神である、人間的、観念的、自然的な神々の三極構造を超えた、カレの領域のありようである。ブレイクはこの「詩霊」を想像力とし、さらにイエス・キリストとしている。ということは、ブレイクはイエスを想像力とすることで、伝統的なキリスト教正統に対して、それを逸脱するカレの領域を指示していると解釈可能である。その是非はともあれ、以上の解読からすれば、ブレイクの詩的営為はハレ（ケ、ケガレ、ハレ、カレ）の経験をトータルに具体化していることは確かだろう。

4　カレ（ケ、ケガレ、ハレ、カレ）

存在観は、呪縛する自己の存在感からの解縛のときに生まれるものの見方である。それはたとえば通過儀礼の境界（リーメン）で発生する。あるいは、それは異文化が遭遇するとき、その文化と文化の間に立たざるをえないような事態が生起するとき経験される。だが、そうした社会的歴史的条件から生まれる経験の存在論的意味合いを説明するには、いろいろな思考の枠組みが要請される。ひとまずぼくらは、カレをケ、ケガレ、ハレの各領域の存在論的経験を相対化するものと規定している。では、そのカレのなかのケ、ケガレ、ハレ、カレはどうなるのだろうか。

カレ（ケ）（＝ケ（カレ））は、ケ、ケガレ、ハレの循環の外に出た際に経験されるものの見方である。ケの世俗的な管理から解放され、すべての価値観から距離を置いているありようである。カレ（ハレ）は、たとえば、神観念の場合なら、自然（ワーズワス）や知（イスラム教神秘主義）や意識（人格神）ではなく、そうした個々の神のありようをこえたエックハルトのいう神性といった存在を見定める視点である。カレ（ケガレ）（＝ケガレ（カレ））は、嘱目の対象としての事物でもなく、その背後の物質でもなく、それらを統合する法則でもなく、そうした自然的な認識可能と思われている世界の背後の不可知の存在、たとえばカントのいう「物自体」の領域である。

カレの領域でのカレつまりカレ（カレ）は、ケ、ケガレ、ハレの領域のカレを逸脱したありようである。これは不条理や混沌や空無の世界と接する境界領域であり、そこから見えるのは人間の思弁を超えた、コスモスといった人間界の内海の外の漆黒の外洋である。別言すれば、死、非在、暗黒、忘却、空無、沈黙の圏域である。そうした領域の不条理の存在感を描いたのがベケットである。たとえばそれはエスリンが『不条理の演劇』でいう「存在の直覚」にあたる。「ベケットの舞台の使い方は言語の限界と存在の直覚の間のギャップを埋めようという試みである。その直覚こそ言葉にはそれを形にすることは得意ではないという十分な感触があるにも関わらず表現したいと思っている人間の状況の感覚である」(85)。この「存在の直覚」こそ、まさにカレ（カレ）の存在観といっていい。

こうしてみればカレの領域のありようを一筆書き的にいえば、あらゆる神なるものを相対化し（カレ（ハレ））、確かな存在といったものの確実性を疑い（カレ（ケガレ））、あるがままを貫いて生きているが（カレ（ケ））、最終的にはそうしたありようのすべてを空無化する視点を忘れていない（カレ（カレ））といった境地である。

なるほど常識人は木を見れば木の存在を信じ、それを信じている自分の存在を疑わない。それをぼくらは存在の直感＝直観つまりは存在の直覚であるとしてきた。それが常識主義である。ところがカレの領域での「存在の直覚」とは、そうした信念が揺らぐ地点の不条理な「人間の状況の直覚」である。カレ（カレ）の経験であるが、存在観はそうした領域をも経めぐらねば本物とならない。そのとき常識主義ははじめて根源的常識主義となる。はたしてそうした領域に人間の思弁を到達させようとした文学的試みがないわけではない。すぐに思い出されるのが埴谷雄高の『死霊』であり、ブランショの『文学空間』である。

(1) 埴谷雄高の『死霊』

熊野純彦の『埴谷雄高——夢みるカント』は哲学者の『死霊』論である。その読解によれば、埴谷はカントが断念した「物自体」の領域を想像力でもって(つまりは夢みることで)仮構していることになる。埴谷はあえてカントの物自体という禁断の領域に闖入する。つまりケガレの領域のカレの領域という入り口から、存在と非在、さらにはその両者の背後にある領域——それが「虚体」(初出I七二)——へと赴く。ケガレ(カレ)の領域からカレ(ケガレ)をへてカレ(カレ)の領域の思想的冒険を企てているというのである。そうした熊野の示した『死霊』のたどる足取りを、ぼくらもぼくらなりに解読してみよう。

この小説は、ある意味で政治家の故三輪広志の息子与志と、それに一目惚れした総監の津田康造の娘安寿子の婚約を軸にしたラブロマンスである。ところが両家には古くからの浅からぬ因縁があり、そこには政略結婚といった政治臭がある。じっさい広志の実子である高志、与志兄弟や物語の途中で庶子であることが明かされる矢場哲吾、首猛夫たちは革命運動の活動家である。それで政界の大物である保守的父たちと革命的子どもたちの間の世代間の対立を背景に、過激な政治的主題が展開されている。だが、その革命運動は、『死霊』五章の組織内の裏切りに対するリンチ殺人に関わる高志の革命思想の紹介や「一人の革命」なる運動を展開する人物である朝鮮人李泰洋などが配されており、いずれスターリニズムの挫折のあとの政治運動の形を時代錯誤的だが模索する格好になっている。しかも主人公たちが追求している理想はといえば新左翼のたんなる国家的(せいぜい地球的)規模の政治的な革命などでは全くない。それは「ちっぽけな生を頑なに信じているものを脅かす」（Ｉ一九六）「死のう団」（Ｉ二〇六）をアジる首猛夫とか、「死滅せる宇宙」（Ｉ三四九）から歴史を捉えなおすという黒川健吉とか、存在への隷従の完璧な転覆としての「存在の革命」（Ⅱ二〇五）を唱える高志などの展開する宇宙規模の思想的な革命なのである。それでたった三日間という短時日の物語経過ながら登場人物たちの会話はといえば全編これ形而上学的な思弁という体裁になっている。なるほどデルボーの非現実の都市を思わせるシュールな情景描写や、第六章のボートの転覆後に川面から首をだしながら悠長に談話を続けるといったさながらベケットの『しあわせな日々』を思わせるアブサードな滑稽味や、「あっは」、「ぷふい」、「ちょっ」といった間投詞が様式化されてちりばめられた会話などの形式美にもそれなりの文学的興趣はある。だが、ここでのぼくらの関心はひとえにその形而上学の中味である。

与志は物語の早い段階から「自同律の不快」（たとえばＩ三八―三九、六九）ということをいう。自同律（一般的には同一律）は〈ＡはＡである〉つまり〈すべてのものは自己と同一である〉（島崎四六）と定式化される。論理学の基礎原理の一つだが、ぼくらが自己同定するときも〈私は私である〉という自同律が働いている。その際なにが起こっているかといえば、主辞で〈私は〉といって賓辞で〈私である〉というとき（Ｉ一六二）、その賓辞の〈私〉には日本人であるとか、百姓であるとか、ホモセクシュアルであるとかいろいろなイメージや観念が浮かんでいる。主辞と賓辞の内容は異なっているのだ。そのうえでその両者を同定するのがこの命題である。だが、ケイギルによれば、こうした操作はアリストテレス的伝統的論理学にはない。カントによる伝統的論理学とデカルト以来の近代的論理学の統合の試みのあと、ようやくヘーゲル的な自己意識の、統覚の論理学に見られるものである（282、島崎四七）。伝統的論理学は「心理学的形而上学的人類学的な補足を断念している」が、ヘーゲルはそうした補足をしているというのだ

（282、島崎四七）。

自己の存在感は〈今ここに私がいる〉感じであると定式化できる。そのとき〈私〉の存在は直覚されているのだが、その直覚される〈私〉はやはり〈私は私である〉という自同律の命題によって確認される。その賓辞の〈私〉の内実は社会や文化によって賦与されたものであり、それを自分のアイデンティティとして確認することでぼくらは自己の存在感を実感し、それに快楽を感じている。ところがそうした自己のありように疑問を抱くとき、そうしたありようからケガレる。自同律の不快とはそうしたケガレの事態である。この作品ではこの不快つまりケガレに重要な意味が賦与されている。埴谷にしてからが、このケガレの地点の特異性を自序でこう断っている。「私はそこから一歩も踏み出したくない。にもかかわらず、私は一歩を踏み出さねばならない」（四）、と。ちなみにこうした同一律（ケ）の命題の呪縛から逸脱する（ケガレ）には、ちょっとした修辞的効果で間に合う。ガートルード・スタインのように〈バラはバラである〉という同一律にもうひとつバラをくわえて〈バラはバラでありバラである〉といって同一律を脱臼させればいい。こうした修辞的効果については第二部で扱う。

このケガレの状況にたいして一般的には三つの対処法がある。じっさい周到にも作品の登場人物たちはそうした対処法を寓意＝表象している。ひとつはたとえケガレても元の価値観に回帰する世俗的、日常的立場で、これには三輪広志や津田夫人がいる。広志が「まず在らねばならぬ」（Ｉ一五二）というときそれはこうした世俗的現実を前提している。二つ目はあらたな価値観を見出す革命的な立場でこれは首猛夫。人びとを世俗的ありようから覚醒させること（死ぬこと）を目指している。そしてあらたなケ、ケガレ、ハレの三極構造の構築を目指す。三つ目はそうしたあらたな価値観を見出すといったありようそのものから離反する立場である。これが（カレ）の視点である。それは存在そのものからの離反をめざす三輪与志によって代弁される。

だが、与志にしてもやがて見る高志や矢場哲吾の展開するような存在をめぐる思弁は、相対化というよりも究極の存在の探求、つまりは絶対の探求といった趣がある。たとえば次のようなエピソードを思い出そう。『死霊』第七巻の地下工場でひたすら黙りこくる「黙狂」の矢場哲吾がこの宇宙の「最後の審判」の幻想を語っている場面である。そこでは生きとし生けるものの死後の霊たちが一堂に会して、食われたものが食ったものを非難しているのだ。キリストや釈迦でさえ断罪される。その最終的提訴は食物連鎖の最底辺にある単細胞のプランクトンによってなされる。なるほど、食物連鎖の最底辺にあるプランクトンは絶対的被害者のようにみえる。だがそのプランクトンですら、存在することですでに存在できなかった非在のプランクトンを押しのけたといって論難されるのだ。ここからこの小説の登場人物たちの思弁は、食物連鎖といった生物学的なつまりはフィジカルな次元から存在と非在といった存在論的形而上学のそれへと移行する。そもそも存在と非在、現勢力と潜勢力以前のものはなにか問うのである。究極の実体の探求である。それが与志のいう虚体である。

第八巻では「存在と非在、のっぺらぼうと神の顔、はいずれも一つの同じものなのだ」(Ⅲ二六七)といった認識の果てに、「虚体」という「無存在」なる概念に到達する。作中「虚体」は与志の固定観念だが、黒川健吉も「物自体はなまけもの〔…〕だが、虚体こそ、ひたすら創造するものさ」(Ⅲ二八三)などと説明している。熊野はその「虚体」をこんなふうに解釈してみせる。「存在的存在、つまり通常はそれが存在であると考えられているものは、じつは存在ではない。むしろ永劫に未出現でありつづける、無限の未出現を包括する非在こそが存在である。その非在を、未出現を裏うちする無出現、私たちの言葉で絶対無と呼びなおすとするならば〔…〕無出現とは〔…〕虚体なのである。一篇の最大の主題であった『虚体』とは、その意味では存在の意味をとらえ返したものであることになる」(二八九)、と。なるほど、熊野は「非在」こそが「存在」であるといい、「虚体」を「絶対無」と解釈している。だが、これには別様の解釈も可能だろう。

エックハルトは、「神は存在を超えて働き給う。神は非存在のうちで働き給う。未だ存在の有らざりし以前に神は働き給うた」(上田四八三)ともいっている。この神は『死霊』の「虚体」と同じ位相にあるといってよかろう。ところがエックハルトはこうも言っている。「お前は一個の非神である神を、一個の非霊、非人格、非像である神を愛さねばならない。更に、一切の二元性から離れて一個の純粋透明な一であるそのような神を愛さねばならない。そして、この一のうちでわれわれは永遠に無から無へと沈み行かなければならないのである」(上田四八四―四八五)、と。この透明な一である神とは神性のことであろう。そこの眺望されるのは「虚体」とそのかなたの領域の光景といえる。「無から無へと沈みゆく」といった風景は、まさにカレ(カレ)の視点からの眺めである。

デコンブしてみると『死霊』の展開する思弁は究極的な絶対の探求というべき代物であるかにみえる。デコンブによれば二〇世紀フランス思想とは「存在が完全に不条理であり、正当化されないものであるなら、『リアルなものはすべて合理的である』という観念はいかにして適応させられてきたのだろうか」(12–13)という問いに答えるものであった。そしてその応答は理性概念を拡張するとともに理性の拡張以上のもの、つまりは思想の完璧な変容を企てることであったのである。『死霊』の登場人物の思弁もまさにそうした試みであったといえる。それればかりではない。与志たちは、それをたんなる概念としてではなく、気配とか夢とか幽霊を見るといった霊視体験によって実体験することを熱病病みのように仰望している。この小説を鬼気迫るものにしているのはそうした異様な執念である。

ところでこうした思弁を展開する『死霊』の登場人物たちは、特異なひとつの挫折を経験している。弾圧による革命運動の挫折である。したがってこうした思弁はあくまで屈折しながらも、あらたな革命を続行するために展開する思考の到達点なのである。そして最終的にはそうした「虚体」の思想を具体化するための革命を実践しなければならないということになる。「高志は死者たちの無念のすべてを贖うべき存在の革命を夢み」(熊野二六三)るとき、それはカレ(カレ)の価値観の実践ということになる。「土地囲いをもうけ、『これは私のものだ』と宣言したものが政治社会の創設者であるならば、未出現のものを想起することは、政治を超える政治の課題にほかならない」(同二六六)というわけである。なるほど埴谷は「非出現のものを想起」する「政治を超える政治」を語っているが、ぼくらにしてみれば、それは存在観を実生活に具体化する〈生治〉と言い換えたいところである。だが、これについては第三部で詳論する。

また埴谷雄高は子どもを作らないという禁欲的な姿勢を保っていた。なぜか。一人が生まれれば、そのことで他のだれかの誕生の余地がなくなるからである。またこの世は弱肉強食の食物連鎖からなっている。だから、そうした連鎖を断つためにはそれに参加する存在をあえてつくってはならないという理屈である。だが、たとえば、アガンベンがいうように非在(潜勢力)から存在(現勢力)へ移行する場合、かならずしも存在することを望まない非在がいる。だとするなら、そこにはべつに弱肉強食の生存競争など想定する必要はない。そもそも存在と非在には価値の優劣はない。つまり生まれても生まれなくてもそこには本来なんら優劣はない。まったくの等価である。ぼくらはそうした思想を持して現実に回帰すべきなのである。

（2）モーリス・ブランショの『文学空間』

埴谷雄高は極左非合法政治運動の挫折を経て共産主義から転向したのだが、ブランショは右翼的な文筆活動から転向している。ところが、二人とも、あらたなハレをつまりあらたな政治的価値を標榜してあらたな活動に入る（つまりはケ、ケガレ、ハレの循環に入る）のではなく、それからあっさり足抜けしてしまった。いわばカレの領域の住人となり、既成の政治活動とは異質な振る舞い方を形成したのである。それをブランショは行動を断念し無為に滞留することだといっている。つまり〈する〉〈なる〉から、あえて〈ある〉〈いる〉にとどまったのである。そして文学とはそうした〈無為〉の営みであり、もはやそこでは行為の主体としての一人称の私は行為の対象としての二人称のあなたとともに消滅しているというのだ。ブーバーは『孤独と愛』で「世界は、人間の対象となるとき、われ‐それの根源語に属す。／これに反して関係の世界は、他の根源語、われ‐なんじによって創り出される」（六）といっている。そして「それの世界は、時間と空間の内に置かれている」が「なんじの世界はそのいずれのうちにも置かれていない」（二五一）のであり、孤独とは「それ」の世界のものであり、愛は「なんじ」の世界のものであるというのだ。ところがブランショはこのブーバーの一人称、二人称ではない三人称の在り方を主張しているのである。それは一人称、二人称の「我と汝」の濃密な人間的関係ではない、「もの」の三人称とも違う非人称の乾いた客観的関係である。そうした意味での非人称化＝中性化の果ての〈無為の営み〉の思想の体現者としてレヴィナスやフーコーやなかんずくブランショを『三人称の哲学』で考察しているのがエスポジトである。それによると「一九五〇年代の末以後、ブランショは政治的実践のなかに三人称の理論を当てはめようと試みている」（二二〇）。ブランショのそうした〈無為〉の具体化が〈見えない共同体〉である。その実際は第三部に回す。ここでは〈無為〉の〈無主体〉やその〈非人称〉のありようから見えてくる文学や世界や存在やさらには存在の果ての果てを探索したブランショをもっぱら考えてみたい。その探索の出発点が『謎の男トマ』であり、その成果の一つが『文学空間』なのである。

作品は作家の自己表現であるという通念がある。だが、自己表現に拘泥する作家は自分の思想感情を追認することで自己の存在感を噛みしめるばかりだ。そのとき作家はケ、ケガレ、ハレの循環にとらわれた自己の存在感の呪縛の内にある。だが、転向などによって自己の信念から離反する経験をしたものは、よしんば一時期であれ、自己の存在感とか自己そのものからも距離をおく経験を強いられる。否応もなくカレの領域に出る。その場合、ブランショのような作家にとって書くことは、そうした存在感の呪縛を断つための方途になる。「書くとは、言葉を私自身に結びつけるつながりを断ち切ることだ。[…]言語を、この世の流れから引き出し、言語をある能力となすものから言語を解放することだ」(一七)、と。「言語をある能力となすもの」つまり実用としての言語から言語を解放し、そのうえで「言葉を私自身に結びつけるつながり」つまり自己の存在感の呪縛を「断ち切る」ために作家は書き、そして読むというのである。

ではそうした自己を抹消した〈私〉は一体どのような形をとるのかといえば、〈私〉ではなく中性的な〈彼〉であり、ひいては非人称的な存在となる。そのときの時空はもはや現実的なものではない架空の虚構の領域となる。そしてその思考は形而上的な思弁となる。

書くとは時間の不在の幻惑に身を委ねることだ。[…]それは、否定も決定もない時間であり、そこでは、今ここ(ici)が、どこでもない(nulle part)でもあり、あらゆるものが、おのれのイマージュのうちに身を沈め、われわれが現にそうである「私は」は、姿なき「彼は」の中性的性質のうちに沈みつつ自己を再認するのだ。

(二二一―二二三)

なるほどここで「私は」は「彼は」という三人称となり、やがて非人称という中性になっている。そうしたとき見えてくる存在とは存在の奥の奥に控えている非在の姿である。

時間の不在という時間は、弁証法的ではない。［…］存在の不在の奥底に存在する存在、何ものも存在しない時に存在する存在、何かが存在する時にはもはやすでに存在せぬ存在だ、それはあたかも、存在が欠如している場合に、この存在の喪失によってのみ種々の存在があるかのようだ。（一一三）

この「存在の不在の奥底に存在する存在」の領域とは神不在の領域でもある。「詩句を掘り進む人間は、確実さとしての存在を離れ、神々の不在に出会い、この不在の内奥で生き、その責めを負い、その危険を担い、その恩恵に耐える。詩句を掘り進む人間は、一切の偶像を断念し、一切と縁を切らねばならぬ」（三六）のである。詩人は、「一切の偶像を断念し、一切と縁を切」って自己の存在感の呪縛からみずからを解縛し、存在観を達成し、「神々の不在」という不条理な不在の内奥――カレ（カレ）――へと突き進むというのである。ここにはエックハルトのいう非存在のうちに働く神の姿はない。

マラルメが見ていたのもそうした無である。「われわれは、物質の虚しい諸形態にすぎぬ。［…］［マラルメ］は、この無から出発するのであり、［…］この無の持つ人知れぬ生命力と神秘を味わったのだ。［…］この経験とは、否定的なものの潜勢力についての経験である」（一四三）。この「物質の虚しい諸形態」とは形態であるからしてケガレ（ハレ）であり、その「否定的なものの潜勢力」とは存在ならぬ非在の気配、つまりはケガレ（カレ）（＝カレ（ケガレ））の感じを湛えている。じつは、その領域こそ詩人を通して「不在の内奥」が作動する空間である。それをブランショは「無が活動している」（四三）といい、その領域を、「存在の無為の空虚な深み」（四五二）と言いかえている。ここは『死霊』の虚体＝絶対無を想起させるところだが、これこそカレ（カレ）の領域の存在観の経験に他ならない。それをブランショは「本源的体験」（三三一）といっている。それは合理的にとらえられる真理の問題領域の外――スタイナーの「真の存在」の外――意味の外の混沌なのである。

芸術家は真理に属するものではないのだ。なぜなら、作品は〔…〕何ものも出現しない混沌を、永遠の外部として、外部の闇――その中で人間は、真なるものが可能となり道程となるためには、その真なるものによって否定されねばならぬものが試練にかけられるのだ――というイマージュによってかなりの程度まで喚起されるごとき混沌を指示しつつ、意味からも逃れるものだから。（三三七）

ブランショは、芸術家は真理に属さず、混沌を指示するというのだが、それこそまさに世界の合理性のかなたを見据えたうえでの物言いである。

こうした領域は、ブランショが「世界以前」、「発端以前」といった領域であり、そこは「非真実がいかなる本質的なものをも許容しない場所」である。まことにカレ（カレ）の端の端からの眺めである。カレ（カレ）の知的囲い込み（真実）の外部の非真実の領域の風景である。

だが芸術はわれわれをどこへ導くのであろう？ 世界以前へ、発端以前へだ。〔…〕われわれは芸術の本質を探し求める、そしてその本質は、非真実がいかなる本質的なものをも許容しない場所に存する。〔…〕〔作品〕は存在を語り、選択を、熟練を、形態を語るが、同時に芸術を語りつつであるのだ、そして芸術は存在の宿命を語り、受動性を語り、形のない冗長さを語り、まさに選択のさなかにおいて、なおかつわれわれを太初の「諾」にして「否」――そこで、あらゆる発端のこちら側で、隠蔽の暗欝な満干が唸りをあげる――の中に引きとどめるのだ。（三四七）

こうしてブランショは存在と非在の境界を覗き見て、無が作動していることを直覚する。ブランショのカレ（カレ）の経験である。その経験をブランショは「非人称的状態」といっている。「死は、私の死である前に、私の人格が進んで終わりを告げる或る個人的行為である前に、何ものも遂行されぬ中性状態、非人称的状態でなければならぬかのようだ」（一四七）、と。ラカンによれば、人間は二つの死を経験する。言葉を学習したとき自然的存在として死に、臨終の際に肉体として死ぬ。だが、ブランショはそのまえに自我意識の死を経験し、自我のないありようという死を経験するというのである。これはブランショの形而上学的経験の心理学的説明といっていい。作家とは、作品とはそうした「非人称的状態」から生まれるものであり、読者が共有するのはそうした状態なのである。

そのとき作品は「神々の不在の現存」となる。神々の普遍としての神性ではなく、その不在なのである。虚無であり、「神自身を前にした神でもないような」ものの声、つまりは混沌の声、真理、非真理を超えた不条理の領域の声を発することになる。

作品は神々の不在の現存なのだ。［…］作品の中で人間は語るが、ただし作品が人間に於いて、語らないものに、名付け得ないものに、非人間的なものに、真理なきものに、正義なきものに、権利なきものに、人間がそこでは自身を正当化されたものとして認めることがなく、感ずることもないような、人間がもはや現存するものではなく、人間のための人間でも、神の前の人間でも、神自身を前にした神でもないような、そうしたものに声を与えるのだ。（三二七—三二八）

そして読者もまたそうした領域の声に応答することになる。

読書は、作品を［…］非人称的な断言に帰してやるために、著者への考慮を廃棄する一つの問責行為なのである。読者自身、常に徹底的に無記名の存在であり、誰でもよい読者、ただひとりの、ただし透明な読者である。［…］読書はただ、書物が、作品が、それを生み出した人間を超えた彼方で、そこに表現された体験の彼方で、更には伝統がその処理を可能ならしめたあらゆる芸術的方策の彼方で、作品となるように「する」ことだ。（二七〇—二七一）

つまり読者もまた人格を、自己の存在感を放棄する。「作品にふさわしいのは、『私』が、もはや何の人格も持たぬということだろう」（一一三）からである。まさにこれは〈今ここに私がいる〉という自己の存在感の放棄である。その後、読者は「無名の存在として行動すること」（一二一）になり、その行動の時空とは「『今ここ』が『どこにもない』と一致する点だ」（五一）ということになる。読者のカレ（カレ）の経験である。

この「『今ここ』が『どこにもない』と一致する」という言い草には〈今ここ now＋here〉から〈どこにもない nowhere〉を連想させるドゥルーズのダジャレを思い出させ、そのユートピア論を想起させるのだが、ブランショのユートピア論については第三部で取り上げる。いずれ、ブランショの『文学空間』

の解釈を通して遂行した不条理（非真実）と混沌に直面する場としてのカレ（カレ）の領域のスケッチは以上で十分だろう。こうしたカレ（カレ）の存在観の感じをもっとも直接的に具体化しているのがベケットの『ゴドーを待ちながら』であることはすでにふれたところである。

こうしてまがりなりにもぼくらは、ケ、ケガレ、ハレ、カレの領域とその各領域でのケ、ケガレ、ハレ、カレの経験を語り、その存在感や存在観の経験を素描したのであるが、つまりぼくらの曼荼羅の絵解きをしたわけだが、むろんそのいずれかに優劣をつけるというものではない。そのすべてをただ貪欲に経めぐり経験するための——何言おうそれこそが生きるということだが——手引きとして存在感、存在観を図式化しているにすぎない。それもこれもひとえに根源的存在感を回復し、鮮烈にして透明な実在感を経験するためである。

第4章　存在感の現象学

自己の存在感とは、デカルトの〈われ思うゆえにわれあり〉の〈われ〉の存在感であり、ルソーの〈われ感じるゆえにわれあり〉の〈われ〉の存在感であり、端的に〈今ここに私がいる〉の〈私〉の存在感である。それは生前の〈いまだ私はいない〉でもなく、死後の〈もはや私はいない〉でもない、生きている限りこの世での生存という存在様式の実感である。

これは平たく言えば、寅さんの死んでしまえばおしまいよという死生観に基づいている。が、同時にそれは現在の生について、その現前する直接的で全体的で臨在的な圧倒的なまでの現実感にたいして途轍もなく信頼を寄せている途轍もなく楽天的な態度である。その具体的イメージは、たとえば、離島の辺鄙な農村で世間から隔絶されたような環境にありながら、悠々と自足しているブラウン管に映し出された老婆の姿である。そうした人々はいかにも〈現在只今ただ存在することそれだけで満足だ〉という生の知恵を体現している。そんな在り方をショーペンハウエルは批判している。「考えることのない動物においてと同じように、人間においても、自分は自然であり世界そのものだというその最内奥の意識に発する安心感が、持続的な状態として支配しているのである」（アドルノ四九一）、と。だがぼくらにしてみればこの最内奥の安心感こそ自然との一体感であり、基本的にたんに〈ある〉ことの満足感を保証するものである。ぼくらにとって、これは珍重すべきことであれ、決して否定されるべきものではない。それこそ強靭な現実主義であり、常識主義ではあるまいか。まことにそれは〈今ここに私がいる〉の実感に生きることである。その「最内奥の意識に発する安心感」に憩う〈私〉の存在をつゆとも疑うことなどなしに。それがぼくらのいう常識主義である。

とはいえ、根源的常識主義者であるぼくらは、否応もなく、さまざまな自己のありようを知っている。自己の存在感なり呪縛する自己の存在感なりである。しかもそうしたさまざまな自己の経験を経めぐる果てに存在観を経験して到達されるのが根源的存在感であり、その具体化が実在感であることも知っている。それもこれも本来的存在感を回復する（自覚する）ためであることを。

ちなみにパースは「批判的常識主義」ということをいっている。それはプラグマティズムを言挙げする以前に抱いていた信念を表明するものとして「スコラ哲学的実念論」と「常識主義哲学の一変種」としての批判的常識主義であった（バックラー290）。パースはその特徴として「スコラ哲学的実念論」にかかわるものとしては、可能性もまた実在と考えるべきであるなどといっている。そして常識主義を構成するものとして六つあげている。疑いえない命題とともに疑いえない推論があるということ、疑いえない命題はそれを考える人とともに年々変化するものであるということ、人間固有の信念や推論は本能的であるということは必ずしも言えないということ、疑念をもつことを尊重すること、物自体というナンセンスを除去すれば、カントのいう空間、時間やそのカテゴリー表の客観性は疑えないことなどである。ぼくらの根源的常識主義は、こうしたパースの批判的常識主義と重なるのであるが、その決定的な違いは、物そのものの気配の存在感も経験するし、あえてその物自体といったものを背景にして日常的存在を理解しようともするところである。

さてそれはそれとして、〈今ここに私がいる〉といったときの〈私がいる〉にしたところでさまざまなありようが想起される。キリスト教では有名な神の自己の定義――「出エジプト記」三章一四節の〈有って有るもの〉（日本聖書協会一九五五年改訳版による）――である。これは神が無限定に絶対的に永遠に存在することの表明である。〈私だけが尊い〉という釈迦の天上天下唯我独尊も同じことだろう。独尊＝独存である。神秘家はそうした永遠なる存在との一体化を目指す。あくまで永遠なるものの存在感を希求するからである。これにたいしてパウロは「コリント前書」第一五章一〇節で日本聖書協会一九五四年改訳版では「しかし、神の恵みによって、わたしは今日あるを得ているのである」、一六一一年の英訳聖書「欽定訳聖書」では「だが神の恩寵によって私は私であるものである But by the grace of God I am what I am」（Simons 40）といっている。ここには被造物としての自己のありようの自覚があり、消滅する自己の存在感がある。これは否定的な意味で客観的主体への移行、依存といっていい。〈今ここに私がいる〉というぼくらもまた、自分の存在が必ず消滅することは先刻承知であるが、あくまで主観的な主体に留まっている。ところがそうしたありように満足しないコールリッジは『文学的自叙伝』で、神のありように恩寵ではなく、想像力で到達せんとしてこんな風にいっている。「さて《想像力》について、私はそれを第一あるいは第二のいずれかとして考えます。第一の《想像力》はあらゆる人間の知覚の生きた力であり主要な行為者であって、それは無限の『我在り the infinite I AM』における永遠の創造行為を、有限な心のうちで反復するものであると私は考えています」（二五九／I 202）、と。つまり、コールリッジは神の無限の「我あり」（「有って有るもの」）における永遠の創造行為を第一の想像力によって人間の限定された精神のなかで反復することを目指すというのである。スタイナーを想起させる発言だが（本書「はじめに」

（七））、霊性の世俗化であり、まさに人間の自己主張である。主観的主体の存在感の謳歌である。こうした主体のありようは、言うまでもなくデカルトの「われ思う故に我あり I think, therefore I am.」や、ルソーの「われ感じるゆえにわれあり I feel, therefore I am.」に通じる。ところがこのデカルトにたいしてバーナード・ショウは『人と超人』でドン・ファンに「われ存在するゆえにわれ考える I am, therefore I think.」（二〇九）と言わせている。これは人間とは盲目的な生きる意志によって駆動される存在であるという認識の表明だが、そうした人間存在を超えて超人たろうとするときそこに主体性が生じるというのである。ここにあるのは主観的主体ならぬ超人という客観的主体の存在感である。ブランショは『謎の男トマ』のトマに「私は考える、ゆえに私は存在しない」（二六〇）と言わしめている。これは考える近代的自我、意識する主体といったものの否定であり、主体の空無化、空無化する主体の宣言である。考えることを始めたがゆえに人間は空無な主体を形成してしまったという嘆きの表明である。

なるほど、ぼくらはそうした宗教的永遠とか詩的想像力とか思考や感情や意志に関わる主体、果ては空無としての主体を認めないわけではない。だが、まずもってぼくらは〈今ここに私がいる I am here now.〉という際の〈いる＝ある〉こととその〈感じ〉から出発する。いいかえれば、まずぼくらはただ〈ある〉のだ。そこから〈あるゆえに感じる〉ことになり、さらにはそう感じる主体が生まれ〈私がある〉となる。そして特定の時間や場所に存在することを意識することで〈今ここに私がいる〉という基本的な人間的経験となるのだ。ぼくらがここで存在感の現象学ということで目指しているのはそうした原体験から人間存在のあらゆる領域の意識の経験を存在感分析の視点から捉えなおすことである。原点は木をみれば木の存在を疑わないし、木をみていると自覚している自己の存在もつゆも疑わない頑固な常識人の覚悟である。まことに〈今ここに私がいる〉という命題は常識主義に根差している。

ぼくらはそうした常識主義に足場を置き、なるほど、死ねば一巻の終わりだが、それでも太陽は明日もまた昇るだろうし、目が覚めれば明日も自分は自分であると呑気にも信じるだろう。だが、同時に、その信念には何の根拠もないということもまたヒュームとともに知っている。ニーチェをまつまでもなく、神話にしろ、科学的法則にしろ、すべては人間の考えたことであり、話したことであり、その真偽もその場限りであると殊勝にも弁えている。ぼくらはこうしたぼくらの立場を根源的常識主義というのである。では、こうした根源的常識主義によって自分が存在している有様をあらためて描き出すとどうなるか。それには端的にいって〈今ここに私がいる〉という自己の存在のありようを、この文を形成している要素である〈今〉や〈ここ〉や〈私〉や〈いる〉を個別的に検討すればいいことだ。〈私〉、〈今〉、〈ここ〉、〈いる〉(存在)こそ常識主義がその存在を信じて疑わない諸要素だからである。そこでぼくらは、この際、フッサールの現象学に依存するのでもなく、パースの現象学(ファネオロスコピー)(一九八五、2/バックラー61)に依拠するのでもなく、ぼくらの根源的な常識主義の目でぼくらの生のありようを素直に眺めてみようというのである。

1 〈今ここ〉——存在感の時間と空間

〈今ここに私がいる〉という経験は瞬間的である。それは歴史的な時間のなかで実存主義的な一回こっきりの刹那の切迫した自己の存在感である。だが、同時にそれには一定の持続がある、流れない停滞した淀んだ時間、いや非時間の経験でもある。その場合には〈今〉も〈ここ〉も〈私〉も意識から消えている。これはぼくらが本来的存在感という経験である。〈今ここに私がいる〉という表現にはそういうわけで自己の存在感と本来的存在感という二つの経験がさながら表裏一体として語られていることになる。

くりかえすが、本来的存在感とは元来自己に無自覚であり、時間や場所の意識もないものである。というか、自己意識や時間、空間の意識以前のありようである。本来的存在感の時間や場所の経験とは〈今ここに私がいる〉の直接性を経験し、その臨在感を経験しているときであるが、そのとき〈私〉の意識はなく、その時間あるいは空間の経験は無時間、無場所の経験となる。それこそ歴史的時間の外、地政学的空間の外のありようである。

なるほど存在感とは〈今ここに私がいる〉という自覚的な経験である。ところが本来的存在感とは赤毛のアンのように無意識的である。したがって〈今ここ〉を意識するとき、つまりは〈今ここ〉と言語化するとき、この本来的な経験の直接性はすみやかに喪失する。アガンベンは『残りの時』でこの間の言葉と時間の関係をヘーゲルの「止揚」概念を説明する中で次のように説明している。いささか長いが引用しておきたい。


言語活動は、感覚的確信を否定的なものおよび無に変容させ、そのあとでこの無を保存して、否定的なものを存在へと変えていくという「神的性質」をもっている。すなわち、「ここ」と「いま」において、直接性はつねにすでに止揚されている、取り去られつつ保たれている。「いま」は発語される（あるいは記述される）ときにはすで存在することをやめてしまっているかぎりで、「いま」を把捉しようとする試みはすでにつねに過去、「あった」（gewesen）を産出することになるのであり、それはそのようなものとして非在、kein-Wesen なのである。〔…〕近代言語学の用語でいえば、自ら生じたことに「ここ」と「いま」という言表の指示詞をつうじて言及しつつ、言語活動はそれにおいて表現される感覚的確信を過去として産出し、同時に未来にむけて遅延する。このようにして、つねにすでに［感覚的確信は］歴史と時間のうちに捉えられるのである。

（一六二―一六三）

じっさい人間は〈今ここ〉を言語化することでその直接性を失う。だが、いつだって人間は架空の無時間に生息しているわけではない。人間が実生活を行う際には、きまって〈いま〉〈ここ〉を特定の時間場所として言語化している。感覚的確信は「歴史と時間のうちに捉えられ」ているのである。エドワード・レルフは『場所の現象学』のなかで、P・L・ワグナーの『環境と人間』から次のような同様の内容の文言を引用している。「場所、人間、時間そして行為は一体不可分のものである。人間が自分自身であるためには、どこか特定の場所にいて、相応の時間に一定の行為を行わねばならない」、と。人間はけっして抽象的に〈今ここに私がいる〉のではない。人間はつねに具体的に特定の〈今ここ〉に存在し、行動することで、今ここを実在とする。それが〈今〉の歴史化であり、〈ここ〉の場所化である。そうやってぼくらは捉え難い〈今ここ〉を具体化し組織化している。まずは〈今〉のありようから検討してみよう。

（1）〈今〉の時間論

〈今ここに私がいる〉という存在感にふと思いを致すとき、しばし人は時の流れの外に立つ。そしてまたぞろそそくさと現実の時間に舞い戻っていく。それが普通のぼくらの意識のありようである。これは子供と大人の時間経験の違いでもある。イーフー・トゥアンが『空間の経験』で紹介する不条理演劇の雄ウジェーヌ・イヨネスコの時間感覚はまさにこれを例解している（三三一）。八歳か九歳の頃、イヨネスコは「あらゆるものは喜びであり、あらゆるものは現在のなかに存在していた。時間は空間のなかのリズムのように思われた。四季は一年の推移を示するしではなく、むしろ空間のなかに拡がっていた」と感じていたという。ところが一五歳か一六歳——性に目覚め、自意識の誕生する頃——になると、「現れたり消えたりしながら最終的には永久に去っていく事物のまっただなかに遠心力によって投げ込まれたかのように感じており」、「時間のなかに、経過のなかに、有限性のなかにいたのであって、現在というものは消滅してしまったのである」。どうだろう、ここで現在しかないという時間感覚は時間の外の経験であり、それが後年時間の内にいるようになったといっているのだ。ぼくらにしてみれば、この自己意識以前の時間経験は本来的存在感のそれであり、自己意識の生まれたあとの時間経験は自己の存在感のそれである。

この「あらゆるものは現在のなかに存在していた」というときの「現在」は時間の流れの一齣ではない。過去、現在、未来といった流れの一部ではない。瞬間というものでもない。今ここに押しとどめることのできるものではない。それは広がりのあるもので、まことにその「時間は空間のなかのリズム」なのである。流れない時間というか非時間というべき時間の外の経験である。『メアリー・ポピンズ』のロバートソン・アイもまた、そうした時間経験を体現している。ロバートソン・アイは、怠け者で通っている。だが、この青年は、メアリー・ポピンズの話によると、じつは知的劣等感に苛まれる王様を救ってやるダーティ・ラスカルなのである。この人物は「お城の王様とダーティ・ラスカル」という遊び歌から拝借されたものだが、その生き方のモットーがふるっている。つねに「直接の現在 immediate moment」だけを大事にするというものだからである。そしてその行動指針は「なにもしないこと do nothing」である。バンクス家の使用人としてのロバートソン・アイは〈なまけもの〉で通っているが、怠惰であることによってそれを見事に実践している。この「直接の現在」のみを生き、しかも「なにもしないこと」をモットーにする人には、なんの媒介もない――仕事や義務がないつまり時間割や予定表がない――からして、時間意識もない。そこにあるのは浮遊する現在只今の時間ばかりである。だとするならもはやそれは無時間、非時間といっていい。

パースはこうした「直接の現在」を「クオリア意識」として語っている。ミルトン・シンガーはそれをインドの思想と比較して次のように解説している。「パースの瞬時の現在のクオリア意識（今意識）という概念は、過去と未来から切断されており、それは過去と未来がそこから無関係に拡張していく一種ゼロ地点としての現在というインド的観念にとてもよく似ているように思われる」（184）、と。

また、この「直接の現在」こそ、ジェイムズのいう「純粋経験」の時間経験であると言ってもいいだろう。それは〈今ここに自分がいる〉という本来的な自己の存在感のすこし前の経験である。そこには自意識がないからである。つまり、「直接の immediate」という無媒介のそれは瞬間だが、それこそ言語に媒介される以前の経験である。そこには意識する存在も意識される存在も不分明な、それだからこそ自由気ままなありようであり、まさに幼童のありようである。この時間は、主客未分の状態での時間感覚であり、それこそ本来的存在感の経験である、まことにケ（ケ）の管理から切断されたケ（ケガレ）やケ（カレ）の経験なのである。

アウグスティヌスもまた、時間の実体は「現在」であるといっている。だがそれは歴史的時間のなかの現在である。『告白』から引いてみよう。「三つの時間、すなわち過去のものの現在、現在のものの現在、未来のものの現在が存在する。［…］すなわち過去のものの現在は記憶であり、現在のものの現在は直覚であり、未来のものの現在は期待である」（下一二三）。ようするに過去も未来も現在によって想起されるときにはじめて存在するといっているわけで、時間とは現在でしかないということである。だが、この

〈今〉の経験は歴史的時間のなかの今であり、ケ（ケ）の時間経験といっていい。

こうした時間の外の〈今〉と時間の内の〈今〉をバシュラールは瞬間と持続という言葉で区別している。その『瞬間と持続』によれば「現実として存在するのはただひとつ、瞬間だけである。持続も、習慣も、進歩も、瞬間の分類にすぎず、時間の現象としてはもっとも単純なものである」（一〇九）。このバシュラールの瞬間は実存主義的な時間意識である。それは〈今ここに私がいる〉という自己の存在感をたえず今という瞬間のなかに見届けることである。もはや断るまでもないが、ぼくらのいう本来的存在感としての〈今ここに私がいる〉という経験はそうした瞬間の外、非時間に佇むことなのである。

だがバシュラールの「瞬間」にしても、アウグスティヌスの「現在」にしても、ぼくらの本来的存在感の〈今ここ〉と同様に、流れない今の時間経験であることに変わりはない。だとするなら、ぼくらは実生活を営まざるを得ないのだからして、そうした抽象的な理想的な形而上的な自己の存在感に留まることはできない相談なのである。〈今ここ〉の無意識は社会的現実に意識的にならざるを得ない。そのとき継続や反復や進歩といった歴史的時間が導入される。人間の歴史的現実への着地である。バシュラールのいう持続の時間への参入である。

早い話が、アウグスティヌスのいう記憶や期待における現在はすでに言語化されており、時間の直接性は止揚され、歴史化されている。そのとき私的で実践的な自己の存在感が生まれる。それは個別的な歴史的時間感覚の下での自己の存在感である。それは過去を記憶として保持し、未来を希望という形で捉え、そうした持続する時間のなかに自己を定位したうえでの経験である。とはいえアウグスティヌスの場合にはそれは救済史観に則ったもので現在は神のもとに赴くためにのみ意味をもつ時間である。ところが世俗的人間にしてみれば、それはまずは生涯といった持続的時間の展望のなかでの自己保存の営みであり、人類という種族保存のバトンリレーの一齣として自己の存在を認識することであり、あるいは実業的あるいは文化的な企てに関わることで自己の存在を具体化することである。それもこれも歴史的時間（持続）のなかで定位された自己の存在感である。本来的存在感の今はただあることで満足する観照的な存在感であるとするならば、歴史的時間の今を生きる自己の存在感は行為的な存在感である。

たとえば椎名林檎が「青春の瞬き」で〽時よ止まれ　何ひとつ変わってはならないのさ　今正に僕らは目指していた場所に辿りついたんだというとき、それはまさにこの世の時間の流れのなかで一定の事業を成し遂げたことを歌っているわけで、そこにあるのは歴史的時間に生きる人間の達成感に伴う行為的な意志的自己の存在感である。その時は歴史的時間の特定の時である。したがってこの止まれと命じられている〈時〉は歴史的時間なのである。こうした椎名林檎と同様な歴史的達成感のなかで時よ止まれといっている人物がいる。ほかならぬファウストである。それは初めに言葉ありきではなく、行いありきといった行動家ゲーテにふさわしい時間感覚である。それはぼくらの本来的存在感である歴史的時間の外の経験ではない自己の存在感の経験である。しかもそれは、椎名林檎の場合もそうだが、純粋な自己の存在感というべきものである。歴史的な持続としての時間経験のなかで、習慣となった行為を反復することで自己の存在感を看取することは自己の存在感の呪縛に嵌っていることだが、これはその習慣化する存在感ではない歴史的時間内での一回こっきりの自己の存在感の経験である。それはファウストの台詞を一歩踏み込んで解釈するといっそう明らかになる。

ファウストは「時よとまれ、おまえはあまりにも美しい」といったとされているのだが、正確には池内紀の散文訳ではこうなっている。「そのときこそ、時よ、とどまれ、おまえはじつに美しいと、呼びかけてやる。この自分が地上にしるした足跡は消え失せはしないのだ——。身を灼くような幸せの予感のなかで、いまこの上ない瞬間《とき》を味わっている」（二〇〇〇、第二部三四三）。まことにファウストは自己の建設したユートピアに満足している。ざっくりいえばそれは中島みゆきが「地上の星」で歌いあげた人々――それを主題歌としたTV番組の主人公たち――の経験である。だが、ぼくらの興味はこの瞬間の喜びの時間感覚とその中味にある。

カーモードは『終わりの感覚』で、カイロスとクロノスという時間感覚を区別している。カイロスとは、クロノスという過去から現在をへて未来に流れている水平な直線的時間にたいして、それを垂直に切断する時間意識である。時間のなかに永遠をみるといった神秘主義的な経験である。だが、ファウストの〈今〉の経験はそうした神秘主義的な時間感覚ではどうやらない。上の引用でファウストは、「身を灼くような幸せの予感のなかで、いまこの上ない瞬間《とき》を味わっている」といっている。ということはファウスト自身もそうした存在感のメカニズムを作動させている。〈時よとまれ〉というまえに、自分の幸福な〈今〉を流れる時間に抗して封じ込める算段をしているのだ。ファウストは「身を灼くような幸せの予感」を感じている自分の存在を自覚している。「いまこのうえない瞬間を味わっている」自分の存在をちゃんと自覚しているのだ。それは「味わっている」という言葉がはしなくも証明している。「この上ない瞬間」は一瞬のうちに過ぎ去るだろうが、それを「いま〔…〕味わっている」。つまりその達成感の瞬間の経験に意識的になっている。そうした成就の素敵な経験をしている自分に自覚的になっている。それこそぼくらのいう自己の存在感である。しかも純粋な自己の存在感なのである。過ぎ去る時を感じている存在を自己と自覚し、そうした自己の存在を実感すること、これである。それが純粋な自己の存在感である。過ぎ去る瞬間はそうした自己の存在感の経験の内にみごとにとらえられている。〈今ここに私がいる〉という〈私〉の存在感のなかに。ぼくらにしてみれば、そうした「この上ない瞬間」が一度でもあるなら、それで人生は生きるに足ると考えている経験である。

アウグスティヌスは、過去は、記憶という形で現在という時間になる、未来は予感という形で現在になるといっている。だが、そうした場合でも、記憶によって、あざやかな思い出を経験している自己の存在の存在感が発生するのである。あるいは未来のあざやかな予感を実感することで、そのように実感している自己の存在を感じる、つまり純粋な自己の存在感を経験するのだ。とはいえそれが習慣化すると自分を雁字搦めにする自己の存在感の呪縛となる。蓄財といった存在感によって捉われればあっさりと亡失してしまうのである。いずれにしろ、そうやってぼくらはすべてを現在の経験にして、その現在のはかない〈今〉を、〈今ここに私がいる〉という自己の存在感に取り込むことで捕獲する。それが純粋であるとき、それはぼくらの存在の充溢であり、ぼくらの〈時よ止まれ〉の思いが作動する瞬間である。もっともそうした時間の外に出る経験としての本来的存在感の経験――それはいつでもどこでも自覚しさえすれば経験可能なのだが――それもまたもう一つの〈時よ止まれ〉であることはいうまでもない。

(2)〈ここ〉の場所論

イーフー・トゥアンは『空間の経験』で「場所がもっている安全性と安定性から、われわれは空間が持っている開放性、自由、脅威を意識する」(一七)と書いている。まことに空間とは海洋であり、砂漠であり、荒野であるが、それを手なずけることで、そこを場所にしていくのが人間の営みなのである。ようするに場所とは歴史的な時間性を帯びた空間である。そうした場所の最たるものが家であり、故郷であり、国家である。単なる空間を場所にするために人間は、空間に歴史的な意味合いを付与し、そのことで、空間を意味ある馴染みある場所に変容させてきたのである。それが〈今ここに私がいる〉の〈ここ〉

の場所化である。まことに空間には自由や脅威といった実存的な自己の存在感があるし、場所には定住にもとづく安定した存在感が発生している。そればかりではない。場所の存在感は、名所旧跡にいるといった歴史的意識のほかに故郷といった場所に帰属しているといったアイデンティティとしての自己の存在感も加味される。

エドワード・レルフもまた、その『場所の現象学』で、空間と場所を区別して、空間の抽象性や無機物的な性質にたいして、場所の人間性を語っている。そのうえで、今日の特徴としてそうした人間的な場所つまり「場所性」が都市から喪失し「没場所性」が蔓延していると批判している。これはもっともな批判であるかにみえる。だが、その批判に問題がないわけではない。なるほど今日世界は均質化し、いまやどこへいっても同じような風景である。しかも人は土地に愛着を持たなくなっている。かくして空間は場所でなくなり、場所性を喪失し、没場所性が近代的都市空間の特徴となっている。そこに、故郷なり祖国なりといった場所性を取り戻すという運動の発生の由縁がある。だが、これは下手すると国家主義や民族主義といった保守的なイデオロギーの虜になることでもある。それこそ呪縛する自己の存在感を生みだす要因のひとつなのである。

これにたいして、そうした囲い込みを免れた空間への探求の試みがある。かえりみれば、大航海時代のコロンブス以来、西欧による植民地主義や帝国主義によってアジア、アフリカ、南北アメリカ大陸、カリブ海、南太平洋は植民地となったのだった。そうした地域の多くはようやく第二次世界大戦後に独立したわけである。植民地の伝統的部族の父祖の土地つまり場所が、アフリカの幾何学的な領土分割線が端的に示すように、植民地を単なる資源の収奪の領地とみなす西欧によって空間化されていたのだが、それがもう一度独立した民族の国土つまり場所になったのである。

その際、注目すべきは、そのとき各地域の国民国家にしばられるのではなく、そうした国民国家、民族といった枠組みから離脱する思想もまた生まれたことである。「どこへいってもそこが異郷であるようなありようを取ること」(クリフォード264)である。この言葉は、サイードがアウエルバッハから引用したものをさらにクリフォードが孫引きしたものだが、その原典は、サンヴィクトールのフーゴの次のような一節である。「自分の故郷を麗しいと思うものは、いまだ駆け出しである。あらゆる土地を自分の故郷とみなすものはすでに達人である。だが、全世界が異郷であるひとこそ、聖人である」。なるほどキリスト者にとって故郷は天国であるからして、世界は異郷にすぎない。だがポストコロニアルの世界に世俗的に生きるぼくらにとっては「全世界が異郷である」という経験は新たな意味合いを孕んでくる。それは特定の民族や国家への帰属のアイデンティティに存在感を求めるのではなく、どこにも属さない在り方に存在感を求めることである。場所ではなくむしろ空間になじむような根源的存在感を探求することである。

じつは現代の都市生活のなかにも、国家や民族によって囲い込まれない空間がある。ジェイムズ・ジョイスは自分の部屋から眺められる街路樹を自分の家の庭木のように愛でていたという。これは公共空間の私物化という場所化によって形成された公共空間の内部に穿たれたささやかな幻想の外部である。それこそミシェル・ド・セルトーが『日常的実践のポイエティーク』で語っているだれでも使用可能な巧まざるDIYの技法のひとつといっていい。セルトーはまた、今日の多文化社会では異文化受容が広まっているが、その場合、単にそっくり同一化するのではなく、物のやり方や方法を少しずつ変えていく現象もまた浸透していると指摘している。そしてパリのマグレブ人のこんな実例を挙げている。「たとえば(家でも言語でも)、故郷のカビリアにある独特の『住み方』、話しかたがあり、パリやルペーに住むマグレブ人は、低賃金住宅の構造やフランス語の構造が押しつけてくるシステムのなかにこれを忍び込ませるのである。場所や言語が強要してくる秩序をいろいろなふうに使用するひとつのゲーム空間を創りだす」（九〇―九二）、と。そうやって自分なりの使用法を編み出すことでお仕着せの生活スタイル（の生み出すお仕着せの自己の存在感）の経験をはぐらかして極私的な生活スタイル（から生まれる手製の根源的存在感）をまんまと享受しているというのである。

なるほど、こうした「場所ごとそっくり同一化してしまう」のではない空間の利用、再利用は、異文化受容という現象が広がるにつれて多様化している。だが、そればかりではない。たとえばドゥルーズのいうユートピアやフーコーのいうヘテロトピアの空間がある。権力によって囲い込まれた場所から私的場所への回帰である。時間化され、歴史化された空間の非歴史化、非時間化である。フーコーはそれを「反場所」といい、ヘテロトピアというのである。フーコーは『ユートピア的身体／ヘテロトピア』（三五―三六）で、その具体例を挙げている。子供にとってそれは、「庭の奥まった部分」「屋根裏部屋」「屋根裏部屋のインディアンのテント」である［ぼくらの本来的存在感の生成場所］。大人にとっては「庭園、墓地、避難所、売春宿、監獄、地中海クラブ村など［ぼくらのいう根源的存在感の生成場所］が存在する」、と。そうしたヘテロトピアの経験とは、国家とか会社とか家族といった公共空間や共有場所から離脱する経験である。ぼくらの言葉ではそれは存在観の経験であり、結果として根源的存在感となる。しかもその経験は同時に生活の場で実践されていることからして、ほんものの実在感となるのである。ぼくらの世代であれば親の目（公的世界）を掠めて押入れの中や炬燵《こたつ》（私的世界）に潜り込んだときの嬉々とした快感（＝実在感）にはだれだって身に覚えがあるだろう。

フーコーは、ユートピアとはどこにもない場所であり、非在郷だが、〈ヘテロトピア〉は異在郷であると区別している（三六）。だが、ドゥルーズにしてみれば、ユートピアとはどこか未来にあるものではない。それは今ここにあるのだ。たとえば〈どこにもない〉という意味の英語nowhereは、now＋hereと分解されるのだが、そのことで〈どこにもない〉を原義とするユートピア（eutopia＝eutoposはeu＝no＋topos＝place）の〈どこにもない〉は〈今ここにある〉ということを暗示しているというのだ。〈今ここに私はいる〉というロバートソン・アイのような無為の理想的な〈今ここ〉から出発したぼくらは、生活者の必然としてその歴史化、場所化の憂き目をみるのだが、それから離脱する存在観を経て、ふたたび理想的な〈今ここ〉に回帰するのである。ユートピアはいつだって今ここにある。それは〈今ここに私がいる〉という自己の存在感が、ちょっとしたきっかけで不意に非時間、非空間の本来的存在感の経験となりうることがそれを端的に証明している。

2 〈私〉の存在感——自己と統覚の主体

〈今ここに私がいる〉という自己の存在感の基本的命題で、〈今ここ〉について前節でざっと検討したのであるが、では〈私〉のありようの実際はどうなのだろうか。さまざまな形に具体化された〈今ここ〉によって現実化されたさまざまな〈私〉のふるまいの実際はどうなのだろうか。

（1）エリオットの〈私〉とライプニッツの統覚とカントの統覚の主体

エリオットがどこかでこんなことを言っていた。たとえば歯医者の待合室で虫歯の鈍痛に耐えながら、スピノザを読みつつ、ふと恋人のことを思ったりするのが複雑な近代人の姿である、と。この場合、歯痛は歯という身体的事象を、スピノザは観念の世界を、恋人を思うこころの動きは記憶という意識の動きをそれぞれ実感させるわけで、この近代人はそうした存在感を同時に感じているということになる。むろん、それとともに歯痛や観念や意識を三つながら感覚し、意識している自己の存在も実感している。それが自己の存在感である。それがエリオットの描く近代的な〈私〉のありようである。

ところで、この自己の存在感とは、併存する歯痛や観念や意識を意識する意識のうちで一つにまとめている存在のものだからして、ライプニッツのいう統覚 apperception のそれである（六—七、三八注(24)）。岩波小辞典『哲学』では、統覚とは、「最初にこの言葉をもちいたライプニッツによると、単なる知覚とちがって、感覚的な所与を明白に意識するとともに、この意識を自己の意識として自覚することである」（一四二）などと説明されている（またリース299）。「この意識を自己の意識として自覚する」統覚がライプニッツの〈私〉である。ぼくらのいう自己の存在感とは、その際に発生する〈私〉の感じのことである。ここで「感覚的な所与」の「意識を自己の意識として自覚する」とは、感覚的所与としての富士山なら富士山をみている自分を意識していることである。その際、その富士山の存在感とともに、それを意識している自分の存在を実感しているということだ。これこそ統覚の主体であり、その感じこそぼくらのいう自己の存在感にほかならない。してみれば統覚の主体にしろ、自己の存在感という場合の自己にしろ、実体のない現象にすぎないことが判明する。ぼくらが存在感を形而上的な経験という由縁である。

椎名麟三も歯痛に苦しむドストエフスキーの『地下生活者』の主人公を取り上げている。だが、エリオットの近代人と違って、この孤独な青年は歯の痛みに悶えながら、そのさなかにそうした歯痛といった、無くもがなの苦痛をこの世に存在させた神の不手際を呪っていると椎名麟三は解釈してみせる。そうやって神はこの世を最大限善なるものとして創造したという神義論など嘘八百だと批判し、神を呪詛しているというのだ。この場合には歯痛という身体的事象としての存在感と、それを解釈する神義論という観念の存在感と、さらにはそうやって歯痛を解釈して神を呪詛している不機嫌な意識の存在感が区別される。

とはいえ、ここには歯痛という対象を、神義論という記号でもって解釈し、そこに解釈項としての不機嫌な呪詛の意識が発生しているというのが本当のところである。さらにいえば、この主人公の不機嫌な世を呪う心性はもはや抜き差しならぬ習性になっている。むろんそれは腹立たしい世間の在りようと、それをその都度批判的に解釈するという経験の積み重ねでそうなったのであるが、その場合、そうやって神を批判するといった解釈をすることで発生する反神義論的ものの見方・感じ方が反復されているわけで、この主人公は自分の馴染みの世界観を反復することで自己を実感しているといえる。それはもはやたんなる〈もの〉や〈観念〉や〈意識〉の存在感ではない、アイデンティティとしての自己の、自己意識の存在感である。人間は一定の世界観なり人生観なりで現実を解釈して生きている。それがアウグスティヌスの神であれ、反神義論であれ、自愛の情念であれ、そうやって一定の世界観や情念を持つ自己の生きざまを反復することで自己確認し、生きている実感、つまりは存在感を得ているのである。さらには人間はそうした自己の存在感を反復経験することで当の自分が実在であるかのように感じることになる。自己の誕生である。みてのとおりそれは虚構なのであるが、やがてそれが実体化される。すると今度はそうした自己の死が意識されることになり、自己の存在感に執拗に執着するようになる。仏教にいう我執である。それが自己の存在感の呪縛という現象の動因なのである。

カントはライプニッツの統覚を継承して、統覚の主体ということをいっている。これはすでにふれたが、〈私は私である〉というときの私を私と同定する主体である。ぼくらは世界を時間と空間といったカテゴリーで解釈するが、そうした空間や時間は直感的＝直観的に与えられている。人間は、そうした抽象的な枠組みで世界を理解する存在として自分を主体と認定している。これは常識主義の考えでもある。カントはそうした経験主義的な認識を根源でささえる悟性、純粋悟性に先験的に備わった関係づけの原理を四綱一二目からなるカテゴリー表として提示している。だが、カントにしてからが純粋悟性で認識する際に出現するのは、対象を先験的なカテゴリーで解釈する主体のありようである。だとするなら、これは一般的にいえば、記号で対象を指示して解釈項を得るという記号過程に他ならない。その記号過程において、そうした記号過程の作動を眺めている存在が自覚されるようになる。そうした記号過程を自覚している存在を、カントは超越論的統覚といったまでである。

柄谷行人は、その『トランスクリティーク』で、カントの超越論的統覚を珍重している。「超越論的主体（統覚）を想定することは『言語論的転回』以後の哲学者によって批判されてきた。しかし、思考や主体を言語の側から見ることによって、デカルトやカントの問題を否定できるということはありえない」（一一〇）、と。そしてたとえば、「ソシュールが形式（シニフィアン）が一つの示差的な関係体系をなすという場合、それを体系ならしめる体系性はカントが超越論的統覚と呼んだものを暗に前提しているのである」（一一一）といっている。シニフィアンとシニフィエ、シニフィアンとシニフィアンを統合するのが統覚の主体であるというわけだ。なるほどこの見解に異存はない。だが、ぼくらにしてみれば、そもそもこの統覚の主体こそ記号過程で対象と記号を結合する解釈項に効果として発生するものなのである。それが意識となり統覚の主体になるのだ。

なるほど超越論的統覚は形而上的である。が、けっして形而上学的な実体ではない。それは反復される記号過程の解釈項に生じた意識にすぎない。それがさらに反復出現することでその意識の意識が生まれる。これは無自覚な記号過程の解釈項に記号過程を自覚する意識が発生したということ以外のなにものででもない。そこに窺えるのは長い人類記号過程という自然史の結果生まれた記号過程の効果なのである。もっとも同時にそこには記号過程からの離脱のメカニズムも作動しているのだが、それはそれとしてそこに形而上学的思考の余地が生まれ、そこに記号過程を操作する可能性が生まれる。それがカントそして柄谷のいうような超越論的統覚といった哲学的形而上学的経験を用意するのである。これについては第二部で脳科学との関係で詳論する。

(2) 意識の流れと超越論的自我

ぼくらは、バラをみると、バラという対象とバラについてのぼくらの感じを持つ。物の存在感とそれについて感じている自己の存在感を感じるのである。したがって作家とは「世界の事実と事実についての作家の感情を描くものである」(11) とジョイス・ケアリーがいうとき、そうした人間のありかた一般を傍証することになる。むろんその感情には存在感も入っている。そして存在感が存在についての意識であるなら、その存在は事物的存在でも心理的存在でもあるわけで、たんなる記憶や表象、あるいは架空の幻想や霊的存在についても妥当する。それらは物的な存在感や心理的存在感やはたまた幻想的なり神秘的なりの存在感を醸し出すのである。さらにいえば、そうした存在感を意識している意識の存在感もまた発生している。人間の生とはそうした多様な存在感の流れにほかならない。

ウルフが『ダロウェイ夫人』や『灯台へ』などで描いたのはそうした人間の存在感の流れである。ウルフは主人公が経験する、ロンドンや避暑地での日常の風物や人物やあるいは自分の記憶に刺激され、触発されて発生するさまざまな意識の漂流を描いている。それはまずは五感に触れる身の回りの事物(対象)についての感想や、当面の用事の手順や近々の予定や昔の思い出などの意識であり、さらにはそうした事柄を意識している自己の意識についての意識であり、それらの〔見事に取捨選択された〕途切れることのない〔と思わせる〕連続である。しかもそこには複数の登場人物の自意識の描写が併存しており、それらが複雑に交錯する混沌とした秩序というか秩序ある混沌の世界となっているのだ。

こうしたウルフの作品から得られる存在感は、流れる意識の存在感である。それこそが人間のリアルであるとウルフは主張するわけである。それを構成しているのは、対象の存在感と対象についての意識の存在感とそうした意識についての意識の存在感である。この意識についての意識、それがウルフの〈私〉である。

ところでフッサールが「超越論的自我」というとき、この意識についての意識のありようをとりあげて、それを純粋な自己とみなしているのである。フッサールの依拠したブレンターノによれば、意識とはつねに〈なにものか〉についての意識であり、志向的なものであるからして、それは「志向的な非存在」ということになる。存在感も存在についての意識であるからして、存在そのものではない。小説家とは事物と事物についての感じを描くものだというときのその事物の存在は抹消される。フッサールはそれを現象学的還元（エポケー）といったのである。じっさいデカルトの〈我思うゆえに我在り〉の〈在る我〉を捨象して、〈思う我〉に専心している。『ヨーロッパ諸学の危機と超越論的現象学』で、「現象学的還元について、自然的、世界的態度からの態度変更として認識した［が］われわれはこうした態度変更から、もう一度自然的態度に還元することができる」（三六四）というとき「自然的、世界的態度」は事実と事実についての感じにこだわる小説家のそれであり、そうしたものの見方・感じ方からの態度変更が現象学的還元ということになる。その意味では現象学的還元は一種の存在観（カレのありよう）といっていい。そしてそこからもう一度自然的態度に還元するときそこには一種の実在感が発生するという寸法である。むろんウルフの〈私〉のリアルは現象学的還元の経験を踏まえたこの「自然的世界的態度」から生まれるものである。

3　〈いる〉の存在感——存在と行為

自己の存在感とは、〈今ここに私がいる〉感じである。だが、〈いる〉というのはたんに〈ある〉ということではない。それは何者かとして人間として〈いる〉のである。それは単なるものとして〈ある〉から〈なる〉をとおして〈〜である〉になり、はじめて人として〈いる〉のだ。つまり子供の状態から、大人になり、その間に努力してサラリーマンになり、いまや重役であるという具合に。そして重役であり、夫であり、父であり、日本人であるといったさまざまなアイデンティティをもった私が今ここに〈いる〉のである。人間の〈いる〉は、たんなる〈ある〉から〈なる〉をへて〈〜である〉のすべての様態を含んでいる。

（1）観照的存在感と実践的存在感

椎名麟三は人生の目的はいきいきと生きることだといった。だが、いきいきと生きるとはどういうことか。何か大事をなすとか、何事かに没頭していることばかりではどうやらない。なによりもそれは自分が今ここに生きていることをあざやかに実感することである。〈いまここに私がいる〉こと、今ここに存在していることを享受することである。その無意識的な経験が本来的存在感であり、それを自覚すれば根源的存在感となる。その具体的内実は、たとえば『ダロウェイ夫人』のピーター・ウォルシュの内省のことばに窺える。

人間五十三歳にもなると、もうひとさまは要らなくなる。人生そのものだけで、その一瞬一瞬だけで、つまり、リージェント公園の日の当たる場所で、今この瞬間にこうしてここにいるということだけで、十分なのだ。この能力を得た今は、全生涯をかけてもまだたりぬ気がする、人生の意味を味わいつくすには、歓びの最後の一滴まで汲みつくすには、意味のあらゆる陰影をひき出すには。（一二六―一二七）

ピーターは、「この瞬間にここでこうしている」という生の一瞬に、たとえ束の間にしろ、たしかに自分が存在していることに満足している。これはたんにここにいるという存在感のことをいっているのだが、ただ存在しているだけで満足であるという宣言である。まさに特権的な存在感の時の言挙げである。「この瞬間」とはすでにふれた流れる時間の外の静止した非時間の経験であって実存主義的な切羽詰まったものではないだろう。が、いずれにしろ意識的な根源的な自己の存在感といっていい。しかもピーターはそうしたただ存在するだけで満足という存在感を看取する能力を得ただけではなく、それをいつでもどこでも再現し、体験できると豪語している。これこそルソーの思い描いていた理想的な存在感看取法の極意である。ただしこれはあくまで主観的な観照的存在感というべきものである。

ダロウェイ夫人もまた、そうした特権的時を語っている。小説の冒頭で夜のパーティの準備に買い物に出かけたとき、ダロウェイ夫人は人生の時の時を語っている。「こういうものをわたしは愛するのよ。人生を、ロンドンを、六月のこの瞬間を」（七）。なるほど、ここにあるのは愛するロンドンの生活環境の賛歌であり、そうした事物の鮮烈な存在感である。さらにはそうしたロンドンの場所柄や季節を愛する自分が今ここに存在することの謳歌であり、そうした自己の存在感を鮮明に実感していることの歓喜の表明である。その限りでこれはピーターの経験と変わりはない。そのときダロウェイ夫人も——「六月のこの瞬間を」と言ってはいるのだが——日常的な時間の外の根源的存在感という非時間を生きている。

だが、ウルフは主観的な自己の存在感ばかりではなく、他者の存在感を感じる能力も見せている。ウルフの『幽霊の出る家その他の物語』の「存在の瞬間——スレイターのピンは役立たず」"The Moments of Being" という短編には、こんな件《くだり》がある。「ファニー・ウィルモットの視線には、つかのますべてが透明になり、あたかもミス・クレイの身体を透かして、彼女の存在の基盤そのものが、純粋な銀の雫となってほとばしるのが見えるようだった」(108)。これはミス・クレイの男性に依存しない生き方に生の本質を見届けた瞬間の——すぐにそれはレズ的な愛の確認の行為としてのキスとなるのだが——描写である。ファニーの目には「ミス・クレイの身体」という存在が見えていたのだが、それが透明になってその「存在の基盤」といういっそう深い存在が窺えるようになる。これは哲学的なヴィジョンの時である。それがタイトルの「存在の瞬間」であり、もっとも充実した時なのだ。だが、その「存在」はたんなる抽象的な概念ではなく、「純粋な銀の雫となってほとばしる」という具合に比喩的に描かれ、そのことで主観化され、感覚的に、官能的に捉えられている。ファニーにとってジュリア(ミス・クレイ)は、他者という客観的な人間存在として把握されているのではなく、単なるものとしての存在ではなく、語り手ファニーの主観的な感覚的な存在感として経験されている。他者の「存在の瞬間」が単なる観念ではなく、感情として、つまりは存在感として実感されているのだ。同時に、それを読む読者もまたそうした存在感を経験するという寸法である。

こうして他者の存在感に眼差しを向けるウルフは、クラリッサにピーターとは違った存在感を体現させせている。クラリッサとピーターの違いは、クラリッサは自分が存在するだけで満足だという特権的な時の存在感だけでは物足りなかったところにある。どうやらクラリッサは、パーティの主催者になることで、実生活での別様の自己の存在感を確保しようとしている。つまり、退屈な日常をやり過ごしている人々を一堂に集めて、その歓談の中心の光明になっている自分に自己の存在感を見出すのである。これはただあること（存在すること）ではなく、特定の行為する自分にその特権的時を見出そうとしているふるまいである。そんな自分をクラリッサもちゃんと自覚している。「ただ世間のひとたちのために、そんなふうなひとつの中心、一つのダイヤモンド、一人の女、［…］に［みずからを］つくりあげた時の自分なのだ」（五八―五九）、と。これは社交のさなかの存在感であり、行為の持つ存在感である。観照的ではない、活動のただなかに看取される実践的存在感である。これはもはや純正の実在感といっていい。

とはいえ実践的存在感はけっして行為して何者かになることを目指すものではない。たんに観照的ではない別の種類の行為的意志的な存在感を求めたものだ。〈する〉こと、〈なる〉ことと、たんに〈ある〉ことは正反対の経験なのである。これをホイットマンやベローで確かめておこう。

（2）存在と行為――ヘンダーソンの「在ること派」と「成ること派」

ロレンスには何もしないでただじっと何時間でも座っていられたという伝説がある。これはまさに自分だけで自足している姿であろう。この自分自身と自己の存在を楽しむありようは、ホイットマンの詩精神にも現れている。ぶらぶらと時を過ごすことの天才であったホイットマンは『自我の歌』で、自分の魂に草の上に寝転がってぶらぶらしようぜ、と呼びかけている。「ぼくといっしょに草の上をぶらつこう」（上一一六／33）、と。あるがままに、気ままに時をやり過ごして、それで上等だというのである。私の存在を、だれが気づいても気づかなくても、わたしは自足して座っているというのだ。「ぼくはありのままに存在する、それで十分。／たとい世間がだれも気づいてくれなくたってぼくは平気だ。／たとい誰もが注目したって、それでも平気だ。」（上一五一／48）、と。あるがままの自分の存在に満足しきっているというのだが、そこには十二分に満たされた自己の存在感が表明されている。ルソー的な根源的存在感の言挙げである。

こうしたたんに〈あること〉つまりはたんに存在していることを、もっとも歓喜をこめて描いているのは、「神秘のトランペット吹き」だろう。この詩は語り手がラッパ吹きの演奏に込められたメッセージを翻訳するという趣向になっているのだが、その最後の第八節に単に存在することで充分であるという詩句がある。「喜べ、喜べ、自由、信仰、愛を、喜べいのちの恍惚を、／生きているただそれだけで、呼吸するただそれだけで、満ち足りている、／喜び、喜び、いたるところに喜びが溢れ。」（下一二二／471）。どうだろう、ここでは、ただ〈生きていること〉そのことが即喜びであるというのだ。ここで翻訳者はenough merely to beを「生きているただそれだけで」と訳しているが、逐語訳では「ただあるだけで十分」ということである。ただあるという存在そのものが喜びである、と。「たんにあること」の存在感が喜びを生むというのだ。そのありようは、あらゆる社会的価値観や行動規範からの逸脱ではあるものの、自由や信仰や愛にあふれており、それこそ生の陶酔の喜びであるというのである。単にあることで充分であり息をしているだけで充分だと。

このホイットマンの詩句を引用して、それを「なること」（becoming）の在り方と対照させて「あること」（being）の在り方として称揚しているのが、ソウル・ベローの『雨の王ヘンダーソン』の主人公である。ヘンダーソンは、友人の新婚旅行の付き添いでアフリカくんだりまで出向くのだが、案の定（？）仲違いのあと一人アフリカの奥地へと旅を続ける仕儀と相なる。「あること」の賛歌はその放浪の果てに知り合ったイギリス留学の経験のあるワリリ族の族長ダーフ王との談笑のエピソードにでてくる。王が「あなたはどのような種類の旅人か」と尋ねるとヘンダーソンは「ただ在ることに満足を見出す」（二二三）旅人ですと即答する。ところがそのときこう付け加えることもできたろうにと後で悔むのである。「ただ在ることに満足を見出す人間もいるのだ」、と。このただあることに満足を見出すというヘンダーソンの台詞が、じつはぼくらがみてきたホイットマンからの引用なのである。それがご丁寧にも自註として本文中に明示され強調されている。「(ウォルト・ホイットマン「ただ在るだけで十分！　息をするだけで充分！歓喜！　歓喜！　至るところに歓喜！」)」（二二三―二二四／150）という具合だ。

ヘンダーソンが、世の中には「在ること派」と「成ること派」の二種類の人間がいると思い至るのは、その時なのである。そしていつも何者かになろうとして齷齪している「成ること派」の人間にたいしてゆったりと自足している「在ること派」の人間のありように傾倒する。「あらゆる機会は、在ること派Being peopleが、ひとり占めだ。成ること派Becoming peopleの連中は、いつもびくびくもので、運も悪い」などと観察を述べる。そして自分に生の知恵を授けたアーニュイ族のウィラーテル女王もダーフ王と同様在ること派であると断じる（二二四／150）。さらには「十分なり、十分なり、今や成ることを完了して、在ることとの時！　魂の眠りを破れ、目覚めよ、アメリカ！　専門家どもに挑め」と「在ること派」を宣言し扇動している。ヘンダーソンは「成ること派」から「在ること派」へと変貌する。

じつは、ヘンダーソンは人生半ば五五歳にして、なにかはさだかではないが無性に〈したい〉という欲望に捕われた人間として描かれている。そしてその欲望に従おうとする。「シタイ、シタイ、オレハシタイゾ――ソウトモイクガヨイ I want! I want! Poor prince, upstairs!」（一八／17）という次第だ。ヘンダーソンは、何者かは定かではないが、今までの自分とは違った何者かになることを目指すのである。このままの自分で〈いる〉〈ある〉のではなく、何者か別人に〈なる〉ことを企てる。そのためになにかを〈する〉、したいと思うのである。今の自分にケガレて新しい自分というハレを求めるのだ。それがこの小説の構成である。そこで、まず自分の欲望にしたがってそれまでの生活を中断してアフリカまで友人の新婚旅行のお供をする。その後二人と別れてアフリカ奥地の部族との生活を経験すると――これは一種の通過儀礼であるが――特定の目的を達成するための「成ること派」のあり方ではなく、ただあるという「在ること派」のあり方に目覚めるのである。存在観の経験である。その結果、「在ること派」の存在の仕方、つまりは根源的存在感を体験する。そしてその存在感を携えてアメリカに帰還するのである。かつての「成ること派」ではない、「在ること派」の視点から生活を再構成しようというのだ。

じっさい、ヘンダーソンはアフリカでの体験を踏まえ、その象徴である子ライオンをつれてアメリカに帰還し、そこで「在ること派」の立場から、「成ること派」で牛耳られている実生活の立て直しを図るといったことを予想させて小説は終わる。「成ること派」の出世欲や金銭欲や権力欲による将来の目標のために現在の生を管理するあり方をやめて、現在の生を享受することを中心にすえて生活を再設計しようというのである。そうした「在ること派」の生き方を実生活で形にするとき、そこに鮮烈な実在感が生まれるのである。それはピーターのような自己の存在感を享受することかもしれないし、ダロウェイ夫人のように家族や知人との人間関係を「在ること派」の視点から再構築することかもしれない。いずれただ〈ある〉という本来的な存在感の実現のための生活設計となるはずである。それを共同体の規模で展開するのが〈生治〉であるが、これはもはや第三部の話題である。

（3）ウルフと〈いる〉と根源的存在感

ところでヘンダーソンの「在ること派」の存在感、つまりは〈いる〉の根源的存在感の存在感の内実はといえば、それは存在することの感じと、存在するものの感じからなっている。それでぼくらが存在することを忘れている場合は存在しないも同然である。それは端的に実生活に埋没している場合と小説などで意識化された場合の違いにあらわれている。また存在するものの感じはその内実をどう捉えるかによって根源的存在感の実質が変わるものである。まずは前者から考えてみよう。

たとえばカーモードは『終わりの感覚』で、サルトルの『嘔吐』を取り上げている。そこでは存在感は a sense of being と表現されているのだが、カーモードの論述はレストランでのとりとめのない日常会話と、バルザックの小説『ウージェニー・グランデ』のなかの会話と対照させて、実人生と小説とは、それぞれ別の生と時間に属しているといった具合に展開する。そのうえで主人公ロカンタンの存在感の経験について分析している。まずロカンタンが日曜の散歩の際に「ある冒険の感じがある」というとき、それは実人生ではない、フィクションの世界の存在感 a sense of being について語っている。ところがそうしたフィクションのなかの存在感は、日常的な生の選択のなかではあっけなく無効になり、小説中の生きている実感 the sense of living はたちどころに消えてしまうというのである。これは、生きている実感は、意識しているときにわずかに経験可能だが、日常茶飯事に忙殺されるとあっさり忘却される運命にあるということである。

こうした実生活と虚構のなかでの存在感の相違についてヴァージニア・ウルフも、たとえば、その評論集『存在の時 *Moments of Being*』で、同様の見解を表明している。ウルフは、そこで存在を being、存在感を moment of being としているのだが、まずもって生きている実感を意識しない日常生活を非存在と呼んでいる。そして「毎日は存在beingよりも非存在non-beingをより多く含んでいる」（70）などと嘆息している。つまり、日常生活はつまらない些事に忙殺されて、「毎日の大部分は意識的に生きられていない」というのである。この意識的に生きられていない部分が「非存在」である。ということは「存在」とは意識的に生きられていることを意味している。たとえば、とある四月一八日火曜日は、ウルフにとって「存在という点で平均点以上だった」といってこんな風に記述している。お天気だったたし、エッセイを書き出したし、好きなところを散歩したし、チョーサーも読んだし……。ところが「こうした存在の個々の時が非存在の時のなかに埋め込まれてしまっている」といって嘆くのである。この存在の個々の時が「存在の時moments of being」であり、存在感の経験なのである。なるほどウルフは、殊勝にも作家たるもの、オースティンやディケンズやトロロープやトルストイなどのように、そうした存在と非存在をともに描けなければならない、と考えている。だが、にもかかわらず、目下のところ自分にはどうしても存在の面、つまりは「文学的サイド」しか書き得ないと慨嘆しているのである。これはもはや存在するものの感じといっていいのだが、リリーの経験はその極上のサンプルである。

ウルフは、自分には人生の非存在の部分に実在感などとうてい感じられないと考えている。意識の流れを人生の実体と考える自分は、つねに、自分を意識する人間しか描くことができない。なぜなら、それが人間の存在の仕方であり、人間そのものだからと。こうした「存在」にのみ実在感を感じるウルフのありようを、もっとも明確に表象しているのは、リリーであろう。『灯台へ』でリリー・ブリスコーは、別荘暮らしに入ることで世間的な気遣いを免れ、つねに自分を奥底でとらえている自分の生そのもの、生の真実と向き合う時間を得る。「噂話や日常の生活、人づき合いなどから引き離されて、気がつくとこの昔からの恐るべき敵［の存在］the presence of this formidable ancient enemyと向かい合う羽目になっていたのだ。このもう一つの存在 this other thing、この真実 this truth、この現実 this reality は、突然リリーを捉え、見せかけの世界の背後から鋭く姿を現すと、彼女の注意をひきつけて放さないのだった」(三〇五／172)、と。ここで、あきからに、リリーは、「非存在」ならぬ「存在」の存在感 presence を実感しており、つまり存在するものを感じているが、それこそ真実 the truth であり、現実 this reality であるというのである。この真実でリアルな実感をぼくらは根源的存在感といっている。だとするならこの this reality はむしろ「この実在」と訳したいところだ。このときリリーはたしかに実在を看取しているからである。

なるほどウルフは意識の流れというか、意識の流れを意識している人間のありように存在感を看取している。そして人間存在とは意識の流れとそれを意識する存在であり、それこそ人生の実体であると考えている。ウルフにとって存在するものは意識であり、存在することは意識することなのだ。人間にとっての真実とはそれをおいてはないというのである。そうしたウルフにとっての実在は、たとえば宇宙的生命こそ実在と考えるロレンスにとってはたんなる錯覚、たんなる心理的な主観的な世迷い事でしかない。あるいは気という言葉で指示される存在を無意識のままに生きている常民の本来的存在感を生きる実在感とも無縁である。まことに現実や現実感、実在や実在感はひとさまざまなのである。しかし現実や実在をなんと定めるかは人によって違うが、それから得られる感覚、感情、つまりは現実感や実在感はみな似たり寄ったりなのだ。それはだれにとってもひとしなみに〈～ついての意識〉であり、〈～についての感情〉だからである。これは存在と存在感についても妥当する。だとするなら、実在より実在感、存在よりも存在感のほうが一般的であるということにならないだろうか。すでにふれたがその『情念論』でデカルトは、特定の情念ではなく、情念についての情念の存在を語っている。それは単純で、それだけ一般的である。さらにいえば、それから生まれる（それを感じている自分についての）存在感という感情はもっと単純で一般的だろう。

ウルフは自分の別宅モンクハウスの庭に散骨するように遺言したくらいのぶれない無神論者である。どうやら宇宙的生命も生気論的な実在といったものも認めていない。ウルフにとって必至なのは、そうした実在の存在感ではなく、そうした実在や存在を志向している人間の〈意識の意識〉の存在感である。大事なのはあくまでも〈今ここにいる〉自己を意識している自己の存在感なのである。まさにそれがウルフの〈いる〉の実感である。

（4）気遣いとゾルゲ――存在感分析と現存在分析

〈いる〉とは存在する感じや存在するものの感じであるが、それを亡失している場合がある。それはいわば〈いる〉の病であるが、それを臨床的対象とし、そのセラピーを考えているのが存在感分析であり、現存在分析なのである。

人間は普段さまざまな気遣いをして生きている。気がかりをかかえ、気をもみ、あれやこれや気配りをし、たえず気働きをし、そうやってつねに気遣いをしている。そうした気遣いに日常生活は忙殺されて過ぎてゆく。自分の存在を省みる暇などたえてない。だが、ハイデガーは、人間つまり現存在とは元来自分の存在を自覚した存在であるという。『存在と時間』ではこういっている。「現存在が存在的にきわだっているのは、現存在が存在論的に存在しているという事情によるのである。〔…〕〔存在論的に存在しているとは〕現存在はなんらかの様式で明示的に、自分の存在においてみずからを理解していること」（第一編一一三）である、と。そしてそうやって自覚される存在が実存である。「現存在がそれに対してあれこれとかかわることができ、つねになんらかのしかたでかかわっている存在自身を、実存と名づけよう」(同一一五)というわけである。とはいえそうした自分の存在つまりは実存についての自覚が忘却されることもまた現存在の特質である。同じ『存在と時間』で「現存在は、じぶんがそのうちで存在している現存在の世界へと頽落し、その世界から立ちかえってみずからを解釈する傾きをもっているばかりではない。現存在は、それとともに、多かれすくなかれ明示的につかみ取られた自身の伝統へと頽落しているのである」(同一四九)といっている。この「頽落した」現存在のありようをハイデガーは「非本来的」といい、実存を忘却していない在り方を「本来的」といっている。それをウルフは「非存在」と「存在」といったのだが、たんに私、私といってもその私は本来的な自己ではないというのである。

ざっと以上のようなものがハイデガーの現存在分析である。だが、ぼくらの存在感分析によれば、なるほど気働きに追われて生きている自分を省みることのないありようは非本来的である。だが、そうした生活からケガレて自分のありようを反省する機会を得る時、つまり存在観の経験をするとき、人は自分を動かしている気そのものを実感する。それが本来的なありようである。存在感分析が不満の思うのはハイデガーのいう本来的なありように生命的なものの実感がないところである。

それが端的に窺えるのは、ゾルゲという言葉である。ハイデガーは自己の存在への配慮——つまり本来的ありようへ向かう心掛け——のことを「気づかい sorge」といっている。「自己性は実存論的には、本来的な自己で在りうることにそくしてのみ、すなわち気づかい sorge である現存在の存在の本来性にそくしてだけ読みとられるべきなのである」(第三篇四四〇/322)、と。なるほどハイデガーにとって「気づかい」とは人間をその本来的存在に引き止める働きがある。だが、その「気づかい」を意味するドイツ語「ゾルゲ sorge」には日本語に含まれる気の意味素が含まれているわけではない。「ゾルゲ」にはその訳語の「気づかい」に含まれているような生命的なものの含意がない。まことに「気づかい」という日本語が示しているのは、現存在とは気配りをして気の具体的実現としての生活を律していくケのありようである。だがドイツ語の「ゾルゲ」にはそうした生命的なものの感じがない。

それればかりではない。ハイデガーは、そうした日本的な気づかいを、日常への堕落であり、非本来的な在り方であるとしている。それで人間存在は時間的な存在であり、それには確実に終焉がくる、つまり死ぬのだという死の意識を導入することで本来的な実存へと覚醒させ、本来的な人間たらしめようというのである。「死へとかかわる存在にあって現存在は、ひとつのきわだってしるしづけられた存在可能性としての、じぶん自身へとかかわっている。日常性における自己は、これに対して〈ひと〉であって、〈ひと〉は公共的に解釈されたありかたのなかでそのありかたは空談のうちで言いあらわされている」（第三篇一四二）という次第である。ちなみにこの「公共的に解釈されたありかた」がぼくらのいう呪縛する自己の存在感を形成するものである。そしてそれから存在観によって離反しようとするのが存在感分析である。

もっともハイデガーにしてからがそこらへんの事情はちゃんと心得ている。じっさい「現存在は日常性について息苦しさに『悩み』、その息ぐるしさに沈み込むと、さまざまな用事で気散じしようとし、あらたな気晴らしZerstreuungをもとめるというかたちで、その息苦しさを回避しようとすることがある」（第四編二〇八／371）などと書き留めている。これはまさにケ、ケガレ、ハレといった気の振る舞いを描いているといっていい。とはいえこれはドイツ語にはない、日本語訳の勝手な振る舞いである。「ゾルゲ」に気の含意はないのと同様に、「ツェルシュトロイウンクZerstreuung」にも日本語の〈気晴らし〉が含意する気の意味素はない。しかもハイデガーはそうした日常性について「実存は瞬視において［…］日常を制することがある」（同）などといっているのだ。ぼくらも存在観によって気の循環たる日常性を離脱する。が、それはひとえに気の生命的なものを回復するためである。ぼくらは、自己の生を意識する実存ではなく、そうした自己意識を生命的な気そのもの（つまりは存在するもの）に全面的に一体化することで解消しようというのである。それこそ本来的存在感の内実であり、日本の常民の生の形なのである。

こうした生命的なものを忘却しているハイデガーのありようは——そしてその対比でより鮮明になるぼくらの立場は——九鬼周造を話題にした日本人との架空の談話『言葉についての対話』にはっきりと読み取れる。まずもって問う人（ハイデガー）は対話者（日本人）に向かって粋に関して「九鬼との対話では、いつも遠くからおぼろげに感じられるだけ」（九）だったといい、粋については結局よくわかっていないと正直に白状している。ところが相手が九鬼は粋を美学の観点から考察したというと、ハイデガーは日本的なものを西欧の概念でとらえることの意味を問い糺すことになる。そこから西欧と東洋が接触した際の理解し合うことにおける言語の役割の話題に移り、結果として言語の本質そのものの考察へと対話は展開していく。ハイデガー得意の「言語は存在の家である」（五五）といった話にもなる。そんななかでハイデガーはこう言っている。「私は存在ということで、形而上学的に表象された存在者の存在のことを言っているのではなく、存在の本質が現ずること、より厳密には、存在と存在者の二つ折れの本質が現ずることを考えています」（六九）、と。これは平たく言えば、存在の二つの意味である〈あるもの〉と〈あること〉である。存在するものと存在すること、存在者と存在、小文字の存在と大文字の存在の対比をもっぱら問題にしていた『存在と時間』のハイデガーとはすっかり変貌した印象を与える。存在の本質の現れを実感することを追求しているからだが、その「存在の本質が現ずること」の意味を明確にするためにギリシア精神を参照する。

ギリシャ人が初めて、パイノメア（現れるもの）、現象をそれ自体として経験しました。［…］現前するものに対象性という特性を刻印し、そこに押し込めるなどというのは、彼らのあずかり知らぬところでした。［…］パイネスタイ（現れる）というのは、ギリシャ人にとって、自らを輝きの中にもたらす、その中で現れる、ということです。（九六）

ここでハイデガーは「現れるもの」に言及している。だが、存在者の正体については不問に付している。そしてただちにそうした存在の現れを引き受けるのが言語であると議論を言語論に持っていくのである。「語というのは目配せであって、単なる呼び名としての記号ではない」（七四）。言葉は存在への目配せであり、それが「言いとしての言語の本質」（一二五）である。「言い、それは［…］あの本質を現ずるもの」（一二二）なのである。その結果、日本人もまた初めのうちは、粋とは「感覚的な輝きが生き生きと魅了することを通して超感覚的なものがすけて輝きでてくる」（三七）ことだといっていたのだが、最終的には「いきとは、優美だという感を与えるもの」（一一二）であり、「いきは、輝ける魅了の静寂のそよぎです」（一一四）ということになる。対話者のモデルが手塚富雄であったとしても、すべてはハイデガーの創作であり、こうした〈粋〉論の責はひとえにハイデガーにある。したがってこれがいかに九鬼周造の粋と相違するものかを知るには、ざっとでも『「いき」の構造』をめぐってみる必要がある。

九鬼は粋の本質をはっきりと生命的なものととらえている。なるほど九鬼もまた「いき」を西欧の形而上学の枠組みで考察しようとしている。だが、その核心は、末尾に付された注二九の「いき」の語源の研究に端的にあらわれている。そこでは粋はあくまで〈生き〉なのである（二五三）。九鬼はこう書きとめている。旧仮名使いや漢字を現代表記にあらためながらその抜粋を引いておこう。

「いき」の語源的の研究は生、息、行、意気の関係を存在学的に解明することと相まってなされねばならない。［…］「生」が基本的地平であることはいうまでもない。［…］「生きる」ことに二つの意味がある。［…］第一には生理的に「生きる」ことである。異性的特殊性はそれに基礎づけられている。したがって「いき」の質量因たる「媚態」はこの意味の「生きる」ことから生じている。［…］さて、「息」は「意気ざし」の形で、「行」は「意気方」と「心意気」の形で、いずれも「生きる」ことの第二の意味を与料している。それは精神的に「生きること」である。「いき」の形相因たる「意気地」と「諦め」とは、この意味の「生きる」ことに根差している。そうして、「息」および「行」は、「意気」の地平に高められたとき、「生」の原本性に帰ったのである。換言すれば、「意気」が原本的意味において「生きる」ことである。（一五三）

どうだろう、ここに窺えるのは「いき」は本来「意気」であり、美学的なものではなく、超感覚的なものではなく、まさに「生きること」であり、生命的に把握されている事実である。意気もまた気であり、存在感分析の核心と通定している。してみれば、こうしてとらえられた「いき」はまさに日本的な根源的存在感のひとつの形といっていい。そのことを明示する文言が、この名著の末尾に示された「いき」の定義である。「運命によって『諦め』を得た『媚態』が『意気地』の自由に生きるのが『いき』である」（二五〇）、と。ここには「いき」の根源的存在感を持して軍国主義的な現実へと回帰した九鬼の必死の実在感がある。つまりこれはこんなふうに読めるだろうからである。明治日本が半植民地から植民地主義へと反転し、大陸侵略へと赴く歴史の趨勢を日本人たる自分の運命と明察し（諦め＝明らめ）、なにものにも捕われることなく国家に献身する心意気（意気地）の生み出す、それは、生の実感であると。ここにはなにやら艶めかしい媚態があるが、それが九鬼の〈いる〉の感じである。たとえその当否はどうであれ。

(5)〈いる〉の病理としての自己の存在感の喪失——水島恵一の『自己と存在感』

なるほどハイデガーの現存在分析は、ある意味で〈いる〉が陥る存在の忘却という病とそのセラピーを扱っているといえる。とはいえその場合はあくまでメタファーとしての病である。だが、〈いる〉の病を文字通り病理的病として扱っている例がないわけではむろんない。たとえばここで取り上げる水島と次節で参照するテレンバッハである。

ぼくらは将棋三昧の境地にあるときとか、仕事に追いまくられているときには自己を忘れている。これは病ではない。だが、外的なショックで脳震盪を起こして茫然自失しているとか、記憶喪失によって過去の自分を忘れるといった場合は病的といっていいかもしれない。いずれにしても自己の存在感を感じてはいない。だがそうした自己の存在感の亡失とはいささか違った症例がある。

たとえば自分の不本意な仕事を強要されたり、しかたなく日課をこなしたりしているとき、人は行為している自分とそれを眺めている自分の間に亀裂が走る。しかも行為している自分をどうしても自分と認めることができないで、本来の自分は別にあるように思える。結果、自己の不在を思い知り、自己の存在感を感じられなくなる。これはマルクス主義のいう労働疎外による自己疎外であるが、理想と現実が一致しないとき、現実の自己とそれを眺める自己が一致しないとき、ひとは現実の自己を自己として同定できなくなる。挙句、自己の存在感は失われ、やがてそれが昂じて病となる。こうした自己の存在感の喪失を病理として捉えたのが水島恵一である。日本で「存在感」という表現を学術用語として定着させようとした試みは、管見によれば、水島恵一の『自己と存在感』だけであろう。

水島は自分を自分と認めるとき存在感が生まれるとしている。そしてそれを厳密に定義するために認める自分と認められる自分を作用的自己と対象的自己と規定してこういっている。「作用的自己と対象的自己が統合されているとき、人は『存在感』をもつ」（三一七）、と。現実の自己とそれを眺める自己の一致であり、ぼくらのいう自己の存在感にあたるといっていい。ところが、水島によれば、自分を伝統的な因習的なものの見方で眺めるとき——そうした眺め方をする自己が「ユークリッド的作用的自己」なのだが——自己喪失という病状が発症するというのだ（三一八）。これはぼくらの言葉でいえば、自分を調教された人生観や価値観で反復眺めるとき発生する呪縛する自己の存在感である。ぼくらにしてみれば呪縛された自己の存在感も存在感に変わりない。だが、水島にしてみれば呪縛された自己の存在感はもはや存在感ではないのである。かくして水島はそうした伝統的因習的なものの見方から離反した「非ユークリッド的作用的自己」によって対象的自己を統合するとき純正の「存在感」が得られるとしている。そしてそうやって「存在感」が達成されるとき、精神を病んだ人ははじめて快癒に向かう。この「非ユークリッド的作用的自己」はぼくらのいう存在観であり、それによって対象的自己が再統合された時に発生する「存在感」は根源的存在感といっていい。

水島によれば、対象的自己は生活史を通じて構造化される。そしてその自己に呪縛されるとき精神の異常が発生する。それを癒すのがあらたな自己に対する見かたである。それがあらたな作用的自己であるというのだ。ただそれは非ユークリッド的な作用的自己でなければならない。なぜならユークリッド的な作用的自己は、個人的な存在であるが、非ユークリッド的な作用的自己は、普遍的で永遠の存在ないし力だからである。それは個人の身体や死をも超え、他の個人の作用的自己と同一のものであるという次第である（三一四—三一五）。

こうしてみると水島のいうユークリッド的作用的自己と非ユークリッド的作用的自己は、フッサールのいう現象学的還元以前の自我とそれ以後の「超越論的自我」にあたるのかもしれない。とはいえ水島はその作用としての自己（作用的自己）と対象としての自己（対象的自己）は、むしろフッサールの現象学におけるノエシスとノエマに近いのであって、通常の個人主義的自我理論における主我と客我の概念とはかけ離れていると断っている（三一四）。だが、ノエシスとノエマが志向的非存在の世界の概念であってみれば、水島の言う作用的自己と対象的自己はむしろ個人主義的自我理論に近いと思われる。つまりフッサールは、ノエマとかノエシスというときには生活世界からの現象学的還元によって得られる超越論的態度を採用しているのだが（たとえば『デカルト的省察』七四―七五参照）、水島は、依然として、生活世界の実証主義的な態度を保持しているからだ。フッサールが「ノエシス」と「ノエマ」というとき、それは〈知覚〉と〈知覚されるもの〉というふうに一般的に捉えられているが、これはもはや具体的な事物についてではなく、そうした事物についての意識のありようを説明したものである。意識の志向性のありようが「ノエシス」と「ノエマ」から成っているということだ。

存在感分析も現象学的還元以前の現象に拘っていることに変わりない。だが、ぼくらは〈存在感〉を水島のように限定しない。ぼくらにとって存在感は、存在についての意識である。それは事物や想念を看取するときに発生する。さらにはそれを概念で認知するときにも発生する。これは事物（対象）を概念（記号）で指示することで認識（解釈項）が発生するという記号過程なのである。ぼくらにしてみれば、水島の言う作用的自己と対象的自己の統合による存在感は、そうした記号過程によって発生する存在感なのである。したがってユークリッド的作用自己によって統合された場合でも存在感は発生している。むしろその存在感の快楽に執着するとき存在感の呪縛という病が発症するのである。ユークリッド的作用的自己によって統合されている生が行き詰るのは、そうした呪縛する自己の存在感がなんらかの原因で快楽ではなくなり、それから離反するとき、つまりケガレたときなのである。そして水島がユークリッド的作用的自己による統合の病を非ユークリッド的作用的自己で再統合することで救うというときは、それは呪縛する存在感を存在観の達成によって解縛するときということになる。水島はそれを心理療法的に達成しようとする。だが、存在感分析は、文学を読むという特権的な手法で――そうやって言語の修辞的効果に感応することで――それを達成するというのである。それが存在感分析のセラピーである。

(6)〈いる〉の変調――気違い・気狂いとテレンバッハ

人間は日々〈気配り〉し〈気遣い〉して過ごす。その結果〈気疲れ〉する。あるいは悩みごとにくよくよし〈気に病む〉。気が病んでしまう。また〈気塞ぎ〉になり、ケガレの状態、つまり気＝活力が枯れることもある。それを〈気晴らし〉して、憂さを晴らし、またぞろ元気を取り戻す、元気の気を取り直すのである。だがそうした気分転換がうまくいかないとき、気が滅入ったままになる。それが昂じれば〈気鬱〉となり鬱病になる。さらにその病状が悪化すれば、気が狂い、気が違うことになる。〈気狂い〉、〈気違い〉になる。その状態を第三者がみてキツネが憑いたとか死者の霊がとりついたなどと解釈するとき、そのひとは正真正銘の狂人となる。これが民間に流布していた（いる？）俗流の日本的な気の民俗病理学である。

精神医学は、精神分析を含めて、そうした民間療法とは無縁なところで発達している。たとえば『味と雰囲気』によればテレンバッハは自己臭症などの症例から精神分裂病に至るまでの、臭覚、味覚などを含めた口腔感覚の重要性を指摘している。そして精神の病に至る過程で、その端緒に見受けられる臭覚などによる外界の雰囲気化、気分化という現象に着目している。というのも匂いは——アロマテラピーのあるごとく——ぼくらのすみずみまで気分づけ、そのことでぼくらを意のままにしているからである（一一八）。その口腔感覚に狂いが生じると精神の病になる（一一九）。たとえばストリンドベリはその病んだこころの体験する敵意を孕む雰囲気を臭覚で表現している。「アブサンが来てすべてがうまくいくが、やがてアンモニアのものすごい悪臭がいまにも私を窒息させそうになる」（一二八）という具合である。

ところで精神病が雰囲気化といったものから説明されるとすれば、雰囲気、気分はまさに文字通り日本語の気とかかわるわけで、それは気の狂いとして説明できなくもない。実際、テレンバッハは、木村敏を援用しながらこんなことをいっている。「個々の人間は全体の根源に対して雰囲気的なものというプネウマのなかで関与している。共在は根源への雰囲気的なかかわりを基礎においており、それゆえなによりも雰囲気的な共在である。〔…〕そのことがたぶんもっともはっきりあらわれるのは、〔…〕日本語で『気が合う』（いわば『気』の一致）と呼ばれる事態にほかならない。このように気はいっさいの理解の可能性の前提をうちにふくんでいる」（六二）、と。テレンバッハ（その引用元の木村敏）の言を待つまでもなく東洋の宗教や哲学思想では、気は人間存在の核心にある。よしんば気を宇宙の本体とするような神秘主義的な思弁をとらないで、気をたんに宇宙のエネルギーとか生命力の別名としても事情は変わらない。すでにふれたように〈気違い〉といった言葉を持つ日本語を生きるぼくらにしてみれば、気の現れである気分が人間の精神病理とも深い関係があることは当然といえば当然なのである。

テレンバッハによれば、この雰囲気的なものを媒介として現存在の溶解がおこる。つまりケによって管理される気の堅固なありようが、気分の変調によって管理不能に陥ることになるというのである（一三四）。結果として気分はさまざまな形をとることになり、そこにさまざまな症例もまた発症する。それは「現存在が雰囲気的な凝集状態からあらたな形態へと――正気としてであれ、狂気としてであれ――結晶」（一三四）するときなのである。これを正気として結晶させるものが統合する主体である。まことにそうした主体が失調しているから分裂病つまり統合失調症が発症するのである。そこで失調を回復するために、テレンバッハは自己の独創的な療法を開発し、臨床例を積み上げてきたわけである。ぼくらはといえば、この気の変調、気分や雰囲気の変調の背後には生理的次元の変調があると考えるものである。統合失調症は精神分析や現存在分析や存在感分析の手に負えない守備範囲外の代物なのだ。とはいうものの、そうした脳内の生理的次元の変調を心理的次元で、さらには形而上的次元で経験するのがぼくらの生であることにかわりはない。存在感を生きるとはまさにそういうことだ。

今日の精神医学では、統合失調症は脳内のシナプスとシナプスの情報伝達にかかわる精神伝達物質の異常に関係があるとしている（上島一三六―一四五）。たとえば一般に気分の高揚には神経伝達物質のひとつドーパミンが作用しているのだが、それが過剰に分泌されると、妄想とか幻覚が発生し、統合失調症の症状を呈することになる。そこでその分泌を阻止するための抗精神薬が処方される。それが一九五五年日本に登場したクロルブロマジンで、その後三環系や、副作用のより少ないＳＳＲＩ、ＳＮＲＩ、さらに今日ではアルピプレゾール（商品名エビリファイ）などが登場している。鬱病は憂鬱状態が慢性化したものである。じつはこれはシナプスが、せっかく分泌した神経伝達物質であるセロトニンやノルアドレナリンを再取り込みしてしまうことから発生する。そこで、そのとりこみを阻害するＳＮＲＩ（ミルナシプランやデュロキセチン）といった抗鬱薬が処方されるといった具合である。

人間の気分や人格を統合する自己（統覚の主体）の存在もシナプスの作動や脳内物質の作用の結果であり、その変調は、脳内生理学的な統合するメカニズムの不調のゆえに生じる。ぼくらにできることは副作用に耐えながら薬を飲んでいささかでもそうした変調を基に戻すことしかない。しかもそうした薬学的療法はいまだ確立しておらず、悲観的展望すらある。それで今のところぼくらの手中にあるのはせいぜいのところそうした脳内物質の作用に他ならない気分を経験し――その存在感を実感し――、脳内物質の分泌などをかろうじて統合している脳の作用の結果である自己の意識（自己の存在感）を内観することぐらいだ。そしてあわよくば、言語の効果に感応し、存在観を達成することでしなやかでしたたかな主体を形成し、変調をきたした脳化学的なメカニズムに向けて反作用する可能性などを夢見るほか手がない。

自己の存在感は形而上的な経験である。それは形而下の脳生理学という物質的過程に依存している。ということは、ここで改めて存在感の発生といった形而上的経験を、記号過程へと回帰させ、さらには物理記号過程を含めた自然史へと回帰させる必要が生じるのである。それは物理記号過程や動物記号過程にも四極構造が作動しており、それが人間の心の病を癒し社会構造の矛盾を変革するメカニズムであることを確認する作業となるはずである。だがそれはもはや第二部の仕事である。

4 〈今ここに私はいる〉の〈感じ〉

自己の存在感は〈今ここに私がいる〉感じである。すでに〈今〉〈ここ〉〈私〉〈いる〉についての素描がなされたが、最後に〈感じ〉についても触れておく必要があるだろう。

（1）キーツと feeling の意味素

辞書はかならずしも引くものではない。読むものでもある。これはすでにぼくらが何度も実践してきたところだが、今、手元の英語の辞書を読んでみると、feelingには、さまざまな意味が項目ごとに整理され列挙されている。まずは、〈手触り〉といった〈触感〉や〈感触〉、その〈感覚〉の意味がある。これは、ぼくらに外在するものの、対象の存在感を伝えるものである。だが同時に手で触れて得られる感触といった主観的感覚を表している。またfeelingは、触覚を自覚するぼくらの心理や意識も、ちゃんと〈心持〉や〈気持〉の項目でとりあげている。それらは解釈項の存在感を喚起するものである。さらには〈意見〉、〈思い〉、〈予感〉といった意味素は、観念の存在感つまりは記号の存在感を表すものである。フィーリングという言葉は、なんとぼくらの存在感の意味の全領域を一語で賄っているような風情である。〈今ここに私がいる〉の感じはそうしたすべての経験を含むのであり、ぼくらが存在感の現象学ということで検討してきた当のものである。

だが、それればかりではない。フィーリングには〈感想〉といった意味もある。これは小説を読んで一定の読後感をもつような場合である。それにフィーリングには、芸術作品が与える効果ばかりではなく、そこに込められた作家の〈感情〉や〈情感〉といった意味合いもある。実際、ワーズワスは、『抒情詩選』の序文で、feelingならぬemotionという語を用いて、詩とは「平静さのなかに想起された情緒emotion recollected in tranquility」(425)であるといっている。詩人は、自分の経験した圧倒的感情を静かに回想した後読者に伝えるものだというのだ。

たとえばワーズワスは「白い一片の雲のように、私は一人悄然とさまよい歩いていた」(平井正穂訳一六二)と始まる有名な短詩で、散歩の途中おびただしい水仙の群れに出逢って見とれたが、その場では思いもよらなかったその経験の真の意味を後日退屈無聊の際にふとそれが心に浮かんだ時ルソー的な自然との一体感の至福を味わったと書いている。この場合、水仙に出逢ったという出来事はたんに報告されているだけでこれは〈感想〉といったものだろうが、その回想の際の至福感はまさに詩人の〈感情〉や〈情感〉の表現といっていい。

ところがそうしたワーズワスが先蹤となったロマン派の詩人たちは、古典的な形式を打破して、自由な詩の形式を採用し、自分たちの感情を十全に吐露しようとした。ハーバート・リードは、その評論集『感情の真実の声』*The True Voice of Feeling* で、そうした近・現代詩の採用した特殊な形式を「有機的形式」と定義している。それは詩の「形式の生命」というより詩人の「生命の形式」であり、それを採用することは、最後のロマン派詩人イェーツの言葉でいえば、「自分の感じていることを十分に信じていることの証」なのだと言っている(9)。これはまさにルソーの喝破した「存在するとは感じることだ」という宣言を先駆とするロマン派の伝統に棹差すことである。この場合、感情(フィーリング)は、自分の感じていることであり、激情についての感じではなく、激情の源の感じそのものである。そうした感情の存在を珍重し、さらにはそれを実感している自己を後生大事とする態度である。まさにここにある話題の中心はもっぱら感情の存在感であり、感情の経験によって触発される自己の存在感である。その感情はまさに純正の生そのものの発露であり、それに自覚的であるからして、この存在感は根源的存在感なのである。

このリードの評論集のタイトルは、リード自身が紹介しているとおり、キーツのジョン・ハミルトン・レイノルズ宛の手紙から引かれている。そこでキーツは、『ハイペリオン』を断念した理由として「技巧から生まれた偽りの美と感情の真実の声 a true voice of feeling」(60)の区別が出来なくなったからであると弁解している。だが、別の書簡では、ラテン語の語法などを駆使しているミルトンの技巧は「英語の堕落」であって、「チャタトンこそ英語の純粋な書き手である」(61)と論じている。だとするなら、ここでキーツは単なる詩人の個人的感情というよりも詩作品の醸し出す情感やその用いる言語の効果について語っているように思われる。そしてキーツはチャタトン的な情感とその表現法に共感し、そこにイギリス詩の正統を実感している。そこに伝統の存在感を感じ取っている。そのうえでキーツは、自分の「感情の真実の声」をチャタトン的な形式、言語によって表現したいと述べている。この真実の感情の存在こそ、キーツの本来的存在感であり、その根源的存在感の源泉ということになる。そしてそれをチャタトン的形式で歌おうとするときキーツはそこに自己のアイデンティティの存在感を看取しているのだ。

だが、こうしたキーツのいう感情 feeling は、かならずしも哲学的な原理として捉えられてはいない。たとえばロレンスの宇宙的生命といった形而上学的なものとしてとらえられているのではない。それは存在そのものの感じではなく存在することの感じである。つまりは「感情の真実の声」を下支えする生命的なものというか存在そのもの――存在の実体――の感じを語っていない。この後者の例としてはすでに検討したウィリアム・ジェイムズ、前者にはパースやホワイトヘッド、それにドゥルーズがいる。

(2) ホワイトヘッドの「感じ」

パースは、フッサールとは違った意味合いで現象学を遂行し、世界を偏見なく眺めるとき、世界は第一次性、第二次性、第三次性の三つに分けられるといっている。そしてその第一次性には、いろいろな属性が賦与されているが、その中心的情態をフィーリングと命名している。その第一次性からそれに対する抵抗として物質界が発生し、両者を受け止める領域として慣習や意識が誕生する。してみればパースはフィーリングを宇宙の存在原理としているといっていい。そうやってフィーリングをこの世の存在の原初に定位するとき、パースが継承しているのはロマン派的な世界観である。実際、パース自身が証言しているように、エマソンらのトランセンデンタリズムの影響下でその思索を開始していたからである。こうした経緯はホワイトヘッドにも窺える。ホワイトヘッドもまたイギリス経験論をイギリス・ロマン派の視点から批判的に乗り越えようと努めている。

ぼくらは何の気もなしに「太陽が昇る」とか「月が沈む」という。が、経験論ではその「太陽」とか「月」、「登る」とか「沈む」といった事物や事象の名前、観念と、それが指す対象である事物や動作を峻別することはできるが、その事物や事象そのものは理解できないと考えている。ロックにしてみれば、太陽と名付けても太陽そのものを理解することはできないし、それが本当に存在しているかどうかはついに判断できない。してみればロックの経験論では、人間は、かろうじて現象の経験によって得られた観念をたよりに、不可解な実在をまえに、右往左往しているにすぎない。常識的には人間は「日が昇る」と判断した場合には、太陽の実在を信じて疑わないし、明日もまた太陽が昇るものと思い込んでいる。だが、ロックの後継者ヒュームは、「日が昇る」という現象をたとえ何度経験しても明日もまた日が昇るとは断定できないと断定する。それは観念連合の結果としての因果関係による判断でしかないのであり、あくまで慣習的な人間の心の働きにすぎないと批判するのである。

イギリス経験論が明示した、そうした危うい人間のありようを、その不可解な深淵を、不可解として突き放すのではなく、独自の実在論を基礎にすえた形而上学によって理解しようというのがホワイトヘッドなのである。そのさい、ホワイトヘッドは、現実（現象の背後の実在）とはいまだ実現していない事態が実現へと向かう過程なのであり、現実とはそうした非実現の過去の解釈の過程なのであるとする。ホワイトヘッドの哲学が過程の哲学と言われるゆえんであるが、そのうえで、非実現の過去はまずは「感じ」（抱握）として捉えられるというのだ。じっさいホワイトヘッドは『科学と近代世界』で「実在とは過程なのである」（九七）といい「われわれは、自然をもろもろの抱握的統一より成る一複合体と考える暫定的実在論に満足してよい」(九七) と断じている。

パースと同様、ホワイトヘッドもまた、ロマン派に傾倒し、ワーズワスこそ自分の有機体論の先駆であるとしている。だがその直接の師匠はブラッドリーである。その『観念の冒険』でホワイトヘッドは、「ブラッドリーは、経験の基礎にある原初的な働きを表現するため、〈感じ〉という用語を使用している」(三一八) といっている。そしてこんな風に自説を解説している。「このブラッドリー説に呼応して、私は感じ (ないし抱握) a feeling [or prehension] を、ブラッドリーのいう『私の手前にある対象』である『与件』と、ブラッドリーのいう『生ける情緒』である『主体的形式』と、そしてブラッドリーのいう『私』である『主体』とに、分析する」(三一九／159)、と。ここでブラッドリーは、日常人の経験の基礎固めをしているのだが、興味深いのは、ブラッドリーの思考にも、それを継承するホワイトヘッドにもまた記号過程がうかがえることである。「与件」は対象、「主体的形式」は記号、「私」は解釈項といえるからである。

こうしてホワイトヘッドは、自分の哲学をふつうの人間の現実感覚を照らし出すもの考えている。これはまさにぼくらのいう常識主義である。ぼくらは木をみれば木の存在とそれを見ている自分の存在を確信している。その直感は説明できない第一原理であるとトマス・リードはいう。だがホワイトヘッドはそれを独自の形而上学で説明しようというのである。まことに根源的常識主義のひとつの試みといっていい。

これは、こうしたホワイトヘッドを現代の最大の哲学者と看做すドゥルーズの基本的な姿勢でもある。パースやホワイトヘッドやブラッドリーが依存しているのは第一次性の原理の存在感である。ドゥルーズが『記号と事件』で、自分の哲学を生気論の枠をこえるものではないと規定するとき (二八九)、それは第二次性の対象の領域を志向している。ドゥルーズは、まずもって宇宙の根源を生命的なものとしてとらえている。それは記号によって理解される以前の対象である。なによりも肝心なのは、世界が自分の感覚にいきいきと看取されることだと考えたからである。これは世界をたんなる〈もの〉としてではなく、〈生命的なもの〉として理解することである。つまりは現象の背後にある実在の感触を生命的なものと看做すことであり、そこに生まれる存在感は、正真正銘生命的なものの存在感である。ぼくらのいう気とはそうしたものの東洋的なというよりも――たとえ圧倒的な中国の文化の影響下にあったとはいえ――特殊日本的な呼び方にすぎない。ともあれ、ドゥルーズは、そうした生命的なものを潜在性と捉える。そしてそれがいかに時間や空間、統覚の主体といった現動性として発生するのかを差異や反復といった概念で説明しようと企てたのである。この発生論的な発想はヒュームに学んだのだが、かくしてそうしたみずからの思弁をドゥルーズは超越論的経験論というのである（國分六六）。これもまたぼくらにいわせれば根源的常識主義に棹さすものということになる。〈今ここに私がいる〉という感じにはそうした生命的なるものが、意識すると否とにかかわらず、作動しているのである。それが実体としての自己の存在感の感じの内実である。

こうしてまがりなりにも、とはいえかなり厚塗りの存在感の概要ができあがったわけだが、次なる問題はそれがいかに発生したかである。第二部では心理的さらには形而上的な経験としての存在感がどのような自然史をへて出現するに至ったか、またその存在感が社会においてどのように具体化されてきたのかを検討する。

第二部　存在感の生成と展開——記号過程の自然史と社会史

トマス・マンは『魔の山』でこんなことを書いている。「生命は物質でも精神でもない。物質と精神の中間にあって、[…]物質から生まれた一現象である。[…]生命は物質ではないが、[…]自分自身を感じうるほどにまでなった物質の淫蕩な姿、存在の淫らな形式である」(上五七二—五七三)。ここに読める「自分自身を感じうる」と「存在の淫らな形式」という文言が、ぼくらのいう自己の存在感とそれを生み出す生の形に当る。自己の存在感については第一部で検討した。第二部では、自己の存在感を生み出す「物質の淫蕩な姿」、「存在の淫らな形式」を取り上げる。つまり物質と精神の間にいかにして感覚や意識が誕生するのかを見てみたい。さらには感覚や意識からいかにして社会の形が形成されるのか、そのメカニズムを探ってみたい。

第1章　意識の自然史あるいはその発生と展開の記号学と脳科学

1　宇宙論——神話から形而上学をへて天体物理学へ

存在感（または存在についての意識）の発生の自然史を考える場合、そもそも当の自然の誕生つまり宇宙の生成から始めなければならない。さらに遡れば、非在から存在への移行も考えねばならない。とはいえ、そこにはすでに古今東西さまざまな思弁が展開されている。

『バガヴァッド・ギーター』ではアルジュナはクリシュナを「あなたは不滅のものである。有であり非有であり、それよりも高いものである」（九九）と称えている。当のクリシュナはそれを知れば不死に達するところの知識の対象を教えようといって「それはブラフマンである。それは有とも非有とも言われない」（一〇八）と説いている。二人の言説には存在というか非在以前への形而上学的な想像力が働いている。

アガンベンの『バートルビー』によれば、アリストテレスのいう「潜勢力とは存在することも、しないこともできる」ことであり（一六）、潜勢力には現勢力に移行するものと潜勢力に留まる「非の潜勢力」（一五）がある。アリストテレスの場合それらは物質のありようを説明するものであるが、アガンベンは非在から存在への移行の説明に援用して「神秘家やカバラー学者が創造に先立つものとして前提しているのがまさに［…］闇の物質である神的な潜勢力である」（三六）などといっている。「創造の現勢力は神が深淵に降りていくことであり、その深淵とは、神自身の潜勢力と非の潜勢力の間［…］に開けた深淵に他ならない」、と。これは埴谷やブランショの眺めたカレ（カレ）の非在の風景である。この非在から存在への移行の説明は無からの創造説によるものだが、ほかに流出説がある。たとえばプロティノスは万物の生成は一者から流出したヌース（理性）の働きによるとしている。

これを具体例でみれば、ブレイクの創作神話では物質世界はアルビオンという霊的存在の天界からの堕落の過程でその心的能力を司る四つのゾアの相克をとおして生まれ出る。詳しくは拙著『ウィリアム・ブレイク研究』などを参照していただきたいのだが、これはプロティノスなどの新プラトン主義的流出説に基づくものである。が、その四つのゾアがこの世（物質界）を形成するわけで、そこにはグノーシス派的な下級神による創造説が採用されている。とはいえ、堕落した物質界に、それは宇宙卵としてイメージされているが、救世主イエスがそれ以上の堕落を防ぐために「不透明と圧縮の限界」を設ける。これは神による創造への介入である。そして最終的には（キリスト教的には最後の審判で）この宇宙（この世）は崩壊し、救われた存在は霊界に回帰するのであってみれば、そこには宇宙は生成し消滅するという思想がある。さらにいえば、ブレイク（そしてスウェーデンボリ）によれば、堕落した宇宙と霊界とは照応している。ということは一定の原理（たとえば記号過程）といった原理が天界にもこの世にも共通にあるということだ。またブレイクの神話では、このアルビオンのような霊界の巨人は多数存在していて、それぞれ別個に活動しているのだが、それが統合されると最終的にはイエスになるとされている。してみるとブレイク神話ではこの世と違った別の宇宙が複数存在するということになる。これはもはや並行宇宙論というか多宇宙論《マルチバース》（クラウス二四九）に近い幻想である。

宇宙生成についてパースはイデア界の堕落したものが現存する宇宙であるとしている。その堕落をイデアの「縮減」（『著作集』3、一一二）といっている。この着想は前節で紹介したブレイク神話にも圧縮といったことで登場していた。これは、イデアという概念が個物に縮減して存在するというスコラ哲学の実在論から想を得たものである。伊藤邦武が『パースの宇宙論』で言うように、パースにも多世界宇宙論的な宇宙観があり、現代の量子論的宇宙論を思わせる発想がある。

パースは第一次性の偶然から習慣としての法則性といった第三次性が生まれるとしている。その場合、混沌とした偶然から一定のイメージが生まれることを、無数にひかれた斜線から卵型が浮かび上がるという例で図示している（『連続性の哲学』二六五）。それを「宇宙の卵 the ovum of the universe」といっているのだが、これはブレイクのいう「宇宙卵 the Mundane Egg」（大熊一九九七、九九―一〇一）を想起させておもしろい。とはいえもっとおもしろいのは、偶然から習慣が生まれるという思弁的な論理を例証しようとしたパースではない。伝統的な宇宙卵といったイメージを無意識的にも想像して、それに拘るパースのほうである。つまり伝統的イメージ（＝呪縛する自己の存在感）に執着しているパースに人間としてのリアルを感じてしまうからである。

だが、根源的常識主義に立つぼくらは、そうした観念論ではなく、唯物論的に物質の自然史として記号過程が誕生し、自然言語が生まれ、その効果としてパースの形而上学を含めて、さまざまな思弁が展開されると想定している。唯物論的な記号学者シービオクは、「宇宙がいかように発生したとしても、エネルギー－情報という第一級の記号の産物であるか副産物である」（一九八六 39−40）といって第一次性の記号が「エネルギー－情報」という形で生まれるとしている。そして次のように書いている。

記号が複雑な体系を理解するための見込みのある鍵であるなら、それはエネルギー－情報という対の属性を持たねばならない。伝統的な記号学を超えるためには、一般記号学の探究者は情報とエネルギーの双方を含む力動的な過程を扱ってきたからである。生態学や経済学といった夥しい相補的で重なり合う記号学的学問領域があるが、そこで記号学上無視されてきた要素は情報、伝達、あるいは意味なのである。（40）

ここで、エネルギーは熱力学でいうエネルギーであり、情報とは自然法則である。シービオクは、記号といった場合、その両者を包含すべきであるというのである。実際パースは記号の第一次性にフィーリングを含めており、さらにそれが観念ともなる。かくしてシービオクは、自然史にはパースのいう記号過程の三項が作動しているという。「宇宙は記号とともに発生した」（40）のであり、「この［宇宙という］三次性［解釈項］は二次性［対象］を想定し、その二次性は一次性［記号］を想定する。自由なエネルギー－情報からの進化、相互作用、伝達、意味、知識体系に収められた濃縮された知識はすべて宇宙－組織の個体発生の副産物である」というわけである。

これを高エネルギー研究所の「キッズサイエンティスト」（www2.kek.jp）によってすこし具体的にイメージしておこう。宇宙は「真空のゆらぎ」から生まれ（クラウス二〇一六）、インフレーションと呼ばれる急激な膨張によって過冷却状態になると、真空に蓄えられていたエネルギーが急激に解放されて宇宙は熱い火の玉となったが、それがビッグバンである。だがなぜ「真空のゆらぎ」生まれ、インフレーションを起こしたかはわかっていない。（ぼくらにいわせれば、真空の記号の三極構造からあらたな記号構造が生まれることだが）わかっているのは宇宙には四つの力（相互作用）があり、それが重力、強い力、弱い力、電磁気力の順に生まれて現在の宇宙になったということだ。目下この四つの力の統一理論が模索中で、電磁気力と弱い力は電弱統一理論としてまとめられたが、その両者と強い力を加えたものは大統一理論として、またそれに重力を加えたものは超大統一理論として構想されている段階である。だが、それをわきまえたうえで、宇宙生成を記号過程的に説明しておこう。シービオクによれば宇宙は記号から誕生したのであり、それはエネルギーと情報からなっている。これはぼくらの主観的経験の場合の統覚から直感と直観が分離するさまあたる。宇宙は発生時（「真空のゆらぎ」）の記号であるエネルギー－情報（これは正体不明）が、情報とエネルギーに分離するわけだが、まずもって情報である超大統一理論＝記号が初期の巨大なエネルギーである対象を解釈した結果生じた解釈項が、重力の分離した宇宙ということになり、そうした重力を分離した宇宙を対象としてあらたな記号（超大統一理論のなかの大統一理論）が作動して生まれた解釈項が強い力の分離した宇宙であり、さらにあらたな記号（超大統一理論のなかの電弱統一理論）が重力と強い力の分離した宇宙という対象に作動して生まれた解釈項が弱い力と電磁気力の分離した宇宙となり、結果として今日の四つの力からなる宇宙が存在することになったという寸法である。

宇宙生成は唯物論的であるが、単なる機械論的な過程ではない。記号はエネルギー－情報であるが、そのエネルギーは現勢力＝エネルゲイアであり、生命的な活力である。それが記号過程という情報によって具体的な自然として形成されるとぼくらは考えている。ブレイクの『天国と地獄の結婚』の「悪魔の声」

には、Energy is eternal delight.（149）とある。これはふつう「活力は永遠の歓びである」などと訳されるが、この活力はエネルゲイア（現勢力）であり、生命的なものなのだ。日本民俗学的にいえば気であり、その気という現勢力（エネルゲイア）が記号過程という作用因にしたがってケ、ケガレ、ハレ、カレへと具体化されるのが、具体的生の形なのである。

いまぼくらは記号過程を作用因であるといったが、これは正確には作用因と形相因と言わねばならないところである。ディーリーによれば記号過程は、アリストテレスの区別した四原因である形相因、質量因、動力因（作用因）、目的因のうちの形相因に当たる。「記号の振る舞いをもっともよく説明する因果性のタイプは目的因ではなく、特定化する〈対象的な〉タイプの外在的な形相因である」（170）というのである。ディーリーはパースの記号学を体系的に展開して『記号学の原理』を書き、さらには『新たな方向性』ではそれをひろく哲学史のなかに定位している碩学である。だが、記号の振る舞いには動力因を考える必要がある。シービオクにしてからが記号はエネルギー－情報としているわけで、記号にはエネルギー（作用因）と情報（形相因）の二つの働きをみるのが妥当だろう。作用因とは一定の目的を達成するために、物質に一定の形相を付与する働きかけである。対象（質量因）に記号（形相）で指示して解釈項（目的因）を得るという過程を作動させる動力因（作用因）である。パースの一次性は記号（形相因）でもあるが、なによりもフィーリングであり（作用因）、それが形相因を作動させる根源にある力だ。それこそ物理記号過程から人類記号過程まで一貫している活力である。それが物理学から生物学をへて心理学（精神分析）、さらには社会学や文化人類学にいたるまで貫徹しているのである。

ところで、ジジェクは『仮想化しきれない残余』でシェリングを論じて、非在から存在へという根源的事態に思いを致している。ジジェクによれば、シェリングは、物質的時間的過程［存在］に先行しているのは、永遠の理念的秩序［実体］ではなく、自由の純粋な空虚というか無底［非在］であるとしている。たとえていえば、コスモスではなくカオスでもなくいわばカオスモスであるというのである。無意味な非在たるカオスモスからカオスとコスモスが分離して秩序が生まれるのだ。そこで問題なのは、そうした空虚（＝カオスモス）からいかに合理的な物質的時間過程といたものが生じるかであるとジジェクは自問する。神についても、神の概念といった理念（コスモス、実体）から神の実存へと進むのではなく、その逆であるというのだ。

〈神〉の概念から〈神〉の実存への進むことができるかではなく、その正反対である――第一に来るもの、つねにすでにそこにあるものは、「感覚のない」［意味のない＝非意味的な］、前述定的、前意味的実存の経験であり、哲学にとっての真の問題は、いかにして我々はこの感覚のない［意味のない＝非意味的な］実存から〈理性〉への移行を選択するのかということである――つまり、われわれの宇宙はいかにして最初に〈理性〉の歯車にとらえられたのかということである。

（一三二／73-74）（［　］のコメントは引用者）

この「感覚のない」つまり「前意味的実存」とは混沌の生、無自覚の生である。それはパースによれば宇宙の存在の原初的偶然性である。それでぼくらの宇宙が最初に〈理性〉の歯車に捉えられたのは、偶然性という混沌が習慣によって法則性を得たときなのである。つまりは記号過程が作動するときである。それはそうなのだが、ぼくらにしてみれば、そもそもそうした形而上学的思弁は人類が獲得した言語の、つまりは記号過程の効果なのである。あくまで記号過程が人間とその思想を作ったのであり、その逆ではない。まことにフォイエルバッハ的転倒の企てであるが、そのうえで人類記号過程(言語)の起源を求めれば、それは動物記号過程、植物記号過程、物理記号過程と遡行し、ついにはビッグバンに至るというものである。

今日、学問は人文科学、社会科学、自然科学が棲み分けし、その各科学分野でも多方面に分化した専門領域に分かれている。記号学はそうした分化した学問を統合するものと期待された時期があった。じっさいそれは百科全書的なシービオクが『私は動詞であると思う』で試みているところである。科学の営み全体を俯瞰する同書所収の論文「諸科学についてのひとつのパースペクティヴ」で、科学的な営み全体を時間、空間、エネルギー、情報の四つの項からなる四辺形でまとめている(36)。記号学は情報を担うとされているが、さしずめこれはディーリーのいう形相因であり、エネルギーは物質因となるだろう。だが、ぼくらは記号をエネルギー–情報と考える方のシービオクを採る。そしてこのエネルギーが物質因、作用因となり情報が目的因、形相因となるというふうに考えたい。これはすでに触れたところだ。だがシービオクはいかにも科学主義的である。ぼくらは人文科学、社会科学を蔑ろにすることはできない。じっさい、パースの立場について米盛はこう言っている。「パースは論理学者であるとともに形而上学者でもあり、記号学者であると同時に実在論者でもあり、実験科学者でありながら思弁的思想家でもあり、自然主義者であって観念論者でもあり、不変かつ普遍の理念を求める倫理学説をもっていたプラグマティストでもあった」が、「これらの立場は相容れないものではなかった」、と。そのうえで「哲学は一つの見解ではなく、それはあらゆる見解を包含するものの研究である」(三八)と述べるのだが、そうした哲学の立場はまたぼくらのものである。また米盛はパースの論理学は形式的論理学でも弁証法的論理学でもなく、記号学の体系であるといっている(三九)。それはそうなのだが、ぼくらとしてはその記号学の体系を脱構築し、三極構造ではなく四極構造として再編し、それが自然過程に、そして人間社会の形成に作用因ならびに形相因として作動しているると考えているのである。

2　不可能なるものから可能なるものへ――非在から存在へ

西欧の思想の根底にはパルメニデス、プラトン以来、ヘーゲルにいたるまで、存在とは思惟であり、合理的なものであるという考えがある。ところが、ドゥルーズは、そうした閉塞した西欧の思想（と社会）に風穴を開けるために、世界は合理的であるという想定を覆して、むしろ世界は不条理であり、いってみればパラドクスからなっているると喝破する。そうした世界の存在のありようを「生成変化」であると断じ、それを差異と反復といった概念で説明しようとする。

ドゥルーズは『意味の論理学』で、キャロルのアリスの世界を論じながら、世界は本来非合理的なものであり、その生命的なありようは、パラドクスといった意味作用によって具現するとしている。そしてたとえばアリスの世界の時間にもパラドクスを見届けている。そこでは時間は過去から現在、未来へと流れるのではなく、「以前と以後、過去と未来の分離・区別を認めない」というのである。したがって「同時に二つの方向に行くこと、入ることが生成変化の本質である。［…］良識［良い方向］は、あらゆる事物において、決定できる一つの意味［方向］があることの確認であるが、パラドクスは、同時に二つの意味［方向］を確認することである」（三）、と。

かくして時間は、互いに排除する相互補足的な二つのやり方で、二度にわたって捉えられなくてはならない。つまり、ひとつは能動し、受動する物体のなかでの生きている現在としての時間の全体［つまり生成変化」であり、もうひとつは、物体とその能動・受動とから生じる非物体的な効果のなかで、過去＝未来へと無限に分割できる決定機関としての時間の全部〔つまりパラドクス〕である。ドゥルーズは、この生成変化とパラドクスを生気説（有機体論）に関係づけ、ストア派の再解釈を行う。ストア派の哲学者たちは「存在の二つの面を徹底的に区別する。〔…〕一つの面は、深くて実在する存在〔生気〕であり、もうひとつは事実の面であり、後者は存在の表層で行われ、非物体的な存在の無限の多様性を構成〔パラドクス〕する」（九）というのである。引用中にも〔 〕内でコメントしたが、ここで改めて確認しておけば「深くて実在する力」とは生気であり、「非物体的な存在の無限の多様性」とはパラドクスである。

なるほど、ドゥルーズによれば、世界は生気論的な生成変化と差異と反復の論理によって説明される。そしてその存在の表層で作動しているのがパラドクスであるというとき、オーソドクス（正統な見解）に対する反対意見を述べている。だが、ぼくらにしてみれば、これもまたドクサ（通常の見解）なのである。ドゥルーズもまた哲学者として論理の世界にあるのだ。キャロルのナンセンスを論じた書名にしてからが『意味の論理学』なのである。この不具合はナンセンスとパラドクスの差異にある。

一般的にいってパラドクスには逆説的だが意味がある。「肉体が老化すると精神がいよいよ若くなる」とはワイルド一流のパラドクスだが、そこには深長な意味があろう。だが、これに対してナンセンスには意味がない。ナンセンスは論理以前である。そしてぼくらはそのナンセンスの効果から出発する。つまり効果、結果から出発するのである。ナンセンスは論理以前のカオスモスを感じさせる。そこからカオスやコスモスやセンスの世界が生まれる。それが記号過程である。ナンセンスはその記号過程を破る／の破れの効果ということになる。

とはいえドゥルーズはキャロルの世界を論じる文章でこんなことも言っているのだ。「裏側と表面との連続性が、あらゆる段階の深層の代わりになる。そして、ただひとつで同じできごとにおける表層の効果——それはあらゆるできごとにあてはまるが——は、すべての生成変化とそのパラドクスを言語へと上昇させる」(一六)、と。つまり生成変化とパラドクスから言語が生まれ出てくるというのである。ここにはパースに通じる混沌(偶然)から慣習として法則や記号過程が成立するという思想が窺える。だとするならドゥルーズのパラドクスはとどのつまりぼくらのナンセンスと同じであり、両者ともカオスモスの修辞的ありようといってよもや間違いはあるまい。

ということで非在から存在が形成されるとき、パラドクス＝ナンセンスの修辞に対応するカオスモス(生成変化)が生じ——シービオクの記号とエネルギーの関係だが——、その不可能なるものからカオスとコスモスが分離し、コスモスでカオスを統御(解釈)するといった格好で、可能なる記号過程が生まれ、自然史が展開するという風にひとまずは言えるだろう。

3　記号過程の展開としての自然史——ビッグバンからダニの生態まで

汎記号過程論によれば、記号過程は物理記号過程から植物記号過程、動物記号過程をへて人類記号過程に到達する。そして人間は、人類記号過程の成立によって言語を操る存在となる。まことに人間は言葉を操る存在、つまり記号学的存在なのである。パースは人間とは記号であると喝破したのだが、『記号学の基礎』のジョン・ディーリーにいわせれば、人間の定義はこうなる。「宇宙の記号と、記号としての人間の間の関係をまとめるとするなら、次のように提案したい。『人間』とはその観念が記号であり、全体としての宇宙を対象として持つような解釈項である、と」(一六八)。この解釈項に意識が生まれ、自己と自己の存在感が生まれる。ミルトン・シンガーはプラグマティズムの哲学者デューイとパース的な記号学者モリスの論争を紹介する文脈のなかでこういっている。「デューイもまた認めているところだが、イコン的記号や指示的記号の情動的で活動的な解釈項は、それぞれ単にさらなる記号となるばかりではなく、その質や相互交渉についての解釈者の経験でもある」(67)、と。対象の存在感や自己の存在感とはこの解釈項にまつわる「解釈者の経験」なのである。そこでここではまずそうした人間の意識にいたるまでの記号過程が自然史に貫徹していることをざっと紹介しておこう。

パースの哲学的営為は、カントのカテゴリー表を批判して新カテゴリー表を練り上げることから始まった。その結果得られたのが第一性、第二性、第三性というあらたなカテゴリーである。パースにすればそれが宇宙のすべてを統括しているのだが、そもそもパースには物質界は死んだ精神であるという観念論が基本にある。かくしてパースはそうした精神の、思考のカテゴリーが物質界を支配していると考えている。それで「宇宙の始点、創造主としての神こそが絶対的第一者であり、宇宙の終点、すべてにおいて完全に啓示された神こそが絶対的第二者であり、計測しうる時点のすべての瞬間における宇宙の状態が第三のものである」(伊藤二〇〇六、八一)ということになる。パースによれば、そうした三項のカテゴリーから概念、命題、推論という三項がうまれ、その推論の帰納法、演繹法、仮説推論法をへて法則が習慣として形成される。記号過程もまた法則と同様な一般的なものとして形成される。結果として学問領域もすべて三つのカテゴリーによって整理できるとしている。伊藤邦武によれば、パースはその未完の草稿「謎への推量」で、第一章の「一、二、三」、第二章の「推論における三項性」、第三章の「形而上学における三項性」という三つの章において三項のカテゴリーの普遍性を述べたうえで、最後に心理学、生理学、生物学、物理学、社会学、神学といった学問領域に見られる三項性を検証しているのである(伊藤二〇〇六、七三―七五）。

なるほどパースの宇宙論や形而上学やその中核となるカテゴリー論は強靭な思弁として興味深く受け止めることができる。だが、唯物論的に考えるぼくらは、自然史の過程そのものに記号過程が作動しているというふうに考える。パースもまた「謎への推量」第九章の「神学における三項性」の執筆メモに「信仰をもつためには、徹底して唯物論的視点をとることに尻込みしてはならない」（七五）と書いている。だが、世俗的リアリズムの徒であるぼくらははじめから信仰といったありようから離脱し、常識主義的な信念を検証するための方途をさぐるために徹底して唯物論的たろうというのである。それがぼくらの示した呪縛する思弁から離脱するための存在観をへて根源的な常識主義による実在感へ赴く過程なのである。ぼくらにとって、初めにあるのは、形而上学的なカテゴリーではなく、自然史を貫流する記号過程である。宇宙のビッグバンについても、宇宙の始まりを考えるのは解釈項であるが、そのヒントとしての記号は宇宙線であり、その対象がビッグバンになるという具合である。

ローレンス・クラウスによれば、ぼくらの宇宙は、ビッグバンによって生成し、今日一五〇億年（より正確には一三七億二〇〇〇万年）経過している（三五）。この宇宙生成を物理記号過程として解釈するとは、シービオクの言うように、ビッグバンが記号であり、そのときの最初の物質が対象であり、その結果生成している宇宙が解釈項であると理解することである（40 また大熊一九九七、一七七）。物理記号過程は、恐竜の化石の例でいえば、骨が記号で、かつての骨が石に変化したものが対象であり、その解釈項がダイノザウルスということになる。植物記号過程はといえば、光合成は、太陽が記号で炭素が対象で解釈項が澱粉ということになる。動物記号過程は、ダニを例にとれば、ダニにとって木の下を通る動物の血の匂いが記号であり、その皮膚が対象であり、解釈項は吸いとっている血ということになる。

ドゥルーズ／ガタリは『哲学とは何か』で「物は、生物ではない場合でさえ、あるいは有機的でない場合でさえ、知覚と変容＝感情であるがゆえに、生きられたもの［体験］をもっているのである」（二一九）と書いている。これは動物や植物ばかりではなく物質にも物理記号過程が作動しているというぼくらの見解をより生命に寄り添う形で表現したものといえる。しかもこうした生気論的な捉え方は、スピノザやホワイトヘッドにも見られるというのである。

> 「知覚」と呼ばれるものは、もはや〈物の状態〉ではなく、他の体によって誘発される限りでの〈体の状態〉である。そして「変様＝感情《アフェクション》」と呼ばれるものは、他のもろもろの体の作用のもとでの、〈ポテンシャル－力《ピュイッサンス》〉の増加もしくは減少としての、この［体の］状態から他の［体の］状態への移行である――いずれも受動的ではなく、一切が、重力でさえも相互作用である。それは、スピノザが、〈物の状態〉のなかで把握される体に関して、「アフェクティオ affectio」と「アフェクトゥス affectus」について下した定義であり、ホワイトヘッドが、それぞれの事物を、他の事物の「抱握 prehension」とし、ひとつの抱握から他の抱握への移行を、ポジティブもしくはネガティブな「感じ feeling」としているときに、再発見した定義なのである。（二一九）

人間の場合、知覚とは対象を記号で指示し理解すること、つまり解釈することである。解釈には観念とそれにともなう感情がある。観念ではなく身体的にものを知覚する場合には、意識されずに〈体の状態〉として解釈される。事物の場合もまた意識されずに解釈されているわけで、その解釈項をフィーリングといってなんら不都合はあるまい。ホワイトヘッドもドゥルーズも明確にしていないが、引用中の「体の状態」の間や「抱握」の間の移行とはこれが記号過程なのは明らかだ（第一部第4章4（2）参照）。じつはこの事物（物体）の記号過程から人間のそれへの移行を記号学的に明確に説明しているのが、ホフマイヤーである。今は駆け足ながらその概要を紹介しよう。

4　生命の誕生から意識へ——ホフマイヤーの記号過程論

ホフマイヤーは、その『宇宙の意味の記号論』で、自然史が文化史になるのは「ある物 something」が「ある者 someone」になる過程であるという。なにやら謎めいた物言いだが、要するに物（物質）が者（人間）になるのだが、そのためには言語の誕生が必須である。そこで、ベイトソンを援用して、言語は動物たちの噛むふりをするという遊びからその第一歩が始まったとしている。そして「ある者」の発生は、アントニー・ウィルデンを援用してこう言っている。「ある者」とは因果関係でいえば、その原因と結果の両者を見通す者である、と。別の例でいえば、Aと非Aを分断する場合分断線はそのいずれにも属さないが、分断線（あるいはそれを引いた存在）こそが当の「ある者」であるというのである。ホフマイヤーはこうした「ある者」の存在を、生命の物質からの誕生という物理記号過程より始めて、DNAや意識にいたるまで、そのすべての物理記号過程（生化学的な記号過程）に存在していることを検証している。その際に依拠しているのがパースの記号論であり、当の「ある者」は、物理記号過程、植物記号過程、動物記号過程、人類記号過程のどの局面でも、記号の第三項つまりは解釈項に発生しているというのだ。

たとえばDNAと個体発生過程と受精卵の関係については、それぞれが記号、対象、解釈項（20）に当り、受精卵は、DNAを記号として解釈して、個体発生的過程を遂行するという具合に説明している。

あるいは生態系的環境とDNAとリニッジ（血統）の関係は、それぞれが記号、対象、解釈項に当り、リニッジの形成は、生態系的環境を記号として解釈することで、対象であるDNAが変容することである（22）というのである。

じつはこの解釈項に生まれるのが意識である。ホフマイヤーは、「意識を純粋に記号論的関係と見なして、「意識とは身体が下したその存在する環世界の空間的物語的な解釈である」（122）というのである。断るまでもなくここでは身体＝記号、環世界＝対象、意識＝解釈項である。そして「ある者」の最終的登場をこう説明している。

人間とは一〇の二四乗個のバクテリアが一兆の一〇〇〇万倍の細胞の形で共同することで形成され、つまりは一つの物語となっているのだが、この生と死の間に続く生命の背後にある指導原理は統一であり、それこそが身体と脳の発する意識の束の間の輝きなのである。ただ意識においてのみ、われわれ人間はわれわれにとって「ある者」として出現するのである。（124）

5　自然史のなかの第四項

このホフマイヤーの議論に異論はない。だが、記号の三極構造と四極構造を想定するぼくらにとって、ではこうした自然史のなかでの第四項とはどうイメージしたらいいのか。暫定的ながらひとつの想定を述べておこう。

物質から生命へ、植物から動物へという進化は巨大な変化である。たとえば植物や動物の個別の種の進化の場合には、その記号過程の解釈項においてあらたな記号を形成する形で生命の進化が進むと説明できる。キリンの首が長いのは、高いところの葉を食べるためである。キリンの採食の記号過程は、葉という対象を記号である口＝舌で探り当てて食べる、つまり食物として解釈する過程と言えるだろう。その場合、首が長くなるのは、葉という対象を記号である口＝首で捉えて葉を食物として解釈するのだが、より高いところの葉を食べることで満足した解釈項があらためて記号となってさらに高い葉を指し示すという記号過程を反復した結果である。

だが、たとえば魚類から両生類へといった類の進化の場合はどうだろう。魚は鰓《えら》呼吸であるが、鰓呼吸とは水中の酸素という対象を鰓という記号でとらえた場合の解釈項となる。ところが呼吸という解釈項が空中の酸素を対象とするようになると記号である鰓が進化して肺になるという寸法である。この記号の変化はたんに三極構造の記号過程の反復ではない。その外部の第四項に出たうえでの振る舞いである。進化についてロバート・ウェッソンはこういっている。「進化は決定論的な混沌と混淆している。その混沌が確率論的な分子の出来事を進化論的な変化へと転換する。自然淘汰の下で、このことは進歩と呼ばれてもっともであるような事態を暗示している」（クベルスキー15）。この「決定論的な混沌」は三極構造のケガレの項（もしくはその外の第四項）といってもいいが、鰓から肺への進化は、浅瀬といった決定論的な混沌において行なわれたといえる。そしてひとたび肺呼吸の解釈項が形成されるともはや鰓呼吸に回帰することはない。あらたな三極構造が形成されるからである。

植物から動物、あるいは物質から生命体といった進化の場合にも事情は変わらないと想定される。何らかの契機で「決定論的な混沌」の状況が生まれ、三極の記号過程の外の第四項に出る事態が発生する。そしてその第四項からあらたな進化が始まるとき、まったく新しい記号過程が生まれるのである。たとえば生命発生の場合、オパーリンの化学進化説によれば、無機物から有機物がうまれ、さらに複雑な有機物がうまれ、紫外線の作用やその有機物間の相互反応によって生命が誕生したとされている。これが物理記号過程から生物記号過程への移行のメカニズムである。もうすこし具体的にいえば、生命体は単純な有機化合物が高密度に集積した浅い環礁で自己再生という生命原理であるＤＮＡ（ディオキシリボ核酸）が紫外線その他の作用で偶然に生まれることにその起源がある。つまり記号である単純な有機化合物が他の単純な有機化合物を対象として結合してできる解釈項としてのＤＮＡに始まる。その際それを可能にしたのが、コアゼルベートといわれるコロイドからなる液胞の流動層と液層が入り混じった物体である。それがウェッソンの「決定論的な混沌」の姿であり、つまりは記号過程の第四項なのである。そこでのさまざまな結合や分解を繰り返す複雑多様な有機化合物の混在から、ディオキシリボ核酸の結合というあらたなありようが発生したとき物質の記号過程は自己再生する生命の記号過程へと移行したのである。

とまれ、意識が誕生するのは、ぼくらに言わせれば、脳の生物化学的なレヴェルの記号過程がある段階で言語にいわば相転移することによってである。やがて検討するが、ダマシオの原意識から中核意識をへて自伝的意識にいたる過程である。まことに記号学のいうように意識は記号過程の解釈項に生まれる。これを確かめるためにまずは人類記号過程の具体化として言語の発生と脳の関係を見ておく必要がある。

6　人類記号過程としての言語の誕生

（1）人類記号過程の系統発生

三井誠の『人類進化の700万年』では、言語の誕生は「抽象能力が開花し始めたころ［…］アフリカで幾何学模様が見つかる七万五千年前ごろ」（一三九）で、南アフリカの「オーカーの刻み目」（一四四）つまり幾何学模様が刻まれた赤鉄鉱にその証拠があるという。クラインとエドガーの『5万年前に人類に何が起きたか？』によれば、現生人類への進化は三〇〇万年前あるいは八〇〇万年前から営々と続いた。それは動物記号過程から人類記号過程に至るプロセスである。その過程で獲得したさまざまな遺伝的要素が、五万年前のアフリカでの突然変異により言語能力として確立するのである（二九六）。そのとき、自然史は、物理記号過程、植物記号過程、動物記号過程にさらに人類記号過程を加えることになった。その単一の人類記号過程の具体化としての原言語が、出アフリカによってヨーロッパやアジアに伝わりさらには新大陸へと広がり、その過程で人類の皮膚の色や目の色が変わったように、今日見られるような多種多様な自然言語に変化していったのである。

むろんこれはひとつの仮説である。たとえば二〇一八年一月二八日付の『朝日新聞』には「イスラエルの洞窟で見つかった化石から、現生人類が約17万～19万年前の時点でアフリカから中東に移動していたことがわかった」と報じている。となるとこの節で挙げている数値は再考を迫られていることになる。今はそれはそれとして心に留め置くとして、言語の発生についてもまた諸説紛々である。だが、ぼくらの記号学的な立場では、次のようなクラインとエドガーのいうような遺伝子の生成によって普遍的な文法をもつ言語が生まれたと考えている。

五万年前に起こったとされる遺伝子変異によって、ありとあらゆる自然・社会環境に対して生理学的変化なしに適応できる現生人類独自の能力が促進された。〔…〕おそらく、この最後の神経系における変化が、音声言語を話す現生人類の能力、つまり人類学者ドゥアンヌ・キアット、リチャード・ミロのいう「音素からなりたち、シンタックスをもち、無限の開放性があり、生産的な、完全に音声による言語」を操れる現生人類の能力を促したのだろう。『ネイチャー』誌二〇〇一年一〇月四日号で、オックスフォード大学の遺伝子学者セシリア・レイ率いるチームが「最終的には音声と言語に到達する発展プロセスにかかわる」らしい単一遺伝子をつきとめたが、この研究も、間接的ながらこの見解を支持したことになる。（二九六）

なるほど、今日、世界の言語はいかにも多様である。だが、その基本的形態である統語論と意味論と音韻論といった分野があることは共通している。さらには文の統語（シンタグマティック）と範例（パラディグマティック）という基本構造も共通している。かくしてチョムスキーのいうような普遍文法（UG）も可能となる（ピンカー上二五―二七）。じつは、この言語の基本的構造が人間の意識の構造を形成し、ひいては社会の基本的枠組みを構成していったのである。

言語の系統発生の粗筋はざっと以上である。次項では、言語の個体発生のメカニズムとして、脳と言語の関係を早口ながら紹介しておこう。

（2）人類記号過程の個体発生——酒井邦嘉の『言語の脳科学』

酒井によると、言語の諸機能は独立したもので、規格化された構成単位であるモジュール——平たく言えばハードウェアやソフトウェアを構成する個々の部品——を形成し、脳の特定の領野に存在する。言語には統語論と意味論と音韻論があるが、この三つのモジュールがそれぞれ脳の言語モジュールであるブローカ野、角回・縁上回、ウェルニッケ野に局在する（七八—七九）。たとえば酒井らの研究グループは、核磁気共鳴を利用した脳の血流動態反応を視覚化する方法であるｆＭＲＩによる実験で、文法の間違いの処理ではブローカ野が活発に作動していることを見出している（二四九）。そして「文法の処理が脳の機能として局在している」という発見によって「言語のはたらきは、一般的な記憶や学習では説明できないユニークなシステムである」という言語学の主張が裏付けられたというのである。また、失語症の研究において長年の論争の的であった失文法の問題に対して、この脳機能のイメージングの実験は、新しい知見を提供できたとしている。「従ってこの結果は、これまで別々に考えられてきたブローカによる言語の機能局在という仮説と、チョムスキーによる文法のモジュール性という仮説の両方が正しいことを示しただけでなく、両者の卓見を結びつけることに役だったと言えるだろう」（251）と述べている。

こうした酒井の概説する言語モジュール論でいえば、統語論と意味論の相互作用で言語の意味作用が発生するのであり、それは脳の二つの領野（ブローカ野と角回・縁上回）での生理的な活動によって担われていることになる。じつはそうした外的な客観的（脳生理学的）な活動を、ぼくらは内的に主観的（心理学的）に経験している。それがぼくらの意識的生である。それはバラといってバラを表象するといったことばかりではなく人生観とか世界像といった表象を生きることなのだ。そこで問題となるのは、ではその人生観とか世界像は一体どのように形成されるのかということである。それをぼくらは統語論で扱う文の統語——単語をつなげて文を作る際の語の配置や語意の関係——の発揮する遠近法と方向性の効果によると説明するのである。だが、これはもう少し先の話題である。

7 人類記号過程と意識の発生

(1) 意識の発生

『ピーター・パン』の語り手は、人間は二歳になると物心がつくといっている。この二歳とは幼児が言葉を学習し始める頃である。そのとき物心がつくというわけだが、語り手ははしなくも言葉の学習と物心がつくことが同時期であることを証言している。物心がつくこと、つまり意識の発生は、言語の獲得に始まる。このことをジャック・マリタンはその論文「言語と記号の理論」で「人間において観念の、そして知的生活の誕生は記号の指示する価値の発見と結びあわされているように思われる。動物は意味作用の関係を知覚せずに記号を使用している」(53) といっている。「意味作用の関係」とは記号と対象と解釈項の関係のことであり、「記号の指示する価値」とは、記号を対象にむすびつける行為の重要性のことだが、それによって解釈項(イメージや観念)が心に浮かぶことである。それこそ意識の発生以外のなにものでもない。マリタンは前掲論文で、マリ・ホイアティン、ヘレン・ケラー、リドヴァイン・ラシャンスのような盲、聾、唖の三重の障害者が「意味作用の関係」を学習した結果、つまりは言語習得の結果、自己意識とひいては人間性を獲得した事例を紹介している。

アメリカの小説家ウォーカー・パーシーは、そのうちのひとりヘレン・ケラーの事例を取り上げて、さらにはパースの三極構造の記号過程のモデルを援用して、記号と意識の発生の関係を考察している。映画『奇跡の人』で有名な場面を思い出そう。サリヴァン先生が流れる井戸水にヘレンの手を触れさせながら、その手のひらに指文字を書いて見せる。するとヘレンはその指文字が水をさしているということに気付く。そのとき、つまりは意味作用なるものの存在に合点がいったとき、ヘレンは、一挙に記号過程を、言語なるものを理解するのである。そしてそれ以後、ヒステリックな狼藉は収まり、人間としての落着いた振る舞いをするようになり、さらにはサリヴァンに愛を語るまでになる。つまり、記号で対象を指示することで生まれた解釈項に意識が、人間的な精神が誕生したということである。

パーシーは、パースの絶大なるファンであったが、同好の士たる哲学者ケトナーに宛てた書簡のなかで記号の第三項の解釈項つまり〈第三のもの〉に生まれるのが意識であり精神であると書いている。

〈第三のもの *tertium quid*〉は、パースの三つ組（三幅対）の出来事として考えられます。たとえば生後一八カ月の乳児が始めて名付けることや、判断文を提示することです。私は、そうした三角関係のその局面は（それはパースによって解釈項、解釈者、判断者、精神、魂とさまざまに呼ばれたのですが）、それこそ実在する非物質的なものであると証明しようと企てています。野心的にすぎるでしょうか。

（ケトナー71）

ここで「パースの三つ組（三幅対）」とは記号と対象と解釈項の三項の関係であり、記号を対象で指示することで解釈項が生まれるという関係である。そしてその解釈項をパースは精神、魂などとさまざまに言いあらわしているというのである。ということは、パースは解釈項に精神、魂つまりは意識が発生すると考えていたということである。むろんそのように指摘する当のパーシーもまた、パースの解釈項が、意識といった精神の発生源であると見做していたことはあえて断るまでもないだろう。

パースによれば、人間とは記号である。ミルトン・シンガーの引用を孫引きしておこう。「あらゆる意識は推論であるということを見てきた。そこで人生とは一連の推論であり、つまりは一連の思考である。そこでどのような瞬間でも人間は思考であり、思考は記号であるからして、人間とはなにかという疑問にたいする一般的な答えは人間とは記号であるというものである」(55)。つまり、意識とは推論であり、したがって記号過程なのである。だとするなら記号過程から意識が誕生するといっていい。推論である記号過程を反復する過程で、記号で対象を指示するときに発生する解釈項に意識が生まれるのである。意識から記号過程が生まれるのではない。

パーシーの文通相手のケトナーはといえば、解釈者と解釈項の違いをこう述べている。「さて社会が基本的なものであり、関係が基本的なものであるなら、その解釈項は基本的なものであり、解釈者は派生的なものである」(12)、と。この発言は、記号過程で基本的な解釈項はいまだ記号であるが、そこから派生的に意識が生まれるといっていると理解していいだろう。だとするなら解釈項から解釈者が生まれるとは、解釈者つまり自己 ego は解釈項にうまれた意識についての意識であるといっていることと同じである。それが自己意識の発生のプロセスなのである。

(2) 自己意識の発生——意識の意識

エリクソンは、ライフサイクルを八段階に分けている。そのうちの第五段階が「青年期」で、一三、四歳から始まるとし、いわゆる思春期としている。ヴェデキントのいわゆる春のめざめだが、それ以前の段階が乳児や子供の時期であり、それは第一段階の「口唇−感覚期」、第二段階の「筋肉−肛門期」、第三段階の「移動‐性器期」であり、ほぼ二、三歳から四歳にあたる。第四段階は、潜在期とされ、「小休止の時期であって、性欲は思春期までまたねばなりません［し］、子どもは、自分が生まれた文化・社会のなかでの、いわば基本的文法と基本的技術を学ぶのです」（三一）とされている。また「青年期の終わりに、確固としたアイデンティティが発達していなければ、次の段階へと発達していくことができない」（三五）ともいっている。つまり第五段階の青年期に自我の目覚めとともに自己のアイデンティティの確立がなされるというのである。意識が自意識となり、それが独自の（めいめい特色のある人間としての）自己の意識つまりはアイデンティティとなる。長年反復された意識経験が積み重なってついにそれが自己意識に高まったということであり、いわばこれは量の増加が質の転換をきたすという弁証法的な過程といってい い。

『特性のない男』のウルリヒは、「はじめて自意識に目覚めた青春の日々をのちになって回想するのは、しばしば感動的」（二七三―二七四）であったと述懐している。自己意識が生まれるのは、この思春期のころに、記号学的にいえば、すでに一五、六年もかけて記号過程の解釈項に形成された独特な意識のありようを、自分のものと同定するときである。したがってそれは「フィヒテに従えば、代名詞『私』の獲得は、自己認識の始まりである」（ホーレンシュタイン二六一）という時の自己意識ではない。それは幼少年期の自己である。自己を自己として自覚していない自己である。

パースはアブダクション（仮説推論法）において人はしばしば仮説設定の誤りを経験するが、そのとき誤りを犯す存在として自己を意識するようになるといっている。これは自意識発生の説明の一つとみていい。あるいはそれを言語使用の面でいえば、自意識は発話行為の主体を意識するときに経験される。私が「俺はうれしい」というとき、その発話行為のなかで、〈発話の主語〉（俺）ならぬ〈発話行為の主体〉（私）

を意識するときに経験される。とはいえ悪餓鬼が「ぼく最高」などといっても発話行為の主体などまったく意識していない。発話行為の主体はたとえばペソアのいうように皮肉を込めて「あなたは美しい」というとき、その言説の表向きの意味と裏の意味の二重化（アイロニー）を意識するときに経験される。

ペソアは、自己の意識は逆説から生まれるという。ペソアはどうやらアイロニーと同様な効果を逆説に認めているのだが、「すぐれた人間が、劣った人間やその兄弟である動物たちと異なるのは、ただ彼が逆説という長所を持っているからだ。この逆説こそが、意識が自己を自覚する最初の徴なのだ」（三〇七）という次第である。つまり平たく言えば、少年少女は駄洒落や皮肉を言えるようになるとようやく思春期を迎えるようになるということだ。ペソアの箴言は、思春期までになされた言葉の修練が、たんなる意識を自己の意識まで高めるということの証言ともとれる。

意識を自己の意識として自覚するとは、別言すれば、意識が自分を眺めることである。この自分を眺める自分といった近代的自我の構図について、キエルケゴールは『死に至る病』のなかでこういっている。「人間とは精神である。［…］精神とは自己である。［…］自己とは自己自身に関係するところの関係である」（二〇またハルヴァーソン356–358）、と。そのうえで、「自己が自己自身に関係しつつ自己自身であろうと欲するに際して、自己は自己を措定した力のなかに自覚的に自己を基礎づける」（二二一二三）としている。

キエルケゴールの場合、この「自己を措定した力」とはいうまでもなく神である。だが、世俗的リアリズムを生きる常識主義的な人間の場合、あるいはこれを生物学的に捉えた場合、この自己を自己に関係づける力とは、自愛でありあるいは自己保存の本能に他ならない。そしてその自己とそれを眺める自己とが意識に現前するとき、それぞれその実感を得、そのとき人は生きている実感を得るという仕組みになっている。それが自意識のふるまいである。そしてこの自意識に現前する自己の存在の気配こそが自己の存在感なのだ。

ミルトン・シンガーは自己の発達についてこういっている。「個体発生的にいって、少なくとも、自己意識や外部世界の意識の出現は漸進的な発達であり、子供の養育や相互交渉や他者とのコミュニケーションに多く依存している」(62)、と。こうして発達する自意識が、自己の存在感や存在観や実在感を経験する。こうした経験についてケトナーはパーシーとの往復書簡集『パース泥棒』のなかでこんなことを書いている。

禅の悟りのようなものが自我とはなんであり、自己とはなんであるかを知る前に必要である。われわれはたまさか実際に自分の自己を去って「無の境地」に入り、それから自分の自己へ戻ってくる。だがその場合、なにか新しいもの、新しい場所(無)を携えてくる。それはそこから現在自己として実践しているものを始める場所であり、『四つの四重奏』の「リトルギディング」のなかでエリオットが言ったように、そうやって帰還することで初めてその場所を知るのである。(8–9)

具体的な解釈をするまえに、ここで言及されたエリオットの詩行を意訳しておけば、「そしてぼくらのあらゆる探索の目的は／ぼくらの出発したところに帰着することであり／はじめてその場所を知ることである」(222)となる。要するに自分を知るには深い経験――「無の境地」――が必要であり、それを持して元の生活に回帰したときはじめて本当の自分を知るというのである。それでケトナーの手紙をぼくらなりに敷衍すればこんな具合になるだろう。人間は惰性的に生活をこなしている。呪縛する自己の存在感を生きている。それは「自分の自己」ではない。「無の境地」といえる経験をしてはじめて「自分の自己」を知る。つまり、この「無の境地」とは存在観であり、そうして自覚する「自分の自己」とは根源的存在感である。そうやって帰還したときもとの自分、無自覚であった自分を知り、つまり本来的存在感を経験し、その生存の場をもあらたに理解するようになるということだ。むろんそのとき経験するのが実在感である。

ちなみにエリオットは『四つの四重奏』では一層根源的な存在のヴィジョンを語っている。出発点が到達点という逆説には、時間の不在と、場所の空無性が示されている。それを例示するのにふさわしい詩行を挙げれば、「ここに、非時間の瞬間に／イギリスがあり非場所がある。一度もないが、いつでもある Here, the intersection of the timeless moment/Is England and nowhere. Never and always.」(215) だろう。ここにイギリスがあるといって現実に着地しているようだが、ただちにここは非時間の瞬間と同格で語られ、場所と時間が併存され、時間と場所が抹消され、非時間が導入される。それをうけてイギリスは同時にどこにもない場所であるなどといってその空無化がなされる。そしてその現実であると同時に非現実なイギリスはいつでもあるがまた決して存在しないといい、現実性なるものの空無性を語るのである。エリオットがブランショにもっとも近くなる地点である。

とまれ記号過程の解釈項に意識が発生する。その意識の意識が自意識となる。したがって自意識は物質的支えのない空無であるかにみえる。とはいえ、意識一般は人類記号過程の結果である。そしてその下部構造たる物質的基盤はといえば脳にあり、脳のシナプスの発火にある。この自意識と意識の隔たりを埋める過程は後で考えるとして、今日脳科学は意識の発生をいかに説明しているか、アントニオ・ダマシオの『無意識の脳　自己意識の脳』に全面的に依存しながらいささか立ち入って検討しておく。

8　脳科学と意識――アントニオ・ダマシオをめぐって

科学的と哲学的と芸術的という三つの創造的な営みの間には、たんに物の見方の違い以外にも別様の関係がある。なるほど伝統的に哲学は、科学の――自然科学ばかりか人文科学を含めて――学問的営為を根源的に基礎づけてきた。だが、ドゥルーズ／ガタリが採用しているのはそうした哲学観ではない。そうではなく、むしろ哲学や芸術の動作環境としての物質的根拠を追求しているのが科学だというのである。早い話が、そうした役割を演じているのが脳なのである。実際、科学ばかりか哲学や芸術の活動を下支えしているのは脳である。とりわけ脳が生成させた言語のはたらきである。とはいえ、ドゥルーズ／ガタリは、その脳の働きに制限をかける。「構成された科学的対象としての脳は、オピニオンの形成とそのコミュニケーションの器官でしかありえない」（二九七）、と。そして「もしも哲学と芸術と科学という心的対象（すなわち生命的観念）が場所をもつとするならば、その場所は、対象化されることができない或る脳の裂孔、間隙、そして合‐間のなかに、シナプスの裂のもっとも深いところにあるのだろう」（二九七）などというのである。ぼくらもまた存在感の物質的根拠を脳に、したがって脳科学に求めていることに変わりはない。ただ違うのは、どこまでもぼくらはそれはシナプスの発火という脳生理学的現象に依存していると見込んでいることだ。ダマシオの脳科学研究はそれに光を当ててくれる。

（1）ダマシオの三つの自己意識

ぼくらの関心事はもとより自己の存在感である。しかもそれは意識発生後、言語獲得後の話だと考えている。だが、ガタリが『カオスモーズ』で依存するダニエル・スターンも、これから検討するダマシオも言語以前の意識や自己感を語っている。

乳幼児精神医学者スターンは、まず誕生直後にあらわれ、生後二カ月まで続く「新生自己感 emergent self」の存在を説いている。それは「早熟な知覚の宇宙」であるが、「成人における夢や恋愛や詩の体験に忍び込む」(一〇八)。つぎに「中核自己感」が生まれ、これは「身体性の宇宙」「主観的自己感」「文化の無意識」を特徴とする。さらに二歳を過ぎると「言語自己感」が生まれ、これはひとことでいって「文字の自己」といえるものである。その後「思春期の自己」「青年期の自己」さらには「職業人の自己」(一一〇)が登場する。ぼくらが自己の存在感というときの自己感はここでいう「思春期の自己」以後の経験であり、「新生自己感」や「言語自己感」は、強いて言えば、本来的存在感というか自意識以前の存在感の内実というべきものである。だが問題はそうしたさまざまな自己意識が脳のどのようなメカニズムで生まれるのかである。

意識障害の専門家であるダマシオの提示している意識の大脳生理学では、意識には三つのレベルがある。原意識、中核意識、延長意識である。そしてそれに対応するものが原自己、中核自己、自伝的自己である。さらに自伝的自己の最終的な達成として良心 conscience を置いている。「一個の有機体の非意識的な神経信号が『原自己』を生み、それにより『中核自己』と『中核意識』が可能になる。またそれにより『自伝的自己』が、そして『延長意識』が可能になる。そしてこの連鎖の最後で『延長意識』によって『良心』が可能になる」(二八三)という次第である。ダマシオの「原自己」はスターンの場合にはどうやら存在しない。「中核自己」は「新生自己感」や「中核自己感」の期間、「自伝的自己」は「思春期の自己」や「職業人の自己」の時期にあたるといえるだろう。もうすこしダマシオの脳科学の成果に立ち入ってみよう。

脳には一〇〇億以上のニューロンがあり、その各ニューロンには他のニューロンと接触するため約一〇〇〇のシナプスが形成される。そしてそれらが前頭葉や側頭葉といった脳の各部位を構成し、シナプスに伝達された身体の内外の刺激に反応し、特定のシナプスの連携をつくることで——それがニューラル・マッピングであり、そうやって形成されるのがニューラル・パターンやニューラル・マップと呼ばれるのだが——それを記憶し、それに対応する行動を指示する。そうやって脳は、人間が有機体として生存するために体内のホメオスタシスなどを自動的に統御し、外部からの感覚的刺激に対応して一定の行動を指示したりしている。

バラの香りなり腹痛なりの刺激がニューロンに到達すると、その刺激に反応することで第一次のニューラル・パターンが発生する。原自己とはその現象のことである。「原自己とは、有機体の物質的構造を刻一刻マッピングしている統一のとれた一連のニューラル・パターンである」(一九三)。この原自己は脳生理学的レベルの意識で非意識の過程である。したがって「いまこの瞬間われわれの認識が集中している豊かな自己感と混同してはならない」(一九六)。なるほどそれはまだ自己意識ではない。だが、ダマシオが「有機体は原自己によって表象されている」(二一四)というとき、その表象＝統合は記号過程である。有機体の物質的構造が過去の経験(記号)でもって、その変化(対象)をマッピング(解釈)していると言えるからである。だが、そこに出現する原自己は脳科学といった生化学的レベルの物理記号過程の解釈項である。

この原自己、つまり原意識は生理的レベルの自己であるが、それが心的イメージになるのが中核意識つまりは中核自己である。中核自己の発生についてダマシオはこう書いている。「要するに、脳が、ある対象――たとえば、顔、メロディ、歯痛、ある出来事の記憶――のイメージを形成し、その対象のイメージが有機体の状態に『影響を及ぼす』と、別のレベルの脳構造が、対象と有機体の相互作用によって活性化したさまざまな脳領域でいま起きている事象について、素早く、非言語的な説明をする」のである。そしてその「対象と関係する結果のマッピングは、原自己と対象を表象する一次のニューラル・マップに生じ、対象と有機体の『因果関係』に対する説明は、唯一、二次のニューラル・マップに取り込まれる」(二一五)。この二次のニューラル・マップに形成されるのが中核意識で、それは単純な生物学的現象であり、有機体に一つの瞬間「今」と一つの場所「ここ」についての自己感を与えるものである。しかしいまだ未来を照らすといったことはない(三四―三五)。

では自伝的自己とはどのようなものなのだろうか。以下の引用中の「あなた」こそ中核自己を見ている存在であり、自伝的自己(延長意識)なのである。

あなたは、あなたが存在していることを認識している。なぜなら、その話があなたを認識中の主人公として提示するからだ。あなたは「感じられた」中核自己として、一時的ではあるが間断なく、認識の海面上に顔をだしている。その中核自己は、脳の外から感覚装置へと入ってくるものにより、あるいは、脳の記憶倉庫から感覚的、運動的、または自発的想起に向かうものにより、繰り返し更新される。(二一六―二一七)

この中核自己を感じているのが「あなた」であり自伝的自己である。三次のニューラル・パターンが形成する延長意識である。この延長意識とは、二次のニューラル・パターンである中核自己の大脳生理学的な記号過程の解釈項ということになる。しかもそれは言葉で表現されるようになる。するとその言葉が自伝的意識の世界観や人生観なりを形成するのである。そしてそこから生まれる自己意識、自己についての解釈は人類記号過程の言語の解釈項に発生したものということになる。いささか早口が過ぎるかもしれない。自伝的自己と言語との関係をもう少し詳細にみてみよう。

(2) 中核自己から自伝的自己へ――言語の介入について

みてのとおり脳のニューロンは外部や内部の刺激を受けて、さまざまなニューロンの連鎖を作り上げる。それがマッピングである。そのあとでそのマッピングの上にさらなるマッピングが形成される。まず感覚があり、さらにはその感覚についての知覚があり、さらに知覚についての意識が生まれるという次第である。それが一次、二次、三次のマッピングである。こうしたダマシオの見解を踏まえつつ、マラブーは『わたしたちの脳をどうするか』でそうしたマッピングを「表象活動」といっている。

ニューロンの活動に本質的に属するこの内的表象の力は、象徴的活動の原型的形態を構成している。あたかも、諸々の接続の接続性そのもの――接続の転送の構造、つまり記号論的性質一般――が、自己自身を表象しマッピングしているかのように事態が進行しており、この表象活動がまさに脳と心の境界線を攪乱しているのである。（一〇一―一〇二）

ここで「象徴的活動」とは記号過程のことにほかならない。そこでこの「脳と心の境界線を攪乱している」過程を――ニューロン間の接続の構造を――「記号論的性質一般」と記述しているが、これこそまさにニューロン・レベルでの物理記号過程（神経化学的記号過程）から人類記号過程へ移行する間の曖昧な境界のことである。「接続の接続性そのもの［…］が自己自身を表象［…］している」とはシナプスが化学物質をやり取りする際に、たとえば、ノルアドレナリン（記号）を受けたシナプスがそれを自身の作動を刺激するもの（対象）として経験し、それを意欲増進として解釈（解釈項）して他のシナプスに伝達すると説明できるとすれば、そこにあるのは記号論的性質だからである。もっともそこでの解釈とは、たんなる特定の電気的なパルスだろう。なるほどそれは解釈項であるが、ホフマイヤーのいう〈ある者〉に至るまえの〈ある物〉である。これが原自己である。

原自己は中核自己や自伝的自己の非意識的前兆である、その原自己は有機体を表象するが、その原自己と対象を表象するのが一次のニューラル・マップである。そして対象と有機体との因果関係に対する報告を取り込むのが、二次のニューラル・マップである。ぼくらは作家は世界と世界についての感情を書くといったが、ダマシオは「意識はわれわれが見たり、聞いたり、触ったりするとき、事象の感情として始まる」（四七）といっている。そして自己感とは今表示されている心的パターンはだれに属するのかという問いの答えとして生じるのだが、この自己感は中核自己に始まるのであり、その心的パターンは原自己に表象された有機体に属するのである（四七）。以下はすでに断片的には引用しているがあらためてまとめて読んでみよう。

脳がある対象――たとえば、顔、メロディ、歯痛、ある出来事の記憶――のイメージを形成し、その対象のイメージが有機体の情態に影響を及ぼすと、別のレベルの脳構造が、対象と有機体の相互作用によって活性化したさまざまな脳領域でいま起きている事象について、すばやく非言語的な報告をおこなう。対象と関係する結果のマッピングは、原自己と対象を表象する一次のニューラル・マップに生じ、そして対象と有機体との因果関係に対する報告のみが、二次のニューラル・マップのなかに取り込まれる。

（二一四―二一五）

つまり一次のニューラル・パターンは原自己、二次のニューラル・パターンは中核意識を形成する。そして三次のニューラル・パターンが自伝的意識を形成するのである。中核自己は原自己で形成されたイメージを感情という形で解釈することで形成される。その発生場所は未だ言語を解さない大脳科学レベルでの解釈項である。ところが自伝的自己意識はすみやかに言語に翻訳されるのである。「人間の場合、二次の非言語的な意識の話は、ただちに言語に変換されるだろう。それを『三次』とよんでもいいかもしれない。認識作用は新しく生み出された中核自己によるという話に加え、人間の脳は自動的に、その話の言語版を生み出す」（二三二）とダマシオは書いている。

してみると、中核自己から自伝的自己への展開の際や、自伝的自己のありようそのものに言語は決定的な役割を演じている。なるほど、ダマシオが「中核意識への言語の貢献は少しも見出せなかった」（一四四）というように、原自己や中核自己には言語は関係していない。関係しているのは大脳生理学という物理記号過程なる記号過程である。だが、ダマシオ自身も認めているように、「言語は〔…〕『延長意識』と呼んでいる、高いレベルの意識の形態に中心的に貢献している」（一四三）のである。その段階的深化を例解してみよう。

たとえばバラをみればそのバラの視覚的刺激から一次のニューラル・パターンが形成される。それを心的イメージに変えるのが二次のニューラル・パターンである。これまでは大脳生理学的な物理記号過程である。そのうえで、それを心的イメージという対象を〈バラ〉という記号で指示して、バラという概念(解釈項)を得る。それはもはや人類記号過程である。すでに言語の獲得でみたように、モジュールとして脳内に存在している言語中枢が作動して二次の心的イメージを言語に翻訳したわけである。そこに作動しているのが三次の自伝的自己(延長意識)なのである。が、ぼくらにいわせれば、ここにも発達段階がある。まずは言語獲得以前の幼児の段階がある。ダマシオが「感情の感情」といった言語以前の自己感である。「情動を感じるとは、有機体の状態のそうした一次的変化を、ニューラル・パターンとそれがもたらすイメージで表象することだ。そしてそれらのイメージにただちに認識中の自己感が伴ない、それらのイメージが強調されると、それらは意識的なものになる。真の意味でそれらは『感情の感情』[feeling of feelings]である」(三三八)。これはアンにみたような本来的存在感である。そして一定期間の言語経験を経て、思春期に、その記号活動の解釈項に発生した意識についての意識が生まれる。それが、認識をしている存在を自分と認定するダマシオのいう認識中の自己である。バラをバラと認識している存在(自分)についての意識である。その感じが認識中の自己感である(二一八)。まさにこれは人類記号過程の解釈項に出現している意識であり、その意識の意識としての自己の存在感である。

ところで、この認識中の自己感には三次のニューロン・パターンについてのあらたなニューロン・パターンとして四次のそれが形成されるのだろうか。それこそ存在観の脳生理学的基礎なのだが、ダマシオは黙して語らない。わずかにこうした自伝的自己の段階の意識のありようを無意識との関係で脳科学の観点から解明しているのがアンセルメとマジストレッティの『脳と無意識』である。

（3）脳科学と精神分析

ダマシオのいう原意識は、中核意識、自伝的意識を支える必要不可欠のものであるが意識には昇らない。だがこれは精神分析でいう無意識ではなく、ダマシオ自身のいうように非意識である。精神分析でいう無意識とは自伝的意識といういわゆる自意識が発生したあとの話だ。延長意識ではさまざまな日常生活上の経験の記憶が脳に保持されているが、忘れられている部分もある。じつはその忘れられた部分が自覚されないうちに意識に影響を与えているのである。それが無意識の仕業である。この無意識のメカニズムを脳科学のレヴェルで解明しようというのがアンセルメとマジストレッティの『脳と無意識』である。二人の基本的な考えは、シナプスの刺激の伝達は決して機械的なものではなく、刺激の記憶の徴（マーク）が残存し、それが後続の刺激への反応に影響を与えるというものである。これを可塑性と呼ぶのだが、じつはその脳の可塑性に、精神分析の知見と脳科学のそれの接点がある。つまりこうである。知覚したものがシナプスの痕跡として残る。また内的な情動もまた知覚されるが、それもまた痕跡として残る。そしてそうした残存する痕跡がなにかの機会に結合し外的内的の刺激がない場合でもひとりでに作動する。それが精神分析による無意識の幻想の神経科学的基礎である。そればかりか、この幻想は新たな刺激に対する解釈に影響を与えるというのだ。

アンセルメとマジストレッティはこんな例を挙げて興味深い解釈を展開している（一七四―一七五）。普通、ぼくらは赤信号では待つ。規則は規則だから遵守するという超自我の命令に従っているのかもしれない。でも急いでいるときは自己責任で横断してしまう。ところが急いでいながら青になっても動き出そうとしないひともまたいる。たとえば横断歩道の向こう側にコンバーティブルを運転する幸福なカップルのポスターがあり、しかもその人には以前同じような車を運転していたとき隣席の恋人と悶着を起こしていた苦い経験があったりした場合である。そのような時にはたとえ当人がその両方とも意識していなかったとしても、どうしても横断歩道の手前でためらい続けてしまうというのである。これは現在の知覚を昔の不快な思い出の痕跡（マーク）が妨害したと解釈できる。昔の不快な記憶（つまり幻想）は意識には上らないのだが、不快な思い出にかかわるポスターの方向へ向かうのを阻止することでちゃんと作動していたというわけだ。これは無意識の痕跡の作用によって麻痺症状を起こしている男の事例である。こうして外部からの知覚を妨害したり、内部からの快不快といった感情を勝手に喚起したりする無意識の働きの基にあるのがシナプスの痕跡なのである。

こうしたことを考察しながらアンセルメとマジストレッティはフロイト、ラカン、神経科学の関係をこんなふうにまとめている。フロイトの場合は、経験を知覚するとその知覚が無意識、前意識を刺激して「精神的痕跡」として残る。精神科学の場合は、経験が知覚されると、それが「シナプスの痕跡」として残る。ラカンの場合は、経験が知覚されるのだが、それは無意識においては経験をシニフィエとする「シニフィアン」という形で残るという次第である（七九）。ようするにフロイトの「精神的痕跡」しろ、ラカンのシニフィアンにしろ、「シナプスの痕跡」という脳の可塑性の働きによるというのだ。こうした見解についてはは紹介だけにとどめておくが、マラブーにはこの脳の可塑性にもとづく鋭い脳科学批判がある。

（4）ダマシオの自伝的自己とマラブーの脳の可塑性

ダマシオは自伝的自己をどう捉えていたか、あらためて思い出しておこう。

生涯をとおして自伝的自己に起こる変化は、単に、意識的、無意識的に起こる過去の再構成によるだけでなく、予期される未来を定めたり再構成したりすることにもよっている。［…］われわれが欲望、願望、目標、義務と考えているシナリオの記憶が、各瞬間の自己をぐいぐい引っ張っていく。［…］まちがいなくそれらは過去の再構成においても、またわれわれが自分自身をみている人格の創造においても、刻々と、意識的、無意識的に役割をはたしている［…］われわれの態度、そしてわれわれの選択は、そのかなりの部分が、瞬間瞬間に有機体がつくりあげる「個性という契機」の帰結である。

（二七六）

ここで「われわれが欲望、願望、目標、義務と考えているシナリオの記憶が、各瞬間の自己をぐいぐい引っ張っていく」とあるが、欲望や願望のシナリオとは一定の短期的予定や将来計画や人生観や世界観といっていい。それでもって行動を律する（リードする）というのであるからして、そこにはすでに世界（現実）を記号（欲望や義務）で解釈するという記号過程が作動している。そして常に一定の記号で世界を解釈するときに自己の存在感がうまれるのであるが、それを反復追求するようになるとそれが呪縛する自己の存在感となる。したがって「シナリオの記憶」という文言が証明しているように「われわれが欲望、願望、目標、義務と考えているシナリオの記憶が、各瞬間の自己をぐいぐいと引っ張っていく」という事態こそ、まさにぼくらのいう自己の存在感の呪縛のさまである。既成の調教的文化の支配である。ダマシオはそれを鼻から受け入れててんから問題にしない点でみごと楽天的である。マラブーは『わたしたちの脳をどうするか』で脳の「可塑性」を言挙げしてこう主張している。脳は可塑的であり、形を受け取ると同時に、形を創りだしている（一〇）。ところが、脳科学者はそれを認めようとしない。あくまで「神経生物学者や認知科学者は、脳は変化の不在の場であり、［…］私たちは脳をどうすることもできない」という見解を変えようとしない。だとするなら「わたしたちの生における革命の不在、わたしたちの自己における革命の不在以外のなにを手に入れるというのだろうか」（一一三）とその筆法は手厳しい。もっともこれはダマシオには妥当な批判だが、脳の可塑性に依拠するアンセルメとマジストレッティには的外れかもしれない。

いずれにしろ既成の文化なかんずくイデオロギーから逃れようというのが、第一部以来の、ぼくらの一貫した課題なのである。それが存在観の経験をへて本来的存在感や根源的存在感を得ることの意義なのである。本来的存在感とは中核自己の存在感なのかどうか、みてのとおりにわかには判じがたい。だが、根源的存在感とは自伝的自己を相対化するときに得られる意識のありようであると判断できる。マラブーによれば、それを支えるのが脳の「可塑性」ということになる。ぼくらにしてみれば、通常の反応ではなく、あらたな反応を示したり、あるいは反応せずに刺激そのものから距離を置くような余裕がニューロンに生まれていると想定している。とはいえこうしたもののメカニズムは大脳生物学では解明いまだしの観がある。ぼくらに言えるのは、意識を下支えしているのは脳の生理学であり、意識を構成しているのは言語であるということばかりである。では自己意識を形成し、その中身である世界観とか人生観はいったいどのように言語によって構成されるのであろうか。自伝的自己の中味を形成する言語の効果とはいったいどのようなものなのだろうか。

第2章　世界観の効果と自己意識の構造

文には意味がある。それに文体という意味内容を補完する効果もある。この文も文体もいずれ目指すところは対象を正確に描写したり、書き手の自己をリアルに表現したりすることである。だが、文は意味でも文体論的効果でもない効果を発揮している。早い話が文はそれを読む読者の読み方に応じてさまざまな意味を生み出し、さまざまな効果を発揮する。その具体例としては、ミルトンの詩句の効果を実際に読んでいる読者の時間に沿って分析しているフィッシュの「感動の文体論」がある（154, 161）。なるほど、文や文章は一定の意味内容を持つのだが、読者によってその意味が変わりもするのだ。だが、そればかりではない。文や文章は、その構造そのものが客観的な効果を発揮しているのである。それがこれから検討する世界観の効果である。それはマクルーハンが、メディアはメッセージを伝えるばかりではなく、メディアそのものがメッセージであると喝破した際のメディアの伝えるメッセージといってもいい。ではメディアとしての文はどのようなメカニズムで世界観の効果を発揮しているのだろうか。

1　判断と文の効果

生きている実感とは〈今ここに私がいる〉という感じである。だがその〈今ここ〉はつねにただちに〈過去のあそこ〉になるつかみどころのない瞬間である。なるほどぼくらの瞬時の生の現実はたえず直覚される。その直覚は全体を見通す観念的なヴィジョン（直観）と行為への意欲や現実の肌触りといった感覚的なフィーリング（直感）からなっている。だが、その直覚は言葉で定着されなければすみやかに消失してしまう。かくして生の直覚は、一定の判断つまりは命題として認識となって保存されることになる。たとえば〈灰色の人生〉とか〈バラ色の日々〉といった直覚（直感＝直観）は〈人生は灰色である〉〈人生はバラ色である〉といった文になって定着する。だからといってこの文が個人的な生の直覚をいつだって十全に表現しているかといえば必ずしもそうではないことは断るでもない。

こうした生の直覚から判断への移行についてはヘーゲルの判断論が導きの糸になる。ヘーゲルは判断を概念の特殊化とみているが、概念はぼくらのいう直観、ヴィジョンと読み替えてもいい。お望みなら、今やビジネス用語に定着した感のあるコンセプトといってもいいだろう。そしてヘーゲルの場合、概念Sは〈SはPである〉という判断のなかでSとPに分割されるが、これはぼくらのヴィジョンから判断への移行を語っているといっていい（島崎一二八）。概念Sの意味の命題への展開である。

では直覚に含まれていたヴィジョン（直観）と行為への意欲（直感）はいったいどのように表現されるのだろうか。むろんそれは端的に文の意味や文体に求めることができる。だがそれは文の効果にも見出すことができる。つまり命題〈AはBである〉という文にはAをBなる背景で考えるという遠近法と、Aを

Bにひきつける方向性が発生しているが、その遠近法がヴィジョンを、方向性が欲望を表現しているのである。

パースの記号学では、記号は三分される。第一の分割では性質記号、単一記号、法則記号である。第二の分割では類似記号、指標記号、象徴記号であり、第三の分割では名辞的記号、命題的記号、論証となる（著作集2一〇—一六）。だとするなら、ヘーゲルのSは名辞的記号、〈SはPである〉は命題的記号となり、論証とは物語といった言説のレヴェルといっていい。これを文学の、芸術の生成に当てはめれば、名辞記号としてのヴィジョン（バラ色の人生）が文（人生は酒とバラの日々である）という命題的記号となり、やがて作品（たとえば映画『酒とバラの日々』）という論証になるという風に理解できよう。これについてもやがて十分に検討する。だが、文には意味とともに発生する修辞的な効果があり、これが重要な働きをしているのである。

これからぼくらは文「AはBである」という判断を取り上げるのだが、なにも現実認識を問題にするわけではない。それで今はそれが定言的判断か仮言的判断かとか分析的判断か総合的判断といったことには興味がない。ぼくらが注目したいのは、それが文であるかぎり、一定の効果が発生しているという事実である。つまりぼくらの関心は、ひとえにその命題をなす文が、方向性と遠近法の効果によって人生観なり世界観なりを構成するにいたるメカニズムにある。ぼくらはそうした世界観なり人生観なりは文の効果する遠近法と方向性によって生まれると考えているからである。

エンプソンは『曖昧さの七つのタイプ』で文学表現にみられる多義的な文のタイプを整理している。そのことで文の持つ意味の多様性を指摘し、曖昧さを美として持ち上げたのである。だがあくまでそれは文の意味論的な解釈の営みである。ぼくらが扱うのはそうした文意全体の意味内容とは切り離された、とはいえ主部と述部の語意には依存するところの文の統語法の発揮する効果である。しかもそれは作家の根源的ヴィジョンの具体化であってみれば、まさに文飾の美ならぬ生の真実としての美の表現なのである。

加藤尚武によるとヘーゲルは『精神現象学』の最終章「絶対知」で「物は自我である」という無限判断を検討している。この「物は自我である」は「自己は物である」とも言い換え可能である。いずれこの判断は〈精神といっても所詮は物にすぎない〉という意味である。してみればこれは自己が物という感覚的対象的なありかたで現前しているとも読め、それこそ経験科学の成果であるとヘーゲルは主張したのである（一三六—一三七）。要するにこの無限判断でヘーゲルは物が廃棄され、最終的には内面的な本質から自己として認識されねばならないと説いているわけである。この意味論的な解釈は、まさに精神がものとなり、それが自我という精神に回収され、絶対知に回帰するという弁証法を確かめるためになされたといえる（五三六—五三七）。

ジジェクはこのヘーゲルの無限判断の「自己は物である」を「精神は骨である」に変えたうえで『脆弱なる絶対』でこんなコメントを加えている。

ヘーゲルの「精神は骨である」に対するわれわれの最初の反応は、「でもそれは無意味だ——精神［は］［…］そんな死んだも同然のものとは正反対のものだ！」である——しかし、「精神」と「骨」とは全然調和しないというこの意識こそが〈精神〉であり、その根本的な否定性なのである。（四七）

ここでジジェクは、主語と述語が「正反対のもの」つまり範疇違反であり、じつはその不調和の自覚にこそ精神の精神たる所以があるといっている。つまり無限判断の意味ではなく、修辞的な効果に反応し、それが肝心だといっているのだ。ジジェクは、文の意味ではなく、その効果を論じている。ぼくらが注目したいのはこうした効果である。

とはいえヘーゲルにしてからが、文の効果に無関心ではない。ヘーゲルは同じ『精神現象学』で高貴なものと低次元なものといった相容れぬ対照の例として「最高度に完成した生殖の器官と放尿の器官が素朴に結びつ」いていることを例にあげてこういっている。「無限の力をもつ無限判断が、生命の自己把握の完成に対応するとするならば、イメージに埋没する意識は、放尿の働きに対応する意識である」（二三五）と。つまりヘーゲルは無限判断は「生命の自己把握の完成に対応する」といい、「無限の力をもつ」といっている。これは無限判断の修辞的効果への言及である。

ヘーゲルもジジェクも無限判断に哲学的な意味ばかりではなく、この相容れぬものが併存する命題の効果に反応している。だが、ぼくらにとっての関心事はすばりその文が発揮している遠近法と方向性の効果である。つまり、ぼくらにしてみれば、この〈精神は骨である〉という文は、A〈精神〉をB〈骨〉なる背景に置き、〈精神〉を〈骨〉に引き付けているのだが、そのことでこの文にはナンセンスという修辞的効果が生まれると考えている。〈精神は愛である〉ならともかく、骨はないだろうというわけで、そこでは方向性も遠近法も崩壊している。ぼくらはこうした言語の振る舞いを意味論的に解釈しようとする立場はこの際ひとまず置く。ぼくらはこれからひとえに言語の効果に耳を澄まし、この文がたとえば不条理なこの世といった世界観の効果をだまって発揮しているメカニズムに注目しようというのである。

だが、早口で付言したいのは、こうした文の効果があるから、そうした言語の効果に幼少のころからさらされているからこそ、ぼくらは一定のパースペクティヴとベクトルをもった世界観なり人生観なりを、さらには〈今ここに私がいる〉といったヴィジョンやフィーリングつまりは物の見方・感じ方を形成することができるようになるということである。まことに意識や世界観の物質的根拠は言語にあるというべきである。

というわけでまずはこの文の効果から拙著『感動の幾何学』（七四―八七）を想起しつつ検討してみよう。

2　文の遠近法と方向性と世界観の効果

『真理と方法』でガダマーが挙げている例であるが、「太陽が沈む」（七七五）という平凡な文を分析してみよう。これは日没を肉眼でみたままを表現している。だが入日は地球の自転によるという「コペルニクス的な世界の説明」（七七五）からすれば、これはたんなる錯覚である。とはいえじつはこの文はそうした天文学的認識ではなく、ガダマーが指摘するように、日常的な認識のありようを伝えている。「『太陽が沈む』という言い方は、たしかに、恣意的ではなく、実際に見えるままをいっている。［…］日没はわれわれの眼には一つの現実である」（七七五）。考えてみれば、ぼくらの毎日の言語表現の大半はこのような日常的な感覚を効果している。レイコフとジョンソンが『レトリックと人生』で述べているように、人間は複雑な人生の諸相を基本的な日常的身体経験をもとにして理解しているのであり、日常の言語表現はそれを反映しているからである。たとえば身のまわりの空間を前後、左右、上下などととらえているが、その上下に善し悪しの意味合いが生まれ、それが気持ちの良し悪しを〈上機嫌〉〈気力低下〉などと比喩的に表現している場合である（一八）。それはそれとしてガダマーの議論に戻れば「科学がわれわれに語る真理はそれ自身が、世界とのかかわりに対して相対的であり、けっしてすべてであることを要求できない［のであり］［…］見かけは、科学が見いだすのと同等の正統性を保持する」（七七六）のである。それで忘れてはならないのは、そうやって「世界に対するわれわれの直観と、われわれが固執するわれわれ自身の世界との直接性が、言語のなかで保持され管理され」（七七六）ていることである。かくして問題は、言語のうちで世界についての直観や直接性がどのように保存され管理されているのかということになる。そのとき要請されるのが文の効果の分析なのである。

では「太陽が沈む」という言語表現には、具体的にどのようにして日常的感覚が保持されているのであろうか。それは文意といった意味作用によってばかりではない。そこには主部と述部の語意の関係から生まれる文の効果が作動しているのである。ヤーコブソンの二軸理論でいう文の範例（選択の軸）と連辞（統合の軸）の二つのはたらきから発生している効果である。範例はさまざまな語彙から一つを選ぶ作業であり、それはまさに多数の語からなる背景から一語に焦点を当てるという行為である。それが遠近法の効果の源泉である。また連辞は、たとえば主語と動詞と目的語を結び付ける働きだが、その際に主語から動詞、動詞から目的語へと進む動きが生まれている。それが方向性の効果の源泉である。つまり、「太陽は」といって「沈む」と受けるとき、そこには、言語の時間性という特性によってすでに二語の間に一定の時間経過があり、そこに方向性が生まれる。したがって「太陽が沈む」といった場合、「太陽」を「沈む」に引き付ける方向性と、「太陽」をたとえば〈下がる〉でも〈降りる〉でもなく「沈む」を背景にして眺めるという遠近法の効果が発生しているのである。その場合、「沈む」は石が池に沈むといったなんの変哲もない身の回りの現象を意味しており、結果としてこの文は太陽を日常の身近な経験に引き寄せ、それを背景にして考えているということになる。そこに日常茶飯なものに示された強い関心を看て取るのは容易である。その結果、そこに卑近なものの見方を重んじる姿勢が表現され、ひいては世俗的リアリズム、素朴実在論、ぼくらのいう常識主義などを効果として生むことになる。これをぼくらは文の世界観の効果というのである。

ちなみに文〈今ここに私がいる〉を例解しておこう。今簡便を期して〈私がいる〉とすれば、この文は〈私が〉といってそれを〈いる〉で受けている。〈私〉を〈いる〉にひきつけて、しかも〈いる〉のさまざま選択肢――〈ある〉〈おる〉〈生きる〉〈存在する〉など――を背景に置いている格好になっている。その結果〈ある〉という無機的な意味ではなく、他ならぬ日本語の〈いる〉という人間的なありようとして捉えられており、そこに一定の効果が生まれている。〈ある〉といった存在論的な抽象性でも〈生きる〉といった生存といった生々しいものでもない、日常的だが物や動植物のありかたではない人間的な存在様式が含意されているのである。かくしてそこには常識主義的な世界観が効果として生まれている。

ペレルマンのいう「現在感の効果」とは、過去の事物をさながら今経験しているように感じさせる効果である。演説では実物を取り出せばいいのだが、文学では同じ言葉を反復するといったレトリックを使ってそれを出す。ペレルマンはこうした事情を「説得技術としてのレトリックから文学的表現の技術としてのレトリックへとレトリックの移行を促したものは、言語の効果であり、言語の持つ現在感喚起の力であった」(六五)と述べている。世界観の効果はそうした現在感の効果と同様な意味作用以外の「現在感喚起」といった言語の効果に似ている。それでこれもまたレトリックといっていいかもしれない。だが、それは反復といったレトリックの効果ではなく、あくまで文のもつ範例と統辞から発生する遠近法と方向性の効果なのである。

むろん、ぼくらは、そうした現在感の効果を否定しない。それが文学作品の臨場感を高め、感動を鮮やかなものにすることは確かだからである。だが、問題は、その感動の中身なのである。ペレルマンは「人間は現実を、感情的政治的色合いを通してみている」(六六)という。そしてスペンダーを援用して、そうしたときにのみ「現実的」になるといっている。この「現実的」な状態は「現在感」と言い換えていいのだろうが、ぼくらにしてみればそれは〈今ここに私がいる〉という存在感だということになる。つまり、現実に臨むその「感情的政治的色合い」とは、世界観ともいうべきものの見方・感じ方であり、それでもって現実を解釈していることから生まれる現実感、現在感なのである。ぼくらが当面問題にするのは、現在感ではない。その「感情的政治的色合い」つまりは世界観がいかに言語を介しては発生するかのメカニズムである。

というわけで、文には方向性と遠近法がある、そしてこの二つは常に協働して世界観の効果を発揮している。したがってその効果を別個に判別することはいかにも難しい。だが、この際あえて分けて説明してみよう。

(1) 方向性

ファージュは『構造主義入門』のなかで、物語はかつてスコラ哲学がいった「時間的に後のものは先立つものを原因とする Post hoc, ergo propter hoc」という曖昧な原理を基本的文法として持っているといっている(一六五)。つまり〈AはBである〉といった場合、AがBに先行するからというだけで、そこに原因、結果や時間前後といった意味が生まれるというのである。そこにはAを出発点(物語の起承転結の起)とし、Bを到達点(物語の起承転結の結)とするAをBに引き付ける方向性が効果として発生しているというのだ。これは錯覚である。が、たとえそれが錯覚であるにしても、逆にそうした錯覚が強烈であるという事実が、まさに文〈AはBである〉にはそうした方向性の効果があることの証左となるだろう。

同様な効果を示すものに映画ではモンタージュの手法がある。それは貪欲な金貸しの男を登場させたあとただちに狐の画像を挿入することなどだが、その配列に貪欲な金貸しを狐のイメージに引き付け、それに注目して考えるという効果が生まれるというものである。そして狐の含意する動物性とか、あるいはずる賢いといった象徴的意味が関心の中心に置かれることで、その男に動物的なずる賢い奴という意味合いが付与される。人間を天使に持ち上げるのではなく、動物に貶める世界観——人間なんて所詮動物なのだといった、たとえば一八世紀イギリスのスウィフトらのフマニスムの人間観——の効果が誕生しているのである。エイゼンシュテインの『ストライキ』で同様のモンタージュが二例ある。経営陣の手先であるスパイを紹介するシーンでは、スパイのキツネという名前のあとに動物のキツネが挟まれそのあとに人物写真が来るという順になっているのでこうした方向性の効果は薄らいでいる。しかし最後のストライキ参加者を虐殺するシーンでは、屠殺のカットが挿入されているが、その場合は両者が繰り返されており、虐殺を屠殺にひきつける効果が生まれ、そこにスト弾圧の非人間性の意味合いが強調されている。

ちなみにこうした方向性は作品の鑑賞の場合などには無視されることが多い。だから間違いということではないのだが、たとえば大岡信が「折々の歌」で沢木欣一の「塔二つ鶏頭枯れて立つ如し」を取り上げて寸評している。「『鶏頭枯れて立つ如し』は心うつ言い回しだ。冬の枯れた風景の中に悠久な時の流れをふとかいま見させるから」（『朝日新聞』一九八八年一一月二七日）、と。これはあきらかに下の句の鶏頭のイメージから上の句へと遡って解釈している。大岡は文の方向性に反応していない。すなおに反応していれば、建物を植物といった生命的なものに引きつけているので、むしろこれは悠久の塔もやがて鶏頭のように消え去るという感慨であると解釈される。とはいえぼくらはこの俳句の正しい解釈を言い募っているのではない。すべては文の方向性の効果のありかを例示せんがためにほかならない。

それはそれとしてモンタージュの効果は、映像ではなく文章の場合でも事情は同じである。〈男は狼である〉といった場合、そこに狼が男の後に来るからして、その時間前後にモンタージュと同じく男を狼に引きつける効果が生じている。そこには〈男はすべからく女誑しである〉といった意味のほかに、男を狼と関連付け、狼と同一視して眺めるという形式上の文の効果が発生している。男の獣性を黙って告発する効果だ。

では隠喩はどうだろうか。隠喩とはギルバート・ライルによれば、一種の範疇違反である（大熊一九九二、九五）。この範疇違反に、アリストテレスは、種と類の二つの概念を用いて——この場合類は種の上位の概念とされているのだが——類から種へ、種から類へ、類から類へといった具合に比喩の方向にタイプがあることを指摘している。してみれば、アリストテレスもまた〈男（種）は狼（種）である〉といった場合、この範疇違反には方向性があることを認めていることになるだろう（大熊一九九二、九五）。それは文の主部と述部の間の方向性に通じるものである。

文の方向性という効果は、一文の主語と動詞の間ばかりではなく、句や長文の主節や従属節の間にも生まれる（大熊一九九二、七五）。たとえばベレルマンは「受肉した魂」と「魂を持った肉体」という同じ意味内容の句を取り上げ、名詞で表現されるか、形容詞で表現されるかによってかなり意味の隔たりができるとコメントしている。だが、ぼくらに言わせれば、その意味の相違は、語順によって前者は肉体を魂に、後者は魂を肉体にひきつけるという方向性が生まれており、そこにそれぞれ精神性と身体性を強調する効果が生まれていることによる。

またベレルマンは「文章の間に主文従属文の関係を設けたり、時には等位の関係を設けたりすることは、聞き手の心の中にそれらの文章間の価値の上下関係を作り上げる」（八〇）といっている。だが、ここにもまた、そうした統語的関係のほかに、主節と従属節の前後関係や倒置構文や強調構文などによっても一定の方向性を生む効果が生まれているのである。これは主節と従属節の例でないが、今簡便な同じ意味の二つの表現〈ぼくはきみが好きだ〉と〈ぼくが好きなのはきみだ〉の効果を比べてみよう。前者ではすべてを自分の〈好き〉の感情へひきつけるのであるが、後者は〈ぼくが好きなのは〉といって主節にすることで、〈好き〉の感情を他ならぬ〈きみ〉という対象だけに向ける方向性が生じていることが看取できるだろう。むろん前者では〈好き〉、後者では〈きみ〉がそれぞれ強調されている。

さらにベレルマンは「一人の作家を、有名な某作家より劣ると言うことと、はっきり無能とわかる某よりも優るということと、いずれも正当な判断であり得ようが、その効果にはかなりの違いがある」(一一八―一一九)といっている。この指摘は比較級(優等比較級と劣等比較級)のレトリック上の効果の相違についてである。これは一般的に言えば、〈AはBである〉といってAをどのBに結びつけるかでそこに価値観の違いが生まれるといっているのと同じことである。つまり一人の作家を前者は劣った作家に、後者は優れた作家に結び付けており、その述語のもつ否定的と肯定的の価値の差がそのまま自動的に効果として生じているのである。ベレルマンの指摘するレトリックの効果にも、文の方向性と同様の効果が作動しているといっていいだろう。

(2) 遠近法

では、文〈AはBである〉の効果として発生する遠近法の場合はどうだろうか。これがもっとも具体的に経験されるのは、方向性でも扱ったが、ほかならぬ隠喩表現である。ケネス・バークは、まことに誂えたようにこういっている。「隠喩とは、あらゆるものをほかのあるものから眺める技法である。[…]隠喩とは、ある特質についてなにがしかのことを、他の特質の観点から考えられたものとして語ることである。そしてAをBの観点から考えることは、むろんBをAのための遠近法として用いることである」（大熊一九二一、七七注二〇）、と。

有名な「我が恋人は赤い、赤いバラ」という詩句を考えてみよう。これは文学事典などに隠喩の例として頻繁に例示されるバーンズの抒情詩の一行であるが、この場合、彼女はバラを背景にして眺められていることになる。もう少し分析的にいうとリチャーズの用語でいえば、テナー〔彼女〕をヴィークル〔バラ〕の観点から眺めるという遠近法の誕生である。もっと原理的にいえば、これは言語の原理としてパラディグマティーク〔範例的〕な領域で常に発生している効果である。つまりこのバラは原義と比喩的意味の二つに二重化している。結果として生身の彼女がバラの意味する多様な意味――美しい、情熱的な、イギリス的など――の範例的な意味の平面を背景にしてとらえられているのである。かくしてここには彼女を多様な意味空間をバックにして解釈するという遠近法が生じているという次第である。

英語で〈概念〉はconceptである。この言葉の語源は心のなかでなんからの思いを想起する振る舞いを〈孕む conceive〉という生理現象でもって理解しようとしたところにある。心的行為の比喩としての身体的行為を示す比喩表現が、やがて独立して、精神的な世界の営みを表す言葉となったのである。ピエール・ギローは『言語と性』でこう言っている。「conception〈概念形成〉は、直接的でいまでもなお生きている語源の絆によって生物学的〈受胎〉に結びついているのであるが、知能が受動的にそのふところの中に〈観念〉を受け入れるときの作用を示す」（一一五）、と。精神的な営みも身近な経験から手探りで推論していったことの証拠である。頭に考えが浮かぶことを、妊娠といった生臭い、しかし種の保存という重大な営為を背景にしてそれに引き寄せて考えていたということである。つまり、思考を生理というパースペクティヴ（遠近法）で、つまり抽象を具象で理解していたのである。

付言すれば、そうした概念という言葉の出自を忘れているヘーゲルの場合、概念は精神に向かう。だが、ギローがその出自を想起させるときには、概念は否応もなく生々しい肉体に向かい物質化する。これが隠喩の発揮する方向性なのである。

（3）世界観の効果

そもそもぼくらは文の効果をなぜ世界観の効果と呼ぶのか。それは文の発揮する遠近法と方向性の統合が一定のものの見方・感じ方を生み出すからである。〈AはBである〉といった場合、自動的にAをBに引きつけて——方向性——、Bの意味領域を背景にする——遠近法——ことになり、そこに自動的に一定のものの見方・感じ方が効果として発生するのである。すでに言及しているが、〈太陽が沈む〉という文は、ガダマーが指摘するように、日常的な世界観が効果として生成している。そのわけは太陽を卑近な日常的な行為に引き付け、それを背景するという文の方向性と遠近法の効果が作動しているからである。

こうした文の世界観の効果に言及している批評家に、たとえばハーバート・リードがいる。リードはT・E・ヒュームの「秋」という小品をとりあげ、こんな風に言っている。その詩では、月を赤ら顔の労働者で譬え、星を町の子供たちで喩える比喩が用いられているのだが、その結果、月や星といった天体を卑近な人間でたとえることになり、理想主義的でもロマン派的でもない効果が生じている、と（大熊一九九二、七八—七九）。つまり人間的な現世的な世界観の効果が生まれているというのだ。逆に、いわゆる星菫派として一括されるロマン派の場合、その常套句で（詩人が幻想する）うら若き美少女を星や菫にたとえるのがあるが、そのことで乙女を、肉感的な性的対象ではなく、星（俗塵をはなれた天体＝霊的世界）や菫（可憐で清潔な植物的な世界）へと昇華し、結果として理想主義的な世界観を効果しているという次第である。

コリン・ウィルソンもリードと同様な観察をしている。ウィルソンはチェスタトンの例を引いて、こんな風にコメントしている。チェスタトンは「タクシーが風のように街角をまがってくる」とはいわずに「風がタクシーのように街角をまがってくる」と表現しているが、そこに実存主義的な態度が窺える、と。つまり、タクシーを風にたとえるのではなく、風をタクシーにたとえることで、自然のさわやかさではない人間的な臭みがそこには発生し、結果として（ここにはいささか飛躍があるが）自然主義ならぬ実存主義的なものの見方・感じ方が出現しているというのである（同書八〇）。

『侏儒の言葉』で芥川龍之介は「恋愛はただ性欲の詩的表現を受けたものである。少なくとも詩的表現を受けない性欲は恋愛と呼ぶに値しない」（一〇三）と書いている。今文の効果をみるためにキーワードの語順は変えずに簡略化して〈恋愛とは性欲の詩的表現である〉とした場合、この文では恋愛をまず性欲に引き付けてそれを獣性に貶めて自然主義的な世界観を示し、それからそれを詩的ということで美的な理想主義的な観点へと昇華させているという世界観の効果が窺える。むろんそうやってこの文では意味作用としては恋愛の二重性を述べている。だが、そうした恋愛感情の複雑さを、相反するふたつの世界観の効果の継起によって表現することに成功しているともいえるのである。

してみれば、〈あるもの〉を〈なに〉に引き付けるかによってその文の世界観がさまざまに変容するということを想定するのはたやすい。そこでごく一般的にいえば、あるものを日常的事象、科学的事象、超自然的事象、心理的事象などもろもろの事象に引き付けることで、そこにそれぞれ日常的、科学的、超自然的、心理的というさまざまな〈～的〉といった世界観が効果として誕生するのである。

たとえばトドロフの『幻想文学論序説』を思い出そう。そこでトドロフは幻想とは怪異でも驚異でもなく、そのいずれともつかないためらいの間《あわい》に発生するものだといっている。そして怪異はといえば、不思議な出来事が常識とか科学の観点から説明されてしまう場合発生する効果である。ぼくらにしてみれば、その際、不思議な出来事（たとえば髪が逆立つ）が科学的に説明されるとすれば（じつは天井から磁石で引っ張っていたと判明すれば）、超自然的事象が科学的事象に引きつけられているわけで、そこには科学的現実的な世界観が効果されるということになる。また驚異とは不思議な出来事が説明のつかないままにそのまま受け入れられる他ない時などに発生する効果である。その際には、不思議な出来事（たとえば藪が燃える）が、煙草の不始末ではなく（この場合は世俗的世界観などが発生するだろうが）、超自然的事象（たとえば神の降臨）とされ、それをそのまま信じざるを得ないとき、日常的自然的事象を超自然的事象に引きつけていることになり、そこには超自然的宗教的世界観が効果として生まれているのである。これは単純化が過ぎるかもしれない。が、原理的にはこうした効果が文のレヴェルやプロットのレヴェルで作動しているのだ。そうした言語の効果を誕生以来浴びつづけることでぼくらの解釈項に発生した意識が一定の世界観や人生観へと成形されていくのである。もっともぼくらの意識の現場では複数の世界観、人生観が鬩《せめ》ぎ合っているものなのだが、とまれこうした文の世界観の効果を隠喩を中心に実作品で体験しておこう。

（4）ワイルドの『サロメ』

ぼくらにとってワイルドの『サロメ』は修辞の発揮する世界観の効果のいわば絶好の型見本である（大熊一九九二、二四六—二五九）。月をめぐって登場人物が思い思いの感想をさまざまな文飾で述べ、その世界観を黙って語っている格好になっているからである。それぞれが月をいろいろなものに譬え（ひきつけ）

ているのだが、どうやらワイルドはそうやって登場人物の世界観を暗示し、その性格を特定しようとしている風情なのである。実際、そうした解釈をこの作品は促してもいる。ご丁寧にも、比喩の方向性に関わるヘロデ王の台詞があるのだ。ヘロデ王は、バラの花びらは血の汚れであるといっておきながら、その舌の根の乾かぬうちに血の汚れはバラの花びらのようだのほうがいいと訂正している（381）。まずもってそこに窺えるのは、バラを自分の血生臭い暴政を想起させる血に譬えるよりも、暴政（血）を美的なもの（バラ）にひきつけることで隠蔽しようという姑息な詐術である。だが、注目すべきはヘロデにはどうやら比喩の方向性への理解というか感覚があるということである。かくして作品は読者（観客）にヘロデ王に倣ってそうした隠喩の効果に感応するよう促しているかにみえるのだ。

ドラマは冒頭からヘロデの小姓が「月は墓からよみがえった女のようだ」（355）といった月をめぐる直喩からなる台詞で始まる。するとサロメに恋している若きシリア人が「月は黄色のヴェールを被った幼い王女様のようだ」というのである。二人はともに月を人間に譬えており実存的な世界観が効果されている。若きシリア人は王女に譬えており、これは自己の内なるサロメへの思いが投影されたものと理解できる。これにたいして小姓はそうした月をたとえ蘇りであれ死者と関係づけ、はやくもサロメの死を暗示している。こうしてドラマは冒頭から、月をサロメと同一化するのだが、さらに若きシリア人は月をその足が鳩のようである（355）などと譬えてサロメが踊ることを予示し、同時にヘロデ王自身のサロメの描写をも予告している（381）。

預言者ヨカナン（洗礼者ヨハネ）はすべてに象徴的意味を見出そうとしている。ヨカナンの言説は不可視の霊的存在を表現する象徴主義の手法を駆使するものとなっている。つまり「ユダヤ人は目に見えない神を崇拝している」（357）と言われるような世界観を体現している。ヘロデ王も風の音に天使の羽音を聞くといった具合に象徴的解釈をして、なんとそれに恐れをなしている。それでヘロデ王は、象徴（的解釈）より、比喩（的な捉え方）の方がいいという。やがてみるようにシンボルは象徴主義的な世界観を、換喩はリアリズムの世界観を効果するのだが、換喩に近い直喩を好む点にヘロデ王のリアリズムへの志向が表明されているといえる。

ヒロインのサロメはといえば、月を処女であると隠喩でとらえている（360）。そのうえで、サロメはヨカナンをその処女のような月にたとえて「月のように貞潔である」（364）などといっている。淫蕩なサロメの純粋なものへの憧れが窺える。ところが、当のヨカナンは現象の背後の聖なるものを見て、現象そのものは見ない。したがってサロメの美を知らない。かくして現世的な生と死後の生、肉体と精神、エロスとアガペーの相克のドラマが展開され、エロスがアガペーを暴力的に支配せんとする狂気が生まれる。よく知られているように、ドラマは狂気のサロメを権力のヘロデ王が圧殺して終局となるのである。

月について現世的なヘロデ王は、月は血のように赤い（382）とか、「月は気違い女のようだ」という。この台詞には、開幕早々月がサロメに譬えられていることからして、サロメの狂気や死が暗示されているのは見易いところだ。同時にこれにはサロメを恋慕しつつも、その激越なる狂気を最終的には忌避するヘロデ王の現実主義者の態度も表現されている。ところがこの「月は気違い女のようだ」というヘロデ王の言葉にたいして、王妃ヘロディアスは「月は月のようよ」と応じる。そのトートロジーめいた直喩によって王妃は眼前の月を普段通りの即物的な月に結びつけて、世俗的な世界観をそれと知らずに表明している（369）。どうだろう、比喩の方向性にしろ文の効果としての方向性にしろ何を何に結び付けるかでさまざまな世界観が生まれている様がもはや十分見てとれたといえまいか。

なるほど世界観の効果は文の遠近法と方向性から生まれる。だが、じつは世界観の効果は、隠喩とか換喩といった修辞法そのものからも発生しているのである。

3　根源的メタファーと世界観

世界観は、人により、時代により、地域により、それこそ千差万別である。だが、そこにはいくつかのタイプがある。たとえばディルタイは『世界観の研究』で、自然主義（五一―）、自由の観念論（六四―）、客観的観念論（七四―）の三つの類型を想定している。この自然主義（たとえばヒューム、フォイエルバッハ）では人間は自然によって規定されていると考えるが（五一）、自由の観念論（たとえばソクラテス、プラトン、アリストテレス、カント）はそうした決定論からの自由を望む人間の意識態度といえ（六六）、客観的観念論（たとえばストア派、スピノザ、シェリング、ヘーゲル、ショーペンハウエル）は、そうした二つの態度を停止して得られる瞑想的静観的態度に従って、たとえば個人と事物の神的連関（自然に具体化された神）と一つになるといった経験をもつことに特徴がある（七八）。こうしたディルタイの類型は、記号過程の対象、記号、解釈項の三つにそれぞれ対応しているとぼくらは考えている。

ランサムは「詩――存在論に関する覚書」で、詩のタイプを具象詩 Physical Poetry、ロマン派詩 Platonic Poetry、形而上詩 Metaphysical Poetry の三つに分類している（111–142）。そしてロマン派詩は観念的に過ぎ、具象詩は現実的に過ぎるが、形而上詩は奇跡を導入して両者を乗り越えるなどといっている（141–142）。いずれにしろヘーゲルの観念論は観念論とリアリズムの統合であるからして、思い切っていえば、この三者はディルタイのいう自然主義、自由の観念論、客観的観念論に対応する。してみると文学作品もまた、特定の世界観から発して、特定のジャンル（様式なり形式なり）を選択しつつ、具体的な作品へと造形されていくと考えていい。

ディルタイは「世界観の究極の根底は生である」（一一三）といっている。その生の経験から一定の世界についてのイメージや観念が生まれる。それが世界観であるが、じつはこうした世界観は、いずれ、いかに複雑で巨大な体系であれ、すべてはおおもとのひとつの判断つまりは文から生まれるのであり、それはつねにすでに一定の根源的なメタファーとなっているのである。デイヴィッド・クローカーは『ポストモダン・シーン』で、「『哲学する危険』を引き受けるさまざまな試みは、いつだってたった一個の最優先される根源的隠喩《ルート・メタファー》から光を放っているものなのである」（七五）と書いている。また、ペパーの『世界仮説』によれば、世界観とは一定の経験材料を根源的なメタファーで解釈することであり、それは根源的なものの見方を表す一つの文から生成するのである（91、大熊一九九二、九九）。それは世界観ばかりではない。文学作品も、そうした根源的メタファーから形成される。

早い話が、ヴァレリーによれば抒情詩は感嘆詞の展開したものである。正確にいえば堀口大学の訳では「リリスムは感嘆詞の進展だ」（一二三）となっている。この「リリスム」はフランス語では lyrisme で、〈抒情味、抒情的語調、詩的文体、詩的感激〉などの意味であり、抒情詩 poesie lyrique ではないのだが、同じことだろう。いずれ、人生や世界の真実に直面して〈ああ〉や〈おお〉などと感嘆する。つまり感嘆詞という根源的メタファーで人生や世界を直覚する。それを詩的形式で具体化するのが詩だというのである。つまり〈ああ〉の直覚が自然主義、自由の観念論、客観的観念論のいずれかの形で具体化され、あるいはそれが詩的形式として具象詩、ロマン派詩、形而上詩などになるという寸法である。

してみれば、哲学にしろ文学にしろ、それが依って立つ一つの根源的な思想は、世界をとらえる根源的ヴィジョンから出発しており、それを表明するのが根源的メタファーであり、その具体化として一つの文が生成してくるということになる。世界とはこうであるとか、人生とはああであると直覚するとき、それは具体的には、人生は夢であるとか、世界は舞台であるといったメタファーを用いた文になる。さまざまな世界観はそうした根源的メタファーを具体化した文を展開することで形成される。

世界観は文〈AはBである〉の持つ遠近法と方向性の効果から生まれる。つまり、Aをいかなる意味内容のBを背景にして、またそれにひきつけるかである。ところで根源的メタファーはといえば、隠喩であるからして、そのAとBの意味領域が範疇違反とされるほど相違しているが同時にまた類縁性もあるといった関係にある。じつは、こうしたAとBの両者の意味領域の違いからさまざまな修辞法とそれに対応する世界観が発生するのである。

(1) 隠喩、換喩、提喩、アイロニー、ナンセンスと世界観

アーノルド・ウェスカーは『演劇――なぜ?』でこんなことを言っている。「あらゆる芸術はリアリティをあつかいます。〔…〕そしてある芸術家はそのリアリティを自然主義的なスタイルで表現、あるいは再創造し、他のものは超現実的スタイルを使い、またあるものはリアリティに関する不条理なものを再創造し、他のものは抒情的なものを再創造いたします」(一〇六)、と。つまり作家は自分の直面する根源的現実を自分に見合うやり方で描くというのだ。あるものは自然主義的観点から、またあるものは超現実主義的観点から、さらには現実を不条理とみる立場から、あるいはまったく主観的に抒情的に描くといった具合である。じつはそうしたさまざまな根源的なものの見方は根源的な定立〈AはBである〉で表現されるのだが、それはつねにすでに一定の文体というか修辞法からなっているのである。

エーリッヒ・アウエルバッハは『ミメーシス』で西欧文学には、ホメロスと旧約聖書を典型とする二つ

の文体があるといっている（大熊一九二二、一〇〇）。そしてそれぞれの文体には、世俗的リアリズム――なんなら常識主義といってもいいが――の日常性と宗教的神秘主義的な驚異の感覚が表現されているとしている。ということは、アウエルバッハは、世界観と文体つまりは修辞的要素にはある種の対応関係があるとみているといっていい。

こうした修辞と世界観の関係については、ロマン・ヤーコブソンがハレとの共著『言語の基礎』で、もっと突っ込んだ議論を展開している。一般的にいって、文〈AはBである〉で、このAとBの意味内容（事物）が相容れないものであるとき、それは隠喩（や直喩）となり、両者の意味内容（事物）が接触していたり、包含されていたりする場合、それは換喩や提喩となる。そうした修辞の相違が世界観の相違をもたらす点に注目したヤーコブソンは、隠喩はロマン主義的象徴主義的世界観、換喩は写実主義的世界観に対応するといったのである。これは隠喩や換喩の具体例を思い出せばそれほど奇異なことではない。早い話、隠喩や象徴は、現実の事象を提示して、その背後の霊的世界といったものを暗示する技法である。これにたいして換喩は、リアリズムの作品にみられるように、登場人物の人柄を伝えるのに、その着ているものや住んでいる家といった接触しているものの具体的描写によっている。

これはヘイドン・ホワイトが『メタヒストリー』で提示した歴史観の類型化にも現れている（29-38、大熊一九九二、九九）。すでにふれたペパーによれば、世界観は一定の判断材料を根源的なメタファーで捉えることで構想されるが、それには文脈主義、形式主義、有機主義、機械主義の四つのタイプがある。こうしたペパーの考え方を援用して、ヘイドン・ホワイトは、歴史とは結局は過去の歴史を解釈したものにほかならないのだが、それも歴史とはこうだという個々の歴史家独自の根源的メタファー――たんなる修辞的隠喩ではない――をもとにして書かれるものだと考えている。そして、その解釈には四つのタイプがあって、それは風刺的、ロマン派的、喜劇的、悲劇的の四つであるというのだ。そのうえで、その典型的な四つの歴史観の修辞法はといえば、それぞれ反語（アイロニー）、隠喩、提喩、換喩である。さらには、これらをそれぞれリベラリスト、アナーキスト、保守派、過激派という四つの政治的イデオロギーに割り振っている。ヘイドン・ホワイトの議論の是非は今は置くとしても、修辞と世界観の間には密接な関係があることの証言であることに間違いない。たとえばリベラリスト的な世界観を持つ人間は、反語的な根源的メタファー（修辞法）を懐胎しており、結果として風刺的な文体を操ってリベラリスト的歴史観を展開するという次第である。

ところで、忘れてならない——ぼくらにしてみれば特権的な——修辞法がある。ナンセンスである。なるほど世界は無意味であると見定めるひとの根源的修辞はナンセンスである。だが、この修辞には異様な破壊力が備わっているのである。人間は一定の歴史的時点で一定の社会に生まれ落ちると、その社会の世界観を学習し、それを自分のものとする。それが民族学のいう加入儀礼 initiation であり、社会学のいう同化（文化受容 acculturation）だが、それから逸脱する契機もある。その場合、逸脱するのは、ホワイトの議論では、アナーキストや過激派であり、そうした政治的ラディカリズムに誘う効果を発揮する修辞として隠喩や換喩が挙げられている。だが、ぼくらにしてみれば、こうした社会から逸脱を促す効果を最大限発揮する修辞とは、ナンセンスをもって嚆矢とする。そもそもナンセンスは、意味を成立させない修辞だからである。ナンセンスは、その効果によって、世界にはリアリズムや象徴主義が前提しているような確かな実在や世界といったものはそもそも存在しないという世界観を表明している。広義のナンセンスは、フッサールの例を援用すれば、「四角い円」（ナンセンス）や「アブラカダブラ」（無意味）や「緑はあるいはである」（非文）といったものからなっている。この最後の文はチョムスキーがその『統語の構造』

で例示した非文 Furiously sleep ideas green colorless. を想起させる（15）。ところがこの誤った統語法から生まれたナンセンスもまた一定の世界観を効果しているのである。論理以前／以後の不条理の世界の気配である。

たとえば「ジャバウォッキー」。この『不思議の国のアリス』の中の有名なナンセンスの戯れ歌は、わけのわからない造語のスタンザから始まるが、すぐに標準英語に変わり、父の命を受けてジャバウォッキーを倒す息子の話になるものの、それが最後にふたたび造語のナンセンスなスタンザで終わるというものである。この構成は、まさにカオスモスからコスモスが誕生するが、またぞろカオスモスに回帰するといった世界像を寓意していると読める。ナンセンスはこのカオスモスの世界観に対応する修辞法なのである。

世界の、存在のカオスに直面した人間が、なんとか秩序を形成しようとして隠喩なり換喩なりで混沌をとらえようとする。そうやって人間は世界を現実的にあるいは象徴的に捉えて、リアリズムや象徴主義の世界観を形成してきた。だが、ナンセンスは、そうやって形成された秩序を隠喩や象徴の統語法を破壊することでご破算にする効果を発揮する。そうやってさまざまな世界観を相対化する。いずれ人間が考えたことだとして突き放し、あるのはカオスモスばかりであると思い知らせるのである。世界に秩序があるのではない。本来世界はカオスモスであってそれからカオスを分離することでコスモス（秩序）を見出したのはほかならぬ人間なのである。秩序は人間がかりそめに定めたにすぎない。まことにナンセンスという修辞は世界はカオスモスであるという認識に対応している。ぼくらは世界を前にして、それを合理的なものか、非合理的なものかと自問して、合理的なものだとしている。だがそれは必死の選択であり賭けなのである。それは太陽が明日も（来年も）また昇るようにと、人身御供を捧げたマヤの人々の必死さになんら引けを取らない。ヴィトゲンシュタインが『論理哲学論考』でいうように「太陽が明日も登るだろうというのは一つの仮説である」（一四二）。そうしたあやうい根源的な人間のありようをナンセンスの修辞は想起させる。こうした世界観をナンセンスの修辞で達成しているのが、ウェスカーの例でいえば、ベケットの不条理演劇なのである。

（2）文の効果と修辞の効果と自己形成

ウンベルト・エーコは形式論理と修辞についてこういっている。「形式論理は自然言語にはロジックはないといってきた。実際、自然言語が支配されているのは形式論理でなく、代替の論理である修辞によってである」（67）。つまり修辞法とは恋人をバラにたとえる隠喩の場合のようになにかを別のものに代替することである。なるほど世界観の効果は文の遠近法と方向性の効果から生まれる。だが、修辞法そのものも世界観の効果を発揮しているのである。

世界観の効果に関係する修辞法には、すでにふれたが、提喩、換喩、直諭、隠喩、反語、パラドクス、ナンセンスがある。これらは〈AはBである〉という文の形式――論理学でいう命題――で表現できる。その場合、修辞ではAをBによって代替するだけで、命題のようにその真偽は問題ではない。ただ、そのA、Bの意味領域の異同によって生まれるさまざまな修辞法が問題なのである。たとえば〈泡が入荷しました〉というときの〈泡〉は提喩によって〈シャンパン〉と理解できる。これは背後に〈泡はシャンパンである〉という文があり、そのA（泡）、B（シャンパン）の意味領域が同じで部分と全体の関係にあるので提喩からであると説明できる。英語では〈帆 sail〉が船の意味になる場合だ。同様に換喩は〈杯を交わす〉と言った場合、〈杯〉は酒の意味だが、それは〈杯は酒である〉という文が背後にあり、そのA、

Bの意味領域が関連、接触の関係にあるから換喩となる。たとえば英語で〈冠 crown〉が王様の意味になる例がある。またA、Bの意味領域が異なっていて、類似の関係にあるのが直喩と隠喩である（〈我が恋人はバラのようである〉〈我が恋人はバラである〉）。さらにA、Bの意味領域に関係なく、Bが非Bの場合が反語（〈日本は偉大だ〉）、A、Bの意味領域に関係なく、文意に矛盾があるが意味の通るのがパラドクス（〈永遠なるものは歴史的である〉パーシー 119）、A、Bの意味領域に関係なく、完全に無縁で無意味なのがナンセンス（〈精神は骨である〉）といった具合になる。そうした場合ナンセンスは濫喩（無意味な比喩）の一種といってもいい。

修辞は、それぞれ独自の世界観を効果する。そして文学作品はそのジャンルや思潮などによって特定の修辞法を構成原理とする。たとえば、ローズマリー・ジャクソンによれば、幻想文学は「ゆっくり急げ」といったオクシモロン（撞着語法）を構成原理としている（21）。また、すでに触れたが、ヤーコブソンは、リアリズムやロマン主義・象徴主義といった文芸思潮は、それぞれ換喩と隠喩をその特徴的な手法とするといっている。その伝でいえば、逆説（反語、パラドクス）は風刺文学、濫喩（ナンセンス）は不条理の文学の原理であるといえるだろう。

いずれにしろ、ぼくらはすでに触れた方向性と遠近法という文の効果とこの修辞法の効果を母語習得やその運用のなかで存分に浴びる。そのことで素朴実在論や常識（ぼくらの常識主義）を基礎とした世俗的人間が形成されるのであり、そこに世俗的な自己が発生する。さらにはそうした効果を計算した文章や物語によって具体化されたイデオロギーを賦与され、そのイデオロギーを確認する時はじめて自分のアイデンティティを感じるといった羽目になる。呪縛する自己の存在感の発症である。その呪縛を解縛するのが、たとえばナンセンスの修辞ということになる。それを意識的に遂行するのが読書によるセラピーである。ざっとこうしたのがぼくらのいう修辞と文の効果による自己の形成の過程とその維持管理の技法である。

なるほど、文の発揮する世界観のいずれかを自分のものとすることで人は自己の存在感を感じる。だが、そうした自己を突き放す視点もまたある。それがナンセンスやパラドクスの発揮する効果なのだが、それは文の持っている言説の主体と発話行為の主体の差異によっても経験可能である。

(3) 発話の主語と発話行為の主体——自己同一化からの離脱または空無としての主体

私を意識する私という存在は、とりわけパラドクスやアイロニーやナンセンスの修辞を用いるとき経験できる。ところが、〈発話の主語〉(=発話の主体)と〈発話行為の主体〉という私の二重化の体験によっても出現する。たとえばＷＡＳＰのアメリカ人が〈ぼくはアメリカ人である〉といった場合、そこには発話(言表)の主体と発話行為の主体には同一性がある。だが、たとえばアジア系アメリカ人がそういった場合、そこには微妙なずれがある。いやそれは西欧系のアメリカ人の場合でもそもそもアメリカとは何かがしっかりと定まっているわけではないからして〈ぼくはアメリカ人である〉という発話には時と場合によって微妙な差異があり、不変の同一性といったものを認めることは思うほど容易ではない。こうして私の二重化が生まれ、見られる私と見る私が生成する。これが自己の存在感に縛られている自己を相対化する契機になる経験である。

ジジェクは、『為すところを知らざればなり』で、〈私は苦しんでいる〉という時、そう言っている私は苦しんでいる人を指しているのではない、というヴィトゲンシュタインの言葉を引用してこういっている。そのとき「[発話の主体ならぬ]『私』は『発話作用［発話行為］の主体』という空虚な消失点に他ならない。その点は社会的現実を構造化する象徴の編み目の中の或る場所と同一化することによってしか同一化には達しない点である。この象徴界の或る場所でしか主体は『誰か』にならないのだ」(二五八)、と。ここで「社会的現実を構造化する象徴の編み目の中の或る場所」と同一化するとは、自分の生まれ落ちた民族の文化の価値観を受容し、従属することである。遠近法と方向性を持つ文の効果を反復することで習慣化したものの見方・感じ方を自分のものとすることとある。そうやって成立するのが「私」であり、そうした私を眺めるもう一人の私が「発話作用の主体」であり、それが「空虚な消失点」なのである。ぼくらにいわせれば、それこそが存在観といった形而上的な経験の担い手になる。

この従属した主体から〈空無としての主体〉への移行を、ジジェクは、『偶発性、ヘゲモニー、普遍性』で「疎外」と「分離」という言葉で捉えようとしている(三二七―三三八)。たとえば人間は、異性愛というドミナントなイデオロギーを受容しないとき、それから疎外される。そしてなんとかそれと妥協するとき、つまり偽装結婚などをするとき、とりあえずは疎外感を解消することになる。だが、結果として同性愛者の、マイノリティの疎外の苦悩は内向して深まるばかりである。これにたいしてそうした異性愛といったイデオロギーから一歩離れてそれを相対化しうる地点に立つ時、それは支配的イデオロギーとの同一化、疎外といった悪循環そのものから離脱するありようとなるのである。それをジジェクは分離といっているのだ。分離は自己同定する主体から一歩距離をおくあり方であり、主体を見守る主体の立ち位置である。発話行為の主体の場である。それはぼくらの言う存在観の視点であるが、じつはそれを担うのが〈空無な主体〉なのである。実体のないのっぺらぼーな幻影だ。かくしてジジェクは分離の政治的な意義として「《大他者》が難攻不落なのは、主体がそれに対して疎外関係にあるときだけであり、分離はまさに「《大他者》の支配に対する」介入への道を拓くのである」(同三三四)というのである。これこそ〈空無としての主体化〉の効用である。

ジジェクは、バトラーとラクラウを相手に敢行した丁々発止の手紙の応酬を収めた前掲書のなかで、次のような感想をふと漏らしている。「意識の地位は一見するよりはるかに謎が多い。それが周辺的ではかないものであることが強調されればされるほど、疑問は強くなる。意識とはいったいなんなのか。自己意識とはなんに向かうのか。ラカンがその機能を軽視すればするほど、意識は計り知れない謎になっていく」（三三五）、と。いうまでもなく、ぼくらはこの謎に取り組んでいるわけである。意識のはかなさを認めながらも、アルツハイマーや植物人間という生き方を認めながらも、ぼくらのこの世での滞留は他ならぬ意識という形以外にはありえないからである。意識がなくなれば、文字通り死である。存在でなくなる。無意識のときもないわけではない。だが、そのときでも無意識の病は意識化することでのみ回復されるというのがぼくらの前提である。かくしてぼくらの存在感分析は、意識のありようを、存在感、存在観、実在感という具合にたえずその存在様式を変えるものとして捉えようというのである。そして主体とはそうした意識の意識として存在し、空無ではあるが、意識の変容を働きかける動因ともなるというのがぼくらの考えである。

（4）物語分析——背景や登場人物の布置の示す寓意と記号過程の構造

思想はその人の根本的な経験から生まれる。物語にしてからがそうである。物語は小説ばかりでなく神話や童話やアニメやクラシック・バレーや果ては前衛的パフォーマンスにいたるあらゆるジャンルの背後にある普遍的なものだ。その物語を創作する実際の手順は拙著『文学的人間の肖像』で検討したとおり多種多様だが（一二〇—一四一）、その一般的なフォーマットに変わりはない。まずもって作家の根源的経験が根源的メタファーで表現される。つまり根源的経験が〈AはBである〉と表現される。するとそこで生まれる方向性がプロットとなり、遠近法が登場人物の布置や地理的歴史的背景の設定となる。そしてそのプロットや登場人物の布置が物語の寓意を担うのである。

たとえばロレンスの『チャタレー夫人の恋人』では、主要人物はコニーと夫クリフォードとメラーズだが、その三人が貴族とその妻とその愛人の庭番といった三角関係を形成している。当然そこには階級意識などの寓意も読み取れるが、中心となる戦傷で性的不能になった夫とその妻と壮健な男という登場人物（意味素）の布置のもとに、妻が夫を棄て不倫の相手を選ぶという筋立て（プロット）であるからして、この小説には生命的なものの価値観を肯定するという寓意が効果として生まれているという次第である。それもこれも生命的なものを根源的と考えているロレンスの世界観の要請する根源的メタファーがそうした人物の布置とプロットを要請したのである。ぼくらの考える物語分析とはざっとこうしたものである。

とはいえ物語のプロット＝方向性と登場人物の布置＝遠近法が形成する寓意の考察は一見恣意的に見える。しかしそこにもまたそうした寓意の解釈を促すパースのいう記号過程の効果が作動している。ソシュールの記号論はシニフィアンとシニフィエの二項関係から成立している。そこには見事に対象が除外されているが、パースの場合は記号と対象と解釈項の三項からなっている。つまり対象を記号で指示することで解釈項を得るというものである。そうしたパースの記号学は、対象（自然）を記号（観念）で指示して解釈項（意味＝意識）を得るという人間的経験の構造を写し取っている。これは次章で詳細に検討するのだが、この三項関係の寓意の構造は、神、自然、人間（宗教的レヴェル）、権力と被支配者とその中間層（政治的レヴェル）、パパ、ママ、ボク（精神分析的レヴェル）といった具合にさまざまなレヴェルに展開し、さまざまな寓意を生成している。実際、記号過程は多層的な人間存在の各層で作動しているから、物語の登場人物の布置にも作動して、そこに多様な寓意を構成するのである。

ところが、こうした三極構造を逸脱する契機がパースの記号過程にはある。その具体例としてはパースのいう「最終的解釈項」を文学研究に応用しているマリケ・フィンレーがいる。パースの記号学を文学研究に直接援用した数少ない例といえる。当時のポストモダンの批評潮流では浮遊するシニフィアンといったソシュール流の記号論をもとにした批評理論が大手を揮っていた。ところが、フィンレーは、パースの記号過程の三極構造と「最終的解釈項 ultimate interpretant」(20) なるコンセプトを援用して、不確定性の作家ムジールの『特性のない男』を解釈することで、現代文学の言説の創造性とパース記号学の可能性を探ろうと企てたのである。フィンレーによれば、ムジールのこの小説の特色はアイロニーにあり、それがパースの「最終的解釈項」の振る舞いに似ているというのである。本来、文がアイロニーであるかどうかはだれも決定できない。たとえば What a wonderful world! をサッチモの歌声で聴けばそれが本音かどうかは歌い方で判断できる。だが、それを文として読む時、そこには本音かどうかの基準がない。それでひとたびそれをアイロニカルに読むと、今度は文字通り読むべきか、あてこすりなのかついに判断不能に陥ってしまうのである。どのような文であれいったんアイロニカルに文に接すると読者は文意を一義的に決定することができなくなってしまうのである。ムジールはそうした無限に後退するようなアイロニーのレトリックを用いているというのだ。それこそまさにパースのいう解釈項が常に記号となってあらたな解釈項を生むという終わりのない「最終的解釈項」の振る舞いに通じるというのである。つまり、無限に解釈を続ける解釈項である。ぼくらはそこに記号、対象、解釈項の三極構造を乗り越える記号過程の第四項を見ている。フィンレーの見出したアイロニーもまたそうした第四項の効果にあたるといっていい。いずれにしろフィンレーの論考は、パースの記号学には三極の記号過程とそれを乗り越える第四項の可能性があることを示す好例であるといって間違いない。

文学作品の構造にも文の方向性と遠近法が作動しており、それを下支えするばかりか、それを乗り越える契機もパースの記号過程は提供しているのである。たとえパースにその自覚がまったくないとしてもである。

(5) 存在感分析の手法としての言説分析《ディスコース・アナリシス》——バフチンとペシュー

文には遠近法と方向性の効果があり、そこから世界観の効果が生まれる。だが、そうやって形成された多様な世界観はたんに混在しているわけではない。歴史的経済的政治的現実の磁場のなかで方向づけられ、序列化されている。バフチンによれば、一つの文章になかには支配者の言説(公的言説)に収斂していく要素と、それから離反していく言説(反公的言説)があるとして、前者を求心的言説、後者を遠心的言説といっている(74)。しかもこれは最小単位の発話つまりはひとつの文にも当てはまる。とどのつまりは単語一つにもこれがあり、意識すると否とにかかわらず、発話とはつねにすでに政治的なのである。したがってぼくらは一言発するたびに、すべてを単一の言説に収斂させて支配を貫徹させる公的言説に与するのか、それともそれから離反するのかの選択——これは至難の業だ——が問われているのだ。

バフチンはこうした公的言説と反公的言説の混在した言説をヘテログロシアといっている(248)。ところが権力はヘテログロシアを否定して単一な整合性のある言説を国家の言説に設定しようとするのである。言説のモノローグ化である。それでバフチンは普通の言説分析ではヘテログロシアを見出すことは難しいといっている。支配の言説である「[国語や標準語]」はそれぞれ『特定の世界についての見方』であり、言葉による世界の概念化の形式、つまりそれぞれが言葉の対象や意味や価値観によって特徴づけられた特殊な世界観」（モーソンとエマソン142）であるが、それを国家は教育やメディアで教え込んでいるからである。ぼくらはそうした言語を自然なものとして受容し、それを生きている。それこそ自己の存在感に呪縛されたありようである。したがって公的求心的言説の形成する自己の存在感の呪縛を解縛するためには、そうした公的言説に遠心的反公的言説を見出し、あるいはそれを導入しヘテログロシアの言説を形成しなければならない。それをバフチンはヘテログロシアの対話化といっている。そしてそれが果されるときぼくらは母語や宗主国の言語の価値体系を当然と思うことを止めるというのである（143）。これこそぼくらのいう存在観のときである。

　マクドネルによれば、ペシューもまた、そもそも言葉には不変の固有の意味があるのではなく、意味はすべて言語使用の現場の敵対的関係のなかで生まれるといっている。「ディスクールの意味は究極的には敵対的な関係の中で成立する」（六四）、と。そしてディスクールの使用者の立場と、その制度内での位置取りの二つがあいまって、闘争の段階のいかんを問わず「言いえたり言うべきこと（これは、演説とか説教、パンフレット、報告、計画・予定表等々の形ではっきりと表現される）」（六八）を決定する、といっている。しかもその言説の「決定要素はディスクール内の語句の配列・配置に依拠するとともにそれらを通じて働く」（六八）というのだ。そしてマクドネルはペシューの理論を解説しながらこう言っている。「このような組み合わせ・結合で生じる同一ディスクール内の言葉や表現や論述・陳述内容の間の関係を「ペシュー」は『ディスクールの過程』と名づけているが、これは言葉が意味を帯びる過程である」、と。この「ディスクールの過程」――つまり言説《ディスコース》の効果――の具体例としてマクドネルはペシューの取り上げたフランス人権宣言をめぐる自由思想家プライスおよびペインの言説と、保守派のバークの言説の比較を紹介している。ペシューによれば、自由思想家では、たとえば〈自由〉が〈自然／生得〉に結びつけられているが、保守派では、〈相続／継承〉に結びつけられており、そうしたところにそれぞれの陣営での〈自由〉の意味が敵対的関係のなかで形成されていることが見てとれるというのである。

ぼくらにとってこの言説分析において興味深いのは、一つの単語を他のどんな単語に結びつけるかで、自由思想とか保守思想といった意味の効果が生まれるとされているところである。じっさいマクドネルは「それゆえ、われわれの言葉の組み合わせ方や陳述の順序・配列が問題になる。われわれの意図がどうあれ、この組み合わせや順序・配列をとおして、言葉が意味を帯びるのだ」（七三）と解説している。つまりマクドネルは語の意味ばかりかその配列や順序でもって言説そのものが発揮する効果に注目しているのである。ペシュー（そしてマクドネル）はどうやら気づいていないが、これこそ文の発揮する効果が言説のレヴェルに投影されたものである。すでにみたように文〈AはBである〉にはAをBに引き付ける方向性の効果とAをBを背景として考える遠近法の効果がある。ぼくらにしてみれば、ここに文ばかりか言説のレヴェルでも方向性や遠近法による世界観の効果が生じている実例を見るのである。ペシュー（そしてマクドネル）は自由を〈自然／生得〉か〈相続／継承〉のいずれに結びつけるかによって自由思想か保守思想かが生まれていると分析しているからである。

ペシューはまた主体の形成について同一化（同一視）と反同一化と脱同一化ということをいっている（一五三―一六四）。それは、一言でいえば、支配的言説を受け入れるか、それに反発するか、それから離反するかということである。だとするなら人を支配的言説から離反する態度に覚醒させるには、支配的言説の言葉の組み合わせ方や順序・配列を変更すればよろしいということになる。言説は社会的階級的敵対という歴史的経済的政治的なコンテクストから生まれる。したがってそれを忘却することは許されない。だが、同時にテキストの言説そのものにも、つまりはそれを構成する言語のレヴェルでも特定の効果が生まれている。これに反応するのが読者（聴衆・観衆）であってみれば、それを無視することはできない。しかも読者は一定の階級的敵対のなかで形成されたイデオロギーを教育やメディアなどによって自分のものとしたうえでそれを追体験することで自己の同一性（アイデンティティ）を感じとろうとする。ペシューのいう同一化である。それが自己の存在感の呪縛である。これは自己の呪物化であり物象化であるが、それを批判する敵対化やそれから離脱する脱同一化の場合にもそうした効果を発揮する文学作品の言説に感応することでそれが可能となるのである。そうした道筋をつけるのが言説分析の仕事である。ざっとこうしたことが存在感分析の手法としての言説分析《ディスコース・アナリシス》のあらましである。

作家は自分の生の実感を具体化する根源的メタファーから作品に練り上げる。作品はそれを言語効果として保持する。読者はそのテキストに感応することで、生の実感つまりは本来的存在感、自己の存在感、存在観、根源的存在感といった意識の様式を追体験する。作家と作品と読者からなる文学空間はこうした経験を存分に提供している。

（6）存在感分析としての読書――『ピーター・パン』の文学的経験

今日ぼくらにとって当たり前になっている読書は、じつは一六世紀の活版印刷の導入以後、ブルジョワ階級によって広められた行為である。ところが二一世紀初頭の電子化された環境にあって、もはや読書は日常茶飯な行為ではなくなりつつある。今世紀において読む行為は活版印刷の発明以前の中世の僧侶的な修行としての読書といった形に回帰するのではないかとすら危惧される。だとするなら、近代の読書がモダンな自我を形成したのであってみれば（ぼくらが本書で提示しているような）ポストモダンの読書は自我からの離脱の方途となるなどといっても説得力を期待できるかどうかははなはだ心もとない。だが、物語はアニメやテレビゲームなどにもしぶとく生き延びている。ぼくらとしては読書の可能性をあくまで追求する他に手はない。

作家と作品と読者からなる文学空間は、成層圏、大気圏、バイオスフィア（生物圏）のなかのひとつのニッチとしての、いわばリテロスフィア（文学圏）である。それはさまざまなコンタクト・ゾーンをもつ領域である。とびっきり人間的で形而上的な存在感、いきいきとした生の感覚を湛える地帯である。

ペソアによれば、「散文は芸術全体を包括する」（九六）。そして散文小説は一定の事柄を述べながら、つまりは物語を語りながら、それについての感情を、つまりはものの見方・感じ方を語るものである。作家は、物語に自己の存在感と書き込む。読者は読者で、その物語に自己存在感を読み込むのである。そればかりではない。読書とはそうした物語の言説に感応することでそれを相対化する経験つまりは存在観を得る必死の行為でもある。そうやって存在観をへて、実生活へと回帰し、結果として実在感を獲得する。文学圏とはいわば多国籍企業の剝き出しの欲望圏の内部に形成される極私的なニッチなのである。

してみれば、文学的営為とは、作家にしろ、読者にしろ、まさにヘゲモニーの戦場ということになる。それは具体的個別的な社会問題や政治的軋轢や宗教紛争となんら変わるところのない思想の闘争現場である。それはホミ・バーバが植民地における言説は、異種混淆や模倣（ミミック）や翻訳といった手法からなり、言説行為がすでにして闘争であるといった事態と変わらない。読書とはさまざまなものの見方・感じ方が混在し拮抗するヘゲモニーの戦場である。そこでの文学的経験は、存在感の全域を経めぐる経験であり、最終的には存在観を経て根源的存在感を獲得し、ひいては実在感を生きるように導く生の技法となる。こうした事情をもう少し具体的に説明するために『ピーター・パン』の読書体験を思い出そう。

ピーター・パンは成長しない永遠の少年の物語である。この物語の源泉はひとまずは作家の人となりに求めることができる。曰く、ジェームズ・バリーは実際成人になっても髭が生えなかったとか、曰く、老人になっても髪が白くならなかったといった事柄である。また伝記は母親が幼くして死んだ兄の面影をいつまでも胸に生きていたことからバリーも母の愛を得るために子供のままでいることに異様に固執していたと報告している。さらには性的不能であるとか、じつは小児性愛者《ペデラスト》なのだなどといった陰口も叩かれている。と同時にバリーは、その印税による収益を児童福祉のために病院に寄付してもいる。そうした複雑なバリーを単純化することは危険この上ない。が、いずれ一筋縄ではいかない人生経験のある人間の根本的な物の見方・感じ方が、成長できない子どものイメージをとって具体化されたのである。それが物語の主人公ピーター・パンである。作家の〈人生はこうだ〉といったヴィジョン（概念）の具体化がピーター・パンという人物像なのである。つまり「私は大人になれない」、「俺は父っちゃん坊やだ」という自己認識なり自己の存在感なりが、ルーウェリン家の子供たちをヒントにしてピーター・パンというイメージを見出す。じつは永遠の子供をピーター・パンと命名したときバリーの根源的メタファーが結晶化したのだが、それは「ピーター・パンは成長しない子どもである」という根源的な文に結実する。するとそこから物語の展開させるために、ジャンニ・ロダーリが『ファンタジーの文法』でいうように（三七―三八）、もし「ピーター・パンが成長しない子供であったらどうなるだろう」と「ファンタスティックな仮定」を立てたら、物語が動きだしたという次第である。

　むろん生身の作家の実際の創作過程はこんなフォーマットどおりであるわけがない。それにバリーの根源的な人生観といったものは、その伝記的事実や作品の解釈から忖度するほかないので、そうした日には作品解釈から伝記へ、伝記から作品解釈へという一種の循環論法を引き受けるほかなくなる。それでぼくらは生身の作者への思い入れをひとまず断念し、あくまで作品そのものの解釈に拘泥することになる。その場合、ピーター・パンという根源的イメージの含意する根源的ヴィジョンを理解するには、その名前がピーター（キリスト教）とパン（異教）の強引な結合からなっていることがヒントになる。そこに読者は作者のキリスト教的な抑圧の倫理とそれに拮抗する欲望の解放の領域としての異教的世界の併存といった寓意を読み取ることが可能となる。

そうしたバリーの、つまり生身の作家ならぬ想定された作家の——イーザーのいう内包された作家の——根源的世界観は設定とプロットによって実現される。設定はといえば、登場人物やロンドンとネバーランドという舞台装置に具体化される。見ての通り、ピーター・パンはその名によってキリスト教と異教、幻想と現実の双方を体現する存在である。その異教の側にはピーター・パンの仲間の少年たちやティンカーベル、フック船長や海賊、インディアン、ワニが配されている。キリスト教的道徳に支えられた日常性の極にはダーリング家の主人である銀行家のダーリング氏がいる。その中間にはダーリング夫人、そしてウェンディ、ジョージ、マイケルが控えているという寸法である。ダーリング夫妻は夫妻で夫は現実的な人間で空想には無縁だが、妻は心の奥に童心という秘密をもっており、ファンタジーを理解する想像力豊かな人物とされている。子供たちはといえばウェンディという造語になる娘——架空の異教的世界を暗示する——と、ジョージ、マイケルというキリスト教の聖人と天使の名前を持つ息子が対置されている。

背景であるロンドンとネバーランドにはキリスト教と異教、さらには宗主国と植民地といった対立が暗示されている。そもそも、ネバーランドという名がオーストラリアはクウィンズランドの実在のネバーネバーネバーランドから由来していることからすれば、ネバーランドに植民地のイメージを抱くことは途方もないことではない（228注8）。しかもそこにはエリザベス朝の帝国主義の先兵である海賊キャプテン・

フックや植民地の先住民インディアンがぬかりなく手配されている。その意味領域での役者は過不足なく揃っている。

プロットは、ロンドンとネバーランドの行き来が中心となる。そのことで現実と虚構の併存とその交錯が語られ、ファンタジーの効果が存分に発揮される。また、ネバーランドでの子供たちの振る舞いでは、〈ふりをする〉ことが現実となるというところにもファンタジーの効果がある。それにウェンディを母親と見立てるといった筋立て（プロット）に、生身のバリーの実母へのコンプレックスが感じられる。またネバーランドではピーター・パンとその仲間、海賊、インディアン、動物たちがその順で先行するものを攻撃し、後続のものには攻撃されるといった闘争を繰り返している。『不思議の国のアリス』のコーカスレースを想起させるその円環には、つまるところ最終勝利者がいないのだからして、弱肉強食的な社会ダーウィニズムの戯画的な止揚が読み取れよう。海賊がインディアンを退治するところに植民地アメリカへのイギリスの侵攻を暗示させるものがある。一方そのインディアンを助けるピーター・パンたちというプロットには、そうした植民地主義への批判が透けて見える。さらにはピーター・パンの仲間が最後にはダーリング家で普通の人間になるという、一種のハッピー・エンディングの物語の成り行きには、結局は幻想世界を現実に回収するという方向性の効果があろう。それはウェンディが母親になるとピーター・パンをすっかり忘れてしまうことにも窺える。ところが主人公のピーター・パンは断固として大人にならない。そのプロットには、作品としてあくまでも現実を拒否する姿勢が窺える。現実にたいする幻想世界の優位性が主張されていると読めるだろう。だがピーター・パンが寓意するのはそればかりではない。

ピーター・パンのキャラとして注目すべきは、記憶力が極めて弱いということである。今起こったことも次の瞬間にはもう忘れている。これはピーター・パンが幼いということのしるしでもあるが、それ以上に記憶が人格を形成することを想起すれば、ピーター・パンには人格なるものがないということである。つまりは永遠の少年たるピーター・パンは自我意識のない本来的な存在感を生きているキャラであることが寓意されていることになる。だが、さらに面白いのはその無関心さ＝無慈悲さである。

ピーター・パンは、海賊にたいしては当然としても、ティンカーベルや仲間の少年たちにもしばしば無慈悲な態度をとる。それは子供特有の残酷さともとれるのだが、テキストではその残酷さがピーター・パンの性格として特筆されているのだ。そこで注目したいのが「無関心」という言葉である。ピーター・パンの仲間の子供たちは空を飛べる。だが、それには「子供たちが無邪気でほがらかで無鉄砲であるかぎり」という条件がついている。ここで「無鉄砲」と訳された英語の形容詞は heartless である（大熊二〇一〇、二三八―二三九）。これは普通〈無慈悲〉とか〈元気のない〉といった意味である。だが、この単語はぼくらにしてみれば、キーワードなのである。というのも、この heartless という心的ありようは、ぼくらにいわせれば、人情でも不人情でもない漱石の非人情に近いものと解釈されるからだ。つまり、人間的な個人的な同情といった感情から離反したありようを示唆するものなのである。つまりそれはピーター・パンに付与される careless という言葉と同様に、他人や他人の感情とともに、自己や自己の感情からあっさり離反した、つまりは自己の存在感の探求といった近代的自我のメンタリティから距離をおいたありようを暗示しているのである。なぜか。

たとえば、ピーター・パンは空を飛ぶ。これはある意味ではロンドンのダーリング家の表象するイギリス植民地主義を支えその恩恵に浴している中産階級的現実からの離反であり、そのモラルの相対化を寓意していると解釈できる。あるいはピーター・パンは、ロンドンとネバーランドという二つの領域をわけなく行き来することで、その両者をも相対化している風に読める。さらに海賊たちはネバーランドに留まり、バンクス家の子供たちは最終的にはロンドンに帰還し、家庭に入って大人となる。ピーター・パンの仲間たちも同じ轍を踏む。だが、ピーター・パンは、その両界の往還をやめない。つまりいずれにも帰属しない。それればかりか大人にならないのである。これは世俗的打算的現実的といった大人の世界観をあくまで拒絶する姿勢である。一言でいえば、それはすべての価値のあいだに立つ立場である。どうやら、そうしたピーター・パンの寓意するものは非人情とぼくらが解釈する heartless という形容詞の意味内容と共鳴しているのである。それこそ存在感ならぬ存在観の境地なのである。読者はといえば、『ピーター・パン』の heartless という言葉の異様な使い方の効果によってそうした存在観の視点に気づかされるのである。

なるほどピーター・パンそのひとは、自己のない少年であり、その寓意するところは本来的存在感というべきものである。だが、大人の読者としてはそれを意識された根源的存在感として経験するのだ。そうした大人の根源的存在感は、すでにさまざまに紹介してきたが、ここではペソアの「無関心の美学」の箴言を引いておこう。ペソアの無関心こそ存在観をへた根源的存在感のありようである。つまり無関心とは「自分の野心や欲望でさえも、恬淡として眺められる」ありようであり、「自らにたいする無関心であり」「自分にたいしてあたかも他人であるかのように振る舞」（二四六―二四八）える境地である。非人情の主人公が活躍する『ピーター・パン』はそうした意識状態に読者を確実に拉致する。

これが『ピーター・パン』の存在感分析的な読み方である。じつは一流の作品はみなこうした構造をもっており、さまざまな存在感の効果を湛えながら、存在観をへて最終的には根源的存在感という大海へと流れ込む。読者は読者でそれに読書をとおして感応するのである。

自己の意識は脳の生化学的基盤によって形成される。そしてその自己の意識の内実としてのものの見方・感じ方は言語の統語法や修辞法の効果（世界観の効果）によって構成される。さらには、そうした世界観の具体的内容をぼくらに賦与するのが教育やメディアやその他の装置を備えた社会や国家である。ところがそうした社会や国家もまた記号過程から形成されているのである。

第3章　社会と国家と権力——人類記号過程の外在化と物象化

ドミニク・シモネの『世界でいちばん美しい物語』によれば、人類の社会は二〇人から三〇人ほどの小集団からなる狩猟採集のバンドから始まる（一七二）。ところが、紀元前一万年頃、放浪生活が終わると、土地の開墾と定住が始まる。そこに最初の集落が出現し、やがて村落社会が組織され、首長をいただくことになり、そこに権力が誕生する（一五）。なるほど権力の発生が農耕という生産様式から生まれたと説明されている。だが、そうだろうか。それ以後、部族社会、古代国家、封建社会、絶対王政、近代社会の大統領制にいたるまで、社会には国家が存在し、頂点にたつ権力者がいる。これはいったいどうしてなのだろうか。シモネのように普通の説明では国家といった上部構造は農業といった下部構造が決定するというものである。社会の権力構造には経済的な生産過程の構造が反映される。定住した農耕社会では必然的に貧富の差が生まれ、それが権力の誕生する基盤となるというわけだ。勤勉で有能で富んだものが怠惰で要領が悪く貧しいものを支配するのである。だが、ぼくらに言わしめれば、その理由は、権力構造や国家の形成に際して、意識すると否とに関わらず、人類の内なる記号過程が作動してその三極構造の記号の項が支配者として投影されたからなのである。というのもそう想定する時、同じ経済構造でありながら権力のない国家なき社会が存在する理由を説得的に説明できると考えるからである。ケニヤのジョーモー・ケニヤッタは『わがキクユ族』で、「西欧の侵略以前のキクユの社会では広範囲に権力を及ぼす首長など存在しなかった」(67) と書いている。またカネッティは『群衆と権力』で部族、大氏族、氏族とは別種類の構成単位として平等性、方向性を特質とする「群れ」をとりあげ、それを直接の起源とする様々な組織が現在なお存在しているといっている (上一二一)。それは「互いによく知りあっているうえに、明確なあるいは限定された性質をもつ首尾一貫した企てに参加する少数の人々」(上一六五) からなり、その具体的な現れはといえばイギリスにおけるキツネ狩り、最小限度の乗組員を乗せた小さなボートによる大洋航海、修道院における祈りの共同体、未知の国への探検、一切が人間の努力なしでひとりでに増殖する自然のパラダイスに少数の人びとと一緒に生活するという夢などである。そしてそこには「現代の増大しつつある強制や束縛からの解放された単純な自然的な生活へのノスタルジア」や「孤立せる群れの生活への願望」があるといっている。こうした事実を説明するのにぼくらは権力社会と同様の記号過程の作動を想定し、ただ権力なき社会は権力なき社会で記号の三極構造の外に出る記号の第四項が作動したと考えるのである。したがって農耕社会における貧富の差が権力を形成したというのは正しいのだが、そこにはたんなる経済競争と結果としての権力闘争だけではなく、よりよく生きることを旨とする (勤勉) という三極構造と、たんに生きることを旨とする (怠惰＝無為) という四極構造のいずれを選択するかという生き方の文化の競合がすでにしてあったとぼくらは考える。そして両者は今日只今でも競合している。それをこの章で検討しようというのである。まずは権力を構成する三極構造、ついで権力から逸脱する四極構造について。

1　カストリアディスの「社会的想念」

カストリアディスはパースの記号論を念頭においているわけではない。が、その『想念が社会を造る』で語った「根源的な想念」はまことにフィーリングであり第一次性であり記号であるといっていい。

根源的な想念は、社会・歴史的なものとして、また精神／体として、ある。社会・歴史的なものとしてそれは、匿名の共同のものの開かれた大河であり、精神／体としてそれは、表象／情動／意図の流出である。社会・歴史的なものの中で、設定、創造であり、存在させるもの、それをわれわれは、言葉の最初の意味での社会的想念、あるいは創出する社会、と名づける。精神／体の中で、設定、創造であり、精神／体のために存在させるもの、それをわれわれは、根源的想像力と名づける。（三四二）

社会を形成するのは物質過程ではなく人間の根源的想像力であるとカストリアディスはいう。ぼくらにいわせれば、それはパースのいう一次性にあたる。だがそれは個人的ではない集団のレヴェルで作動する記号過程である。カストリアディスのいう根源的な想念は「精神／体」としてあるが、それは記号とエネルギーでありシービオク的に表現すれば記号－エネルギーとなる。その想念を具体的に社会のなかでそれを設定し造形するのが「社会的想念 social imaginary」なのである。さらにそれが〈言うこと〉であるレゲインと〈すること〉であるテウケインとして具体化される（邦訳はそれぞれレゲンとテオケン、以下同様）。これは一次性（社会的想念）が二次性（レゲインとテウケイン）を生み出すことであり、それぞれ記号と対象ということになる。そしてその三次性である解釈項はといえば具体的な社会である。つまり「社会的想念は、社会・歴史的なすること／表現することとして、存在する。［…］つまり、テウケインとレゲインとしての、すること／表現することである、自らの社会・歴史的な存在の《道具となる諸条件》を創出するし、創出しなければならない」（一四六）のである。そしてこの社会的想念が社会を想像し、創造するのは、意味作用によって（つまりは記号過程によって）なのである。

社会は、製作し、いうことができるためには、自分を製作し、自分を言わなくてはならない。自分を製作すること、自分をいうことは、創出する社会としての根源的な想念の働きである。しかし、自分を製作することも自分をいうことも、意味作用に依拠することなしには、社会的想念の諸意味作用のマグマを存在させることなしには、なされえない。なぜなら、社会は《なにかしら》として創出されることなしには、創出されないからであり、この《なにかしら》は、必然的に想念の意味作用（と、想念の諸意味作用のマグマの尖端）である。［…］レゲインとテウケインが、諸意味作用のマグマの中に浸されている。（一七九―一八〇）

このマグマとは、人間が自然との生存競争のなかで勝ち取った普遍的なもの、「エイドス」である。「根源的想念の連続した産物であり現れである無意識の存在様式は、マグマの存在様式である」（一九八）。それを人間は社会的想念の無意識つまりはマグマに蓄積する。近代社会で個人とは、躾や教育やマスメディアによって刷り込まれた自伝的自己であるが、その呪縛する自己の存在感の形成は、レゲインとテウケインによって形成される。つまり、存在感は根源的メタファー〈AはBである〉で把握されるが、その文の効果の観念的ヴィジョンを示す遠近法がレゲイン、感覚的フィーリングを示す方向性がテウケインを具体化するのだ。レゲインは表現することであり、つまりは一定のパースペクティヴを持つことであるし、テウケインは行為することであり、そこには一定の目的という方向性がある。かくして「社会的想念は、社会・歴史的なすることと/表現することとして、存在する。［…］つまり、テウケインとレゲインとしての、すること/表現することである、自らの社会・歴史的な存在の《道具となる諸条件》を創出するし、創出しなければならない」（二四六）ということになる。つまり、漁師や戦士や活動家といったアイデンティティはそうした社会的想念の表現、つまりは意味作用によって生まれるのである。

個人は、彼の諸極の一つにおいて、当の社会による個人の創出を具体化し組み立てる、社会的想念の一意味作用である（漁師、戦士、職人、一家の母、スターの卵、活動家、発明家、等々）。彼自身の個人の歴史に媒介されて彼は、彼自身の創造的な想像力の独自性の中に、第二の極を持つ。したがって彼は、時に、社会的に提供された［…］《原型》を、ほんの少しか、はるかに、超えることもありうるし、［…］大きな価値を付与されるとすれば［…］彼特有の内容の中での社会的な個人の制度の、変質の源泉と発端になることもありうる。（二五二）

だとするなら原始共同体の族長や呪術師や一般の部族民といったものもそうやって生まれたのである。ただその場合ぼくらにしてみれば、族長と部族民という権力関係の生成には記号の三極構造が作動していたのである。

ここで注目すべきは、カストリアディスが、個人が社会的に提供された原型（エイドス）をそのまま踏襲する場合もあるが、それを完全に超える場合もあるといっている点である。カストリアディスは呪縛する社会からの離脱の契機をちゃんと考えているのである。カストリアディスにすれば社会はけっして固定されたものではなく、常にあらたな創出なのである。その『哲学、政治、アウトノミー』ではこう書く。

哲学が本当のところ何であるかを理解することは、哲学が（個人的かつ社会的）アウトノミー［自立＝自律］の社会－歴史的企ての誕生と展開をその中心に置かないなら、きっと不可能なのだ。［…］民主主義の闘争は、真の意味で自己－統治を求める闘争であり、［…］哲学は自己－反省的な主体の創造であり、思想のレベルにおける囲い込みを打破する企てなのである。（20－21）

この「自己－統治を求める」「自己－反省的な主体」こそ、エイドスから自己を解縛している人間のありようである。

カストリアディスは、記号過程を念頭においていない。したがってなぜこうした意味作用があるのかを解明できない。「なぜ社会は、諸意味作用の世界を創出することによって創出されるのか［…］要するになぜ、意味作用があるのか、［…］われわれは、それらの問には答えない」（一九九四、三二六―三二七）というわけである。ぼくらにしてみれば、これは記号過程の展開にほかならないのである。またカストリアディスは生物にもレゲインとテウケインを認めているが、生物にあるそれは人間のものとは違うといっている。「生物のこのレゲイン・テウケインは、社会・歴史的なレゲイン・テウケインと全く違っている。そこには記号的な関係も、真の意味での合目的性の関係［…］も、ない」（一八〇）、と。ぼくらしてみれば、これは動物記号過程と人類記号過程の差である。その三極構造は同じであるが、違いは意識があるかないかである。

カストリアディスは、創出する社会／社会の創出の始まりに意味作用を認めている。それが社会の形成に関わっていると考えている。ぼくらにしてみれば、社会的想念が意味作用であるのは、記号過程が自然ばかりか社会形成の過程にも貫徹しているからである。さらにいえば、人間に、そして社会に「変質の源泉と発端」があるのは、記号過程つまりは人類記号過程にそうした効果があるからである。それこそ記号の三極構造ならぬ四極構造の第四項の効果である。じつは、そこに権力と脱権力の二つの社会構造が生まれる契機がある。これを具体的に検討するのが本章である。

たとえば、次節ですぐに検討するが、バーガーとルックマンが外在化、客体化、内在化というのは、これはカストリアディスのいう社会的想念が、レゲインとテウケインをとおして具体化（外在化、客体化）し、それが人間に仕込まれて（内在化されて）アイデンティティが形成される過程を描いているという風に理解できる。

2　人類記号過程の「外在化」としての権力構造と社会組織

バーガーとルックマンは、その『日常世界の構成』でこう言っている。「社会がもつ〈独特の現実性〉を作り上げているのは、客観的事実性としてあると同時に主観的意味としてもあるという、まさしく社会の持つこの二重の性格なのである」（二八―二九）、と。これはまさに存在（客観的事実）と存在感（主観的意味）の関係である。二人はそのうえで、マルクス主義を踏まえて、この両者の間には弁証法的な関係があるとする。バーガーは、『聖なる天蓋』で、その間の事情を、簡潔に説明している。

社会の基本的な弁証法的過程は、三つの契機または段階からなっている。それは、外在化（externalization）、客体化（objectivation）、および内在化（internalization）である。この三つの契機が一括して理解されてこそ、社会の経験的に妥当な見方が保たれる。外在化とは、人間存在がその物心両面の活動によって世界にたえず流れだすことをいう。客体化とは、この（物心両面にわたる）活動の所産によって、生産者に外在し疎外する事実として彼らに対立する現実が成立することである。内在化とは、この同じ現実の人間による再占有をいい、これをもう一度客体世界の枠組みから内的意識の組成のなかに変容せしめるのである。（五）

引用にある「人間存在がその物心両面の活動によって世界にたえず流れ出す」とは、人間の心的構造たとえば記号の三極構造が社会の権力構造に反映されるということである。そしてこの流れ出すものこそ、カストリアディスのいう社会的想念であり、パースのフィーリングであり、記号過程の第一項である。

これを『日常世界の構成』の言葉でさらに敷衍すると、「社会は人間の産物であ」（一〇五）って、それは象徴的世界によって意味づけられている。だが、じきにそうした人間の賦与した意味は物象化される。物象化によって人間は「人間の活動の産物をあたかも人間の産物以外の何物かであるかのように理解」（一五二）するようになる。その結果「社会は客観的現実である」ということになる。すると今度は社会が人間を規定するようになる。かくして「社会は人間の産物である」が逆転して、「人間は社会的な産物である」という羽目になる。そこでこうした不自由な象徴的世界から自由になるためには、まずもって意識が物象化されているという事態を理解することが必須なのである。それがバーガー、リュックマンのいう「相対的な意識の脱物象化」（一五三）だ。断るまでもなく、その結果得られる視点こそ、ぼくらのいう存在観である。

ここで二人の論のポイントは、象徴的世界の生成であり、その社会化である。それについてこうもいっている。「その象徴的世界の起点は、その基礎を人間の生得的な構造にもっている。もし社会のなかにおける人間が世界の創造者であるとすれば、それが可能になるのは人間に構造的に与えられた世界開示性によってであり、このこと自体がすでに秩序とカオスとの抗争を示唆している」（一七六）、と。

だとするなら、問題はこの「構造的に与えられた世界開示性」の正体である。カストリアディスならそれは社会的想念の意味作用というであろうが、ぼくらにしてみれば、それこそ言語であり、記号であり、一言でいえば記号過程なのである。しかもそれは人間が意識すると否とに関わらず作動しているメカニズムなのだ。とはいえこれはにわかには信じがたいところだろう。記号過程の三極構造が権力の構造を決定しているということを示す具体例を実地検分する必要がある。そこでまずはフロイトの議論を取り上げてみよう。

（1）三極構造

（A）フロイト、ラカン、フーコー——記号と権力

シュティルナーの『唯一者とその所有』は、人間は自分を自分の主人としなければならないという思想的アナキズムの宣言の書である。だが、実際はたえず自分が仕える主人を外部に設定してきたのが人間である。神とは「精神である」のだが、「私がそれの主人となること能わぬこの精神なるものは、じつにさまざまな姿態をとりうるのだ。この者は、神ともよばれ、民族精神ともなり、国家、家族、理性とよばれ、また——自由、人間性、人間とも名のる」（『唯一者とその所有』下二七一）という具合である。つま

り古代国家の王＝神から自由、民主主義といった近代のブルジョワ社会の価値観に至るまでさまざまな形で「精神」は人間を支配してきたというのである。目下のところぼくらにとって必要なのはそうした権力構造が記号過程を反映し、とりわけその頂点――シュティルナーの場合なら「精神」――は記号の項が投影されたものであることを示すことだ。だが、そのまえにそもそもこうした権力構造が発生する過程をさらっておこう。

フロイトは権力の起源を『トーテムとタブー』や『モーセと一神教』で当時の人類学的知見を援用して説明を試みている。そして権力の座は、部族社会のトーテム信仰から、父、族長、王、神といった具合に展開していったと論じている。「ある日のこと、追放された兄弟たちが連合し、父親を撃ち殺して食べてしまい、そこで父親群に終止符を打つのであある。［…］人類最初の祭りかもしれないトーテム饗宴とは、この重大な犯罪行為の反復であり、記念碑であろう。そしてこの行為とともに社会組織、道徳的制約、宗教など多くのことがはじまったのである」（一九七〇、一六七）。祭りの際の「いけにえとは実は古代のトーテム動物であり、原始的な神そのものであって、それを屠殺して食うことによって、部族仲間は、自分達が神に似たものであることをあらためて思い起こし確認したのである」（三六一）。やがて動物は神聖さを失い、いけにえはたんなる供物となり、聖職者の仲介によってしか神と交われなくなる（二七九）。そして「同時に社会秩序は、家父長制を国家に移行させ、神と同等の王の存在を知ることになる」（三八〇）。こうしたことは今日でも稀ではない。ソマリアの英語作家ヌルディン・ファラーはその小説でソマリアの伝統的な家父長制の実践に支えられている独裁者バレの体制を描きだしている（グリフィス269）。

なるほどフロイトはそのトーテムの発生の起源に父殺しがあったと断じる。それがエディプス・コンプレックスの始まりである。ところがジラールは『暴力と聖なるもの』でその父殺しの起源にはより一般的には満場一致の暴力なるものがあったというのである。それこそが父殺しの、そしてエディプス・コンプレックスの原理であると。ジラールは「人間文化の単一性が存在することを明確に肯定しなければならない」(四八四)といって、満場一致の暴力こそがそれであるというのである。「異なった無数の上に分散された一切の悪意、てんでんばらばらに散っていた一切の憎悪は、爾来、ただ一人の個人、贖罪の雄山羊への暴力に収斂していく」(一二九)。しかもそこには集団の模倣のメカニズムが作動している。そしてこのいけにえが神聖なものとなっていくのである。「創始的暴力が、神話と儀礼の意味するものの一切の母型である」(一七八)という次第である。

では、こうした権力と言語の関係つまりは記号過程との関係はといえば、エリック・ガンズは『言語の起源』でこの創始的暴力のときに言語が発生したといっている(11-12)。これはいわば言語の系統発生であるが、ラカンは、その父殺しの禁止を受け入れるとき、人間はエディプス・コンプレックスを克服するのだが、それはまた同時に言語習得の時であるとして、言語の個体発生を説明している。人間は普通生後一八カ月くらいで言語を習得するのだが、ラカンはそれを「鏡像段階」とし、その言語を「父-の-名」と命名しているのである。してみればラカンは父=権力と言語=記号を同一視しているわけで、こうしたラカンを参照すれば、まさに記号過程の三極構造の頂点にある記号が権力の座に外在化されたと想定して差し支えあるまい(本書三二六頁図4参照)。

フロイトやジラールの議論は今日実証主義的な学界では受け入れられていない(ジラールについては田中二六注16)。だが、ぼくらとしては生贄を共食する際に言語が生まれたとするガンズの仮説を念頭におけば、そうした創始的暴力のさいにも記号過程——動物記号過程から人類記号過程が生まれる間に想定される記号過程――が作動していたと考えることが可能となる。フロイトのいう権力の発生の根源にある父殺しにもまた記号過程が作動しているのだ。

それにそもそもジラールいうところの創始的暴力の際に満場一致を惹起する「模倣」も一種の記号過程にほかならない。ジラールの『欲望の現象学』によれば、人間が欲望するときは、崇拝する人の欲望の対象を模倣する。たとえばドン・キホーテならその騎士道はアマディースを手本としている。この手本が欲望の媒体となることで、ドン・キホーテの欲望は、主体と対象と媒体という三極構造をとる（二）。これをジラールは三角形的欲望というのだが、この「欲望の三角形」はまさに記号過程の三極構造である。ここには欲望の対象（対象）と模倣の媒体（記号）と欲望する主体（解釈項）という記号過程が作動しているからである。だが、もっと直接的にはフーコーの言説が想起される。

フーコーはその早い晩年にいたって「自己への配慮」を中心とした人間の生の形を考えるようになる。その際に「自己統治」ということを持ち出してこんなことを言っている。「自分自身を治められない者は人を治めることができない。［…］さていったい何が統治者を導くべきだろうか？　法としてであるのは確実だが［…］法を成文法としてよりもむしろ、理性として、つまり統治者の心の中に生きていて統治者をけっして棄てるはずのないロゴスとして理解すべきである」（一九八七、一一二）。ここでフーコーはロゴスつまり理性＝記号が人間個人ばかりでなく、メタファー表現ではあるが社会の統治者をも導いているといっている。人間を統治するのと同じロゴス＝記号が社会の統治者をも導いているというのだ。これはもはや記号過程の三極構造の頂点である記号の項が社会に投影されたのが権力（権力者）であると断定できるあと一歩のところということにはなるまいか。

どうだろう、こうしてみればこの記号、対象、解釈項の三項が記号を頂点として形成する三角形が社会の権力構造のモデルとなる可能性があるとはいえまいか。人間の内なる記号過程が外部に投影されたのが権力構造である、と。満場一致の暴力ならぬぼくらの記号過程こそジラールの求めて止まなかった「人間文化の単一性」である。

（B）言語と権力――ルジャンドルの『ドグマ人類学総説』

フロイト、ラカンの路線に沿うような形で、言語と権力の関係を大胆に捉えているのがピエール・ルジャンドルの『ドグマ人類学総説』である。とはいえルジャンドルはかならずしもラカンや記号学に依存しているわけではない。だが、ルジャンドルのドグマ論の骨格は、ぼくらのいう記号過程論で読み代えることが可能であり、人類記号過程が社会の形成の基礎になっていることを図らずも傍証することになっている。

ドグマとは、一般的には権威によって定められた教義で、だれでもが信じている信念（の体系）といったものである。一つの時代や社会はそうした一定のドグマによって支配されている。ぼくらはドグマによって世界を解釈し、そのことによって出現する主体によって自己を管理し生活を維持運営していく。したがってドグマが喪失するとき、社会や人間は崩壊するとルジャンドルは論じる。そのようなドグマの源泉にルジャンドルは、フロイトの父殺しの神話を持ってくる。すでにふれたが、フロイトは『モーセと一神教』のなかで、父親殺しの結果、その否定した父をトーテムとして崇めることになり、後代の族長や国王はその代理であったと書いている。それはシュティルナーがいうような父を経て王や神にいたる権力構造の頂点のイメージとなる。そのうえでルジャンドルはその基底に言語（ルジャンドルいうところの「第三項」）があるというのである。

われわれをわれわれ自身から決定的に分離する〈第三項〉が必要なのです。［…］物の知覚と主体のあいだには、表象が介在しています。［…］そして、言語がなければ表象は存在しない。言葉のヴェールがわれわれを物から分離するのであって、このヴェールは絶対に剝がれないのです。（二七〇）

この議論は、ぼくらの記号過程論で解説すれば、知覚される物とは対象であり、主体とは解釈項であり、表象とは言語がなければ表象はないというわけだから、記号ということになる。なるほどそこには記号の三極構造がある。そのうえで、そうした三極構造が文明を形成しているというのである。つまり「人間［は］ことばの主体として構築されている」（二七五）が、「このメカニズムこそが、社会によって担われる制度性の展開を規定している」（二七五）、と。言語の主体としての人間の介入が社会制度を構成しているというわけである。そして当の社会は「三肢構造」になっていると断じる。それはまさしくぼくらの記号過程の三極構造なのである。

人間や世界についての見方には、ユダヤ教や、キリスト教、イスラーム、中国［老荘思想、儒教など］、アフリカ［部族の口承神話など］など、文化に応じてさまざまなヴァージョンがあるということだ。理論的な面では、このことは、〈正典化されたテクスト〉は〈第三項〉というステイタスのもとにあるということ、〈正典化されたテクスト〉は主体を分割するということ、つまりはそれは人間と人間のあいだ、そして人間と世界のあいだに位置しているということを意味している。つまりここにあるのは、あらゆる文明の三肢構造なのである。（二六二）

なるほど世界の文明は多様であるが、すべては「三肢構造」から成っているといっている。ここでいう「三枝構造」とは、〈正典化されたテクスト〉が記号であり、主体が解釈項であり、他の人間や世界が対象であるからして、ぼくらの記号学でいう三極構造ということになる。どうだろう、ルジャンドルの議論の枠組みは、ぼくらの記号過程とぴったり相似形をなしている。しかも〈聖典化されたテクスト〉は〈第三項〉と名指されてはいるが、ぼくらの記号が想起され、しかも権力の位置にあると想定されているかに見えるのである。実際それはそのとおりなのである。

すでに触れたように、西欧文明の基礎には父なるイメージがあり、その元にはフロイトのいうトーテム原理があるが、西欧の法的伝統はそのトーテムの等価物であるというのだ。

> 古典中世からこの方再編成されてきた法的伝統には、トーテムの演出と規範的効果の近代的実践、すなわちフロイトが民族学に借りた用語で「タブー」と呼んだものをめぐる数々の重要な指摘が含まれている。この広大な問題系は、ローマ法とカノン法の伝統が〈父〉というテーマをめぐって、より正確には〈父〉の実体のイメージを巡って繰り広げてきた、諸々の学問的な概念のうちに見出すことができる。この〈父〉の実体のイメージとは、産業システムの到来に向けて当時完成されつつあったヨーロッパ文明における、トーテム原理の等価物である。では、精神分析家にとって、〈父〉の実体とは、象徴的な論理に関していえば、[…]それは、ことばへの参入[であり]、みずからのナルシシズム的なイメージとの分離、近親姦と殺人の無意識的な表象に結びついた欲動の社会化を、あらゆる主体のために定礎するものである。
> （二〇四—二〇五）

ぼくらは記号過程の記号の項に支配者なり支配的なイデオロギーがイメージされるといったが、ルジャンドルも同様にイメージしている。「一神教的な神学の言葉づかいでいえば、〈第三項〉とは神のことです」（二七七）、と。あるいは「国家はトーテムという聖なる位置にある」（一九八）とか、「［国家］は、表象の〈第三項〉のモダンな翻案にほかならない」（一五五）といった具合である。かくして、「社会の立法的あるいは決疑論的な実践というものは、この〈第三項〉の論理的なプレザンス［存在感］の効果として考えられなければならない」（一七九）というのである。ここで決議論が宗教上の教理と義務との判定法であることを想起するなら、ルジャンドルは第三項つまり言語の厳然たる存在感が国法や信仰を下支えしていると言っていることになる。残念ながらルジャンドルの使う〈第三項〉という用語は、記号を第一項としているぼくらとは言葉のうえでは整合性がない。が、いっていることは同じである。両者の果たしている機能は等しい。ルジャンドルが一種の記号過程を想定していたことは否定できまい。ルジャンドルの思考の枠組みがぼくらのそれと共振していることは間違いない。

（C）トフラーそしてデュメジル――権力の構造

記号過程の第一項（ルジャンドルのいう第三項）に権力が発生する。ところがその権力の場にも三極構造が作動している。知力、武力、財力の三つである。

未来学者アルヴィン・トフラーが『パワーシフト』で二〇世紀は財力から知力のほうへ権力がシフトすると述べたことはよく知られている。もっとも知の限りを尽くしてＩＴ資本主義を牛耳っているのが今日の権力であってみれば、知力と財力の境目は限りなくぼけていると言うほかない。ドン・デリーロの『コズモポリス』を思い出そう。が、それはそれとして権力の座にあるものは、その能力別にみて武力、財力、知力のいずれかがその支配的地位についてきた。王（貴族）の武力、商人（実業家）の財力、僧侶（知識人）の知力である。ぼくらにいわせれば、この三極構造には記号過程が反映している。王＝対象、商人＝解釈項、僧侶＝記号という次第である。これは牽強付会に見えるかもしれない。だが、じつはトフラーの背後にはデュメジルがおり、そこにみられる三区分イデオロギーは記号活動といっていい枠組みなのである。

デュメジルは、「印欧語族が世界を聖性、戦闘性、豊饒性の三要素からなるものとしてとらえ［…］それ［に］印欧語族三区分イデオロギーという名称をあたえ」（一八三）ている。デュメジルは、またそれを基本的三機能とも呼んで、「共同体が生き残り繁栄するために、祭司、戦士、生産者といった諸集団が守らねばならない三つの基本的活動様式のこと」（三二）であると説明し、それは神話から治療、賛辞、事物の本性、司法、心理学、聖物、色彩、とりわけ神学に顕著に窺えるとしている。たとえばインドの神話ではミトラとヴァルナは宇宙の主権者（祭司）、インドラは戦士、ナーサティは治療者（生の再生＝活性化するものとしての生産者）という次第である（五七）。

この三つは、武力（肉体の力、自然）、知力（言語）、財力（日常性、世俗性）という風に理解できるが、だとするなら、これは記号過程の対象、記号、解釈項ということになる。人間の日常生活（ケ）は経済活動から成っている。物々交換にしろ、金銭取引にしろ、同じである。商人や経済人はこの領域の手足れである。武将としての王や、騎士や軍人は肉体的能力に秀でた人たちである。したがってその存立理由は自然の賜物にあるが、同時に戦場ではつねに死と隣り合わせである。つまりケガレの領域に近接している。また僧侶や呪術師（メディスンマン）や知識人は王や経済人の生き方の指針を与える存在であり、読むこと、書くこと、つまりは言語に関わる。どうだろう、これは、記号過程の記号と対象と解釈項にあたり、まさに記号過程が社会的身分に外在化されたものといえまいか。してみればトフラーのいう武力、財力、知力はそれぞれ記号過程の対象、解釈項、記号にあたるからして、この三者間の権力闘争という枠組みの形成にも記号過程が作動していることが分かる。

(D) E・H・カントーロヴィチの『王の二つの身体』

トフラーのいう武力としての権力を表象するのが国王である。その王権について西欧の法の歴史をたどって精緻に論及したのがカントーロヴィチである。その『王の二つの身体』によれば、西欧では王の身体には自然的身体と政治的身体の二つが想定された。それで王の権威が永遠であるのは、その政治的身体は、王の死後その後継者に移動すると考えられていたことによる。「王の崩御〔…〕という言葉が意味するのは、王の政治的身体が死んだということではなく、二つの身体が分離したということ、そして、今や死に、あるいは王の威厳を離れた自然的身体から、もう一つ別の自然的身体へと政治的身体が移され運ばれていく」(上三七)、と。そして「この〔政治的身体〕は隠れたる神のごとく個人として王の中で活動している」(上三四)というのである。それはまさにキリスト教的な「神秘的身体」(上四〇)である。実際、西欧は、一二、一三世紀を通じて「国王キリスト論」と呼びうる理論を形成していた。教皇ボニファティウス八世は「さまざまな政治体は、その性格上〈キリストの神秘体〉という世界共同体の内部においてのみ機能しうるにすぎず、この神秘体こそキリストを頭とする教会であって、その可視的な頭がキリストの代理たるローマ教皇である」(上二五七)という見解を示している。

かくして王が頭であり、人民はその手足であるというすでにお馴染みの比喩——たとえば『バガヴァット・ギーター』には「主君(個我)は、世人(身体)の行為者たる状態……」(五九)などとある——が援用されることになる。「政治的身体は人民の政治体によって構成されている。〔…〕〔それは〕王を頭とし臣民が四肢である団体」（上三九）であると。こうした思弁にはあきらかに記号を頭として対象を身体し、王政を解釈項とするといった記号の三極構造と通じるものがある。

カントーロヴィチは、この後『祖国のために死ぬこと』で、一三世紀の終わりまでに、世俗の共同体が「神秘体」として定義されることになったという。その結果、聖なるものとされた国王と国家のために死ぬことは、神聖で、名誉あるものとなったというのである。「ひとたび『神秘体』が、人民の『道徳的政治体』と同一視され、国家や『祖国』と同義になると、『祖国のための』、すなわち法人的な神秘体のための死は、以前の高貴さを回復するのである」（一九―二〇また七七参照）。これこそ主権の権力がもっとも強力になった形態である。たとえ実権が影の実力者の手中にあったとしてもその事実は変わらない。記号の三極構造がもっとも抑圧的に作動するケースである。

（E）人格の三極構造――クローカーとアウグスティヌス

すでにふれたデュメジルによれば、人類発生から古典古代のギリシア、ローマの時代まで、その異教の神話には三極構造が貫徹している。じつは、すでにルジャンドルにも見たのだが、古代社会を克服しようとしたキリスト教社会になってもその基本は三極構造なのである。

クローカーの『ポストモダン・シーン』によれば、キリスト教は古典古代における霊魂救済の失敗を克服するために登場した。つまりウェルギリウスやエウリピデスの描く死後の冥府での終わりのない苦悩からの救済である。よしんばたまさか現世を享楽しえても、死後に永劫の苦しみが控えているのでは人生とは一体なんのためにあるのかということになる。この世の生の無意味さ加減の耐えがたさもひとしおとなる。これを救ったのがストア派の物活論——これを今日継承しているのがドゥルーズ——であり、なかんずく、キリスト教である。そしてそのキーパースンとしてクローカーは、忘れられたカナダの思想家コックレンを引きながら、アウグスティヌスを取り上げ、その思想が現代まで支配する西欧文化の三極構造を決定づけたというのである。コックレンはこの古典古代とキリスト教の断絶は「有ることと成ることの間の根源的分裂」（七六）と見ている。たとえばそれは円環的な時間意識に生きることと、救済史観に生きることとの違いだが、そうしたコックレンの危険さ＝鋭さは「西欧社会を貫く三極的存在様式の、その三つの基本的カテゴリーを明確にしているところにある」（七八）という。そしてその基本的カテゴリーの具体化としてのキリスト教の中核にある三位一体論についてこう述べる。「三位一体論の要諦は、『力動的人格』の理論としてであれ、認識論的言説としてであれ、記憶、知性、意志（コルプス／アニマ／ヴォルタンス）を人間的経験という単一の過程の相対的であるが直接に経験される三つの局面として主張することであった」（一一二）、と。そのうえでそのことがもつ西欧社会における意味をこう説明する。「こうした知の物活論的な理論が（物活論はここでは意識の『直接的解放』の意味であるが）、古典古代の理性の中心にある認識論的亀裂とアウグスティヌスによって始められた意識、生命、意志の妥協の間の正確な分岐点となっている。三極的存在の三つの範疇は物質的なるものと観念的なるものとの古典的分断に対する解決策を提示しており、三位一体の原理は、『知性に対してそれが作動する出発点として課せられている』前提条件を表しているのである」（一一三）、と。

この引用部分は重要なのだがコルプス／アニマ／ヴォルタンスがわざわざ記憶、知性、意志と英訳されるそばから、すぐさま意識、生命、意志などと言い換えられており、わかりづらい（本書三九頁参照）。端的にいってコルプスは記憶ではなく肉体だろう。だが、要するにアウグスティヌスが三位一体論の神、御子、聖霊を意識、生命、意志という三極の人格構造で解釈したとき、ギリシア・ローマ社会にみられた精神と物質の分裂を救うことになったというのである。この三位一体の解釈にぼくらは記号過程が読み込まれていると考えるのである。すでにみたとおり、世界とはこうだと直覚するとき、その直覚には直観（観念的理解）と直感（感覚的理解）がある。それが文で表現されるとき、この文たとえば「世界とは夢である」が記号であり、世界が対象であり、そうやって得られた理解（人生観や世界観）が解釈項となる。直観は文の遠近法に、直感は方向性に具体化され、そうやって理解される世界の内実が解釈項となるのだが、その解釈項には観念的理解と感覚的理解としての行動への意欲が発生している。だとすれば、クローカーの解説するアウグスティヌスの三位一体論の意識は記号であり、生命は対象であり、意志は解釈項といえるだろう。ということは三位一体論とは記号たる知性でもって、生命つまりは対象を指示して、あらたな行動へと意志する指針としての解釈項（たとえば生活設計）を得るという記号過程を作動させる原理であったということになる。以後こうした三極構造が西欧の人格理解の基礎となっていったのである。

クローカーによれば、今日の西欧のありようは、まさにアウグスティヌスがキリスト教の三位一体を人間の人格構造で解釈したことに始まる。つまり聖なるものが俗化されたのだがその意識、生命、意志のうちで、たとえば意志がニーチェの意志への意志へと展開する。『権力への意志』の権力は力であり、行動への意志であるが、それを意志するということである。ジジェクの共産主義の大義に賭けるといった議論もこうした意志の実現である。この意志の意志とはメタ意志であるが、この「悪夢のようなヴィジョン」がポストモダンを特徴づけている。フッサールの意識の意識もまさにメタ意識である。ぼくらの自己の存在感もまた存在の感じ（意識）を感じている自己の感じ（意識の意識）であり、メタ存在感である。だが、ぼくらの根源的常識主義はそうした単に〈する〉の意志でも〈なる〉の意志ではなく、たんなる〈ある〉

のありようを求める。コックレンによれば西欧が古典古代的といって否定したという〈ある〉の理想実現のための意志というか意志を否定するための意志の可能性を求めるのである。そのことでキリスト教によって否定された物活論によって捉えられていた〈ある〉としての生命的なるものが十全に実現することを見届けるのである。

じつはこうした議論の正当性を精査しているのがアガンベンである。

（F）アガンベン——権力から無為へ

アガンベンは『王国と栄光』で、〈王国〉という統治国家のありようと、〈栄光〉という人間の理想的な生のありようを、古典古代から現代に至るスパンで考察している。そして両者をキリスト教神学の伝統において解釈してみせる。

よく知られているように、一七世紀になると西欧では王権神授説による王権の神格化が進むと、それの否定としての市民の権利主張がなされ、絶対王政との間で主権の交代劇が見られた。アガンベンは、そうした王朝的主権と民主主義的主権の二つの主権のタイプは、じつはキリスト教神学に由来していると喝破するのである（一三）。つまり王朝的主権と民主主義的主権という二つの政治的パラダイムのうち「一つは政治神学」であり、これは「単一の神において主権的権力の超越性を基礎づける」。「もう一つはオイコノミア神学」であり、「これは、主権的権力の超越性の代わりにオイコノミアという理念を置く」。そして「このオイコノミアは神の秩序であれ、人間の生の秩序であれ、内在的秩序——狭義の政治的秩序ではなく家の秩序——として構想され」たというのである。さらにこの「政治神学のほうからは政治神学と近代の主権理論とが、そしてオイコノミア神学からは近代の生政治が生まれたと論じている。

王朝的主権と民主主義的人民主権という二つの主権によって参照されるのは、互いにはっきりと区別される二つの系譜である。神的な法的権利をもつ王朝的主権は政治神学的パラダイムに由来している。それに対して、民主主義的な人民主権は神学的‐オイコノミア的‐摂理的なパラダイムに由来している。（五一五）

そのうえで、このオイコノミア神学から生まれた近代の生政治は、今日における社会生活のあらゆる面において、オイコノミア［経済］と統治の勝利をみるまでに至っているという（一三）。ところがアガンベンは、こうしたキリスト教神学のパラダイムは、ルソーによって近代的装いを調えられたが、残念ながら、そうしたことはしかと自覚されているわけではないと指摘する。「『社会契約論』を通じて共和制の伝統は神学的パラダイムと統治機構とを無条件に継承したが、共和制の伝統はそのことを意識しているというにはいまだにほど遠い」（五〇八）、と。だからこそそうしたことを自覚することが緊急の課題となるというのだ。

ルソー以後共和制は神学のパラダイムを世俗化したのである。ところが、「ここに至って、神学は無神論へ、摂理主義は民主主義へと解消される。というのも、神はまるで世界が神なしで存在しているかのように世界を作り、世界がまるで自ずと統治されるかのように世界を統治するからである」（五三四）というのだ。かくして、今日の現状は無神論であるが、依然として神学の呪縛にあるのであり、さらに悪いのは、摂理的オイコノミアの企図をそれとしらずに実現していることであるとアガンベンは批判する。今日の勝ち誇る経済至上主義のグローバル化のことであるが、「近代は世界から神を除きながら、神学の外に出ていない。それだけでなく近代がおこなったのはただ、ある意味では摂理的オイコノミアの企図を完了に至らせるということだけだった」(五三五)、と。しかも近代人は王権を神的な起源から引き離しつつ、それを自分のものとして世界統治という考えはちゃっかり引き継いでいるというのである。「近代人のオイコノミアはこの『マルクト』[王国]を切り離すことである。これは、神的な起源から切り離された主権を自分で引き受けつつ、じつは世界統治という神学的モデルを維持している」(五三二)。かくしてアガンベンはこう主張する。「オイコノミア‐神学という装置全体を解体して無為なものとする考古学的操作こそが、意味がある」(五三三)、と。そしてアガンベンはこの〈無為〉に重要な意味を読み込む。それこそ〈栄光〉の内実だからである。

〈栄光〉を論じるとき、アガンベンは、中世の絵画に散見されるだれも座っていない玉座のイメージに注目する。「空虚な玉座」は、なるほど玉座ではあるが、じつは王国ではなく栄光を表すと解釈してみせる。そしてこの「空虚な玉座という図像」(四五五)があるが、この「空虚な玉座は王権の象徴ではなく、栄光の象徴である」(四六〇)、と。そして「玉座が空虚であるのはただ、栄光が神の本質と一致しながらも神の本質と同じものにならないからだけでなく栄光が内奥において無為・安息であるからである」(四六〇)と論じる。この無為こそ権力のオイコノミアに対抗しうる原理なのである。しかしながらそれはすっかり権力に取り込まれている。「権力のオイコノミアは自らの中心に、人間や神の無為、オイコノミアの目にはまなざしを向けえない無為と見えるものを、祭りや栄光という形でしっかりと措定する[…]」(四六一)、と。かくして無為を神学のオイコノミアに取り戻す必要があるというのだ。「私たちがここで系譜をたどった神学的オイコノミアの観点からすると、無為を神学的オイコノミアの装置のなかに包含することほど緊急になされるべきこともない。『永遠の生(zōē aiōnios)』は、人間的なもののもつこの無為の中心の名である」(四七一)という次第である。

この無為の中心となる「永遠の生」についてアガンベンはこう言っている。それは「メシアたるイエスにおける生」（四六五）であり、「私たちが生きている生において、私たちがそれのために生きる生を出現させる［…］この生をパウロは『イエスの生』と呼んでいる」のであり、それはまさに「『ゾーエー』であって『ビオス』ではない！」（四六六）。「永遠の生」とはゾーエーつまり剝きだしの生そのものであり、ビオスつまり市民的な窮屈な生活ではないというのだ。このゾーエーはアガンベンが『ホモ・サケル』で「ゾーエーの『自然な甘美さ』を『政治化』できるか」（二〇）というときのゾーエーである。「生きることと「よく生きること」の対立では、それはたんに「生きること」であり（一五）、政治的なビオスの困難さに対立する「単なる生の『美しい日』」（二〇）のことである。この「単なる生」はドゥルーズのいう「ホモ・タンツム（ただの人）」の無私のありように通じている（大熊二〇〇九、三〇一―三〇二）。

こうしてみるとどうやらアガンベンもまた、絶対王政の王権にも、民主主義の人民主権にもフロイトのトーテムから発する神の権力をみている。そしてそうした三極構造の外に在る第四項のありようとして「無為」を提示しているのである。結果として最終的にはキリスト教的なものから、より普遍的なものへと思考の歩みを進めている。実際、アガンベンは「空虚な玉座」のイメージは、古くはウパニシャッドにみられるなどといって、異教から受け継がれたものであることを指摘している（四五六）。そこには、ジジェクのように異教的な自然観である有機的全体といったものをあらかじめ排除する志向はない。だが、アガンベンはそうした「無為」なり「単なる生」の実社会でのありようを描いてはいない。そうしたありようを具体的に描いているのがミルトン・シンガーである。実社会の権力の構造は記号の三極構造の投影したものである。それを壊すのが記号過程の四極構造である。その第四項を実社会で実現しているありさまをシンガーはインドの経済人の振る舞いに――それはいかにも体制順応的だが――見届けているのだ。

（G）ミルトン・シンガーの記号学的人類学――自己の三極構造とその超克

ミルトン・シンガーは人類の文化的営為にはパースの記号過程が貫徹していると考えている。そのシェイクスピア（『尺には尺を』のイザベラの台詞）から借用したタイトルを持つ『人間のガラスのような本質』で自分の研究を振り返ってこう言っている。「その眼目は人類学を哲学的人類学から記号学的人類学semiotic anthropology」(viii) へと転換させたところにあると。実際、シンガーは同書を、人間の本質は「私の言語が私の自己の総体である」(2) というパースの記号学的な人間論から出発すると宣言している。さらにはレッドフィールド、ハロウェル、オプラー、ギーアツ等によって人類学にもたらされた〈現象学的な自己〉の思想は、そうしたパースの〈自己の記号論〉をまってはじめて構築することが可能であった（ix）と指摘する。

この〈自己〉という概念は、モースやマリノフスキーにみられる人類学的自己というよりも、哲学的人間学のそれというべきものである。実際ドイツの哲学的人間学のパースへの影響にも言及している(55)。ぼくらにしてみればその代表例は文学人類学を言挙げしているイーザーの『虚構的なものと想像的なもの』である（大熊一九九七、一一六―一一八）。またシンガーによれば、人間の意識は、私といった瞬間に発生するのではなく、ちゃんと系統発生を繰り返している(69)。意識はその反復の間に社会の言説――「慣習」や「解釈共同体」(94) が賦与するもの――によって形成されるのである。つまり、アイデンティティは社会によって決定されるということだ。パースによれば、個人のアイデンティティは身体や個々の有機体に制限されないのであり、それらを越えて社会的集団的アイデンティティに向かって拡張されるのである。その社会的集団とは「解釈の共同体」（ロイス）であり、そこで形成されるのが「社会集団的アイデンティティ」であるというのだ(160)。

この「集団的アイデンティティ」の中心は、宗教的なシンボルである。シンガーは、こうした観点からパースの記号学的人間学を人類学的に展開したのがウォーナーであるといって、こんな風に解説している。

パースの思想とは、個々の有機体は記号状況のなかで互いに交渉する過程で自己を獲得し、そうやって形成された自己は「肉と血の箱」［身体］に制限されずに、自分を取り巻く「社会の輪」から「緩やかにまとめられた人格」を囲いこんでいるというものだが、ウォーナーは、それをより十全に精密化している。(104)

シンガーによれば、ウォーナーにはパースを読んだ形跡がないのだが、パースの考え方はさまざまな経路を通してウォーナーに達していた。いわく、オグデン、リチャーズ、G・H・ミード、C・W・モリス、サピア、フロイト、ユング、レヴィとフライ・パレト、デュルケーム、ピアジェ、ラドクリフ＝ブラウン、マリノフスキー、モース、クルックホーンの面々である (123)。想定されるこうした多彩な経路は、いかにパースの思想が浸透していたかの傍証にもなる。

今日の人間は信仰を失ったので希望や畏怖や、帰属感や一体感を表現できない。それで、自分の「十全さ」の感覚を表現できないでいる。これがウォーナーの基本的な認識である。というのも、聖なるシンボルこそが、自己の情緒的世界と社会の道徳的世界を統合するものなのだが、そうした統合を形成するために今日利用できる唯一のものが衰退しているからである (103)。そこでウォーナーは残存する「聖なるシンボル」のめずらしい事例をニューイングランドのヤンキーシティに求めている。しかもそれはオーストトラリアのアボリジニー社会のそれに対応するものと同質だというのである。ウォーナーは、オーストラリア研究で、そうした集団のアイデンティティのシンボルをトーテムや地域の水源と同定し、その水源には先祖の霊が招魂されることを見届けていた。その研究を踏まえてウォーナーはアメリカ社会においてそれに相当するものとして「最初の植民者の息子や娘たちの協会」に「究極的なアイデンティティと帰属感」の象徴を見出したのである（153）。ウォーナーも（そしてシンガーもまた）社会的団体もまたフロイトのいうようにトーテムから発する権力の一変形であると認めていたといっていい。

こうして先学の業績を記号学的観点から評価するとともに、シンガーは、自己の記号学的人類学をインドの経営者の生態を分析することで実践して見せている。パースによれば自己とは感情や行動や思想の一貫性である。この三つの要素はパースのカテゴリーでは、一次性、二次性、三次性に相当する（158）。自己の統一性は、そうした感情（恐怖、不安、希望、驚異など）、行動、思想を「習慣の束」に統合することから形成される。人間とは自意識の統一性をもった「習慣の束」なのである。どうだろう、これはマッキンタイア（第一部第2章4（1））やダマシオ（第二部第1章8）を想起させる。もっともパースのいう習慣とは、一定の環境や動機のもとで一定の作法で行動する自分を自己分析し、自己修正する性向なのである（159）。とはいえこれは人間とは習慣となった一定のものの見方や感じ方で世界を解釈（し、行動）することで存在するということであり、まさに自己の存在感のありようを語っている。だが、そうした習慣は自己を支えると同時に呪縛するものとなるところに問題が発生する。パースは習慣には自己修正する性向も含めているわけでそうした呪縛の可能性はあらかじめ排除している。贔屓目にいえば、パースは無限に解釈を繰り返す解釈項に自己修正の可能性をひそかに見ていたといえる。シンガーもまたそうした自己を越える在り方をインド人経営者の、ひいてはインド人のありように見出そうとしている。

『バガヴァッド・ギーター』によればヨーガには「親愛のヨーガ」「行為のヨーガ」「知識のヨーガ」があり、そのすべてに関わるものとして「放擲のヨーガ」がある（訳者注一八七）。シンガーもまた、インドのヨーガには三つのタイプがあり、それぞれがその実践者の感情、行動、思想のいずれかの一貫性を保証しているといっている。これはギーターの三つのヨーガに当てはまるだろう。そのうえでシンガーは感情の一貫性はバクティ・ヨーガ（165）、行動の一貫性はカルマ・ヨーガ（170）、思想の一貫性はジャニャーナ・ヨーガ（174）がそれぞれ追求しているといっている。その実際をシンガーはそれぞれの実践家である経営者の例を挙げて分析している。それによると、インドの経営者はその三つのうちのいずれかのカテゴリーのなかで自己の一貫性を見出している。だが、そればかりではない。経営者はそれぞれの信じる神格への献身——放擲のヨーガをとおして他者（究極的な実在）のヴィジョンを得ているというのである（183）。この究極のヴィジョンとは「あなたはそれだ」（You are that.）（135）で表現されるものである。『バガヴァッド・ギーター』には「オーム（聖音）、タット（それ）、サット（実在、善）」は、ブラフマンを指示する三種の語であると伝えられる」（一二九）とある。〈それ〉とはその「タット」であり、ブラフマンとの一体化を表現している。ということは、究極のヴィジョンとは、主体はあなたではなく、外部の実体であるという悟りであるというのだ。主観的ではない客観的な主体の発見である。これは、もはや、自己の存在感の呪縛から解放されたありようといっていい。インド人は、「すべてを自己のなかに見出し、自己をすべてのなかに見出すこと」によって〈それ〉になろうとしているというのである（187）。主体としての自己を超えるありようである。これはハレの領域でのカレの達成のこころみである。

とはいえここに問題がないわけではない。この経営者たちは資本主義をあっけらかんと肯定し、みずからの利益追求の不都合さには目もくれずに、もっぱら心の平安や自己の魂の救済を求めているからである。じつはジジェクがキリスト教の社会変革につながる「破壊的否定性」にたいして知恵を求める東洋的なありかたといって批判するのがこうした姿勢なのである（第三部第4章1（3）参照）。だが、シンガーにしてからがインド思想が社会変革と切り結ぶ可能性をみていないわけではない。

シンガーは、合衆国のキング牧師の非暴力の思想に同様なアイデンティティ（というか脱アイデンティティ）を探る試みがあると指摘している。ぼくらにしてみれば、これは社会の三極構造の支配から逸脱するための第四項を自己の内に見出す試みということになる。ガンジーはその非暴力（サティアグラハ）の思想を、古代インドの理想である無殺生（アヒンサ）、真理愛（サティア）、決意（アグラハ）といった思想に見出し、その確証をキリストの山上の垂訓やソローの「市民的不服従」やトルストイの非暴力主義に得た。キング牧師は、そのガンジーのサティアグラハをアメリカの万人のための自由と機会均等と正義という理想を達成するための非暴力という政治的手法として学んだのである（187）。こうした二人の関係が興味深いのはたんに洋の東西をまたぐ思想の交流の事例だからではない。なるほどシンガーのいうようにキング牧師の思想にはインド的思想の影響があるし、その非暴力のアメリカ化にキング牧師の政治的アイデンティティがあるだろう。だが、ガンジーにしろキング牧師にしろ、非暴力はたんに政治的行動ではなく、まずもって生き方の問題となっている。他者のために自己を棄てる、さらには自己を超えた存在〈それ〉に依存することで非暴力が達成されると考えたのである。それはヨーガの精神に通じるものだが、これはもはやアイデンティティの達成ではなくアイデンティティの克服である。してみればキング牧師やガンジーが身をもって示しているのは、実社会の三極の権力構造を政治的に打倒するには人格構造のなかの第四項の可能性を見出すことが必須であるということである。だが、ではそうした事例をいったいどこにみることができるのだろうか。ようやくぼくらはそうした四極構造がいかに歴史上に出現しているかを確かめるときが来たようである。

(2) 四極構造

日本民俗学ではケ、ケガレ、ハレということをいって常民の生のパターンを描いている。常民は日常(ケ)を米作りという価値観で日々を過ごし、一年を通すが、そのケの活力が消尽してケガレると、それを祭などで晴らして(ハレ)、日常のケに回帰するというものである。こうした振る舞いを都市民俗学的に言い換えるとふつうサラリーマンは家族のためとか金儲けのためといった一定の価値観で生活を律して疲れれば(ケガレ)気晴らし(ハレ)をしてまたぞろ労働生活(ケ)に戻るという具合に生きているというとになる。いずれにしろ一定の価値観(=記号)でもって生活(=対象)を管理して生を維持している(=解釈項)わけで、だとするならこのケ、ケガレ、ハレのパターンは記号過程のそれも三極の記号過程であると理解できる。ところがハレを経験して日常常軌に回帰するのではなく、それから逸脱するありようもまたある。もとの価値観やあらたな価値観を主張するのではなく、そもそもそうした一定の価値観で人生を律するといったありかたから離反する振る舞いである。それがカレのありようである。気まま、気の向くままといった言葉がそれを見事に言いあらわしている。あるいはそれはユーモアの精神といってもいい。これを記号過程でいえば、それは三極の記号過程の外の第四項である。その四項を含めた記号過程が記号の四極構造ということになる。これはダジャレなどで常識からふっと離脱する際に簡単に経験されるありようである。

ところで、これは政治的な行動パターンや社会変動のパターンにも現れる。つまり既存の社会に不満をもつと(ケガレ)、あらたな価値観を提示してあらたなハレを頂点とした社会を形成するとすれば、それは革命である。しかしそれではあらたな三極構造の形成にすぎない。そこで現状の社会からケガレた場合、あらたな三極構造の形成ではなく、そうした三極構造そのものの外に出てしまうケースがある。それが権力の支配をなし崩しにする脱権力のありようなのである。それが記号過程の第四項の働きである。たとえばそれが十全に作動している社会では籤引きで首長をきめるといったありようが具体化されるのだ。籤引きでリーダーを決めることに同意する時には、すでに俺が俺がといった自己主張を抑えることができるメンタリティが共有できていることであり、それを可能にするのが記号の四極構造の第四項の効果だからである。そうした第四項を軸として形成されるのが無国家空間である。同時にそこに形成されるのが資本主義の市場経済ならぬ贈与といったアナーキズムの経済である。ぼくらはすでに記号の三極構造が国家のある社会を形成したことを見てきた。ここでは記号の四極構造が国家なき社会と贈与といった経済を生成していることを検証する。

(A) クラストルの『国家に抗する社会』——政治人類学と記号過程

ピエール・クラストルは『国家に抗する社会——政治人類学研究』で南米の先住民インディオ(インディアン)の社会の調査研究を踏まえて、「未開社会は国家なき社会である」(二三五)と喝破し、その社会に観察される政治的権力をもたない首長の存在について考察している。というのもクラストルにとって「一般政治人類学の任務は[…]政治権力とはなにか[…]非強制的政治権力から強制的権力への移行はなぜ生じるのか」(三〇)を考え抜くことだったからだ。クラストルは権力を持たない首長の存在をこう言っている。

メキシコ、中央アメリカ、アンデスの高文化を除く全てのインディアン社会は古代的である。文字をもたず、「生存」経済を営んでいる。他方、全てとはゆかずともほとんどの社会がリーダーすなわち首長に率いられているが、注目すべき決定的特徴として、これらカシケ cacique は「権力」を持っていない。（一三）

こうしたありかたは西欧植民地主義者にも異様に見えたらしい。「ブラジルのトゥピナンバ族 Tupinamba インディアンを発見した初期のヨーロッパ人は、彼らをさして、『信仰も、法も、王もなき人々』と呼んでい」（一七）た。こうした権力のない社会のあり方は北米のインディアンにも共通している。これは部族間の関係であって部族内の事例ではないのだが、星川淳の『魂の民主主義』によれば（三六—四〇）、五大湖周辺のインディアン部族にはアメリカの連邦制のモデルとなったという中央集権的でない「イロコイ族のシックスネイションズの連合」（クラストル一四）というものがあった。

まことにこうしたインディアンの在り方は異様である。なぜなら「われわれの文化は、その起源以来、命令−服従という位階づけられた権威的関係によって政治権力を思考してきた」（一九）からである。実際「あらゆる社会は政治的なのだ」（二七）とクラストルは断じる。とはいえ、政治権力は普遍的だが、強制的なものと非強制的なものがあるとも指摘するのだ。「政治権力は普遍的で、社会的なものに内在している。［…］ただしそれは強制的権力と非強制的権力という主な二つの様式のもとに現実化される」（二七）、と。そして「強制としての政治権力（即ち、命令−服従の関係）は、真の権力の唯一のモデルではない」（二七）というのである。そのうえで、こう述べている。「政治制度のない社会（例えば、首長の存在しない社会）においてさえ、政治的なものは現存し、権力問題は提起される。［…］［権力の］不在において何かが存在するという意味で問題となる」（二八）、と。

この不在において存在する何かとは何なのか。すでにみたとおり強制的権力は記号過程の三極構造から生まれる。そしてその三極構造から逸脱するメカニズムが記号の四極構造なのである。してみれば非強制的権力は記号過程の四極構造（の第四項）から生まれると考えられる。それでこの権力の不在においてなお存在するなにかとは、作動する記号過程であり、その第四項の効果だといって間違いない。たとえば、部族の祭り場面を想像してみよう。祭りの式次第は滞りなく進行し、参加者は神妙にしかるべき所作を行っている。その際、共同体の価値観＝神の存在を確認しているのであればその参加者は三極構造を生きていることになる。だが、参加者のなかには参加するふりをして遊んでいるものもいる。ホイジンガが紹介しているが未開人の間でも呪術的超自然的出来事についてはほんとうのものではないのだという意識が働いているのである（六四）。じつはそうした参加者のありようこそ、三極構造の外に出ている記号の第四項のあり方である。そうした視点から強制的権力が眺められるときその強制力が弱まりひいては非強制的権力となる。首長がいてもその権力が強制的でなくなるとはそうしたメカニズムの結果である。くりかえすが、そうした心的態度を生み出すのが記号過程の第四項の働きにほかならない。

さらにクラストルはこう付言している。「強制力、暴力としての政治権力は、歴史をもった社会、すなわち、その内部に革新と変化と歴史性の原因を備えた社会の徴である。[…] 非強制的政治権力をもった社会は、歴史なき社会であり、強制的権力をもった社会は、歴史社会である」（二一九）、と。歴史とは国史があるように、時間を過去、未来を現在の時点で管理する国家のものである。過去から現在を経て未来に直線的に流れる時間を管理するのは権力である。早い話が日本では西暦と年号とが併存している。西暦は西欧近代に同化することであり、年号は日本の天皇制といった伝統を墨守することであるが、いずれも権力の管理する時間を生きている。だが、そのいずれにも従わないでそれを無視するあり方が第四項の振舞いである。たとえばそれは恋するとき（盛りがついたとき）に生成する。なるほど権力としての資本は労働時間を管理する。だが、恋する人間は恋に浸るときそうした計量される時間の外に出る。そのとき流れる時間は停止している。そこには管理する強制する権力は発生しない。恋人たちが生きるのはそうした非時間の領域であるが、それこそ第四項の領域なのである。

こうした歴史なき社会とは混乱した語りや直線的な時間の排除や時系列の混乱のなかに秩序の混乱というか混乱の秩序を形成している。この無秩序の秩序を実現しているのはまさに小説世界というか文学の時空である。むろんそれは言語の実用性、つまりは言語の現実にたいする指示機能とか表象機能を停止している世界である。したがってクラストルが歴史なき、非強制的政治権力の社会では「記号の指示機能」や「表象機能が停止している」というとき、クラストルははっきりと記号過程と権力の関係を意識していることを示している。「文化が［…］権力の力域においては、『記号』から交換価値を除去する。［…］女性、財、語から交換すべき記号としての機能を奪う」（六〇）、と。そして「孤立の裡に発せられる首長の語りは、記号というよりは価値物［伝達の道具としてよりもそれ自体に価値があるもの］として語に接する詩人の言葉を思わせるのだ」というときはっきりと国家なき社会の言説と文学の言説の同質性を語っているのである。

この強制的権力のない社会と言語との関係の記述はこんなふうにも理解できる。たとえば植民地で宗主国の言語を強要された場合、それをあっさり受容し同化するか、あるいは母語に固執するか、それとも両者の混在したクレオールを創造するかといったさまざまな応対がありうる。だが、そうした苦渋のなかで、いずれかの言語を選択するにしても、それに同一化するのではなく、むしろ人間とは個人とは言語によって形成された作り物にすぎないとしてすべてを相対化する視点に立つ経験が生まれることがある。文化を形成する三極構造の外に出る経験である。それは言語が現実を指示したり、伝達したりするという実用的な価値を剝奪されているさまだ。それこそ、まさに記号過程の三極構造ならぬ四極構造の第四項の地点なのである。

じっさいクラストルが国家なき社会の文化のありようを次のように描くとき、それはまさに記号の第四項の記述である。「こうした交換の諸要素の脱 - 記号化〔脱意味作用〕と価値化という二重の過程は一体なにを意味しうるのだろうか。〔…〕文化が、文化の諸価値に対してもつ愛着を示すに留まらず、何人もが交換によって課される条件によって制限されることなく、享受することの充溢を実現しえた神話的時代への希望あるいは郷愁を表現している」(六〇―六一)、と。パースのいうように人間とは記号である。だが、一定の自然言語に生まれるわけでカサノヴァのいうように「わが祖国、それはわが言語である」(四二九)ということになる。そこで作家の「解放」は、そうした言語の呪縛から逃れるために「自立的な、特殊に文学的な言語を、自律的に使用している確認をとおしてなされる」(四二九)のである。それはたとえば「線的な進行、すぐに理解できる読みやすさ、『文法的な正しさ』の命令と縁を切り、多言語的制作によって、特殊な言語の使用と到来とをはっきり示した」ジョイスの『フィネガンズ・ウェイク』に見てとれる。これがまさに記号過程の三極構造の外のありようである。してみれば、クラストルの描く国家なき社会の言語のありよう――脱 - 記号化〔脱意味作用〕と価値化という二重の過程――は、まさにこの記号の第四項の領域の描写といっていい。そしてさらにいえば、「神話的時代への希望あるいは郷愁」という言葉が示しているのはぼくらにしてみればエデン、アルカディア、エルドラド、桃源郷への郷愁であり、ユートピア、ヘテロトピア、コムニタス、カレの領域への希望以外の何物でもない。みてのとおりそうした第四項の経験はダジャレやユーモアといったもので日常的に経験されている。まことにユートピアはその気になればつねにすでに今ここに存在しているのである。だが依然として国家権力の無くなる気配はない。あいかわらず第四項の経験が十分浸透せず機能不全のままであり、三極構造の桎梏から十分に抜けきれないでいるというところだろう。つまり第一部で触れた「成ること派」が「在ること派」を抑え込み、第三部で触れるオブセッション型ならぬヒステリー型が依然として圧倒的優勢を保っているということだ。

(B) 国家なき社会の経済――マリノフスキーそしてモース

市場経済は国家とともに展開する。植民地主義や帝国主義がそれを証明している。これにたいして国家なき社会の経済とは非市場経済である。その典型が贈与である。

マリノフスキーは『西太平洋の遠洋航海者』で、トロブリアンド諸島の先住民の風変わりなクラという振る舞いを分析した。その結果、クラとは「がんらい装飾用につくられながら、けっして日常の装飾としては用いられない二つの品物を、無限にくりかえして交換すること」(一二八)であり、その二つの品物とは、ソウラヴァ(首飾り)とムワリ(腕輪)であるが、その単純な行為が、部族間の「関係の」土台となり、ほかの多くの活動をともなってきたことを見出したのである。そして「神話、呪術、伝統はクラをめぐる一定の儀式儀礼の諸形式を築きあげ、住民の心のなかでは、クラの価値とロマンスの後光を与え、この単純な交換への情念を彼らの胸中に注ぎ込んだ」(一二八)と記している。

モースは、その『贈与論』で、クラを、西太平洋の島嶼ばかりではなく、アメリカインディアンにまで共通するポトラッチという振る舞いに一般化した(一九六―)。いずれにしろ、商取引を中心とする経済以前の人間のありかたを描きだしている。そのことで近代資本主義を相対化する人間の営みを提示したわけである。モースは言っている。「交わりをもつためには、まずはじめに槍を下に置くことができなくてはならなかった。そのときはじめて、財や人は交換されるようになった。〔…〕互いに相手の犠牲になることとなく、けれども与え合うことができるようになった。そしてまた近い将来、文明世界と言われるわたしたちの世界においても、諸階級や諸国民、そしてまた諸個人は、そうできなくてはならない」(四五〇)、と。つまり、まずは他者を敵とみなすことをやめるところから交わりが始まったというのである。まことに贈与とは金銭づくではない国家主導でもない市場経済以前の第四項の経済といっていい。

モースは、贈与についてこれは人類すべてが通過してきた行動様式であるといっている。「大文明にしても先行する全段階を経由しており、冷徹で計算づくのものの見方など存在していなかった。〔…〕贈り物を交換し合うという、人と物とが一つの溶け合うあの慣行を、おこなっていたのではないだろうか」(三〇三)、と。その証拠に、「ローマ法や、〔…〕ゲルマン法と、〔…〕アルカイックな法システムを比較してみれば両者がよくわかる」(三〇四)といってローマ法やゲルマン法に残存している贈与の振る舞いの痕跡を提示して見せている。このことは贈与とは法という三極構造の支配のそとの第四項の作動の結果であることを暗示している。

またモースは、マリノフスキーと同様に、こうした経済的行為が近代文化と異なった文化を形成していることを鋭く指摘して、注目すべき発言をしている。「さまざまな社会をその動態において見てきた」(四四一)が、そうやって「全体丸ごとを考察すること、これによって、本質的なことがら、全体の動き、生き生きとした様相を把捉することができたのであり、社会が、そしてまた人間が、自分自身について、また他者に対して自分自身が占める位置について、情緒的に意識化する束の間のときを把捉することができたのである」（四四二）、と。この「情緒的に意識化する束の間のとき」こそ自己の存在感を感じるときである。〈今ここに私がいる〉感じの具体化である。その内実は「土地も食糧も生き物であって、対話を交わす相手となり、契約に参加する当事者となる」（三五五）というものである。たとえば牝牛の所有者は「心を一つにして牝牛と一体化する」（三六三）のである。贈与という非市場経済はそうした人間の根源的存在感の社会化のための基礎なのである。

どうだろう、もはやこれは商品を単なるものと扱う商行為ではない。取引の対象が自然との一体感を具象化するものとなっているといっていいのではないか。こうしたメンタリティが今日のエコロジー運動の源泉であり、第三部で紹介する日本の里山資本主義の思想感情にも流れ込んでいる。そこに贈与という非市場経済行為の深甚なる意義がある。

（C）スコットの無国家の空間「ゾミア」とグレーバーのアナーキズム経済

モースのいう「経済の技法」（四三五）は、アナーキズム経済のやりかたといっていい。デイヴィッド・グレーバーが言うように、「世界に実在する自己統治的共同体と非市場的経済が、社会学者や歴史家によってではなく、人類学者によって探査された」（四八）のである。まことに「アナーキスト的人類学がすでに存在するならば、それはモースからきている」（六一）のである。グレーバーとともにぼくらは、「人類学者たちは結局、現に存在する国家なき社会についての何事かを知っている唯一の学者集団である」（一六二）と言えるだろう。この非市場経済に対応する心的ありようは、たとえばマーシャル・サーリンズの「本来豊かな社会」（グレーバー一〇五）の見解がある。これはレヴィ＝ストロースが「人類学の領域」で「熱い社会」と「冷たい社会」というとき、その「冷たい社会」に通じるものである(29)。それはすべてを構成員の同意でもって決定し、人口増もなく、自然環境の破壊も起こさないシステムを形成している社会なのである。

アナーキズム的経済に対応する政治体制としては、すでにみたクラストルの国家に抗する社会がある。ジェームス・C・スコットの『ゾミア』で紹介された地域社会もまたそうである。スコットの書名のゾミアとは、「ベトナムの中央高原からインドの北東部にかけて広がり、東南アジア大陸部の五か国（ベトナム、カンボジア、ラオス、タイ、ビルマ）と中国の四省（雲南、貴州、広西、四川）を含む広大な丘陵地帯をさす新名称」（ix）である。そこの住民の特徴は「険しい山地での拡散した暮らし、頻繁な移動、作付の仕方、親族構造、民族的アイデンティティの柔軟さ、千年王国的預言者への傾倒」があり、「これらすべては、国家への編入を回避し、自分たちの社会内部から国家が生まれてこないようにする機能をはたしてきた」（x）というのである。そしてゾミアに形成された社会とは、「とくに多くのゾミアの人々を逃避へと追い立てたのは、長大な歴史を持つ中国の王朝国家であった」のであり、そうした「国家と対をなすものとして「意図的に作り出された無国家空間」なのだ。かくしてスコットは、ゾミアの研究をとおして「アナーキズム史観」（x）を提示するというのである。

こうした「無国家空間」には、グレーバーのあげている実例を列挙すれば、「サパティスタ蜂起」後のチアパス（一七三）、「イスパニオラからマダガスカルに存在した『海賊的ユートピア』」（一一七）、「強制的な官僚主義を十分発展させていない王国、ジェロニモやシッティング・ブルを想起させる酋長制」（一一三）、「南米大陸のオリノコ川支流に沿って生息する」「ピアロア」（六八）、「中央ナイジェリアのベヌエ川の河畔に居住する、平等主義」の「ティヴ」（七〇）、グレーバー自身が調査した「マダガスカル高地」の社会（七一）、さらに「アマゾンや北米先住民の社会」（六三）がある。だが、残念ながら、ぼくらには、こうした社会の無国家空間と記号過程の第四項との関係についての直接的資料について検討する用意がない。アナーキズムのギリシア語の語源が〈支配者がいない〉ことつまり支配者＝王のいない体制の意味であるからして、記号の三極構造の王＝記号の項が抹消されているさまである。したがってそれは記号の三極構造が動作を停止し、第四項が作動している事態であることは容易に予想がつくのだが、こうした事例については今のところ言えるのはそこまでである。

それにこうした「無国家空間」の言説は無条件で承認されているわけでもない。國分がその『ドゥルーズの哲学原理』の「研究ノートv」（二二六―二二七）で次のようなドゥルーズ／ガタリの『千のプラトー』での発言を引用している。「原始共同体の自給自足、自律性、独立、先住性などは民俗学者の夢でしかない。原始共同体［は］必然的に国家に依存するというのではな［いが］、それは複雑なネットワークの中で国家と共存しているのだ」（四八六）。それにドゥルーズ／ガタリは、クラストルの戦闘的部族の略奪戦争について注目している。「戦争は国家に反対する、そして国家を不可能にする」（四一三）、と。じっさい隣近所の部族が相互に略奪し合い、しかもそれが部族経済の構成要素になっていては国家などできるわけがない。それはそうなのだが、ぼくらにしてみればクラストルのいうような原始共同体を形成する原理つまり四極構造の記号過程は普遍的にして必然的なものであり、けっして絵空事ではないと考えているのだ。それは部族社会における支配被支配を決定する記号過程の三極構造と同じ記号過程なのであり、なんらかの形で三極構造ではなく四極構造が選ばれた（作動した）とき権力のない首長が生まれたというのが、ぼくらの議論であることをあらためて確認しておきたい。

みてのとおり原始共同体の「無国家空間」こそ、記号過程論でいえば、四極構造の作動によって形成された政治形態であるとぼくらは想定している。次の問題はといえば、では三極構造のもたらす国家や権力構造から四極構造の社会へといかに移行するのかである。それは三極構造の形成する国家や社会を内在的に批判することから始まる。次章では植民地の経験を紹介しつつ、そうした移行への可能性をごく大雑把にながら検討する。

いつの世でも現実社会は複数の権力がヘゲモニーを争っている。ごく一般的にいえば、伝統的な価値観を否定する形で主導的な価値観が生まれ、さらにそれを批判するものとして革新的な価値観が形成されるといった具合である。ウィリアムズはそうした三つの価値観＝権力のありようを「支配的 dominant」なものと「伝統的 residual」なものと「革新的 emergent」なものとし、それを「感情の構造」と命名した。ウィリアムズはこの三つを個別的にとらえてそれぞれを「感情の構造」としている（1977, 128–135）。だが、この三つの「感情の構造」が全体として社会のヘゲモニーの構造を形成しているという風に捉えれば、支配的なものがヘゲモニーを握って、伝統的なものと革新的なものを支配しているというマクロな布置が見えてくる。じっさいウィリアムズの「感情の構造」論はグラムシのヘゲモニー論を展開したものであるからしてこうした拡大解釈はむしろ論理的必然だろう（1997, 37–40）。また、この感情はパースやホワイトヘッドのいうフィーリングにあたるとすれば、そうした根源的な生命的な原理が社会的現実に具体化したものといえる。

今、ウィリアムズの「感情の構造」論を拡大解釈した場合、革新的な感情の構造が、支配的な感情の構造を打倒するのが革命である。ではそうしたヘゲモニー闘争があるとして、その革新的な感情の構造がいかにヘゲモニーを奪取するのか、その方法に政治的革命の戦略というか戦術論があるということになる。その実践的具体化として今日の組織論や行動論がある。ところがことはそう単純ではない。たとえばスピヴァクは『ポストコロニアル理性批判』で、ウィリアムズの「感情の構造」論を援用して根源的多文化主義とは、伝統的なものが、革新的になり、最終的には支配的になるというものだといっている（334）。なるほどこれはいかにも革命的である。だが、それでは依然としてマクロの〈感情の構造〉の外に出ていないのだ。あらたな価値観を形成して支配的な価値観としたということにすぎない。問題はそうした〈感情の構造〉の内部での闘争ではなく、そうした三極構造の外にいかにして脱出するかなのである。では、そうした論理や実践をどこに見出すことができるのだろうか。じつは、その候補としてあげられるのが、すでに触れた、ターナーのコムニタスや記号過程の第四項にみられる相対化の論理なのである。ぼくらはその具体例をポストコロニアリズムの思考と実践に観察できる。

1　植民地の経験

(1) マーガレット・アトウッドの『サバイバル』——ケガレとしての犠牲者

一民族、一国家のなかで一定の人種や国民になるために人は文化化（つまりは文化受容 acculturation）とかイニシエーションを経験する。権威（権力）からの薫陶（調教）である。ところが強大な国家が弱小国家を植民地支配する場合には、自国の文化に植民地を同化させるために文化化の過程が露骨に強要される。じっさい西欧の近代植民地主義（さらには帝国主義）では、経済的な便宜を餌にして自国の経済的利潤を追求するために、宗教や言語を強要して西欧化を図り、つまり西欧への同化を企て、それに従わないものは武力で屈服させるということを無慈悲に実行してきた。その結果植民地では宗主国の文化を受け入れ同化するか、それに対抗して自分たちの伝統的文化を墨守するか、それとも両者を折衷したあらたな文化を創造するかといった切羽詰まった死を賭する選択を迫られたのである。そしてその選択の下に自分たちの国家を建設しようとした。ところが、その際、そもそも国家なるものの外に出る思考＝志向もまた生まれていたのである。実現はされなかったが、すくなくとも思想的にはそうした機会があったのである。それこそ国家なき社会の展望といっていい。

そうした展望のありかを示す実例として、マーガレット・アトウッドの『サバイバル』がある。アトウッドによれば、カナダ文学の核にはイギリス（さらにはアメリカ）の植民地主義にたいする犠牲者意識がある。この犠牲者こそぼくらのいうアトウッドのカナダ認識の根源的メタファーだが、その強要された犠牲の受け止め方を五つのタイプを分けている。カナダの文学経験を犠牲者のそれであるとすることは、植民地経験をケガレとして捉えているということである。言い換えればそれは過渡期の、リミナルの状態ということだ。アトウッドが「犠牲者の基本的立場」として挙げた五つの立場つまりタイプとは、じつはそのケガレの克服の仕方なのである。今それを列挙すれば、①犠牲者であることに気づかないタイプ、②犠牲者であることに甘んじているタイプ、③犠牲者であることに怒っているタイプ、④創造的に犠牲者であることを乗り越えるタイプそして⑤神秘論者である（三四—三六）。

〈犠牲者であることを気づかないタイプ〉とは、次のタイプとともに現状を黙認して三極構造の枠内に留まる人たちである。植民地体制で抜け目なく成功した人間（たとえば買弁企業家）であり、その場合、自己のアイデンティティを変更する者と変更しない者があり、西欧の価値観をさっさと自分のものにするタイプと伝統的な価値観をあくまで保守するタイプがある。アトウッドのタイプを普遍化するためにあえてカナダ以外の例を挙げてみよう。たとえばアルバート・ウェントの『バニヤンの木の葉』の主人公タウイロペペは、サモアの近代化に成功する人物なので前者の例である。すでに紹介したミルトン・シンガーによって描かれるインドの経営者は近代的企業のなかでぬかりなくインド的精神を体現しているわけで後者の例といえる。アメリカ移民が、アメリカン・ドリームというイデオロギーに染まって一攫千金を狙っているなら、それはアメリカ的アイデンティティを我がものとして自己変貌を遂げた人物である。

〈犠牲者に甘んずるタイプ〉には、ブラジルやインドなどで、国際資本によるダム建設や鉱山の開発のため父祖伝来の地を追われて大都市の周辺にスラムを形成している人々を考えることができる。唯々諾々としてすべてを運命として諦めてしまうタイプである。マゾヒズムを自己のアイデンティティとしているといってもいい。もっとも、次に見るが、こうした人々も、心底あきらめているわけではなく、ときとして怒りをあらわにする〈怒っているタイプ〉に変容する。実際、ジジェクは唯々諾々とした大都市のスラムの住人に鬱積した革命的なエネルギーを見届けている。

〈怒っているタイプ〉は、植民地主義に抵抗する人びとである。そしてあわよくば新たな価値観でもってあらたな社会（あらたな三極構造）を樹立せんとする。インドでは古くはセポイの反乱がある。近年ならアメリカの多国籍企業とそれとつるんだインドの買弁企業にたいして、その犠牲者となっているアーディバーシーの反乱があり、それに伴走しているアルンダティ・ロイがすぐに思い浮かぶ。あるいはモーシン・ハミドの『不本意なファンダメンタル分析家』（邦訳『コウモリの夢』）に描かれた経済ヒットマンであるチャンゲーズもそうした仲間に加えて差し支えあるまい。

最後の〈神秘論者〉については、アトウッドは多くを語らないのだが、これこそキリスト教とかイスラムといった個別の神を信仰するのではなく、そうした個別の神のよってきたる原理としての神性に思いをいたして、個別宗教を盲信することから離反する態度であるというふうに今は解釈しておきたい。その場合は、このタイプは三極構造の外に出ている。だが、いずれこれは隠遁者のありようである。

アトウッドの挙げている四番目の〈創造的に犠牲者を越えるタイプ〉は、文学者や芸術家のありようという風にいえる。それは端的に言って加害者、被害者といった思考の枠組みそのものを解体しようと取り組む人々である。カナダの伝統を守るというのでもなく、イギリスなりアメリカなりの近代化をそっくりそのまま受け入れるわけでもなく、それらを相対化し、そのうえで普遍的な人間的価値を探求しようと努めている。これはまさしくケガレからあらたなハレを立てるのではなく、ケガレからカレへ逸脱しているタイプといえる。記号過程の第四項を生きている人々である。このタイプのありかたを実現すれば国家なき社会誕生となるというのがぼくらの考えであることはもはや断るまでもあるまい。

してみるとぼくらの課題が見えてくる。〈怒っている人びと〉と〈創造的に犠牲者を超えている人びと〉をいかに統合するかである。ホミ・バーバの言説はそのヒントとなるだろう。

（2）ホミ・バーバとリミナル（境界）

植民地では、宗主国の軍事的ばかりか政治的経済的な圧倒的な暴力によって有無を言わさず介入してくる異種の文化が伝統的文化と併存している。そこでは祖国の伝統を死守するのか、宗主国の近代に同化するのかという切羽詰まった選択が迫られる。だが、同時にそこには拒否や受容や対立といった関係以外にあらたな文化の誕生する可能性もまたある。ホミ・バーバの仕事は祖国インドのイギリスによる植民地支配の経験をつぶさに検討してそうした異文化接触における新しい文化創造の可能性を探ったものといっていい。それが『文化の現場』（邦訳『文化の場所』）である。つまりあたらしい文化が誕生する現場をロケーション（文化のロケ地）として探索しようと試みたのだ。その結果がかずかずのきらびやかな批評用語の誕生となったのである。それは一言でいって、宗主国の強要した政治的支配の三極構造を自らが生きた文化の第四項の経験を理論化することで克服せんとする試みである。

宗主国による西欧化つまり同化 assimilation は、植民地の原住民にとっては自己の民族としてのアイデンティティの変更を迫るものであり、ひどい場合には、それは精神の病（文化的スキゾフレニー）をも引き起こしかねない暴挙である。たとえば、黒人が白人の真似をして必死に同化を試みても、白い仮面の下にはつねに黒い肌が否応もなくあるわけで、遂には同化できず、自己を見失い精神を病むことになるのだ。こうした症例はファノンが『白い仮面、黒い肌』で克明に報告しているところである。

しかしながら宗主国の同化政策にたいしてインドでは、たとえば「模倣 mimicry」という詐術を編み出したとホミ・バーバはいう。なるほど、インドでは、イギリス人の文化を摂取するために模倣する。それは英語の学習などにもっとも端的に現れる。だが、その必死の模倣には単なる隷従する姿勢ばかりが現れるのではない。物真似には元来滑稽感がつきまとうが、それが真似される側を冷やかすことになり、真似をする側の真似される側への嘲弄となり、やがてそこに批判精神すらが生まれるとホミ・バーバは指摘する。それにミミクリには模倣とともに擬態という意味もある。してみればミミクリとは、ひたすら模倣に努めることで同化政策に恭順の意を示しながら、同時に模倣を擬態として批判の刃を隠す隠れ蓑とするという巧妙な詐術なのである（85–92）。

異文化が接触するときあらたな文化が生まれる。それが文化融合 transculturation である。今日このもっとも目覚ましい例は西欧音楽と黒人音楽が融合して生まれたジャズだろう。ホミ・バーバはこうした文化融合を「異種混合 hybridity」といったのである。そこにはもはや支配被支配は存在しない。この語はホミ・バーバの『文化の現場』の四ページ目にはじめて顔を出すのだが、術語というよりは単なる常用語として使われている感じだ。だが、興味深いのはそれが境界 liminal とか彼方 beyond といった言葉とともに用いられており、まことにそれは異種混合として誕生する新しい文化が境界や彼方といった三極構造の外に見出されることを示している。

異文化が接触した場合、お互いを理解するためには他国の文化を自分の文化で解釈するほかない。それが翻訳であるが、翻訳には誤訳があるとおり、文化の翻訳も誤解があり、曲解があり、そのことで異種混交が生じ、新たな文化が生まれる。そうした文化レヴェルでの翻訳もホミ・バーバにとって重要な批評用語になっていく。ホミ・バーバは『文化の現場』で翻訳について論じているのはその第一章「理論への介入」である。そこでキリスト教宣教師A・ダッフの一八三九年の著作を材料にしてキリスト教のたとえば「生まれ変わり」といった概念がどのようにインドに受容されていったかを検討している(33)。宣教師は生まれ変わってキリスト教徒にならねばならないと説くのだが、その生まれ変わりをインド人は手元にある「輪廻」の概念で理解しようとする。そこで、宣教師が、いやそうではなく、それはこの世での「二度目の生まれ変わり」だと説明すると、今度はバラモンの修行の過程を想像してしまう。だが、そうすることでインドにおいて「生まれ変わり」はより「内容豊かな言葉」になっているとホミ・バーバは指摘する。キリスト教の平信徒よりバラモン教の修行僧の方がよっぽど上等だということだろうが、翻訳がゆたかな異種混合を形成する例である。

だが、ぼくらが注目したいのは、翻訳による異種混合の過程には、文化と文化の間にたつといった契機のあることをホミ・バーバが指摘していることだ。ホミ・バーバは植民地の言語体験を深めるとき「第三の空間」（37）といった概念を導入する。文には発話の主体と発話行為の主体がある。たとえば〈私はイギリスを誇りに思う〉という文の場合、イギリス人が言ったときには、発話の主体と発話行為の主体の間に齟齬はない。だが、これをインド人が言わされた日には、発話の主体と発話行為の主体には分裂が生じてしまう。すると分裂した主体は、文の領域でも発話行為の領域でもない、第三の領域に拉致される、否、逃亡するというのである。この第三の空間こそ、イギリス文化でもインド文化でもない、そのいずれでもない文化と文化の間である。

もっともホミ・バーバはこうした空間を「空虚」といいい、この空虚に異種混合の可能性をみている。そして同様な見解を持つウィルソン・ハリスを紹介している（38）。だが拙論「ウィルソン・ハリスの詐術的リアリズム」で論じたところだが、ウィルソン・ハリスは文化と文化の間に立つ立場を「間文化主義 cross-culturalism」（41）と命名し、この「空虚」については異種混合というよりも、むしろいずれの文化にもつかない文化そのものから離脱するありようをはっきりと見届けている。それこそ記号過程の第四項の立ち位置である。

また、こうした第三の空間をホミ・バーバは、境界（リミナル）ともいっている（4）。ジョン・シームはそのポストコロニアル関係の単なる辞典を超えた用語辞典の「境界 liminality, liminal」の項目で、この境界状況を文化の普遍的なありようとし、それこそ異種混淆が生まれる場所であるとしている（144）。だが、ぼくらとしてはこの第三の空間たる境界（リミナル）には、すでにふれたターナーの象徴人類学的な意味合いがあることに注目したい。境界《リミナル》とは成人儀礼の場合は大人とも子供ともどっちともつかないあいまいな空間であり、それはコムニタスであり反構造の場なのである。つまりこれは記号過程の三極構造を超えた、それから逸脱した記号の第四項の作動する場である。それが形成するのは単なる異文化混淆の場ではない文化そのものを相対化する空間なのだ。そここそ人間は文化によって形成されていることを自覚する特権的な場所であり、そここそまさに「文化の現場」なのである。ここでクラストルを思い出していただきたい（第二部第3章2（2）（A））。この「文化の現場」はクラストルの「政治権力」ならぬ「文化が権力の力域」のことだが、これを核として社会建設がなされるとき国家なき社会の誕生となるのである。

というわけで、ぼくらがしなければならないのは、それを具体的に現実化することである。それが生政治であり、ぼくらのいう〈生治〉なのである。かくしてその〈生治〉のかたちとそれへと向かう主体のありようの具体的検討が第三部の話題となる。

第三部への間奏――吉本隆明の「大衆の原像」の「内観」

一九一七年のソ連での革命の成功はプロレタリアート（かならずしも工場労働者ではない農民たちを含めた）が主導したものである。それ以後の西欧の左翼の課題は、ソ連での革命が成立し、西欧で不可能だったのは成熟した市民社会があったからだという認識から、市民社会の分析が実践されることになる。西欧では革命の主体はプロレタリアートではなく市民として捉えられてきたのである。その流れにあるのがウィリアムズの教条主義的な唯物史観を批判的に止揚する文化唯物論であり、グラムシのヘゲモニー論の展開としての「感情の構造」論である。

吉本隆明の場合は、太平洋戦争中の共産主義者の転向の問題から、転向の原因は知識人の大衆からの離反にあると見届け、まずは大衆のありようそのものを考える必要があると説いたのである。革命の主体としてのプロレタリアートがこの場合には広く大衆と取らえられている。一九六六年の「情況とはなにか」（一九六九、三三七―四〇八）で吉本はそれを「大衆の存在様式の原像」（三四三）ひとことで「大衆の原像」（三四九）と呼んだ。その際の吉本にとっての大衆とは、毎日の生活にかまけて、政治や思想や文学などに関心を示さない存在である。パンのみが問題な人びとである。「生まれ、その土地を離れず生活し、どんな思想的な音をあげないかわりに、他人の思想事などなんの関心もないといった［…］閉ざされた土俗性」（二六七）を持つのが大衆であると一九六五年の「自立の思想的拠点」では述べている。これを「情況とはなにか」でもっと一般的に定義している。

大衆は社会の構成を生活水準によってしかとらえず、けっしてそこを離陸しようとしないという理由で、きわめて強固な巨大な基盤のうえにたっている。それとともに、情況に着目しようとしないために、現況にたいしてはきわめて現象的な存在である。もっとも強固な強大な生活基盤と、もっとも微小な幻想のなかに存在するという矛盾が大衆のもっている本質的な存在様式である。（三四〇）

プロレタリアートにしろ、市民にしろ、大衆にしろ――常民、平民、庶民、民衆、群衆、分衆、人民もそうだが――その形態は時代とともに変遷する。したがってもはや大衆の原像など存在しないという見解がある。今やマスにさらにはマルティテュードになりおおせているというのだ。だが、そうだろうか。いや、たとえそうだとしても、ぼくらには大衆を考える十分な理由があるのではないか。吉本のいう「強固な強大な生活基盤」が支えているのは「微小な幻想」どころではないたくましい狡知というべきリアリズムなのではないのか。それを称してぼくらは世俗的リアリズムというのだが、呼称は変われども大衆の根っこには、つまりぼくらの根っこには常に変わらずそれがあるのではないか。それなしでは何事も始まりはしないのではないか。ぼくらの〈今ここに私がいる〉の常識主義を支えているのがそうした世俗的リアリズムだからである。

じっさい吉本にしてからが、大衆を考える時、大衆としての自分たちの生活や思想から考えるといっている。「日本のナショナリズム」（一九六四）では「大衆［は］［…］歴史そのもののなかに虚像として以外登場しえない〔…〕ある程度これを実像として再現する道は、わたしたち自体のなかにある大衆としての生活体験と思想体験を、いわば『内観』することからはじめる以外にありえないのである」（一九六九、一九〇）と書き留めている。そうした内観に捉えられる知識人の大衆的な生活の基盤こそ頑強な世俗的リアリズムなのである。

革命の主体としてのプロレタリアートは、工場労働者、市民、大衆とかルンペンプロレタリアとか都市のスラム街の住人とか難民やプレカリアートなどとさまざまに読みかえられている。ところがぼくらはまずは日本民俗学のいう常民から出発したのである。その常民のふるまいの追体験がぼくらの大衆の内観なのである。すでに何度も述べたが、ケ、ケガレ、ハレという常民の生活パターンである。そしてこのケガレに既存の価値観というハレに回帰する契機とそうした既成の価値観の外にでる契機を見出したのである。ひとことでいえばそれは我がままから気ままへの生の気分転換である。そしてその外の領域をカレと命名して日本民俗学の三極構造を解体する四極構造を導入したわけである。こうしてぼくらは常民から出発して、革命的主体の契機を保持している類的人間を記号過程の第四項の効果として規定したのである。そこに出現する人間を、お望みなら常人といってもいい。常人とは日常人である。が、常住する人とすれば、常住とは日常でもあるが仏教用語では無為、悟りの世界に住まうことだからである。日常にありながら日常を乗り越えているといったその常人のありようにぼくらは、普遍的な革命の主体となりうる記号過程の四極構造からなるメカニズムを見ている。これこそ吉本が明確にしえなかったぼくらの内なる大衆の原像なのである。こうしたぼくらの議論は机上の空論に見えるかもしれない。だが、それはぼくらの「内観」による私的経験というリアルによって裏付けられている。ぼくらがアナーキズム人類学などに見届けてきたのはそうした四極構造の存在である。問題はそうした常人つまりは常識人、日常人がいかにして社会変革の主体になりうるかだ。これを検討するのが第三部なのである。

ところで、このカレの意味はいろいろ考えられる。そのひとつをあげれば、自分を捉えている価値観や人生観といった幻想を突き放して眺めることができるありようである。それをぼくらは自己の存在感の呪縛からの解放の経験であるといってきた。大衆は語らない。語ることを忌避して沈黙の生活に回帰する。したがって吉本は「日本のナショナリズム」で「『大衆』がこの『話す』から『生活する』(行為する)という過程を、みずから下降し、意識化するとき、権力を超える高次に『自立』するものとみなす」(一九六九、一九〇)といっている。この「意識化」こそ存在観の経験である。それは〈ある〉(沈黙)から〈する〉(行為)になるときだが、これはホロウェイの「ある」と「する」のありように似ている。そして「知識人とはなにか」(一九六〇)で「庶民や大衆が体験を根強くほりさげることにより、知識人の世界、雰囲気、文化から自立しなければならない」(一九六九、五〇五)とすら吉本はいうである。

なるほど吉本の大衆の原像をめぐる言説はぼくらの思考を先取りしている。だが、残念ながらその議論の全体を背後から下支えする理論がない。吉本はやがてそれを『共同幻想論』などにまとめるのだが、ぼくらはそれを文学人類学として提示したのである。たとえば吉本は「情況とはなにか」でこういっている。「思想の問題としての国家は、あるがままの大衆の存在様式の原像からうみだされた共同的な幻想として成立し、そこから大衆の生活過程と逆立し矛盾するにいたったものとして規定される」(一九六九、三四六)、と。「あるがままの大衆の存在様式の原像」を吉本は明確にしていないが、これをぼくらは素朴実在論というか常識主義をもとにした〈今ここに私がいる〉といった存在感の探求者であるとしたのである。そしてその存在感を生み出すメカニズムとして三極の記号過程を見出し、それから脱出するメカニズムとして記号過程の第四項を仮定したのである。そうした文学人類学的知見からすると、国家が共同的な幻想であるとは、国家とはそもそも大衆の原像を形成したのと同じ記号過程の三極構造から生まれた構成物だということである。記号を頂点とする記号過程の三極構造が権力を頂点とする社会の権力構造に投影されたのである。それが大衆の原像と逆立しているとは、これまたぼくらなりに解説すれば、大衆の本来的存在感が三極構造をもとにした国家によって抑圧されて呪縛する自己の存在感になっているからである。ぼくらの存在感分析はそうした社会の構造の変革を人格の構造に窺える変革の可能性を通して達成せんとするものである。つまり記号過程の第四項の効果としての存在観によって呪縛する自己の存在感を解縛し、そこから社会の変革へと赴くというのである。

吉本は同じ「情況とはなにか」で「思想としての大衆の原像の問題は、その本質的な部分で〈家〉の問題に帰着する」(一九六九、三九八)と言っている。これは正しい。フロイトに見たとおり、社会的権力構造のモデルは王は父にあたるという具合に家庭の権力構造にその雛型があるからである。その家庭にはパパ(記号)、ママ(対象)、ボク(解釈項)という具合に記号過程が貫徹している。そしてたとえばボクはパパ(記号)の取り込みに失敗すると統合失調症になるわけで、パパ、ママ、ボクの問題は精神分析の領域となる。かくして第三部の前半は存在感分析の観点から精神分析を解釈することになる。

大衆(知識人の内なる大衆)は世俗的リアリズムを生きている。それは素朴実在論とか常識主義的な世界観からなっており、ともあれ現在の生存にその最奥の部分では信頼を寄せている人々である。しかもその最良の部分は、本来的存在感を実感している。これは第一部で検討した。問題はそうした生の実感を社会的に具体化することである。吉本は「情況とはなにか」を「大衆の原像は、つねに〈まだ〉国家や社会になりきらない過渡的な存在であるとともに、すでに国家や社会もこえた何ものかである」(四〇八)と結んでいる。これは、ぼくらにしてみれば、大衆の本来的存在感は今日只今でも無自覚ながらも間欠的に実現されているが、それは社会変革の後には明示的持続的に現実化するものとしてそこにあるという意味である。つまり、大衆（常識人の内なる大衆）は、自分の経験している自己の本来的存在感を社会全体に具体化するために革命の主体になりうるのであり、むろん革命後もその存在感を享受するということである。そうしたことがいかにして可能なのか、これの検討が第三部の後半の主題である。

『チボー家の人々』で次男のジャックは、政治的活動家である。ところがジャックには革命後の「きたるべき人びとへの信頼」（8二六八）がない。つまり、革命後の「あたらしい秩序が、そのままにまっすぐに、本質的によりすぐれた人間のひとつの型をつくり出し、それによって《人間》そのものを更新するということ」（二六九）が考えられない。長男のフランソワはそうした弟のジャックの影響を受けて自分の人生を反省する。医者としての何不自由ない生活に疑義を持つ。「ドクトル・チボーというもののかげに、ほかの何者かがいることがはっきり感じられる。［…］医者たる以前に存在していた人間」（二三六）を自覚させられるのだ。だが最終的には「まじめに仕事をしていくこと、それだけでじゅうぶんなんではないだろうか？［…］そして人生を流れ去るにまかせること！」（二三八）ということになる。これが大衆の原像である。だが、医者以外の存在としての自分に覚醒するときがあるのもまた大衆なのである。ぼくらにはそうしたありようをトータルに理解するケ、ケガレ、ハレそしてカレといった日本民俗学的な理解から存在感、存在観といった概念を抽出し存在感分析を編み出したのである。それは大衆がその日常性から離反する契機をも指し示している。したがってぼくらはそうした存在感分析という武器を携えて、フランソワが十全に理解していない医者たる以前に存在していた人間つまりは本来的存在感を知る人間をフランソワの大衆性に指示し得ると考えている。さらには、政治的な活動家ジャックには実現すべき人間像をいまここにあるものとして具体的に示すことが可能である。そうやって存在感分析は、フランソワ的な大衆には、自分のなかにある変革への契機を自覚させ、ジャック的知識人には、きたるべき人間像を示し、それを目指して社会変革に赴くよう仕向けるのである。

『チボー家の人々』はロシア革命以前の時代を描いている。ぼくらはロシア革命以後のソ連の崩壊以後（あらたな革命以前）を生きている。歴史は繰り返す。だが、『ルイ・ボナパルトのブリュメール一八日』のマルクスにいわせれば「一度目は偉大な悲劇として、もう一度はみじめな笑劇として」（一五）であるらしい。さはさりながら、そうした茶番劇の脚本をぼくらは今切実に必要としているのではあるまいか。そうした必要性を忘れていることすら忘れている現代だから。

第三部　存在感分析と精神分析

ジョモ・ケニヤッタは同族のキクユ族の民俗を扱った小著で、西欧の侵略以前にキクユ族は専制君主的な首長を追い出して長老の合議によって指導者を決めるといった民主的な体制を編み出していたと証言している（8―10）。これはすでに第二部でふれたところだが、そのケニヤッタがケニヤ独立後に独裁者となったのは歴史の皮肉である。が、それはそれとして、ぼくらの興味は支配者を拝する社会とそれを廃する社会におけるメンタリティについてである。第二部では国家と国家に抗する社会ということでその背後に作動する記号の三極構造、四極構造を概説してきた。第三部ではそうしたことを前提にしたうえで、もっぱら国家から国家に抗する社会への移行にかかわる革命的（?）人間のメンタリティというかタイプについて考えてみたい。

第1章　「在ること派」と「成ること派」または強迫神経症《オブセション》とヒステリー

パラノとスキゾという人間タイプが一時期流行り言葉になったことがある。浅田彰がチャート式現代思想入門と銘打って『構造と力』を出版し、まさにニューアカ（デミズム）ブームを牽引していた八〇年代のことである。パラノイア（偏執症、妄想症）とスキゾフレニア（精神分裂病、今日の統合失調症）という精神病があるが、これをパラノとスキゾという二つの人間のタイプに仕立てたのだ。簡単にいうとパラノは一事に熱中するが、スキゾはすべてに距離をおくタイプ。その震源である『アンチ・エディプス』でドゥルーズ／ガタリはエディプス・コンプレックスの三極構造に呪縛された現代社会の救いはスキゾ型の人間にあるとしたが、それにならってスキゾが推奨された。結果として呪縛する資本から限りなく逃走するということになる。こうしたさまを浅田によればドゥルーズとガタリは合衆国のコネティカット州に引っかけて州名をConnecticut＝Connect/I/Cutと分解し、コネクトし、カットする――大胆に関係するがその関係を切ることも躊躇しない――ところに私（主体）が発生するとしている（三七）。そうやってカットするとき以前のコネクトした主体とは違った主体が生まれるというわけだ。だが、そうだろうか。主体（革命的主体？）が誕生するのは関係を切られた苦渋のなかで、そうしたケガレのなかからではなかろうか。いずれにしろその主体のタイプはスキゾでもパラノでもないというのがぼくらの考えである。

ブルース・フィンクは『ラカン派精神分析臨床入門』で診断の基準として、症例を神経症 neurosis、精神病 psychosis、倒錯の三つにカテゴリー分けし、そのうち神経症をヒステリー、強迫神経症 obsession、恐怖症に細分化している。（ちなみにパラノイア（244）もスキゾフレニア（246, 248）も注で触れているにすぎない。）近年、この神経症の内ヒステリーと強迫神経症を人間の二つのタイプとして取り上げたのがジジェクである。一般的にはヒステリーとは急に怒りを暴発させることであり、強迫神経症とは極度に一事に拘り、たとえば外出の際に玄関の戸締りを何度も確認しないと気が済まない場合である。それが神経症という病になると、ヒステリーでは知覚障害や麻痺、健忘などの心身症状が発症し、強迫神経症ではたえず不安な考えが浮かんできて抑えられなくなり、やがて無意味な行為を繰り返すようになる。ラカンの見解では、ヒステリー患者は、自己が何者であるか、「つまり女であるとは何か」（一九八一下二九）という問いに拘泥するが、強迫神経症者は、自己の存在（「死に関する問い」）に執着する（一九八一下三七）。ジジェクがこの二つを人間のタイプとした際には、このラカンの診断に従いながらも、症例というよりむしろメタファーとして用いている。ぼくらにしてからが、その点では同じで、この二つは第一部でふれた「成ること派」と「在ること派」の人間類型に当ると考えている。そして「成ること派」たるジジェクは、今日の社会の行き詰まりを打開する人間は、つまり革命的主体はこのヒステリー型でなければならないと声高に主張している。ところが「在ること派」たるぼくらの存在感分析は、自分の存在に拘泥して、強迫神経症型を推奨するのである。

とはいえ強迫神経症型の「在ること派」にも特有の病がある。自己の存在感を強迫的に反復するまさに強迫神経症に似た自己の存在感に囚われるという病だ。呪縛する自己の存在感という病である。そこでそうした自己の存在感の呪縛から人間を存在観の経験を経て解き放ち、本来の「在ること派」の理想とする

〈あるがまま〉の——〈わがまま〉の我が抹消されている——ありようを達成しようというのが存在感分析のセラピーである。まど・みちおに倣えば、動物であるカニはカニカニし、ゾウはゾウゾウしてそれぞれあるがままを全うしている。だが、ニンゲンはニンゲンニンゲンできていない。そこで、あらたなありようとして、たとえばフーテンの寅さんの風の吹くまま、気の向くままといった境地を達成しようというのだ。してみれば、ぼくらが目指すのは単に「成ること派」でも「在ること派」でもなく、その「在ること派」の病を克服した果ての生の形である「単なる生」（アガンベン）である。ひとまずはそれを目指すのがぼくらの目指す革命的主体（?）ということになる。

それにぼくらの存在感分析は精神分析のセラピーを無碍《むげ》に否定するべきではないと考えている。一例を挙げれば「単なる生」のありようを精神分析の到達点とするものに神田橋の精神分析があるからである。これはユングの個人心理学を仏教の唯識論によって再解釈した日本のユング派精神分析に見られるようなフロイトの日本化の一例といえる。

1 「在ること派」の精神分析と文学理論——神田橋條治とバルトの場合

（1）神田橋條治の『治療のための精神分析ノート』

臨床精神科医の神田橋條治によると、精神分析の特権的症例に愛着障害がある。これは母親と関係がうまく築けなかった場合に発症するのだが、社会や世界全体との関係が崩壊するケースである。神田橋は乳幼児の愛着障害の場合は自由連想法などの手法で治療可能だが、胎児期の場合には言葉が利用できないので気功法などを援用するなどと言っている。愛着障害で思い出すのは、ジュディス・バトラーのいう「強固な愛着」である。その場合は、幼児が母親に完全に依存する事態なので、愛着障害にはならない。だが、バトラーはその強固な愛着が特定のイデオロギーへの執着といった事態となり、ひいては偏頗な主体の形成となるといってそれを問題視している。ジジェクもそうしたバトラーの議論を敷衍するのだが、二人の精神分析的な言説の特徴はといえば、精神分析的な現象や概念をイデオロギー批判や社会的文化的現象の批判に向けていることである。存在感分析もまた、自己の存在感の呪縛というとき、言語（つまりは社会）で形成された主体を問題視するのであり、それからの解縛を修辞的効果に感応することで達成しようとするものである。第三部ではそうしたイデオロギー批判としての精神分析と存在感分析を照合し、そこに両者の相違点とともに類似点を見出すそうと試みるつもりである。神田橋の臨床的な精神分析はといえば、ラカン派の精神分析とも存在感分析とも違う。だが、神田橋の治療としての精神分析は存在感分析と同じような人間の捉え方をしており、その自由連想の手法も、最終的な人間の在り方のイメージもまた、おもしろいことに、意外に似通ったものなのである。

神田橋によれば、人間は動物だが、言語を獲得したことで、人間の生命的なものから離脱してしまったために、結果として心の病に罹る。これは人間を本能の壊れた動物とする岸田秀（五八一）や人間は二度死ぬ、一度は言語を学習したとき、二度目は寿命の尽きたときという藤田博史（一三二）の立場と変わらない。が、神田橋の場合、その治療は生命的なものへの遡行によって果たされる。それを助けるのが精神分析であり、その手法が自由連想なのである。自由連想は無意識を意識に翻訳する前意識で実践される。その自在となった前意識の活動は三昧の境地と表現されている。これは存在感分析のいう本来的存在感、根源的存在感のありように似ている。この自由連想の完成形は「瞬間・瞬間あらた」であり、「そこに、もう私はいない」の体験である。「思い返せば、『いのち』のありのままの状態である」（六八）などと形容されているからである。これこそぼくらのいう〈あるがまま〉であり、〈今ここにあるユートピア〉の内実以外のなにものでもない。

また、神田橋のいう前意識で展開される自由連想は、言語の修辞的効果に感応して言語の呪縛から離脱することに対応し、自由連想の完成形とは存在観の実現に相当する。まことに神田橋のいう精神分析とは自由連想の技法を習得した患者が、終ることなく常にそれを実践するものなのである。それは人間は本来ただあること＝「単なる生」で満足する存在であるといった哲学のもとに生涯遂行されるものなのだ。その結果得られる「流していく自由連想の完成形」とは「気分のような・感覚のような・気づきのような・輪郭のハッキリしない連想」であり、「三昧の段階」であるという（六三―六八）。もはやこれは存在感分析の目標といっていい。しかも「畢竟、精神分析治療は文字文化に与し、終局には『個人信仰』ではなく『個人哲学』の育成に至る文化である」（七七）というのである。だとするなら、この「個人信仰」とは自己の存在感に呪縛されたありようであり、「個人哲学」こそ根源的存在感の境地を語るものである。じつはぼくらの探求しているのもそうした「個人哲学」なのである。存在感分析と神田橋の精神分析がもっとも接近する地点である。だが、存在感分析と精神分析の追求する快楽にもその接点が見いだせる。バルトの快楽の読書と悦楽の読書がいい例である。

(2) バルトの『テクストの快楽』

狩猟採集時代に続く農耕社会の成立以後、人間は成人儀礼などをとおして集団の価値観を意識的無意識的に刷り込まれる。他者（の欲望）の内在化による主体（の欲望）の形成である。したがってそれはアドルノがいう「非自由の基層」（四一八）であり、それが「呪縛」なのである。「呪縛というかたちで、物象化された意識は全体的なものとなった」（四一九）のである。精神分析的にいえば、その無意識の存在とは超自我（理想自我）であり、自我理想なのである。そうやって欲望（内在化された他者の欲望）を遂行するときに自己の存在が確認される。それは（無意識の）快楽なのである。したがってそれを無条件に反復追求するようになる。存在感分析的にいえばそれが自己の存在感の呪縛である。ジジェクが「なんじの症候をたのしめ」などと自著のタイトルでいうときのその症候とは呪縛する自己の存在感である（『汝の症候を楽しめ』二〇〇一）。

そうした自己の存在感の経験は否定されることはない。なぜならそれは自愛の楽しみであり、ナルシシズム的陶酔がそこにはあるからだ。〈今ここに私がいる〉という感じ、それが自己の存在感であるが、なによりもそれを確認することが生きることだからである。まことに自己同一性の体験は快楽なのである。問題はそうした快楽の堕落である。堕落した快楽である。その特異な主犯が呪縛する自己の存在感という自己感を強迫的に追認し続けようとする同一性の自縄自縛の形態である。そこに埴谷雄高がいう「自同律の不快」といったものが発生する。そしてそれを暴くのがナンセンスといった非同一性の非論理であり修辞法である。だが、とはいうものの同時にそうした同一性の虚妄を暴く非同一性の論理や修辞もまた楽しみなのである。呪縛を意識化してそれから離脱するとき、それは存在観のときだが、それもまたあらたな意識のありかたの経験となる。たとえばそれはブレヒトの「異化効果」のときであるが、そうした経験に導く文学的なプロセスは本書の第二部で解説したところだ。

この二種類の楽しみを鮮やかに捉えていたのがロラン・バルトである。バルトは、『テクストの快楽』（一九七三）で「快楽のテクスト」と「悦楽のテクスト」ということをいう。

快楽のテクスト。それは、満足させ、充実させ、快感を与えるもの。文化から生まれ、それと縁を切らず、読書という快適な実践に結びついているもの。悦楽のテクスト。それは、忘我の状態に至らしめるもの、落胆させるもの（恐らく、退屈になるまでに）、読者の、歴史的、文化的、心理的土台、読者の趣味、価値、追憶の凝着を揺るがすもの、読者と言語活動との関係を危機に陥れるもの。（二六）

ぼくらに言わせれば、この「快楽のテクスト」は、読者が自己の存在感を確認することを誘う要素を持つものである。そして「悦楽のテクスト」は、そうした自己の存在感を享受するという自己陶酔から読者を覚醒させるものだ。正当にも、バルトは、その両者をともに喜びとして肯定している。ちなみに読者は、テクストに感応すると「快楽のテクスト」や「悦楽のテクスト」の効果を経験するのだが、そうした経験を批判的に分析するのが言説分析なのである。その言説分析の諸相に対応している意識の様相（自己の存在感や存在観といった実存範疇の諸相）を検討するのが存在感分析である。

バルトは『テクストの快楽』で、こうした二つの読み方を併存させる読者を分裂症といっている。

ところで、時代錯誤的な主体がある。二つのテクストをわが物にし、快楽と悦楽の手綱を握っている主体だ。［…］彼は自分の自我の凝着（それが彼の快楽だ）を享受し、それの喪失（それが彼の悦楽だ）を求めているのである。それは二重に引き裂かれ、二重に倒錯した主体だ。（二七）

だがぼくらにしてみれば、この快楽と悦楽をふたつながらわが物としている主体は、けっして分裂しているのではない。それは自己の存在感の呪縛とそれからの解縛としての存在観という二つの実存範疇を、二つの継起する意識経験として、あるいは独立した実存経験として生のプロセスのなかで操作し、ちゃっかり享受している主体なのである。

2 ラカンの精神分析とパースの記号学――「成ること派」の精神分析

(1) 精神分析のセラピーと存在感分析のセラピー

みてのとおり、精神分析と存在感分析は思いのほか近い関係にある。それは構造論的にもそうである。ラカンは無意識は言語のように構造化されているというが、ぼくらにしてみれば、ラカンの理論は記号過程論で構造化されているからである。

早い話がパースの記号学でラカン派の精神分析を解釈する試みは、ジョン・ムラー、ジョゼフ・ブレント編『パース、記号学、精神分析』で、その概要がみてとれる。ムラーはその論文「記号学と精神分析の階層的モデル」で、パースの三極構造のカテゴリーが順次階層的に上昇して、最終的には精神分析の分析治療のタイプとなるまでを図式にまとめている(63)。具体的意味内容はともあれ、パースとの対応だけを示すために逐語訳すれば、基礎の範疇《カテゴリー》の階層では、一次性、二次性、三次性、次の記号の階層では、イコン、インデックス、シンボル、対象との関係の階層では、類似性、接触、因習となっている。さらに精神病理の階層では、断片化(記号のシニフィアンとしての排除)、分断(解釈項の否認)、抑圧(記号の対象からの置き換え)、分析療法の階層では、〈境界を形成する記号を創造する〉、〈インデックスによって否認と対峙する〉、〈記号を代替シンボルとして解釈する〉という具合である。

日本では有馬道子が『パースの思想』で、今紹介したムラーの図式の展開を試みている。もっとも有馬はムラーに言及していないのだが、パースの三極構造と精神分析の分析手法との関係を述べている(一三五)。じつは、有馬は、すでに前著『記号の呪縛——テクストの解釈と分裂病』でパースの記号学と統合失調症の関係を論じている。有馬によれば、言語と精神の変調との関係は、統語法でいえば、プロタクシス、パラタクシス、シンタクシスの順に統合力が強まるが、そうした統語法との関係で分裂病を論じることがおこなわれてきたのである。そこで有馬は言語の統合力に注目して「そこに生きる(統合する)という充足感としての快感がうまれる」(一一九)としている。「あらゆるテクストの現実感と連続性は[…]社会的習慣性との統合がなされ[…]記号と社会性と[が]接点をもつことによってのみ現実感と呼ばれる社会的な存在感をもちうる」(一四〇)といっている。記号と社会性が接点を持つとは、個人の抱く社会のイメージが現実と一致していることである。これは社会(対象)を一定のイメージ(記号)で解釈するということだからして、ここでの「存在感」はまさにぼくらの記号過程の結果生まれる存在感である。

そのうえで有馬は言語の統合力の衰退として精神分裂病を捉える。ただし「分裂病の記号的特徴を単に連合弛緩・錯誤論理・言語常同・序列思考・言葉サラダ等々と呼ぶのではなく、宮本忠雄の言うように、『どのように連合がゆるんでいるか』『論理がどのようにゆがんでいるか』『正常な統辞法に代わるどのような統辞法がそこにみられるのか』というようなことを明示的に記述」(一二四—一二五)するべきであるといい、メタファーや構文の衰退などを具体的に検討している。これらは興味深い指摘ではある。だが、目下のところは残念ながら、ぼくらにはにわかにはその妥当性の判断ができない。ただ「人間は[…]私的連想を社会的習慣的連想と統合することによってユニークな私的存在でありながら同時に社会的存在でもある自己の存在感を生み出している」(一八二)(強調引用者)というとき、この「自己の存在感」とはぼくらのいうアイデンティティによる自己の存在感であるということは注意しておこう。まさにそれは「私的連想」（対象）を「社会的慣習的連想」（記号）で解釈した結果生まれている。だが、ぼくらが問題にしているのは社会的習慣的連想を断ち切ること、それに距離をおくことなのだ。それが自己を呪縛しているからである。これは、精神分析（とりわけアメリカのフロイト派）が、社会復帰（社会への再統合）をもっぱらの仕事としていることにたいする存在感分析の批判である。ぼくらの問題は個人的な病からの社会復帰ではなく、病としての社会からの人間の蘇生なのである。

高橋康也はミンコフスキーのいう《病的幾何学主義》を援用してベケットの『ワット』の晦渋な文体を説明している。有馬は、構文の衰退の章で、この高橋を引用してその登場人物たちの語りの構文がまさに、統合失調症の「網羅的列挙」と同じであるとしている（一七六）。精神医学は、そうした網羅的列挙をせざるをえない人を癒すのだが、その場合には、薬学的に治療するほか、精神療法といわれるさまざまな手法がある。指示的精神療法、認知療法、行動療法、森田療法、芸術療法等々だが、精神分析もその一つに分類されている。精神分析的なセラピーでは、たとえば『カオスモーズ』のガタリを引用すれば、「言表行為の帯域を他者性の宇宙につなぐことができれば、精神病者をその実存的囲い込みの外へ連れ出すことができます」（一一四）ということである。だが、ぼくらに言わせれば、存在感分析が注目するのは、ベケットの『ワット』といった文学作品の言語は、社会的慣習的な連想によって呪縛されている人間を開放する効果を、かくじつに、発揮している点である。そしてベケットが採用した正統な統語法を破壊するような文体に感応することで支配的なイデオロギーの言説を脱臼し、その呪縛から離脱することを企てるのである。よしんば精神医学の対象となるような心的病を私的に抱えながらであっても、である。

どうやら精神分析と存在感分析の間には浅からぬ縁がある。ラカンとパースの間にも、単純な影響関係を見出すのはいかにも困難だが、同様な類縁が見て取れる。

（2）ラカンとパースの相似性

ラカンとパースは思想史的にまったくの無縁というわけではない。『現代文化辞典』のロンバルトとエラスによる項目執筆「ラカン」のなかにパースへの言及がある（214–215）。またムラーとリチャードソンによるラカンの『エクリ』の解説書の索引にはパースの項目がある（115）。ラカンの論理的判断をめぐる考察のなかにもパースの「論理の算術について」に見られる議論が援用されている（Ⅲ177、向井一八〇。もっとも向井は不可解だが「パースのダイヤル」として言及）。実際、ラカンにたいするパースの直接的影響はないとしても、ラカンのなかにパースを読み込む作業はさほど無謀なことではない。

ラカンは、セミネールⅢの『精神病』のなかで、精神分析は精神現象学のように現象に現実を求めるものであるといっている（二三九）。パースもまた、自分の現象学をファネロスコピーと呼んで、以下のような説明を加えている。現象（ファネロン）を、なんの偏見も交えず、「外観の正直な、単刀直入な観察」の下に置けば、そこには三つの領域、すなわち「三つの存在様式」（バックラー75）が見出せる。そこでパースは、それを基本的なカテゴリーとして第一次性、第二次性、第三次性であると命名し、それぞれの本質を、たとえば質、事実、法則などと規定している（同上）。じつは、この「三つの存在様式」は、やがて検討するが、ラカンのいう想像界、現実界、象徴界に相当するのである。

またラカンはセミネールXXIIの『オルニカー？』で想像界、象徴界、現実界の三つの領域を位相幾何学から借りたボロメオの輪の図像によって関係付けている（エヴァンズ19–20）。パースはといえば、現象学的な三つの領域を記号過程として捉え、それらを関係性の論理の過程として位置付けている。そのうえで、パースは『連続性の哲学』で、「形而上学は数学的論理で補完されなければならない」（三二）と述べ、引き合いに出されるのが位相幾何学なのである。

それにラカンが『精神分析の四基本概念』でパロールといい、ランガージュといって言語学を参照するとき、記号と対象とそれによって喚起される意識といったパースの記号論を参照しているかにみえる（五〇—五一、一九七）。ラカンは自然がシニフィアンを提供し、そのシニフィアンが人間関係を組織化すると言っている（二五）。そうやって自然とシニフィアンを関係させることからして、すでにシニフィエをシニフィアンから截然と切り離すソシュール言語学からの乖離が窺えまいか。同じコンテクストで主体の認定についてこういっている。「たとえば、数える何かと、数えられる何かということをいって、その数えられるなかに数えるものが含まれているという状況にあって、主体とは、あとから認められるものである」（二五）、と。どうだろう、この議論では、数えるもの（数）という記号と数えられる対象と数える主体という三つの項が前提されている。しかも数える主体は最後に出現する。これはパースのいう記号と対象と解釈項の三つにみごとに符号する。

（3）ラカンの主体の構造論とその変遷

ラカンの精神分析の理論化の試みは、フロイトの言説の再解釈の過程を通して、独自の枠組みを形成することにあった。そうやって得られた想像界、象徴界、現実界といった領域の関係を、今度はトポロジーといった数学的な論理でもって形式化しようと企てたわけである。それがラカンの文章を、それでなくとも韜晦趣味の曖昧模糊とした文の内容をいやがうえにも門外漢には取り付きがたいものとしている。

だが、今は解説書風に言えば、ラカンの主体の構造に関する理論の展開は、主体と自我、他者、小さな対象aの四つの項からなるL図（シェーマL）から始まって、象徴界（S）、現実界（R）、想像界（I）の三領域からなるSRI図を見出し、とどのつまりは「欲望のグラフ」が招来されたというものである。

ところがスラヴォイ・ジジェクにいわせれば、こうしたラカンは標準的ラカンであって、その女婿ジャック・アラン・ミレールによって鋭意編纂されている『セミネール』シリーズに依拠すると、後期のラカンの主体論は、さらなる展開を遂げていたことになる。ジジェクは、標準ラカンによれば、主体がその欲望を自覚して、それと一体化することが精神病から治ることであるが、晩年のラカンはそうした精神病との一体化（同一化）の質を問題にしていたというのである。なるほどジジェクは、『イデオロギーの崇高な対象』（一九八九）では、L図やSRI図以後展開されたラカンの「欲望のグラフ」を参照しつつ、セミネールXXの『アンコール』の第八章冒頭の図をやや簡略化して援用して（二七九、ラカン1998, 90）ヒチコック映画の登場人物の布置やイメージを解釈している。そして『斜めから見る』ではパトリシア・ハイスミスの短編小説「ブラック・ハウス」「不思議な墓地」「ボタン」「池」に登場する四つの対象（ブラック・ハウス、墓地に生えた瘤、ボタン、池）を用いて具体的に解説しているのだ（二四八―二五三）。同書の二つの図を一つにまとめると図1となる。

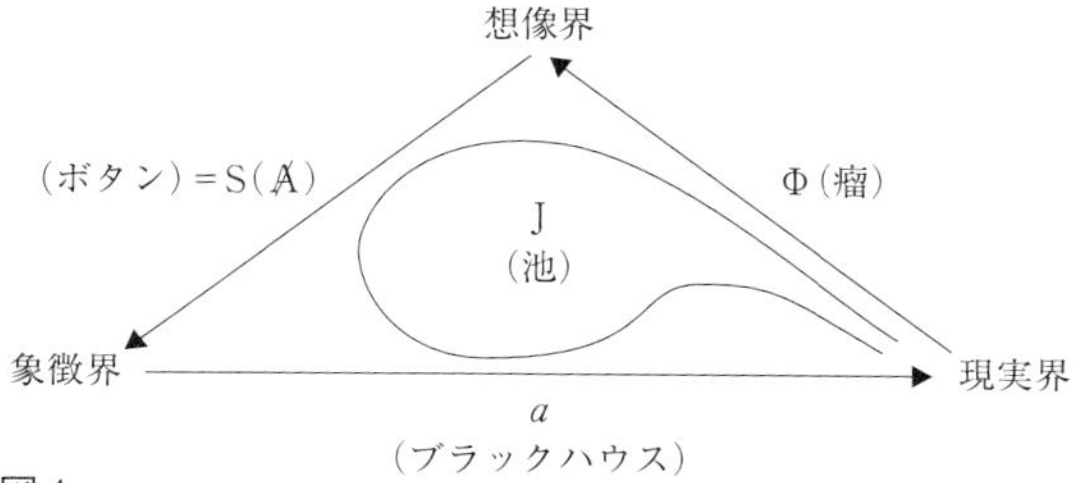

図1

この図式では、想像界、象徴界、現実界の三つと、S(A̸)、aといったL図以来の数学素に、ΦやJというあらたな数学素が加えられたものがひとつの三角形に統合されている。ジジェクによれば、この三角形は、主体の基本的構造が、欲望の渦巻きであるJによって飲み込まれるのをなんとか免れるために、

S(Ⱥ)（大他者における欠如）、Φ（ファルス＝「父－の－名」）、a（小さな対象a）の三つが浮上しているということを表している。つまり、人間の心はその欲望によってたえず侵食されており、それはトラウマ的なものとなって人間の外部に存在するが、この三つの存在は、そうした欲望の浸食から自己を守るイメージといったものだというのである。ジジェクは『斜めから見る』でこう言っている。「おそらくこの三角形の各辺上にある三つの対象はそれぞれ、中心にあるこの外傷的な深淵から一定の距離を保とうとする三種類の方法である」（二五三）、と。この三つの典型を例示するためにジジェクが援用するのがハイスミスの短編作品なのである。それによれば、S(Ⱥ)（大他者における欠如）は「ボタン」の〈ボタン〉、Φ（ファルス＝「現実界の想像化」）は「不思議な墓地」の〈瘤〉、a（小さな対象a）は「黒い家」の〈ブラックハウス〉そしてJ（ジュイサンス＝悦の享受）は「池」の〈池〉となる。たとえば「ボタン」では主人公が衝動的な殺人を犯すが、それは子供が先天性の知能障害をもって生まれたという理不尽な不運にたいする復讐と意味づけられる。そしてその殺害に際して奪った被害者のボタンをたえず握りしめることで息子にたいする殺意（みずからにたえず侵食してくる欲望）を抑えているというのである。かくして〈ボタン〉は出産における不条理という大他者における欠如（その結果の復讐心という情念＝欲望）を表しているという次第である。

このS(Ⱥ)、Φ、aという三つの存在には、欲望を象徴化し、それを象徴体系のなかに取り込んで馴化する働きがある。この馴化する／し損なう対象としての欲望には、従来、症候としての欲望というイメージがある。ところが、この三つはそうしたあり方ばかりではなく、むしろそうした象徴化の外にあって象徴化をあくまでも拒む外部を暗示している。それは他のイメージと関連付けられることを断固拒否するものので、それをラカンは症候（symptôme）ならぬサントーム sinthome と命名している。そしてラカンは、人間はむしろそうした欲望の外部を知り、そうしたサントームと同一化するときに、初めて精神分析の終局に到達するというのである。それがJ（ジュイサンス）であり、ハイスミスの作品では主人公がそこで恍惚状態で水死する「池」の〈池〉が表象している。こうしたラカンの晩年の展開を受けて、ジジェクは、精神分析の終了は、従来の「症候の解消——幻想との同一化」（二五六）ではなく、「われわれの幻想にたいして一定の距離をおき、われわれの享楽の整合性が依存している病的な特異性に同一化したときである」（二五六—二五七）と言うのである。

ジジェクのこうしたラカン理解は幻想にたいして距離をおく主体の新しいあり方を提示している。ここで幻想とはぼくらのいう呪縛する存在感を形成する伝統や教育やメディアによって賦与された人生観や世界観つまりはイデオロギーといえるわけで、これは三極構造の外部の第四項でのありようと考えていい。じっさい、ラカンのL図からはじまって「欲望のグラフ」にいたる主体をめぐるトポグラフィーには三極構造と四極構造が窺えるのである。そこでそれを確かめるためにいささか丁寧にラカンとパースの関係を調べてみよう。

（4）自己意識の弁証法と記号過程——フロイト、ラカン、パースの三極構造と四極構造

シンガーはパースの三極構造にフロイトの先駆を見ている。パースはハーバード大学の二年生の時に書いた論文のなかで、歴史を「私の時代 the egotistical age」、「それの時代 his own "idistical" age」、「汝の時代 coming "tuistical" age」の三つの時代に分けている。ひどく特異な用語法にしてかつ大雑把でわかりずらいのだが、それがフロイトの第二局所論でいうイド、エゴ、超自我に当たるというのである(86)。だが、今はパースもフロイトと縁があることを示す一例として記憶に留めるだけにしておくが、じ

図2

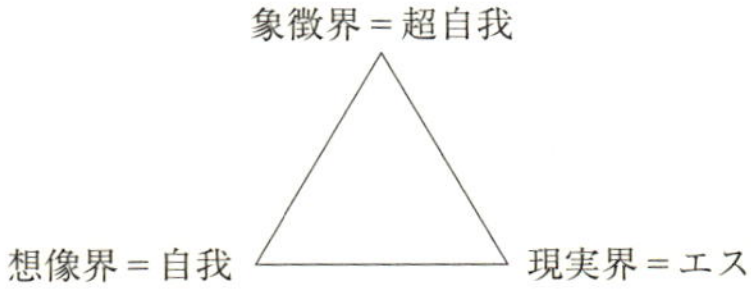

図3

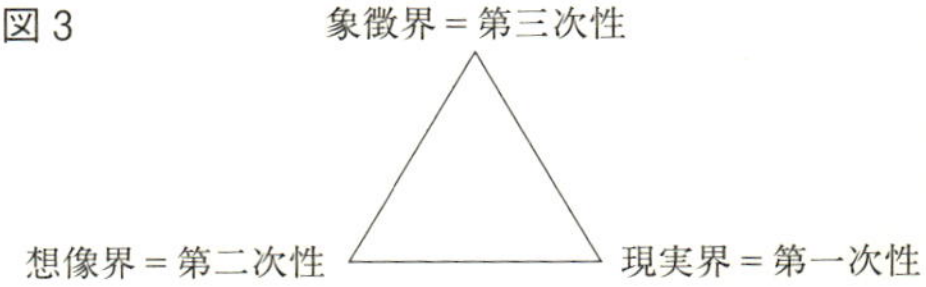

つはこのフロイトの自我、超自我、イド（エス）は、ラカンの言う想像界、象徴界、現実界に相当するのである（図2）。実際、カトリーヌ・クレマンはこのラカンの想像界（I）、象徴界（S）、現実界（R）がフロイトのいう自我、超自我、エスにそれぞれ該当すると述べている（一九九二、二一七）。

こうしたクレマンのSRI図の解釈にたいして、ジェラルド・ホールは、それを論理学的に分析した議論を展開している（274–277）。そのホールの議論を念頭に置きながら、想像界、象徴界、現実界を、パースの第二次性、第三次性、第一次性にそれぞれ関係付けているのがアントニー・ウィルデンである（267）（図3）。

すでにふれたが、こうしたウィルデンの理解を踏まえてムラーは、精神分析の治療の過程のプログラム化を試みたわけである。ムラーは、ラカン派のゲボーとゴールドバーグの仕事の階層モデルを取り上げ、それが同じく階層モデル的なパースの記号論によって基礎付けられることを図表化しながら論じている（63）。こうしてみると、ラカンの三つの審級はパースの三極の記号過程論にどうにか対応させることができる。もっともウィルデンの議論によると、パースの第一次性、第二次性、第三次性は、記号過程に置き換えると、対象、解釈項、記号だというのである。しかしながら、ぼくらは、第一次性を記号、第二次性を対象、第三次性を解釈項とみなしている。それでウィルデンとぼくらの理解には整合性がないのであるが、どうやらこれはぼくらとウィルデンのパース理解の相違に関係している。あらためてぼくらの解釈を述べてみよう。

パースは第一次性、第二次性、第三次性をそれぞれ、性質、事実、思想といったさまざまな解釈を加えている。そしてこの第一次性については、パースは「イデア」といった意味も加えている。つまり、「記号はある人にあるものを表すものである」（一九五五 99）が、その記号はそのある人の心に別の記号を生み出すのである。それがすでにみた解釈項であるが、その解釈項はその記号（レプリゼンタメン）の基体となっているものに参照して、その対象を表すのである。じつはその基体が「イデア」と呼ばれているのである。そしてパースは記号の科学には三つの部門があるといって、この基体と対象と解釈項を挙げているのである。だとするなら、この基体とは記号ということになり、一次性となるのである（99）。実際、パースが一次性を性質といい感情というとき、それの普遍性、具体化される以前からの普遍性を述べているわけで、パース自身がいうようにプラトンのイデアに近い（99）。たとえば「赤さという存在様式は宇宙で何かがいまだ赤くなる以前に、肯定的な質的可能性としてあった」（76）のである。プラトンのイデアを神話としか理解できない向きには、これは人間が言語を獲得した過程でつくりあげたさまざまな事象の概念というふうに考えてもらえばいい。かくしてこの「基体」、「イデア」こそ、シニフィアンとシニフィエの合体したものとしての記号という風に理解して間違いない。実際、パースの記号過程では、このイデアの解釈項もまたひとつのイデア、あらたな記号の役割をすることになる。それで第一次性と第三次性、つまり記号と解釈項は近い関係にあるので誤解が生まれやすいのだが、ぼくらは一次性を記号、三次性を解釈項とするのである。そしてその二つが象徴界、想像界に、そして二次性は現実界に相当すると考えている。というわけでこれを図式化しておこう（図4）。

ところで、ラカンの三つの審級は一挙に得られたものではなく、長い思索の果てに体系化されたもので

図4

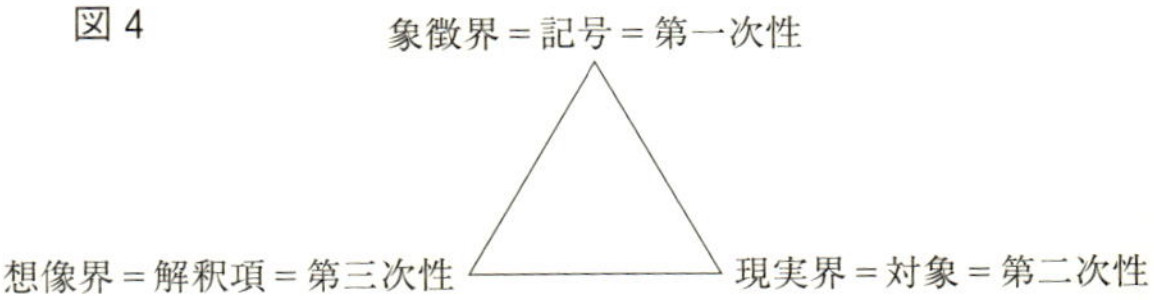

図5

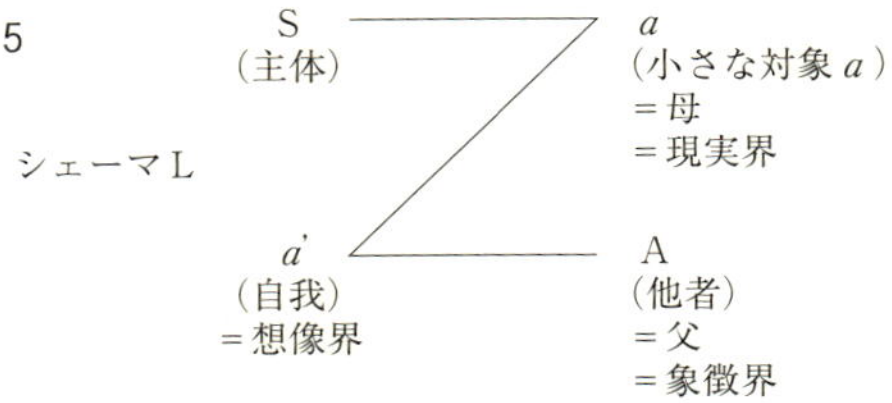

ある。その始まりは、一九五〇年代のラカンのL図から始まる（図5）。L図について、カトリーヌ・クレマンは次のように解説している（一九八一、一九九二―二〇〇一）。まずもって主体（S）は、四つの要因に引き裂かれている。そしてそれはエディプス状況を考えることで理解できるというのだ。

新生児は母親に依存しており、自分の欲望はすべて母親からくるわけで、母親とはその物理的生物的生存の要である。それは心理的には母親と同一化がなされている状態である。その関係は想像的な関係とされている。ところが、それが鏡像段階に至ると、自己を全体として捕らえる経験の後、言葉の学習を通して、母親と同一化するという自己の欲望を断念して、「父‐の‐名」といわれる社会的価値基準（言語）を自分のものとすることになる。そのとき、母は、父の価値でもって管理される肉体的物質的欲望を表すものとなる。それが a（小さな対象 a）である。こうしたエディプス状況によって、父と母と自分の三つの領域が成立するのである。この三者の関係は、一口でいえば、父の表象する言語と、母の表象する欲望とそれを言語で管理する自分の意識といった按配になる。これがすでにみたSRI図である。これをパースの記号過程と擦り合わせれば、象徴界＝記号、現実界＝対象、想像界＝解釈項である。図5は以上のまとめである（なおこのシェーマLは簡略化されたもの、エヴァンズ170）。このあとさらにそうした無意識の形成物を数学素を駆使して一つのトポロジー空間に統合したのが「欲望のグラフ」である。

一九五八年からラカンが使い始めた（向井六八）「欲望のグラフ」は、セミネールVの『無意識の形成物』でヒステリーや強迫神経症や恐怖症を説明するものとして練り上げられ、最終的には『エクリ』七巻の「フロイトの無意識における主体の転覆と欲望の弁証法」で完全な形となる（Ⅲ三二八）。今は臨床的な意味合いなどを含めた簡単な説明をする用意はない。図6を参照しながら、存在感分析との関係という観点から自由訳的に若干コメントしておこう。

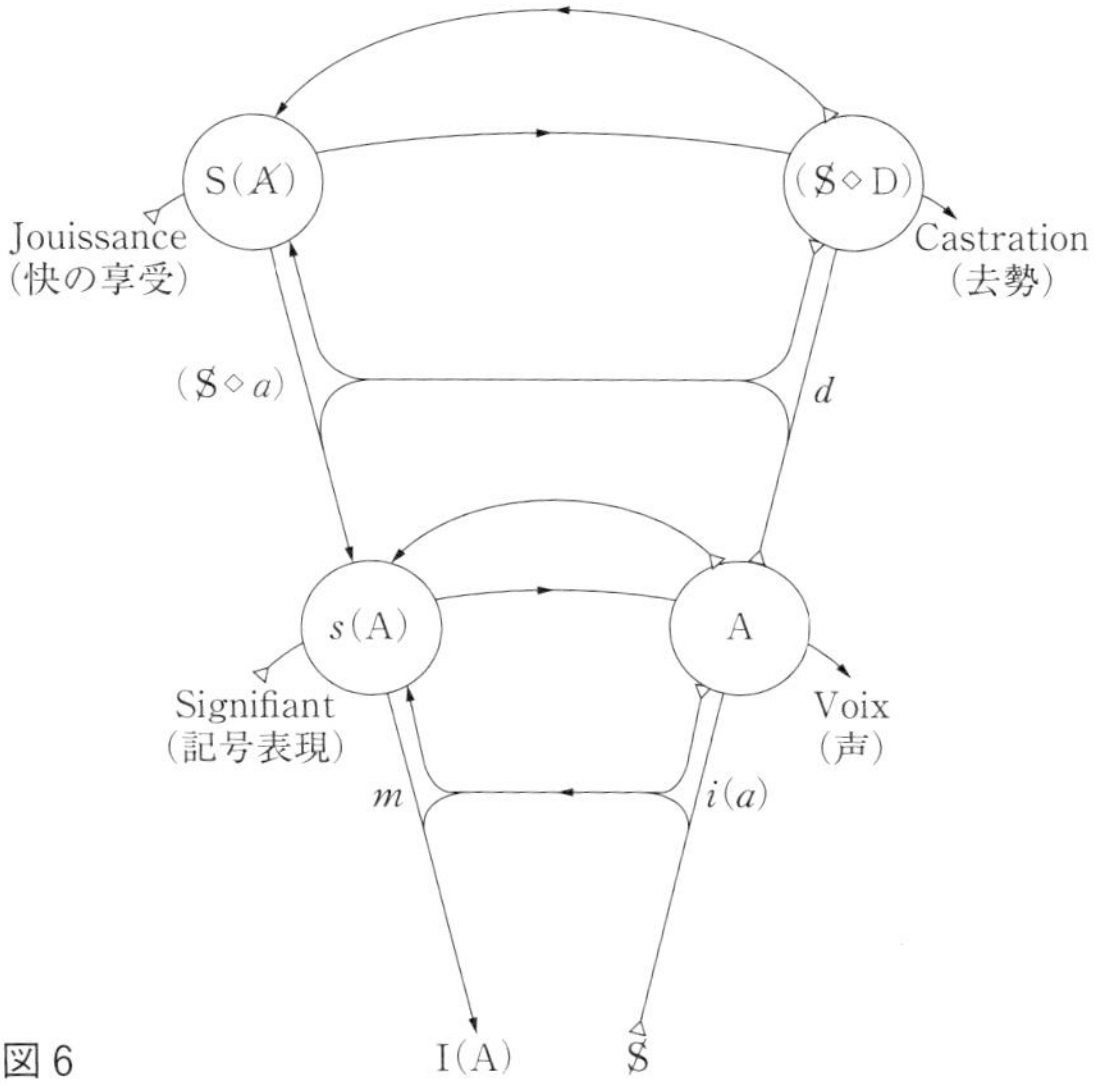

図6

御覧のとおり欲望のグラフはそれぞれΔ（デルタ）から始まる馬蹄形に上下二本の横断線からなっている。これは、矢印が示すように、右下の斜線を引かれたエス$\$$から左下の自我理想I（A）に到るという通時的な流れを示すとともに、共時的にすべての項目が併存していることを示している。そして馬蹄形は主体の意図のベクトルを示し、上段の横断線は無意識の意味作用、下段の横断線は意識的な意味作用を表わしている（エヴァンズ75‐76）。またこの二本の横断線はジジェクのように下から「意味のレヴェル」と享楽のレヴェル」（一九八九、一九〇）といってもいい。

右下のデルタΔは欲求を示し本来はエスSで示される。その欲求Δつまり斜線を引かれたエス$から延びる直線は下段の横断線と大文字の他者Aで交わっている。これが意識の意味作用であるが、この交差の意味は、幼児が鏡像段階で言語（A＝大文字の他者）を学習することでエディプス・コンプレックスを克服したことを含意している。その結果、右下の$は、本来は主体Sである欲求Δが大文字の他者を受け入れた後分裂したことを示している。そしてそのとき意識的な意味作用の四つの要素——$i(a)$（理想自我）、A（大文字の他者）、s(A)（他者の意味作用）、m（エゴ＝自我）——が形成される。この四つの項の関係は、記号学的にいえば、自我（m）が横断線の示す記号（s(A)とA）でもって理想自我（$i(a)$）を指示することで解釈項として発生していることを表わしている。大文字の他者A（象徴体系＝言語）と他者の意味作用s(A)が往還しているのは、パースの解釈項のように意味作用の無限の反復があるということだが、理想自我を捉える大文字の他者や他者の意味作用がつねに剰余を残す不完全なものだからである。

また、左下のI(A)（自我理想）は「意味のレヴェル」と次にみる「享楽のレヴェル」を経たあとに最終的に達成される心的ありようを示している。こうしてみるとこの馬蹄形の意味するものは存在感分析でいえば、ケ（エスS）がケガレ（斜線を引かれたエス$）を経て最終的に自我理想I(A)という良識つまりハレを得て回帰するという風に読める。

上段の悦の享受から去勢に抜ける横断線は「享楽のレヴェル」だが、その意味はその入り口と出口が悦の享受Jouissanceと去勢Castrationとあることがヒントになる。エディプス期以前、息子は母親のファロスであることを欲望し（現実界の想像化）、その実現がジュイサンス（悦の享受）であるが、それはエディプス期に父の要求Dによって断念（去勢）させられるということである。その結果形成される他者の欠如のシニフィアン（＝大他者における欠如、本書三二二頁参照）S(Ⱥ)は欲動となる。つまり欲動の公式＝斜線を引かれたS菱形D（$◇D）となる。他者の欠如のシニフィアンS(Ⱥ)が生成する過程は欲望 *d*（desire）から幻想の公式＝斜線を引かれたS菱形 *a*（$◇*a*）を経る欲望のベクトルが明らかにしている。欲望は幻想の形をとって他者の欠如のシニフィアンとなるのである。どういうことかというと、ラカンによれば赤ん坊は空腹を満たすために母乳を欲求 need し、たとえばそれを泣くことで要求 demand する。ところが母親の愛情が欲しいために泣く場合がある。それが欲望 desire（*d*）である。したがって欲望はつねに過剰から生まれており、その空想は意味作用で十全に表現されず、つねに残余があり、それが意味作用つまり他者の欠如となり、結果、他者の欠如の意味作用S(Ⱥ)となる。そのシニフィエが欲動$◇Dである。そしてそれが遡行して欠如のシニフィアンに回帰する。この他者の欠如のシニフィアンの振る舞いは、他者の意味作用のそれと同様に、パースの記号過程で記号が対象を指示して解釈項が成立するが、その解釈項があらためて記号となるという振る舞いに似ている。解釈項はついに対象を十全に捉えることができないからである。ちなみにこの他者の欠如のシニフィアンS(Ⱥ)がジュイサンスを実現するのは、すでにふれたが、後期ラカンのいうこの断念を受け入れた結果のサントームを享受するときである。幻想ではなく幻想を引き起こす外部の剰余（「病的な特異性」）を受け入れることだ。

また無意識の意味作用のレヴェルの他者の欠如のシニフィアンS(Ⱥ)は幻想の公式を経て、その下部の意識の意味作用のレヴェルの他者の意味作用 *s*(A)をシニフィエとするシニフィアンとなる。つまりぼくらが発話するとき、他者の意味作用 *s*(A)は、そのシニフィアンである欠如となった大文字の他者Aのシニフィエとなっている。欲求Δのジュイサンスは去勢によって幻想$◇*a*となる。エディプス期以後の主体は十全な欲求ではなくなり、その対象も小さな対象 *a* となるのだ。

上段の欲求Δは快の享受とあるが、これはすでにふれたが、母の欲望としてのファロス（現実界の想像化）である。その母の欲動を自分のものとして乳児はファロスを自分の母親への欲望として捕える。ところがそれが去勢によって、つまり言語獲得のとき（シニフィアン＝下部の横断線）エディプス・コンプレックスを克服し、結果として斜線を引かれたエス$をなってもとの右下の欲求ΔのSの位置に$となって回帰しているのである。これはフロイトが「それがあったところ、そこに私が生じるのでなければならないWo Es war, soll Ich werden」ということである。「それ」つまりSがあったところに私$がいるということだ。同じことをラカンも『無意識の形成物』で「私はシニフィアン的分節化においてファルスが占めている場所にいる」（下三五二―三五三）といっている。これは上段のファロスの場が他者の欠如の意味作用S(Ⱥ)の場であるということの意味を説明している。

どういうことかコメントをいれながら引用してみよう。

シニフィアンの運動のなかに捉えられた主体［下部の横断線］は、自分が早い時期に直面させられたもの、自分から全体的対象すなわち母親を奪いとった欲望のシニフィアン、このファルス、自分がそれでないということ［上部の横断線］、そして、自分はこのファルスがある場所を占めなくてはならないという必然に従わされているだけだということ［他者の意味作用s(A)は他者の欠如の意味作用S(Ⱥ)であることを認めること］、このことを理解できるようにならなくてはなりません［つまり自我理想I(A)の位置に立つことである］。（下三五三）

ちなみにフロイトのいうエスEsはインド哲学でいう「汝はそれなり」（辻一〇一、シンガー135）の〈それ〉であり、「われは梵なり」（同）の〈梵〉であり、宇宙の実体である（クベルスキー140−141）。ぼくらはそれを気＝生命的なるものと理解しているが、フロイト、ラカンはあくまでそれを性的な欲望としている。それはフロイト、ラカンの依拠するのが生物学主義、ぼくらの依拠するのが生気論であることの相違である。

ところで欲求Δは三か所から欲望のグラフに介入している。これはぼくらの見解ではみな同じ欲動Sである。言いかえればぼくらに備わった人類記号過程の介入とそれにたいする反応なのである。つまり記号過程はエネルギー−情報で始まるが、右下のΔはそのエネルギーであり、左下のΔは情報であり、左上のΔは右下の欲望が左下の情報によって歪曲される状況を描いているという次第である。

こうしてみるとラカンの「欲望のグラフ」はL図の展開といってもいい。L図において、つまりS、a、a'、Aで S はその原初的欲望の主体Sが記号Aでもって対象aを指示することで自我a'が形成されるという記号過程を示している。これは欲望のグラフにおいて下段の$\$$、$i(a)$、m、$s(A)+A$にあたる。そして欲望のグラフではSは$\$$となるが、最終的には理想自我＝良識ある自己へと変貌することを示している。下段の記号表現から声にいたる横断線は上段の悦の享受から去勢にいたる無意識の欲望の動きを示している。この意識的な意味作用のレヴェルでの桎梏を解除することで無意識の意味作用の作動を明るみに出すことが精神分析である。だが、存在感分析は、言説分析を経てそうした無意識を生命的なるもの＝客観的主体ととらえ、自己を形成している幻想＝既存の言語の呪縛を解縛することで、つまりぼくらのいう存在観の経験をすることで、それに自覚的になって、空無の主体となって回帰すると考えている。この空無の主体は欲望のグラフでは明示されていない。だが仏教でいう悟りとはそうした作業に他ならないのであり、空無の主体とは、簡単にいえば、自我、イド（エス）、超自我の三極構造を眺めている存在であって、空虚な存在であるが、そのときその空無の主体はその起源たる客観的主体Sの実体（生命的なるもの）を眺める＝経験する＝生きるのである。それが神田橋條治の精神分析であり、ぼくらの存在感分析である。むろんすでにふれたように、ジジェクが『汝の症候を楽しめ』で「象徴的限界の侵犯によっては、全象徴的な生の実体とのいわば直接的な接触を（再）確立することはできない」（九四）といってぼくらの企てに否定的なのは先刻承知の上である。

ラカンは、主体について独特の自虐的なアイロニーをこめて、「いわくいいがたく愚かな［…］存在」であるなどといっている（グラノン＝ラフォン一一五）。しかし、ラカンもまたこの境地を悟りといったものに関係づけていることも事実である。『精神分析の四基本概念』から引いておこう。

> 人々が誤って、スピノザにおける汎神論と形容できると考えたもの、それは実は、神の領野をシニフィアンの普遍性へと還元することでした。ここから、人間の欲望という点での例外的ともいえる静謐な解脱が生まれてきます。スピノザは「欲望は人間の本質である」と述べ、この欲望の基礎を神的属性の普遍性──これはシニフィアンの機能をとおしてしか考えられない普遍性です──に対する根源的依存の中に据えます。その結果この哲学者は類例のない立場に到達し、自らを一つの超越的な愛と混ぜ合わせることになりました。これは、彼が自らを育んだ伝統から引き離されたユダヤ人であった、ということと無関係ではないでしょう。（三七〇─三七一）

「シニフィアンの機能」とはぼくらの言葉では記号過程である。つまりスピノザは神を記号過程のなかに置いたということである。したがってぼくらに言わせれば、言説分析によって呪縛する自己から解放されるとき存在観が生まれるのであり、ラカン的にいえば「シニフィアンの普遍性」から「静謐な解脱」が生じていることになる。また「伝統から引き離された」とはユダヤ教の伝統の呪縛する自己の存在感からの離脱であり、まさに存在観の経験である。それこそがユダヤ教の神を記号過程におくといった人間的な自由を賦与したのである。実は、ぼくらにいわせれば、こうしたスピノザの経験はパースの記号過程にも対応しているのである。

　パースの三極の記号過程はそれだけで閉じられてはいない。つまり、記号でもって対象を指すと、その結果解釈項が生じるのだが、今度はその解釈項が記号となって、あらたな記号過程が開始されるという具合に、この循環が無限に継続される。そしてそれを適当なところで停止させているのは解釈共同体というか社会の慣習なのである。ところが、解釈項が新たな記号となって三極の記号過程を越えていくとき、それは閉鎖的な記号過程を逸脱する自由の可能性を生みだすのである。これが、ラカンのいう静謐な解脱の主体に対応している。これを図式化すると図７のようになる。

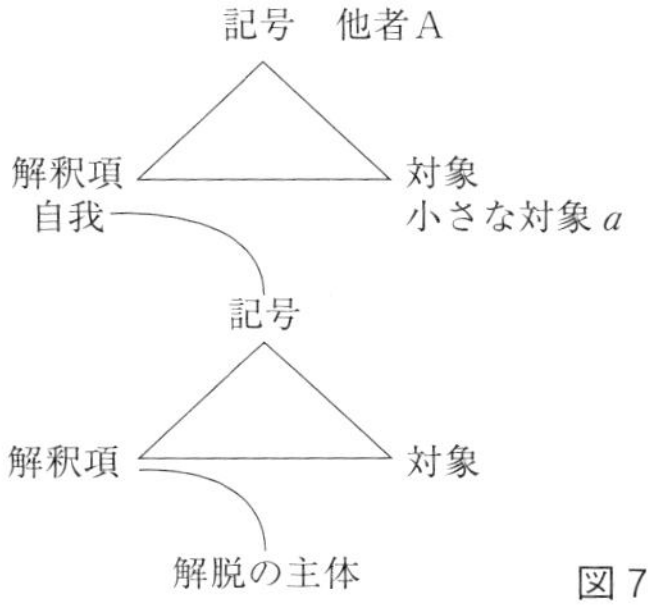

図７

　ラカンのＬ図にしろ、ＳＲＩ図にしろ、「欲望のグラフ」にしろその背後にはトポロジーがあり、ラカンにはそれによって人間の深層心理の諸要素の関係を形式化しようという意図がある。じっさい、主体はＬ図では始めの客観的欲望のＳであるが、それが習慣的欲望の＄となり、最後にはぼくらの三極構造の外の第四項の空無の主体となっている。まさにこれはエリオットの『四つの四重奏』の「イースト・コーカー」の冒頭に「私の初まりに私の終わりがある」(196) とあるように、同じＳが始めにも終わりにも、入口にも出口にもなっている。したがって、ぼくらが試みたように、それを単にユークリッドの初等平面幾何学的な図式に還元するような企てはすでにしてラカンの思考から懸け離れたものであり、その想像的、現実的、象徴的といった概念の理解はまったく異質のものとなっているという批判は甘受すべきである。

だが、このようなラカンとパースの合成が根も葉もないものでないなら、パースの記号学を基礎におく存在感分析にはその深層心理的領域でのあらたな構造化の展望が開けてくる。つまり、『感動の幾何学』で展開した文学人類学では、日本民俗学のケ、ケガレ、ハレ、知識社会学のノモス、カオス、コスモスの各三項はそれぞれ対応し、そのケからケガレ、ケガレからハレ、ハレからケへの道程は、儀礼の過程の離反、移行、回帰にあたり、その移行の過程で、そうした三極構造から離れる契機としてぼくらは第四項を設定し、それをカレとかユートピアという風に命名したのであるが、この第四項こそ深層心理的にはラカンのいう主体Sの領域に当たるのである。意識すると否とにかかわらず、幻想の呪縛から解放された主体のありようである。L図が主体Sの抑圧の過程を描くとすれば、この第四項カレのSは抑圧からの再生後を描いているといえる。これを図式化すると図8のようになる。

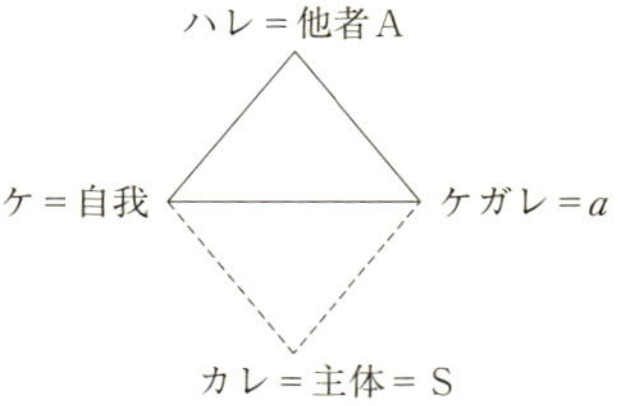

図8

こうしてみると、パースの記号学には人類学、民俗学ばかりか精神分析とも接続できる可能性があるとみていい。つまり、記号過程が、自然や社会や歴史ばかりではなく、深層心理にも貫徹しているということが想定できる。だとするなら、精神分析と存在感分析の浅からぬ因縁もまた見えてきたといえまいか。なるほど存在感も深層心理と同様に自覚されていない点で似たり寄ったりである。しかも両者ともそれの意識化を目的にしている。また、それぞれの領域にはひとしく記号過程が作動している。だが、両者はその作業領域がいささか異なっている。存在感分析は儀礼のパターンをその基礎にもっている。存在感は境界（リーメン）を中心として、プリリミナル、リミナル、ポストリミナルという具合に水平的に分布し、移行をする。精神分析の守備範囲は無意識の、つまりは閾下（サブリミナル）の領域である。それは意識と前意識、無意識を上下する垂直的な作業をもっぱらとしている。してみれば、存在感分析は閾＝リーメンをめぐって水平的な領域を、精神分析は閾＝リーメンをめぐっての垂直的な領域をそれぞれその持ち場としているということになる。

第2章　精神分析を存在感分析で読む

1　症例としての呪縛する自己の存在感と反復強迫の経験

(1) 生の欲動と死の欲動

自然史において、生命が無機物から有機物をへて誕生したとき、どのような力が作動したのか。まずもってそれはシービオクのいう「エネルギー‐情報」のエネルギーが作用したものなのだろう(第二部参照)。それを比喩的に欲望と名付けても、依然としてその生きる欲望の正体は不明だが、ぼくらはそれを例外なく生の躍動として感じていることはまちがいない。そうした躍動が人類記号過程を始動させたのであり、その躍動がカストリアディスのいう社会的想念となって社会を形成したのである。フロイトがリビドーといい、欲動 treib といったのはそうした躍動である。このリビドーの正体については、フロイトは性的なものと非性的なものがあるとし、ユングは生命力としている。ロレンスなら宇宙的生命というだろうし、パースやホワイトヘッドならフィーリングというところだ。ぼくらはそれを気と捉えている。そうした名称はどうあれ、初期の生物学主義のフロイトによれば、それが自我欲動と性欲動に分岐し、それぞれ〈自己保存の本能〉と〈種族保存の本能〉になる。

ところが、生命はたえず無機物の状態への回帰を欲している。たとえば、それはロレンスが「死んだ男」で描いたような、墓所で蘇生した男の経験した、吐き気を催すような生きることへの嫌悪感に窺える。死んだ状態から目覚めたくないという欲求である。それがフロイトによって〈死の欲動〉と呼ばれたものである。この死の欲動にフロイトがあらためて気付いたのは不快なるもの、恐ろしいものをあえて反復するシェルショックを受けた第一次世界大戦後の兵士の示す心的メカニズムであった。

この死の欲動はまた、大洋感情といった自然との一体感にも関係づけられている。それは子宮への回帰の欲望であり、活動的な生から静謐な生への隠退の願望である。さらにいえば死の欲動は「涅槃原則」とされていることでわかるが、仏教的なすべての執着〈性欲や物欲〉を断念したありようである。ぼくらのいう自己の存在感の外のありよう、つまりは本来的存在感の経験とは、そうした涅槃原則の実現のようにも見える。フーテンの寅の〈風の吹くまま、気の向くまま〉の気分である。ルソーのいう存在感、極めて平穏な自然との一体感である。あるいは、ペソアがいうように夢見ることによって生きることである。「現実生活は、世間の生活は、自分自身に属しているどころか、他人のものである［…］。だから、人生を夢で置き換え、完璧に夢見ることのみに腐心」〈三一七〉するのだ。この夢見る人は、もはや、人生の、歴史の、時間の外に立っている。

とはいえ、まずもって自我欲動つまりは自己保存の本能は、自然史的ばかりか社会的歴史的に存在することに執着する欲望である。そのときそれは食糧や関係すべき他者〈異性〉といった対象を欲望せざるをえなくなる。したがって、この自我欲動はたいてい他者に向かうのだが、ときとして自己に向かう場合がある。そうやって欲動つまりは衝動（リビドー）が、自己保存の本能として、もっぱら自我に向かうのがナルシシズムである。してみればひたすら自己の存在感を求めるのはそうした自己愛の一つの形といっていい。まことに自己の存在感とは、存在する自分についての意識だからである。だが、自己の存在感といった場合、それは自己の存在そのものだけではない。それを眺めている自分の感じでもある。自己愛には、オートエロティシズム（自愛）とか、オナニーもそれに含まれるが、自己の存在感とは、オナニーそのものの存在感ではなく、オナニーに耽る自分を眺めている自分の存在感である。ナルキッソスの場合なら、水面に映る自分の姿に見惚れている自己の存在の感じである。したがってこれは極めて特異な経験である。

ところで衝動（リビドー）が対象に向かう場合、性欲動は、自体愛ではなく、他者にたいする、異性にたいする対象愛となる。あるいは自我欲動が、自己実現という形をとって、対象へ向かう場合、自我実現は対象を自分の欲望実現のために利用するという形をとる。それは一般的には生の欲動（生きる意志、生活欲）として理解されている。出稼ぎに出るのも、アメリカンドリームに乗って一旗揚げようというのも、国際資本のあられもない利潤追求もそうした現れである。この他者（対象）への欲動は、対象を支配しつつ自己実現を果たし、結果として何者かになる、成功した企業家といったより納得のいく自分になるということである。これにたいして自己に向かう欲動は、自分の存在に赴く。他者（人間や自然）の支配よりも、〈今ここに私がいる〉という自分の存在の実感を追求する。〈なること〉よりも〈あること〉を追求するのだ。これがぼくらの生の理想であるが、じつはその欲求に縛られるとき、自己の存在感を強迫的に反復する呪縛する自己の存在感という病に冒されるという困ったことになる。

（2）自己の存在感と反復強迫

負傷した兵士は戦場で受けたシェルショックの経験を忘れるのではなく、むしろ反復する。この有無をいわさない強制的な繰り返しを反復強迫という。フロイトの解釈によれば、それは人間には生（エロス）への欲動とともに死（タナトス）への欲動があるからだということになる。死を避けるのではなく、死にこだわり、死（の恐怖）にあえて接近しようというのだからである。ヴァージニア・ウルフの『ダロウェイ夫人』のセプティマスがいい例である。この青年は第一次大戦のイタリア戦線で戦友が被弾して戦死するのを目撃し、そのシェルショックの恐怖がトラウマとなって復員してからもその場面が強迫的に想起されるようになり、結果として精神錯乱に陥り、最終的には自死に至るのである。

こうした死への欲動の発生は、精神分析によれば人間が言語を授かり動物的な本能的な生を死んだことに原因がある。人間は言語を獲得したことで自然な、自然と一体化した動物的生存から、自然を、そして内なる自然を管理する存在になった。結果として生きる本能を、生の欲動を抑えることになる。その抑制が死の欲動なのである。文明社会に生まれたがため動物的生を否定せねばならない拒絶の経験といっていい。

ところが反復強迫が生の欲動による場合がある。それが自己の存在感を反復追求する場合である。味噌汁を啜るとき、人はそこにさまざまな味噌と具材の織りなす味覚を感じる。それは対象としての味噌汁の存在感である。同時に、その味噌汁を味わっている自分の存在も感じている。それが自己の存在感である。だが、それればかりではない。そうした味覚を繰り返して味わいたいという欲望に動かされている。それはたとえばお袋の味ということで、母の味を懐かしむばかりではない。かけがえのない母親の子としての自分のアイデンティティを実感したいとひそかに願っている。同時にそれは母親の味が表象する地域やひいては日本人の伝統の味覚の再現であってみれば、そうした味を記憶している自分に日本人としてのアイデンティティを実感していることになる。日本人としての自己の存在を噛みしめている。それが社会的な歴史的な自己の存在感である。してみれば、なぜ味噌汁に執着するのかといえば、それはそうした自己の存在感を反復経験したいという欲望に突き動かされてのことなのである。これを存在感分析では自己の存在感の呪縛といっている。だが、この反復強迫は、リビドーが自己に向けられたケースであり、ナルシシズムであり、自愛であり、つまりは死の衝動ならぬ、生の衝動というべきものである。してみれば、ようするに精神分析は死の衝動としての反復強迫からの治癒を謀るが、存在感分析は生の衝動としての呪縛する自己の存在感という反復強迫からの治癒を企てるということである。

自己の存在感というぼくらを呪縛するものでもある生の衝動は快楽である。だが、同時にそれは自己を社会に従属させる呪力である。自己の存在感とは、望むと望まざるとに関係なく社会や文化によって形成されたものだからである。それればかりではない。自己の存在感の呪縛は単なる反復では終わらない。生きている自分をより激しくより鮮やかに実感したいと欲望＝意志を募らせる。ワーグナーは「この意志、向うみずな盲目の衝動から発したものだけが現実に生起する」(ヴィーレック一〇三)とまで書いている。これは〈もっと生を〉といったロマン派やニーチェに通低する欲望である。生き生きと生きている自己の存在を、たとえ無自覚であれ、つねにより鮮烈に感じていたいと願っている。フィールライトは激しい生の緊張感を得るのが文学的感動であるといって「人間の問題は[…]人間的なレヴェルでもっとも激しく生きることである」(18、大熊一九九二、五五—五六)と認めている。この過剰はもはや病である。存在感分析はそうした漸増的にいやます生への欲望を懐胎する主体は病んでいると考えるのである。

では存在感分析のセラピーの目的はといえば、まずは呪縛する存在感からの解縛である。そのうえでありうべき本来的な生の形を回復することである。あるがままの生の復活である。それをぼくらはアガンベンに倣って「単なる生」という。それは、すでに何度か触れ、これからも執拗に取り上げることになる、〈なる〉や〈する〉ではなく、ただ〈ある〉という在り方である。これは神田橋のセラピーの最終段階とぴったり重なる。

ところがジジェクはそうした「単なる生」などはそもそも存在しないといってにべもない。「精神分析の究極の教えとは、人間とは『単なる生』ではないという教えである」（二〇〇九、一一五）、と。人間とは症状であり、本能の壊れた存在であり、人間は存在自体が病である。まことにドストエフスキーの地下生活者のいうように「およそいっさいの意識は病気なのである」（一一）。かくして、精神分析は、人間のあたりまえでないところ（つまりはけっして自然ではないところ）を考察し、それからの治癒を目指すたくらみであるというのだ。とはいえ、ジジェクによれば、そうした病としての人間からの快癒は最終的には症状を楽しむといった快楽を達成することになる。してみれば、ぼくらの問題はそうした症状を楽しむ精神分析のセラピーとあるがままを楽しむ存在感分析のセラピーの差異にある。どうやら存在感分析の取り扱う病と精神分析のそれを、さらにもう一歩踏み込んで照合する必要がありそうである。

2　自己の存在感の呪縛とフェティッシュ

（1）「小さな対象a」

ラカンによれば、幼児が言語を習得するのは鏡像段階である。それは同時に「父－の－名」を、つまりは父の権威を受け入れ、母（へ）の欲望を断念するというエディプス・コンプレックスの克服のときなのである。それは、生の（母の）欲動としてのエス（S）――客観的主体――が抑圧され、斜線を引かれた主体$――主観的主体――が誕生するときである。そしてその$が生の欲動として追求するのが大きな他者Aならぬ「小さな対象a」ということになる。

子どもが受け入れる言語と、それに付随する社会の価値観その他をラカンは「父‐の‐名」とし、その数学素的表現《マテーム》では大文字の他者Aと表記する。エディプス期以前は母親がこの大文字の他者Aを務めているが、エディプス期以後は言語つまりは「父‐の‐名」がそれに取って代わる。しかしもはやそれは十全な大文字の他者ではない。そこでこれは斜線を引かれたAであらわされる。これは言語であるからして一定の価値観なり世界観――幻想の主体（$◇a）――を表象しているといえる。そうした世界観のうちの一つが選択され私的なものになったのが「小さな対象a」と呼ばれるものである。これには個人的な世界観とともに、それで捉えられた世界そのもの（それを表象する個別的な対象）も含まれる。その「小さな対象a」を追求する主観的主体がフロイトの超自我に当たるのだが、ラカンの場合はイドの欲望を抑えるのではなく、みずからの欲望（猥褻な超自我の欲望）を指示する存在（理想自我）となる。ラカンによれば、その際、この健全な超自我の役割を務めるのは自我理想である。ぼくらは存在感とは一定の世界観・価値観で世界を解釈したときに発生すると考えているのだが、これはそうした存在感の精神分析的な説明といっていい。理想自我にしろ自我理想にしろ、猥褻な欲望や、「父‐の‐名」といった一定の価値観で世界を解釈しているからである。したがって「小さな対象a」とはそうした世界観であり、その対象であるからして、まさに自己の存在感が取る具体的な形なのである。

(2) フェティッシュとしての物象化——「である」から「する」へ

フェティシュ（呪物）とは本来人類学的な概念で、原始的な呪物崇拝の形で出現する。ところが、フェティシズムは精神分析的な領域ばかりではなく、政治経済的な領域を含めさまざまな場面で援用されている。たとえば社員は社長をえらいと思ってしまう。つまりその絶大なる権限と巨額の報酬などをみて。だが、それは社長が会社という仕組みのなかで得ているものであって、けっして社長の人間そのものの特質ではない。そうやって社長に賦与された価値観（偽の輝き）をフェティッシュという。ジョン・ホロウェイは、そうした現実を踏まえて、現代社会ではまさに呪物崇拝つまりは物象化が人間の思考を支配しているとして、そこからの離脱を提起している。つまり、資本主義社会では、科学に代表されるように基本的な言説は直接法三人称現在で、〈太陽が昇る〉というふうに表現される。その場合、〈太陽が昇る〉ということは永遠に変わらない当然の事実として受け止められる。だが、これをたとえば仮定法で〈太陽が昇らなかったら〉というふうにいうとき、俄然、現実は不安定なものとみなされることになる。したがって〈ぼくは旋盤工である〉というときはなんら問題ない状態を示すが、〈ぼくが旋盤工ではなかったら〉といえばそれは変更可能な問題含みの現実となるということである。ホロウェイは、資本主義社会では資本家と労働者という社会経済上の関係が呪物化され、つまりは物象化されているが、それを自然な普遍的なものとするのが、直接法三人称現在であるというのだ。ホロウェイはこれを「である」のありようとしているる。そしてそれから離反する方途として「する」のありようを採ることを断固推奨するのである。

このホロウェイの言語分析を存在感分析は別様に掘り下げている。「である」のありようの実際はこんなふうに説明される。たとえば、〈太陽が昇る〉というと、それは太陽という天体現象を、昇るという卑近な運動を背景して、そこに引き付けて解釈することである。そこには文の遠近法と方向性という効果が生まれ、じつは、そのことで素朴実在論的な世界観が生まれている。そしてそうした言語行為を反復することで一定の物の見方（ここでは素朴実在論的な世界観）が固着し、やがてその物の見方・感じ方が人間を縛ることになる。つまりそうした物の見方・感じ方をする存在を自己と同定し、さらにそうした自己の存在感を反復追求するようになる。それが自己の存在感の呪縛である。この固着したものの感じ方は精神分析にいう「小さな対象 a」の一つのあらわれといっていい。

してみると、ホロウェイのいうような「である」は――ぼくらの〈ある〉ではない――まさに自己の存在感に満足している在り方であり、「する」はそれから離反する在り方であるといえる。存在感分析は、その「である」という自己の存在感の呪縛を言語の効果に感応することで離反し、存在観を得て、あらたに世界と向かおうするわけで、それはホロウェイのいう「する」のありように移行することにほかならない。そこで問題となるのは「である」から「する」――〈なる〉ではない――への移行の方法である。

（3）「小さな対象 a」からの離反――精神分析の快楽と存在感分析の悟り

イーヴリン・ウォーの『ブライズヘッド再訪』で、主人公チャールズ・ライダーは、最終的には自分のプロポーズを拒絶するジュリアを寛大にも許して思い通りにさせる。ふつうそれはライダーのやさしさとか、深い愛というふうに理解されている。だが、ラカン＝ジジェク的にいえば、つまり精神分析的にいえば、それは、ジュリアの幻想を幻想として認めた証左ということになる。幻想は人間を人間たらしめる。『斜めから見る』のジジェクによれば、「幻想とは、われわれの一人ひとりが外傷的な〈物自体〉との『不可能な』関係を打ち立てる絶対的に独自のやり方である」（二一〇）。つまりこの幻想とは平たく言えば、世界や人生の困難に立ち向かうための一定の世界観や人生観である。この幻想（というか幻想によって解釈された世界）が「小さな対象a」である。それは母（へ）の欲望（想像的な一体化の世界）が断念されたあとの（外傷的な）欲望の対象である。ジュリアはチャールズとの不倫に悩んでカトリックの信仰に入る。これはジュリアの「小さな対象a」が、チャールズとの恋愛という情熱恋愛的世界像からあらたなカトリック的世界像に変わったということである。はじめのうちチャールズはそうしたジュリアを合理主義的な態度で批判する。それはジュリアの幻想にたいして土足で入り込む罪な仕打ちである。ジジェクの言い草では「罪とは、他者の幻想の空間に闖入して『他者の夢を壊す』こと」（二八九）だからである。だが最後にはチャールズはジュリアの幻想（この場合はカトリックの教義）を認めることになる。「われわれは、われわれ一人ひとりに宿っている普遍的な道徳的法に基づいて他者を尊重するのではなく、彼の最も『病的な』核にもとづいて、つまりわれわれ一人ひとりが『自分の世界を夢に見て』自分の享楽を組織化するその絶対的に独特なやり方にもとづいて、他者を尊重するのである」（二九二）。しかもそうした振舞いがチャールズ自身の救いともなる。そのときチャールズもまた自分の幻想を幻想として認めることができているからだ。ジジェクはいう、「自分自身の幻想に対して一定の距離をおき、幻想そのものは究極的には偶然的なものであることを経験したとき、つまり幻想とは、自分の欲望の行き詰まりを、個々人独自のやり方で、隠蔽するための方便であることを理解したとき、そのときはじめて、他者の幻想の尊厳が理解できるのである」（二九三）、と。だとするなら、チャールズはジュリアの幻想を理解しているのだからして、自己の幻想も了解しているといっていい。そのようにもたとえばチャールズをそうした心境に到らしめるところに精神分析のセラピーと倫理がある。

精神分析のいう夢想や幻想とは、それでもって世界を解釈する記号である。存在感分析では、幻想とは世界観であり、「自分自身の幻想」に固執するとは、その幻想で世界を解釈することから生じる自己の存在感に固執することである。してみれば、そうした「自分自身の幻想に対して一定の距離をおき、幻想そのものは究極的には偶然的なものであることを経験」することとはまさに存在観のときにほかならない。そうやってぼくらは幻想によって現実を解釈することによって発生する自己の存在感の反復強迫から離反するのである。それが存在感分析のセラピーである。そのことによって人はイデオロギーから離反して、イデオロギーそのものから距離をおく視点なり立ち位置なりを見出すのである。

またジジェクは『快楽の転移』でこういっている。

精神分析の治療の最終段階は、主体が、自分の自己表現の検閲された部分に、自分自身を認め、自分の動機付けを認め、自分の生活史の全体を語れるようになるとき達成される。［…］症候を生み出す、主体には知られていない因果の連鎖に光をあてる［…］適切な解釈は、症候についての「本当の知識」に達するだけでなく、同時に症候の解消も含み、それによって主体が自分自身と「折り合い」をつけるのである。（四九）

ここで症候と折り合いをつけるとは、ジジェク的にいえば、症候を楽しむことである。だが、存在感分析では、そうした症候つまり存在感の呪縛の事実を見定めたうえで、そこから離反して、あるがまま、気の向くまま、といったあらたな存在様式——それをぼくらは「単なる生」といったりするのだが——に到達することを目指している。ケの管理を離れたカレのありよう＝悟りである。だがケ、ケガレ、ハレ、カレのどのありようも生き抜く（味わいつくす）というのが常識主義の人（常人）の姿であることに変わりはない。それが生命的なるものを生き切ることだからだ。いずれにしろ現実との折り合いをつけるといった精神分析の終わったあと、あらたなありようを見定めるのが存在感分析ということになる。

存在感分析も精神分析もともに普通の生はないと弁えている。自己の存在感や幻想によって呪縛されているからである。だが、そうした呪縛は快楽なのである。そこで、精神分析は症状を楽しめといっているが、存在感分析はむしろ快楽から離反する道を探している。どうやら存在感分析と精神分析の間には思いのほか異同がある。

(4) フェティシストと自己の存在感の呪縛

普通、人間はなんらかの形で象徴的同一化を果たしている。たとえば山縣有朋なら大和魂を持った武士とか、モームなら普遍的知性と趣味を身に付けたコスモポリタンなどに自己を同一化している。これは精神分析的用語でいえば、超自我との同一化である。ところジジェクが推奨するヒステリーの人間はそうした自己同一化（自己のアイデンティティ）を絶えず刷新していくタイプである。この変革のエネルギーはどこから出てくるのだろうか。これに答えるには精神分析の扱うフェティシズムを再考するのがいい。

藤田は『性倒錯の構造』でフェティシズムについて、ラカンにならって超自我を理想自我と自我理想に下位区分してから、こんなふうに説明している。


フェティシストとは、象徴的同一化と想像的同一化の狭間に生きる人であるといえる。フェティッシュはこの狭間に生きる戦略としてその防壁としてつくり出される。もしこのフェティッシュがつくり出されなければ、主体は想像的同一化に依存して男性同性愛者になっていただろう。さらにこの想像的同一化が現実的同一化の運動に突き動かされたならば、反動的露出症者およびマゾヒストという

形態も取ってくる。（一二三）

ちなみにここで象徴的同一化とは自我理想との同一化であり、想像的同一化とは理想自我との同一化であり、現実的同一化は「小さな対象a」との同一化であると解釈できる。

このフェティシストをめぐる精神分析の格好の症例が『ブライズヘッド再訪』のセバスチャンである。セバスチャンは愛人とイタリアに逃れている父親アレックスを父と認めることができず、母親テレサに加担／依存している。こうした状況からセバスチャンは象徴的同一化――つまりは自我理想との同一化――がうまくいかず、それと想像的同一化（理想自我との同一化）との間に揺れているさまが窺える。その結果、セバスチャンには縫いぐるみというフェティッシュが必需品となっている。ところがそれはチャールズ・ライダーとの出会いののち二人の同性愛へと変容していく。つまりは想像的同一化に依存するようになり、フェティッシュの力が弱まったと説明できるだろう。しかしチャールズが離反し、疎遠になると今度はドイツ青年に入れ込むようになり、しかもそれはマゾヒスト的関係になる。これは想像的同一化（チャールズのときの相思相愛の関係）が現実的同一化の――つまりどこの馬の骨ともわからぬドイツ青年を「小さな対象a」とみなして心から根から貢ぎ尽くすという――衝動に突き動かされた結果と説明できる。まことにそれはついに報われぬ献身である。まさにマゾ的である。が、じつはセバスチャンはその報われぬ献身という幻想によって描かれた世界に「小さな対象a」を見てもいるのだ。最終的にはセバスチャンは修道院に心の平安を求めるようになる。その姿にはぎりぎりのところでカトリックという父祖伝来の伝統との象徴的同一化を果たそうとしているセバスチャンの必死の足掻きが描かれているということだろう。

フェティシストや同性愛者やマゾヒストは、自我理想と理想自我のいずれとも同一化に失敗し、不安定な状態にある。かくしてそのフェティッシュを絶えず変更していく可能性がある。「小さな対象 a」との同一化も同様に不安定であり、たえず変化している。なるほど、このフェティシズムの不安定さに——幻想＝理想を取っ換え引っ換えすることができることに——ジジェクが言うようなヒステリー・タイプの人間の革命性をみることが可能である。だが、人間の心の平安はセバスチャンが修道院に求めた象徴的同一化にあるのではどうやらない。それは存在感分析によれば、記号過程の三極構造の内に留まることにすぎないからである。そうではなく、そうした閉域の外に出るとき初めて人間は「小さな対象 a」ではない客観的主体Sとしての、たとえばぼくらの言葉でいえば、気との同一化を果たすようになるのである。

(5) パラノイアとスキゾフレニーまたは「否認」と「排除」——三角形の外へ

ヒステリーやオブセッションという神経症も人間存在を呪縛する。それは瑣事にたいして過剰に反応したり拘泥したりするゆえに平静な主体を見失っているありようである。だが、パラノイアやスキゾフレニーの場合は、統合する自己の存在（主体そのもの）が不在である。これは呪縛する自己から逸脱するひとつのありようであるが、同時にそれは自己崩壊でもある。存在感分析ならびに精神分析はそれぞれこうした事態をどのように捉え、また克服しようとしているのだろうか。

パラノイアはふつう誇大妄想の意味で使われる。正確には偏執症、妄想症だが、被害妄想もその症状の一つで、それは主に幻聴として経験される。たとえばすでにふれたベケットの『ワット』の主人公ワットは種々の幻聴を聞いている。ウォーの『ピンフォールドの試練』の主人公も初めは被害妄想を幻聴として体験している。パラノイアは、幻聴や幻覚や被害妄想によって形成された極私的な世界へ幽閉されることを意味する。ちなみにピンフォールドはホモセクシュアリティになにかと難癖をつけている。パラノイアは、フロイトによれば、ホモセクシュアリティにたいする防衛として形成される。だとするならウォーはパラノイアの典型としてピンフォールドを描いたことになる。

ラカンはパラノイアという言葉は曖昧であるとし、もっぱらスキゾフレニー（精神分裂病つまり統合失調症）という用語を当てている（フィンク244）。そのうえで、ラカンはフロイトをさらに分析理論的に掘り下げ、パラノイアの原因を「否認」に起因しているとしている。つまり、幼児期母親のペニスの不在を否認することである。そのとき、後年その母親のペニスの代わりになるものとしてフェティッシュが求められる。それがうまくいかないとき、同性愛者になるというのである。ペニス不在の母親の代理としてペニスを持つ男性を愛するようになるのだ。

ところが、その際、否認ではなく、「排除 foreclosure」となるとき、それは精神病（psychosis）つまり統合失調症（schizophrenia）の原因となるというのである。この「排除」とは、「父－の－名」の拒否であり、象徴界との同一化を受け入れないことである。その場合、成人後に、父親の役割をしなければならないような状況に追い込まれた時などに、統合失調症（精神分裂病）が発症するというのだ。

しかしながら、統合失調症者は、父と母と子というエディプス三角形の形成がなされなかったわけで、そうした三角形の外に立つことになる。かくしてこうしたスキゾのありようを肯定的にとらえる見解が生まれる。ガタリとドゥルーズは、精神病は日常言語の囲い込みの外に出る契機であると捉えている。ガタリによれば、「精神の病理は、自我以前、同定以前の混合によってのみ把握される。［…］精神分裂はこうした混沌とした空隙の中心に据えられる」（一二九）。とはいえそうした精神病者をその実存的囲い込みの外に連れ出すのが治療ということになる（一一四）。そしてそのときそこには「類的生命」が見出せるというのだ。ドゥルーズ／ガタリはその『アンチ・エディプス』で統合失調症者レンツについてこう述べている。

［…］彼は自然を自然としてではなくて、生産の過程として生きる。もはや、ここには人間もなければ、自然もない。あるのは、ただひたすら人間（あるいは自然）のなかに自然（あるいは人間）を生産する過程、つまりは種々の機械を相互に連結する過程だけである。いたるところに、生産する諸機械が存在するのである。すなわち欲望する諸機械が、分裂症的諸機械が、つまり類的生命そのものが存在するのである。（一四）

ここで機械とはわかりづらいかもしれない。しかし人間とはさながら精密機械のような臓器をもった動物であることを想起してもらえばいいだろう。その場合「分裂症的諸機械」は臓器そのものであり、当然それはそれがささえる意識たる自己の存在感つまり「小さな対象 a」が機能する三極構造の外で作動している。したがって、ぼくらの言葉でいえば、この「類的生命」とは人類の種としての生であり、客観的主体たる気そのものといっていい。記号過程の三極構造の囲い込みから逸脱した四極構造の第四項のありようである。

今日閉塞する社会の締め付けから逃れるために作家や芸術家が追求しているのは、性愛と暴力とそして狂気である。ドゥルーズ／ガタリの思考はまさに狂気の実体とそのあたらしい可能性を追求している。だが、ぼくらにしてみれば、そうした狂気はあくまでもメタファーとして解釈するほかない。そしてそうやって統合失調症の経験を解釈するのは、ひとえにぼくらのいう常識主義者の常人の「単なる生」を豊かに生きるためである。

3　自己の存在感と転移――歴史的トラウマからの離脱と呪縛する自己の存在感の解縛

転移とは、精神分析では、患者が分析医に感情移入して、しばしば自分と父母との間にあった愛憎関係を投影することをいう。とはいえ、実際のところ、それはもっと複雑な過程である。たとえばピーター・シェファーは『エクウス』で、精神科医ダイサードと患者のアラン少年が相互に感情移入しているさまを描いている。ダイサードはアランにこころを開かせるためにさまざまな問診を試みるのだが、反抗的なアランが自分にも質問させろということになり、互いに一問ずつ質問し合う羽目になる。その結果、精神科医は自分のこころの問題を患者に転移し、患者が生命的なものと一体化しているありようを羨むまでになるのだ。

そうした転移の概念を歴史学に援用したのが、ドミニク・ラカプラである。ぼくらにとってラカプラの試みで面白い点が二つある。その第一は、ラカプラが歴史学の主流である実証主義――事実のみが真実――や、相対主義――事実の解釈しかない――にたいして、過去との対話ということを唱えていることである。しかもその際過去とは、単なる事実でも、それの解釈でもなく、過去の記録を読む歴史家は、そこに自己の今日的問題を読み込み、対話し、結果転移しているというのだ。第二は、過去のトラウマ的出来事は、強迫的に反復するというものである。歴史家は過去の事実を客観的に記述するのではなく、過去のトラウマ的出来事に影響されてしまうというのだ。だが、考えてみれば過去の経験が影響を与えるのは歴史家に限らない。社会全体にその影を落としている。歴史はたんなる完了した過去ではなく、その影響は今日まで連綿と生き続けている。現在は過去を引き摺っている。つまり過去は現在に転移しているのだ。フロイトのいうシェルショックの反復強迫は、個人の心理的現象であるが、歴史的大惨事のトラウマは社会的民族的レヴェルでもしかと反復される。抑圧された（忘れられた）恐怖は、きっかけがあればそれと知らぬうちに人びとを捉える。

この二つの面はふたつながら興味深い。じつは存在感分析がその一翼を担う文学人類学が推奨する作品読解の過程でも、同様の転移が作動している。それはラカプラのいう歴史家の資料への読みこみとしての転移と同じ経験である。なるほどラカプラの批判する歴史学と同様に、文学でも、自己を滅して、客観的に研究をすることが主流である。本文校訂や新批評に典型的例がある。だが、受容理論や読者反応論などに見られるように、作品そのものより、それから受ける読者の経験をもっぱらにする立場もある。もっともそうした場合でも、その経験を他の論文を参照したりしてそのオリジナリティを実証するようになればそれはもはや客観的な研究である。

だが、存在感分析はあくまで読者の私的経験にこだわる。読解には個人差があり、同一人でも時と場合によって異なり、いつだって手前勝手に読んでしまう。じつはその読み込みが読書における転移である。存在感分析は、その転移の事実に個々人が気づく気づきの経験を珍重する。たとえば、プルーストは『失われた時を求めて』の最終章第七編『見出された時』でこういっている。

実際には、本を読むとき、読者はそれぞれに自分自身を読んでいるので、それがほんとうの意味の読者である。作家の著書は一種の光学機械にすぎない。作家はそれを読者に提供し、その書物がなかったらおそらくは自分のなかから見えてこなかったであろうものを、読者にはっきり見分けさせるので

ある。（三九二）

これはこんな風に読解できるだろう。なるほど読者は「自分自身を読む」という転移をして感動することで自己の存在を感じている自分を確認する。だが、そのことで、読者は読書の内的経験のさなかに自己の存在感の呪縛の根っこを見出すのである。「自分のなかから見えてこなかったであろうものを［…］はっきり見分け」るのだ。そうやって自己を呪縛しているイデオロギーに自覚的になり、その自覚の程度に応じて、それから自由になる。これが存在感分析のセラピーの極意である。精神分析は分析医のカウンセリングを必要とするが、存在感分析は作品を読んで批評したり、批評文を書いたりすることで、自前でそれを実践できるという寸法である。存在感分析とは今流行りの言葉でいえば一種の当事者研究といってもさほど見当違いにはなるまい。なんのことはない、読者諸賢が今お読みになっているこの拙文もまたそうした当事者研究のひとつの臨床例といっていい。

　とはいえ、こうした自己の存在感やその背後にあるトラウマの経験はなにも読書限定ではない。たとえば花見。たいていの日本人は桜をみるとたわいなく感動してしまうが、それには訳がないわけではない。なるほど、日本人でなくとも桜を愛でる。ポトマック河畔の花見の例を挙げるまでもない。それにメアリー・ポピンズが住み込むバンクス家は桜町通り《チェリー・ツリー・レイン》にある。アメリカでもイギリスでもだれでも咲き誇る桜の美に感じ入るものだ。存在感分析的にいえば、そうやって桜の存在感を感じ、さらにはそうした桜を愛でて感動している自分の存在感を感じている。だが日本人の場合はもう少し根が深い。これまた明治期の国家主義や軍国主義によって形成されたものだが、桜は日本人にとって大和魂といった日本的精神の象徴となっているからである。軍歌の「同期の桜」や有名な本居宣長の「敷島の大和心を人問わば朝日に匂おう山桜花」を引くまでもない。日本人が、桜をみて感動するのは、たんに桜の美に感応する一般的な存在感だけではない。日本人としてのアイデンティティの確認がそこにはある。桜にそうした大和魂を読み込んで、つまりは転移して感動しているのである。

だが、それればかりではない。日本人は桜に不気味さも感じている。梶井基次郎の短編「桜の下には」の冒頭「桜の下には死体が埋まっている！」が人口に膾炙しているのがそれを端的に示している。なぜか。江戸末期の黒船来航は日本人の外圧としての西欧から受けた異文化ショックの象徴である。それは幕末の狂歌「泰平の眠りを覚ます上喜撰たった四杯で夜も眠れず」が端的に示している。それは西欧列強の中国植民地化を目の当たりにして、日本の存亡を危ぶむといった危機的な経験であった。それこそ、まさに民族の死に直面した結果としてトラウマとならざるを得なかった恐怖の経験であり、それがシェルショックの場合のように個人のレヴェルではなく、国民全体のレヴェルで反復されることになったのである。トラウマ研究でいうところの「トラウマ的建国神話」である。それを歴史的幸運に便乗して乗り切ったのが明治維新政府の和魂洋才による追いつけ追い越せの政策であり、その和魂を象徴したのが桜なのである。今日ではそれは一五年戦争のトラウマによって増幅されているのだろうが、桜は日本人にそうした民族のトラウマを想起させて止まないという次第である。

この「起源のトラウマ」が外圧に苦悩する姿で反復されるとき、それはマゾヒズム的なものとして経験され、たとえば文学作品に転移される。谷崎潤一郎の『痴人の愛』では主人公は自分の愛人とアメリカ青年の火遊びを傍観しているとか、沼正三の『家畜人ヤプー』ではなんと便器に改造されてドイツ人の元カノの糞尿を口で受ける青年が登場するといったマゾヒズムの文学の系譜がそれを証明している。小島信夫の『抱擁家族』や村上龍の『限りなく透明に近いブルー』は敗戦と米軍の占領というさらなるトラウマの経験をアメリカ青年と妻の浮気に耐える作家や、黒人兵のアナルセックスに耐える青年のマゾヒズムに描いている。

こうした転移をラカプラは次のようにまとめている。

私は、この転移という言葉を、本来の精神分析学的な意味に修正を加えて、現在（必然的に未来に影響を持つ）への過去の反復－置き換えという意味に用いている。「転移」はたんなる連続とか非連続とかいう時間概念と結びついているのではなく、変異あるいは変化（時には外傷的分裂をもたらす変化）をともなう反復としての時間概念と結びついている。転移は、過去に取りつかれるのではという恐怖を呼び覚まし、過去および自分自身に対する抑制を喪失させる。転移は同時に、フロイトが「ナルシシズム」と呼んでいる幻想と結びつくかもしれない、あのイデオロギー的にはあやしげな手続きによって、研究の「対象」に対する完全な支配を主張したいという誘惑を生み出す。（九三）

ここで転移を「過去の反復－置き換えという意味に用いている」というとき、ラカプラは過去の資料を現在の視点でさまざまに読みこむという作業を意味している。また、桜に明治期の黒船のトラウマを見るのは、ラカプラがいう「転移は、過去に取りつかれるのではという恐怖を呼び覚ま」すことに関わるだろう。すでにふれたように日本人が桜に美とともに不気味な感じを抱いていることがこれを証している。

ところが、注目すべき点がもう一つある。「あのイデオロギー的には怪しげな手続きによって、研究の『対象』に対する完全な支配を主張したいという誘惑」について語っているところである。これは歴史家が自分の視点から資料を解釈することと一応理解できる。ぼくらの例で言えば、読者が文学作品を自分なりに読んで感動することである。そしてラカプラはこれをフロイトのいうナルシシズムに関係づけたうえで、それを幻想として片づけている。なるほど、読者が自分の視点で作品を読むことは、それはすすんで自己の存在感の呪縛にはまることである。まことにそれはラカプラ自身が証言するように、生の衝動つまりナルシシズム＝自愛である。だがそれはトラウマの、シェルショックの反復強迫が死の衝動であるのとは正反対なのである。

自己の存在感は人間を呪縛する。幼少時の経験といった伝統によって形成された過去の自己の存在感が現在に転移されて反復経験される。それが苦渋である場合、それから解縛されるべきものである。しかしそれはあくまで生を肯定する衝動である。ぼくらはこの衝動に拘ることで、トラウマの死の衝動を回避する道が見出せるのではないかと考えている。ナルシシズムの自己愛は、自己破壊的——ナルキッソスは池に身を沈めた——であるが、同時に自己をいとおしむという慈愛に満ちた自愛でもあるからである。人は、桜を愛で、桜に感動し、そうやって感動している自分の存在を愛《いとお》しむ。それこそ自己の存在感の経験であるが、それはなによりも生の衝動に他ならない。そうした衝動を認めたうえで存在感分析は、自己の存在感の呪縛を解縛する存在観を経て、根源的存在感を体得し、「単なる生」の実感に赴くのだが、最終的にはその「単なる生」を中心にすえる生の形を実現することを目論むのである。それが政治ならぬ〈生治〉である。そしてその視点に立つとき存在感分析は個人の心理から社会の分析へと展望を開くことになる。そうした〈生治〉の実現にむけた、社会の政治的分析としての存在感分析の実際は第4章で論じる。そのまえに存在観や根源的存在感を達成した主体が操る独特の論理をこれまでの考察のまとめの意味で検討しておこう。

第3章　〈生治〉へ向かう新しい主体——その思想と論理

自己の存在感とは〈今ここに私がいる〉という実感である。お望みなら、これは実存の経験といってもいい。実存主義はそうした実存が人間の本質といったものより以前にあるという主張だからである。結果として生じる日本人とか父親とかキリスト教徒とかA社のサラリーマンといったアイデンティティ（つまりは本質）は実存を前にすればその後の属性ということになる。これは自己の存在感が社会的歴史的に形成されたものであり、それから離脱することが根源的存在感（本来的存在感）の自由を獲得するために必須であるという存在感分析と交差するところである。だが、存在感分析が実存主義から離反するのは、自己の存在感から実存ではなく存在へと回帰するところである。主観的主体から客観的主体への反転といってもいい。〈今ここに私がいる〉から、ただ〈ある〉というありようへ移行することを目指している。〈今〉という時間意識もなく、〈ここ〉という特定の場所の感じもなく、ましてや〈私〉という自己意識もなく、さらには〈いる〉という人間的な存在の感じすらなく、もののように〈ある〉という在り方である。ただ〈ある〉のである。そのときその〈ある〉の感じが実在感であるが、その内実は気そのものとなる。そこでは時間の意識もなく、空間の意識もなく、記憶も忘却もない。あるのは、存在も非在も等価であり、すべての出来事は起こった限り消滅することはないという世界の透明な感じだけである。ぼくらが「単なる生」というのはそうした存在様式のことである。じつはそうした世界は今ここにすでに実現されている。だが、ぼくらはうかつにもそれに気づいていない。だから、存在感分析の最終的な目標はその気付きを与えることになる、そのような在り方を描き出し、それを自覚的に今ここに実感するよう促すということである。ちょっと先走ったが、これからもうすこし丁寧に、ただ〈ある〉在り方を生み出し、またそれを支えるさまざまな〈生治〉の思想を概観するつもりである。そのまえに、まずそうした思想が／を生み出す相対化の論理をとっくりと説明する必要がある。

1　普遍性と相対化の論理――四極構造の可能性の核心

社会の変革は、当該社会に不満をもった分子がその社会の主導的な価値観（ハレ）から離反し（ケガレ）、既成の価値観を否定してあらたな価値観（ハレ）を提示することに始まる。その新しい価値観を錦の御旗として掲げて、あらたなヘゲモニーを確立して新しい社会が形成されれば、なるほど、それはひとつの革命であるが、権力という頂点を持つ似たり寄ったりの三極構造の焼き直しにほかならない。ところが、そうした革命の循環から離脱するとき、ぼくらは三極構造の外に逸脱し、第四項の位置に出る。そこに作動するのは、あらゆる社会的価値観や国家観やイデオロギーの相対化の論理である。それが社会的レヴェルで具体化されると〈国家なき社会〉といったありようを取るのであり、日常的レヴェルではフーコーのいうヘテロトピアといった形をとる。支配的イデオロギーに対して、それに対抗するイデオロギーを提示してあらたな国家を建設するのではなく、国家そのものからの離脱である。歴史上の〈国家なき社会〉とか思想史上のユートピア（トマス・モアやウィリアム・モリスのそれ）はいずれも国家を相対化するものとして登場している。個々の国家の変革ではなく、国家そのものが無国家なるものによって相対化されているのである。じつはこの相対化という特徴的な思考法というか論理が曲者なのである。

（1）ベンヤミン、ヘーゲル、マルクスそしてパースの記号過程

相対化するとは、たとえば、多文化社会の場合、異文化間に優劣をつけるのではなく、そのいずれにも同等の価値があると認めることである。よしんば双方の文化が互いにいかにも異様に見えたとしても、それぞれの人間の生きざまを形成する仕組み（つまり文化）であるという点では同等であるという理屈だ。その場合、文化という普遍で個別文化の相違を乗り越えている。男女の場合も変わらない。男も女も同じ人間ではないかということで、人間という普遍でもって、男女の優劣を、男女差別を無効にするのである。男女を等価にする。これは至極真っ当な議論であり、論理であるかにみえる。

法の場合も事情は変わらない。各国の個別の法を抽象した果ての神の法といったものを想定すれば、すべての法は法として同等となる。ベンヤミンの『暴力批判論』にはこうある。「非難されるべきものは、いっさいの神話的暴力、法措定の――支配の、といってもよい――暴力である。これに仕える法維持の暴力、管理される暴力も、同じく非難されねばならない。これらにたいして神的な暴力は、神聖な執行の印章であって、けっして手段ではないが、摂理の暴力ともいえるかもしれない」（三七）。なるほど、具体的な法が成立し、存続するには、法措定の神話的権力と法維持の権力が必要である。だが、それら以前に法そのものを制定する神的権力（神的法）が存在するというのだ。それはすべての法に先立つ権力であり、それこそじきに触れるが「大文字の法」の領域にあるといえる。この抽象物こそ、法措定以前の神的法と

いう普遍である。

現生人類が出アフリカを開始する前に、かれらは言語を獲得する。そしてその原初の言語から人類の世界への拡散とともに、さまざまな個別自然言語が誕生する。だとするなら、個別言語にたいする普遍言語とは、そうした出アフリカの際に獲得していた原言語ということになる。普遍的な文法の実体はといえば、そうしたホモサピエンスの言語を形成した文法——チョムスキーの普遍文法ではない——といったものを想定すればいい。神的暴力としての神的法とは、いわばそうした普遍言語なのである。それはベンヤミンが「翻訳者の使命」でいう純粋言語にも相当する。起源言語と目標言語の間を行き来する間に翻訳者が舞い戻る普遍的な言語である(四〇七)。

こうしてみるとぼくらは、普遍によって個別を相対化していることが分かる。いいかえれば相対化の際に、いかにも無造作に普遍を導入していることに思い至る。男でも女でもない人間といった普遍の導入である。だがその操作に問題がないわけではない。早い話が人間というものは存在しない。存在するのは男か女である。たとえばスラヴォイ・ジジェクは、唯物論の立場から、普遍とは特殊なものが普遍なるものへと昇格することでしかないと批判する。端的にいって男と女の場合では、歴史的に男が人間として普遍化されてきたのであり、貨幣においても、特定のもの(貝や石)や金という商品が普遍となったのである。

それればかりではない、ジジェクは『為すところを知らざればなり』で、ポール‐ドミニク・ドグニンから孫引きして、こんなマルクスの言葉を書き留めている。

ローマ法とゲルマン法とは共に法であると私が言うならば、それぞれの法は独立な何ものかである。しかし逆に私が大文字の法なるもの、例の抽象物がローマ法とゲルマン法とに、つまりあの具体的法

に自己実現すると言うならば、相互連関は神秘的になる。（一二）

つまり、ローマ法やゲルマン法という個別の法にたいして、ここでは「大文字の法」がその普遍と考えられている。これまでの議論の流れからすれば、当然ながらこの普遍としての「大文字の法」の導入が、個別の法の関係を相対化すると考えられる。だがマルクスはそうするとその「相互連関は神秘的になる」というのである。マルクスはこの「大文字の法」の導入にヘーゲルの弁証法的論理の介入を嗅ぎ取っている。つまり「ローマ法とドイツ法は、『現実に』二種類の法であるが、観念論的弁証法では〈法〉自体が、能動的要因――過程全体の主体――であって、これがローマ法やドイツ法のうちで『自己を現実化する』」という具合に考えられるわけで、そうした場合、そこにはヘーゲルの観念論的弁証法が透けて見えるというのである。したがってそんなことをすれば、マルクスの眼には、具体的個別の法のうえに抽象的な法をおくという観念論的転倒を企てることになり、結果、神秘的になりおおせるというのだ。

じつはジジェクにはヘーゲルの弁証法の新解釈を展開し、そうした相対化の隘路を乗り越えようという試みがないわけではない。『厄介なる主体』ではヘーゲルの弁証法は正、反、合の三重構成ではなく、むしろ四重構成、五重構成からなっていると考えているヴィットーリオ・ヘスレを紹介している。「はじめに論理上での〈理念〉、次に〈自然〉において直接に外化し、さらに〈自然〉に対置される有限なる主体によって抽象的に『自己へ回帰』し、最後には〈自然〉と有限なる〈精神〉との和解が成し遂げられる『第二の自然』という倫理的な〈実体〉の契機が到来する」（1一三八）という具合である。だが、これでは絶対精神が外化し、それが人間精神において再び絶対精神に回帰するという観念論的循環からは逃れられてはいない。

パースにしたところで、カント、ヘーゲルの衣鉢を継ぐその記号過程論の背後にはヘーゲルの弁証法があることはわざわざ断るまでもない。記号と対象と解釈項をめぐる記号過程は、まさに、正、反、合の弁証法的過程を思わせる。精神（記号＝フィーリング）が自己否定して自然（物質＝対象）となり、それが自己否定して人間の意識をとおして（解釈項となり）、再び精神と合一する（さらにはそれがふたたび記号となる）という具合だ。残念ながら、こうした伝統的な否定の否定としての弁証法的解釈では、当の弁証法を逸脱する契機を見出すことはできない。

だが、じつはパースの記号過程論には、そうした循環から逸脱する契機がある。パースの記号過程論では、記号で対象を指示するとき解釈項が発生する。しかしその解釈項はついに対象を十全にとらえていないので、その解釈項が記号となってまたぞろ対象を指示し、あらたな解釈項を生むという循環を無限に繰り返すことになる。早い話が、バラをバラと言っても、バラの認識が少しずつ変化するわけで、そのつどバラの意味が変化するということである。ところが、現実の社会では功利的な措置としてそうした無限の変化にたいして辞書的な慣習的意味を付与してその運動を阻止する。そこに記号過程が利便的であると同時に抑圧的に働く原因があるのだが、解釈項はといえば、それにおかまいなく、たえず記号となり、そうやって言葉はたえず流動する。そこに記号過程の革命的な要因がある。実際、パースの記号過程は、パースの意図にはお構いなく、原理的に無限の循環であって、そのひっきりなしに更新される解釈項において、たえず既成の意味を逃れ、あらたな意味の三角形を形成する契機がある。ところが解釈項が更新される際、過去の解釈項から未来の解釈項への移行の間にどっちつかずの隙間が生まれる。じつはその間隙にあらたな三角形を形成すること自体から逸脱する契機が発生する。つまるところ、それが記号過程の三極構造の外部の第四項を形成するのである。かくして解釈項では、意味を固定し普遍化しようとする同一化と、あくまでそれを避けようとする個別化に向かう差異化の対立が見られる。そこに普遍も個別もともに相対化する効果が発生するのである。その第四項の効果が存在観なのである。第四項の効果とは記号過程を盲目的に生きるのではなく、自分がそうした過程に否応なく巻き込まれていることを自覚させることにある。しかもその効果もまた記号過程の一部であり、それこそがあらゆる相対化を下支えするメカニズムとなっているのだ。まことに相対化のメカニズムは記号過程に内在しているのである。

というわけでぼくらにとって大事なのは、相対化の効果である。たとえば男女を同じ人間だからといって相対化するとき、自分の男性性、女性性を突き放して眺める地点に立つことができるようになる。それが相対化の効果なのである。たとえば、多文化社会。そこでは多文化主義の政策がとられ、異文化は相対的に併存することが認められている。その間に、複数の異文化が文化融合 transculturation してあらたな文化を形成することもある。だが、ぼくらにとって異文化との遭遇は、異文化も文化の一つであるということでいわゆる相対化を遂行して一件落着というのではない。異文化の存在は自文化を客観的にみることを可能にする。そのとき、ぼくらはそもそも文化によって形成され、文化によって牛耳られているという現実を見定めることになる。そうやって自分が文化によって形成されたものであることを自覚するのだ。なるほどメイジャーな普遍的文化がマイナーな地域文化を相対化する。だが、そのことで逆に普遍的な文化そのものの本質が暴露されるのである。文化とはどの文化であれ、いずれぼくらを呪縛するものであるという本質の露呈である。それがぼくらのいう相対化の効果である。たえず更新する解釈項はそうした相対化の効果をさまざまなレヴェルで生み出しているのである。

（2）ジジェクの「外部の観察者」

じつは、ジジェクもまたヘーゲルの「具体的普遍」にこだわるとき、そうした相対化の効果を考えている。なるほど、ヘーゲルの弁証法を逸脱するこころみは、アドルノの『否定弁証法』での否定弁証法（一七二―一七三）や、バディウの『聖パウロ』での反弁証法（一一八）にみられる。だが、それらは今はおくとして、ジジェクの考え方で興味深いのは、ガタリにも散見されるが、パースの記号過程の逸脱の効果を無意識的ながらなぞっているかに見えるところである。しかも普遍の論理ではなくプラグマティズム的にその効果を求めている点だ。

実際、ジジェクは『厄介なる主体』で、ヘーゲルの弁証法の再構成ではなく、その「具体的普遍」にそうした循環の外に出る契機を見ている。ジジェクはこう書いている、「具体的普遍とは、その中心に決して実現されることなどない〈現実的なるもの〉を含んでいる［…］〈普遍なるもの〉という類が、常にみずからの下位に属する種のなかのひとつとして存在している」（1一七九）、と。さらにジジェクはこうも書いている。

> 厳密にヘーゲル哲学における〈普遍なるもの〉がもつパラドクスとは、その〈普遍なるもの〉が、数多くの個々の内容の中立な枠組み the neutral frame of the multitude of particular contents としてあるのではなく、本性的に分裂を生じさせ、その個々の内容に裂け目を入れる、という点である。〈普遍なるもの〉とは常に、他の内容を単なる個別として排除し、〈普遍なるもの〉を直接に具体化すると主張する何らかの個別の内容を前面に押し出すことによって、みずからの存在を提示するのである。（訳文一部修正）（1一七五／101）

この〈普遍なるもの〉は、「個別の内容を全面に押し出すことによって、みずからの存在を提示する」のであるが、それは、多文化社会という文脈でいえば、ぼくらのいう個別文化ではない、文化そのものという普遍的文化のなかにつねにすでに存在している人間を拘束する要素といったものであり、それが個別文化の個々の内容にも裂け目を入れ、そのことで文化そのものの抑圧的本性をあらわにするということなのである。

だが、普遍にはもうひとつの効果がある。それは普遍の空虚さである。ジジェクによれば、普遍そのものは、空虚なものである。「すなわち、既に実定的なものと考えられている〈普遍的なるもの〉の内容は、すべて、ヘゲモニーをめぐる抗争の果てに生じた偶発的なものである――〈普遍的なるもの〉自体を見たとき、それはどこまでも空虚なのだ」(同上)。男と女の普遍としての人間は、どこまでも空虚である。実際人間という普遍は存在しない。男か女か、もっと厳密にいえば、心理学的、形態学的に多様な性の形をとった個別的な存在があるばかりだからである。普遍とは、宗教でいえば、個別の神ならぬ神性であるということだが、まことにそれはエックハルトのイメージするように(神の)砂漠なのである。なんの属性もない、のっぺらぼうな、空虚である。

この空虚な普遍こそ、ぼくらのいう第四項のありようである。まことに過去の解釈項から未来の解釈項の間は空虚だからである。そこにはいまだ意味の実体がない。だが、それは豊かな経験である。こうした事態を適切に解説するのが、ほかならぬヘーゲルの「ウニオ・ミスティカ」つまり神との合一経験についてのジジェクの解釈である。『厄介なる主体』から引く。

ワタシが最も受動的な者であるとき、ワタシはすでに能動的な者となっている――まさしく受け身たる「引きこもりの状態」は、それによって思想がその対象から「分離」し、そのあいだに「裂け目」ができてしまうことで一歩引いた距離を獲得する。つまり「ものごとの生々流転」のさなかから、暴力的に自己を切り離すことになるのだ。それによって「外部の観察者」たる立場を手にすることが可能となる。この非‐行為こそ、主体が為し得る最高の行為なのであり、自己閉鎖している〈実体の全体〉に亀裂を打ち込む無限の〈力〉なのである。（1一六九—一七〇）

この「外部の観察者」こそ、個別を相対化したときの、つまりは第四項のありようである。普遍といった実体ではなく、普遍の論理でもなく、それは「非‐行為」つまりなにもしないことで生じるひとつの効果である。三極構造の活動の外に出た非活動のありようである。これは次のような『幻想の感染』でのジジェクの発言にも読みとれる。「私が『普遍的』になるのは、私の状況という特定のものから自分を切り離そうという暴力的な努力をとおしてのみ、つまりこの状況を偶然的で限定的なものであるという把握、私の行為によって埋められる非決定のずれを開くことを通じてのみである。主観性と普遍性は、ぴったり背中合わせである」（三二七—三二八）。つまり「私の状況という特定のもの」すなわち特定の文化によって与えられる価値から形成された〈私〉——自己の存在感の呪縛に生きる私——を相対化した地点に立って、はじめて〈私〉は外部の観察者となり、〈私〉、つまり主体は、普遍的なものとなるというのである。

こうした視点にたつとき、存在と非在、主観と客観といったものを相対化することが可能になり、あらゆる出来事の等価を悟ることが可能となる。

(3) 普遍性と相対化

ジジェクは、普遍化にまといつく詐術の臭いを嗅ぎあてている。普遍をいうとき、いつだってそこにはいつの間にか様々な個別のなかの一つが特権的な普遍になるというからくりがあるからである。つまり、キリスト教やユダヤ教やイスラム教を越える普遍的なものを考えるとき、西欧社会では自分たちのキリスト教を普遍として他を異教とするといったことである。だが、こうした普遍の詐術を乗り越える方途の試みがないわけではない。

柄谷行人との対話『終りなき世界』で岩井克人は資本主義にはアメリカ型やイギリス型の資本主義や日本的な資本主義があるが、そうした個別資本主義の特殊性を剝ぎ取ると、つまり形式化すると、そこに見出されるのはたんなる差異、つまり個別的具体的な資本主義の間の差異ということになると述べている。そしてそのことが資本主義を普遍的なものとしているというのである(七八、八〇、八三、八九)。

とはいえ、それはあくまで認識による普遍の探求である。だがぼくらはそうした認識によって得られた相対化の精神的な効果を珍重する。それが相対化を生きることだからである。ぼくらは〈今ここに私がいる〉という自己の存在の感じにこだわってきたのはそのためである。その〈今ここ〉の感じを革命のために犠牲にすることと同様〈今ここ〉を認識のために断念することもできない相談なのだ。ぼくらにとって〈今ここ〉はケ、ケガレ、ハレ、カレをめぐって本来的存在感、自己の存在感、呪縛する自己の存在感、存在観、根源的存在感、実在感といった意識経験から成り立っている。ぼくらの生はそうした経験をそっくり味わうことである。それが生きることなのだ。ところが、相対化というとき、特定のものを特権化しない、すべては平等であるとかといって、結果すべての価値を貶める場合がある。しかしながら、ぼくらにとって相対化とは自己を呪縛する存在感を突き放して眺めるといった経験であり、ぼくらはあくまでその効果を珍重する。人間は一定の世界観によって世界を解釈してそこに発生＝発症する存在感を得て生きている。そういう事実を認識し、そうしたありようから離反し、特定の世界観から離反したものの見方や感じ方に参入することなのである。特定のアイデンティティを担保するのではなく、「単なる人」になることである。したがってそれは精神分析による治療の結果として回帰する日常意識とはまったく違った心的態度ということになる。

ところでそうした存在感や相対化の効果といったものをあっさりと無化してしまう経験がある。私の死である。個人の死――〈今ここに私がいる〉の〈私〉の死――である。ゾラが『ナナ』で描く娼婦ナナにしてからが、自分を慕う少年のために小娘のようにおセンチになっていたとはいうものの、「急に少年の首にかじりついて、死ぬのが怖い、と口ごもりながら啜り泣いた」（二七四）りする当のものである。そうした恐怖を与える死にどう対処してきたのかその思想や行為の要点を押さえておきたい。そのときこの相対化の効果がいかに有効かが了解されるはずである。

2 〈私〉の死とその超克の論理――客観的主体化、出来事の抹消不可能性、存在の相対化

フィリップ・アリエスは『死と歴史』で西欧人の死に対する態度の変遷を調べている。伝統的に存在した素朴な人びとが示す死の運命にたいする素朴な覚悟（八七）から、今日アメリカにみられるような幸福を維持するための死のタブー視（七六）への変化などである。だがそれは一般的な死、他人の死にたいする態度にすぎない。ぼくらにとって由々しき問題は自分の死であり、それについての私的恐怖である。とはいえ、それは問題は自分の死（の恐怖）をまえにしていかなる態度をとることが可能なのかである。

いつ襲ってくるかもしれない死、今ここに待ち伏せしているかもしれない死を恐れるといった恐怖ではない。ひとり自分の死を考えるときの死の正体――死の本質、死の意味、死の無意味――から発生するまがまがしくも消しがたい恐怖のことである。

たとえば吉本隆明は死とは一つの直接性が消えることであると『転位のための十篇』の「ちひさな群への挨拶」に書きとめている。正確には「ぼくがたふれたらひとつの直接性がたふれる」（七四）だが、ぼくらにしてみれば、それは直接性どころか臨在性や全体性を含めたすべての関係性があっさりとご破算にされてすべてと無縁な、完全な無関係の状態になることである。

ハムレットは第三幕一場で登場すると開口一番有名な台詞「生きるか死ぬかそれが問題だ」を吐いたあと、続けてこう語る。死ぬとは眠ることであると。そしてそのときにみる夢が不愉快だから死ぬことがためらわれると。だが、ぼくらにとって死とは夢のない眠りである。しかも覚めることのない眠りなのである。永眠とはよく言ったものだが、ぼくらにとってはその永遠に覚めることのない夢のない眠りにつくことの言い知れぬ恐怖が問題なのだ。

この眠りにからめての死の恐怖をなだめる手立てがある。夢を見ない眠りの場合である。ウパニシャッドでも死は眠りであるという。ところが、夢を見ない熟睡に死後のありようが経験されるというのである。辻の『ウパニシャッド』から引いてみよう。「外界との接触なく、自由にして憂慮なく、自己意識なき純粋歓喜安祥の境地たる熟睡を、梵・我帰入の状態と同一視したところに、睡眠考察の哲学的意義がある。これは死後を待たずして人間が彷彿し得る解脱の体験であり、暫時とはいえこの世において実現し得る理想である」（八八―八九）。ここで梵・我帰入とは宇宙の本体たる梵・我に個人我が合体するということである。それが解脱の経験であるというのだ。ということは死の恐怖の克服の方便は死後のありようを生前に経験することであるという読解も許されるかに思える。

この梵・我や天界といった神秘を実体化するウパニシャッドの話は、しかしながら、常識人にはにわかには信じ難い。その場合もっと俗っぽく死後にも自分の身体なり名声なりを残すという手もある。たとえば功利主義のベンサムは死後も談笑をしたいということで自分に似せた人形にみずからの皮膚を張り付けたものをロンドン大学の廊下の一角に設置させた。今もそのグロテスクな姿を見ることができるのだが、だがベンサム自身はその談笑に加わることはけっしてないのだ。その死のもたらす不在の恐怖はやはり解消されてはいない。

カネッティが『群衆と権力』で紹介するところだが、スタンダールは「愚痴ひとつこぼさず［…］少数の人びとのために書くことに満足したが、［自分］が百年後に多くの人びとに読まれるであろうことは、完全に確信していた。現代では、これ以上明白な、純粋な、不遜さの少しもない文学的な不死信仰というものは存在しない。この信仰は［…］同時代に生きているかれ以外のすべての者が、もはやこの世にいなくなったときにも、［自分］は依然としてこの世にいるであろう、ということである」（上四一二）。この不死信仰は死の恐怖をなだめてくれるかもしれないが、それは特権的天才のものだろう。だが、それでも自分の作品を読む読者の傍らにいることはない。

そこでそうした宗教や神秘主義的な信仰や神話や幻想による解決を断念した場合、ぼくらの手元に残るものはといえば形而上学的な思弁による死や死後の解釈のほかにはなさそうである。だがそれは古びて貧相な形而上学的な思弁でしかない。たとえば古典古代の詭弁にはこうある、「死は存在しない。なぜなら、生きているときはいまだ死ではないが、死んでしまったら死んでいることを知らないのだから」、と。結局死とは生きているうちには存在しないのだから恐るるに足らぬ、無視しろというのだ。同じくヴィトゲンシュタインも「死は人生のできごとではない。ひとは死を体験しない」（一四六）といっている。死はもはや生でないから人生の出来事ではないと。だが、ぼくらは生きている今、死の存在を確信しているし、あまつさえそれに恐怖を抱いている。死んでしまえばおしまいではない。死ぬまでの死との折り合いをどうつけるかが問題なのだ。だが、死にまつわる思弁といってももっと身近な、常識主義のぼくらの身の丈にあった思弁もまたある。

片山恭一の『世界の中心で、愛をさけぶ』（二〇〇一年）の冒頭をおもいだそう。主人公朔は恋人亜紀の夭折を経験し、自己の人生について考えることを強いられる。最愛の他者の死後、生きる意味を見失ったこの青年は、自分は地球の全人口六十億人の員数外になっていると感じる。それではその員数外の外とはどこにあるのだろうか、と自問するのだ。「何も聞かない。何も感じないぼくがいる。でも本当に、そこにいるのだろうか。いないとしたら、どこにいるのだろう」（一〇）。むろん、それはどこにもない。その絶望の強いた疎外の地点とはまさに茫漠としたのっぺらぼうな空無といっていい。ところが死をまぢかにした亜紀は自分の死と対峙し、自分なりにきちんと考えている。「いまここにあるものだけが、死んでからも有り続けるのだと思う、うまく言えないけど」（一四七）、と。映画の台詞でいえば「いつか二人で話したでしょう。いまここにあるものはわたしが死んだあとも永遠にありつづけるのよ」。これはささやかな強弁である。とはいえ、いずれ、死は生きているものが経験するほかないのであり、それを乗り越えるためにはそれぞれのひとかけらの思弁が必要なのだ。亜紀はそうした死を乗り越える思想を必死に編み出しているのである。こうした思想は二〇一五年（二〇一七年にNHKでTVドラマ化）の業田良家の『男の操』にも表明されている。死んだ妻順子が夫みさおや娘あられに生前撮影したビデオから「私がいなくなっても、私がこの世界に存在したという事実はなくならない」し「私たち家族が、ある時期幸せに暮らしたという事実も消えることがない」(頁数欠)と語りかけている。どうやら常識主義的人間のそれが死生観ということなのかもしれない。だが、その場合、「ある時期幸せに暮らした」という事実が消えないというのなら悪事や恥辱の事実もまたすべて消えないで残るというのが道理である。だとするならことはそう単純ではない。じつはそうした困難を丸ごとかかえて考えるのが哲学の営みなのである。ぼくらはこれからそうしたひとかけらの思弁を核としてそれを出来事の抹消不可能性といった具合に一般化しようと考えている。ドゥルーズではないが、概念化するのが哲学だからである。そればかりではない。ぼくらの前には死をからめた思弁として出来事の抹消不可能性ばかりではない思弁がいくつか存在する。まずは流れない時間の経験をとりあげてみよう。

(1) 流れない時間

〈私〉の個人的生は絶えず流れる時間を生きている。だとすると死とは永遠に静止した時間というか非時間に参入することである。だが、そういう非時間の経験は今ここにもないわけではない。ヴィトゲンシュタインはこう言っている。「永遠を時間的な永遠性としてではなく、無時間性と解するならば、現在生きているものは永遠に生きるのである」(一四六)。じっさい〈今ここに私がいる〉ことにふと思いを致す時、すでにぼくらは時間の外に出ているのだ。それは無時間性の経験といっていい。もっともそれはただちに特定の日時の特定の場所という具合に歴史的地政学的な時空に引き戻される儚いありようであるが、無時間性、非時間性の経験であることにかわりはない。時よとまれ、おまえはあまりにも美しいといった場合は、情け容赦のない歴史的時間を止めるということである。それが無謀な企てである限りぼくらにとって有効なのは無時間を経験することであり、それは永遠に静止した時間というものの理解の仕方にかかっている。矢沢永吉が「時間よ止まれ」と歌っている。それは性愛の充足の経験を永続させようとの思いであるが、じつは恋人たちはすでに歴史的時間の外に立っている。その淫靡な性愛の忘我のときに時間は停止している。ただホテルのチェックアウトの時間とか明日の仕事の予定などが意識に上るとき、歴史的客観的電波時計的な時間にしぶしぶ回帰するのだ。

こうした流れない時間としての死のイメージを追求しているのがポール・ヴィリリオである。その『消失の美学』でたとえばハワード・ヒューズの生涯をとりあげている。ヒューズはその晩年にいたって行動的な生き方から隠者のような生活を営むようになった。ラスベガスの砂漠という名前のホテルのスイートルームに引き籠り、誰とも会わず室内は薄明に保ち行動はといえばエンドレスに反復される同じ映画を観続けることであった。それはヴィリリオの解釈によれば「自己同一化ではなく無との同一化を欲していた」(35) からということになる。まさに自己の存在感の呪縛からのがれた存在観のありようである。そしてなにものにもなりたくないからどこにでもいるがどこにでもいないようでなければならないのであって、その偏在する不在つまり不在を偏在させるために晩年の振る舞いのすべてがあったというのである。そして若年の運動への欲望は不活動への欲望に過ぎなかったとすらいうのである。不活動を求めるための衝動であったと。まさにこれは流れる時間を停止させる試みといえ、まさに生きながら静止する時間を経験する企てである。ヴィリリオによれば、近代のテクノロジーは流れる時間の外の停止した時間を、つまりは死の経験を供給するものとしてあるというのである。機関車、映画、飛行機、車、はてはディズニーランドまで。それらは日常的な速度を超えることで流れるリアルな時間の外につれだし、「サブリミナルな満足」を与えるというのだ (83)。だがヴィリリオがそうした装置は「現在の面倒や死や果ては現実世界を忘れさせる」というときぼくらはそうした装置を珍重する気にはなれない。死を忘れるのではなく死に対処することを潔しとするからである。

この静止している時間を具体的に理解するには、たとえばヴィリリオのあげた映画を例にとるとわかりやすい。映画では映写機のリールを回転させ、一分間に24コマフィルムを動かすことによって動いている映像がスクリーンに映し出される。錯覚である。ところが、映写機を静止させると生きた映像はフィルムに写された断続的な少しずつ違った静止図像（スチール写真）の一枚一枚の連なりとなる。ぼくらの主観的生とはそうした回転するリールによって映し出される映像であってそれは流れる、消え去る時間である。ところが客観的時間とは、一瞬一瞬の流れる出来事ではなく、フィルムに残っているスティル写真の一枚一枚の方なのである。それが客観的な流れない時間である。それをぼくらの身体は映写機のように映像化し生涯という主観的時間を映し出すのである。ゴダールが「映画とは一分間に二四回の真実である」（ヴィリリオ60）といったのはそういう映像の実体をかたっているといっていい。

死とは、ある意味で、静止した時間への参入である。静止した時間とは凍った時間、時間ではない非時間。空間化した時間。存在としての時間。不条理な流れない時間。不条理な存在しない空間。一言でいえば、カオスモスである。そのカオスモスがカオスを分離してコスモスが生じ、そうしたカオスモスの時空からこの世の条理としての時間と空間が生まれ、流れる今ここの時間を形成している。個人は死後にまたぞろカオスモスの静止した時間へと回帰するのである。

なるほど時間は流れることをやめない。だが、個々の私的な生の時間はいずれ静止する。だが個々の死の後も世界の時間は流れ続ける。そのすべてから見捨てられたような孤立無援の孤独の圧倒的な恐怖。大江健三郎のいう深淵に吸い込まれるような恐怖。たとえ広大な宇宙のなかで足場といえばひとかけらの岩しか与えられないとしてもなお生きていたいと思わせるような恐怖。そうした恐怖を乗り越えるには、みてのとおりわずかに流れない時間の経験をしたり、そうした時間理解の思弁を編み出したりすることなのである。それは一言でいえば主観的時間ではない客観的時間が本来の時間であると認めることだ。だが、別言すれば、それは主観的主体ではなく客観的主体こそが本来の主体であると了解することでもある。このことを埴谷雄高は『死霊』で客観的主体とは詩的にも〈私とは何か〉ではなく〈何が私なのか〉と問うところに発生するといっている。この主語と述語を反転させた修辞的効果は鮮やかだが、どういうことなのか、次の項でもっと散文的に説明してみよう。

(2) 主観(人間)の主体と客観(対象)の主体

事実に語らせるという表現がある。これは事実についての解釈ではなく、事実そのものを見届けるということだ。そうした場合の事実とは、さまざまな解釈を解釈にすぎないとして相対化するとき、気配として実感できるような経験である。だが、それはもっと根源的な事態である。人間が語るのではなく事実が語るというのだからしてそこには主体の転換が出来しているのである。それは、物語とは物が語るのであって、人が語るのではないというときと同じ主客の転倒である。それは主体が人間(主観)から客体たる事物(客観)へと移行する経験である。じつはこうした主客の転倒を経験するとき、主体としての私の死を乗り越える思弁のひとつが形成されるというのがぼくらの考えである。

とはいえこれはなにも目新しいことではない。常識主義者のぼくらは木を見れば木の存在を疑わないし、それを見ているぼくらの存在も疑わない。だがさらにいえばぼくらが死んでもぼくらの見ている木は相変わらず存在していることもまた信じているのである。ボヴァリー夫人が死んでも木の葉はそよともしなかったとフローベールは書いているがぼくらはぼくらと無縁に存在している木の客観的な実在をも信じているのだ。木の存在感と同時にその実在感もちゃんと経験しているのである。

岩波小辞典の『哲学』によれば、主体とは、本来、存在論的には根底にあるものを指し、基体や実体と同じものであり、諸性質、状態、作用などの保持者を指した（九二）。したがってそれは客体にあたるものであった。ところが、近代になって人間が特権的な主体とみなされるようになってから、それは認識し、行為する自我（自己、私）と同じとなり、認識主観となったのである。しかも主体は、そうした認識主観の、個別性、行為性、実践性、実体性、身体性を強調するときに用いられるようになる。この近代以後の主観の経験をぼくらは自己の存在感の経験というのであり、存在感分析は、病としての自己の存在感の呪縛を解縛するのをその仕事としているのである。

だとするなら、近代的な自我（主体性）を克服するためには、まずもって主体の本来の意味に回帰するのがいい。英語の subject（主体、主語、臣民＝従者）ならぬ、ギリシア語の hypokeimenon（基体、実体）にである。そのとき、主体のもつ主人にして従者といった曖昧さから離反して、そうした自我をめぐる自意識の牢獄から離反して、意識の発生源に回帰することができる。それは存在観をとおして自己を滅した根源的存在感へと回帰することと同じである。存在についての感じ、存在感ではなく、存在そのものを経験することである。存在になりきることである。〈いること〉、〈あること〉の経験ではなく、〈いるもの〉、〈あるもの〉になることの経験である。これはある意味分裂病者の経験するところである。

ドゥルーズは、R・D・レインの分裂病者の観察を引用して、こういっている。

レインが分裂病者の過程を入社儀式［＝通過儀礼］の旅として（すなわち《自我》が消滅していく超越論的な経験として）想定していることは、まったく正しい。この超越論的経験とは、主体をして次のように語らしめる経験のことである。「私は、いわば、生命のもっとも原始的な形態（器官なき身体）から出発して、現在まで到達してきたのだ。」「私は、私の眼前に、恐るべき旅を見てきた。いや、まさに感じてきたのだ」、と。

（一八七―一八八）

なるほど、レインの観察は正しいとしよう。だがぼくらは「生命のもっとも原始的な形態」を生きることを目指す。そして分裂症者のように対象の世界に埋没することは望まない。肝心なのは、そうした非在（主体の不在）と存在（主体の自覚）の間を行き来することであり、むしろその果てに生まれる気ままの存在様式を形成することなのである。それは〈私〉を超え、時間からも離脱したありようである。

またアルツハイマーの患者のそれも忘却ということで意識のない身体器官そのものとなる経験といえる。ベイリーが『アイリス』で描いた二〇世紀イギリスの最高の知性の一人アイリス・マードックはアルツハイマーによって崩壊し、たんなる肉体と化す。そこにあるのはすべての忘却であり、それは死に至って完成する。存在と、そして非在との（別言すれば狂気との）完全な一体化である。ちなみに、ジジェクは『終焉の時代に生きる』でアルツハイマーに新しい人間の在り方を見出そうとしている（四一四）。これはドゥルーズ／ガタリがスキゾフレニーに新しい人間の形を見出そうとした試みと似ている。だが、いずれにしろ、スキゾとパラノを人間のタイプとした試みと同様、それはたんなる比喩の域をでない。

自分が自分を超えるものによって動かされているという経験は、性愛はエロスの仕業であるとするギリシア神話に端的に具体化されている。情欲の主体は、人間にあるのではなく、神的存在にあるというのだから。クッツェーの『恥辱』の主人公デイヴィッド・ルーリーは教え子の女学生との性交渉が発覚して大学を辞職する羽目になるのだが、その行為をエロスがさせたことだというのである。「ぼくはエロスの使用人だ」(89)、と。日本人のぼくらなら、それは人間は生きているのではなく生かされているのだという表現でお馴染みである。主体は、意識的に自己の生を管理する自分にはなく、そもそもそうした自分を存在させている生そのものにあるという感覚である。主体はぼくらのいう気である。なるほど生き生きと生きているとき人は自己の存在を感じる。だが、そうした自己の存在感を感じている自分とは幻影であり、主体は存在そのもの(生命そのもの)であるということである。ロレンスが短詩「降りろ、おお、尊大なる精神よ」で、コギト・エルゴ・スム(考えるゆえに我あり)ならぬ、スム・エルゴ・コギト(我ありゆえに考える)といったのはひとえにこうした感じを表現するためである(474)。まずもって生命的存在として存在するからこそ思考もまた出来するというのだ。

さらにいえば、ジジェクが『快楽の転移』で「〈もの〉たる主体」というとき、その主体とはこうした対象としての客観的主体である。

> 純粋な統覚のわたしと、存在論的な支えである〈もの〉たる主体の差異を、無条件に維持しなければならない。[…]純粋な統覚である超越論的なわたしと、現象としてのわたしとの関係は、存在論的なものと現象学的なものという関係ではありません。[…]そして、まさにこうした理由によって――つまりわたしは、〈もの〉たる自分自身に近づくことができないために――、言うなれば、自分の統一性を自分の外部に投影する傾向が本質的に存在するのです。原初的な対象とは、対立物ではなく、〈もの〉としてのわたし自身なのです。(三〇六)

「〈もの〉としてのわたし自身」とは、ラカンの客観的主体Sであり、欲動であり、ぼくらの気である。

問題は、この「存在論的な支えである〈もの〉」がジジェクのいうように近づくことができない、ゆえにそれは病める欲動になるのか、それともそれは接近可能で同化できるような活力なのかを判断することである。もはやいうまでもないが存在感分析は、神田橋條治と同様、後者と答えるのである。とまれ、どうだろう、こうした主客の転倒を経験するとき、〈私〉の死はもはや他人事にみえてこないだろうか。

この人間ではなくむしろ対象のほうが主体であるといった人間の主体の相対化の思考は、存在はすべて等価であり、消え去ることはないという思想を導入する。対象、現象についての価値観はすべて人間が付与したものだから、それが相対化されればすべては等価だということになるからである。また、存在が忘却されるのはひとえに人間の側の問題であって、存在の側にたてば人間の関心無関心に関係なく、存在はつねに死によって停止するといった私的時間の外の客観的時空にあり続けているからである。

(3)〈起こったことは起こったことで決して無くなりはしない〉——客観的主体としての出来事の抹消不可能性

病床で死を覚悟した人は見舞いに来た人に、私のこと忘れないでね、などという。死後はもはや人間の記憶にしか自分は存在しないという痛切な思いがそこにはある。歴史に名を残すといった功名心の裏には人類の記憶のなかで存在しつづけるしかないという諦念がある。だが、それはすべて人間を主体として考えていることによる。だが、人間ではない対象が主体であれば、人間がいなくなっても人間が記憶しなくても、対象としての起こった出来事は出来事として存在したのであり、その存在したという事実は消えやしないのだ。〈私〉の、あるいは人間一般の関知しないところで刻々と発生している出来事は、起きたこととしてその事実は消えることはないというのと一般である。出来事の抹消不可能性の思想は、その主観的主体性を放棄し、出来事の客観的主体性を考えるとき誕生する。

ブレイクはその預言書のなかで、この世のすべてはどのような些事であれ、すべてロス（の息子たち）という神話的人物によって書き留められているといっている。流された涙の一滴、頭髪の一本一本も見逃されることはないというのだ。これは聖書にある文言に倣ってのことであるが、要するに、すべては神の慈悲のなかに受け止められているということである。これは主体を人間から神へと移したことによる出来事観である。

またベンヤミンの「メシア的時間」は、消滅しない過去を語っている。そのときすべての過去が現在となる。時間が収縮し、時間全体が同時に生起する無限の瞬間となるというのである（シモンズ25）。アガンベンは『残りの時』でゲルショム・ショーレムを引いてこう言っている。「メシア的時間とは完了でも未完了でもなく、過去でも未来でもなく、それらの逆転関係である。［…］それは使徒が『今の時』と呼ぶ、過去（完了したもの）が現勢化していまだ完了していないものとなり、現在（いまだ完了していないもの）が一種の完了のかたちを獲得するような星座的布置関係のうちに二つの時間が入り込む、ひとつの緊張の領域なのである」（一二二）、と。だが、問題はそうした消滅しない時間の意味の解釈である。そこでぼくらは主体を人間や神ではなく出来事そのものへと移す。そしてその場合生じる出来事の抹消不可能性の意味を解釈せんとするのである。

すでにふれた映画論を思い出してもらいたい。映画は一分間に二四コマフィルムを動かすことで動きの幻影が形成されている。まことにゴダールがいうように「映画は一分間に24コマの真実である」。だが、ここから想像をたくましくすれば、映画は幻影を形成しているが、真実は二四コマのフィルムである。だとするならぼくらの人生の流れる時間も微細な出来事というコマからできており、真実＝事実はそこにあるということになる。それは人生ばかりではなく、世界の出来事も、はては多宇宙の全出来事もそうした出来事からなっているのである。そしてそれは映画のフィルムが撮影されスチール写真になって固定されているように起こった限り固定されているのである。出来事が消え去らないという事態をぼくらはこんなふうにイメージできると考えている。むろんその出来事は存在しているのだが、それが保存されているその存在様式は思弁的にしか捉えられない。今はその保管場所はカオスモスの領域であるなどというほかない。

それはそれとして出来事はすべて出来事として消えないばかりではない。そこは主体としての人間のさまざまな解釈や価値観による優劣の判断が及ばない領域となる。つまり出来事はすべて等価となる。この世のすべては、世界の出来事はすべて、非在から生じた存在であるという意味で等価である。人間の目から見て、良いことも、悪いことも存在・非在からみれば、すべては起こったという限りで等価なのである。火が起こるのも、国家が興るのも、悋気《りんき》の妻が怒るのも、すべて〈無い〉ところから〈有る〉ことが起こったのである。そうしたすべては、有ること、生まれ出たこと、存在することになったという一点において等価なのである。

しかも、起こったことは起こったことで決して消え去ることはない。だれに書き留められることもなく、すっかり忘却されても。非在から存在へと出現して、起こったことは、起こった限り、起こったという出来事として消え去ることはない。さらにいえば、起こったことがたえて消え去ることがないなら、当然それは未来永劫消え去ることはない。地球が消滅し、宇宙が消滅し、あらたな宇宙が生成したとしても、それが抹消されることはない。起こってしまったからだ。ということはぼくらの検討した記号過程の展開としての自然史の総体もまたけっして消滅することはないという勘定になる。

存在すること、起こること、存在したこと、起こったこと、それらは生起し、存在したかぎりで、決して消滅することはない。したがってそれはどんな悪事でも消え去ることはないということだ。だから、自分のふるまいには責任が生まれるという寸法である。神がいないからこそすべてが許されているわけではなく、むしろ神がいるからすべてが許されるとイヴァンはいう。これは不可解な発言なのだが、その意味は、神がいればすべては神の御心ということで万事を神に委ねることが可能だが、神がいなければすべては自分の責任となるという理屈である。神がいないからといって、すべてが許されているわけではない。これが出来事の抹消不可能性の、消滅不可能性の思想の倫理である。この倫理の問題は、ニーチェの永劫回帰の思想のそれに似ている。永劫回帰の思想は、結局は悪事が回帰しないよう善を尽くすといった倫理意識に裏打ちされている。たとえば、日常茶飯事にかまけているとして、その瑣事が永劫に反復されると知らされたら、だれだって少しはまっとうなことをしようとするだろうということだ。ようするに人間は本来ただあることで快楽なのだが、同時にそこにはかくあるべきであるという倫理が付きまとっているのである。

過去は、起こったこととして消えることなく、絶対的な他者として、出来事として存在している。そう考えるとき、過去や未来についてのぼくらのとるべき態度が見えてくる。それは、現在という存在からばかりではなく、現在とは無縁な、存在とは無縁な、非在としてのまだ見ぬ未来の世代の人たちや、死んでしまった過去の人々の視点に立つことである。それが自己の主体を忘却し、客観的主体としての歴史という存在を想起することである。かくして出来事をめぐる形而上学的思弁の果てに現実に回帰するとき、そこにひとつの政治的選択肢が見えてくる。〈生治〉である。だが、それは四章以下の検討事項である。

(4) 死の克服としての存在と非存在の相対化——歴史の外部から脱歴史へ

人間にとって存在とは生であり、非在とは死である。人間にとって存在とは個人的にしろ歴史的にしろ記憶され記録されていることである。いいかえれば死とは忘却である。忘却することであり、忘却されることである。それで死の恐怖とは自分の存在が忘れ去られることということになる。メロドラマの臨終の場面では、わたしのことをいつまでも覚えていてねといった台詞がつきものである。もっとも忘却はそうした恐怖をも忘れさせることで救いでもある。ハイデガーのいう死ぬことを忘れている現存在がそれである。また忘却に抵抗して歴史的存在として名を残すことがあるが、自分の名声が残っていることを死んだ自分はもはや見知ることはない。忘却や記憶や記録の皮肉なところである。それでいっそのこと歴史の外に出るありようを考察することになる。そのときぼくらの前には否応もなく歴史の外に置かれる人々や、あえて歴史の外に身を置く人々の姿がみえてくる。

起こったことは事物の側にたてば決して消えることはない。しかしその出来事は人間の主体とかかわりがない。それは自分には想像もできない世界の出来事となる。人間にとって出来事とは意識され記憶されてこそはじめて出来事として存在する。だが、自分の手を離れた出来事は意識にも記憶にも存在しない。記憶がないのだから忘却もないという出来事のありようになる。こうした出来事の経験を現世においてやすやすと達成しているのがアルツハイマー患者である。とはいえこれは重篤なアルツハイマーの最終段階の話であり、そこにいたる患者の豊饒な生の可能性を否定するわけではない。だが、だからといって、ぼくらはなにもアルツハイマーに好き好んでなろうというのではない。ぼくらはそうした症状をメタファーとして自覚的に学習しようというのである。たとえば、B・S・ジョンソンの『正常な寮母』は、八人のアルツハイマーの患者がそれぞれ寮母の話をどのように聞き取ったかを一人一章で単語のまだらになった紙面のタイポグラフィーで示している。それをぼくらは一つの文学的美的効果として、ぼくらの日常意識や言語感覚の外に出る効果として読むことを試みるのである。

ベケットのワット氏は、目に見える世界をそのまま信じ、生活習慣を当たり前のようにこなしているような周囲の人々をよそに、ひとり世界の不安定さのなかに生きている。氏にとって言葉が対象を指示するというその一点すら定かではない。しかし、考えてみると、ワット氏の在り方が人間存在の真実のように見えてくる。人間とは不条理という状態＝常態のなかでわずかに条理の領域を確保しているにすぎない存在だからである。なるほどワット氏は狂人として描かれ、そのように読まれている。だが、ワット氏は黙って不条理を受け入れており、そのことからすれば、作品はといえばむしろ世界は道理に叶うのかそれとも道理などないのかという二つの解釈をふたつながら相対化した地点を描いているというべきだろう。実際、ワット氏の、そしてそれを物語る小説『ワット』は、その狂気の言葉遣いの効果で、読者をそうした世界に拉致する。まことにワット氏の生きざまは、どこともないところから、どこともないところへと移行するといった存在様式である。にもかかわらずその世界は不思議なことに夕焼けを愛でるワット氏が示すように生の実感の経験に満ちみちているのである。だが、見落としてならないのは、そうしたありようを経験するためには、まずは、ワット氏の抱える呪縛する自己の存在感を解縛しなければならないということである。そのためにはぼくらはワット氏の言葉への偏執狂的拘泥を模倣する（同化する）のではなく、それを条理に支えられたさまざまな世界観（呪縛するものの見方・感じ方）から離反して不条理を旨とする世界を眺める態度への移行を可能とする修辞的効果として受け止めねばならないのだ。ぼくらがワット氏の分裂病をメタファーとして、文学的効果としてとらえるとはそういうことである。

こうした精神病者やアルツハイマーの立ち位置を歴史という観点からみれば、それはまことに歴史の外部である。歴史を忘却し、歴史から忘れられた在り方である。こうした歴史の外部に意識すると否とにかかわらず置かれている存在がいる。それが、ジジェクのいう「全体の一部ではない一部」である。たとえば都市のスラムの住人であり、インドの先住民アーディヴァーシーたちである。いや、すべての大衆、民衆、庶民という具合にさまざまに呼ばれる生活者はおしなべてそうしたものである。そして根っこのところではそうした生活者であるほかないぼくらはひとしなみに歴史や持続にとってつねにあってなきがごとき非在なのである。したがってここで存在の優位を軽はずみにいうべきではない。むしろぼくらに求められるのはそうした歴史の外部に〈ただの生〉「単なる生」のありようを見届けることである。

菊田一夫ではないが、「忘却とは、忘れ去ることとなり。忘れえずして忘却を誓う心の悲しさよ」などと言っているうちは、いまだ恋の未練たらたらで実人生のなかにどっぷりと浸かっている。だが、ほんらい忘却とは、たんに主観的な記憶を消去することではない。そもそもその主観的主体から客観的主体となることである。そのとき、歴史は、単なる出来事の同時的継時的集積の場となる。歴史にとっては、過去も未来も存在しない。ただ起こったという事実のみがある。その白々しさにたいして空しく意味づけする人間の主体ごときはそのときには存在しない。そうした地点にどうにかこうにか立つとき、(歴史的)存在と(歴史的)非在が相対化され、両者の等価が確認される。それに哲学的にいっても存在と非在は等価である。アガンベンによれば、ギリシア哲学の存在論では、現勢力と潜勢力というふうに取ることができるが、現勢力に移行することを望まない潜勢力もまたある。ということは現勢力と潜勢力、存在と非在は等価であるということだ。なにも存在すればいいということではない。存在しなくてもそれはそれでまた結構なのである。存在の相対化である。まど・みちおが「あることとないことがまぶしいほどぴったりだ」というときそうした存在と非在の等価をいっているのだ。生きていても死んでいても生まれても生まれなくてもそれは別段かわりないと。これはぼくらのいう記号過程の第四項、カレ（カレ）の境地である。そしてそうした境地に立つ時歴史は相対化されるのである。記憶＝記録されてもされなくてもそれは等価であると。

禅宗では不立文字ということをいう。一般的には言葉で表せない真理があるということである。だが、それは自分の悟りを文字に表して後世に残すといった振る舞いを断念する態度ともなる。なるほど、そうはいっても禅宗には万巻の書が残されており、じじつ古典的名著を残した名だたる僧侶もあまたいる。それらは皆歴史に関与した人々である。だが、不立文字という生き方を文字通り生きた、悟りを開いた僧侶も大勢いたのではないか。歴史の外にいて、今や忘却の彼方にいる大徳の士である。ぼくらは歴史の外にいるありようを考えるとき、そうした不立文字を文字通り生きた禅僧の立ち位置に自分を置いてみるといい。それは哀悼でも追憶でも展望でも憧れでもない、厳然とした忘却の淵に佇む経験である。そのとき、起こったことは起こったことで滅びることはないし、出来事はすべて等価だということを思い知る。それは過去の記憶も未来への展望も持たない、したがって当然ながらそれは自己の存在すら存在と思わない在り方である。

じつは、こうしたありかたの見事な文学的表現をぼくらは知っている。三島由紀夫の『豊饒の海』第四巻「天人五衰」のラストシーンを思い出してもらいたい。それは視点人物の本多が月修寺を訪ねるエピソードである。その寺の門跡というのは、天皇家に嫁いだのち仏門に入った女性なのだが、じつは、かつて自分の友人の松枝清顕と激しい恋愛経験をした綾倉聡子なのである。だが、松枝の問いにもかかわらず、本多のことも、ほかならぬ松枝のことも、門跡はすっかり忘れてしまったという。いやそもそも出会ったことすら無かったというのである。そうした問答に呆然とした本多は、帰り際に門跡に案内された庭について「この庭には何もない。記憶もなければ何もないところまで、自分は来てしまった」（三〇二）という感想をもらす。人間は、ノモスの経験の記憶を再構成してコスモスを作り上げ、それでもってカオスたる現在と未来をなんとか統御している（ふりをしている）。この庭は、そうした人間の歴史的営みの外の場所を象徴している。祈りも哀悼も記憶も希望も何もないまさに空っぽの場所である。カオスとコスモスとノモスといった思考の枠組みすら取っ払ってしまったカオスモスのありようである。人はそれを空とか、絶対的他者性の感じとか、主体性の空無性の自覚とか、無心の境地などという。だがぼくらに言わしめればそれは、主体を人間から対象に移行させ、さらにはその対象からも主体を消し去るといった操作の果ての主観的ならびに客観的主体の滅却の経験である。結果としてそれは歴史の内部でもなく、歴史の外部でもない、歴史というものからの離脱である。歴史そのものの滅却である。

どうやら三島由紀夫はそうした根源的な認識――カレ（カレ）の経験――を胸に、日本の歴史的現実へと回帰して、市ヶ谷で腹を切ったという次第である。それが三島の実在感（生の直接性、臨在性、全体性）の感じ方であり、それが三島的な存在と非在の往還の作法である。とはいえ、歴史の外を経験し、そこから歴史へと回帰する仕方は三島のように天皇制への回帰と天皇の軍隊の再編成を訴えて切腹するのがすべてではないとはむろんのことである。そうではなく、ぼくらは、ひとえに「在ること派」の存在の輝きを実現しようというのである。大衆、民衆、マス、マルティチュードなどとさまざまに呼ばれる存在がその根っこに共通にもつ世俗的リアリズムの核にある本来的存在感を社会に実現することなのである。したがってそれはどこか遠くにあるというものではない。それらはすでに実践されており、ぼくらの周囲に存在している。『世界の中心で、愛をさけぶ』で「わたしはね、いまあるもののなかにみんなあるとおもうの」（一四六）という亜紀の直感は正しい。必要なのはただそれをしっかりと自覚することなのだ。

だが、そればかりではない。「在ること派」の存在の輝きとは〈今ここに私がいる〉の実感を生きることである。ただ、それはたんに私の個人的な感じで終わるのであってはならない。テレビドラマ「この声をきみに」（二〇一七年NHKで放送）で仕事にかまけていた夫に病床の妻が「あなたにしてもらいたいことは、ただ一つだけ。〈今ここに私がいる〉意味を与えてほしいの」といわれて愕然とし、忙しい仕事をやめて妻に寄り添う生活スタイルに変えたと告白する場面があった。ぼくらもぼくらにとっての他者に〈今ここに私がいる〉意味を与えることを考える必要がある。それはぼくらが他者にとって〈今ここに私がいる〉ことの意味を考えることでもある。「在ること派」の輝きを具体化するとはどうしても政治的になるのはそのためである。「在ること派」の実践を〈生治〉という所以である。したがって、残された課題は、いや、これもすでに何度か、とりわけ第二部の後半で触れていることだが、精神分析と存在感分析を突き合わせつつ、〈生治〉の一端を紹介することである。

第４章　革命的主体としての強迫神経症とヒステリー

強迫神経症（オブセッション）は、一定の行動に執拗に囚われる症状である。ラカンによれば、このタイプの人間は自分の存在に拘泥する。端的にいうとハムレットではないが、To be or not to be, that is a question. という具合に、たえず自分の存在の確かさを強迫的に確かめる。ラカンはこれを肛門期性欲に遠因があるとしている。ところがヒステリーはといえば、「私は女だろうか、それとも男だろうか」といった問い、あるいは「女とは何か」といった問いに示されるような主体の性的立場の問題と関係している。もっと一般化すれば、自分とは何者であるかというアイデンティティに拘泥するタイプである。

すでにふれたが、そうしたラカンをうけてこれを現代人の二つの人格類型に見立て、強迫神経症型ならぬヒステリー型の在り方を推奨しているのがジジェクである。その『操り人形と小人』のなかで書いている。「ヒステリー患者が、自分という存在を永続的に、過剰に、挑発的に懐疑しながら本来的に生きるのにたいして、強迫神経症患者は、『死んだ生』を選択する典型であるとしたら?」（一四二）、と。つまり、強迫神経症型は「死んだ生」を生きているが、ヒステリーは、「本来的に生きる」というのである。だが、そうだろうか。

ヒステリー型はたえず自己のアイデンティティの探究に追い立てられる。結果として既成の価値観を否定し、あらたな価値観を探究する在り方であり、なるほど革命的なパーソナリティにふさわしいかもしれない。だが、それは結局のところ三極構造の記号過程を反復生きることになる。所詮、それは自己の存在感の探究なのである。これに対して強迫神経症型は、自己の存在にこだわる。自己の存在に執着する。だが、そうした自己の存在感から解縛されるとき、またしても存在に拘泥するのだが、そのときはただあること、ただ存在することに充足を求めるようになる。それは記号過程の第四項を経たうえでのありようである。じつはこれが存在感分析の提示する存在感の最終段階である。そのとき人はなにかになるのではなく、ただあることで満足するありように到達する／を回復する。

〈今ここに私がいる〉という感じが自己の存在感である。ほんらいそれは時間や場所の意識や自意識すらない自足したありようである。ところがこの〈今〉と〈ここ〉を歴史的時間や地政学的空間に関係づけ、〈私〉を自己実現していくのがヒステリー型である。これにたいしてオブセッション型の人間は——自己を歴史的時間や地政学的空間に呪縛する自己の存在感から離脱し——あらためて〈今ここに私がいる〉という自己の存在に思いを致すことで非時間非空間に身を置くのである。つまりどこにもない場所nowhereに留まる。そここそ〈今ここにある〉ユートピアの原型である。それが「在ること派」の理想である。してみれば、存在感を生きようと目指すぼくらは強迫神経症型だといっていいのだが、ぼくらはこれをヒステリー型より数等倍上等だとみなしているのである。

第一部では、記号過程の三極構造と四極構造の関係は、存在感と存在観の対立に具体化されていると論じたのだが、第二部では、それが国家の支配とそこからの離脱の体制として実現していることを確かめた。第三部では、まずもってこれが社会変革の主体として強迫神経症型とヒステリー型という二つのタイプとして顕在化していることを確認しておきたい。そのうえで、記号過程の四極構造の可能性を追求する主体は、ジジェクのいうヒステリー型ならぬ強迫神経症者なのであり、しかも、その自己の強迫神経症からの治癒の果てに得られる生の形こそ実現すべき理想であることを確かめてみたい。

1　ヒステリーと革命家

なるほど、ジジェクが強迫神経症型とヒステリー型を区別する時、ドゥルーズがパラノならぬスキゾを推奨して見せたのと同様に、オブセッションよりヒステリーだとアジっている。だが、存在感を探究するぼくらとしては、あくまでも存在にこだわる強迫神経症型を追求し、そこに社会変革の道や生の理想の可能性を求める。それにヒステリー型のありようもまた突き詰めると最終的には強迫神経症型の理想に近づくとぼくらはみている。ところでヒステリー型の現代の論客はといえば、すぐに思い浮かぶのがラクラウ、バトラーそしてご本尊のジジェクそのひとである。三人とも人間を社会変革の行動へと駆り立てる衝動を、つまりヒステリーの原因というべきものを探究している。結果として今日の後期資本主義のグローバル化した時代の政治的革命家のタイプを具現しているからだ。

(1)　エルネスト・ラクラウ——敵対性としての主体

一九九一年のソ連邦崩壊後、労働対資本といった枠組みが単純には成り立たない（というか見えにくくしている）状況が出来している。ではそうしたときあらたな革新勢力を結集する方途はあるのか。革新勢力がヘゲモニーを獲得することはいかにして可能か。市民はそうした革新勢力の主体にいかにしてなるのか。ラクラウとムフの『ヘゲモニーと社会主義の戦略——根源的民主主義政治のほうへ』（邦訳『ポスト・マルクス主義と政治』）はそうした問への解答である。実際、同書でラクラウとムフは、政治的闘争の具体的な運動論を提示している。

今日、ヘゲモニーを握っているのは、アメリカのネオコンに代表されるような、軍事力を背後に従えた露骨に利潤追求する資本であり、ＩＴを駆使したマネーゲームによる暴利を貪る圧倒的な財力である。財力と知力と暴力という権力の現代的な三位一体化である。「成ること派」のヒステリーの極みだが、それに対抗して、人間らしさを追求するものとして、エコロジー、環境汚染、フェミニズム、人種差別、ＧＬＢＴ、反原発、平和などをテーマとした活動が個別的単発的だが存在している。これはひとことでいえば、「在ること派」の理想を掲げたものだが、そうした分断された対抗勢力をいかに糾合して一つの大きな運動を形成していくのか。ラクラウとムフはそうした個別的運動を束ねる普遍的なものとして、いっけん平凡にみえる民主主義という概念をあえて持ち出す。それは誰にでも受け入れられ、どのようにも解釈可能な概念だからである。

ラクラウとムフはこの民主主義なる概念の働き方を説明するのに、ラカンの唱えるマスターシニフィアンS^1と他のシニフィアンS^2との関係を持ち出す。幼児の欲動の主体Ｓは、鏡像段階で「父－の－名」を受容するとき否定されて、欠損のある主体、斜線を引かれた$\$$となり、本来の欲動（母親の欲動）ならぬ「小さな対象a」を追求することになる。こうした人間の欲動の展開のなかで、欠損のある主体$\$$が求める本来の欲望の対象を指すのがマスターシニフィアンS^1である。断念された本来の欲動の代理として求められる対象が「小さな対象a」である。それは臨機応変さまざまな変容を遂げ、そのシニフィアンはS^2、S^3、S^4……という具合にさまざまに展開する。これを政治的現実に当てはめれば、エコロジーや労働問題やフェミニズムや人種差別闘争は、「小さな対象 a」の具体的なあらわれである。これを糾合するのが個別的欲動の根源である欲動のマスターシニフィアン S_1 である（根源的）民主主義であるというのだ。

だが、そもそも民主主義とは、空虚な概念である。さまざまな意味合い、つまりは雑多な欲動をもつ浮遊する言葉である。ラクラウとムフは、そうした浮遊するシニフィアンを固定化するものこそ、敵対性であるという。浮遊する概念に実体を与え、それが歴史的現実と接点を持つ／に根を下ろすようになるのは、たとえば、女性労働者や少数民族などが経験する敵対性という契機だというのである。

女性労働者の場合なら、女ということで賃金を抑え込み昇任を拒む会社やそれを容認する社会に対する敵意である。そこにラクラウとムフは革新を目指す人間の主体性成立の契機をみている。また少数民族の場合なら、マジョリティによって差別を受けたりした際に感じる反感や憎悪にその敵対性が生まれる。そしてあらためて自分たちの権利や利益を主張することになる。それは社会から賦与された既成の価値観（ケ）から離反し（ケガレて）あらたな価値観（あらたなハレ）を得るという経験である。したがって、そこにはカレの経験はないのだが、そうした人々が現実と切り結ぶときに出現するのが敵対性としての主体であるとひとまずはいっていい。ともあれ、そうやって敵対性を経験し、その敵対性の緊迫感のなかに自己のアイデンティティを見出し、自分のあるべき姿を追求しているわけで、いずれそれはヒステリー型の行動様式である。ラクラウとムフは書く。

服従的な女性主体の構築において、敵対性が生じうるような亀裂が現れるのは、女性としての女性には、民主主義イデオロギーがあらゆる市民に原理的には認めている権利を否定されているからである。

［…］このことは市民的権利を要求する民族的少数派にも当てはまる。（二五三）

こうして形成された革命的な主体の運動論が展開されるのは、教条的な党の提示する普遍的な言説に従ってではない。それはさまざまな敵対性を感じている主体の競合する世界においてである。

根源的な民主主義の言説はもはや、普遍的なものの言説ではなく、［…］さまざまな声のポリフォニーに取って代わられてくる。［…］根源的で複数的な民主主義は、普遍的なものの言説の放棄、そして限られた数の主体によってのみ到達されうる「真理」への特権的な接近点という暗黙の仮説の放棄なしには存在しないのである。（三〇〇）

問題は、そうした競合する言説をいかに調停するかである。そのとき、それは「民主主義的等価性」の追求ということになる。つまり「おのおのの集団の要求が他の集団の要求と等価的に節合されるような仕方で［…］集団のアイデンティティを変化させる」（二八八）ことなのだ。そしてそうやって糾合された集団が対抗するべき現実はといえば、たとえば九〇年代であれば、次のような状況である。それは今日のアメリカのネオリベラルの主導するグローバリズムとけっして無縁ではない状況である。

福祉国家を解体しようとするレーガンとサッチャーの企図への大衆的支持は、この二人が新しい形態での国家機構の官僚主義的性格に対する一切の抵抗を、福祉国家に反対して動員するのに成功したという事実で説明される。［…］かくして、ふたつの極の間の敵対性が構築される。すなわち、伝統的価値と企業の自由とを擁護するすべての人々を含む「民衆」と、その敵である国家との一切の破壊分子（フェミニスト、黒人、青年、あらゆるタイプの「寛容派」）という極である。（二六八―二六九）

ようするに民衆もまた支配的なイデオロギーのなかに囲い込まれているというのだ。どうだろう、これは二〇一八年の今日の日本の政治情況のまんまでもあるといえまいか。いずれそうした厳しい状況のなかで「左翼の課題は、自由＝民主主義のイデオロギーを放棄することではなく、反対に、それを根源的で複数的な民主主義の方向へと深化させ拡大することにある」（二七九）ということになる。つまりさまざまな敵対性の等価性を認め合うことで糾合して行動へと駆り立てることだというのである。それが民主主義の深化であり、ひいては原書名にある根源的民主主義の達成であるというのだ。だが、問題はそうした運動の向かう先の生の形が――じつはそれはエコロジー運動といった形で今ここにあるのだが――依然として見えにくい、見えてこないことである。

（2）ジュディス・バトラー――行為体としての主体

支配的なイデオロギーを打倒する、革命的なイデオロギーを自分のものとした主体、それは、いったい、どのように生み出されるのだろうか。ラクラウ（とムフ）はそれを「敵対性」の効果に求めた。バトラーはといえば、あらたな「行為体」の形成を唱えている。

『権力の〈精神〉生活』でバトラーは、権力のそもそもの発生を考えるとき、幼児の根源的体験から出発している。というのも、赤ん坊は「生き延びるため」、「存在するため to be」(7) には大人に頼りきるほかない。それが「激しい愛着」の根源にあるというのである。このバトラーのいう「激しい愛着」とは、ひとことでいえば、乳幼児が親にべったりと全面依存する感情である。ラカン的にいえば、幼児の言語習得以後に起こる〈大文字の他者〉への隷属、「父‐の‐名」への依存の感情でもある。

ということは、主体は、その発生と同時に従属への意志という形で現れるということにほかならない。バトラーは、そこに主体の本来的にアンビヴァラントなありようの原因があるとし、それこそフーコーやアルチュセールや遡ればヘーゲルの「不幸な意識」――たとえば理想と現実の分裂に悩みながらしかもそれを統一するのが自分であることを自覚していない意識――にみられる曖昧さの起源であると断じる（31‐34）。実際、フーコーは主体化に生成と規範化の二つを見ている。またアルチュセールは警察官の呼びかけによる主体の形成を語っているが、それは主体が国家権力による呼びかけ＝管理（従属化）と同時に発生していることを暴露している（5）。

そのうえで、バトラーは、主体を従属から離脱させる契機として、行為体 agency を導入し、その振る舞いを描いている。とはいえ、あくまでもそれは従属しつつ解放するという人間の条件を通してである。バトラーは書く、「解放された奴隷が自由になるのは、公民の原則が用意している主体化《サブジェクション》／隷属化の新しい様態においてであり、そこでは、その原則自体が、それによって可能になった解放の主張によって分裂させられるからである」（62）、と。つまり〈従属しつつ解放する〉とは、原則に従うふりをしつつ（隷属化）、それを批判する（主体化）ということである。バトラーの言い草に倣えば、社会通念としてある女性の紋切り型をあえて演じることでその紋切り型の虚構を暴くというものである。

じっさいバトラーは『ジェンダー・トラブル』でこういっている。「ジェンダーのパロディ的な反復はまた、不可侵の深部や内的実体とされているジェンダー・アイデンティティも、じつは錯覚でしかないことをあばいていくものである」（二五七／187）。この「パロディ的な反復」とは、フェミニズム運動の編み出した男性支配からの女性解放の手法の一つで、女性に男性のイメージどおりの女を演技させることである。そうすると、その演技の過程で女性は差別されている自分に自覚的になり、ひいてはそんな自分から離反できるようになるというのである。服従＝隷属の経験を演技＝自覚することで、それから距離を置くことができ、批判が可能になるというのだ。

じつはそこにバトラーの革命の方法論の核心がある。自己を呪縛する言説を自覚的に反復することで、その内実をずらし、挙句、その権力の呪力を無効にしていくという手法である。これはポストコロニアルの戦術を構想したホミ・バーバの「ミミクリ」の戦術を想起させる。同時に、ここにはあらゆる言説を越えた普遍性といったものはないという透徹した認識がある。そうした演技（ミミクリ＝擬態＝揶揄）の結果生じるすべてを相対化する認識が、ぼくらのいう存在観であり、そうした認識のもとで演技を実生活で実演するとき、女性は根源的存在感を経験し、実在感を達成していくのである。女の子とはこうしたものだと言い含められ（言い包《くる》められ）てその規範を生きることで自分の存在感を看取してきた女性が自己の存在感の自縄自縛のさまに目覚めるのである。こうしてバトラーの言説は存在感分析と重なる。

なるほど、ジェンダーは言説で構成されたものであり、たんなる虚構であって、存在でも実在でもない。しかも、その言説の呪縛はジェンダーを演技することで抜け出せる虚構である。じつはそうした演技する主体こそ行為体だというのである。ジェンダーとはたんに言語の効果にすぎないと見届けるとき、それがあらたな行為体の誕生の時である。

バトラーは『ジェンダー・トラブル』で、モニカ・ウィッティグを援用して、言語の暴力性の両面価値性についてこう書き付けている。

身体にふるわれる言語の暴力は、性欲抑圧の原因であり、同時にその抑圧を超える手段ともなる。言語は秘儀的に働くのでもなければ、恒久的にはたらくのでもない。「言語には現実に対する可塑性がある。言語は現実に可塑的に働きかける」。言語は、反復によって堅固に守られる実践となりついには制度となるような発話行為をつうじて、現実に権力をふるうが、同時にその権力を変化させるものでもある。
（二〇八／148）

ここで反復の結果生まれるのは、ぼくらのタームでは呪縛する自己の存在感である。これこそ「激しい愛着」というべきものである。「激しい愛着」はけっして幼児の専有物ではない。ところが、その言語の反復の効果によって生まれる主体の呪力を解くのも、同じ言語の効果なのである。だがそれは、反復は反復でも単なる反復ではなく、反復強迫でもなく、それを意図して揶揄的に反復するミミクリのような反復である。バトラーは、ラクラウ、ジジェクとの対話編で「前の言説が反復されるのは、まさにそれが言っていないことを指し示す発話行為をつうじてである」（六三）と書いている。意識的な反復（模倣）は、「前の言説」が「言っていないことを指し示す」ことで、過去の確定的言説を過去から奪い返すというのである。〈国を守れ〉といった言説も冗談めかしていえば、それはその意味内容を反転させてしまうことはよく知られている。バトラーは、そうした「非‐知の感覚」つまりはユーモアのセンスが重要であり、それが反復には付きまとうという。いかにももっともなことである。とまれ、バトラーのいう行為体が反復（ミミクリ）といった言語の効果によって形成されているのを目撃するとき、どうだろう、バトラーの言説が存在感分析にことのほか接近していることが実感できまいか。

ちなみにこのユーモアによる距離の取り方はシニシズムとはまったく違っている。『汝の症候を楽しめ』

でジジェクは旧共産圏では表向き国家に服従するふりをしながらこころでは背馳しているというシニシズムで国家に距離をおくという態度があったといっている。また今日でも公の場では批判的言説を弄して自由のふりをしているが結局は現実には権力に従っている市民がいる。いずれもシニシズムの徒であるが、ぼくらのユーモアというか存在観のありようはそうしたものではまったくない。それにジジェクはそうした「シニシズムによる距離は無であり、われわれの真の場所は服従の儀式の中にある」（五）といっている。この「服従の儀式のなか」こそバトラーのミミクリの場所であり、ぼくらの言説批判の場である。

（3）ジジェクの場合

一九八九年以後、コミュニズムの運動はもはや大義ではなくなったとされ、左翼運動は一挙にその膂力を失っている。そうした状況のなかでジジェクは、いかにコミュニズムの大義を再生し、それにコミットするか、その方法を大真面目に論じてみせる。かくしてその探究の中心は、どうしたら革命的行動へと人を誘う理論を構築できるかにある。それでジジェクは、ホロウェイと同様に「あること」を受動的な消極的存在とし、「すること」、「なること」の能動性に賭けねばならないと説くのである。むろんその「すること」はコミュニズムの運動を実践することであり、「なること」とは革命家になることである。そうやって「なること」に関心を向けるとは、自己がたんに〈ある〉のではなく、何者かになることの方が問題なのであるからして、ジジェクは自身の定義によりヒステリー型に分類される。とはいえジジェクは具体的な組織論や運動論を展開しているわけではない。関心はもっぱら革命的主体になるプロセスの精神分析的哲学的考察にある。じつはそこにぼくらの存在感分析と重なるところが縷々《るる》散見されるのである。そこでここではラクラウやバトラーの場合と同じくそうした点を指摘することに留めておこう。

日本語に〈気がつく〉と〈気を付ける〉という表現がある。その場合、気という存在に人間が主体的に働きかけるのが〈気を付ける〉で、気の方が主体に働きかけるのは〈気がつく〉である。存在感分析にとって、気は精神分析にいうエス（S＝イド＝欲動）であるが、エスはからなずしも病的とか性的とかいうものではなく、ただ〈ある〉のである。だが、気を付けるという具合に人間が主体化すると、客体たる気は従属化される（精神分析的にいえばエスは分断される、斜線を引かれたエスSとなる）。つまり、気を付けるとは自分の置かれている状況を見通して判断することであり、一定のものの見方で世界を解釈することである。そうやって人間が〈気をつける〉ということで気を一定の世界観（ブルジョワ的なり小市民的なり労働者的なり）で状況を捉えるようになると、今度は人間はその世界観に捉えられることになる。つまり、自己の存在感の呪縛に陥るのであるが、その人を縛る世界観が精神分析にいう「根本的幻想」である。精神分析はその幻想から離脱を企てる。そのとき当の幻想の付与者である資本主義への批判が可能となる。だが同時にこの「根本的幻想」は、超自我の欲望であり、まずもってそれは快楽でもあるのだ。そこで精神分析とはその快楽の追求のすすめでもあって、ジジェクは「猥褻なる超自我の欲望」を楽しめというのである。その著書名のひとつにもあるように『汝の症候を楽しめ』（一九九二）、と。だが、みずからを拘束する症状を楽しめとはいったいどういうことなのだろうか。どうやらこれは一筋縄ではいかない屈折した経験である。もっとも当のジジェクはその辺の事情は先刻承知、縦横無尽のウィットを駆使して解説してくれている。

自己のアイデンティティを求めるのがヒステリーの典型である。してみれば、ヒステリー型はそれを与えてくれる伝統的なり民族的なりの文化的価値観に固執する羽目になる。それをジジェクはバトラーを援用して「頑強な愛着」と呼んでいる。『厄介なる主体』から引用してみよう。

民族としての個別性と普遍性とのあいだの綱の引き合いという点からみれば、「頑強な愛着」とは、主体がいかなる状態におかれても決して手放そうとはしない、みずからに固有なエトノスというアイデンティティについて固執することと同時に、あらゆる個別の内容が例外なく流転していくなかでも同じものとしてあり続ける、変化とは無縁の堅固な枠組みを留めるものとして想定された抽象的な普遍に対して直接的に向き合ってしまうことを意味している。

（一一八〇／104）

この「頑強な愛着」は、ジジェクがいうところの「症候を楽しめ」というときの症候である。この愛着を生みだす「固有なエトノスというアイデンティティ」とは日本人なら日本人としてのアイデンティティであり、それを実感するとき自己の存在感を感じるのであり、それが快楽なのである。同時にそうした愛着は自由や民主主義といった「抽象的な普遍」に直面するのであり、それを乗り越える契機があるとジジェクはいうのだ。

いずれその愛着は呪縛する自己の存在感にほかならない。そこで存在感分析はそうしたお仕着せの文化（ブルジョワ文化や伝統的文化）の抑圧性を見抜き、そこからの逸脱を企てるのである。それが存在観の経験である。ジジェクに言わせれば、それは教育やメディアによって押し付けられた価値観やアイデンティティをかなぐり捨てることで「幻想を横断する」という行為になる。ジジェクは『幻想の感染』でこう書いている。

イデオロギー批判に役立つために精神分析のできることとは、まさにこの、搾取される側、奴隷が、主人に仕えることに対して受け取る報酬としての逆説的なジュイサンス［快楽］の地位を明瞭にすることである。このジュイサンスはもちろん、つねに、ある幻想の場の内部に生じる。だから、隷従の鎖が切れるかどうかを左右する前提条件は、我々が主人に縛り付けられるように——我々に支配という社会関係の枠組みを受け入れさせるように——我々のジュイサンスを構造化している「幻想を横断する」ことである。（七九）

この体験はもう少し詳細に分析すると、主体からその「根源的空想」——つまりぼくらのいう世界観や人生観——を奪取することである。その『脆弱なる絶対』によれば、

私が一つの主体になるのは、私が自分に向かって次のようにいう瞬間である。「[…] 私が今見、感じていることを私から取り払うことはだれにもできない」。[…]［精神分析医］はまさにこうしたことを主体から取り去ることができる。[…] しかし […] 精神分析医の最終的な狙いは、主体の（自己-）経験の世界を規定している根源的空想を主体から奪い取ることである。[…] 自己を、自己の「精神状態」を、直接経験する主体という標準的概念を完全に転倒する［こと］である。つまり、空虚で、非-現実的な主体と主体にとって接近不可能なままである現象とのあいだの「不可能な」関係［を形成すること］である。（一二一—一二二）

こうして根源的な空想を奪われて生成する空虚な主体のありようは呪縛する自己の存在感を脱した存在観の立ち位置であるといえる。これを『操り人形と小人』にある精神分析の臨床的な経験で言い換えてみよう。

精神分析の治療の最終段階は、主体が、自分の自己表現の検閲された部分に、自分自身を認め、自分の動機付けを認め、自分の生活史の全体を語れるようになるとき達成される。［…］症候を生み出す、主体には知られていない因果の連鎖に光をあてる［…］適切な解釈は、症候についての「本当に知識」に達するだけでなく、同時に症候の解消も含み、それによって主体が自分自身と「折り合い」をつけるのである。（四九）

ここで症候と折り合いをつけるとは、症候をエンジョイすることである。症候が自分の核にあることを認め、そうした自分の生の、欲望の形を肯定することである。自分が特定の世界観や人生観といった幻想に呪縛されていることを認めたうえで（存在観の経験）、あらためてそれを生きる（実在感の経験）ということである。ラカンはそうした症候を単なるサンプトムではなくサントームと呼ぶのであるが、そのサントームを受け入れ享受するとき、症候は消えるというのだ。だがじつは精神分析と存在感分析の違いはここにある。そうした存在感の呪縛の事実を見定めそこから離反して、〈あるがまま〉、〈気の向くまま〉といったありように到達せんとするのが、存在感分析の理想だからである。簡単にいえば、症候の解消、つまり精神分析の終わったところからあらためて人間のありうべき理想像を見定め、その実現を企図するのが存在感分析ということになろうか。

そんなとき俄然存在観は禅的なものに近くなる。だがジジェクは禅的なものに批判的なのである。存在感分析は、そうしたジジェクの矮小化された禅の理解には否定的にならざるを得ない。ともあれジジェクは『操り人形と小人』でこういっている。［ ］内で注釈を加えながら引用してみる。

仏教にできないのは、「無を超えて」いくこと、ヘーゲルのいう「否定的なもののもとへの滞留」へ移行することである。すなわち、「無を超えた」現象的現実に、〈無〉を具体化する〈あるもの〉に回帰することである。実際のところ、（渇望という、現象的現実という）幻想を取り除こうとする仏教の努力は、この幻想における／の〈現実的なもの〉［現実界］を、幻想に対するわれわれの「頑な愛着」の原因である〈現実的なもの〉の核［つまり自己の存在感の呪縛］を、取り除こうとする努力である。（三八—三九）

ジジェクのいう仏教がもっぱらにしているのは「頑な愛着」の原因たる幻想を取り除くことである。つまり通俗仏教のいう現世の執着を去って無の境地に至る企てである。「頑な愛着」とは、ジジェクにしてみれば、〈現実的なもの〉の核であり、それを除去するのではなく、それを見据えて（存在観）その現実に留まること（実在感）であるというのである。それが「否定的なもののもとへの滞留」である。なるほど、精神分析は、患者がそうした幻想を幻想として見定め（禅の無の境地）、それから距離を置くことを可能にする。だが、精神分析はそこで終了する。それに対して、存在感分析は、そのときに経験される存在観をへて、根源的気を経験し、それを実生活に実現するという企てなのである。それはたとえば偶像化された良寛の人物像に具体化されており、ぼくらはそうした生の形をモデルとしてあらたな社会を構想しようというのである。

いずれにしろジジェクは、仏教に知恵を、キリスト教に破壊的否定性を見定めて仏教ではなく、キリスト教的な主体に革命の担い手を当て込んでいる。『終焉の時代に生きる』から引く。

キリスト教の解放の論理から、東洋の知恵を分離するギャップを定式化することが可能になる。東洋の知恵は、原初の〈空〉、あるいは〈混沌〉を究極の現実として受容する。そして、パラドクス的なことに、このことを理由に、それぞれの要素がしかるべき位置にある有機的秩序を選ぶ。キリスト教のまさに中核には、これとは根源的に異なるくわだてが存在する。それは、混沌とした〈空〉でおわらずに、あたらしい〈秩序〉にもどり（みずからを組織化し）、みずからを現実に強制する破壊的否定性［コミュニズムの革命もその一つの現れ］というくわだてである。このため、キリスト教は、反〈知恵〉である。知恵が教えてくれるのは、われわれの努力はすべてむなしいということ、すべては混沌のうちにおわるということである。これにたいしてキリスト教は、異常なまでに、不可能なものに固執する。（一七五）

ぼくらにしてみれば、ここで描かれているのは、キリスト教のあらたな社会のための第三項を樹立するという在り方と、そうした三極構造の外に出る第四項の専門家としての仏教との対比である。ぼくらの存在感分析はこの第四項のありようを今ここにあるユートピアとして、それを実現するべく現実に回帰するというものである。それは国家のない社会、権力のない社会をなし崩し的に形成する試みである。なるほどこれは今日の仏教には荷が重いかもしれない。が、存在感分析はそうしたプログラムの具体例を提示しようというのである。

2 強迫神経症者の革命──精神分析から存在感分析へ

フェルナンド・ペソアは『不穏の書、断章』の「断章」一五でこんなことを書きとめている。「人生において、唯一の現実は感覚だ。／芸術において、唯一の現実は感覚の意識だ」（二五）。この「感覚の意識」をぼくらは〈存在感〉といい、「感覚の意識」の意識を〈自己の存在感〉といっている。「感覚」は〈寒い〉とか〈甘い〉とかの感じだが、それはかならずその感覚の発生源の存在の気配 presence──客観的主体の感じとしての実在感──を看取している。それが常識主義の基本だが、おなじく意識は何々についての意識である。その意識についての意識をぼくらは自己と認定している。意識の意識はつねに自己の意識（自意識）なのである。自己の存在の意識だ。ジジェクによれば、そもそもそうやって存在にこだわることじたいがヒステリーならぬ強迫神経症の強迫神経症たる所以なのである。さらにいえばこの自意識は世界観なり人生観なりにより形成され、そうした特定の自意識を反復することに執着するようになる。それが強迫神経症の症状であり、別言すれば自己の存在感の呪縛であるが、それを解縛するのが存在観である。存在感分析とはそうした存在観の経験を経たうえでの存在の愉悦（いきいきと生きる楽しみ）との同一化を達成することを企てる。

こうしたヒステリー型の「なること」、「すること」より、強迫神経症型の「あること」を仰望する思想家に、たとえば、ブランショとかジャン＝リュック・ナンシーがいる。二人は今ここにあるユートピアを生きることの政治化を企てている。それは政治ならぬ〈生治〉の実践のプログラムの思索＝試作の試みである。

（1）「明かしえぬ共同体」と「無為の共同体」

まことにジジェクは、一九八九年のベルリンの壁崩壊以後に出来した共産主義の大義の喪失感を回復するべくまさにヒステリックなまでに奮闘している。ところが、ブランショが小著『明かしえぬ共同体』で検討しているのは一九六八年五月のパリの革命——ウォーラースティンが近代世界システムの危機の起源とした世界革命（一八六）——の意味である。ブランショはその出来事に言葉にはできないが、つまり明かしえないが、きたるべき共同体の姿をどうやら予感している。しかもそのやり方は伝統的な革命がめざした党主導で国家権力を奪取して、あらたな社会を構築するといったものではない。脇目も振らずに猪突猛進している経済万能主義的な妄動の渦中に、したたかに息づいている「単なる生」（アガンベン）の可能性をみているのである。

［六八年五月は］「伝統的革命」とは逆に、権力を奪取してそれをもう一つの権力に置きかえることや、バスティーユなり冬宮、エリゼ宮あるいは国会なりを占拠するといったさして重要でない目標があったわけでもなく、各人を昂揚させ決起させる言葉の自由によって、友愛の中ですべての者に平等の権利を取り戻させ、あらゆる功利的関心の埒外でともに在ることの可能性をおのずから表出させることこそが重要だったのである。（六五）

ブランショは革命的騒擾のさなかにはからずも出現した「ともに在ることの可能性」を目撃したといっている。しかもそれは「あらゆる功利的関心の埒外」のものだと。それこそ自分や他者にとっての〈今ここに私がいる〉意味の可能性であり、「単なる生」のヴァリアントである。ブランショはそれを「無辜の現前」であり「あるがままの存在意識」であるともいっている。まさにそれはぼくらのいう本来的存在感（＝根源的存在感）である。

無辜の現前、おのれの限界を蔑《なみ》する「共同の現前」（ルネ・シャール）、何ごとも排除しまいという拒否の姿勢、あるがままの存在意識、そして直接－普遍なものとによって政治的である、この無辜の現前は、不可能なものを唯一の挑戦として掲げていたが、明確なものをもたず、公的諸制度が立ち上るときはその意のままに翻弄され、それに対する反抗はみずから禁じていた。（六六）

なるほどここでいう「無辜の現前」とは、ぼくらのいう〈わがまま〉ならぬ〈あるがまま〉の存在様式であり、それは政治的な運動論からは意図的に外れている。だが、ブランショはそうした政治的な運動論から外れている民衆にむしろ根源的な力を見届けている。

民衆は彼らを固定化するような諸もろの構造を無視するのだ。現前と不在とは、混合されるものではないとしても少なくとも実質的に入れ替わり合う。だからこそ、民衆を認めえない権力の保持者たちにとって民衆はおそるべきものなのだ。民衆を把握することはできない。民衆とは社会事象の解体であるとともに、それらの事象は法が囲い込むことができない至高性——至高性とは、あくまで法の基礎でありながら法を締め出すものである——において社会的事象を再創出しようとする頑な執着ともいうべきものである。（七〇）

この「頑な執着」こそ世俗的リアリズムによる「単なる生」のしたたかさである。これは「社会事象を創出」する力であり、吉本隆明の「大衆の原像」からはイメージしがたいかもしれない。ぼくらはこの力を内部と外部に見出すことで、〈ただの生〉を実現することを企てる。それは一つの責任だが、ブランショが「私たちが営みと呼ぶものと無為と呼ぶものとの間の、つねに脅かされつねに期待されている新たな関係についての責任」（一一七）のことである。ぼくらにしてみればこれは「営み」の拘束から離脱し、「無為」を経験し、今度はその「無為」を「営み」のなかに具体化することなのである。〈今ここに私がいる〉という自己の存在感に浸る（耽る＝酔う）とき人は「無為」に留まる。しかしその「無為」のありようを中心にすえての社会変革のために〈今ここ〉を歴史的現実に接続すれば――それが〈今ここに私がいる〉の意味の探求だが――立派な「営み」となるのである。これこそ『文学空間』で描いた存在観の地点から現実へ回帰したブランショの実在感の探求の到達点であったといっていい。こうしたあらたな関係についての責任の取り方は、カストリアディスやネグリ、ホロウェイがそれぞれの仕方で具体的に描き出している。

だが、それを紹介するまえにブランショの「共同体は、ブランショが無為と名づけたもののうちに必然的に生起する」（五七）といっているナンシーの「無為の共同体」に触れておこう。とりわけその存在論的な基礎的思考を展開してナンシーはこう言っている。

共同体は、ブランショが無為と名づけたもののうちに必然的に生起する。営み－作品の手前あるいはその彼方にあって、営み－作品から身を引き、生産することともなにごとかを成就することとももはや関わりをもたず、中断と断片化と宙吊りによってできている。（五七）

社会はその支配的価値観が揺らぐとなんとか手を打ってまたぞろ人心をその張りぼての価値観に再統合しどうやら社会体制を維持する。ナンシーは「神話はつねに限界からの移行、合一、内在、あるいは融合を言い表している」と言っている。その場合、まさにこの「神話」は支配的価値観であると読め、「限界」はその価値観のゆらぐ場であり、「移行、合一、内在あるいは融合」は儀礼のパターンのことを述べているといっていい。つまりそれらはケからケガレ（移行）て、ハレ（合一）を経験して、またぞろケ（内在）に回帰するという日本民俗学が常民に見出した生のパターンと相似形をなしている。そうしたパターンに市民は唯々諾々と従っているのだ。ところが、そうしたパターンを、その神話の言説を脱構築するような存在がナンシーのいう「特異存在」――ぼくらのいうカレのありよう――なのである。ナンシーの言葉を引いておこう。

神話はつねに限界からの移行、合一、内在、あるいは融合を言い表している。それとは逆に、エクリチュールないし「文学」は、分有を、つまりは限界において特異性が出現しては退くということを書き込んでいる。[…] 一つの特異存在（「あなた」あるいは「私」）はまさしく、エクリチュールという存在、「文学的」存在の構造と本質をもっているのだ。（一四九）

この特異存在とは、社会によって形成されたアイデンティティを脱ぎ捨てた存在であり、それは社会の付与する神話を脱構築した存在つまり「エクリチュールという存在」である。エクリチュールが〈書く〉でも〈書く人〉でも〈書かれたもの〉でもなく〈書くこと〉そのものであるように、なんの規定もない規定以前の単に生きている存在である。こうした言語のありようは、クラストルの描く国家なき社会の「脱―

記号化［脱意味作用］と価値化［道具としてではない言語そのものの美的価値］という二重の過程」としての言語のありようを想起させる。さらにナンシーはこう言っている。

特異存在とは共同存在でも個人でもない。共同存在や個人には一つの概念があり、共同的なものや個人的なものには一つの一般性がある。特異存在にはそうしたものがない。［…］「特異存在」とは、諸々の存在者のなかのひとつではないのである。あらゆる存在者はある意味で絶対的に特異だ。（一四八）

そしてこうした「特異存在」によって形成される共同体が「無為の共同体」なのである。そのとき「存在はけっして共同存在することなしに、共同で存在する」（一七六）。そしてそうした共同体は歴史にたまものとして出来するというのである。

歴史とは、実存の現前化ないし実存の現前への到来である。［…］存在それ自体が有限であるという事実は、存在が実体でも主体でもなく、実存のなかで実存へと捧げられているということである。存在は実存への捧げものなのだ——そしてそれは、出来するという（捧げられているという）、捧げ物に固有の特徴を備えている。それは、われらが歴史上の共産主義と呼ぶことができようものである。つまりわれわれとして、われわれへと、出来することだ。（二〇八—二〇九）

ここで「存在」とは、ホロウェイのいうような、社会に埋没しているありようである。そこから「特異存在」として実存するようになるとき、真の共産主義というべき「無為の共同体」が生まれるというのだ。クラストルはベネズエラのアマゾン流域に居住するヤノマミ・インディアンやパラグアイの森林地帯の狩猟遊動民グアヤキ族は「男女とも一日少なくとも半分を無為のうちに過ごす」(二四二)といっている。〈あるがまま〉の充実した無為である。その場合の無為は本来的存在感の経験であるが、ナンシーのそれは根源的存在感の経験である。ちなみにゾラの『ナナ』のヒロインは「食わせてだけは貰えるという安心感から、淫売婦という職業に閉じこもり、修道院のような無為」(四七九)を託《かこ》つとき、その「無為に過ごす心の空虚は消えず、胃痙攣のように疼く」(四八一)と描かれている。この空虚な無為は、ナナは無自覚だろうが、〈わがまま〉のケガレの存在感の経験である。

ナンシーの「無為」はぼくらのいう〈今ここの生〉に近い。自分が生きていることとそのことを自覚することで満足しているありようである。その〈あるがまま〉の存在を歴史化するのが実存である。歴史的時間のなかで死を控えて一回こっきりの行為に生きることである。だがぼくらのいう〈ただの生〉は〈今ここに私がいる〉という自己の存在感の歴史化による実存的な経験と、〈今〉も〈ここ〉も〈私〉すらもない単なる〈いる〉のありようの経験――つまりは存在そのもの――の間を往還するものである。この存在はいいかえれば生命的なるものつまりは気なのである。

かくして〈存在〉は〈実存〉の捧げものではない。ぼくらにしてみれば、実存ならぬ存在の実現こそが〈ただの生〉、「単なる生」の具体化なのである。ぼくらは〈今ここに私がいる〉からたんなる〈ある〉のありようを目指す。しかも性懲りもなく飽くこともなく〈今ここに私がいる〉に回帰するのである。それが生きることだからである。そうした生の形を十全に実社会に創造し維持せんとするのがぼくらの〈生治〉なのである。

（2）制度化する社会、構成的権力、脱物象化――カストリアディス、ネグリ、ホロウェイの場合

ハイデガーは『存在と時間』では、死を前にした人間の存在を実存としてとらえ、そうした実存を忘却している人間のありようを「現存在」としている。これに異論はない。ところが、カストリアディスは、ハイデガーが大文字の存在といって存在そのものに注意を喚起するとき、具体的な個別の現実的存在（つまり存在者）を見失っていると批判するのである。ハイデガーにしてからが「現存在」を取り上げ、日常的人間存在のありようをつぶさに語っているのだからして、これは片手落ちのようにみえる。だが、カストリアディスはあくまでも極私的な人間存在が一般化され抽象化されて論じられるのを批判しているのだ。その評論集『哲学・政治・アウトノミー』の英訳版から重訳してみよう。以下の引用でカストリアディスは恋人の存在感とワニのそれをユーモラスに比べているが、要するに恋人という個別的存在（「個々の存在」）と人間一般（「大文字の存在」）は全く別ものであるというのである。

大文字の存在の意味を考えるのは無意味だ、それは人間中心的／人類学的そして／あるいは神学的設問の外ではない。存在感presenceとは存在様式から切り離せないし、それ自体が個々の存在から切り離せないからである。存在感そのものは存在しているものとは違っているのはあきらかであるが、存在感自体そのつど異なっており、存在しているものに関係して違った存在様式にあるからである。恋人の存在感はワニの存在感ではない（ときには、必ずしもそうではないが）。(28)

この「存在感」は他者（他人や事物）に感じる存在感である。したがって恋人やワニに感じる存在感は違う。でもときに嫉妬に狂う恋人の存在感はワニのそれに似てくるということだ。だが、ぼくらのいう存

在感は自己の存在感である。ここで歴史を創るのは個別的存在であるといっているが、その場合に問題になるのは自己の存在感である。実際、ぼくらは、この社会的歴史的に付与される存在様式によって一定の自己の存在感を感じている。ところが、それは人間を既成の推奨された行動様式に縛り付けるものである。それが不快となれば、それからの離反が求められる。カストリアディスもその辺の事情は心得たもので、そのためには「自己反省的主体」(31) の形成が必要であるというのである。そのとき歴史は人間を決定づけるものではなく、逆に人間が歴史を創造することになる。

歴史は創造である。人間生活の全形態の創造である。社会‐歴史的形態は自然的歴史的〈法則〉によって〈決定されて〉はいない。社会は自己創造である。社会や歴史を創造する〈ところのもの〉は制度化する社会であって、制度化された社会とは相反するものである。制度化する社会は根源的な意味で社会的想念である。 (84)

まことにカストリアディスの「制度化する社会」とは社会的想念の具現である。ネグリはその『構成的権力』でこの「制度化する社会」に当るものを「構成する社会」とし、それを形成するのが「構成的権力」であるというのである。これはまさに〈ある〉ではなく〈する〉のありようである。カストリアディスとともにネグリは構成された権力にあえぐ人間の解放のために構成的権力を唱えているわけである。ところがその構成的権力を次のようにいうとき、じつは〈なる〉ではなく、〈ある〉ことを主張する革命の思想を展開しているのだ。「構成された権力がゾルレン(あるいはあるべきこと)の次元に属するのに対して、構成的権力はザイン(あるいは、あること)の次元に属するのであり、したがって、前者が法学の管轄に属するのに対して、後者は歴史や社会学の管轄に属することになる」（二五）、と。ここにあるのは、まさに〈ある〉の主張である。

ジョン・ホロウェイはこの構成された権力によって牛耳られているさまを〈する〉を忘却して、〈ある〉にとどまっている事態であると批判する。だとするならホロウェイは「在ること派」ではなく、「成ること派」のようにみえる。だが、ホロウェイの本来的なありようはただ〈ある〉ことなのである。そうした〈ある〉にむけてネグリがいう「ゾルレン」のありようから抜け出るために〈する〉というありようを提示するのである。

ぼくらは構成された社会においてサラリーマンとか夫とか市民とかさまざまなアイデンティティを付与されておりそれでもって自己の存在を実感している。だが、そのためについにそうした構成された自己の在りようを超えることができない。『権力を取らずに世界を変える』でホロウェイは、そこに「ラベルを既定のものとして受け入れるアイデンティティ・ポリティックス」（一三四）の作動を見届けている。それでその呪力の下で人間は今現在の自分を至極当然と思い込んでおりそこから抜け出す行動に移れない。それこそまさに「ある」にとどまって「する」に移行できないありようだとホロウェイは批判するのである。そしてそうした「ある」の心的態度たるや「物心崇拝」であり、そこからの離脱が求められると主張するである。

物神崇拝は、物神化の過程、すなわち主体と客体とが、行為と行為を生み出すものとが分離される過程であるとともに、その過程を通じて、つねに、その分離過程に対抗する反物神化の運動、すなわち主体と客体とを統合し行為と行為が生み出すものとを再構成しようとする反物神化の闘争が、対立関

係を保ちながら展開していく、そうした一つの過程なのです。（一八三）

そのうえで、ホロウェイはそうした「する」を展開することを日常的な行為にすることを推奨する。「革命が日常的なものであること、つまり自己解放としての革命を語ることができる」（四五〇）というのである。そのときぼくらは「止まる今」を経験するだろうとホロウェイは言っている。まさに〈今ここ〉を大事とする「在ること派」の理想を語っているのである。［　］内に注を入れながら引用してみよう。

一九六八年のフランスの五月革命、東ヨーロッパの体制崩壊、サパティスタ叛乱、グローバルな新自由主義に反対する（シアトル）デモンストレーション［…］［など］の運動は、その頂点において、物神崇拝に抵抗する閃光、非服従の祝祭、非抑圧者のカーニヴァル、快楽原則の爆発、「止まる今 nunc stans」［スコラ哲学の用語で時間を越えた永遠の今を表す］を暗示するものであったのです。革命とは構成［「～にする」こと］と存在［「～である」こと］とをはっきりと統一するもの、「である」ことと「でない」こととの分断を乗り越えるもの、死んだ労働による生きた労働にたいする支配を終わらせるものの、アイデンティティを解消するものなのです。（四一三―四一四）

これを要するに、カストリアディスのいう「反省的自己」が、ネグリのいう「構成的権力」を行使し、「構成された権力」を崩壊させれば、そのときぼくらはホロウェイのいう永遠の現在「止まる今」を生きることが可能となるということである。まさに存在との同一化の愉悦である。むろんこの「存在」はハイデガーいうところの大文字の存在ではない。気であり気を体現している個々の人間としての存在者である。

だがそうした「止まる今」は、いつだって〈今ここ〉にある。問題はそれをいかに自覚し具体化するかである。それを果たすのが日常的な革命としての〈生治〉である。じつはそれもまた常にすでに今ここにいろいろな形で実現されているのだ。ただそれは狂奔するヒステリックなまでに抑圧的な政治――リアル・ポリティーク――によって見えにくくなっているにすぎない。

3 「単なる生」の歴史化――〈生治〉のほうへ

アントニオ・ネグリが『生政治的自伝』に書いているが、現代の政治は、社会的なものと政治的なものの融合した「市民的なもの」として作動している。こうした見解はあきらかに旧ソ連やアフリカなどでの労働者独裁による革命の失敗をうけて、党ならぬ市民主導の政治変革を目指す新左翼の思想の流れにある。まさにホロウェイの書名のとおり〈権力をとらずに社会を変える〉という方向である。ネグリの言葉を引いておこう。

古典的政治が政治的なものを社会的秩序にしたがって制定し、近代的政治が政治的なものを代表＝表象にしたがって制定したと考えると、ポスト産業時代においては政治は協業の社会的諸関係の普遍性として制定されるほかはない。古典時代を支配していた社会的なもの、近代を支配していた政治的なもの、この二つはともに終焉し、いま優位にたっているのは、市民的なものという社会‐政治的な融合である。（三六二）

そのうえで、この「社会‐政治的なものの融合」である「市民的なもの」を〈生政治的民主主義《ビオポリティーク》〉と命名している。それはすでに触れたゾルレンではない、ザインの在り方の具体化である。さらに「マルティチュードによる新しい民主主義の発明と実践だけが、われわれを破局から救い出すことができるでしょう。われわれはその到来が予測されている〈怪物〉に対処しうるだけの〈生政治的民主主義《ビオポリティーク》〉を必要としているのです」（二二八）ともいっている。「生政治」という言葉はフーコーの発明だろうが、フーコーはその用語で権力が暴力ではなく、調教と訓練によって人間の生そのものを支配するさまを述べたわけで、否定的な意味合いがあった。ぼくらが〈生治〉という場合は、いうまでもなく肯定的な意味合いでの「生政治」のことである。とはいえ、ネグリのいう「マルティチュード」や「新しい民主主義」の内実もまた不透明である。ぼくらはその内実を「在ること派」の生き方の実践であり、生治とは「在ること派」の生き方の実現だと考えている。それはマルティチュード（グローバル化の生んだ）を含めて、民衆、大衆（分衆）、市民（第二市民）、庶民（平民）、常民（日本民俗学の）、群衆（カネッティの描く）、マス（メディアで形成される公衆）などと勝手に呼ばれる人々が、しかし、しぶとくも共通に分かち持って駆使している世俗的リアリズム（常識主義）の根底にある〈あるがまま〉の感じとしての本来的存在感に社会のなかで型を与えることである。これはユートピアの実現である。だが、すでに繰り返し述べているように、ユートピアはどこか遠くにあるのではない。ぼくらが生きている〈今ここ〉につねにすでにしかと存在している。問題はそれを見失わないこと、そしてそれに見合った社会を形成するプログラム（組織論・運動論）を見出すことである。むろん、それは上からの指導によるものではなく、あくまで自発的な下からの草の根運動の在り方であり、組織の形態であることはいうまでもない。その実例を紹介するまえに、そうしたものを下支えする脱成長の経済の意味を確認しておこう。

（1）脱成長の経済

なるほど「明かしえぬ共同体」にしても「無為の共同体」にしても「在ること派」の思想を具現している。だが、必要なのは具体的な社会なり行動なりのイメージである。まずは経済体制のイメージを取り上げてみよう。ぼくらは「在ること派」と「成ること派」の対立をジジェクに倣ってヒステリー型と強迫神経症型に分けた。ではその経済的な現れはといえば、成長か脱成長の二つのタイプということになる。そしてヒステリー型が経済成長を追求するとするなら、強迫神経症型の「在ること派」の経済は脱成長の形をとる。

この脱成長の経済とは、すでにふれたレヴィ＝ストロースが紹介しているトーテム社会――「自然の与える範囲で生産し、そのかぎりで人口を制限し、すべてを満場一致でなければことを進めないという社会」――に前例がある。今日的にはたとえばラトゥーシュのいうようなゼロ成長の社会である。資本の気違い染みた自動運動から離反した人間社会のありようである。その主眼はすでに世界はその人口を支えるだけの十分な生産力を達成したという認識にあり、したがって残るのはそれを万民に平等に配分し、自然の乱開発は即刻停止することだという主張にある。〈脱成長〉の社会のイメージをラトゥーシュは『経済成長なき社会発展は可能か？』でこんな風に描いている。

> 〈脱成長〉を試みることとは、経済想念、つまり「より多いことがより良いことだ」という信仰を放棄することを意味する。［…］一部の人がガンジーやトルストイの「シンプル・リヴィング」というスローガンの下で奨励するものを実践することで、平和で落ち着いた心を保ちながら、健全で安全な世界の内側で共に生きる《コンヴィヴィアルな》喜びを分かち合う社会関係を成熟させながら本当の豊かさを再発見することが

可能である。（一〇五）

こうしたラトゥーシュのユートピアのイメージは、翻訳者の中村によれば、その学問的出発点であったラオスの村落での原体験があったらしい（二八六）。スコットのいうようにゾミアの一部であるラオスではサーリンズのいう「本来の豊かな社会」（グレーバー、一〇五）が今現在存続していたという発見である。そしてそうした原体験を踏まえてラトゥーシュは〈脱成長〉の思想の伝統にみずからを接ぎ木しようとする。〈脱成長〉という理念は、すでに「文化主義者による経済批判の伝統」と「エコロジストによる経済批判」に見られる。その「自立的で節約的な社会を求めるプロジェクト」は早くも一九六〇年代末にコルネリウス・カストリアディス、イヴァン・イリイチ」（一四七）によって提示されていたのである。早い話、先ほどの引用中の「コンヴィヴィアル」の概念はイリイチのものである。『コンヴィヴィアリティのための手法』でコンヴィヴィアリティという言葉を「人びとの間の自律的創造的関係と人びととその環境との交流」(24)という意味で用いるといっている。またカストリアディスは一九八〇年ルーヴァンで開催された反核、エコロジー、政治をテーマにした集会でコーン＝ベンディットとパネラーを務めるとともに基調報告めいた演説をおこなっている（一九八三、一五一―四一）。

そのうえでラトゥーシュは、成長主義の言説にたいする批判的論陣を張る。そして「この発展主義の神話を脱構築することによって、西洋化とグローバリゼーションの神話も根底から解体される」（三九）と主張する。それはまさに「言葉の戦い」（一四四）である。たとえば「持続可能な発展」という成長主義者の常套語句がある。これは一九七〇年代末に生まれたものであるが、一九七二年のストックフォルム環境会議で用いられた「エコ・ディヴェロップメント（環境に配慮した発展）」という言葉に対抗するために、米産業界のロビー圧力とヘンリー・キッシンジャーによる個人的介入によって導入されたというのである（一四四）。そのうえでラトゥーシュは「『持続可能な』とは、まさしく発展パラダイムが自らの断末魔の苦しみを無期限に延長することを許す」（三七）ことであると批判する。

こうしてラトゥーシュは経済成長主義以後の社会の示唆する特徴を「共愉 conviviality にあふれる〈脱成長〉と〈地域主義〉というポスト開発の二つの形態を北側諸国に特定することができる」（一〇〇）といっている。だが、同時に現在は「第二市民」（一六六）といわれる政治に無関心なままに資本によって誘導されている人々も生み出されている。したがってぼくらに緊急に必要なのは「政治的なるものの再興にいたらしめる文化革命の他にはない」（一六九）と断定する。

経済成長を推進することでひとびとの生活の豊かさを保持し、増進するというのが近代の資本主義のお題目である。その実、地球規模で自然を単なる資源とみなし、それの略奪的支配を実践し、支配層の富を増大させるにまかせたのであった。その結果として、自然がその調和を破壊され、地球は、人間の、いや生物一般の住める環境ではなくなっている。これはすでに一九七二年、民間シンクタンクであるローマクラブの発表した「成長の限界」などで警告されてきたところである。そして一九六〇年代から勢いを増してきたのがエコロジーの運動である。それは単に自然を保護するという運動ではなく、人間と自然との関係を再考するものであった。その結果として前近代的な生のありかたが注目されるようになったのである。だがエコロジー運動を考える前に、いささか脱線することになるが、近代社会そのものが一つの静止点に到達したという見解があるので触れておきたい。そこに日本的な「在ること派」のありかたとそれについての西欧の誤解が読めるからである。

（2）ポスト歴史――日本文化と気の具体化

近代の諸問題を克服する形として近代主義をさらにパワーアップし超近代化しようというのが成長路線の考え方である。だが、その一方で近代社会はすでに完成しているという観察がある。それは二〇〇一年の九月一一日以前の一九九〇年代アメリカの一人勝ちの雰囲気のさなかに書かれたフランシス・フクヤマの『歴史の終わり』（一九九二）である。そのなかでフクヤマは近代社会は社会主義が崩壊し、資本主義が勝利し、一定の到達点に至ったとし、その歴史の終わりの時代の生の在り方をコジェーヴを引いてこう書いている。「コジェーヴは、日本が西洋化する代わりに（ロシアもふくめた）西洋が日本化していくだろうと冗談めかした口調で述べている。［…］言い換えると、大きな懸案事項をめぐる戦いにはほとんど決着がついてしまった世界では、純粋に形式的なスノビズムが『優越願望』の、すなわち同僚よりも優秀だということを認めてもらいたいという人間の欲望の主要な表現形態になるというのである」（二三六）。フクヤマは人間には「優越願望」と「平等願望」があるが、この歴史の終わりにおいて「優越願望」をみたすものは、動物的な欲望の充足ではなくなったとしてこういっている。「本能的に性愛や遊戯を求める代わりに［…］能楽や茶道、華道など永遠に満たされることのない形式的な芸術を考案し、それによって人間が人間のままでとどまっていられることを証明した」（二三五）、と。動物的な欲望丸出しのはしたなさではなく人間的な文化の装いをしとやかに身につけるようになったというわけだ。だが、ぼくらにしてみれば茶道にしろ華道にしろそこにあるのは単なる形式ではない。むしろ一期一会といった人間関係の根本的な認識であり、まさに気としての生命を臨在させる生き方なのである。フクヤマには、残念ながら、そうした〈今ここ〉を大事とする生命的なものへの想像力がない。同じことがコジェーヴにもいえる。『ヘーゲル読解入門』（一九四七）にはこうある。

ポスト歴史の日本文明は「アメリカ的生活様式」とは正反対の道を歩んだ。［…］生のままのスノビズムがそこでは「自然的」或いは「動物的」な所与を否定する規律を造り出していた。［…］能楽や茶道や華道などの日本特有のスノビズムの頂点は［…］上層階級の専有物だったし今もなおそうである。だが、［…］日本人はすべて例外なくすっかり形式化された価値に基づき［…］現に生きている。このようなわけで、究極的にはどの日本人も原理的には、まったく「無償の」自殺を行うことができる（古典的な武士の刀は飛行機や魚雷に変えることができる）。［…］最近日本と西洋世界との間に始まった相互交流は、結局、日本人を再び野蛮にするのではなくて、（ロシアもふくめた）西洋人を「日本化する」ことに帰着するであろう。（二四七）

なるほどコジェーヴは日本人のスノビズムは「形式化された価値に基づ」いていると言っている。だが、元来スノビズムとはイギリスの中産階級が上流階級の生活様式を真似る行為などを指している。そこには山高帽にステッキという出で立ち＝形式にはそれを真似る中産階級にとっては実質的にはあまり意味がない。あるのは労働者階級にたいする優越感ばかりである。上流階級の趣味としての華道を庶民が真似する場合にもそうした意味合いはあるだろう。それに上流階級の間でも趣味の優劣を競うといったフクヤマのいう優越願望の充足としてのスノビズムもないわけではないだろう。だがそればかりではない。スノビズム以前／以後の本来の華道や茶道というものがある。一言で言ってそれは生活を芸術化する企てである。そこに実現しているのは、今ここの生を享受するということを旨とする日本的生の形なのである。自殺にしてからが、やがて触れるがルース・オゼキの『あるときの物語』の主人公ナオの自殺志願者だった父親は、自殺は生きている実感をもっとも激しく感じることができる行為であるといっている。「歴史的に見て、われわれ日本人はつねに自殺を高く評価してきました。われわれにとって自殺とは、生に永遠の意味と形と尊厳を与える美しいおこないです。生きている実感を最も強くできる方法なのです」（上一三三）、と。茶道にいう一期一会にしてからが、存在と非在のあわいに生きる人間関係を緊張感をもって楽しむといったそれはあり方を表現している。それこそ「在ること派」の生の佇まいである。それはもはや優越願望としての形式化されたスノビズムとはなんのかかわりもない。

このコジェーヴの議論を受けてオタクをポスト歴史の人間としてとらえる東浩紀は『動物化するポストモダン』でこういっている。

ポスト歴史の人間＝オタクたちは、オタク系作品の価値とパターンを知り尽くしていながら、そこからあえて趣向を切り離す。つまり「形式を内容から切り離し続け」る。しかしそれはもはや、作品から意味を受け取ったり、また社会的活動に踏み出したりするためではなく、純粋な傍観者としての自己（「純粋な形式としての自己」）を確認するためである。オタクたちは、このように、コジェーヴが五〇年前に予見した「ポスト歴史」の生存様式をある意味で体現している。岡田［斗司夫］や村上［隆］がオタクたちに世界の未来を見たことにも、それなりの正しさはあったわけだ。（一〇〇）

東はここでオタクたちは趣向という形式を楽しみ、それを傍観する純粋な形式としての自己の存在を楽しんでいるといっている。まさにその限りではコジェーヴのいう形式化されたスノビズムの様相を呈している。だが、それは単なる傍観者のふるまいではない。第一部で触れたが、岡田斗司夫や本田透のいう自己の存在感の確認は生の確認であって、まさに「在ること派」のありようといっていいものだ。むろんそれは社会的行為や歴史的参加といった「成ること派」のありようとははじめっから相反している。

さらにいえば、西欧は日本的なスノビズムなど取り入れる必要などこれっぽっちもない。その源泉にある「在ること派」のありようを真似るにもおよばない。というのも西欧のキリスト教社会でも、それがないわけではないからである。なるほど、キリスト教は、たとえばホメロスやウェルギリウスによって描かれたギリシア・ローマの死後の暗澹たる冥界を、希望ある天国に変えた。そうやって救済史的な直線的時間意識によって円環的時間を否定したのである。すでに触れたが、どうやらジジェクの基本には、こうしたキリスト教的な歴史観というか時間意識がある。それがギリシア・ローマの異教に通じる──それは日本に帰化したギリシア系イギリス人のラフカディオ・ハーンが証明しているが──日本的なもの（禅や仏教）の否定につながっている。だが、西欧には当初からキリスト教を異教的要素でもって補完し、同時に批判してきた歴史がある。『悲劇の誕生』から出発したニーチェをはじめとして、その名にキリスト教的と異教的の二つの要素を持つピーター・パンに至るまでそれを端的に証している。キリスト教的歴史意識に異教的非歴史意識が常に伴走していたのである。いや、そうした異教的なるものがじつは西欧の「在ること派」の生の形をつねにすでに、今ここに維持し、提示し続けているのである。それを汲み上げているのが、たとえばホイットマンであり、ロレンスであり、ドゥルーズである。その今日の政治的な現れが、たとえば緑の党であり、個別のエコロジー運動なのである。

ポスト歴史を語る東浩紀は、フクヤマやコジェーヴと同様、日本的なものの内実を誤解している。茶道や華道といった日本的スノビズムの根源にあるのは、気の実現なのである。それでそうした気の実現としてのポスト歴史を考えるなら、ポスト歴史とはまさにそれは「在ること派」の生の具体化の外ではない。その理論的なバックボーンはなんといってもエコロジーの思想である。

(3) 生政治の具体化する生

ブクチンは『エコロジーと社会』で次のように書いている。「私たちが真っ先に必要としているものは、人類を全体として統一できるような一般的人類利益を創出することである。[…] 最小限この利益は、自然との調和的なバランスの確立を中心としたものでなければならない。私たち人類の種としての生存可能性は、将来の自然世界との関係に依存している」(二二七)。そして「この問題は、自然プロセスにとって代わる新しい技術の発明によって解決しようとするなら」つまり近代主義を推し進め、超近代的なSF的近未来社会を形成しようとするなら、「社会を一層テクノクラート的にし、より中央集権的、そして最終的には完全に全体主義なものにする弊害をともなわざるを得ない」と警告している。

さらにブクチンは、人間による自然の支配という観念はじつは人間による人間の支配そのものから生じるといい(五七)、かくして国家の管理を脱したリバータリアン的な(あくまで個人の自由意志を尊重する)人間関係の形成が必要である(二二五)と述べている。ぼくらにしてみれば人間による人間の支配そのものが記号の三極構造の効果なのである。そして「リバータリアン的な人間関係の形成」は、記号の四極構造の効果に依存した社会において実現していたことを第二部で検証してきた。その実践例がある種の前近代的な生活様式である。それはぼくらのいうケ、ケガレ、ハレの外のカレつまりは〈あるがまま〉のありようである。

こうした前近代的な生の思想についてはエドワード・ゴールドスミスの『エコロジーの道』が注目される。ゴールドスミスはその最終章のタイトルにあるように、「生態学の世界観への改宗が要請されている」(四八九)と主張している。つまりエコロジーの世界観の再生が要請されているのだが、その世界観とは道理に従うことつまりお天道様の眼はごまかせないといった土俗的人間のそれである。その具体的事例として、古代ギリシアの「ディケー」(正義)(四四六)、中国のタオ(道)(四四七)、古代エジプトのマアト(四四八)、ヴェーダ時代のインドの「リタ」(四四九)、ヒンズー教徒の「ダルマ」(四五〇)、ゾロアスター教の「アシャ」(道理)(四五二)をあげて、「近代社会は、組織的に道理から逸脱しようとしてきた」(四五四)と批判している。まことにこれは一つの真=信である。

だが、結局は同じことなのだが、そうした土俗的な道理として「気」に従うとぼくらはいうのである。老子のタオ(道)を取り上げたゴールドスミスながら、不思議なことに、初めに気ありと書いている『老子』の気を無視している。だが、ぼくらはこの気を常識主義の信の形としてであるが、その存在を信じているのである。木を見て木の存在を信じ、それを認識している自己の存在を信じ、さらには木や自己の存在を支える存在としての気の存在を信じて疑わないのである。気の直覚は真であり、信であり、美的経験である。むろんそれはパースのいうフィーリングやシービオクのいうエネルギーの和名としてであるが、それが世俗的リアリズムの徒たるぼくらの常識主義の良識=コモンセンスなのである。

ぼくらの存在感分析も今ここにあるそうした前近代的にして普遍的な生の形に自覚的であろうとする企てのひとつにすぎない。ケヤキいずれも気のありようだが、わずかに日本語に残された気の言葉遣いから、ケ、ケガレ、ハレの三極構造(〈わがまま〉というべきケによる気の管理のありよう)とその外部の第四項のカレ(〈気まま〉〈あるがまま〉のありよう)といった気のありようを取り出したのは現代に生きる前近代的な日本の生の形を明確にしたかったからである。そしてそれをパースの記号学で体系化しながら、気の第四項の存在を説明するためにパースの三極構造を四極構造で脱構築し、そのことでぼくらは日本的な前近代と西欧の近代を相対化し、そのいずれにもつかない地点に立って気の再生を企てる論理を構築しようとしたのだ。つまり普遍的な人間のありようをとらえる形式化を試みたわけである。それが存在感分析であり、その結果得られたのが存在感、存在観、本来的存在感、自己の存在感、呪縛する自己の存在感、根源的存在感、実在感であり、それらはそうした生の形を捉える実存範疇なのである。自己の存在感とは〈今ここに私がいる〉という感じである。それが固定化されると呪縛する自己の存在感となる。それを解縛するのが存在観である。そのとき根源的な自己の存在感を得る。そしてその根源的存在感を持して生活に回帰するとき、そこに生じるのが実在感である。鈍な日常が鮮やかに蘇る経験である。その根源的存在感の内実こそ直接的臨在的全体的に経験される気である。そしてその経験が深化するとやがて〈今ここに私がいる〉という感じは〈今ここにいる〉の経験となり、さらには時間も空間もない、たんに〈ある〉の経験となる。気そのものと化すのであるが、それが根源的自己の存在感から本来的存在感への移行であり、さらには〈存在〉そのものへ移行する過程なのである。こうした生の形を西欧や日本の思想史のなかに定位しようというのが本書の狙いだったわけである。そのことで日本の伝統と西欧の近代をいずれをも相対化し、そのことでぼくらの存在感分析は、気の存在感、〈今ここに私がいる〉感じの鮮《あざ》らけき臨在感を直接的かつ全体的にひりひりと丸ごと感じ取る思考の枠組みを構築したのである。繰り返すが、それを具体化するのが〈生治〉なのである。

では、こうした思想の実践の具体的現れはどのようなものとなるのだろうか。

（4）「在ること派」の実現のための行動主体

まことに今日人類の歴史はひとつの到達点にあるといっていい。だが、終わりといっても完成ではなく終末の意味である。たとえば水野和夫は『資本主義の終焉と歴史の危機』で、今日低金利政策を実施せざるを得ない資本主義はもはや資本主義ではないといっている。「利子率の低下とは資本主義の卒業証書である」（一二八）、と。そうした形の終末から脱出するには行動しなければならない。その一つの形としてブクチンのいうようなリバータリアン的な人間関係の形成があるが、それはぼくらにしてみれば、「在ること派」の生の実現である。そのためには行動を起こすことが要請されている。〈今ここに私がいる〉感じはそれだけで自足している。が、自分や他人にたいして〈今ここに私がいる〉意味を考えるときぼくらは行動に踏み出すことになる。たとえばそれは足立力也が『緑の思想――経済成長なしで豊かな社会を手に入れる方法』で述べているような、エコロジー思想に依拠する市民的運動であり、グリーンズの政治的運動である。ではその行動の主体とは一体どのようなものなのか。

ジジェクは『終焉の時代に生きる』でユダヤ人について「いかなる部分でもない部分」（二〇八）といっているが、そうした部分が「新しい民主主義」の形成する主体となるというのである。この「いかなる部分でもない部分」の今日的あらわれをジジェクは『ジジェク、革命を語る』では、ブラジルのスラム街と言っている。「我々が今後、探求すべきものは、スラム街から出現する新しい社会意識の徴候です。そうした徴候は。未来を生みだす種子となるでしょう」（一六七）、と。

だが、こうした部分はなにも最貧困層のプレカリアートやルンペンプロレタリアやスラムの住人それに難民ばかりではない、たとえば『ゲリラと森を行く』のアルンダティ・ロイが報告している国際資本と対決しているインドの先住民族アーディバーシーの姿がある。その『誇りと抵抗』によれば「インドでは大規模ダム建設のため、過去五〇年間に［…］なんと三〇〇〇万人が立ち退かされた。その半数近くがダリット［カースト制度外の不可触選民］とアーディバーシーだ」（二五―二六）という。そしてその抵抗には敵対性と同時に守るべき生の形の主張があるというのである。ロイは『私の愛したインド』で「ダム建設は［…］村落共同体が数千年にわたって運営してきた小規模な伝統的システムを支配し、衰退するにまかせた」（一二）と書き、それは昔ながらの「ヒンズー教よりも古い文明」（五）の破壊であり、石器時代の生の在り方の無残なまでの破壊であったと批判しているのだ。してみればアーディバーシーは、無自覚のまま生きてきたその石器時代の生を、今ここにある理想的な生の形として自覚的に保持しようと立ち上がった人々ということになる。まったく政治とは無縁だった人びとによる革命的主体形成の見事なケースである。

同様なことが水俣闘争にも窺える。水俣の漁村の前近代的生は、チッソ水俣工場（その前身会社は一八七三年設立（大熊二〇一〇、一二））の操業の結果水銀汚染にさらされ、その挙句、否応も無く近代産業主義の負の遺産を背負わされて、寸断され破壊されたのであった。かくして公害訴訟の原告といった近代市民的な権利を主張する政治的主体に生まれ変わったのである。これもまたのどかな漁村の今ここの生の形が破壊されたとき、その存続のために自覚的に立ち上がった人々の政治的主体形成の一つの物語である。そしてそれに同伴したのが石牟礼道子である。石牟礼はその『苦海浄土』（一九六九）で資本の強要した金銭づくの生の形にたいして水俣の前近代的な生の形を対峙させたのだ。どうやら石牟礼は水俣の漁民たちの生きざまを、強引に近代資本主義という歴史に巻き込まれるのを拒否した人びとの姿、言いかえればその歴史の埒外にいて一向に頓着しない生き方を貫いていた人びとの姿として思い描いていたと思われる。水俣の漁師たちの生を原始アニミズムというとき、それは近代資本主義や、時代を遡行すれば封建時代や貴族社会や古代の豪族制といった歴史の流れにもまれながらも、そうした歴史の外で、今ここの生を生きてきた人々のありようを指し示めそうとしたと思われる。そうした人びとが自分たちの生の形の破壊に抵抗するべく立ちあがったのである。これはラクラウのいう敵対性によって喚起された政治的主体による反公害の行動といってもいい。

だが忘れてならないのは水銀の毒にまみれながらもなおもそこに人間的な生を営んでいたことである。ユージン・スミスの撮った脳性麻痺のまま成長した娘を産湯のように入浴させている母親の像はあまりにも有名である。そもそも石牟礼の『苦海浄土』の書名にしてからがそれは窺える。苦海とは仏教用語だが、苦海浄土は石牟礼の発明なのである。仏教には「厭離穢土、欣求浄土」（源信の『往生要集』）という教えがある。穢土を離れて浄土を求めよというのだが、それでこの書名はふつう苦海を棄て浄土を目指せといった味合いになる。だがどうやら石牟礼は苦海を厭い棄てる必要はないというのだ。なぜなら苦海（穢土）即浄土だからと。なるほど水俣の海は苦海＝苦界＝穢土となった。しかしなおそこは人間的な生を全うできる浄土であるという意味合いがそこには読めるのである。それは生まれたからには〈今ここの生〉を、たとえいかに汚辱にまみれていようとも、けっして粗末にしないという必死の思想、石牟礼の、というか石牟礼が学んだ水俣の漁村の思想である。

これらは〈今ここに私がいる〉ことの歴史的社会的経済的意味に自覚的になることで行動へと踏み出した事例である。だが、忘れてならないのは、「在ること派」の生の実践はそうした政治的なラディカリズムの実践から外れたところにも見出すことができるということだ。草の根の日常の営み——労働や生活——が、そのまま生治の組織論であり運動論であるようなケースである。

（5）「在ること派」——『里山資本主義』と『車輪の下』

〈深いエコロジー〉の思想によればエコロジーは単なる環境問題ではない。自然を物として儲けの対象としてしかみない人間の在り方の問題である。そのためぼくらには打算的道具理性的に考える主体ではない新たな主体の形成が求められている。

そうした新しい主体のありようを今日実践している例がある。藻谷浩介とNHK広島取材班が『里山資本主義――日本経済は「安心の原理」で動く』(二〇一三)で紹介している中国地方の僻村での営みである。それは里山を中心とした生活の営みであるが、そうした営みにお金ではなく里山こそが資本であるということがよく見えてくるというのである。しかもそうしたひとびとの生きざまこそがマネー資本主義の断末魔の苦しみからの救いの手立てとなるというのだ。その営みとは、たとえば裏山の薪を燃料とするエコストーブを考案するとか、ある木工所の例だが、製材工程から出る木屑という産業廃棄物を木質ペレットに加工して燃料とし、それでもって自家発電を実践しているという具合である。また近隣の農家が作りすぎた作物を譲り受けて、それをケアサービスで利用し、さらにはレストランをも経営する福祉センターの例もある。そうした取り組みはなにも農村部ばかりではない。都会でも最新テクノロジーを駆使した省エネの理想都市スマートシティを構想し、それを実践する試みがある。そして今日のマネー資本主義をこえるものとしてこの里山資本主義とスマートシティが車の両輪となるだろうというのである(二四八)。さらにはこの山村部のそれと漁村部の取り組みとしての里海資本論が自然とのあらたな関係を取り結ぶ具体的な行動指針を提示しているというのだ。

それればかりではない。その里山資本論や里海資本論には今ここに実現しているユートピアの姿を垣間見ることができる。たとえば、『里山資本主義』の第三章はこんなエピソードを紹介している。マツタケ山再生活動なる実践の際の談笑のなかで、広井良典千葉大教授がマツタケ山再生は「短期の利益しか見ない今の経済から長いスパンでの成果を評価する時代への転換」だと展望してみせる。するとマツタケ山再生研究会の空田有広会長が「成果が出れば良し、出なくても、それでまた良し。みんなで山に入って、山をきれいにして気持ち良かった。七〇代の者たちが頬を赤く染めるほど汗をかき、山仕事に打ち込むことの気持ち良さ、すがすがしさ。それがあればいいのです」とコメントする。すると広井が「将来の成果のために今を位置づけるのは今の経済だが、それでは現在がいつまでたっても手段になってしまう。そこを抜け出さなくてはならないのですよね」（一八二―一八三）とさらに論を深化させたというのである。そしてこうした実践家と学者のフェアな関係はいかにも気持ちがいいものだったと報告している。この「気持ちがいい」とは気のありようの良さを語っているのだが、つまりはこの再生活動そのものが「気持ちがいい」ということなのである。空田会長が証言しているとおり、それに参加している人々の〈今ここ〉が気持ちいいということである。これこそ今ここにあるユートピア以外のなにものでもないだろう。

こうした在り方は、なにも今日の日本の農業家に限るわけではない。たとえばヘッセの『車輪の下』（一九〇六）を思い出そう。これは一見立身出世の夢が破れた青年が失意の果てに不運にも故郷の川で溺死するといった敗残の悲劇の物語に読める。だが、読後感は妙に幸福感に満ちている。なるほど物語は地方の秀才少年ハンス・ギーベンラートが奨学金を得て中央の牧師養成機関に進学するが、その抑圧的な管理体制に次第に辟易し、ついには精神を病み、退学して帰郷する。ところが病癒えて鍛冶屋の徒弟にはいると、そこで労働や労働仲間に生命的な経験をするのである。それはこんな風に書かれている。鍛冶屋には農夫や労働者や工場主がやってきたりして結構慌ただしいのだが、「その間も人間たちとベルトは同じ調子で働き続けた。こうしてハンスは生まれてはじめて労働の賛歌を聞き、味わった。それは少なくとも新参者にとっても、心をとらえ快く酔わせるものを持っていた。彼は、自分というささやかな人間と、自分のささやかな生活とが、大きなリズムに接合されたのを感じた」（二三七）、と。またそのハンスが不注意のため溺死して自宅のベッドに安置された姿は父親の目線からこんな風に描かれている。なるほどハンスは「花の盛りに突然折られて、喜ばしい行路から引き離されたような観があった」。だが、「清い寝床に横たわっている子供は相変わらず、美しい額と青白い利口そうな顔をして、なにか特別なもので、ほかの人とは違った運命を持つ生来の権利があるかのように見えた。[…]閉じきっていない口は満足そうに、ほとんど朗らかにさえ見えた。[…]父親も疲れと寂しい悲しみのうちに、そうしたほほえましい錯覚に打ち負かされた」(二五九―二六〇)、と。どうだろう、これは悲劇の描写ではない。ヘッセがあえて夭折を選んだのは、むしろ人生とはたんに長寿を全うすることではなく、根源的な生の体験をたった一度でも経験すればそれでOKだという思想の表明だとすら思えてくる。まことにハンスの短い生涯は無意識的ながら「在ること派」の生の形に到達した見事な例である。日本の現代の里山の農民にしろドイツの戦前の農村の鍛冶屋の営みにしろ〈生治〉の実践の可能性を示唆している。

なるほど里山資本主義や里海資本論の楽天主義は貴重である。だが里山からも遠く離れ、かといってスマートシティの住人でもない人間の場合はどうしたものか。いやどのような境遇の人であれ歴史的自然的現実は例外なく過酷である。天災という自然の暴威によってあっというまに被災者となる覚悟は誰だって何時だってしておく必要がある。そして被災したら圧倒的な洪水の破壊力をまえに哄笑する覚悟を持ち、持家を流した濁流のなかを初雪に心躍らせるような気分で歩ける心意気を保持していたい。よしんば歴史の荒波に呑みこまれたとしても、たとえば第二次世界大戦中のユダヤ人の振る舞いを見習うほかない。自分たちの掘った巨大な墓穴に、ドイツ軍兵士によって後頭部を撃たれて落ちていくユダヤ人の、あの従容として揺るがない平静さの映像はぼくらの目に焼き付いて離れない。

とはいえそうした覚悟は誰だってたやすく得られるものではない。いざとなれば泣き喚くのがオチである。だが、そうしたぼくらにしてからが、まったく打つ手がないという訳ではない。ぼくらのそうした運命を描きだしている文学を読むことで前もってそうした草の根の〈生治〉を知ることができるし、それを圧殺する歴史や自然にたいする心構えを見出すことができる。つまりあらかじめ存在観を経験することができるのである。それが存在感分析のセラピーのもう一つの役割である。そこで最後に読む行為と書く行為に見られる存在感分析を二つながら検証してぼくらの存在感をめぐる思想の冒険を終えることにしたい。

4　存在感分析の実践例

文学作品を読むとは誤読することである。文学作品の読解に正解はないからだ。じつはその誤読に読者の心のわだかまり、こだわり、つまりは病がある。それを見出し、それからの解放を目指す、それがセラピーとしての読書、ぼくらのいう存在感分析の読みである。つまり作品の粗筋を述べること、登場人物間の関係の捉え方やどのエピソードに焦点を当てるかなどに読者のそれぞれの個性が（病が）現れる。なによりもどの場面や文言に感動したかにそれが端的に窺える。したがってぼくらの解釈にはぼくらの心の病が窺えるのである。だがその経験は同時に存在感の呪縛から存在観をへて実在感へという存在感分析を開始する契機となる。読者はそうした手順を作品に読み込み、そのことによって私的な病を克服し、あらたな境地を経験できるのである。しかも同時に作品は草の根の〈生治〉のありようも描いているのである。それが存在感分析の個人ならぬ社会に対するセラピーである。だがそればかりではない。同時に作品はそうした作品を書く作家の存在感の呪縛を示してもいる。作家は自分の作品の最初の読者であるからしてそのことをつぶさに実感するはずである。作家の場合は後回しにしてまずは読者の場合を取り上げてみよう。

(1) 読者の存在感分析――『あるときの物語』をめぐって

日系アメリカ人作家ルース・オゼキの『あるときの物語』は、二〇一一年三月一一日の東北関東大震災に取材したものである。津浪によって流された日本の東北の少女の日記をカナダのバンクーバー島在住の小説家が自宅近くの浜辺で拾う。作品はその少女ナオの手記とそれを読む小説家ルースの物語が章毎に交互に語られる趣向になっている。したがって読者は手記を認めるナオの書くことととともにそれを読むルースの読むことの振る舞いとそうした両者の物語を書いているルース・オゼキの作品を読むことになる。今この少々手の込んだ作品をぼく(ら)なりに読んでみよう。しかしながら、それはいかに一般的普遍的に読もうとしても、ついに一つの読み方に過ぎないのであり、そこにぼく(ら)の病が覗けるということに変わりはない。それを逐一あげつらうことはしないが、本書の読者諸賢の読後感とくらべてみれば一目瞭然である。だが、同時にそこに読者諸賢の病が露呈しているという寸法である。

さてナオつまりヤスタニ・ナオコはシリコンバレーにIT技術者として赴任していた父親ハルキが社内政治に負けて失職したため帰国子女となり、日本の中学でいじめに会う。ところがそのナオの祖母仙台在住(?)の禅宗の尼僧ジコウが、孫娘のナオと自閉症気味の息子ハルキを寺に呼び寄せたりしてともに立ち直らせるという話だ。実際、ナオの父親はアメリカの職場でいじめにあい、退職して帰国するが職がなく引き籠りになる。物語前半は帰国子女ナオが中学で経験する壮絶なイジメが話題である。またナオの大伯父ハルキは兵舎でイジメに会い、最後は特攻隊員として太平洋の藻屑と消えている。それに小説家ルースの夫にしても温暖化による生態系の変化などを調査している環境研究者なのだが、そのためか定職につけないほどに干されている。してみるとこの作品はイジメという人間関係の苦悩が主要な主題のひとつと読める。まことにイジメとはジラールのいう満場一致の暴力の現代版である。(こうした梗概やイジメの主題を特筆することやそれをジラールの暴力論に関係づけるところにまずもってぼく（ら）の病が窺えるということである。）

こうした三世代の苦悩をジコウ（の表象するもの）が救うのである。つまり兄である特攻隊員として死に直面する大伯父ハルキを精神的に救い、息子である引き籠りの父親のハルキに自殺を思い留まらせ、孫であるナオを元気にするのはジコウの体現する禅的な思想なのである。この禅の主題にナオやルース、さらには小説家オゼキとその読者としてのぼく（ら）の勝手な読み込みが見てとれる。それは日系二世と帰国子女と日本人のぼく（ら）の呪縛する存在感の差異である。早い話が、ルースはナオの手記や大伯父ハルキの日記を知人に翻訳してもらって読んでいる。それを英語で書いたものを日本人読者であるぼくらは英語で読んでいるわけで、そこには異文化に生きる経験の相違とそれを伝達する言語の障壁があるのだ。

じつはこのジコウの禅こそまさに〈今ここの生〉の表象となっている（むろんこれはぼく（ら）の読み込みである）。実際、この小説はタイトル（原題は *For the Time Being*）からして道元の有時の英訳そのものである。しかもパート1の冒頭にあるのはニシジマ訳の『正法眼蔵』一一章「有時」からの引用である。そもそも道元はふつう〈あるとき〉と読むべき有時を〈時は有なり〉つまり時間は存在であるとあえて誤読したのである。そうした「有時」を英訳では、「有時」の〈あるとき〉の意味をふつう〈今のところは〉を意味する慣用句 for the time being であらわし、「有時」の表わす〈時は有＝存在である〉という意味をそのなかの time being で表現させることで、道元の原文の「有時」と同様に、一語句に二つの意味を含意させているのである。これは妙訳といっていいだろう。だが、それはすでに一つの解釈（偏向＝病）でしかない。このことは、ジコウの有時の理解を考えれば了解されるだろう。しかもジコウの場合、それはもっと日常的で常識主義的な時間感覚を表している。ジコウは自殺願望に苛まれるナオや父ハルキに〈今は生きなさい〉と諭している。そのとき、〈今は〉は英語では for now である。これは同じ意味合いの英語慣用句 for the time being を想起させ、さらにはすでに触れたように道元の翻訳を想起させ、その慣用表現のなかの time being つまり有時を当然想起させる。だとするなら、ジコウの「今は生きなさい」は〈今日只今の生〉としての〈有時〉を指していることになる。まことにジコウの悟りはまさに今このの生が唯一の実在であるといっているように読める。（むろんこれもまたぼく（ら）の解釈＝偏向＝病であることに変わりはない）。

ナオはといえば、有時としての自分を「わたし有時。［…］有時っていうのは時間の中で生きる人のことで」（九／3）などといっている。また「わたしはあと少しで時間切れの有時なの」（下一九五／340）とも。これらが表わしているのは道元の有時というよりむしろ実存意識であり、もののあわれに近い時間感覚である。ところがすぐにナオは「今ってのはこんな感じなんだと思う」（This is what now feels like.）（下一九六／341）などともいっている。これは自己意識も、時間の意識も消えて、今という有時を実感している状態ともとれ、有時の悟りのあとの実在感の境地を描いているといえるかもしれない。高校生のナオにしてはこの経験はいささか背伸びさせられた格好であり、それは作家オゼキがその思想を代弁させたためかもしれない。

だが、こうした経験がもっと哲学的に語られるのが、特攻隊で戦死したナオの大伯父ハルキの遺書に読める有時経験である。西洋哲学を専攻したハルキだが、徴兵されると思考のラビリンスのようなハイデガーよりも道元の沈黙の方がいいと考えるようになり、死を目前にしてはじめて生の実感をあざやかに経験したいと願うことになる。（ここにはオゼキの日本文化贔屓＝日系二世の先祖がえりがあるかもしれない）。そのとき道元の刹那にすべての生は凝縮されるという思想に救われた感じになるのだ。「道元はまた、われわれ人間が意志を確立し、真実を得るには、たったひとつの刹那を要するだけだと書いています。[…]それぞれの刹那が、世界全体にとってきわめて決定的なのです」下一七一／324）とその手記に認めている。本来的な経験は刹那にある。その一瞬の経験があれば人生の長短などもはやものの数ではないというのである。もっともこの道元理解もまたきわめて西欧的であまりにも実存主義的であるかもしれない（オゼキの西欧的メンタリティのなせる技といっていい）。道元のいう刹那とは時間の流れの外、流れない時間の経験だからである（日本の標準的解釈）。とはいえ、たとえ一瞬でも本来的存在感（根源的存在感）を感じられればそれで十分だというぼくらの思想そのものを体現していることも確かである（いうまでもなくぼく（ら）の読み込み）。

ナオはイジメのさなか夏季休暇中などに祖母から禅の手ほどきを受けている。そんなナオは二人で入浴中に祖母の老体に死の影や幼女や熟女といったさまざまな姿体を見る自分に驚く。時間が空間化していることを見たからだが、ただちにそれこそすべて一体となった有時なのだと悟るにいたるのである。時間は流れない存在であるという認識のひとつの形象化である。（禅の教師の資格を持つオゼキは、ここばかりではないが、禅体験を読者に教授しようとしている）。

幼女や老女が一つの身体に共存しているといったこうしたナオの有時の禅的経験が教えることは生死もまた不二だということである。ルースはといえばそうしたナオと同様の経験をナオの安否を気遣う不安を克服するために学ぶことになる。生死は不二である、だから案ずることはないと。まことに生死は不二であるとはぼくらが死を乗り越える一つの思弁でもある。

ところが結果としてルースは道元も死んでいるのか生きているのか不明であると思弁するようになる（これはルース的逸脱）。だとするなら一方ではこれはいかにも理不尽である。その理不尽をルースは夫からシュレーディンガーの猫という量子力学の解釈を聞くに及んで納得する。量子の世界では猫は観点によって死んでいたり生きていたりもするのだと。そうしたルースの解釈は、禅のアメリカ化といっていい。実際、それは日本の鈴木大拙や鈴木俊隆——オゼキの関係する禅の流派は俊隆の系統——らの啓蒙活動や大衆化によって六〇年代の西海岸の若者文化に採用された禅の流れと、フリッチョフ・カプラの『タオ自然学』などに代表されるニューエイジ・サイエンスの流れの合流点に生まれたものである。不二のシュレーディンガー的解釈はまさに日米の異文化の文化融合のひとつの形といっていい。ルースの体現しているのは、そうした日系二世の経験である。だとするならこれは一種の通文化的な経験といっていい。

以後ルースは小説家として通文化的な立場でものを書くようになることが予想される。また帰国子女として日米のあいだに立たされたナオはといえば、カナダに留学するといった設定になっており、これまた移民の生を構築することが予定されている。（ぼくらの言葉でいえば、それぞれの実在感の探究であるとひとまずはいえる。）ナオの父親の場合は、ナオの出回ったいじめのファイルを自動的に消去するソフトの開発ということになる。一種のウィルスソフトだが、意図は科学の善用である。これがプログラマーの父親の現実への、生活への回帰の仕方である。事情はルースの夫の環境学者にしてからが同じである。企業に不利な研究のために定職にありつけないのだが、三月一一日の東北関東大地震以後太平洋に浮遊するゴミの問題や温暖化による生態系の変化に関わり続けるのであり、そこにあるのは、自然との調和を求める緑の思想である。だとするならエコロジー運動が有時の現実的経験を得るための具体的行動の一つ選択肢ということになる。これはぼくらのいう「在ること派」の一つの生の形の提示とも読める。

こうして登場人物たちはそれぞれの現実に回帰する。アメリカ文化や日本文化やその融合した文化に同化していく。ところがそうではなく、アメリカ文化でもなく、日本文化でもない、そのいずれにもつかない場所をこの作品は示している。それはもはや作家ルース・オゼキの関知しないところかもしれない。ぼくら読者の勝手な読み込みにすぎないのかもしれない。だが、そうした文化の間にたつ在り方こそ、文化によって形成された自己の存在感の呪縛から解放されたありよう、つまりは存在観の、そしてその後の根源的存在感のありようである。それは、ナオやそれを解釈するオゼキの名前の〈エクソフォンの文学〉的言葉遊びの際に示される。これは言語の効果によって文化の間、別言すればカレの地点に立つ手法である。ぼく（ら）の読み込みの極まるところである。

エクソフォンの文学とは、多和田葉子の『エクソフォニー』によると、学習された言語によって創作することである。そしてそうした文学的営為から母語の外に出る経験が生まれるというのである。そうやって母語と学習された言語の間、生まれおちた文化と学習された文化の間に立つことが可能になる。そうした二つの言語の間を行き来するふるまいとそのとき生じる効果について多和田は前掲書でこんなことをいっている。パウル・ツェランの「葡萄は喪失、二つの傾斜」で始まる詩には「傾斜」の意味のドイツ語 neiger のあとになんの脈絡もないのに雪のイメージが出てくるところがある。なぜかといえば、それはドイツ語 neiger とその字面が似ていることからフランス語の「雪《ネージュ》」が連想されたためである。だとするならこれは二言語間の一種のダジャレである。だが、それは決して単なる言葉遊びでは終わらない。まずもってドイツ語とフランス語の両言語の間に立つ経験である。それこそ言語と言語の間に立つこと、つまりは母語の外に出ることであるというのである。こうした手法の効果をぼくらはエクソフォニーの効果という（大熊二〇一七、七四）。その伝でいえば、村上春樹の『1Q84』にしてからが、英語のアルファベットのQが日本語の数字の9（きゅう）に掛けられているわけで、その地口を理解するには読者は日本語と英語を知った上で、その間に立たざるを得なくなる。むろんその前にこれがオーウェルの

『1984』を下敷きにしているわけで、そこにはQが英語のクエスト（探求）、クウェスチョン（質問）を暗示し、あるいは日本人ならお化けのQ太郎なども連想することも可能にしている。そうやってこのタイトルは豊かな意味を帯びるのだが、肝心なのはその言葉遊びのさ中に日本語と英語の間に立つ経験をすることである。同じことが『あるときの物語』にも仕組まれている。

ナオはローマ字で書けばNAOであるが、英語で聞くとそれはNOWともなり、字面からNOをも連想させる。じつはこうした言葉遊びには、ナオが祖母の導きで最終的には〈今ここにある〉の〈今NOW〉を経験し、さらには結局それもまた〈空無〉NOであるといった禅的な境地をも経験することが寓意されているのである（348）。ルースという名前も同様で、これはルース自身の分析だが、その語音から日本語の〈留守〉を想起し、留守＝からっぽ＝空無を連想し、そうやって言葉と戯れる過程で自分の存在の空無性に想到するという次第である（59）。いずれ単なる駄洒落である。だが、こうした言葉遊びのさなかにさながらエピファニーのごとく鮮やかに禅的な経験を看取しているのである。それればかりではない。もっと興味深いのは、これが日本語と英語の間に留まることであり、そのどちらにも属さない空間を切り開いていることである。そこに流れているのは日常の時間でも、道元やニシジマの有時でもない。さらにはナオやハルキ伯父の実存的時間でもない、作品独自の時空である。流れない時間であり、無時間であり非時間であり、時間の外である。だがそこは決して単なる空ではない豊かな時空である。

ここでいそいで存在感分析のセラピーの実際を例解してみよう。大伯父ハルキのハイデガーならぬ道元贔屓に共感したり、上野の桜をみて有時を実感するナオに共感する自分を見出すならそれは日本的メンタリティに呪縛される自分を見出すことになる。あるいは禅のニューエイジ的解釈に共感するなら自分の通文化的な性向に気付くことになる。いずれこのダジャレの経験はそうしたさまざまな呪縛からの解縛の経験となるのである。それが存在観であるが、それを自覚したとき存在感分析のセラピーは完了したといえる。

その存在観によって経験される時空の風景はいろいろに描くことができるだろう。たとえば、そこに実感される生とは、〈生きる〉のではなく〈生かされている〉という感じである。あくまで生が主体であって、自己はその客体にすぎないといった感じである。これは詩人田村隆一が「緑の思想」で書きとめている「人間以外の眼」（五九―六〇）で眺める風景である。

一度でいいから
人間以外の眼でものを見てみたい
ものを感じてみたい

「時」という盲目の彫刻家の手をかりずに
ものが見たい
空がみたい

このように『あるときの物語』を読んでみると、まさにぼく（ら）の読み方は読むことの存在感分析を具体化したものと思われる。（もっともそれ自体偏向であることは承知のうえだが）こうした読解の何処かの部分に――あるいはここで示されたもの以外のまったく別の読解に――共感してそこで感動している場合にはそれがその人の誤読であり病であるということになる。そうしたことを念頭において、あらためてぼく〈ら〉の存在感分析の読みをまとめてみよう。まずもって、この作品はジコウのいうように〈今ここの生〉を大事にするという常識主義を基盤としている。そしてそうした〈今ここの生〉の具体的形は、ルースの夫の体現するエコロジーの実践であり、父親ハルキの具体化するテクノロジーの善用である。もうおわかりのように、これは里山資本主義とスマートシティの試みと相似形である。だが、そのうえでそうした〈今ここの生〉の形は、けっして堅固ではないのであって、自然の暴威の前にはひとたまりもないものであり、全体主義や戦争の圧倒的な力の前では無力であることを思い知らされることもまた事実である。それはナオの津浪やハルキ大伯父の特攻隊の経験で示されている。だが、そればかりではない。〈今ここの生〉の形も一定の文化によって形成された相対的なものであり、それは混沌とした世界に浮かぶかりそめのものでしかないということだ。こうした認識は禅的な悟りといってもいいが、ここではエクソフォンの文学の手法によって具体化されている。それこそぼくらの言う存在観である。そうした経験を経たうえで、素朴な〈今ここの生〉の経験を見直すことになる。そのときぼくらは根源的な常識主義の〈今ここに私がいる〉感じを獲得し、〈今ここにあるユートピア〉を今ここの生に実感することになる。実在感である。そしてその実感によって自分の生を再構築すべく読後ぼくらは元の相も変らぬ日常生活へと回帰するのである。そしてそのときわずかにだがあきらかに経験されるのはあらたな視点で眺められた現実がかろうじて変貌しているさまである。これもまた実在感である。繰り返すが、こうした存在感分析の読みもひとつの偏見であるといえばそのとおりなのだが、ただ存在感分析は自分の偏見を偏見として自覚している偏見なのである。ぼくらの自由の保障はわずかにその自覚にしかない。

(2) 作者の存在感分析――クッツェー『エリザベス・コステロ』の場合

みてのとおり読書はセラピーである。だが、書くこともセラピーなのである。作家は書くことで自己の症状を見出す。クッツェーの小説『エリザベス・コステロ』は、小説家についての小説である。小説家の自己分析の書である。その意味でまさに書くことの存在感分析をたどるには格好な素材である。そこで、作品の解読をとおして作家の存在感分析の跡をたどってみよう。そのとき書くことで病を治すセラピーと、書くことで人間の新たな在り方を形成するプロセスが語られていることがわかるはずである。

物語はジョイスの『ユリシーズ』のパロディを書いたという女流作家が主人公である。その作品が評判となったこともあって各地で講演を依頼されるのだが、その講演旅行の仔細が小説の話題となっている。その全八章を「八つのレッスン」と銘打っており、いかにもこの小説が作家の文学修業を主題にしていることを匂わせている。コステロは夫と死別して独居しているオーストラリア在住の老作家であるが、息子夫婦とは交流がある。じっさい第一章では哲学者の息子は自分の勤務校で講演するコステロにこまめに世話を焼いている。そのペンシルバニアでの講演のテーマが「リアリズムとはなにか」で、まさにこの小説の主題――作家は何をいかに描くべきか――を提示する格好になっている。そしてたんなる写実ではなく、「虚構で大事なのは人間的生から人間を抜け出させて他の生物の生へと連れ出すことである」(28) というのである。まさにこれはたんなる写実のリアリズムを超えた人間中心主義から離脱する深いエコロジーの思想を予感させる人間のあらたなありようの提示である。しかもこれは最終章で深化した形で再び取り上げられる。以下の各章ではリアリズムで扱うべき今日的問題が具体的に検討されていく。その問題意識――その固執――に、コステロの、つまりはクッツェーの病が窺えるという寸法である。

第二章は、アフリカ出身の小説家に紹介されたクルーズでの講演の話。テーマは「小説の未来」(37)

で、アフリカ文学とは元来口承文学（44）なので、それを英語で語ることの困難（53）が語られる。書き言葉の無能さが反省させられる格好である。第三章「動物の生活」では、食肉産業、ナチのユダヤ人虐殺、タスマニア先住民の民族浄化といったなまなましい人間の根源悪が取り上げられている。しかもその元凶は西欧のキリスト教や合理主義にあるとし、それに対するギリシア・ローマ的な生命主義に期待がかけられている。動物虐待はそもそもキリスト教の動物には魂がなく人間以下だという考えによるなどと批判するのである。第四章は第三章を補強する格好で「動物の生活」第二部となっており、コステロは息子の生物学者である妻を動物など生物学的自動装置（92）にすぎないものと見做しているといって非難している。第六章の「悪の問題」で再び第三章の問題が取り上げられる。そこではヒトラーの暗殺計画者の処刑の残虐性などが語られ、それを書く小説家とともにそれを読む読者にも悪が伝染するといった事柄を扱っている。まさに書くことと読むことの悪にからめた存在感分析の試みだ。第七章「エロス」では、第三章以下動物虐待や民族浄化といった人間悪を描いたが、今度はそれを救うものとして、神と人間との合体といったことを夢想する。その話題として、エロスとプシュケーの物語や神と人間の性交、果てはマリアと聖霊が扱われる。してみるとこの主題は、あえて触れずにいた第五章で扱われている宣教師の姉のアフリカでの教化活動に対する批判や、第三章のキリスト教批判とヘレニズム文化の称揚といったテーマに繋がる。そして死の床にある老人に乳房を含ませる女の挿話は女神アルテミスを彷彿とさせて異文化賛歌に通じる（149）。してみるとリアリズムは人間悪を暴露するのであるが、その諸悪の最終的な解決としては異教的な自然との一体化といったものを描くべきであると語られているかに読める。そして最後の第八章は作家コステロが最終的に採るべき態度が検討されているという次第である。第一章以下展開されたリアリズムの問題を解決する章となっている。つまりたんなる写実的リアリズムならぬ本来のありうべきリアリズムが語られるという寸法である。

第八章はカフカ的な「審判」のパロディが描かれる。なんと作家が死後、作家として何をしてきたかを裁かれる夢が主題なのである。その夢の中の尋問でエリザベスは自分の作家稼業を一から反省することを迫られる。それで審問官からなぜ書くのかと問われると作家とは物言わぬ人びとの代弁者として書くなどと答える。だが、そのみずからの回答に疑問を抱き、まずもって自分が存在するということからあらためて思考を練り直す。その結果、自分の存在といってもそもそも確たる自己のアイデンティティなどないのではないかと思い至る。自己の存在感を超えた存在観の経験である。そしてそうしたなかで作家がぎりぎりのところできるのは「迫真性」であると合点する。それが実在感の経験である。そもそもこの小説は作家の創作活動の自己反省の書であり、リアリズムとはなにかという問いかけから始まっている。ようするに、一九世紀のリアリズムは説明的心理描写であり、これを批判した二〇世紀モダニズムは意識の流れこそリアルであるとした。ところがポストモダンは本当のリアルは小説を書く現場つまりは作家の楽屋にあると主張したのである。その結果残されたのは間テキスト性の自覚やパロディといった手法でしかない。じっさいコステロは『ユリシーズ』のパロディで名を成した。ところがここに至ってリアリズムは社会的現実――これが本書の各章の話題であったのだが――でも内的心理的現実でもなく、またそれらを書く創作現場のリアルでもなく、ほかにもっと重要なものがあると気づくのである。それが「見えない存在の秘書」(210)になることである。それこそ自己の存在感ではない、他人という他者をもこえた自然という客観的主体の存在感である。事物そのものの存在感である。本当のリアリズムとはそうした客観的主体の存在を迫真性をもって描くものだということになる。従来の主観的主体の目撃する現実を写し取るだけであってはならないと。

この主題はこの小説の「跋」でも語られる。そこではホフマンスタールの「チャンドス卿の手紙」からの引用と、そのパロディとしてチャンドス卿が投函したあとすぐにその妻もまた同じベーコンに手紙を書き送るという滑稽なエピソードが展開される。まことに間テキスト性とパロディというポストモダンな手法の再演であるが、なぜベーコンかといえば、そこにはヒュームなどの経験主義ではなく、常識主義的なベーコンのリアリズムへの信頼が読み取れる。一種独特な帰納法を導入した実用主義的な実際主義的なベーコンである。そのうえで言葉と事物の一対一の対応を信じる常識主義をこえた人間の言葉では表現できない虫や木や石などの思いに参入することになる。じつはそこに作家たるもののありようが今度はこの作品全体を通観するものの視点で提示されている。それこそクッツェーの立場だと思われるのだが、小説は岩とか木々とか人間の言葉以外で語るものの声を書きとめることを目指すというものである。これはすでにみたようにエリザベス・コステロも考えていたことであり、田村のいう「人間以外の眼」でものをみることでもある。ぼくらの言葉でいえば客観的主体の眼である。してみると、この小説の描く作家の営みとは、「物言わぬもの」の声を聞き取り、その狂気と正気の間《あわい》という危険地帯を通過して、そこでの経験を迫真性をもって描くことであるということになる。とはいえ、第八章末で死後のコステロの目に映るのは、天国ではない。審問所の門前に横になっている犬の彼方に広がる荒漠たる虚無なのである。それは埴谷のいう「虚体」の眺めに似ている。コステロの存在観の経験であるが、迫真性とはそうした経験を経たあとの実在感だったのである。

これがコステロ（つまりはクッツェー）の書くことの存在感分析の概要である。そのいかにも虚無的な存在観の経験が、生命的なるものの経験という実在感への回帰をより鮮明にしている。そこにコステロの存在感分析のセラピーが読み取れる。虚無的な雰囲気にはコステロの病が窺えるが、そこから勇躍あらたな生の形としてのエコロジー的な生命的なものへ向けて歩を進めている。そこに書くことの存在感分析のセラピーの成果がある。

こうしてみると、作家にしろ読者にしろそれぞれが読むことと書くことの存在感分析を経て、いずれ〈今ここに私がいる〉という実感を得るのだということがお分かりいただけたと考える。作家にしろ読者にしろ人間は存在感分析の最中に生命的なるものを経験する。その経験を踏まえておもむろに実生活へと回帰し、あらためてみずからの〈生治〉の日常的な実践を開始することになる。

おわりに

どこかでハイデガーは哲学者とはたった一つの問題を問い詰める人間であるといっていた。ハイデガーの場合、それが存在だったが、ぼくにしてみればそれは存在感であったということである。今はキャパのすべてをパソコン上に打ち出したという気分であるが、推敲作業のなかで自分の書いたものを何度か読み返していると、自分が拘泥していた事柄＝症状が見えているのでまとめのつもりでそれを書き留めておきたい。

のっけから重い話題で恐縮だが、その一つは死である。中学のとき級友が何かの拍子に「死ぬのって怖いよね」と真顔でいったときぼくは不意を突かれたことを覚えている。そんなことなど思ってもみないような晩生《おくて》だったからであるが、その後大学四年のとき四〇代半ばの父親に癌で死なれ、ときどきそんな早死にしたオヤジの人生にいったいどのような意味があったのかなどと殊勝にも考えるようになった。その前後に読んだドストエフスキーの小説に、母親の面前で戯れに兵士に放り上げられて槍先で刺し殺される乳飲み子の話があった。これはイヴァンが神義論に反駁するために語るエピソードで、そんな理不尽な世界を作った神など正当化できないというものである。だが神への糾問よりも、むしろその赤ん坊のイメージのほうが妙に頭を離れなくなり、挙句、そうやって誕生するや死んでしまうような赤ん坊にとって生まれてきたことにどんな意味があるのかなどと、ときとして、誰れにともなく糾問するような羽目になった。死とその意味を一般化して考えるようになったきっかけである。そのぼくなりの解答が本書の思弁だが、その一つが一瞬でも存在するならその生はそれで意味があるというものである。存在感を経験できさえすればというわけだ。たとえ一瞬でも存在すれば、よしんば無自覚であっても、それで人生の意味は十全であるという思想である。とはいえ今は存在してもしなくても等価であるという気分になっている。まど・みちおの「あることとないことがまぶしいほどぴったりだ」という心境だが、にもかかわらず、死を乗り越える思弁はいまだ乗り越え難いものとしてあることも確かだ。

もう一つは、ぼくが科学少年だったことに関係している。初夏の若葉を眺めながらその緑の鮮やかさに感銘するものの、同時にそこに人体の骨模型の骸骨のような葉脈のイメージがいつもちらついてそれに水を差すということが常態化していた。果ては人間とは物質のメカニズムで作動している機械に過ぎないのであって生の意味などないという虚無的な言説を弄して粋がっていたのである。ジョン・スチュアート・ミルは父親の極端に理知的な教育方針によって感情生活を知らないで育った。ところが後年その偏向による無味乾燥な生をワーズワスの詩に出会うことで解消することができたという。そうした伝説は眉唾であるとしても、『自伝』にあるとおり、その詩がみずからの「精神史の一危機」(一一九)を乗り越えるきっかけとなったことは確からしい。これはしかし別に特殊な例ではない。だれでも科学的な教育を受けると、人間のこころもまた脳の働きに過ぎないなどと考えるようになる。すると極私的な内的生活も物質的過程に過ぎないと虚無的に眺めることになる。だが、にもかかわらずぼくらの感情や情念の生もまた消し難くある。そこに生まれる分裂は近代人にとって痛烈な経験であったとは誰しも身に覚えのあるところだろう。本書の試みはこの自分の二重人格のように分裂した客観的知的態度と主観的心情的態度を存在感ということで解決せんというものである。つまり〈今ここに私がいる〉という常識的事実から出発し、まずもってその存在の感じこそリアルであると確認する。そのうえでその感じを直覚と捉える。するとその直覚は直観（客観的態度）と直感（主観的態度）を併せ持ったものであることが見いだされ、それは直感を直観で理解するという記号過程の始まりであることを認めたのである。同時にその初めの第一歩にすでにして分裂を回避する本来的な経験があることを知ったのである。かくして存在感という常識的な意識経験を記号学によって組織的に説明する試みが展開可能となったという次第だ。

この主観的物の見方と客観的物の見方の対立は、六〇年代の政治の季節を生きたぼくら文学部の学生には、文学と社会との関係の問題ともなったのである。これについてはエドマンド・ウィルソンの評論「フローベールの政治学」がひとつの見取り図を与えてくれた。ウィルソンはそこで一九世紀のブルジョワ批判の二つの典型的タイプとしてマルクスとフローベールを取り上げている。興味深いことにふたりはともに一九四八年のフランス二月革命に取材して、マルクスは『ルイ・ボナパルトのブリュメール一八日』（一八五二年）を、フローベールは『感情教育』（一八六九年）を書いた。マルクスとフローベールという一見相反するふたりだが、その取り組んだ社会的歴史的現実は同じだったというわけである。違いはその社会的矛盾の批判のしかたにあった。一方は政治的意味の分析であり、他方は心情的な経験の分析である。マルクスはエンゲルスとともに同年に『共産党宣言』を出版し、ブルジョワにとって代わるプロレタリア革命の展望を描いている。その後マルクスは剰余価値といったブルジョワ経済の根源悪を指摘して『資本論』を完成させる。ところがフローベールはといえば、ブルジョワの精神生活の不毛を『ボヴァリー夫人』で描きつつ、言語芸術としての文学を自立させ、いわゆるフォルマリズムを究めることになる。かくしてその後のフローベールの文学は現実から離反していく。そして最終的には遺作『ブヴァールとペキュシェ』や『紋切り型字典』などで「非ブルジョワ的出口は見出せない」(87)という絶望的な立場となるのである。それが当時のぼくの問題の一つであったのだが、このウィルソンの見立ての当否はともあれ、ぼくらは本書においてソヴィエトの崩壊によって具体化された社会主義国家建設の失敗を受け止めながら、フローベールの否定した「非ブルジョワ的出口」を見出そうとしたのである。

政治と文学は歴史的現実という同根から生え出ている。とはいえマルクスとフローベールつまり政治と文学の離反をどう結び付けるかという問題は依然として残る。文学と社会的現実、審美的フォルマリズムと政治的生の間の架け橋をいかに懸けるかである。文学と社会の関係をマルクス主義では上部構造は下部構造つまりは生産力といった経済的要因によって決定されると説明して、その離反をなんとか縫合し、文学を現実に繋ぎとめようとする。だがよしんばそうだとしても、文学という上部構造の営みを下部構造でいかに説明できるかという問題はやはり残る。文学に影響するのは下部構造としての経済的要因ばかりではない。しかも下部構造もまた上部構造から影響を受ける。アルチュセールのいわゆる重層的決定論であるが、それでもその上部構造と下部構造を結び付けるミッシングリンクを見定める問題がなおも残るのである。ぼくらは心理的精神的な上部構造も物理的化学的生物学的な要因としての下部構造もまた同じ記号過程が貫徹しているという具合に記号学を援用することで両者を結び付けようと企てたのである。つまりぼくらの存在感の発生のメカニズムが自然史や社会史にも等しく貫徹しているということで。

これは、方法は全く違うが、世界システム分析が目論む経済的分析様式、政治的分析様式、社会文化的分析様式のあいだの境界線をなくすこころみに近い(ウォーラーステイン六五)。そしてそうした理解にたってあらためて文学の営みを眺めれば、作家の世界観なり人生観なりのイデオロギーはそうした社会的歴史的現実が賦与していることになり、そこに下部構造による上部構造の決定のメカニズムが見いだされる。しかもそれは作家の根源的メタファーによって捉えられ、さらにそれは文の遠近法と方向性によって具体化されて作品となる。そして作者はそうした作品を書くことで、読者もまたそうした作品を読むことで自分が特定のイデオロギーで形成されていることを理解する。じつはその理解が社会変革への動因となるという寸法である。その点でも歴史をつむぐ中心主体が不在なので、それをあらたに形成する必要があるという世界システム分析と相通じるところがある（六四）。じっさいウォーラースティンは次のように書いている。「この［社会という］牢獄を分析することは、諸主体［合理的人間、産業プロレタリアート、政治的人間、固有の自律的言語の行使者］を可能な最大限まで開放することである。われわれが、自分たちの生きるこの社会という牢獄を分析するその程度に応じて、われわれは、可能な範囲で、その制約から解放されることになるのである」（八五）。

資本主義は一八世紀イギリスで偶然から発生したという説がある。当時イギリスでは労働者の賃金が上昇していたため機械化が必死となり、産業革命が起こったというのである。それが現在では生産することで利潤を挙げることが非効率となり、マネーゲームによって利得を追求するようになり、一握りのひとびとに富が集中するようになったというわけである。こうして経済的な成功者だけが巨万の富を力にしてその他大勢を牛耳る――国家すら食い物にする――という社会の仕組みが誕生したのである。まことにIt's a wonderful world. である。もっとも、それはシュンペーターが資本主義の営む「創造的破壊」と呼んだ歴史的変化の一種であり、歴史的必然性なのだろう。じつは富の集中はホブスボウムによればすでにマルクスが予言していたところである。「［マルクスは］この過程がやがて途方もない集中した経済に到達するだろう――到達せざるを得ないだろう――と信じていた。それはまさに、アタリが最近のインタヴューで、そこで何が起こるかを決定するのは一〇〇〇人かせいぜい一万人程度と述べた状態である。［ビル・

ゲイツのような小国の予算をはるかに上回る財産を所有する一握りの資産家が世界を牛耳る日が来るということだ。」マルクスはそれが資本主義にとって代わるようになるだろうと信じていた。私には、これは今もなおもっともらしく思われる預言なのだが、マルクスが予想したのとは違ったやり方でのことである」（二一五）。今日ゆっくり急がねばならないのはそうした憂鬱な現状の動向の方向を変える仕掛けの形成である。その際ぼくらが心がけたいのはそうした一握りの資産家が描く社会像の形成にどのように関わるのかである。むろんぼくらにできるのは言説によってである。ぼくらにしてみれば、どのような社会になっても人間は死ぬものであり、性欲ならぬ恋愛では相手はけっして自分の思うようにはならないという事態はかわりようもない。それに自分の欲望も自己のアイデンティティなどとともに社会に作られるという事情も変わらない。もっとも成長路線を突っ走り、宇宙をも植民地化せんとする勢いのカーツワイルが喧伝しているシンギュラリティの時代がくれば、映画『トランセンデンス』のような意識転送が可能になって自己の死の問題は無くなり、ギブソンが『ディファランス・エンジン』で描いたように非生命的知能（ポスト・ヒューマン）が意識をもつようになれば、その自意識は勝手に創作され、アイデンティティといったものは問題外になるかもしれない。いずれにしろ文学や批判理論にできるのはそうした現実を飽くことなく描いて、利殖に邁進することも自己の存在感に呪縛されているからにほかならないことをしずかに気付かせることである。そしてもっと上等な生の形があることをだまって提示することである。文学は、批判理論はそうした人間のありようをつぶさに語っている。じっさいぼくらの存在感分析なる批判理論は文学のそうしたありようとその読み方の解説に忙しかったとあらためて思う。

とはいえオバマの後任の大統領の振る舞いなどを傍観しているとこれは単なる世迷い事、幻想にすぎないと思わざるをえないのだが、幻想といえばぼくにはもうひとつの夢想がある。『メアリー・ポピンズ』

シリーズの「メリーゴーランド」(『帰ってきたメアリー・ポピンズ』)とか「別の扉」(『扉をあけるメアリー・ポピンズ』)を思い出してもらいたい(大熊二〇一〇、二六三—二六四)。そこでは旅立つメアリー・ポピンズとの別離をあらかじめ承知しているような登場人物が出てくる。コリーおばさん、路上絵描き、ブーン大佐などであるが、なんとそれぞれがメアリーと訳知り顔にウィンクを交わしたりしている。知らぬはバンクス氏のような俗物たちばかりという次第である。ぼくは屋上屋を重ねる格好であえて批判理論の言説をここに公刊するのであるが、それはひとえに、メアリー・ポピンズの正体を知っているひとびとの共同体があるように、生命的なるものの存在感にひそかに共感している人々の不可視の共同体の形成に関わりたいがためである。時が来たら志同じくするものが一斉にカミングアウトするといった夢想に賭けたい。

話は変わるが、モレッティが『遠読』で文学の分析について「いまだプロットとスタイルをめぐる統一理論を生み出したことがない」(三〇七)といっている。ぼくらの文の世界観の効果の発見はその統一理論となりうるだろう。文〈AはBである〉にはAをBにひきつける方向性とAをBを背景にして眺めるという遠近法の効果がある。その方向性がストーリーとプロットになり、遠近法が登場人物の布置や場所的時代的な背景となる。またその文〈AはBである〉のAとBの意味領域の違いが隠喩や換喩といった修辞法を形成し、それがリアリズムや象徴主義といった様式、スタイルの原点となっているのである。

リアリズムの手法は一九世紀の人間の心理の客観的描写から出発し、モダニズムの意識の流れといった主観的心理の描写を生み出し、さらに今日のポストモダンの文学では作家の創作過程を描くことにリアルを見出している。同様に批評の言説も作品の客観的分析というよりもそれと格闘する批評家の内面を描くことにリアルを見出している。本書は読むことで自己の病を見出すという存在感分析とそれを実地に演じて見せているのだが、そうした批評の流儀に棹さしたまでだ。けっして珍妙なくわだてではない。

まとめのつもりで思い出すままに書いたが、まとまりのないものになってしまった。最後に書名のサブタイトルについて一言。〈批判理論〉とは英語でいえばcritical theoryである。これを批評理論とするとたんなる文学理論と誤解される嫌いがあるのであえて批判理論とした。他に解放理論という選択肢もあったがそうした思いが込められた批判理論である。そして多くの文学者や思想家の文献がさながら研究ノートのように断片的に引用されている感があるので、〈思想史ノート〉とした次第である。

参照文献

（和書に原書名がある場合は原書を参照したことを示す。書名の直後の年号は原書の刊行年である。洋書に邦訳がある場合は邦訳を参照したことを示す。）

和書

アウレリウス・アウグスティヌス『告白』（上）（下）服部英次郎訳、岩波書店、一九七六。

ジョルジョ・アガンベン『バートルビー――偶然性について』一九九三、高桑和巳訳、月曜社、二〇〇五。

ジョルジョ・アガンベン『ホモ・サケル――主権権力と剝き出しの生』一九九五、高桑和巳訳、以文社、二〇〇三。

ジョルジョ・アガンベン『人権の彼方へ――政治哲学ノート』一九九六、高桑和巳訳、以文社、二〇〇〇。

ジョルジョ・アガンベン『残りの時――パウロ講義』二〇〇〇、上村忠男訳、岩波書店、二〇〇五。

ジョルジョ・アガンベン『王国と栄光――オイコノミアと統治の神学的系譜学のために』二〇〇七、高桑和巳訳、青土社、二〇一〇。

芥川龍之介『侏儒の言葉・文芸的な、余りに文芸的な』岩波書店、二〇〇三。

浅田彰「逃走／闘争２０１８①」『朝日新聞』（二〇一八年一月一日）、三七。

東浩紀『動物化するポストモダン』講談社、二〇〇一。

マーガレット・アトウッド『サバィバル――現代カナダ文学入門』一九七二、加藤裕佳子訳、御茶の水書房、一九九五。

テオドール・アドルノ『否定弁証法』一九六六、木田元、徳永恂、渡辺祐邦、三島憲一、須田朗、宮武昭訳、作品社、一九九六。

フィリップ・アリエス『死の歴史――西欧中世から現代へ』一九七五、伊藤晃、成瀬駒男訳、みすず書房、一九八三。

足立力也『緑の思想――経済成長なしで豊かな社会を手に入れる方法』幻冬舎ルネッサンス、二〇一三。

綾屋紗月「当事者研究の展開――自閉スペクトラム症当事者の立場から」『現代思想』四四巻一七号（二〇一六年）、一六〇―一七三。

有馬道子『記号の呪縛――テクストの解釈と分裂病』勁草書房、一九八六。

有馬道子『パースの思想――記号論と認知言語学』岩波書店、二〇〇一。

ハンナ・アレント『人間の条件』一九五八、志水速雄訳、筑摩書房、一九九四。

フランソワ・アンセルメ、ピエール・マジストレッティ『脳と無意識――ニューロンと可塑性』二〇〇四、長野敬、藤野邦夫訳、青土社、二〇〇六。

伊藤邦武『パースのプラグマティズム』勁草書房、一九八五。

伊藤邦武『パースの宇宙論』岩波書店、二〇〇六。

岩本光悦『自我・判断・世界』法律文化社、一九八九。

イマニュエル・ウォーラースティン『入門世界システム分析』二〇〇四、山下範久訳、藤原書店、二〇〇六。

アーノルド・ウェスカー『演劇――なぜ』一九七〇、柴田稔彦、中野里皓史訳、晶文社、一九七一。

エリーザベト・ヴァルター『一般記号学――パース理論の展開と応用』一九七四、向井周太郎、菊池武弘、脇坂豊訳、勁草書房、一九八七。

ポール・ヴァレリー『文学論』一九三〇、堀口大学訳、角川書店、一九六九。

上田閑照『エックハルト――異端と正統の間で』一九八三、講談社、一九九八。

ジェラルド・ヴィゼナー『逃亡者のふり――ネイティヴ・アメリカンの存在と不在の光景』一九九八、大島由紀

子訳、開文社出版、二〇〇二。(Gerald Vizenor. *Fugitive Poses: Native American Indian Senses of Absence and Presence*. 1998. Lincoln and London: Nebraska University Press, 2000.)

ルートヴィッヒ・ヴィトゲンシュタイン『論理哲学論考』一九一八、野矢茂樹訳、岩波書店、二〇〇三。

ポール・ヴィリリオ『速度と政治――地政学から時政学へ』一九七七、市田良彦訳、平凡社、一九八九。

ピーター・ヴィーレック『ロマン派からヒトラーへ――ナチズムの源流』一九六一、西城信訳、紀伊國屋書店、一九七三。

R・I・エヴァンズ『エリクソンは語る――アイデンティティの心理学』一九六七、岡堂哲夫、中園正身訳、新曜社、一九八一。

ロベルト・エスポジト『三人称の哲学――生の政治と非人称の思想』岡田温司監訳、佐藤真理恵、長友文史、武田宙也訳、講談社、二〇一一。

マイスター・エックハルト『エックハルト説教集』田島照久編訳、岩波書店、一九九〇。

大熊昭信『ブレイクの詩霊』八潮出版社、一九八八。

大熊昭信『感動の幾何学I』彩流社、一九九二。

大熊昭信『文学的人間の肖像――感動の幾何学II』彩流社、一九九四。

大熊昭信『文学人類学への招待――生の構造を求めて』日本放送出版会、一九九七。

大熊昭信『ブレイク研究――「四重の人間」と性愛、友愛、犠牲、救済をめぐって』彩流社、一九九七。

大熊昭信『D・H・ロレンスの文学人類学的考察――性愛の神秘主義、ポストコロニアリズム、単独者をめぐって』風間書房、二〇〇九。

大熊昭信「メアリー・ポピンズは魔女か」成蹊大学文学部編『探求するファンタジー』彩流社、二〇一〇、二三七―二六七。

大熊昭信「『絶対弱者』の祈りの歌――石牟礼道子論」成蹊大学文学部紀要第四十五号(二〇一〇年三月)、一―一七。

大熊昭信「ウィルソン・ハリスの詐術的リアリズム――『ソローヒルの復活』を読む」、二十世紀英文学研究会編『現代イギリス文学と場所の移動』金星堂、二〇一〇、一四五―一六二。

大熊昭信『無心の詩学――大橋政人、谷川俊太郎、まど・みちおと文学人類学的批評』風間書房、二〇一二。

大熊昭信「技法としてのエクソフォニー――ルース・オゼキの『あるときの物語』と日系移民文学」20世紀英文学研究会編『二十一世紀の英語文学』金星社、二〇一七、七一―八九。

岡田斗司夫『オタクはすでに死んでいる』新潮社、二〇〇八。

パスカル・カサノヴァ『世界文学空間――文学資本と文学革命』一九九九、岩切正一郎訳、藤原書店、二〇〇二。

片山恭一『世界の中心で、愛をさけぶ』二〇〇一、小学館、二〇〇六。

エリアス・カネッティ『群衆と権力』上・下、一九六〇、岩田行一訳、法政大学出版局、一九七一。

柄谷行人『言葉と悲劇』第三文明社、一九八九。

柄谷行人『トランスクリティーク――カントとマルクス』批評空間、二〇〇一。

柄谷行人『遊動論――柳田国男と山人』文藝春秋、二〇一四。

柄谷行人、岩井克人『終りなき世界――90年代の論理』大田出版、一九九〇。

コルネリュウス・カストリアディス、『想念が社会を創る――社会的想念と制度』一九七五、江口幹訳、法政大学出版局、一九九四。

コルネリュウス・カストリアディス、D・コーン゠ベンディット『エコロジーから自治へ』一九八一、江口幹訳、緑風出版、一九八三。

ハンス゠ゲオルク・ガタマー『真理と方法』Ⅲ、一九六〇、轡田收、三浦國泰、巻田悦郎訳、法政大学出版局、二〇一二。(Hans-Georg Gadamer. *Truth and Method*. 1965. Trans. William Glen-Doepel. London: Sheed and Ward. 1975.)

フェリックス・ガタリ『カオスモーズ』一九九二、宮林寛、小林秋広訳、河出書房新社、二〇〇四。

加藤周一『雑種文化――日本の小さな希望』一九五六、講談社、一九七四。

加藤尚武編『ヘーゲル「精神現象学」入門』有斐閣、一九八三。

マルクス・ガブリエル『なぜ世界は存在しないのか』二〇一三、清水一浩訳、講談社、二〇一八。

上島国利『これならわかる！　精神医学』ナツメ社、二〇一一。

神田橋條治『治療のための精神分析ノート』創元社、二〇一六。

イマヌエル・カント『純粋理性批判』上・中・下、一七八七、篠田秀雄訳、岩波書店、一九六一。

E・H・カントロヴィッチ「中世政治思想における『祖国のために死ぬこと』」一九五一、『祖国のために死ぬこと』甚野尚志訳、みすず書房、一九九三、一―二九。

E・H・カントーロヴィチ『王の二つの身体――中世の政治神学研究』一九五七、上・下、小林公訳、筑摩書房、二〇〇三。

ゼーレン・キエルケゴール『死にいたる病』一八四九、斎藤信治訳、岩波書店、一九三九、一九五七。

岸田秀『唯幻論大全』飛鳥新社、二〇一三。

ピエール・ギロー『言語と性』一九七八、中村栄子訳、白水社、一九八二。

九鬼周造『「いき」の構造』一九三〇、一九六七、岩波書店、一九七六。

熊野純彦『埴谷雄高――夢みるカント』講談社、二〇一〇。

リチャード・G・クライン、ブレイク・エドガー『5万年前に人類に何が起きたか？　意識のビッグバン』二〇〇二、鈴木淑美訳、新書館、二〇〇四。

ローレンス・クラウス『宇宙が始まる前には何があったのか？』二〇一二、青木薫訳、文藝春秋、二〇一三。

ピエール・クラストル『国家に抗する社会――政治人類学研究』一九七四、渡辺公三訳、水声社、一九八七。(Peirre Clastres, Trans. Robert Hurley and Abe Stein: *Society Against the State: Essays in Political Anthropology.* New York: Zone Books, 1987.)

ジャンヌ・グラノン－ラフォン、『ラカンのトポロジー』一九八五、中島伸子、吉永良正訳、白揚社、一九九一。

栗田賢三、古在由重編、『哲学』岩波小事典、岩波書店、一九五八。

デイヴィッド・グレーバー『アナーキスト人類学のための断章』二〇〇四、高祖岩三郎訳、以文社、二〇〇六。

カトリーヌ・B・クレマン、「想像的なもの、象徴的なもの、そして現実的なもの」一九七六、岩崎浩訳、総特集ラカン、『現代思想』臨時増刊、青土社、一九八一、一九二―二〇一。

カトリーヌ・クレマン、『ジャック・ラカンの生涯と伝説』一九八一、市村卓彦、佐々木幸次訳、青土社、一九九二。

A・クローカー、D・クック『ポストモダン・シーン』一九八九、大熊昭信訳、法政大学出版局、一九九三。

ゲーテ『ファウスト』一八〇八、一八三二、第一部、第二部、池内紀訳、集英社、一九九九、二〇〇〇。

エトガル・ケレット『突然ノックの音が』二〇一〇、母袋夏生訳、新潮社、二〇一五。（英訳、Etgar Keret, *Suddenly, A Knock on the Door*, 2010, Trans. Miriam Shlesinger, Sondra Silverston, and Nathan Englander, New York: Farrar, Straus and Giroux, 2012.）

高エネルギー研究所「キッズサイエンティスト」www2.kek.jp　二〇一八年一〇月二日アクセス。

業田良家『男の操』二〇〇六、小学館、二〇一五。

國分功一郎『ドゥルーズの哲学原理』岩波書店、二〇一三。

小林秀雄『本居宣長』『小林秀雄全集』第13巻、新潮社、一九七九。

アレクサンドル・コジェーヴ『ヘーゲル読解入門――「精神現象学」を読む』一九四七、第二版一九六八、抄訳、上妻精、今野雅方訳、国分社、一九八七。

エドワード・ゴールドスミス『エコロジーの道――人間と地球の存続の知恵を求めて』一九九二、一九九六、大熊昭信訳、法政大学出版局、一九九八。

酒井邦嘉『言語の脳科学』中央公論社、二〇〇二。

沢村光博「スエズの東で」『現代詩人全集』第十巻戦後Ⅱ、角川書店、一九六三。

ウィリアム・ジェイムズ『根本的経験論』一九一二、桝田啓三郎、加藤茂訳、白水社、一九七八。

ウィリアム・ジェイムズ『純粋経験の哲学』伊藤邦武編訳、岩波書店、二〇一二。（William James, *The Writings of William James.* A Comprehensive Edition. 1967. Ed. John J. McDermott. Chicago and London: The University of Chicago Press, 1977.)

アルノルド・ヴァン・ジェネップ『通過儀礼』一九〇九、秋山さと子、彌永信美訳、思索社、一九七七。

スラヴォイ・ジジェク『イデオロギーの崇高な対象』一九八九、鈴木晶訳、河出書房新社、二〇〇〇。

スラヴォイ・ジジェク『斜めから見る』一九九一、鈴木晶訳、青土社、一九九五。

スラヴォイ・ジジェク『為すところを知らざればなり』一九九一、鈴木一策訳、みすず書房、一九九六。

スラヴォイ・ジジェク『汝の症候を楽しめ——ハリウッドVSラカン』一九九二、鈴木晶訳、河出書房新社、二〇〇一。(Slavoj Žižek. *Enjoy Your Symptom!: Jack Lacan in Hollywood and out.* Second edition. New York and London: Routledge, 2001.)

スラヴォイ・ジジェク『快楽の転移』一九九四、松浦俊輔、小野木明恵訳、青土社、一九九六。

スラヴォイ・ジジェク『仮想化しきれない残余』一九九六、松浦俊輔訳、青土社、一九九七。(Slavoj Žižek. *The Invisible Remainder: An Essay on Schelling and Related Matters.* London and New York: Verso, 1996.)

スラヴォイ・ジジェク『幻想の感染』一九九七、松浦俊輔訳、青土社、一九九九。

スラヴォイ・ジジェク『厄介なる主体——政治的存在論の空虚な中心』1・2、一九九九、鈴木俊弘、増田久美子訳、青土社、二〇〇五。(Slavoj Žižek. *The Ticklish Subject: The Absent Centre of Political Ontology.* London and New York: Verso, 1999.)

スラヴォイ・ジジェク『脆弱なる絶対——キリスト教の遺産と資本主義の超克』二〇〇〇、中山徹訳、青土社、二〇〇一。

スラヴォイ・ジジェク『操り人形と小人——キリスト教の倒錯的な核』二〇〇三、中山徹訳、青土社、二〇〇四。

スラヴォイ・ジジェク『パララックス・ヴュー』二〇〇九、山本耕一訳、作品社、二〇一〇。

スラヴォイ・ジジェク『終焉の時代に生きる』二〇一〇、山本耕一訳、国文社、二〇一二。

スラヴォイ・ジジェク『ジジェク、革命を語る——不可能なことを求めよ』二〇一三、パク・ヨンジュン編、中山徹訳、青土社、二〇一四。

島崎隆「普遍 - 特殊 - 個別」岩佐茂、島崎隆、高田純編『ヘーゲル用語辞典』未來社、一九九一、一二七―一三〇。

ドミニク・シモネ、アンドレ・ラネガー、ジャン・ギレーヌ『人類のいちばん美しい物語――自然・文明・進歩』一九九八、木村恵一訳、筑摩書房、二〇〇二。

スティーヴン・シャヴィロ『モノたちの宇宙――思弁的実在論とは何か』二〇一四、上野俊哉訳、河出書房新社、二〇一六。

S・シューメーカー『自己知と自己同一性』一九六三、菅豊彦、浜渦辰二訳、勁草書房、一九八九。

バーナード・ショウ『人と超人』一九〇三、市川又彦訳、岩波書店、一九二九、一九五八。

マックス・シュティルナー『唯一者とその所有』一八四五、上、下、現代思潮社、一九六七。

ルネ・ジラール『欲望の現象学――ロマンティークの虚偽とロマネスクの真実』一九六一、古田幸男訳、法政大学出版局、一九七一。

ルネ・ジラール『暴力と聖なるもの』一九七二、古田幸男訳、法政大学出版局、一九八二。

T・A・シービオク、J・ユミカー＝シービオク『シャーロック・ホームズの記号論――C・S・パースとホームズの比較研究』一九八〇、富山太佳夫訳、岩波書店、一九八一。

ジェームス・C・スコット『ゾミア――脱国家の世界史』二〇〇九、佐藤仁監訳、池田一人、今村真央、久保忠行、田崎郁子、内藤大輔、中井仙丈訳、みすず書房、二〇一三。

ミシェル・ド・セルトー『日常的実践のポイエティーク』一九八〇、山田登世子訳、国文社、一九八七。

ヴィクター・W・ターナー『儀礼の過程』一九六九、富倉光雄訳、思索社、一九七六。

田中雅一編著『暴力の文化人類学』京都大学出版会、一九九八。

アントニオ・ダマシオ『無意識の脳　自己意識の脳――身体と情動と感情の神秘』一九九九、田中三彦訳、講談社、二〇〇三。

田村隆一『緑の思想』思潮社、一九六七。

多和田葉子『エクソフォニー――母語の外へ出る旅』岩波書店、二〇〇三。

辻直四郎『ウパニシャッド』一九四二、講談社、一九九〇。

ウィリアム・H・デイヴィス『パースの認識論』一九七二、赤木昭夫訳、産業図書、一九九〇。

ジョン・ディーリー『記号学の基礎理論』一九九〇、大熊昭信訳、法政大学出版局、一九九八。

ヴィルヘルム・ディルタイ『世界観の研究』一九一一、山本英一訳、岩波書店、一九三五。

リン・ディン『血液と石鹸』二〇〇四、柴田元幸訳、早川書房、二〇〇八。

ルネ・デカルト『方法序説』一六三七、小場瀬卓三訳、角川書店、一九五一。

ルネ・デカルト『方法序説・情念論』一六三七、一六四九、野田又夫訳、中央公論、一九七四。

ロジェ・マルタン・デュ・ガール『チボー家の人々』8、一九一四年夏I、山内義雄訳、白水社、一九八四。

ジョルジュ・デュメジル『神々の構造――印欧語族三区分イデオロギー』一九五八、松村一男訳、国文社、一九八七。

ジル・ドゥルーズ『ヒュームあるいは人間的自然――経験論と主体性』一九五三、木田元、財津理訳、朝日出版社、一九八〇。

フーベルトゥス・テレンバッハ『味と雰囲気』一九六八、宮本忠雄、上田宣子訳、みすず書房、一九八〇。

ジル・ドゥルーズ『差異と反復』一九六八、財津理訳、河出書房新社、一九九二。

ジル・ドゥルーズ『意味の論理学』一九六九、岡田弘、宇波彰訳、法政大学出版局、一九八七。

ジル・ドゥルーズ『記号と事件――一九七二―一九九〇年の対話』一九九〇、宮林寛訳、一九九二、河出書房新社、二〇〇七。

ジル・ドゥルーズ／フェリックス・ガタリ『千のプラトー――資本主義と分裂症』一九八〇、宇野邦一、小沢秋広、田中敏彦、豊崎光一、宮林寛、守中高明訳、河出書房新社、一九九四。

ジル・ドゥルーズ／フェリックス・ガタリ『哲学とはなにか』一九九一、財津理訳、河出書房新社、一九九七。

ツヴェタン・トドロフ『幻想文学――構造と機能』一九七〇、渡辺明正、三好郁朗訳、朝日出版社、一九七五。

レフ・トルストイ『戦争と平和』全八巻、一八九六、米川正夫訳、岩波書店、一九二七、一九五五。

長尾伸一『トマス・リード——実在論・幾何学・ユートピア』名古屋大学出版会、二〇〇四。

J＝L・ナンシー『無為の共同体——哲学を問い直す分有の思考』一九九九、西谷修、安原伸一郎訳、以文社、二〇〇一
フリードリッヒ・ニーチェ『悲劇の誕生』一八七二、秋山英夫訳、岩波書店、一九六六。

フリードリッヒ・ニーチェ『ツァラトゥストラ』一八八三、手塚富雄訳、中央公論社、一九七三。

アントニオ・ネグリ『構成的権力——近代のオルタナティヴ』一九九七、杉村昌昭、斎藤悦則訳、松籟社、一九九九。

アントニオ・ネグリ『生政治的自伝——帰還』二〇〇二、杉村昌昭訳、作品社、二〇〇三。

野矢茂樹『哲学・航海日誌』春秋社、一九九九。

マルティン・ハイデガー『存在と時間』一九二七、四分冊、熊野純彦訳、岩波書店、二〇一三。(Martin Heidegger. *Sein und Zeit.* Tubingen: Max Niemeyer Verlag, 2006.)

マルティン・ハイデガー『言葉についての対話——日本人と問う人のあいだの』一九五八、高田珠樹訳、平凡社、二〇〇〇。

ピーター・L・バーガー『聖なる天蓋——神聖世界の社会学』一九六七、薗田稔訳、新曜社、一九七九。

P・L・バーガー、T・ルックマン『日常世界の構成——アイデンティティと社会の弁償法』一九六六、山口節郎訳、親曜社、一九七七。

『バガヴァッド・ギーター』上村勝彦訳、岩波書店、一九九二。

C・S・パース、『現象学』パース著作集1、米盛裕二編訳、勁草書房、一九八五。

C・S・パース、『記号学』パース著作集2、内田種臣編訳、勁草書房、一九八六。

C・S・パース、『形而上学』パース著作集3、遠藤弘編訳、勁草書房、一九八六。

C・S・パース、『連続性の哲学』伊藤邦武訳、岩波書店、二〇〇一。

C・S・パース他、上山春平編『パース、ジェイズム、デューイ』『世界の名著』59、中央公論社、一九八〇。

アラン・バディウ『聖パウロ――普遍主義の基礎』一九九七、長原豊、松本潤一郎訳、河出書房新社、二〇〇四。

アラン・バディウ『倫理――〈悪〉の意識についての試論』二〇〇三、長原豊、松本潤一郎訳、河出書房新社、二〇〇四。

ジュディス・バトラー『ジェンダー・トラブル――フェミニズムとアイデンティティの攪乱』竹村和子訳、青土社、一九九九。(Judith Butler. *Gender Trouble: Feminism and the Subversion of Identity*. New York and London: Routledge, 1999.)

埴谷雄高『死霊』Ⅰ、一九八一、Ⅱ、一九八一、Ⅲ、一九九六、講談社、二〇〇三。

グレアム・ハーマン『四方対象――オブジェクト指向存在論入門』二〇一〇、岡嶋隆佑監訳、山下智弘、鈴木優花、石井雅巳訳、人文書院、二〇一七。

ロラン・バルト『神話作用』一九五七、篠沢秀夫訳、現代思想社、一九六七。

ロラン・バルト『テクストの快楽』一九七三、沢崎浩平訳、みすず書房、一九七七。

平井正穂編『イギリス名詩選』岩波書店、一九九〇。

スティーブン・ピンカー『言語を生みだす本能』一九九四、上・下、椋田直子訳、日本放送出版協会、一九九五。

J-B・ファージュ『構造主義入門――理論から応用まで』一九七二、加藤晴久訳、大修館書店、一九八二。

マックス・ホルクハイマー、テオドール・アドルノ『啓蒙の弁証法』一九四七、徳永恂訳、岩波書店、一九九〇。

マレイ・ブクチン『エコロジーと社会』一九九〇、藤堂麻理子、戸田清、荻原なつ子訳、白水社、一九九六。

フランシス・フクヤマ『歴史の終わり』一九九二、渡部昇一訳、三笠書房、一九九二。

ミシェル・フーコー『自己の配慮』『性の歴史』Ⅲ、一九八四、田村俶訳、新潮社、一九八七。

ミシェル・フーコー『ユートピア的身体/ヘテロトピア』二〇〇九、佐藤嘉幸訳、水声社、二〇一三。

藤田博史『性倒錯の構造――フロイト/ラカンの分析理論』青土社、一九九三。

エドムント・フッサール『デカルト的省察』一九三一、浜渦辰二訳、岩波書店、二〇〇一。

エドムント・フッサール『ヨーロッパ諸学の危機と超越論的現象学』一九三五―一九三六、細谷恒夫、木田元訳、中央公論社、一九七六。

マルティン・ブーバー『孤独と愛――我と汝の問題』一九二三、野口啓祐訳、創文社、一九五八。

モーリス・ブランショ『謎の男トマ』一九四一、門間広明訳、月曜社、二〇一四。

モーリス・ブランショ『文学空間』一九五五、粟津則雄、出口裕弘訳、現代思想社、一九六二。

モーリス・ブランショ『明かしえぬ共同体』一九八三、西谷修訳、筑摩書房、一九九七。

マルセル・プルースト『失われた時を求めて』一九二七、第一〇巻第七編『見出された時』井上究一朗訳、筑摩書房、一九九三。

ジグムンド・フロイド「トーテムとタブー」一九二五、『文化論』フロイト選集第六巻、吉田正巳訳、日本教文社、一九七〇、一三五―三九八。

ジークムント・フロイト『モーセと一神教』一九三九、渡辺哲夫訳、日本エディタースクール出版部、一九九八。

G・W・F・ヘーゲル『精神現象学』一八〇七、長谷川広訳、作品社、一九九八。

フェルナンド・ペソア『不穏の諸、断章』一九一三、一九二九、深田直訳、平凡社、二〇一三。

ヘルマン・ヘッセ『車輪の下』一九〇六、高橋健二訳、新潮社、一九五一。

カイム・ベレルマン『説得の論理学――新しいレトリック』一九七七、三輪正訳、理想社、一九八〇。

ヴァルター・ベンヤミン「翻訳者の使命」一九二三、『エッセイの思想』ベンヤミン・コレクション②、浅井健二郎編訳、三宅晶子、久保哲司、内村博信、西村龍一訳、筑摩書房、一九九六、三八八―四一二。

ヴァルター・ベンヤミン『ドイツ悲劇の根源』一九二八、筑摩書房、一九九九。

ヨハン・ホイジンガ『ホモ・ルーデンス』一九三八、高橋英夫訳、中央公論社、一九七三。

星川淳『魂の民主主義――北米先住民・アメリカ建国・日本国憲法』築地書館、二〇〇五。

エリック・ホブズボーム『いかに世界を変革するか――マルクスとマルクス主義の200年』二〇一一、水田洋監訳、伊藤誠、大田仁樹、中村勝己、千葉伸明訳、作品社、二〇一七。

エルマー・ホーレンシュタイン『認知と言語――現象学的探求』一九八〇、村田純一、柴田正良、佐藤康邦、谷徹訳、産業図書、一九八四。

ジョン・ホロウェイ『権力を取らずに世界を変える』二〇〇二、二〇〇五、大窪一志、四茂野修訳、同時代社、二〇〇九。

アルフレッド・ノース・ホワイトヘッド『科学と近代世界』一九二六、ホワイトヘッド著作集、第六巻、上田泰治、村上至孝訳、松籟社、一九八一。(A.N. Whitehead. *Science and the Modern World.* 1926, Cambridge: Cambridge University Press, 1953.)

アルフレッド・ノース・ホワイトヘッド『過程と実在』一九二九、(上) ホワイトヘッド著作集、第一〇巻、山本誠作訳、松籟社、一九八四。(A.N. Whitehead. *Process and Reality: An Essay in Cosmology.* Collected Edition. Eds., by David Ray Griffin and Donald W. Sherburne. London and New York: The Free Press, 1979.)

アルフレッド・ノース・ホワイトヘッド『過程と実在』一九二九、(下) ホワイトヘッド著作集、第一一巻、山本誠作訳、松籟社、一九八五。

アルフレッド・ノース・ホワイトヘッド『観念の冒険』一九三三、ホワイトヘッド著作集、第一二巻、山本誠作、菱木政晴訳、松籟社、一九八二。(A.N. Whitehead. *Adventures of Ideas.* 1933, London and New York: The Free Press, 1967.)

D・マクドネル『ディスクールの理論』一九八六、里麻静夫訳、新曜社、一九九〇。

アラスデア・マッキンタイア『美徳なき時代』一九八一、一九八四、篠崎榮訳、みすず書房、一九九三。

カトリーヌ・マラブー『わたしたちの脳をどうするか――ニューロサイエンスとグローバル資本主義』二〇〇四、桑田光平、増田文一朗訳、春秋社、二〇〇五。

カール・マルクス『ルイ・ボナパルトのブリュメール一八日(初版)』一八五二、上村邦彦訳、平凡社、二〇〇八。

B・マリノフスキー『西太平洋の遠洋航海者――メラネシアのニューギニア諸島における、住民たちの事業と冒

険の報告』一九二二、増田義郎編訳、講談社、二〇一〇。

トマス・マン『魔の山』上・下、一九二四、高橋義孝訳、新潮社、一九六九、二〇〇五。

水島恵一『自己と存在感』人間心理学体系5、大日本図書、一九八六。

三井誠『人類進化の700万年――書き換えられる「ヒトの起源」』講談社、二〇〇五。

ジョン・スチュアート・ミル『自伝』一八七三、朱牟田夏生訳、岩波書店、一九六〇。

向井雅明『ラカン対ラカン』金剛出版、一九八八。

ローベルト・ムジール『特性のない男1』一九五八、高橋義孝、圓子修平訳、新潮社、一九六四。

村上春樹『1Q84』1、2、3、新潮社、二〇〇九、二〇一〇。

カンタン・メイヤスー『有限性の後で――偶然性の必然性についての試論』二〇〇六、千葉雅也、大橋完太郎、星野太訳、人文書院、二〇一六。

マルセル・モース『贈与論他二篇』一九二三―一九二四、森山工訳、岩波書店、二〇一四。

藻谷浩介、NHK広島取材班『里山資本主義――日本経済は「安心の原理」で動く』角川書店、二〇一三。

フランコ・モレッティ『遠読――「世界文学システム」への挑戦』、二〇一三、秋草俊一郎、今井亮一、落合一樹、高橋知之訳、みすず書房、二〇一六。

柳田國男『木綿以前の事』一九三九、岩波書店、一九七九。

吉本隆明『吉本隆明全著作集』一三、政治思想評論集、勁草書房、一九六九。

吉本隆明『吉本隆明全詩集』思潮社、二〇〇三。

米盛裕二『パースの記号学』勁草書房、一九八一。

ライプニッツ『モナドロジー・形而上学序説』清水富雄、竹田篤司、飯塚勝久訳、中央公論新社、二〇〇五。

ドミニク・ラカプラ『歴史と批評』一九八五、前川裕訳、平凡社、一九八九。

ジャック・ラカン『エクリ』Ⅲ、一九六六、佐々木孝次、海老原英彦、芦原春訳、弘文堂、一九八一。

ジャック・ラカン『精神分析の四基本概念』セミネールⅪ、一九七三、ジャック＝アラン・ミレール編、小出浩

之、新宮一成、鈴木國文、小川豊昭訳、岩波書店、二〇〇〇。

ジャック・ラカン『精神病』セミネールIII、一九八一、上、下、ジャック＝アラン・ミレール編、小出浩之、鈴木國文、川津芳照、笠原嘉訳、岩波書店、一九八七。

ジャック・ラカン『無意識の形成物』セミネールV、一九九八、上、下、ジャック＝アラン・ミレール編、佐々木孝次、原和之、川崎惣一訳、岩波書店、二〇〇五、二〇〇六。

セルジュ・ラトゥーシュ『経済成長なき社会発展は可能か？――〈脱成長《デクロワサンス》〉と〈ポスト開発〉の経済学』中野佳裕訳、作品社、二〇一〇。

トマス・リード『心の哲学』一七八五、朝広謙次郎訳、知泉書館、二〇〇四。(Thomas Reid. *Inquiry and Essays.* Eds. Ronald E. Beanblossom and Keth Lehrer. Indianapolis: Hackett Publishing Company, 1983. pp. 3–125.)

R・W・B・ルーイス『アメリカのアダム――一九世紀における無垢と悲劇と伝統』一九五五、斎藤光訳、研究社、一九七三。

ジェルジュ・ルカーチ『歴史と階級意識――マルクス主義弁証法の研究』一九二三、ルカーチ著作集9、白水社、一九六八。

ピエール・ルジャンドル『ドグマ人類学総説』一九九九、西谷修監訳、平凡社、二〇〇三。

ジャン＝ジャック・ルソー『エミール』一七六二、上、中、下、今野一雄訳、岩波書店、一九六二。

ジャン＝ジャック・ルソー『告白録』一七八二、一七八九、一七九八、上、中、下、井上究一朗訳、新潮社、一九五八。

ジャン＝ジャック・ルソー『孤独な散歩者の夢想』一七八二、今野一雄訳、岩波書店、一九六〇。(Jean-Jacques Rouseau. *Rêveries du promeneur solitaire.* Le Livre du Poche, 2001.)

G・レイコフ、M・ジョンソン『レトリックと人生』一九八〇、渡部昇一、楠瀬淳三、下谷和幸訳、大修館書店、一九八六。

エマニュエル・レヴィナス『時間と他者』一九四八、原田佳彦訳、法政大学出版局、一九八六。

アルンダティ・ロイ『誇りと抵抗――権力政治を葬る道のり』二〇〇一、二〇〇三、加藤洋子訳、集英社、二〇〇四。

アルンダティ・ロイ『わたしの愛したインド』一九九九、片岡夏美訳、築地書館、二〇〇〇。

ジャンニ・ロダーリ『ファンタジーの文法』一九七三、窪田富雄訳、筑摩書房、一九七八。

ロマン・ローラン『ジャン・クリストフ』一九〇四―一九一二、全四巻、豊島与志雄訳、岩波書店、一九八六。

ソーントン・ワイルダー『わが町』一九三九、鳴海四朗訳、早川書房、二〇〇七。

鷲田清一「折々のことば」２５１『朝日新聞』二〇一五年一二月一五日朝刊。

鷲田清一「折々のことば」７４４『朝日新聞』二〇一七年五月四日朝刊。

洋書

Kwame Anthony Appiah. *In My Father's House: Africa in the Philosophy of Culture*. Oxford: Oxford University Press, 1993.
J. M. Barrie. Ed. Jack Zipes. *Peter Pan: Peter and Wendy and Peter in Kensington Garden*. London: Penguin Books, 2004.
M. M. Bakhtin. *The Bakhtin Reader: Selected Writings of Bakhtin, Medvedev, and Voloshinov*. Ed. Pam Morris. London and New York: Edward Arnold, 1994.
Samuel Becket. *The Complete Dramatic Works*. London: Faber and Faber, 1986.（邦訳、『ゴドーを待ちながら』一九五二、安藤信也、高橋康也訳、白水社、二〇一三。）
Saul Bellow. *Henderson the Rain King*. 1959, Harmondsworth: Penguin Books, 1966.（邦訳、ソール・ベロー『雨の王ヘンダソン』佐伯彰一訳、中央公論社、一九八八。）

Homi K. Bhabha. *The Location of Culture*. London and New York: Routledge, 1994.（邦訳、ホミ・バーバ『文化の場所——ポストコロニアリズムの位相』本橋哲也、正木恒夫、外岡尚美、阪元留美訳、法政大学出版局、二〇一二。）

William Blake. *The Complete Poems, with Variant Readings*. Ed. Geoffrey Keynes. 1957. The Oxford Standard Edition. London: Oxford University Press, 1969.

Judith Butler. *The Psychic Life of Power: The Theory in Subjection*. Stanford: Stanford University Press, 1997.

Judith Butler, Ernesto Laclau, and Slavoj Žižek. *Contingency, Hegemony, Universality: Contemporary Dialogues on the Left*. London: Verso, 2000.（邦訳、ジュディス・バトラー、エルネスト・ラクラウ、スラヴォイ・ジジェク『偶発性、ヘゲモニー、普遍性——新しい対抗政治への対話』竹村和子、村山敏勝訳、青土社、二〇〇二。）

Joyce Cary. *Art and Reality*. Cambridge: Cambridge University Press, 1958.

Cornelius Castoriadis. *Philosophy, Politics, Autonomy: Essays in Political Philosophy*. New York and Oxford: Oxford University Press, 1991.

Howard Caygill. *A Kant Dictionary*. Cambridge, Mass.: Blackwell, 1995.

Noam Chomsky. *Syntactic Structures*. The Hague & Paris: Mouton & Co, 1957, 1966.

James Clifford. *The Predicament of Culture: Twentieth-Century Ethnography, Literature, and Art*. Cambridge, Mass.: Harvard University Press, 1988.

J. M. Coetzee. *Elizabeth Costello: Eight Lessons*. 1999, 2003, London: Vintage Books, 2004.

S. T. Coleridge. *Biographia Literaria*. 1817. Ed. J. Shawcross, 2 vols. London: Oxford University Press, 1967.（邦訳、『文学的自叙伝——文学者としての我が人生と意見の伝記的素描』東京コウルリッジ研究会訳、法政大学出版局、二〇一三。）

Vilashisni Cooppan. "World Literature between History and Theory" in Theo D'haen, David Damrosch and

Djelal Kadir, eds. *The Routledge Companion to World Literature*. 2011. London and New York: Routledge, 2014. pp. 194-203.

Vincent Descombes. *Modern French Philosophy*. Trans. L. Scott-Fox and J.M. Harding. Cambridge: Cambridge University Press, 1980.

John Deely. *New Beginnings: Early Modern Philosophy and Postmodern Thought*. Toronto: University of Toronto Press, 1994.

Jacques Derrida. *Speech and Phenomena and Other Essays on Husserl's Theory of Signs*. Trans. David B. Allison. Evanston: Northwestern University Press, 1973.（邦訳、ジャック・デリダ『声と現象――フッサール現象学における記号の問題への序論』高橋允昭訳、理想社、一九七〇）

Umberto Eco. *The Aesthetics of Caosmos: The Middle Ages of James Joyce*. Trans. Ellen Esrock. Cambridge, Mass.: Harvard University Press, 1989.

T.S. Eliot. "Tradition and the Individual Talent" in *The Sacred Wood: Essays on Poetry & Criticism*. 1920, London: Methuen, 1960, pp. 47-59.（邦訳、T・S・エリオット「伝統と個人の才能」一九一九、『文芸批評論』矢本貞幹訳、岩波書店、一九三八、一九六二）

T.S. Eliot. *Collected Poems 1909-1962*. London: Faber and Faber, 1963.

T.S. Eliot. *Knowledge and Experience in the Philosophy of F. H. Bradley*. London: Faber & Faber, 1964.

William Empson. *Seven Types of Ambiguity: A Study of its Effects in English Verse*. 1930, Cleveland and New York: The World Publishing Company, 1955.

Martin Esslin. *The Theatre of the Absurd*. 1961, Harmondsworth: Penguin Books, 1968.

Dylan Evans. *An Introductory Dictionary of Lacanian Psychoanalysis*. London: Routledge, 1996.

Marike Finlay. *The Potential of Modern Discourse: Musil, Peirce, and Perturbation*. Bloomington and Indianapolis: Indiana University Press, 1990.

Stanley Fish. "Literature in the Reader: Affective Stylistics" in Jane P. Tompkins ed., *Reader-Response Criticism*. Baltimore: The Johns Hopkins University Press, 1980.

Eric Gans. *The Origin of Language: A Formal Theory of Representation*. Berkley: University of California Pres, 1981.

Gareth Griffiths. *African Literatures in English: East and West*. Harrow: Longman, 2000.

Gerald Hall, "The Logical Typing of the Symbolic, the Imaginary, and the Real" in Anthony Wilden. *System and Structure*. 1977, London: Tavistock Publications, 1980, pp. 274–77.

Marvin Halverson & Arthur A, Cohen eds., *A Handbook of Christian Theology*. New York: The World Publishing Company, 1958.

Mohsin Hamid. *The Reluctant Fundamentalist*. 2007. London: Penguin Books, 2013.

Jeremy Hawthorn. *A Concise Glossary of Contemporary Literary Theory*. London: Edward Arnold, 1992.

Wilson Harris. *The Radical Imagination: Lectures and Talks*. Eds., Alan Riach and Mark Williams. Liege: Liege Language and Literature, 1992.

Jesper Hoffmeyer. *Sings of Meaning in the Universe*. 1993. Trans. Barbara J. Haveland. Bloomington and Indianapolis: Indiana University Press, 1996.

Ivan Illich. *Tools for Conviviality*. 1973, Glasgow: Fontana/Colins, 1975.

Wolfgang Iser. *The Fictive and the Imaginary: Charting Literary Anthropology*. Baltimore and London: The Johns Hopkins University Press, 1993.

Rosemary Jackson. *Fantasy: Literature of Subversion*. London and New York: Methuen, 1981.

B. S. Johnson. *House Mother Normal. A Geriatric Comedy*. 1971, Newcastle upon Tyne: Bloodaxe Books, 1984.

James Joyce. *Dubliners*. 1914, The Corrected Text with an Explanatory Note by Robert Scholes and fifteen drawings by Robin Jacques, 1967, London: Johathan Cape, 1982.

James Joyce. *Finnegans Wake*. 1939, London: Faber and Faber, 1971.

Mzee Jomo Kenyyatta. *My People of Kikuyu and the Life of Chief Wagombe*. 1942, Nairobi: Oxford University Press, 1966.

Anthony Paul Kerby. *Narrative and the Self*. Bloomington and Indianapolis: Indiana University Press, 1991.

Frank Kermode. *The Sense of an Ending: Studies in the Theory of Fiction*. 1966, 1967, Oxford: Oxford University Press, 1968.

Kenneth Laine Ketner and Walker Percy. *A Thief of Peirce: The Letters of Kenneth Laine Ketner and Walker Percy*. Ed. Patrick H. Samway, S. J. Jackson: University Press of Mississippi, 1995.

Philip Kuberski. *Chaosmos: Literature, Science, and Theory*. Albany: State University of New York Press, 1994.

Jacques Lacan, *On Feminine Sexuality: The Limits of Love and Knowledge*. The Seminar of Jacques Lacan, Book XX. *Encore* 1972–1973. Ed. Jacques-Alan Miller, trans. Bruce Fink. New York and London: Norton, 1998.

Ernesto Laclau & Chantal Mouffe. *Hegemony & Socialist Strategy: Toward a Radical Democratic Politics*. London: Verso, 1985.（邦訳、エルネスト・ラクラウ、シャンタル・ムフ『ポスト・マルクス主義と政治――根源的民主主義のために』山崎カヲル、石澤武訳、大村書店、二〇〇〇。）

D. H. Lawrence. *The Complete Poems*. Vivian de Sola Pinto and F. Warren Roberts, eds. 1964, London: Penguin Books, 1993.

D. H. Lawrence. *The Escaped Cock*. Ed. Gerald M. Lacy, with a Commentary, Los Angeles: Black Sparrow Press, 1973.

Claude Lévi-Strauss. *Structural Anthropology* 2. 1973. Trans. Monique Layton. London: Penguin Books, 1978.（*Anthropologie structural deux*. Paris: Plon, 2014.）

Bernard Lombart and Michel Elas, “Lacan” in Justin Wintle ed., *Dictionary of Modern Culture*. London: Ark

Paperbacks, 1981, pp. 214–215.

Jacques Maritain, "Language and the Theory of Sign" in John Deely, Brooke Williams, and Felicia E. Kruse eds. *Frontiers in Semiotics*. Bloomington: Indiana University Press, 1986, pp. 51–62.

Floyd Merrell. *Peirce, Signs, and Meaning*. Toronto, Buffalo and London: University of Toronto Press, 1997.

George Edward Moore. *Some Main Problems of Philosophy*. London: George Allen & Unwin, 1953.

John P. Muller and William J. Richardson, *Lacan and Language: A Reader's Guide to* Ecrits. Madison: International Universities Press, 1982.

John Muller, "Hierarchical Models in Semiotics and Psychoanalysis" in John Muller and Joseph Brent. eds., *Peirce, Semiotics, and Psychoanalysis*. Baltimore and London: The Johns Hopkins University Press, 2000, pp. 49–67.

Alan O'Connor. *Raymond Williams*. Lanham & Oxford: Rowman & Littlefield Publishers, 2006.

Ruth Ozeki. *For the Time Being*. 2013, Edinburgh and London: Canongate Books, 2013.（邦訳、『あるときの物語』田中文訳、早川書房、二〇一四）

Charles Sanders Peirce. Justus Buchler ed., *Philosophical Writings of Peirce*. New York: Dover Publications, 1955.

Charles Sanders Peirce. *Collected Papers of Charles Sanders Peirce*. Vols. I & II. Ed. Charles Hartshorne and Paul Weis. Cambridge, Mass.: The Belknap Press of Harvard University Press, 1931, 1960.

Charles Sanders Peirce. *Collected Papers of Charles Sanders Peirce*. Vols. III & IV. Ed. Charles Hartshorne and Paul Weis. Cambridge, Mass.: The Belknap Press of Harvard University Press, 1933, 1980.

Charles Sanders Peirce. *Collected Papers of Charles Sanders Peirce*. Vols. V & VI. Ed. Charles Hartshornen and Paul Weis. Cambridge, Mass.: The Belknap Press of Harvard University Press, 1934, 1963.

Charles Sanders Peirce. *Collected Papers of Charles Sanders Peirce*. Vols. VII & VIII. Ed. Arthur W. Burks.

Cambridge, Mass.: The Belknap Press of Harvard University Press, 1958, 1979.

Charles Sanders Peirce. *Reasoning and the Logic of Things: The Cambridge Conferences and Lectures of 1898*. Ed. Kenneth Laine Kettle, Cambridge, Mass.: Harvard University Press, 1992.（邦訳、『連続性の哲学』伊藤邦武訳、岩波書店、二〇〇一）

Walker Percy. *The Message in the Bottle. How Queer Man Is, How Queer Language Is, And What One Has to Do with the Other*. 1954, New York: Picador, 2000.

Caryl Phillips. "Conclusion: The 'High Anxiety' of Belonging" *A New World Order: Selected Essays*. 2001. London: Vintage, 2002.

John Crowe Ransom. *The World's Body*. 1938, Baton Rouge: Louisiana University Press, 1968.

Herbert Read. *The True Voice of Feeling: Studies in English Romantic Poetry*. London: Faber & Faber, 1947.

W. L. Reese. *Dictionary of Philosophy and Religion: Eastern Western Thought*. 1980, Hassocks: The Harvest Press, 1983.

Thomas Reid. *Inquiry and Essays*. Eds. Ronald E. Beanblossom and Keith Lehler. Indianapolis: Hackett Publishing Company, 1983.

Thomas A. Sebeok. *I Think I am a Verb: More Contributions to the Doctrine of Signs*. New York and London: Plenum Press, 1986.

Jon Simons, ed. *From Agamben to Žižek: Contemporary Critical Theorists*. Edinburgh: Edinburgh University Press, 2010.

Milton Singer. *Man's Glassy Essence: Explorations in Semiotic Anthropology*. Bloomington: Indiana University Press, 1984.

Gayatri Chakravorty Spivak. *A Critique of Postcolonial Reason: Toward A History of the Vanishing Present*. Cambridge, Mass.: Harvard University Press, 1999.

John Thieme. *Post-Colonial Studies: The Essential Glossary*. London: Arnold, 2003.

Paul Virillio. *The Aesthetics of Disappearance*. 1980. Trans. Phillip Beitchman. Cambridge, Mass.: Semiotext(e), 2009.

Philip Wheelwright. *Metaphor and Reality*. 1962. Indianapolis: Indiana University Press, 1968.

Hayden White. *Metahistory: The Historical Imagination in Nineteenth-Century Europe*. Baltimore and London: The Johns Hopkins University Press, 1973.

Walt Whitman. *Leaves of Grass*. Eds. Sculley Bradley and Harold W. Blodgett. New York: Norton, 1973.（邦訳、『草の葉』上、中、下、酒本雅之訳、岩波書店、一九九八）

Oscar Wilde. *The Works of Oscar Wilde* with Twenty Original Drawings by Dona Nahshen. London: Collins, n.d.

Anthony Wilden, *System and Structure*. London: Tavistock Publications, 1977, second edition, 1980.

Raymond Williams. *Marxism and Literature*. Oxford & New York: Oxford University Press, 1977.

Raymond Williams. *Problems in Materialism and Culture*. 1980, London & New York: Verso, 1997.

Edmund Wilson. *The Triple Thinkers: Twelve Essays on Literary Subjects*. 1938, New York: Oxford University Press, 1963.

Virginia Woolf. *Mrs. Dalloway*. 1925. London: Penguin Books, 1992.（邦訳『ダロウェイ夫人』富田彬訳、一九五五、角川書店、二〇〇三）

Virginia Woolf. *To the Lighthouse*. 1927, London: Penguin Books, 1991.（邦訳、『灯台へ』御輿哲也訳、岩波書店、二〇〇四）

Virginia Woolf. *A Haunted House and Other Stories*. 1944. London: The Hogarth Press, 1967.

Virginia Woolf. "A Sketch of the Past" in Ed. Jeanne Schulkind. *Moments of Being: A Collection of Autobiographical Writing*. London: Harcourt, Inc., 1985.

Slavoj Žižek. *Event: Philosophy in Transit*. London: Penguin Books, 2014.

あとがき

人間は多層的存在である。その多層性の経験を楽しまない手はない。

人生の形は人さまざまで、多種多様である。一人の人間にとっても人生は複雑にして怪奇、多重的にして多面的である。たとえば世界は日常的な見方をもとにして科学的とか宗教的とか審美的とか倫理的とか形而上学的とかはたまた経済的損得とかおもいおもいの視点から眺められ、それぞれ実在として生きられている。人によっては生涯を一定の視点からみさだめ独特で強靭な理屈でもって生きる勝負の場としている。あるいはまったくそうしたものに頓着しない人もいる。だがぼくは雑多で多様で淫らな人生の佇まいを眺めてゆっくり賞味してみたいものだと思っている。それでそうした重層的な人生を重層的なままにそっくり説明してみたいと考えたわけである。その見取り図が表紙にもデザインしたケ、ケガレ、ハレ、カレからなる中心が空の手製の曼荼羅である。今はその図像にしたがって人生を眺め直し、反芻し、生き直してみたい。

それにしてもこれはいかにも冒険であったと今にして思う。「存在感をめぐる冒険」というタイトルは編集代表の郷間雅俊さんの発案なのだが、今では気に入っている。冒険にはたんに血沸き肉躍るといった意味合いばかりではない、危険を顧みずとか無謀なという含意が窺えるからである。

じつはこれは持ち込みなのだが、仕事の予定がみっちりと立て込んでいるさなかに無理矢理お願いしたにも関わらず出版を引き受けていただいた郷間さんやお世話になった編集部のみなさんに感謝します。今回は翻訳ではなく拙著の日の目をみさせていただき本望です。

つくば宇宙センターの空調施設チラーの騒音を通奏低音とした蝉たちの合奏のなかで

二〇一八年八月二七日

著者記す

［著者］

大熊昭信（おおくま あきのぶ）

1944 年生まれ。群馬県出身。東京教育大学英語学英米文学科卒，東京都立大学大学院および東京教育大学大学院で修士課程修了。筑波大学教授，成蹊大学文学部教授を歴任。ブレイク論で博士（文学）。著書に『わが肉体　大熊昭信詩集』（新世紀書房，1978），『ブレイクの詩霊　脱構築する想像力』（八潮出版社，1988），『感動の幾何学 1　方法としての文学人類学』（彩流社，1992），『感動の幾何学 2　文学的人間の肖像』（彩流社，1994），『ウィリアム・ブレイク研究　「四重の人間」と性愛，友愛，犠牲，救済をめぐって』（彩流社，1997），『文学人類学への招待　生の構造を求めて』（NHK ブックス，1997），（月丘ユメジの筆名で）『狐』（新風舎，1999），『D・H・ロレンスの文学人類学的考察　性愛の神秘主義，ポストコロニアリズム，単独者をめぐって』（風間書房，2009），『無心の詩学――大橋政人，谷川俊太郎，まど・みちおと文学人類学的批評』（風間書房，2012），『グローバル化の中のポストコロニアリズム』（共編著，風間書房，2013），翻訳多数。

email: akinobu-ookuma@yahoo.co.jp

存在感をめぐる冒険　批判理論の思想史ノート

2018 年 11 月 22 日　初版第 1 刷発行

著　者　大熊昭信

発行所　一般財団法人　法政大学出版局

〒 102-0071 東京都千代田区富士見 2-17-1
電話 03（5214）5540　振替 00160-6-95814
組版：アベル社　印刷：日経印刷　製本：誠製本

ISBN978-4-588-46015-9

人名索引

ア 行

カ 行

サ 行

タ 行

ナ 行

ハ 行

マ 行

ヤ 行

ラ 行

ワ 行

事項索引

ア 行

カ 行

サ 行

タ 行

ナ 行

ハ 行

マ 行

ヤ 行

ラ 行

ワ 行